叶落长安（增订本）

吴文莉/著

陕西师范大学出版总社

图书代号：WX20N1747

图书在版编目（CIP）数据

叶落长安/吴文莉著.—增订本.—西安：陕西师范大学出版总社有限公司，2021.1（2021.7重印）
ISBN 978-7-5695-1317-2

Ⅰ.①叶… Ⅱ.①吴… Ⅲ.①长篇小说—中国—当代 Ⅳ.①I247.5

中国版本图书馆CIP数据核字（2020）第012036号

叶落长安（增订本）
YE LUO CHANG AN

吴文莉 著

出版人	刘东风
出版统筹	郭永新
责任编辑	张 佩
责任校对	郭永新　王雅琨
装帧设计	蒋宏工作室
出版发行	陕西师范大学出版总社
	（西安市长安南路199号　邮编：710062）
网　　址	http://www.snupg.com
印　　刷	陕西龙山海天艺术印务有限公司
开　　本	710mm×1020mm　1/16
印　　张	27
插　　页	1
字　　数	420千
印　　数	3001—6000
版　　次	2021年1月第1版
印　　次	2021年7月第2次印刷
书　　号	ISBN 978-7-5695-1317-2
定　　价	59.00元

读者购书、书店添货或发现印装质量问题，请与本公司营销部联系、调换。
电话：(029) 85307864　85303629　传真：(029) 85303879

第一章

郝玉兰嫁到白家时西安城刚解放。白老四前头娶的两个老婆都死了，头一个死后他隔了一年多娶了第二个，第二个死了，白老四只隔了一个月就把郝玉兰娶进了门。两个女人一人给他丢了个儿子，大林刚十一岁，二林还在扶着墙学走路。

尽管郝玉兰在娘家时就知道他比自己大十八岁，进白家门的时候，她还是咬着大辫子呜呜地哭了。

郝玉兰的爹娘没出一个月就拿白老四给的五十个大洋的彩礼，在老东关外买了个半旧的小院搬了进去。从河南逃荒到西安后，郝玉兰一家就住在小东门城墙的矮土窑洞里，六七年间窑洞已让雨水泡塌了好几次。

小东门里尚勤路5号是白老四的家，也是他卖粉条、酱油的杂货铺子，那是他1938年从河南逃难来西安卖了两个金镯子开的。铺子是有着两米多长门面的三套间，从进门到最后一个屋有十米长。白老四、玉兰和二林住在最里间，大林住在小阁楼上，中间屋堆放货物，门面房支着货架做生意。玉兰的娘把郝玉兰嫁给白老四就是觉得他有这个铺子，咋说也是生意人，而且铺子还用了两个伙计，玉兰才十八九岁就当老板娘哩。谁知头几年白老四生意还不错，娶了玉兰第二年生下女儿白莲花，他就破了产。

前些年照顾白老四生意的主要是小东门跟前的住户，和南头鸭子坑的姑娘们。平常人家一斤酱油半斤醋、几斤粉条就付了现钱，鸭子坑的大茶壶和姑娘们却爱赊账，买得多送到门口说声："记上账，到整数一块儿结。"

他老实，就拿账本记上。头几年鸭子坑生意好，过十天半月就结了，西安快解放时要账就越来越难了，旧的账不结新账照样欠。等玉兰进了白家门，鸭子坑姑娘们的生意更不好了，不欠账的倒成了奇怪。白老四的钱全置成了货，货又全赊了账，手上竟没一点钱能进新货。眼看小铺子越来越空，他天天翻着账本怪玉兰不是旺夫的命，又后悔给了老丈人五十个大洋，她不敢犟嘴，知道他打人狠哩。

有家姐妹俩也来赊欠，玉兰嫌老四不管大小户都欠着，劝他上门要。人家吐着瓜子皮说："钱嘛，俺还没赚上哩，不如你在俺姐儿俩里挑一个，睡上几晚上不就结了？你媳妇长得再好看也只有一个味道，你就不想尝尝别的？"

白老四的脸像块红布，只好回去了，和玉兰又怄了场气。

白老四的铺子终于关门的那天早晨，玉兰刚生下的女儿还没出满月，她说："老四，咱不敢再借人家的账了，还不了可得吃官司哩！"

白老四还没说啥，外边远远有人声在闹，她问："咋了？外头鳖翻潭一样。"

伙计说："四叔、四婶快来看！解放军开了十几辆卡车，把鸭子坑的姑娘们往火车站拉哩。大茶壶和老头子还捆着呢！"

白老四突然用变了调的声音说："完了，全完了！这些个王八孙儿把咱坑了！欠咱的账给谁要？"

郝玉兰也醒过神，把闺女往床上一丢就冲出去了。拉着姑娘们的大卡车正缓缓开过去，好几辆连在一起，每辆车上都有解放军拿枪看守，她挤进人群仰头找着。捆得结结实实的大茶壶和老鸨们被几个解放军押着到了近前，头垂得很低。郝玉兰冲出人群大声叫："权小贵！你欠俺的粉条钱还没给哩呀！疤癞眼！你也欠俺的钱呀！"

车上的人都看见了她，没一个人说话，权小贵和疤癞眼像没听见也没看见一样低着头，她终于大哭起来："那是俺家的血汗钱呀！你们就是挨了枪子也得还俺的钱！要不俺一家人咋活呀！"

她没跑多远就让人拉回来了，白老四还耷拉着头坐在家门口发呆哩。

郝玉兰和白老四卖了门面房还了钱，搬到锦华巷才听人说鸭子坑真是个大黑坑，不光是白老四的杂货铺，不少饭店、裁缝店都让他们坑垮了。

西安的小东门城墙根外边是城河，城河的东边原来是有野狗出没的荒地，1938年黄河花园口决堤，被淹了家园田地的河南人，哀哀地担着挑儿，背着老娘、孩儿们，沿着陇海铁路线逃荒而来，就胡乱搭窝棚盖茅草庵住下了。到了1942年河南大饥荒，又有大批难民逃到了西安。几年下来河南人渐渐蔓延开，孩子越生越多，房子就紧张起来，一条条小巷细长弯拐，密如蛛网互相通连。

锦华巷的人常说：当初这房子是想盖多少就盖多少，咋没想着多占点地方哩？就有人回他，咱不是打算哪天回老家哩？房不够住，谁家女人也没少生孩儿，多的十个八个，睡觉时床边一地烂鞋。锦华巷里密密匝匝住了很多户人家，巷子太狭窄，并排走两个人都觉着挤，进了巷口就是一路大下坡。土坯墙上是破油毛毡的顶棚，压着碎城墙砖，低矮得简直要坐进地下一般，黑洞洞的窗户比巴掌宽不了多少，糊着烂报纸。河南人家的门总是敞着，顶多挂个烂布帘，家家都一样穷，屋里乱脏脏的只有一个大光床和一个泥灶台。

在老梁木匠眼里，西安就像一件旧绸袄，小东门就像一块缝在旧绸袄边上的破补丁，锦华巷正好在补丁的中间。

老梁木匠用担子把五岁的孙子挑到西安城的时候，是1955年的春天。从沧州到西安，他走了三个多月。老梁木匠的河北老乡们，都住在西安城里尚德路一带靠收破烂过活。西安城街宽房大，到处都是古迹高门楼，可那都是人家本地人的地方。外来户们随便放下担子就能找个窝安顿下来，河北老乡们挤着住的小院里却没他爷儿俩做木匠活的地方，老梁木匠只好在西安城小东门外河南人扎堆的锦华巷里落下脚。老梁木匠和孙子住在锦华巷最后边最低洼的地方，进屋得先上三块老城墙砖搭的台阶。老头儿贪图屋后有块小空地，勉强能干木匠活。这儿就像锦华巷的一截盲肠，抬头能看见油毛毡顶棚上露出的灰不塌塌、豁豁牙牙的西安城墙。

老梁木匠只做风箱、木盆、木桶这些本钱小又好卖的木器。做风箱用不着太好的木料，买些包装箱拆成板就能用。只是一个风箱用的工并不少，钉个长长方方的木箱加上推杆，里边装上风舌头还要勒上鸡毛上箱盖，一大堆工序实在很麻烦。但这却是西安人谁家也少不了的东西。有这一手做木盆钉风箱的手艺，老梁木匠才敢一头担着长锯短刨子，一头担着长安来西安讨生活。

刚落下脚的老梁木匠没闲心跟锦华巷的河南人打哈哈，他得紧着时间做风箱去卖，小小的黑瓦瓮里根本没有隔夜粮。吃罢晌午饭，老梁木匠摆弄了做活儿的架势给孙子说："俺做风箱你自己去玩会儿？"

长安却非缠着让他和自己玩，老头儿看看地上乱七八糟的木板、钉子说："自己去玩吧，再不做活儿咱爷儿俩吃嘛呀？"

长安这才不甘心地走了。巷子里有个媳妇抱着两三岁的孩儿坐在城墙砖上晒太阳,不住逗弄着教他说话,说得好了她就亲亲他,小孩儿忍不住咯咯直笑,长安眼红地站在一边看着。媳妇说:"小臭臭呀——妈再教你说个儿歌吧。"

她念叨起来,小孩儿也一字一句跟着说:"日头落——狼下坡,光肚儿小孩儿跑不脱。有娘的——娘扯着,有爹的——爹背着。没爹没娘算咋着?"

前边的还好,说到后边小孩儿的嘴就跟不上趟了。媳妇一边亲着他的小脸一边笑说:"你的嘴笨得跟脚指头一样哩!"

长安却很快就会了,学着她的河南话蹲在老梁木匠脚边玩着小木板念念有词,老头儿听着听着突然醒了神:"你不念了,这个儿歌不好。你还是去巷口找小孩儿们玩吧。"

长安跑出门嘴里还念着:"日头落——狼下坡,光肚儿小孩儿跑不脱……"

男孩儿们正拥在狭窄的巷道里玩"斗鸡",三三两两用手握了脚脖儿,一脚点地,嗵嗵冲斗着,嬉笑着扬起一地尘土。锦华巷的孩子们都是不怕脏的。也有人在玩抽猴儿,长安远远地靠在墙边看着他们,等木头猴儿抽到跟前就想拾了还给人家。大孩儿骂他:"小屁孩儿!敢拿俺的猴儿?"

长安慌忙缩回手,人家接着去玩了,他还不敢抬起眼睛。这时几个小孩儿嚷嚷着要去城河边捞蝌蚪,拥着闹着往巷子外面跑去,他赶紧远远跟在后面。

几只野鸽子扑打着翅膀落在西安小东门的城墙垛上,砖缝里的蒿草便在风里抖了抖。破旧的城墙砖上布满黑绿苔藓,两拱低矮的城门洞外就是石桥了,晌午的阳光懒洋洋地搭在石桥上。卖烟卷的老头儿和提木盒叫卖针头线脑的瘦女人依旧蹲在石桥栏边,坐在扁担上等活儿干的男人们抄着手靠在桥栏上打起了盹。桥下护城河边响起一片清脆的水声,砸洗棉纱的河南女人们抡着棒槌起劲地干活儿,河面上五彩的油花顺着水流缓缓漾开。附近的工厂需要棉纱擦机器,河南人就便宜买来用过的脏油棉纱,让自家女人在城河里洗净晒干挣些小钱。西安当地人把脏油棉纱叫油线,就给她们叫"洗油线的"。

洗油线这活儿在夏天还好说,初春秋末家里揭不开锅的时候,女人们也得泡在冰冷的城河水里洗油线,两只手让油线里夹的铁屑子、锈铁丝划得满是小孩儿嘴一样的口子,流着黄脓红血。郝玉兰能忍,老宁媳妇夜里痒疼起来就呜呜直哭,她男人半夜让她的哭声弄醒,心疼了说一声:"等出太阳再去,歇歇手吧。"

"别卖你那嘴啦!你挣的钱够干啥?指望你就等着饿死吧!"女人嚷嚷开了,男人只好不吭气。整天在河里洗油线,锦华巷的不少女人连月经都乱了,有时一年没一次,有时却一连两三个月也不停。老蔫媳妇到了来月经那几天就闹腾得厉害,疼得抱着肚子哭爹喊娘满炕打滚:"老天爷!你咋不叫俺死哩!生生让人受这洋罪。"

大大小小几个孩子哭着叫妈,一个家乱成一团。老蔫娘吊着脸摔摔打打在做饭,她总疑心儿媳妇耍娇气,躺床上装肚疼躲着不做饭干活。老蔫蹲在门口,见人家来问他老婆咋了,就叹口气说:"还不是又肚子疼哩。唉,弄得俺回回到她这几天也开始肚子疼了。"

等刚好些了,老蔫媳妇又包着手上的裂口,背上成筐的油污棉纱下城河洗油线去了。歇了手,有啥法儿弄来半天的粮钱呢?

今天郝玉兰给孩儿们做罢午饭又赶到城河边洗油线,见别人脚边不多的脏油线心急起来,索性提起柳条筐底朝上把油线全倒在大石头上,溅起来的碱水油污顿时弄湿了她的半条裤腿,离她不远的老宁媳妇笑骂起来:"死玉兰!吃罢饭来劲了?你把俺洗净的油线都溅上油水啦,俺可让你赔哩。"

玉兰忙说:"真不是故意的。唉,家里又煮好一大堆了,屁大个小黑屋转身儿都没地方,晒不干的纱可往哪儿搁哩?"

老宁媳妇和她一样都套着灰乎乎满是油污的衣服,及膝的男式大黑胶鞋密密贴着自行车内胎的红胶皮补丁:"娘那脚!谁说不是哩?尉氏老家住得多宽敞!现在放个屁把屋就能崩臭,说话声儿大点房顶都能震塌。"

"再别提你老家的烂茅草庵啦,除了大还有个啥?当年逃荒,还不是一根扁担就担到西安来了?"旁边老蔫媳妇随口接了一句,手上捶打油线的棒槌却没停。油线是用大锅煮了又用洋碱泡过一夜的,只捶了几下就泛出灰白的洋碱和油污随水漾去。

旁边几个女人听了都笑了,纷纷说起自个的家,有的是西华县的,有的是扶沟县的,还有开封的,大多是跟着爹娘1938年黄河发大水那年,从河南逃到西安的。老宁媳妇却说她家是1942年来的，发大水淹过的田地两三年后就成了黄沙土地，不长庄稼还闹蝗虫哩，一村人饿死一大半，剩下的都挂着棍往西安逃了。

老蔫媳妇不爱说话，埋头干活，郝玉兰过去听她说过，亲生爹娘在逃荒路上卖了她，老蔫的爹娘买了她，图着她能当个童养媳妇。

她便问："都说老蔫是你领大的？老蔫他娘倒真是划算！"

老蔫媳妇挥着棒槌一下一下手不停地砸洗油线，喘着气说："两碗苞谷豆，俺就值那么多！俺娘哭着收了粮食，让俺跟上老蔫家的人走了。俺比老蔫大四岁，他娘说，俺长得又不好看，要不是看俺长得壮实，逃荒路上两碗苞谷豆，顶过去两碗金豆豆哩，那么多卖闺女的，咋能挑上俺？"

老孙巷住的一个女人边洗边远远接口说："人家说得也不错！要是没领你走，肯定就饿死在路上啦！俺二姨就在路上饿死了……"

到底是才立罢春，日头虽大河水却冷得刺骨。郝玉兰觉出河水的寒气直往骨头缝里钻，就把棒槌扎在石缝里稳住身子，在城河水里起劲地一脚接一脚踩着，洗着。老宁媳妇洗了一堆油线正缓劲："把你嫁给白老四便宜他啦，拖了几个孩儿还得下城河洗纱，他再打你，你只管回娘家。看他咋办？玉兰，看你这对大辫子，长得又恁好看，谁当你是孩儿他娘？"

郝玉兰个儿不高，细眉大眼很是耐看，虽说一直干的下苦活，却还是一张细细嫩嫩的白脸盘。她已经累出了一头细汗，仍是两脚不停，一边喘气一边把散开的两条大辫子重新盘在头顶："好看又不顶吃穿。俺爹说怪俺嘴太不饶人啦，俺娘说，嫁出去的闺女泼出去的水，没本事降住男人你认命吧！瞅瞅老四天天拉架子车送酱油也累得可怜，俺想他娶了俺就倒霉了，没了钱也没了铺子。怕是俺真的命不好？"

老宁媳妇刚想问郝玉兰是不是认命了，老蔫媳妇却说："那是河北老头儿的孩儿吧？四五岁就一个人跑到城河边，也不怕掉河里。"

老梁木匠的孙子长安赤着脚，拿根棍在城河里正起劲地搅和着。大人的旧衣服剪去下摆，套在他身上还是太肥大，烂得豁豁牙牙的边儿垂在膝前，原本在肘上打着的补丁就胡乱折了堆在手腕上，拦腰结了根细麻绳。他很脏，身子又很瘦，就显得头太大了，像根细细的脏豆芽。

"俺咋看咋觉得河北老头儿有问题，说不定真是老头儿拐的孩儿哩。玉兰，你和他家是邻居，老头儿是不是打这个孩儿哩？"老宁媳妇说。

郝玉兰抬头瞄了一眼："倒是没打，孩儿刚来那几天哭哩，说是要娘呢。老头儿说的是听不懂的河北话，俺有心过去问问，老四不让。"

老宁媳妇说："听说老头儿是居委会张主任介绍来租的房，有保人哩，是尚德路口收破烂的河北老头儿。他说这孩儿是他亲孙子，来时没大名没法儿登记，张主任就临时给起了个名儿，叫长安。"

玉兰说："前两天见老头儿挑了两只风箱出门卖，人家是正经木匠哩。"

小长安不管洗油线的人在忙活什么，只低头在水中找小蝌蚪。城河边洗好的油线蓬松地铺在树杈上、草堆上，一片灰白夹着一片杂色。远处一堆红色、蓝色的棉纱已经半干了，在风中抖动。几个小孩儿玩着洋片看护自家的油线，怕风吹走干透的棉纱，也怕让别家收走。长安用木棍拨着城河里的小石子，脚下的碎石头不稳当，好几次都打起了趔趄。

"你这小孩儿，不在家帮你爷做木匠活，跑这儿干啥？"老宁媳妇大声嚷嚷，把长安吓了一跳，扭头一看原来是自家对门的女人。他不说话，手里的小棍却还起劲地拨着、挑着。

"你咋不吭声哩？没见这儿又脏又冷？赶紧回去！要不俺给你爷说让他打你。"老宁媳妇见他不吱声就吓唬他。长安支吾着，不防脚下一滑，噌的一声跌进城河里。

老梁木匠正做着活，听见从巷口隐隐传来长安的哭声，夹着隔壁白家媳妇玉兰的声音："还哭哩，没人捞你上来，小命就没了。"

郝玉兰扯着孩子正急急地往回走，身上脸上全是黑油点子，脚上的男式大胶鞋噗踏噗踏响了半条锦华巷。长安缩着脖子，身上泥乎乎的，手里攥着根小棍，低头边哭边跟着小跑。

"这……做嘛了？"没等老梁木匠说话，郝玉兰就说开了："先给你孙子换衣裳吧，脸都冻紫了！他跑到城河玩掉河里啦，这么大的孩儿你要多操心哩。"

本来郝玉兰还想责怪老梁木匠几句，看他一脸紧张，话就咽下去了。她抢在老梁木匠前边进了小黑屋，撩开吊在门上的烂麻袋，得缓一下眼睛才看清楚东西。眼前是一个大床，一半的家当就在床上，两床烂被窝和破烂衣裳胡乱堆在上面，屋角架了六七个快做好的风箱和一堆木板，门口的地上胡乱摆着几个脏碗。老梁木匠在床上拨拉起来，恼火地骂道："小崽子！去哪儿不好？跑城河边玩去。你小子就脱光坐被窝里吧，棉袄干了再下地！"

让他犯愁的是，唯一的一件棉袄还在长安身上正嗒嗒滴水哩。郝玉兰把长安剥了个精光，顺手塞进烂被窝里，也在一堆衣裳里找。老梁木匠忙按住说："看埋汰的，让俺自个儿来吧。"

"大爷，街坊邻居的，怎生分干啥？"郝玉兰飞快地寻着，衣裳的布薄得快化了，拿在手里软塌塌的，都穿不成了。没补丁的衣裳郝玉兰没生孩儿时也穿过几件，这几年老少都是缝缝褛褛的，可手里这些是缝也缝不住补也没处补了——补丁总得打在好布上吧。

"大爷，怎这……这是哪儿拾来的衣裳呀？怕是把布的魂儿都穿出来了。"郝玉兰索性丢下衣裳。

"俺不是有老乡收破烂嘛。"老梁木匠不好意思了。长安光溜溜地缩在被子里，只露个小脑袋瞅着他。

"俺家孩子多，让俺回去看看有没件合穿的，不能叫孩儿光肚儿呀。"这爷儿俩比她想的还要难怅。她找了件夹袄，是二儿子二林的，临出门她揭开馍筐看了看，里头还有两个馍，是给丈夫白老四留的。

老五儿子西京张着手坐在大木盆里含糊地叫："妈……吃！"

郝玉兰把剩下的馍掰半个递在他手里，对白莲花说："死妮子，一天净看书，还没上学哩就装模作样看字，也不跟恁弟玩。"

白莲花见妈拿着衣裳和馍出门就站起来："妈，你拿二哥的衣裳干啥去？馍是给俺爸留的，俺爸回来吃啥呀？"

郝玉兰头也没回说："不是还有半个吗？隔壁的孩儿掉河里啦。"

她走到老梁木匠的家门口时又喊道："你给东京说，以后看油线也不能下河沿，要是让俺知道了，看不剥了他的皮！"

白老四觉得自己像骡马一样，走一天路就是为傍晚时候活的。

当年从开封逃荒到西安，他和大多数失魂落魄的河南人一样，都是一脚一脚从死人堆儿里走过来的。那时他比谁都能走，除了饿，他没太觉得累。可眼下，白老四总觉得累，拉架子车在西安城的城里城外大街小巷跑一天，他的腿累，脚累，心更累。他知道自己老啦，有心没力啦，可他不敢跟玉兰说，那女人和那一窝孩儿堵在那个小鳖窝里，让白老四连老也不敢老哩。顺着锦华巷拥挤窄小的巷子走到一半，在茅房门口问一声"有人没？"白老四理直气壮得像是在自家茅房。撒完憋了一路的尿，带着说不出的快活，有意放慢脚步和四邻老乡们打着招呼，这是白老四渴望的。他并不急着立刻回家，他知道巷子最后头，他的孩儿们和老婆玉兰总在透着煤油灯光的小屋等自己哩。

锦华巷家家门口都盘着黑乎乎的小泥灶，这会儿呛人的柴火把小巷笼得烟气腾腾，有人咳咳起来。一家几代十来口人住一间小土屋，当然憋屈得很，不论早晚人们就爱在老城墙砖垒的门槛上一蹲，热热闹闹拉着家长里短。干了一天活的人们几乎都在巷道里，吃饭时一人一个比脸还大的老碗，老少一起呼噜呼噜地吃，家家饭也都差不多，不是熬白菜就是苞谷糁、菜糊涂。

谁家的小妮儿在哭，白老四用不着停下脚也听出来了，她的牙掉了，流了点血。修鞋的张歪脖在哼曲剧："小苍娃我离了登封小县，一路上受尽了饥饿熬煎……"

白老四跟着唱腔边打拍子边慢慢往家走。

"回来啦？"说话的狗蛋嘴里并不停，边吃边招呼。

白老四和街坊们招呼着往家走，光棍柱子笑着说："四叔，你不知道人家夜里太累啦，咋能不赶着早早吃饭哩？大哥，你打了一天铁还长劲啦，和嫂子弄啥哩？昨天咚咚一晚上，让兄弟俺一个人咋睡得着哩？"

巷子太窄房小墙薄，在这儿住谁家也没秘密。男人还没搭腔，蒋狗蛋媳妇先嚷嚷开了："龟孙子！胡说啥哩？那是俺家逮老鼠呢。"

光棍柱子不紧不慢接一句："下回把老鼠赶到俺家，让俺也逮一回！"

锦华巷的人干啥的都有，修鞋的张歪脖和化玻璃吹琉璃嘎巴儿的老关爷是两隔壁，会打铁的蒋狗蛋天天带着细身长腿的小媳妇在广济街干活，箍瓮的王大瘸子、编笼的柱子平时没活儿干也会去钉锅补窟窿。能在西安城走街串巷挣钱，都算是有手艺能养家糊口的能行人，就连坐在游艺市场给人缭补丁、吹糖人也能混日子。大多数人连这些也不会，老蔫、老宁和白老四们就在火车站、马路边拉架子车送货，照样拉扯一大家子人。

　　白老四也是拉车的，赁了个半旧的架子车送酱油、甜面酱。这个活儿送得多就挣得多，所以白老四卖命一样地干。只是太辛苦了，天不亮就得出门到东新街架子车行领架子车，再到酿造厂拉上三大瓮酱油、甜面酱顺城墙根走，一路给小供销社、大食堂送。天麻黑才能拉着架子车赶到酿造厂交回大瓮，到架子车行还了车，再摸黑回锦华巷自己那个小黑窝。白老四没进门就听见老五西京在哭，他进屋时玉兰正挥着锅铲指挥莲花往锅里倒菜，老四东京穿着鞋蹲在床上不知在弄啥，二林趴在床沿上写作业。白老四心烦起来，他啥也没说，步子比平时重了。全家人在屋里，地方就显得太小了，偏偏灶边放着一大筐湿油线，把半间屋都弄湿了，他吊着脸说："咋不晒干就放屋里啦？"

　　郝玉兰边给锅里添水边说："老四回来啦，今天晚了，你别跟个客人一样光站着，给俺把那摞子碗递过来。"

　　她只顾支使白老四，没看见他的脸已经吊得很长了。

　　"俺像个客人？有俺这样的客人？天不亮就出门，天不黑严回不来，就是个驴你也得让俺卸了磨喘口气吧。你天天在家弄啥哩？看这一家子乱七八糟的，孩儿饿得直哭你还等着俺给你递碗？"白老四越说越气，抬脚在筐子上踢了一下。

　　郝玉兰不答应了，把锅铲往灶台上咣地一丢，冲到白老四面前说："咋啦，咋啦！谁歇着啦？你像个驴想喘气，俺大冷天在河里泡着，现在骨头缝里还疼呢，想让人伺候，就多拿点钱回来再当老爷吧！"

　　老二二林依然写着字，老五西京也还在哭。老四东京早悄悄地溜下了床，老三莲花低头忙着收拾灶台上的黑瓦碗。莲花的手有点抖，不知道爸和妈今儿会不会打起来，会不会摔这些盆盆碗碗，她小心地踮脚尖把黑瓦碗往灶台最里头推了推。郝玉兰说的是白老四最不爱听的，要命的是她说得一字不错。他一个月磨烂几双鞋，挣的钱还是不够一家六七口人糊口，就算他这头驴不卸磨不喘气也总是接不上茬。郝玉兰仗着身板壮实人又勤劳就手不时闲地干着，下河洗油线、背菜、拉坡，打能找到的各种零工，一分一毛的攒着，又一毛一分地买成粮食。这样日子一天天过下来，大人小孩碗里没稠的也总有稀的，一天没三顿总有两顿，也过了七八年。

"你能蛋！俺还不尿你哩，天天就会掂着秤去借面……锦华巷还有哪家你没借过？你……你个借面精！谁娶你也当不上老爷！"白老四气得头上青筋直蹦，说话也结巴起来。实在接不上顿，郝玉兰就掂着秤挨家借粮，白老四发了工资就得先还债。他不满极了，认为每顿吃少点，晚上再吃稀点就能解决粮不够吃的问题，人家不都是这样子过的？还是玉兰不会过，弄得日子这么难怅！她回嘴说孩儿们长身体、老四在外边出大力不能亏嘴。

"中了吧！俺借面你没吃？嘴里吃下去，上趟茅房回来就不认账了！"她不依地回嘴。白老四说不过玉兰了，他掂着门后边的馍篮砸了过去，里面却跳出来半个苞谷面馍。女人挨打在锦华巷不是啥新鲜事，有被打急了的女人冲到巷道里大哭，男人追回来再打。郝玉兰挨打却从不跑出去，她会还手，还会破口骂人，从白老四的十八代祖宗骂到白老四的爹妈，还要骂白老四前边的两个老婆，外加那个一只眼的媒人。白老四不会骂人，就更使劲地打她。

隔壁老梁木匠听见老白家传来了吵闹声，竖了耳朵听着，他隐隐觉出是为了下午的事和那个馍。白老四照例要吃点干粮顶顶劲的，可只有半个馍了，老婆玉兰还不依地说："你挣那点钱还要天天吃干粮？白掌柜的，下回你到家是不是让俺娘儿几个站门口，像迎接志愿军回国呀？"

接着就是一阵追打声，还夹着郝玉兰的哭骂。

"白老四！你打死俺吧！呜……跟你这几年俺没过一天好日子，你不如打死俺，也省得吃苦受累还得挨打！"

没啥回音，只听见东西打在身上的啪啪闷响。郝玉兰平时叫他"老四"，亲亲热热的，隔三岔五吵打起来，那个"白"字加上就成了"白老四"，一字一顿有些恨恨的意思。

老梁木匠呼地站起来，心在突突地跳。他看看桌上的苞谷面馍，后悔收下它，害得白家女人挨顿打。他想去劝劝，刚出门就停住脚步，他好像还没和白老四说过一句话哩。夜静了，站在巷子里，叫骂声就听得更清楚了。天太寒了，老头儿不禁打了个寒战。

"大爷，一会儿就好了。"对门老宁站在自家门里说，"打到的媳妇揉到的面，玉兰再能干也是个女人哩，跟男人抻着脖子骂，不打她打谁呀？大爷，别操心啦，谁家不闹个仗？"

"女人咋啦？"门里头老宁媳妇接话了，"大黑，明儿让你爸给你做饭吧。别吃女人做的饭才算本事呢。"大黑咯咯笑，老宁有点下不来台，跟老梁木匠点点头把门关上了。老宁说得不差，这会儿吵闹果然到了尾声，白老四已经停了手开始生闷气了，郝玉兰照例开始从头骂起了。

"俺的命咋恁苦哩呀！老天爷哩！呜……那个一只眼的老娘们儿，收你多少钱给你做媒来哄俺！俺娘贪财让俺跟了你这个挨刀的，比俺大十八岁还穷得叮当响。呜呜……俺跟你没吃过好的，没穿过好的，倒是打挨得不少！……白老四！你屈不屈良心呀！……"哭声里夹着白老四沉沉的叹息，几个孩子才敢"妈呀，妈呀，别哭啦"地小声叫着。

郝玉兰擤了几下鼻涕，哭声渐渐止住了。

老梁木匠一直在门口呆呆站着，听着动静不大了才缓缓回屋。长安早蹬掉破衣裳烂被子，在床边斜趴着睡着了。

老梁木匠却躺在自己的光床板上睡不着了。在老家睡了一辈子炕，他觉得床板太单薄，怎么躺怎么不踏实。从挑着担子把小孙子长安从河北挑到了西安，老梁木匠就知道，他这辈子怕是活着回不去啦。而且，就连死这件事，老梁头也清清楚楚全想好了，他是埋不进河北老家的祖坟里了，哪天死了，只能在这西安城挖个坑入土为安啦。这绝不是老头儿想要的，可他只能眼睁睁往这坑里走，大半辈子过去了，他活够了，让他搁不下的是，要是哪天他死了，长安在这世上还能指靠谁？

夜很深了，整个锦华巷都睡着了，老梁木匠还是睁着眼，冲着门缝透进的那线光亮发着呆。

春天的雨说来就来，虽然不大可哩哩啦啦总不见停。锦华巷的人们怕下雨，巷子狭窄又是下坡，见下雨那积水就灌进巷子了。

老梁木匠租的房在锦华巷最里头，地势最低，只一会儿的工夫就见门前有了积水，水面越积越高，老梁木匠赶紧在门口码上两个大沙袋，水还是渗进了屋里。长安看对门老宁和媳妇一块儿往外舀水，也赶紧学样儿，爷儿俩一前一后撅着屁股忙活，簸箕在泥土地上划出闷响。门外哗哗的雨声和锦华巷几十家人一齐舀水的场面,让长安觉得好玩极了。

门口的积水夹着一股臊臭味,老梁木匠暗暗叫苦。整条锦华巷只有一个没顶的茅房,茅坑又没盖,隔三两天有骡马大车来淘粪,遇着下雨或农忙,拉粪人多隔几天才来,粪水和雨水就会漫起来,顺着下坡积在老梁木匠的门口。

老梁木匠赶紧又搬来几块大石头垒在门口,才发现屋里漏得像在下小雨,又慌忙拿盆拿碗来接,可用的家什都用了,漏水的地方却太多了。

困了两天,雨终于停了,老梁木匠赶紧在空地上做起了风箱,他想攒点钱修修这漏屋顶。老梁头有木匠手艺,在锦华巷算是生活稳定的。长安见他做活儿,就摸了个菜饼子给老梁头嘴里塞了一块儿,老头儿边嚼边含混地说:"没到吃晌午饭就嘴不闲,去玩吧。"

长安应着就一溜烟跑了。长安不认识谁,可他觉得在锦华巷比在老家好,河北老家的人都笑他有个后爹,到西安终于没人说这话了。过去后爹随时就会打他,现在也终于没有被打得鼻青脸肿的疼痛了。长安跑到茅房外叫了一声没见人应,刚进去就见一个老太婆正慌乱地提着裤子嘴里骂:"小鳖孙儿!不等人答应就闯,等着投生呀?"

茅房是全巷男女上百口人公用的,只有三个蹲坑。每天早晨外边总会排上长队,手里提着尿盆尿桶边打哈欠边咕哝:"咋还不出来?你在里头拉线哩吧!"其他时候去,得先在外边大声问一句:"茅房有人吗?"没人答应就可以放心进去了。长安憋着尿站在茅房门口等,让拉大粪的大马给吸引住了,他仔细打量着马儿湿漉漉的大眼睛和圆滚滚的肚皮,它只吃草能有这么饱?

"吕林,你敢打这马不敢?"几个小孩儿在他身后叫开了。

"吕豫哥,俺要敢打你咋哩?把你的画书给俺中不中?"吕豫刚一点头,吕林就抓了块石头甩过去,马吃了疼,咴一声嘶叫起来,不住踱着步子。另一个矮个小孩儿也在地上找着石头准备砸马,长安心疼了,对拉粪人小声说:"有人打你的马哩。"那人却只看他一眼,没听懂一样只管把粪汁往马车上的大桶倒。

"小屁孩儿还怪操蛋哩!真是皮痒啦?"矮个小孩儿气势汹汹地嚷起来。

吕豫笑了说:"傻×!你还告状哩,没见他是个哑巴?"

长安愣在那儿,几个孩子一起冲过来在他的头上、身上胡乱捶打着骂:

"小屁孩儿你还敢告状哩!"

一块石头砸在长安头上。长安没来得及哭出来就听有大人喊:"谁在那儿打人哩?"

小孩儿们一下散了。

孙子的哭声传回来,老梁木匠停下小锯竖着耳朵听听又像没动静,拉了两下还是觉得不对。小脚老王婆在屋门口瘪着嘴说:"老木匠!孙子哭哩!"

他刚走到门口就见长安捂着头哭着往回跑。老梁木匠见有血从长安手指头缝子里冒出来,立刻就把平时总眯缝着的小眼睛瞪大了,浑浊的眼白露了出来,看上去挺吓人:"咋啦?"

"老吕家那几个狼崽子给打的。"老关爷说。

老梁木匠一把攥起长安小棍一样的细胳膊,冲巷口撵去,长安手脖生疼却不敢吱声也不哭了。锦华巷口静悄悄没一个人,刚才还横行的小孩儿没了影儿,老吕家的门却紧紧闭着。老吕是拉架子车收破烂的,却收得少偷得多。看到谁家门外晾着衣裳料子,他就对那门喊:"收破烂,有没破烂卖?"家里有人就嫌烦:"没有!别家收去。"他拉了车走人。要是大喊几声没人应声,老吕会用出奇敏捷的身手揪下绳上晒的衣服和窗台上的鞋,拉上架子车扬长而去。他的行径锦华巷的人都知道,人们心里看不上他,面上却谁也不愿多说什么。

站在老吕家门口,老梁木匠明知故问大声道:"是这儿?"

长安怯怯地点头,老梁木匠左右看看横下心来拍门,里面没人出声。老梁木匠小声用河北土话骂了几句,里边却传出来笑声。老梁木匠脸涨红了,扯嗓子骂起来,小孩儿们在屋里却嘻嘻直笑。他们越笑老头儿就越气,骂得更听不懂了,几个说河南话的小孩儿开始怪声怪气地学老头儿的河北土话,这让老梁木匠屁股后头的长安沮丧极了也害怕极了。老梁木匠没法儿只好骂骂咧咧扯着长安往巷子深处走去,老吕家几个小孩儿在门缝里看见了欢呼起来,大声叫着:"哦,胜利啦!胜利啦!帝国主义夹着尾巴逃跑啦!"

他们齐声叫道:"老头老头,要饭的老头!小孩小孩,拾来的小孩!"

郝玉兰在家门口看见老梁木匠领着流血的长安忙问咋啦。

"还不是老吕家那几个孩儿。"老梁木匠恨恨地说:"长安这个货也忒没记性,让你甭去巷口你不听。"

"咋能怪咱孩儿？老吕家的孩儿太皮了。长安，下次人家再打你，你就还手。打不过就来叫你二林哥，听见没？"郝玉兰很少这么轻声细气说话，她总觉得长安怪可怜的，"大爷，咱少搭理他，孩子也少理他家的孩儿，那一家人都不讲理。"

她把手里捏着的信递给他，"大爷，这是你的吧，俺从居委会拿来的。"

老梁木匠不识字，自个儿名字却还认得："你家大闺女在吗？给俺念念信。看样子是俺大儿子的信！"

老梁木匠喜得眼睛成了一条缝，嘴边的白胡子也在抖了。郝玉兰招呼白莲花出来："这闺女还没上学哩，能磕磕巴巴念几句，要不等她二哥放学回来再念？"

"没事没事，能念多少算多少。上次劳烦你家老二给大儿子写信，说俺来西安住这儿啦。你家莲花也是个女秀才哩。"老梁木匠有点急不可耐了。

白莲花怀疑老梁爷爷说不识字是骗人的，上次二哥写好信，他拿在手里看了很长时间，还问这事儿写上没，那事儿写上没，二林让问烦了不高兴地说："写上了……不放心你找人给你念呀。"他才赔了笑小心翼翼把纸头叠好再去寄。

白莲花念完信，郝玉兰笑着对长安说："这下高兴了吧，你爸妈要来啦。"

长安瞅瞅爷爷，老梁木匠还是笑着说："还得到明年哩。是俺的老大儿子和媳妇要从天津来西安哩！说是不走啦，长安的爹是俺老二儿子。"

郝玉兰从没见老头儿提过有啥亲人，见他这么高兴顺嘴问："那长安咋不跟你家老二过哩，你老人家这么大岁数养活个小孩儿多难呀。"

老梁木匠一下愣住了，挠挠头才说："嘛呀，长安他娘脑子有点病……老二他……河北家里都是盐碱地，不活人呀……"

"俺娘平时不疯，是后爹不让俺在她跟前，她才疯的……"长安小声说。老梁木匠瞪了他一眼，长安却低着头没看见。

玉兰愣了愣赶紧说："是呀是呀，盐碱地就没法儿啦，都不容易呀。"

老梁木匠松口气说："他大娘，让莲花给回个信，就说西安是好地方，让他们明年一块儿来吧，俺等着哩。"

大太阳晒一天把房子早晒透了，天刚擦黑，巷里倒比屋里凉一点。黑乎乎的锦华巷，家家的矮房檐下都挤满了累了一天的人，前半夜人们热得睡不着觉，就摇着蒲扇说闲话，啪啪地打着蚊子。一丝风吹过，就有人叫起来："老天爷，再给点风吧，要把人热死啦！"

老梁木匠指指那卷烂草席说："长安，去把席铺在门口，外头凉快哩。"

后半夜凉下来，人们渐渐睡实了，锦华巷响起不少奇奇怪怪的呼噜声。老梁木匠仰脸张嘴地睡着，长安却迷迷糊糊要尿了，他坐起来出了一回神，才在凉席缝隙里小心地走到厕所，生怕踩着谁的胳膊和腿。从茅房出来他向巷口望了一眼，月光下横七竖八的人好像战场上阵亡的尸体，长安呆呆地看了好久。他突然想："要是一下子大家都死了，是不是就这样乱七八糟躺着？而他的亲娘，还活着没？"

他突然特别特别想他的娘了。

到了晚上，郝玉兰狠狠打了白二林一顿，这是她第一次打白老四前边老婆的孩儿。

事还是老梁木匠的信引起的，白莲花替老梁木匠写回信时没找到纸，郝玉兰性急，就从二林的本子上撕了一张。白莲花说："二林哥回来肯定要生气哩，上次白东京用他的铅笔画画把铅弄断了，他把白东京鼻血都打出来了。"郝玉兰记得这事，自己可怜他从小没妈也没多说他。她想想说："反正也撕过了，再给他买一本吧，也就一张纸呗。"

二林果然一回来就不依了，拿着本子大声说："谁撕哩？谁撕俺的本子啦？"

白莲花没敢吱声，二林端直冲到白莲花面前："肯定是你！你手咋恁贱哩，说过别动俺的东西，你想要就让你妈买！"

白莲花一个劲摇头，吓得说不出话来，郝玉兰说："是俺撕的，明天给你买一本新的，就算了吧。"

二林脸对着墙不说话，半天才狠狠地说："有亲妈就是好！"

郝玉兰见他脸上有眼泪心一软说："俺下次不撕啦。是长安他爷要写信才急着撕的。好啦，妈给你重买本新的赔你还不中？"

说着，她从兜里摸出五分钱递给二林，二林并不接，脖子一梗从郝玉兰身边挤过去，把正做饭的白莲花使劲推了一把。莲花站在小凳子上没防备，身子扑向灶台，头却磕在了锅沿上，等莲花抬起头还没哭出声郝玉兰先吓哭了！鲜血正从白莲花头上流下来，郝玉兰不知道伤口有多深，哆嗦着手不敢碰她的头。白莲花觉得脸上有热乎乎的东西只当是锅里的热水,等眼前模糊了才觉出头上撕裂地疼,却吓得哭也不会哭了。郝玉兰慌得从褥子里揪棉花,就着灶火烧成灰放在伤口上,可马上就让血冲开了。

"天爷哩!这可咋好!"

白莲花眼看血从头上流到衣襟上很快就是鲜红的一大摊,心里害怕起来,哭着说:"妈,俺要死了吧!俺还没上过学哩……"

白老四今儿回来得比平时早,昨天他淋雨害了伤风,今儿熬到中午就全身无力只想当街卧倒,挣扎着把酱油瓮送回酿造厂,又把架子车交回车队才深一脚浅一脚回来了。到家门口他刚想拼着最后一点劲上那几个城墙砖的台阶,就见眼前乱哄哄的——老关爷、老蔫媳妇、老郑媳妇和老梁木匠都聚在自家门口抢着跟他说话。

"四哥,你可回来啦。你家二林把莲花的头打了个大窟窿!"老郑媳妇一口秦腔,她是锦华巷唯一一个西安人,也只有她两口子是有正式工作的公家人。老郑妈从河南来时就把家安在这儿,她结婚后也就一直住在这里了。

"血流得止也止不住,四嫂刚借钱给她包好才发现二林不见了。玉兰哭得疯了一样又跑出去找,说出个啥事她给死去的二林妈咋交代哩?"老蔫媳妇也急着说,她一只手还扶着白莲花的肩。白莲花的头上包着布,脸是洗过的,耳边和下巴上却还有血迹,越发显得小脸苍白,衣服上大摊的血渍已经干了发暗了。

老梁木匠看老四一言不发就安慰说:"都出去找了,你也甭急。"

白老四的头嗡嗡作响,他想定定神,却眼一黑栽倒在台阶上。

西安的大东门比小东门高大得多,还有一个很气派的城门楼子,平时白二林喜欢这里,觉得比小东门的小城门洞亮敞。数不清的燕子像平时一样盘旋着,叽叽喳喳地叫。今儿二林听了却觉得心真烦,他知道它们在城门楼檐下面做了很多窝。

白二林明白自己把祸闯下啦!

趁郝玉兰慌着给白莲花包伤口,他就哭着溜出家顺城墙往大东门跑。正是下班时间,骑着自行车的人在城门里进出,领着小孩儿的女人挎着小包袱悠闲地往家走。白二林游荡着到了城门底下,便坐在城门洞里抱着膝盖发起了愣。

天渐渐暗了，他不知该到哪儿去，肚子倒还不饿——家里眼下只供了他一个学生，郝玉兰天天给他带馍哩。他操心作业写不完咋办？老师说过他是学习的料，还说让他长大考大学哩。

想起白莲花一脸血的样子，白二林害怕得闭上了眼，为啥偏偏自己要遇上个后妈？他心里难受起来，抱着瘦巴巴的膝盖又哭开了。啥时候能像当了兵一去不回的大哥一样，再不回这个家才好哩！

这时白二林听见有人叫自己的名字，他差点应了一声，回头看，郝玉兰头发蓬散着，顺着城墙跑过来了。白二林赶紧跑到城门的另一个门洞藏好，说不出心里是啥滋味。郝玉兰和路边的人说着啥，转身就冲自己跑过来了！白二林还没想好跑不跑，她已经气喘吁吁冲上来把他胳膊抓住了。郝玉兰揪着他眼泪就下来了，她让他往回走，嘴里大声嚷道："不中！不中！俺得打你一顿！俺得把你打改，俺不信你妈活着就不打你一下？"

她哭得上气不接下气，白二林也开始哭了。路边有人看着，郝玉兰理也不理，顺手把鼻涕擤在路边："你到底弄啥哩？那是你亲妹子呀，就算是个外人你咋能转身就跑？不中！俺得打你一顿！俺再惯你就成没人性的白眼狼啦！俺让你恨、让人骂也要把你管个样！"

白二林随着她的拉搡往家走，一边哭，心里却觉得比在城门洞底下好多了。郝玉兰一路拉着他走，一路数落着，白二林不敢回嘴，恨恨地想，早晚俺长大了，就和俺哥大林一样，再也不回来了！

白莲花头上从此就留了个疤，郝玉兰给她留起了刘海儿。白二林经过一顿饱打，不再那么独了，也有耐心给白莲花说学校的事，有时还给玉兰叫声妈。白老四偷偷说："古时候人说棍棒底下出孝子还真没错。你要早听俺的话，二林也不会把莲花的头磕成那样子。"

郝玉兰叹口气："没妈的孩儿可怜哩。他说要双篮球鞋，咱攒一攒给他买了吧。那么大的学生有面子哩，人家有他没有，心里不得劲哩。"

长安来锦华巷的第二个盛夏还没过完，居委会在锦华巷口贴了张大红纸，让合适年龄的孩子去上小学。巷子里满七岁的小孩儿有三个，一个是老吕家的老二儿子吕林，一个是白莲花，还有一个就是梁长安了。

通知一贴上白莲花就激动开了，按去年说好的，她今年可以上学啦！她勤快地烧火做饭，用大木桶从巷子外边提水回家，平时那是她妈和二哥干的活。桶大，她就一回掂半桶，再踮脚倒进和自己一般高的大黑水瓮里，水满瓮了她半边身子也湿透了。可她不闲，把灶台用洋碱水刷洗一新，又特地把两个弟弟的脏衣裳洗净晾上。

没想到晚上爸和妈一合计，说今年还是不行，两个弟弟小不能离人，再说妈肚里又怀了一个，过年就该生了，咋能让她去上学？白莲花一听就急得大哭起来，郝玉兰看白莲花咬着嘴唇哭，心里也难受起来，知道她一直盼哩，光今儿等她爸回家，在巷口看了就不下十次。

"大妮儿，听话，明年妈一定让你去上学。明年你弟东京快七岁了，你俩一起上学，妈给你们再攒一年的钱。"

"不听！不听！你和俺爸净是哄俺哩！"白莲花决堤一样爆发了。从来不大声说话的闺女像变了个人，连白老四也回头看着她。

"你们光骗俺吧！俺给你们晒油线、煮油手套，俺爸送酱油俺还去看架子车，走得脚都脱皮了。你说俺听话就让俺上学，俺就听话、等着，给你看东京背西京。你去年说家里没钱，俺连过年姥爷给的压岁钱都给你啦，你还说没钱！"小莲花越说越伤心，到最后是边哭边说了。家里静得可怕，东京把一个木头娃娃放在西京手边引他玩，怕他哭起来。二林也放下作业慢慢地溜下床，看看白老四又看看郝玉兰，不敢走动。郝玉兰一屁股坐在床沿上，小莲花说得不错，可家里真是连一块钱也没有了。就是五毛钱，也得和老四一起摸兜找口袋好好凑哩。她也哭起来，用手擂着明显隆起来的肚子："俺就骗你啦！又咋啦！你爸和媒人还骗了俺，俺找谁去？谁不想让你上学？家里难呀，眼看年前家里又要添一口人！天爷呀！这日子可咋办哩！"

白莲花扑上前拦住说："别，你别！"

郝玉兰抹着眼泪，狠狠瞪了白老四一眼，他却弓了背，头垂到膝间，啥话也不说。她拉住闺女的手，胳膊很细，衣裳短了，手脖露出很长一截："听话，莲花。咱家上边供了学生，下边你还有两个，不，马上就是三个弟弟。妈就你这一个闺女，你不帮妈谁帮？再等等中不中？明年俺肯定给你攒钱上学！"

"俺知道你们不会让俺上学啦！你们老说俺大哥二哥是俺爸原来老婆的孩子，他们没妈可怜，就让他们上学。他们还能吃白馍，穿新球鞋哩。俺这俩弟弟是男娃也能上学，俺是闺女就不用上学啦。俺还不如也没妈哩，那俺也可怜，就能和俺俩哥一样上学啦……"

郝玉兰气得发抖，跳上前去一个耳光把白莲花的话打断了，二林突然说："妈，让妹妹上学吧，俺俩轮着回家看东京、西京——俺以后也不带馍了。"

白莲花捂着脸看着二林，又赶紧看看妈。白老四站起来铁青着脸说："都别说啦！俺把下个月的工资先领来给你交学费！你啥也别说啦，怪爸没本事！俺这回让你上学！"

白莲花睁大充满泪水的眼，不知他说的是不是真的，直到白老四摔门而去，妈也叹着气开始纳鞋底，她还呆呆站着不敢相信。

隔壁的老梁木匠当然听得见老白家的哭闹声，但老头儿啥也没听进去。他也为孙子犯愁哩。供长安上学对老梁木匠来说是吃力了点，倒是长安一听说要去上学就直摇头。他说俺识的字都够写信了。老梁木匠伸手给他脑袋上敲了一记说："好小子！你会跟老子抻脖子啦你？还说会写信啦，次次跟鸡下蛋一样难，让你写粮钱涨了，你写娘线长了，让你大爷巴巴又写信来问？"

听他一说长安也忍不住笑了。

"还有脸笑呢！哪像个快十岁的人？"

其实长安才七岁多，他按老家的习惯虚两三岁让长安搞不清自己到底多大了。老梁木匠说不能当一辈子睁眼瞎——他只认识"梁忠宁"这三个字，那是他的名字："你要没学问，甭管有多好的手艺，人家也锁拉不上（瞧不起）你，照样用凉屁股对你的热脸。你爹娘都是读书人，祖先上也是有钱有学问的，你得多识字，提防你娘哪天见了问俺：'俺跟他亲爹都识文断字有本事，你咋不供俺儿子上学哩？'那你让俺这老脸往哪儿搁？你是怕俺一人做活儿养不活你？"

爷爷像郎中一样捏住了孙子的脉，长安一听他提到爹娘就不说话了。

老梁木匠干活前总得操心长安，怕他一人急，又怕他出去玩让人家欺负，就总要没话找话地和他说着："你见天看俺干活，爷考考你，这个风箱先做嘛？"

"先拆茶叶箱板呗。"

老梁木匠笑了:"说的嘛呀,咱是没像样的木料才买茶叶箱哩。俺是问你拆得了板子再做嘛呀?"

长安便一一说起来,老梁木匠有点吃惊,停了手说:"行啊小子!那你想不想给老头儿打个下手?看,风箱里的推杆、风舌头都好玩得很哩,一般小孩儿笨学不了呢。"

长安没说话,老梁木匠递给他一把钉锤说:"爷像你这么大就会做活儿啦,俺做的小板凳可好看啦。你看这鸡毛扎好喽就能装在风箱里,这比你出去让人家欺负好吧?你跑出去俺还操心你,出去找你多耽搁时间呀。"

"那俺不是还得上学哩?"长安问,前几日白莲花的哭闹让他知道上学好像是个好事哩,尽管一开始他不想去。

老梁木匠笑了:"不是还有个把月哩?给你找个事干,你就不急着出去啦。"

"大爷,爷儿俩说啥这么高兴?都做成这么多木盆啦,该出去卖了吧?"郝玉兰来了,站在空地上四处打量。老梁木匠赶紧站起来把黑手在衣襟上来回擦着:"是他大娘呀,你那个搓板俺给你做得啦。"

郝玉兰笑了:"还真是来拿搓板哩,俺要回趟娘家给俺娘捎回去。噫!大爷,你做活真细呀。"

老梁木匠见她手里拿着钱先抢着说:"做嘛哩?做嘛哩!俺可说了,你再拿钱这搓板俺可不给你!"

郝玉兰作难了说:"你劳神出力哩,咋好意思白拿?孬好给你个料钱吧。"说着把钱塞在长安手里就抢过搓板走了。

老梁木匠却不行,从长安手里抓出钱,紧跟她嚷道:"你这媳妇,做嘛呀!真是……"

郝玉兰看他一心要退钱只好接住了。

"回娘家远吧?"老头儿见她收下钱就不急了,"还带孩儿们去呀?"

郝玉兰听他说起娘家,先叹了口气:"远倒不远,出了老东关没多长的路。俺爹和俺娘闹仗哩,派俺兄弟来叫,让俺给出主意哩。唉!老四不让俺掺和娘家的事。唉……"

老梁木匠见她愁成这样，肯定是难事，就说："闺女是爹娘的小棉袄，你这么孝顺，爹娘肯定很疼你吧！你家哪年来的西安？"

郝玉兰对老梁木匠说："大爷，说起俺爹娘，就话长啦。他们老可怜哩！俺老家是河南开封旁边的，黄河发大水那年俺才七八岁，现在想想真是吓死人！方圆多少里的村子，啥都让淹啦，俺能看见的除了大水就是大水，房子和树都泡得只露个顶。大水里漂着死人呀猪呀牛呀鸡子呀，都泡胀了。还有活着的人，都瞪着眼睛，吓得连叫都叫不出来，从俺眼前一下子就让大水冲过去了，他们都死啦——连个坟包也没有。可俺们抱着大树竟然都活着！俺爹本不想来西安的，可老家让淹成了一片河，水总也不退下去，日本兵又一直在打仗，俺爹就说，只能挑着大锅往西安跑吧！大爷呀，一路上俺们啥样死人没见过？人饿得正走着就卧你脚底下，野狗叼着半截腿就拉走啦！俺兄弟本来是对双生子，快到西安让野狗把老二的耳朵给撕下来，活活让吓死啦……可怜他才一岁多连口饱饭还没吃过哩！俺们一大家子本来二十三口人，发大水淹死的、路上饿死的、让大车辗死的、病死的……到了西安，只有俺们一家四口人和俺小叔家的两口人啦！唉！"

老梁木匠含了眼泪，重重叹了口气说，："太惨啦！活着不易呀！"

郝玉兰也抹了把眼泪说："是呀大爷，俺们能在西安活到现在这个样子真不容易啊！都说西安城的人命好，没灾没难能吃饱饭，又不跑日本兵，俺从来不敢眼红人家。咱跟人家不敢比，只图在这城里能有个窝，一家人有吃有喝好好活着就中！俺爹娘的两个儿子只剩下一个，这些年就对俺剩下的这个兄弟心很重，总想给他结个好亲事，谁知道他自己找了个西安此地人！你说这不是要命哩？俺爹气得不得了，俺兄弟也犟上了，说女的是他同学，好了几年了——你瞅瞅，几年了俺都不知道！"

"西安此地人就此地人，有嘛关系？你回去劝劝不就得了？"

"咋能没关系？你瞅瞅锦华巷除了老郑媳妇，哪个河南人跟西安人结婚了？没听人家说西安人是灵人多闷人少，二尿把人能绊倒。人家都是有根有基的城里人，咱咋敢娶个西安闺女哩！"玉兰愁得不行。

老头儿却笑了："俺倒听收破烂的老乡说，是坏人多好人少，二尿把人能绊倒。也是开玩笑吧，俺倒觉着西安人还真不错哩。"

"人家闺女家里人也不愿意哩，说咱是河南担。闺女可闹着非跟俺兄弟，俺娘相中人家舅是个区上的官，说咱这外来户能攀上就不错啦，俺爹可说不能让她做主。这不俺爹叫俺回去商量咋办哩——可俺爹和娘都得罪不起！"

"你这么一说俺就明白啦。都说门当户对，人家比咱门楼高，以后日子长呢，嘛事都出来啦，你还真得回去劝你娘和你兄弟呢。"老梁木匠想起了老二儿子和长安的娘。

郝玉兰拎着搓板走了，爷儿俩接着忙活。长安很快就把风箱像模像样地钉在一块了，老头儿忍不住就夸他："灵醒！"长安得意起来，递钉子拉线跑得更欢了，可鞋太大，人跑出去了鞋还留在原地。

老梁木匠看着他瘦得麻秆一样的腿脚说："赶明儿卖了风箱给你买双鞋，看这鞋，花生壳子一样，四边不挨脚。马上开学了，不能再对付了。"

长安跑回来把脚重新塞进大鞋里，边拿扳子边说："有点钱就买这买那，你就不能把钱放着？"

老头儿看着孙子一本正经的脸，忍不住笑起来。

一大早，老梁木匠叫醒长安，胡乱扒了几口饭，就把风箱、木盆和搓板捆在扁担上，带着长安出了锦华巷，顺着城河往东关的八仙庵走："待会儿跟紧俺，别让人家挤着你。啊？"

长安努力跟着老梁木匠，眼睛却瞧着城河边，看那些洗油线的人里边，有没有巷子里的人。老梁木匠头也没回说："去年你差点掉城河里淹死哩，你玉兰大娘救的你，可得记住呢！啊？"

"知道啦！玉兰大娘家的东京天天都偷着游泳哩，他把头晒干才敢回家。郑光郑荣也去哩。"长安本想说老吕家的哥几个也去了，怕爷爷生气就没提。

"他们淘，你可要听话哩。"

"爷爷，他们咋在城墙里头住哩，多有意思。"

老梁木匠拧头看了看城墙，有人在城墙土里挖出个窑洞，能容一两个人睡觉，里边铺上烂纸板和黄油纸，外边像城门吊桥一样上一块门板。白天门板放下来，到晚上把门板吊上去刚好掩住大洞。这是个最简易的容身之地，在小东门附近随处可见，单身汉干脆在洞口挂块烂麻袋当作门帘，里边挖得浅些能容下一个人侧身而睡就可以了。

"穷人多哩。没处住就想个这法儿，还能图啥？风吹不着雨打不着，又不花钱，也算在西安有个家啦！听说你玉兰大娘她娘家解放前就住城墙窑里。"

离锦华巷最近的市场就是八仙庵了。庵里许多年前供着吕洞宾、铁拐李等八仙，如今庵门关着不再有香火，庵门外的空地却逢五逢十有人挑担肩扛地来卖些旧货、小玩意儿。八仙庵路口人来人往，路有点窄，老梁木匠担着木活怕碰了人，别人却并不避让他的担子，长安紧紧揪着扁担绳东张西望着。正好是早晨上班的时间，路上人多起来，推架子车的吆喝着："看路啦，看路啦。小心碰上——！"

老梁木匠抽空抹了把汗大声说："长安，你可揪紧喽千万别松手！听着没？"

长安也大声说："听着了！"

老头儿走几步又说："你咋不说话哩？别只顾看热闹，盯着咱的搓板别让人抽走了。听着没？"

长安又大声应："听着了！"

有个农民，蹲在路边抽烟，隔了一米多远的路边捆着两只母鸡。一个只有几颗牙的老太婆也远远坐着，光秃的脑门上顶了块又脏又烂的手帕，见风落泪的老眼湿红着不住眨巴，脚边只有两捆很老的韭菜。

爷儿俩刚在个显眼的地方卸下担子，一个胖老头就走过来："老木匠，等你好半天了。我上次订的风箱和搓板好了没？"

他边说边用指头敲敲刚摆出来的两个风箱，老梁木匠忙应："拿来啦。"

长安被爷爷拉过来坐在扁担上看着木器。老梁木匠脑门上都是汗，衣裳又皱又烂，衣领折起的地方已经磨断了，只有系扣子的地方还连着衣裳，左边胳肢窝下开了线，黑乎乎的腋毛露了出来——这是老梁木匠赶市儿专门穿了件最体面的。老梁木匠堆起笑脸给胖老头打开风箱让他看，又拿过搓板让他挑。

胖老头拿出几张钱递给老梁木匠说："你给我送家去？我身体不好拿不动这么多东西。"老梁木匠把钱整整齐齐对折了放在贴肉的口袋，又用小别针把钱和衣裳布别在一起才说："行！俺全凭大早上卖一会儿哩。要不，俺中午给你送家去？"

胖老头说:"就让你这个孙子去给我帮个忙吧,他给我搭手抬一下就成了,不远,就在尚德路。"

老梁木匠听胖老头说了地址,却是自己河北老乡们租住大院儿的隔壁,又听他说老方头他们租的正是他家的房,买风箱本来就是老方头给介绍的,这才放心让长安去送。路却着实不短,长安一路和他抬着风箱和搓板,得不停换手歇歇,可他不敢说累。到了胖老头家,是个大院子,他让长安在院里等一等。长安便吃惊地站在院子里看着让他不敢大声说话的气派。他从没见过谁家有这样大的院子和房子,院中间种了不少在城墙根没见过的花草,地上铺了光洁的青砖。在厨房的门口,吊着一条风干的腊肉。长安更吃惊了,这样大的一块肉!居然不吃却吊在那儿!

胖老头拿着两个白面馍和一个小纸包从大屋出来,笑眯眯地说:"拿着,去你爷那儿吧。"

长安有点疑心那是不是真馍——太大又太白了,他不知该不该要,脚却像施了咒一样迈不开,更要命的是他不自禁咽了口口水,咕咚一声连他自己都听得清。长安羞得小脸通红,想把自己的脏手脏脚藏起来才好,胖老头又来拉他的手,他才下决心接了。

这一天简直跟过年一样,爷儿俩从没吃过这样的白馍,更不用说小纸包里让人香得直卷舌头的腊牛肉了。爷儿俩的好运气还不光是这,没到中午他们就把带来的木活全卖完了。老梁木匠把二十块钱用别针别在衣裳里头,又买了十斤杂和面和二斤盐才说:"走!给你买鞋去!"

长安却揪着绑在扁担上的麻绳说:"还是先给你买衣裳吧。"

老梁木匠怔了怔说:"俺都老了,摆那谱做嘛?下月你上学了,还是不穿鞋人家笑话你哩。"

"爷爷,胖爷爷的房真大,院儿也大,有块肉为嘛不吃要吊在院里呢?"长安终于有机会问他的问题了。

老梁木匠笑着拧孙子的耳朵:"人家的命好呀,人家祖先就有这院这房。你眼红吗?头些年你亲爹家的院儿比他的大呢,俺猜他们早上起来就要吃肉饭了。你现在可跟着俺挨饿——你千万甭跟别人说你亲爹的大院子,要不就完啦!千万记住!"

长安听不懂，见老头儿紧张地叮咛，赶紧点点头。爷儿俩进了供销社，因为口袋里有钱，老梁木匠问价有底气，但他立刻就吓了一跳。

"多钱？一双小孩儿的鞋就要三块半？顶一个好风箱！"卖鞋的女人面无表情，看着长安的光脚片点点头，爷儿俩傻眼了。

长安拉着老梁木匠就走，老头儿不甘心地嘀咕："这么贵？没便宜的？"

卖鞋的女人摇着头，老头儿不理长安拉他，狠狠心说："那就买双吧，娘的！三块半就三块半！"

长安急了，转身就跑。老梁木匠看看鞋又看看长安，犹豫着赔笑脸说："是这……俺下次来买！"

老梁木匠和长安回来的时候，郝玉兰正挺着肚子在门板上打袼褙。她用刷子在褙到门板上的破烂布片上又刷了层稀糨糊，把布头褙上去用手拍平，这样一层层褙好干透就有了结实的鞋底料了。有时玉兰找得到烂胶皮轮胎，就剪下来到修鞋的张歪脖那儿钉上当鞋掌，既隔水又防潮。

郝玉兰冲他俩说："大爷，风箱都卖完了？"

老梁木匠嗯了一声，看看他俩没精打采的，郝玉兰又问："这是咋了？"

老头儿苦笑了一下说："唉，原想着卖了风箱给长安买双鞋，不是该开学了嘛，再咋也不能到学校打赤脚吧。谁知道一双就要三块五！"

"三块五？！"

老头儿有点生气了："一双小孩儿的鞋就要三块五毛钱，一个风箱也不过四块钱。三块五，吃人呢！顶小半袋棒子面呢！"

这价钱也让玉兰生气，这些钱得下河洗上十天油线："真是吃人哩！"

老头儿看了眼白家门板上花绿绿的破布片，心里一动，但马上收回眼光。郝玉兰却一拍大腿说："不要紧！俺给孩儿做双又结实又舒服的布鞋不就中啦？"

老头儿感激地看着她不知说啥好，长安也有点高兴起来了。

"他大娘，这咋好意思呢？你这一大家子人，你这身子也这么笨了，俺还是另想办法吧。"老头儿想想还是不妥。

"中啦，中啦。客气啥哩，大人能凑合，小孩儿够可怜了就别凑合啦。不过俺家可没布啦，你家不是有好些穿不成的衣服？你给俺拿来，俺今儿就刷上糨糊晾上，赶他上学鞋就中啦。还有你的衣裳领子都要掉了，等会换下来俺给你缝几针吧！"玉兰觉得挺高兴，长安的鞋有着落了。

郝玉兰一年到头都在做鞋，一家六口人加上郝玉兰的爹娘，八口人十六只脚，这双做中了那双又露脚趾了。郝玉兰做鞋两三双一起开始，灶头放一双，烧火做饭时纳几针；跟老四拉架子车，腰上掖只鞋底，坐在路边歇劲时摸出来再纳上两行；晚上吃罢饭，她再就着老二写字的煤油灯把白天纳好的鞋底和鞋帮上在一块。她的针线活实在不咋样，针脚太大，老是歪歪扭扭，两只鞋放在地上不是左拧就是右翘，她却认为，只要不露出脚趾就中啦，她也实在没力量求好了。

白老四嫌丑，说头俩老婆都是飞针走线的好针指，郝玉兰懊恼起来赌气说："看不上去尿！人家是你一大匣子大洋娶来的，跟你过的是手不剥葱脚不沾地的日子。俺哩？再下功夫做鞋，全家人都穿着新鞋饿死啦！她做得再好，她儿子的鞋还不是俺做？"

白老四一天全在外边跑，穿鞋当然费，玉兰给他做的鞋曾在半路底面分家，让他出尽洋相，最后用绳把鞋底绑在脚上才能回家，听了她这话又气又恼想揍她一顿才解恨。郝玉兰说归说，给白老四再做鞋却格外细心起来，她找来老二的铅笔在鞋底上画线，争取针脚都在直线上，又求人画了鞋样，用过去做两双鞋的时间给白老四做了一双。

果然这鞋得到了老四的表扬，她却说："你当俺做不好？那是没时间。要是像你那死鬼老婆一样让你养着，俺还能给你的鞋帮上绣花哩。"

小东门跟前的河南人，把孩儿们上学都不太当回事。街道居委会有扫盲班，组织着女人们去学识字，她们就觉得总算不是睁眼瞎了，很是骄傲。对于孩儿们，谁家也没指望能供出个状元来，只不过别人家的孩儿都去上学了，居委会主任也动员了，只要日子过得去，那就去上吧，别让孩儿没文化就中。他们过去生活的河南农村和现在生活的西安棚户，大多没有啥文化人。除了出苦力挣钱填饱肚子，他们想不出来，花钱花时间学那么多"文化"有啥用？

开学第一天梁长安很是快活，放学回家话就没停，啥样的桌子啥样的同学，上课前要一块儿唱歌放学要一块儿站队唱歌，还有一个老师说他长得好看……

他现在有一个"班主任"姓马，下课后还打了盆水给他洗了脖子呢。老梁木匠拿着墨斗指挥长安在木板上画线，笑着听他唱歌一样说话。长安问他爷："老师说俺的脖子像黑油轴，啥叫油轴呀？"

老梁木匠忍不住大笑了。长安洗得白白净净的，眉清目秀挺体面，老梁木匠说你长大和你爹一样是个美男子。长安不敢接话，盼他多说点啥。老梁木匠默默把墨斗里长长的线卷起来，爷儿俩的眼睛都盯着墨线头上"L"形的小木块一点点收回来卷在墨斗边上。老梁木匠说："孩儿，你就像这墨斗线，离爹娘再远，心还是连着是不？你长大还要找爹是不？"

长安听他问就摇摇头，心里茫然起来。

"你想你亲爹，俺也不反对……俺真的不知道他在哪儿。你想你娘，俺也不反对，她也不知你在这儿，跟俺这叫花子一样的老骨头活受这日子。"老梁木匠弓着背无力地坐在木桩上，长安也顺势坐在地上，用指头在爷爷膝盖上轻轻画着，打着补丁的裤子下边，是干巴巴的腿和硬硬的骨头。

"爷，俺能不能给俺娘写信？"

"没地方寄呀！老二最后一次来信说老家盐碱地，没活路，他们去内蒙古了。他没给俺地址……俺猜他是怕你亲爹找到他。"

"那俺也想写！人家都有娘，就俺没有……俺写好放着，有地址了再寄！爷，你说成不？"

老梁木匠低头看看孙子眼里的泪花，叹气说："行呀！你想写就写吧！"

长安落寞地望着远处，没有说话，眼泪终于落下来。

"你放学要跟白莲花一块儿走哩，你俩刚好一个班。"老梁木匠努力做出笑模样，摸着他的头说，长安却小声说："她是女的，走得又慢，俺不想跟她走！"

隔壁的白莲花也不停地说着学校里的事，她也不愿意跟长安一起走："跟他一块儿走同学们笑话哩。你没觉得他穿得那么烂，像个要饭的？"

郝玉兰生气了："看把你阔哩！和你姥爷姥姥逃荒到西安的时候，俺也要过饭哩，你也别和俺一堆走啦——你同学没见长安穿的是新鞋？"

白莲花不屑地说："新鞋又咋啦？又不是球鞋。他说那四不像的话谁愿意听呀？俺班有人说河南话有人说西安话，上课时俺们都说普通话，就是没人说他说的那种话。不管谁打他欺负他，长安都吓得不敢吭声，前天还像个小闺女儿一样哭了呢！他又不敢告老师，俺都替他着急！"

郝玉兰气了："谁敢欺负长安？你咋不帮他哩？你打不过还有你二林哥呀！"

白莲花见她妈急了便噘嘴说："妈，他自己那么胆小，别人咋帮他？你放心吧！老师看他学习好，夸他聪明字也写得好，长安又没妈没爸，谁都知道老师对他比对谁都好呢！有时候还用她自己的肥皂帮长安洗脖子呢！唉，他的脖子真黑！俺才不和他一路走着上学呢！"

锦华巷的女人们都很能生，怀里的孩儿还吊在奶上，肚里又让种上了，谁家媳妇的肚子也不闲着。老蔫媳妇生了四个孩儿还是不歇怀，眼看肚子大得又快生了，老蔫娘在巷子里大声数落着，埋怨自己没长眼珠，两碗苞谷豆竟然买了个败家娘儿们，再好的日子也非让她这一窝孩儿们吃穷了不可！

谁也不敢劝她，老蔫只好拿着空口袋去借面，老宁妈边给他舀粮边说："咦！你媳妇老能生！她要是过去在宫里当娘娘，保管能生个太子。"

老蔫张着面口袋等她装苞谷面，蔫蔫地说："俺女人简直不敢挨，一不留神就怀上啦。谁有啥法儿哩？"

幸好老蔫媳妇很能忍，她只当听不见，婆婆在家门口骂着，她却来找郝玉兰，说她才听人说，大白杨有几家苇箔铺子，卖盖房用的苇箔。这些铺子到处找人去编，编一个两丈二的苇箔能挣一块二哩。玉兰一听立刻说："那咱一块儿去。"

老蔫媳妇笑了："在大白杨哩呀。光走去就得两三个小时，晚上再走回来，一天和你家白老四走得一样多了。俺快生了，可走不动路。人家一天能打三四个，俺紧死忙活只能打两个，你要想去俺给你指路。"

"天爷哩！那一天不就能挣四五块钱？顶咱洗几天油线哩。俺一定要去，别说是大白杨，就是走到南山底下俺也不怕。"她啥活都干过，不管是到咸阳背菜，去三桥拉红苕，还是到浐河砸石子，哪个地方不远？

她热切地说:"秀芬姐,能从河南跑到西安,俺还怕从小东门跑到大白杨?俺明儿就去。"

白老四却不让郝玉兰去打苇箔,因为她也怀了孩儿。可她却说才怀了四五个月,哪能就歇手?只要能揽上活儿,管他是干啥也比在家光吃饭强啊。

谁也没想到,郝玉兰第一天居然打了六个苇箔!连别的苇箔铺子的人都跑来看她打的苇箔,说还有这么快的手。她有些得意,老板媳妇说:"你不用天天跑回家,就住在我这儿,管三顿饭哩!"她说:"家里还有五六张嘴,晚上等俺回去做饭哩,你不用管,俺明天赶八点就到这儿。"

第二天一早,她果然不到八点就在门口了,后边跟着白东京,背上是一岁多的白槐花。她挺着肚子,穿着白老四的灰对襟衣裳,两只缠过又放开的解放脚上穿双土布鞋,鞋底上,黄巴巴的泥糊得半寸厚,夜里下雨了,路上泥泞。老板媳妇说:"快把孩儿解下来吧,先一人喝上碗苞谷糁。"

玉兰三两口就喝完了,赶在木架边开始打苇箔,白槐花坐在她脚边的地上玩。玉兰却顾不上多操心她,一心打着苇箔。她的手真快,手指翻飞着,把十几个缠着细麻线的小砖块在苇箔帘上前后交错,旁人还没看清那结打得结实不结实,吊着线的小砖块也还在摇晃着,她已经把一根新芦苇又放在上边,从左到右飞一样编过去了。有人说:"真快呀,你编过这活吧?"郝玉兰手并不停,只笑着摇摇头,白东京骄傲地说:"俺妈过端午节的时候给民乐园饭店包粽子,一天能包一千三百个哩!人家都说俺妈的手会飞哩。"

老板媳妇看他说话老成逗他说:"你妈能干,那你哩?"

白东京说:"那俺也给你打苇箔吧。"

果然拉了个木架子,抱了一大抱芦苇准备编,她只当他说玩笑话,说:"你才五六岁,跟你妹妹玩吧!"

玉兰却说:"嫂子,不瞒你说,俺领他来就是让他来干活的。他听说你这儿管饭死活要来,俺说你去白吃可不中,他说他也能打苇箔哩。几个月前过端午节,他硬跟着俺给饭店包粽子,五天也包了上千个。嫂子,你让他试试吧。"

老板媳妇看着白东京,他也不错眼地盯着她,小脏脸上又是泥又是汗,她叹口气说:"那你就试试——反正编坏了还能拆。"

小白东京听了赶紧找了堆小砖头缠麻线打起苇箔来。

郝玉兰晚上领着两个孩子到家已经很晚了，白东京才进锦华巷就说："总算到家啦！"白槐花这会儿在她妈背上睡醒了，也不清地学话说："到家啦！"

白老四在门口接过白槐花，西京在床上睡得正香。白莲花端来大碗说："妈，你吃饭吧。"

郝玉兰长出口气靠着灶边的小板凳坐下，把脚上的脏泥鞋脱下来，捏了捏肿得老高的脚，又揉着大肚子说："这儿咋发麻地疼哩？"

她接过碗吃起来，饭没有味："莲花，给妈捏点盐，吃盐补劲哩！"

"你的肚子疼哩？是太用力了吧！明天能去不？"白老四有点不放心。

玉兰丢下碗就爬上床说："莲花，给妈把洗脚水端来吧！咋能不去？管三顿饭还挣八块多钱！俺一天打六七张苇箔哩。"

她把兜里的钱掏出来，一把放在床上。看见这么多钱，莲花和西京都喷喷着欣喜起来，二林只抬了下眼皮就接着写作业了。老四捏捏钱，也少见地笑了："那你就早睡吧，明天早点回来，不贪多打那一张箔，人还是要紧哩。"

玉兰见他心疼自己就笑着点头，她问东京明天还去不去了？

他大声说："咋不去？俺也打了一张哩！中午还有白杠子馍吃！傻子才不去哩！"

说话间莲花帮她妈洗了脚，端了盆出去倒水。郝玉兰从褥子下边摸出鞋底纳起来，白老四骂道："娘那脚！咋还不睡！你是想累死哩？"

她低声说："长安没双鞋穿，天天打赤脚。俺紧紧就做出来啦。俺身体好，睡一觉起来，哪儿都不疼啦。"

莲花进来说："妈，你快生了，可别生在路上了！俺同学他妈就是去北郊农场干活，把他弟弟生到农村了！吓死人啦！"

郝玉兰笑道："小孩儿们不好好上学说闲话！放心吧，俺还得几个月才生呢！"

因为郝玉兰给做的鞋，长安的脚不再受冻了。可是，鞋是新崭崭的，他的衣裳还是挺破烂，这就成了同学们开玩笑的对象。他却毫不在意，只管抬头挺胸在大家眼前，该干啥干啥。天很冷，长安又薄又硬的烂棉袄噘着嘴就有点漏风,他腋下夹着书本,抄手缩脖子地从学校回到锦华巷。老梁木匠摸出封信递给他:"看看写的啥。"

长安便开始念信。

"你大爷要来西安!"老梁木匠听了信,喜滋滋地说。

长安却记得他上次听信的时候很伤心。上次大爷的信里有张相片,是个小女孩,爷爷喃喃地嘟囔:"好好地又去认养个女孩儿,老大这一支算是绝了后啦。"还不住骂那个"中看不中用的女人"。

当时长安问他啥叫"绝了后",他摆摆手说:"他没有姓梁的亲儿子啦。"

长安自作聪明地说:"俺也不是你姓梁的亲孙子哩。俺亲爹也没有了姓他姓的儿子,俺也不跟俺说他姓啥,俺只得还姓梁……"

话没说完爷爷就对长安吼道:"你赶紧给俺滚得远远吧!"

长安被他推搡着吓得哭起来,他就径自站在屋里仰着脸伤心地叫:"老天爷!俺咋净养了这些白眼狼呀!"

现在爷爷高兴,长安也咧嘴笑起来,老梁木匠突然收起笑在小屋里左右打量小声说:"这五口人咋住哩?"

他退到门口装作才进屋的样子,紧着眉头往房里四顾望着,长安忙坐到床上觉得自己不占地方显得屋大点。老梁木匠大跨了两步到了床边,回头望望门口,也坐在床上。

"俺这当爹的得让他一家三口有个睡觉的地方不是?可这……"

晚上老梁木匠领长安找老乡老方头。他领着长安进了小东门,走了两三个路口就到了河北老乡们租住的东安市场。走过狭长的小巷就见一个小院,几间房里住得满满登登,每间都住了两三户人家,房中间吊几张粗苇席就算隔了几家子男男女女。小院里堆着半人高的旧麻袋、烂铁丝,几个破木箱上放着块烂木板,用作切菜擀面。厨房只有一个泥灶头,全院人公用。院角一棵槐树上挂满了烂自行车轮胎、干菜、大蒜辫子,上边拉了几根粗麻绳,胡乱搭着几件衣服。

老乡们见老梁木匠来了,都"叔叔、大爷"地叫着,问他吃了吗,又说:"长安这孩子个子见长呢。"

老梁木匠喜滋滋地说:"老大儿子要来西安呢,就是和老方头说这个事哩——疯子没来你这儿？他有些日子没去俺家里了。"

老方头说："可巧他说今儿要来呢。"

老梁木匠和老乡们说了会儿话，疯子梁进了院儿，一见老梁木匠就大声嚷嚷道："大爷，您老咋有空闲了！"

他把长安高高举了起来，又举在空中不放下来，长安最怕他这一下，赶紧"疯大爷！疯大爷！"地叫着，疯子才嘿嘿大笑着把他放下来。疯子梁其实不是疯子，长安听爷爷说过，他是小时候发过病烧坏了脑子，从此就差了根弦，说话有些傻里傻气的。可疯子梁对长安和老梁木匠却特别亲，他同老梁木匠在河北老家一个村，沾些远亲，平时说话大声大气的，很是仗义。在长安的眼睛里，疯子梁什么都很大，个头大，脑袋大，饭量尤其大，就连他的眼睛珠子也比别人大，有时他说着话就不由自己地抽一下嘴角，再翻一下眼睛，瞪着的大眼珠子真可怕。

可长安却喜欢他，因为疯子梁是一个最最善良又最最热心的好人。他见过疯子梁把一个被大车轱辘压成重伤的小猫带回家。他怜惜那小生命，把馍馍嚼得稀烂吐在自己的指头尖上喂它。当小猫伸出粉红的小舌头轻轻舔着那点馍馍时，疯子梁就高兴地呵呵大笑，像一个坏了的风箱，很是可怖，可怜的小猫被吓坏了，不安地停了嘴，疯子梁赶紧把自己的嘴捂住，连呼吸都憋住了。

长安也喜欢这猫，就天天放学了去看它，可是后来那猫还是死了。长安很伤心，他看到疯子梁用蒲扇大小的双手，把猫小心翼翼捧在手心里，闭着眼睛，用自己的大厚嘴唇轻轻贴着小猫耷拉着的小脑袋。他的眼泪慢慢流出来，弄湿了小猫稀脏的毛。从那天起，长安再没认为疯大爷是个半傻子了。

大家说着话来到南院门的泡馍馆，没等掰完馍，老梁木匠就把大儿子明辉一家三口要来西安住的事儿告诉了疯子梁。老方头说："怪不得你这么高兴，是得喝两盅！你马上能享儿子的福了。"

疯子梁来劲了："大哥来了俺心里欢喜！"

老方头掰着馍说："你这两个儿子，俺看最后只有老大靠得住。"

老梁木匠点点头，说不出是高兴还是伤感。

疯子梁抢着说："依俺看，大爷心里还是偏向老二哩。他把长安包袱一样甩给你，跟媳妇舒舒服服到内蒙古过日子了，让你这么大年纪带着长安受累。"

长安立刻盯着他，老方头忙偷偷踢他："瞎说嘛呢，那是老二怕老头儿没伴闷得慌。俺倒是想领个小孙子玩玩，可怜老婆儿子都让日本人给打死了，'寡夫'也当了十几年。年前老家侄儿说接俺家去，俺说等俺收不动破烂再回去。现在俺是一个吃饱全家不饿。来！咱喝！"

大家举起杯子里的散装白酒灌进嘴里，品味着都没说话，老梁木匠说："俺有事央求你们。"

疯子梁说："大爷，这话俺最不爱听。当年不是大哥领俺去天津卫闯，俺就饿死在老家了。大哥对俺好，俺给您干啥都是该的，说嘛'央求'？您就命令俺！"

大家都笑了，老方头说："老梁木匠，你就命令他好了。"

老梁木匠想在屋里做个吊铺，房子就成了两层，平白多出一间似的。只是房子会低得多，上层只能猫腰了，他打算爷儿俩住上房，儿子一家三口住下房。木匠活好做，在墙上打木楔子，把床铺吊起来就得老乡们来帮忙了。疯子梁大声说："交俺去办吧，你只把铺做得，俺们一准给弄得好好的。"

老梁木匠忙活了半个多月，终于把屋里拾掇好了，下边那层进门就是个双人大床，旁边放了口大箱子——给长安的大娘放衣服，他还买了面镜子钉在旁边。老梁木匠又到八仙庵买了本小日历，把大年三十那天折起来数日子。老王婆见他手里拿着大红的本本儿，就叫住他问："老木匠，俺今年可有地方看日历啦，哪天过年哩？"

他便喜滋滋地应着翻看，然后大声说："今儿腊月二十八啦。"

老梁木匠听老郑妈说过，老王婆过去是西安鸭子坑的红妓女，现在一个人过活。老太婆说："咦！俺是过一天少两晌呀——老天爷咋不把俺收走哩？才过了几天就又过年了？！"

因为老大写信说过年回来，老头儿干脆过了腊月二十五就没再做活儿。他打好糨糊又找了一摞子旧报纸把墙和屋顶全糊了一层，进门迎面的墙上，还特意买了张胖小子抱着大红鲤鱼的年画贴上，房子里一下子喜气洋洋了。老郑妈见他又扫墙又糊顶棚就过来串门，跟他开玩笑："大哥怕是给长安娶媳妇哩？屋里弄这么光鲜！"

老头儿嘿嘿一笑说："长安还小，是俺大儿子要从天津来啦。"

拉架子车的男人们还在外边跑着。哪怕一年到头锅里没沾过肉星星，女人们都想法儿割了点肉，就算只有一指宽也细细心心和大葱剁成馅等男人回来吃饺子。老宁弄来个羊头煮了起来，满巷子都是肉香在飘。老郑家却买了副猪下水，老郑妈一大早就坐在巷口外的水管子底下翻洗，也搁锅里煮上了，几个小孩儿不知在哪儿拾了些没捻子的散鞭炮架在石头上，点上火猛丁一声闷响。

　　就在老梁木匠热切地想要过个"阔气"年的时候，梁老大的信却在年二十九寄回来了，说媳妇病了不能回西安过年了。他给老梁木匠寄了十块钱。

　　锦华巷跟往年一样只有老郑家门口贴了对联。长安在门外的泥地锅前拉着风箱烧火，老梁木匠搅了碗棒子面糊糊捏了撮盐呆呆在灶前站着，长安不见他把糊糊下锅，仰脸才见老头儿脸上挂着泪。长安慌得起身，老梁木匠醒过神："长安，这世上还有你不嫌俺这个老头子吧？"

　　老人说着把棒子面糊糊倒进锅里，眼泪也掉在了长安的脸上。

　　老梁木匠在河北沧州老家是有个木匠铺子的，他是个手艺挺不错的木匠，可是兵荒马乱的那些年，再怎么勤谨也只能糊个口。而且老伴儿走得早，撇下三个儿子都靠他拉扯，当爹再当娘，还要操心木匠活，那日子更是难了十分，他就把老三儿子过继给了亲戚，算是给老三一条活路。所幸两个儿子渐渐长大，学了些手艺，慢慢能顶上用在木匠铺子里做出活计了。老梁木匠只当能松口气缓缓劲，谁知大儿子却不愿意在小县城守着个小铺子讨生活，和爹打了个招呼便收拾了自己的木匠家伙走了，从此再没消息。老梁木匠便觉得自己仿佛从来没有过这个儿子一样。老二儿子脑子活络，也嫌他爹打粗笨的农用家具不赚钱，就一直在县城和城里上门打家具，果然见了世面赚的钱更多了。老梁木匠见儿子一年年长大，脾气也越来越大，就总在暗暗担心，果然有天老二儿子突然回来，说他要娶一个寡妇。老梁木匠觉得窝囊，狠狠劝了几回，又恨恨骂了几回，都劝不住。儿子中了魔一样非娶不可，又说要不他就永远不回来了，老头儿只好认了命，他真是怕连一个儿子也留不住啊！谁知儿子把媳妇引回家，却是个很年轻很标致的城里女人，抱着个一岁左右的小男孩儿。那天老梁木匠正在做活儿，见他们进了门，便抱着几根木头震惊得张大嘴说不出话来，儿子没理他，径自扛了那女人的行李往屋里走，倒是那女人小声给他叫了声爹。

过了两天老梁木匠才知道，儿子说的寡妇并不是寡妇，她的男人是城里的大户人家，出了什么大事件就潜逃了，谁也不知道他在哪儿，但肯定还活着。

老梁木匠没想到儿子这么大的胆子，他的心就从此悬在了嗓子眼。老梁木匠觉得儿子吃了好大的亏，可儿子却觉得自己拾了好大的便宜，从早到晚都在咧着嘴笑，干活比啥时候都高兴，老头儿连提醒的机会都捞不着。媳妇很沉静，从早到晚只抱着自己的儿子，她愿意给他们爷儿俩做饭，但她不太会烧风箱，其余的时间她就总在哭。老梁木匠活到这么老，还从来没有见过哪个女人不会使风箱。他趁儿子出门挑水的时候，找了机会给儿子说："老二，这样的女人来头太大，怕是个祸根！咱这样的穷家，咋能盛下她这种画儿一样的女人？你把她送走吧，爹把棺材本拿出来，给你娶个踏踏实实过日子的女人。"

可是儿子根本不同意，也不许他再说这话。他警告他爹，如果胆敢再说一次，他就烧了木匠铺子领着女人远走高飞呀！

从此老梁木匠埋头干活，不再看儿子媳妇一眼，不管那小孩儿怎么哭、怎么笑、怎么闹、怎么学走路的时候摔倒，他都一概不看不说。但老梁木匠心里啥都知道：儿子再怎么疼那女人，恨不得把自己的心都挖出来给她，那女人却坚决得很，她不和他同房，也不把怀里的小孩儿交给任何人，哪怕只是一小会儿。

老梁木匠的儿子只有一个月的耐心，第二个月起他就打了她并睡在了她的屋里，再然后他打她就成了家常便饭，也从此一直和她住在了一起。那孩子也遭了殃，时常被他打骂，女人为了保护儿子便和他吵架打架，天天鸡飞狗跳，木匠铺子再没了安宁日子。

老梁木匠经常见那女人哭，他知道她被儿子骗了，但他不说话。

女人后来生过一个男孩子，可是没出月就病死了，儿子狠狠打了她一顿，骂她为什么不告诉他，要是及时找郎中孩子肯定死不了！那女人嘴边流着血，却冷笑着说："你！也配俺给你生孩子？你这样的骗子就该断子绝孙！"

这话让老梁木匠不寒而栗。

老二儿子扑上去把她狠狠打了一顿，疯了一样要把她的儿子摔死，女人就去护自己的儿子，两人扭在一起，又哭又打。

一晃几年过去，老梁木匠见那女人身体迅速垮下去，脑子好像也出了问题，经常一个人抱着儿子发呆，或哭或笑，要么就神神经经地对他说："别杀俺儿子！求求你！他爹回来了，会给你金条！"

那孩子情况也好不到哪儿去，脸上头上永远是被打的青肿红紫，他蔫头蔫脑，一时被后爹大吼着吓得打抖，一时又被娘抱在怀里当成了心肝。老梁木匠见老二儿子总是盯着那孩子出神，便预感着迟早要出事，可他啥办法也没有。

让老梁木匠下了决心，愿意带着那孩子到西安讨生活的原因是，老二儿子让他救救"他们大家"。他说："爹，再这样过下去，俺迟早要杀了那孩子！也会杀了她！她就是想激怒俺，让俺杀她！可俺想好好和她过日子。因为这个孩子，她不让俺挨她！爹！现在日子这么难，一个月也揽不上一个木匠活，再守在一块，都得饿死！村里都是盐碱地，不长粮食，不少人都到西安去逃荒，不如你带这孩子去西安吧！"

老梁木匠流了泪，点头同意。

离开木匠铺子走的时候，老梁木匠对他的儿子说："你爹和这孩子都是你想甩的包袱了，你没打算给俺养老！俺们都走！咱爷儿俩这辈子到死……你不见俺！俺也不见你！"

过年，对白老四家来说是个挺隆重的大事。

在白老四眼里，不管日子多难，年是一定要过的。有钱人家是有钱的过法，没钱人家是没钱的过法，而他从来没想要对付着过年。况且，白老四从来都相信，只要年过得好，这一年的日子就会好，过年不就是过孩儿们的高兴么？所以他总要想法子给每个孩子扯点布，让郝玉兰给他们做个新衣裳，再割点肉包顿饺子吃。他不厌其烦地教孩儿们年三十守岁，大年初一祭祖，让他们尽量说吉祥话、做吉祥事，过年的时候不许哭、不许说饿说穷，更不许顶撞长辈。谁也没有仔细想过，白老四家一年到头都是忙忙乱乱只顾得上拉着架子车挣钱糊口，连个全家人好好说话的机会都没有，到了过年这十来天，却讲究得像个大户人家。郝玉兰和他过了这些年，当然懂得，他的那些穷规矩，是他过去在开封当少东家时的气派。可她决定顺着他。别看郝玉兰平时和白老四吵架打架，心里还是敬畏自己男人的，她这辈子唯一有过的好日子，就是刚嫁给白老四的那两年。所有穿过的好衣裳，吃过的好东西，都是那时候男人给的，她没法不承认白老四对她好。再说，男人是当过开封府大铺子少东家的人，要是日本人没打仗，要是黄河没发大水，要是没有逃荒到西安又破败了小铺子，人家见过多少她没见过的世面，咋会娶她这样一个不识字的乡下女人？她总觉着，就算是她长得再好看，怕是也没啥用吧！

所以，当白老四不再出门拉车，而是像个文明人一样给全家人教规矩的时候，郝玉兰是乐意和孩儿们坐下听的。

白老四给孩儿们提的那些要求，郝玉兰过去从来没听过，但她悄悄听了就自然也照着去做了。她不想让男人觉得她没家教。白老四不许孩儿们和父母老人顶嘴，不许吃饭吧唧嘴，不许用筷子指人，吃饭时不许说话。本来他想要求一家人吃饭要按长幼顺序坐座位的，可他们家没有大桌子，吃饭时只能各自端着自己的饭碗吃，那他就让家人勉强做到盛饭递碗的时候，按父母和兄弟姐妹的年龄顺序来，要双手接碗。郝玉兰真心觉得白老四的一半要求都是"穷讲究"，可她看到每天吃饭的时候，全巷子大人小孩儿都端着碗，蹲在巷子里边说笑边呼哧呼哧地吃，完全是她从小就熟悉的一群粗人，而他们白家的人都在家里静静地吃，哪怕是坐在小板凳上、床沿上，也都很文明，那郝玉兰心里还是愿意让孩儿们多听听白老四的规矩的。

年三十了，白老四跟往年一样，让大家把屋里屋外打扫干净，又把架子车扫干净，铺上两床旧被子让郝玉兰和一窝孩儿坐上，才拉上车到玉兰娘家过年了。郝玉兰娘家是个小独院，是用当年白老四给的彩礼钱买的，和锦华巷的热闹一比，这儿的年味要淡得多。家门口贴着红对联，屋里却冷清得很，郝玉兰冲里屋叫了几声爹，才见郝仁义黑青着脸拿着烟袋从里屋出来，一群外孙赶紧叫着姥爷姥爷，说过年好。

白老四见老丈人不高兴，硬着头皮叫："爹，俺来给你拜年哩。"

郝仁义还是吊着脸瞅也没瞅他，冲着里屋说："他娘的！过啥年哩。"

又把脸冲着金玉的屋骂："还没过门就把咱的主给做完啦？啥时候来不中？非得大过年给人弄个晦气，一年都过不好。"

白老四知道老丈人一直不待见自己，也明白这话不是冲自己说的，就从玉兰手里接过用小被子包着的白梅花哄逗着。郝玉兰不知道爹为啥生这么大的气就叫："娘，俺回来过年啦，金玉，你咋不出来哩？"

"叫啥哩！回来就回来呗，大喊大叫让谁迎接你哩？"玉兰娘在里屋气冲冲地回了一句，又小声说，"年年这么早就回来，还不是赶着吃晚上饭！"

她的声音小，屋里人还是都听见了，玉兰咬着嘴唇噙着泪呆住了。郝仁义不答应了："咋啦！你还有理啦！玉兰还不是怕你一个人累住？这好闺女你往出骂，此地怂的闺女你倒盼着儿子给你往家引哩？人家骂你'河南担'，你忘了？"

玉兰娘没敢应声，金玉从屋里出来说："爹，她爸说的话你咋能放她身上哩？算了，初一俺也不领她来咱家了。你别生气，咱过个好年吧，俺姐俺哥不是都来了嘛。"

说完他又给玉兰使了个眼色，玉兰上前劝了半天老头儿的脸色才好了点。她见灶房冰锅冷灶，泡着一大堆脏碗，知道娘一赌气就不干活了，就赶紧让白莲花拉风箱烧了锅热水洗涮起来，收拾完才拿出带来的肉，又剁又包忙活起来。

年夜饭是胡萝卜大肉饺子，胡萝卜切得很碎，薄薄一片肉切得更碎。饺子包得不慢，却煮了很长时间。郝仁义家的大铁锅早就有裂纹了，能看见灶火映出弧形的亮光在锅腰上，锅底所幸还能用，一次做饭只能两三碗，再多了，汤水就漫过裂缝滴在火里吱吱作响了。眼下十来口人吃饭，郝玉兰把锅斜坐在灶膛上，煮了好几锅才把饺子煮完。她说："过完年俺拿上锅，让俺锦华巷的王大瘸子给补一补！"

玉兰娘却哼了声没理她。

才上饭桌，孩儿们就围着老头儿拜年要压岁钱，郝仁义笑着说："别急！别急！老规矩忘了？"

白莲花乖巧，忙跪下给姥爷姥姥叩头："姥爷姥姥过年好！"郝仁义笑起来，从兜里摸出一沓子崭新的五毛钱："俺早就给你们准备好了！就看谁的头叩得响，俺还要给他双份哩！"

白二林、白东京和白西京争抢着叩头拜年，连不到三岁的白槐花也和哥姐抢地方要挣压岁钱。玉兰笑着看孩子们大笑大闹并不去管，她知道老爹一年到头就盼着这场热闹哩，刚才爹不高兴家里就阴沉沉的，她巴不得这样的欢笑声再多些、再长些。

郝仁义给一人发了五毛钱，又拿出一张说："俺看今年二林比往年叩头叩得响,这多一份就给他了。二林,你平时可要多听你妈的话哩。"

白二林高高兴兴接过钱,白西京眼红地说:"年年都是二林哥,俺明明比他叩得多!"

白二林和白东京、白西京有了压岁钱,在家就待不住了,却一分钱也不舍得花,到街上拾了不少别人放过的没头没捻子的哑炮,坐在屋里剥出黄黄的炸药粉,拿姥姥的线香放明花,倒也玩了一个晚上。

大年初一一大早,金玉的对象还是来了,和金玉站在门口商量了半天不敢进门。郝仁义在后院正和几个外孙玩闹,玉兰慌慌张张跑进来,玉兰娘见了问:"是不是那闺女来啦?你让她进来——这事迟早也得成,老东西还想犟过俺?"

她不管玉兰瞪着眼就往大门外走,嘴里亲热地说:"是西珍来啦?快进屋,还提这么多东西干啥!"

西珍长得很好看,穿了件水红的罩棉袄褂子,头发用手绢扎着系了朵花。她不会说河南话,知道郝仁义嫌她的西安话,就只笑着点头摇头回答玉兰娘,实在不行才小声学着河南话回答几个字,马上就跑了调,逗得小孩儿们偷偷笑着学她说话,白老四瞪着眼吓唬他们也没用。郝仁义连正眼也没看西珍,她走时说:"大伯,这是俺爸让俺给你拿的西凤酒,让俺给你拜年哩!"

全家人都憋着气等他,他连眼皮也没抬:"搁那儿吧。"

第一次见面,就这么别别扭扭过去了。

金玉送走西珍,回来小声说:"不知道明天俺到西珍家受啥洋罪哩。"

玉兰见爹没在人家面前发作就松了口气,故意说:"爹,你脸定得咋恁平哩,人家给你说话你连眼都不抬。人家西珍长得漂亮哩,怕你生气还一个劲学说河南话,真难为她啦。"

玉兰娘见玉兰哄得老头儿高兴说:"俺看这闺女中!长得好看性子又好,还有个正式工作——她舅说只要她和咱金玉把关系确定就给咱金玉转正,那咱家也有公家人啦!"

她得意地笑着,郝仁义却说:"好看个啥?那么大个脸。金玉,她那牙咋恁黄哩?"

金玉没想到他挑了个这毛病,又急了说:"俺咋知道哩?你连看都没看……反正牙黄可以刷。"

玉兰没想到这事就这么轻松解决了，避开玉兰娘，老头儿才叹口气说："玉兰呀，俺不想为难他俩了。人家闺女诚心哩，说的醋熘河南话也算表了心迹啦。"

大年初二晚上白老四才和玉兰领着孩子们回锦华巷，几个男孩子拉着车在前面疯跑，白老四怀里抱着白梅花，吊着脸一声不吭只顾走路，白莲花陪着她妈走在后面跟不上。玉兰说："老四，你急着撵狼哩？你在外头拉车练得一双好腿，俺们可跟不上。"

到锦华巷口郝玉兰跑着撵上白老四问："你吃哑药啦？到底咋啦又不说，俺忙活三天了，累得直岔气，你倒让俺跟着你跑哩。"

白老四说："累死活该！以后过年俺再也不去你娘家啦，要去你去！"

郝玉兰明白他是嫌爹给他办难看伤面子了，就赔笑说："俺知道你委屈啦，俺爹不是冲着你，他是怪俺娘和金玉哩。"

白老四突然大吼起来："中啦吧！怪你娘他咋不冲着你娘？怪金玉他咋不冲着金玉？骂人家西珍是此地怂，当人家面他咋一个屁也不放？俺是咋着他啦？他给俺办难看俺还不尿他那一壶哩！"

他的声音太大了，怀里的白梅花惊醒了哇一声哭起来。老吕家的门开了，老吕探头出来说："是谁呀？咋啦？……"

借着屋里一点光他看见白老四脸上流着眼泪，就边关门边说："是四哥呀，喝多了吧？赶紧回去睡吧。"

白老四并不避人，只管抱着大哭的孩子走着喊着："他不就嫌俺老嘛，俺也四十七八的人，咋能让他说弄个没脸就弄个没脸？太欺负人啦，俺还当着孩儿的面哩……"

他停下来，扯着白梅花的被子擦眼泪，玉兰要抱梅花他不让。好几个门开了，里头有人问咋啦，一看老四和玉兰走着哭着就关上门了。

"嫌俺穷给他掂不起西凤酒！你爹娘都忘了，没有俺的五十块银圆，他还在小东门的城墙窑里要饭哩……"

这个年，白老四没能按他的"吉祥"规矩过，郝玉兰也不好受，她就有意想让男人多歇几天，不急着去挣钱。

在西安，拉车子的男人们一年到头也闲不了，大年初一到初五却是一定要歇着的，于是，锦华巷的男人们突然就多出了好几个。他们闲着，无所事事，看着怪没意思的。

一大早，白老四坐在自家门口的老城墙砖上晒太阳，槐花和西京见他闲着，非缠着他玩筛筛箩箩的游戏。白老四让槐花面对面坐在自己脚上，拉住她的小手，前后摇晃着仿佛两人正拿着箩筛东西："筛筛——箩箩！扬场——过河，杀小——鸡儿、烙油——馍！大米汤俺不喝，小米汤——一大锅！一大锅呀一大锅！"

槐花被爸爸"筛"得前仰后合咯咯笑着，孩儿们都跟着笑起来，央求让爸把自己也放他脚上"筛"一"筛"。玉兰见他果然笑着和每个孩儿都玩了一遍，心里也挺高兴："老四，你领孩儿们去解放路玩玩呗，一年到头也没时间。人家说游艺市场说书的老头儿说得好哩！"

白老四故意咕哝道："那不是又得给这几个小妮儿、小子儿买好吃的啦？俺不去哩！"

说是不去屁股却抬起来了，几个孩儿早看出爸今儿不用拉车愿意领他们出去哩，就蜂拥着把白老四挟持走了。临下台阶郝玉兰又塞给他张钱说："给孩儿们买点吃货，什么大麻花、冰糖葫芦都让尝尝，孩儿们想了多长时间啦，一年到头囚在家里也可怜哩！"

还不到半岁的小闺女梅花在屋里刚睡着，郝玉兰就势坐在白老四刚坐过的地方晒暖，听见老梁木匠的锯声就走到后院说："大爷，过年也不歇着？怕是一年要忙哩？"

老梁木匠嘿嘿笑着说："歇着难受呀，干惯活儿啦。"

郝玉兰说："就是，俺天天盼着过年能好好歇一歇，真闲了这一会儿就不自在哩。长安也干活哩？没出去玩玩？"

长安摇摇头没说话。

"长安，去吧，到屋里烧锅开水，俺想喝哩。"他见玉兰能来说话就很高兴，指着木桩子让她坐。

"闲着难受，大爷你给俺一把鸡毛让俺给你扎好。你把长安送给他爹妈多好，你老一人拉扯他日子太苦啦。"玉兰接过放鸡毛的木盒放在膝盖上细细理起来，她不明白老头儿为啥硬要一个人带长安。

老梁木匠决定告诉她真相，在整个锦华巷，他最相信郝玉兰："长安的亲爹不是俺老二儿子哩，长安的娘跟俺儿子时，长安都一岁多了，她那时天天抱着孩儿哭，人都有点疯了。俺怕儿子和她过不长，又怕儿子把长安打坏了，只好把他带到西安来啦。大爷信你，你可别说出去呀。"

　　郝玉兰忙点头："你跟长安一点也不亲？天爷哩！谁敢信哩？你这几年对他真好，那你给他亲爹送去呀。"

　　老梁木匠叹口气说："那长安就倒霉啦。再说他亲爹土改的时候逃跑啦，现在不见得活着呢。是俺梁家对不住人家，算俺给他亲爹娘赎罪吧……俺老大儿子说要去三门峡干活，没时间来西安了。年前他也让俺把长安送走，说他来西安给俺养老送终。俺给他写信说：'爹有手艺，干十来年儿没问题，你权当俺养条狗吧。俺不留他，长安在世上再没亲人了。孩子太可怜了。'他没再提这事，过年也没回来，俺明白他也不要俺这个爹啦。唉……"

　　说到最后老头儿声音低了。这时长安从屋里出来，端了两碗水，玉兰赶紧不敢说了。老梁木匠也打岔说："初二夜里和你家老四生气哩？他也不易，你少说两句！大爷看出你是个吃得下苦的好孩子。"

　　玉兰笑了说："跟俺爹一个话哩。家家有本经哩，谁家的经也不好念呀。"

　　老头儿顺口问："你家的经是嘛样的呢？"

　　玉兰说："俺可真是从小卖蒸馍啥事都经过哩。刚来西安俺爹炸过油糕卖过包子，后来就租人家食堂的大灶蒸馍，自己做玩意儿卖……那时候俺才八九岁，可俺家全指望俺去东安市场、游艺市场卖蒸馍和玩意儿挣钱买粮哩……"

　　长安打断说："啥叫'玩意儿'？"

　　"玩意儿其实就是个小泥哨，加个竹棍能把泥哨摇得吱吱咿咿响，还能吹出好听的声儿。俺爹用模子压成小兔、小猪的样儿，粘上花鸡毛晾干画上颜色就又好看又好玩儿了。唉！那时多美呀，天天都能吃饱，卖一天东西回来，过了小东门的石桥，就见俺爹蹲在城墙根俺家土窑门口等着俺，给俺晾着水、留着点花生看着俺吃完才中哩。"玉兰说到这儿不像是给老梁木匠说，倒像是自言自语了。

　　老梁木匠点点头说："俺看你就是个受苦孩子，难得你爹疼你，俺只有儿子，连一个闺女也没有，真眼红你爹娘哩。"

玉兰却有点想哭了,小声说:"俺娘可不待见俺哩……"

提起娘她说不下去了。

玉兰娘从玉兰十六七岁就说要赶紧把她嫁出去,总说这一家子老住在窑里可咋办哩。玉兰爹说再等等,娘就哭了说:"可怜人在西安没个根,半亩地也没,凭啥吃饭哩?"郝仁义说:"俺明天去三原给食堂买面,过几天回来再说这事。"等他回来,家里放了新被子和两袋苞谷面,玉兰娘怯怯地说:"你走了,媒人缠得人不行,说有个开封老乡来提亲,人长得又高又体面家里还有钱,俺说等你回来,人家说不中,硬留下彩礼就走了……"

郝仁义怔住了,他的眼前猛然出现小儿子银玉被狗咬的那一天,心口猛地疼起来,他上去给了老婆一记耳光:"你连人都没见就敢收东西?!去退了!要不俺杀了你!"

媒人说要打官司,又吓唬说人家要抄家抢人哩,最终郝玉兰还是被白老四娶走了。白老四倒是不瘸也不瞎,长得又高又大还真很体面,只是大了玉兰整十八岁,前边的两个老婆一人给他生了个儿子就都得病死了,大的十一二岁,小的才一岁多。

"大爷,你看这就是命哩!老四前头俩老婆比俺有福,那时老四在开封还是大掌柜哩。俺刚跟老四结婚时,他在尚勤路也有铺子。1950年生莲花那年,硬是让南头鸭子坑妓女院赊的账给拖垮了。你看还是俺太背了吧,好日子只过了几天。俺是活活让这七八张嘴给拖老啦。有时想想也值哩,俺爹妈住进房里了,俺兄弟也能上学当工人,这不是就在西安城里落下脚了?"郝玉兰语调渐渐平淡了,像是在说别人的事,"刚和老四结婚时,公社让俺参加秧歌队,一路扭着从小东门到钟楼,谁不说俺好看?还有人打听俺,说俺是白老四的大闺女,巴巴地找他说媒哩,老四气得打了俺一顿不让俺去了。"

老梁木匠哈哈大笑起来,郝玉兰也笑了说:"大过年哩,俺是想啥说啥……俺认命啦,咋也得把孩儿们拉扯大呀!大年初二,老四嫌俺爹为俺兄弟的婚事对他态度不好才发火哩。"

老梁木匠问:"你爹还是不同意?"

郝玉兰想想说:"俺娘为了俺兄弟的前途哩,俺爹可能不会再反对了吧。"

河北人聚集的尚德路是老梁木匠得了闲就想去的地方，和那些穷弟兄们老乡们喝几口老白干，嚼几颗花生米，算是他在西安城最大的慰藉了。让他心焦的是，从去年不能买到黑市粮起，大饭量的疯子梁就再也吃不饱饭了，他一直说要回老家去。老方头他们咋也劝不住，老梁木匠却不甘心："唉！俺看着他长大，咋能不急？不行！俺还是得劝劝他！走，长安，咱爷儿俩一块儿去！"

疯子梁住的地方其实是两间房之间狭长的过道，人家嫌下雨泡坏了墙，就在房顶搭了几块板铺了油毛毡当作顶，安个窄门就成他的家了。小黑屋一米宽，只有门没有窗，屋里只能支个床板，门外有个用麦秸和泥做的简易炉子。他不能白住，每天得给人家担几桶水，再到那人卖油毛毡的铺子搬搬货，过些天到煤店把无烟煤面买回来几车。所幸疯子梁脑子不好使，干活却很卖力，人家倒还愿意收留他。

可这日子也没法过了，于是疯子梁把全部家当穿在身上，瞪着呆傻傻的大眼珠子说："大爷，俺真要走呀！"

老梁木匠气得叫："疯子！你又犯傻了！回老家？你没有地又没亲人吃嘛儿呀？"

疯子梁有气无力地垂下眼皮说："大爷，俺饿得都发虚了，人家说要把油毛毡放那小屋里。唉！人家嫌俺脑子笨，要撵俺走，俺也没办法！过去俺给人家干活也能混个肚子饱。现在粮食定量供应，俺的二十七斤半只够吃半个月的，天天喝稀粥，要不就是糠，净是些喂牲口的料！要是河北家里好，俺给你们信儿，一起回去！"

老梁木匠急了，拉住他骨节粗大、蒲扇般的大手，那手背上粗大的青筋暴起，他说："疯子！你就跟俺住一起！家乡全是盐碱地，你忘了当初为嘛和老大、老方去天津啦？"

疯子梁还是走了，临走对长安说："要是你爹还是有钱人，你就是少东家呀！该会给疯大爷一碗饭吃吧！"

梁长安咬紧嘴唇点点头。

让人意外而绝望的是，不过十多天的工夫，疯子梁又回来了。老方头托人给老梁木匠报了信儿，他便赶紧带长安去了，只见疯子梁比走时更虚弱了，反应更迟钝了，好像老了十多岁，才四五十岁的人，竟完全呈现了老态，衣裳破烂着，成了个肮脏的讨饭花子。

见老梁木匠迟疑着不敢认，疯子梁抖着手拉住老头儿的手说："大爷，幸亏俺身体还硬实，要不就见不上面了……前几年家家吃大食堂把存粮都吃完了，咱老家连着三年大旱，现在四十多岁的人饿得发虚，都得拄着棍走路……俺吓得只在村里住了一夜，就拄着棍逃出来了！俺一路要饭，扒火车……到处都困难，俺啥也没带，就这根棍是咱老家村子里的干树枝！"

他的脸上有血痂子，衣裳脏烂，想是路上受了欺负。他说得泪流满面，大家都惊呆了。老梁木匠一个字也说不出来，他双手里握着的疯子梁的手，冰冷干硬没有一丝人气。老方头对老梁木匠说："疯子说，他嫂子那么大年纪了，为了活命，撇下儿女就跟一个外乡人跑路了……就为了一碗饭……"

老梁木匠从怀里掏出高价买的两个杠子馍递给疯子梁，喃喃说："回来就好，回来就好……"

饥馑由农村向城市蔓延。

西安城里城外的菜地成了郝玉兰们去拾菜的必去之地，西门的菜坑岸、大雁塔附近的菜地，经常可以看到拾菜的人比种菜的人多。不光是河南人，西安城里外的人粮食不够吃，也会去拾菜。城里人没有土地，城河边的土坡上就被许多单位珍惜地开垦成小块的土地，种上萝卜、白菜、南瓜或莲花白，虽然他们不会种地，萝卜只有指头粗就被等不及刨出来吃掉了，南瓜也总是只有拳头大小，但带回单位大灶，总有炊事员能想办法加上点大米或面粉，放些盐做成菜汤，便能一人碗里盛一大碗，哄得肚子饱一顿。

疯子梁从回到西安就病了，再也没有起过床。他靠着大家接济勉强活着，房东来催过他几次，可又没办法撵他走。老梁木匠到河北老乡们的院子去了几次，每次回来总要唉声叹气，这让长安很不放心。老梁木匠愁的是，眼前他们爷儿俩的日子越来越难了，也越来越没有指望了，别说接济别人，自己眼看也要断粮了。过去只要好好挣钱，还能在黑市买到粮票买到粮食吃，不管是杂和面、苞谷面，总能配着野菜杂豆什么的混饱肚子。而现在，连掺了麸子的杂面都严格定量供应了，不光是黑市上买不到粮票，就算拿着粮票也没充足的粮食供应，这不是要让人活活挨饿了么？他不相信在西安城里还会挨饿，可打听了许多人，都说国家连着两三年都遇上了灾害，地里长的粮食根本不够吃，好多地方的人也在挨饿，许多农村更困难，就只能放低标准了。老梁木匠心里怕得很，这不是连一点指望也没有了么？老梁木匠这辈子是经历过饥馑的，河北老家大片盐碱地长年不长粮食，在灾年就是要命的，所幸他有木匠手艺，总能想法子找到个活路。年轻时候闹年馑，他背着老娘跑去天津逃过荒，活下两条命来。前几年老二让他带长安走，他也是冲着西安城里外年年旱涝保收好活命才来的。

老梁木匠不愿相信，他才吃了几年饱饭，竟然在西安城里挨饿了。

疯子梁熬了半个月就死了。他的脸浮肿得黄澄澄的，几乎都要透明了，眼睛被挤成了一条缝，长安怕得不敢看他。他挣扎着把手伸出来，却没等长安去握就无力地耷拉下来。隔了几天，老梁木匠得到了疯子梁的死讯，他们谁也没能力给他办丧事。老梁木匠和老方头商量了一回，让长安到派出所去报，派出所安排火葬场以无亲属尸体拉走火葬并掩埋了。谁也不知道他埋在了哪里，他的遗物只有两个大粗碗和一双筷子。

老梁木匠心里难受着，好久缓不过来，他小心地计划着自己和长安的生活，生怕自己也走进这困境里。

长安听爷爷说现在是"低标准，瓜菜代"的时期，让他省着吃粮，长安便问："粮不让放开买了，也没见有多少瓜和菜呀！"他跟着老梁木匠卖货时曾吃过特别甜的甜瓜和西瓜，心里常期望着能再吃一次的，可老梁木匠却说："别做梦了吧！居委会才贴了布告，今年一冬天的菜得自家凭票到草滩农场去拉呢！"

长安不明白这是啥意思，往年的冬存菜都是他在东新街菜场排队买回来的。老梁木匠便向老蔫媳妇打听草滩农场在哪里，她说出了北门一直往北走，到了荒无人烟的农村就是了。

老蔫补充了一句说："大爷，得四十多里路。"

老梁木匠没想到买个冬存菜得跑这么远的路，而且家家都一样得自己去拉，他便张罗着要借借白老四或老蔫家的架子车。可他知道人家天天要去送货，哪天也没闲过呀！见爷爷为难，长安出主意说："玉兰大娘家肯定也得去拉菜吧？你去问问，到时候咱和她家一起去买，俺去推车子不就得了？"

老梁木匠就难得地笑了，夸孙子是个人精！他和郝玉兰说了，果然白老四已经决定，这几天把要送的货紧着送送，就去北郊的草滩农场拉菜呀。郝玉兰没和老四商量就和老梁木匠说:"大爷,到时候你甭去了,让长安跟上去装菜推车就中啦!"

过了几天,白老四带着东京和长安去拉菜,光是老梁木匠和长安的萝卜白菜葱就装了大半麻袋。白家人多,按人头得装好几麻袋,一车拉不下,他们就去了两次。因为路远,白老四他们一早出发,五六个小时才到地方,当地农民按票给他们卖了菜装了车,回到家总得天黑了,跑一趟就得一天。长安天天做木匠活,胳膊有劲却没有东京跑腿的经验,这些年他和白老四几乎没说过话,却知道他在家是打过郝玉兰的。长安怕他,不敢说累,就一直跟着跑腿推车。路是土路,坑洼不平,他又不会偷懒,两个手和耳朵冻得通红都顾不上揉揉,只管埋头用力推车。

三个人一上午都没吃饭,买菜装车就忙着往回赶路,从草滩快到龙首村的时候,东京终于忍不住了,喘着气说:"爸!饿得很!俺妈……给带饭了没?"

白老四躬着腰埋头拉着架子车,好一会儿才回他:"家里……断粮你不知道?你妈她就……等着……这些菜拉回去下锅哩!"

他回头瞅瞅长安问:"你也饿了吧?"

长安吓得慌忙摇头,东京鼻子哼了声说:"那咱就忍住吧!回家恐怕得天黑啦!"

白老四把车子拉到路边,东京赶紧找了块石头挡在车轱辘旁边,他知道,他爸要歇歇了。白老四擤掉鼻子尖上挂着的鼻涕,在鞋帮上抹了手指,对他俩说:"大冷天的,这前不着村后不着店的地方,连个小饭铺子也没有,咱吃根白萝卜吧,又解渴又解饿!"

长安见东京很高兴,也赶紧点点头。白老四把装水的布袋递给他俩,让他们拿出水壶喝水,然后自己才接过来喝了两口。水很冰,但他们拉车出力却觉得热,便觉得真过瘾。白老四从兜兜里找出一把小刀,刀刃有些锈了,他用衣角使劲擦了那刀,东京帮他从自家麻袋里摸出一根手腕粗细的白萝卜。白老四用手抹了抹萝卜的干泥,就蹲在路边薄薄地削了皮,切做三段,和长安东京一起当作午饭吃起来。

萝卜水分很大却很辣,长安早就饿慌了,他顾不上品味道,双手捧着就啃,只觉得双手和嘴里都又冰又凉,冻得舌头麻木早没了知觉,只机械地嚼着。三个人嘎巴嘎巴地嚼，不一会儿手里的白萝卜都下了肚，白老四满意地看看儿子和长安说："中啦！咱走吧！"

肚里有了些食儿，大家都觉得有了精神，重新拉着车子往回走。人一跑起来，便觉得暖和起来，长安觉得脸冷，缩着脖子把棉袄领子拉起来捂住嘴，冻木了的嘴总算有了知觉，却渐渐觉得肚里火辣辣的，好不难受。他想起爷爷也有过几次胃烧疼，总要他别吃冷的和辣的，想是萝卜太生辣了。长安忍着疼低头推车，盼着早些回到家才好。

他以为只有他一个人肚疼，没想到隔了会儿东京就冲白老四说他肚疼得很。白老四蔫蔫地说："坏了，俺忘了你妈说过，空肚子不能吃老萝卜……俺肚子也烧得很！咱们走快些，到北关找个小医院买些康复散喝！"

长安不知道啥是康复散，东京却很欣喜，他快活地说："真的呀？！长安哥，你快点推！"

康复散是用小麦麸皮做的，能顶饥，算是药物。饿得犯了胃病、浮肿、头晕的人，能在卫生所和医院里买到，用水冲成糊糊喝了就能缓解。东京从来没有机会喝过这个，但他见他妈托人在小东门的小医院开过几袋。他知道姥姥不舍得吃干粮总要给孙子们留着，就饿得犯了头晕浮肿病，喝了玉兰给她送的康复散就好了。东京觉得今天出来拉菜太高兴了，不光吃了嘎嘣脆的白萝卜，还和他爸一人喝到一碗顶饥又好喝的康复散。

他相信长安哥一定没喝过这个好东西，所以他才会扭扭捏捏接过白老四递的一小袋康复散，郑重地装在兜里，说回家和他爷一起喝。

第二章

1962年，西安的冬天特别冷，人们都说，旱了好几年，没遇过这么冷的天了，隔十来天下场大雪，竟像是冬天过不完一样。城墙根的积雪成月不化，上面落着一层草木灰。能干的活儿少了，人一天吃的饭可不少。白老四家那窝孩儿只觉得饿，可家里连隔夜的粮也没有。郝玉兰的娘得了心口疼的病，她不吃药，说只要金玉媳妇别再气她就行了，又给玉兰哭说没人管她。玉兰让老四拉着架子车来接，她挎着小包袱就来了。

白莲花上四年级了，每天心里都很凄惶，她怕妈说算啦！吃都没有还上啥学哩！妈又快生了，她再饿也绝不声张，只默默忍着，争取多擦灶台洗衣裳，没事抱着梅花不让她哭，好给妈分担些让她不要心烦。东京、西京正在七八岁上，放学不能出去玩就很着急，除了屋檐下吊的透明冰溜子啥吃的也没有。夏天多好，逮只知了烤烤也有一丝两丝的肉可以香一香哩。

"哥！你学俺的样子，这样把腰扎紧就不饿了！"白西京对白东京说。

白东京扎了扎说："不顶用！闻见没，隔壁木匠家又做饭了，他家一天吃三顿饭哩，连早上也吃稠的呢！"

玉兰打断他的话："长安吃早上饭是要和他爷做木匠活哩，你们哩？吃饱了去淘气，饿着不能动还省事！"

说是说，玉兰的眼圈红了。

白东京不吱声了，白西京看到姥姥坐在床上正打盹儿就说："俺俩不干活不能吃饱，那俺姥姥也不干活，妹妹槐花和梅花也不干活，凭啥还吃苞谷面饼子呢？"

玉兰恼了，扬起扫帚说："看俺撕了你爱咬人的嘴，苞谷面饼子都是几天前的事儿啦，还天天提！你姥爷带了三个饼，一人掰一块，你俩吃太快一眨眼没了，倒来眼气你姥姥和两个妹妹！人家吃得慢你也咬！"

白西京到白莲花跟前小声说："姐！咱三个的饼就是掰得小嘛！"

白莲花瞪他一眼，他才住嘴。

第二天大早，玉兰蒸了一锅红苕，穿上所有的厚衣裳，又把一个包袱皮包在头上给娘说："娘，你操心看住这个小的，中午把红苕给莲花、西京他们仨一人吃上两个，再给喝点热水就中了。"

玉兰娘问："冰天雪地的，你这么大早出门干啥去？"

"老四说长乐坡上地都冻了，车打滑缺拉坡的人，俺想光等天晴也不是个事啊！这天也不能洗油线，俺去给人家拉坡挣几个！"

玉兰娘一下子坐了起来："你说啥？大雪天光走到长乐坡就得两个小时！你身上还怀着孩子，不中！"

玉兰继续给脖子上缠着干净的棉纱充作围巾："娘，家里除了这锅红苕可真是啥也没有啦！晚上就得饿肚子了。俺知道路滑，会小心！"

"那都是男人干的活！老四不是说连男人也嫌天冷路滑不去啦？他刚出门你就走？回来他又打你！"玉兰娘跳下床拉住玉兰的手脖子。

"打就打吧，总比饿死好！"

屋里地方小只有两个大床，老四、玉兰和莲花、槐花、梅花睡在最里头的大床，挂了个灰色的布帘子挡住。老大大林当兵走后没了音讯，门口灶台边的大床上就空出了地方，玉兰娘来了和二林、东京、西京睡在一起。东京和西京醒了，西京支起了身子说："妈！俺是男的！俺去！"

东京也说："俺也是男的，俺去！"

玉兰说："想去等长大点再说吧！"

她拾起地上的麻绳就出了门，一股寒气冲了进来，玉兰娘赶紧给东京、西京把被子掖紧。

今天长乐坡上过的架子车不太多，可是雪太厚，路面上的雪结成了冰壳子，所有的车都得找人拉坡，她就一直有人叫帮忙，根本没停下来。过了晌午玉兰给几个此地炭客把炭拉到坡下，掸掸雪一屁股坐在路边的石头上休息。

郝玉兰两腿胀得厉害，肩膀让麻绳勒得热辣辣作疼，拉坡出的一身汗湿透了棉袄，这会儿冷风一吹不禁打了个寒战。她的肚子随着心跳动了两下，在雪地上一步一滑地拉坡时她没觉得咋样，这会儿鼻子却发酸了，心里念叨："可怜的孩儿，你跟妈一样饿了吧？"

一只老鸹在玉兰眼前一闪就飞到远处的树梢上，那儿有个黑乎乎的大鸟窝，玉兰仰脸看着心里一动，想起屋里那一窝孩儿了。

拉炭的架子车主都拿出干粮和水吃喝起来，玉兰啥也没有，见树上的积雪白盈盈的就伸手捏了几把放嘴里。一个炭客叫她："女子！一块儿来吃点馍吧！光拉坡，一句话也不说！"

她不好意思地扭过头，那几个穿着黑粗布棉袄的男人都像她爹一样年纪。"女子"是陕西人叫女孩最亲的叫法，她一直用布包着头，人们只紧着拉车赶路都没看出她怀了大肚子。这时她隆起的肚子让几个老汉有些吃惊了："你这女子真胆大，刚才要知道你有身子，打死俺也不敢让你来拉坡！女子，家里难得很吧？几个娃？"。

玉兰小声说:"五个。"

她不愿把前头那两个儿子算上。老汉递过两个裂着口的苞谷面馍,她没接。老汉说:"拿上!拉车钱不少给你的!咱是本地人,家里有地,年年不管多少都打着粮呢,不比你们河南来的人,没根没基靠手吃饭。"

玉兰慌忙说:"叔!俺是怕吃了你的馍你就没了!"

老汉呵呵笑了:"我带了几天的干粮呢,也不在这两个!拿上!"

玉兰这才双手接了,捧在手里连声谢着。

"你吃,你吃。"老汉慈祥地看着她,玉兰掰了一点点放进嘴里,馍被冻得又干又硬,但毕竟是粮食呀。玉兰边吃边把另一个包在怀里,准备留给孩儿们。其他几个老汉也从馍口袋里掏出一个半个的递在她手上,黑的豆面馍,黄的苞谷面馍,黄白的两搅面馍。一堆裂了口的干馍捧在手里,玉兰眼泪下来了:"谢谢,叔……"

这都是老汉们从嘴里省出来的啊!

老汉们赶着车走了,玉兰含着眼泪抬头望天,灰蒙蒙的天上啥也没有,她下决心一样心里说:"俺要让孩儿们吃饱!把他们养大成人!俺再也不想过这苦日子啦!"

这一天玉兰总共挣了六毛四分钱,还不算几个拉炭老汉给的那几个馍!玉兰心里狂喜,一点也不觉得冷,地是滑的,她给鞋上用草绳绑了几道,虽然走得笨点也滑了几跤,但都不碍事。她反复想象着把钱拿回去一家人的喜悦,走起路来格外有劲,全忘了白天肩上挂着麻绳,一走一滑使尽全力拉坡的艰难了。这些钱能买一大口袋红苕呢,再加上老四今儿的工钱,还能再买上几斤杂和面,她盘算着心里只想唱几句。她不太认字,但从小听的戏文却是一个字也没忘,爹到现在没事也爱哼上几句,说现如今咱从老家带来的就剩下河南戏啦。

……男子打仗到边关,
女子纺织在家园。
白天去种地,
夜晚来纺棉,
不分昼夜辛勤把活干,
将士们才能有这吃和穿。

> 你要不相信哪,
> 请往这身上看,
> 咱们的鞋和袜,
> 还有衣和衫,
> 这千针万线都是她们连哪!
> 许多女英雄,
> 也把功劳建,
> 为国杀敌,
> 是代代出英贤,
> 这女子们哪一点儿不如儿男!

郝玉兰很少这样大声唱戏,远近一片白茫茫,只有她一个人边走边唱,这时她的豪情就是那个女扮男装的花木兰了。

晚上,老四大发雷霆骂她不要命,玉兰没怎么回嘴,倒是他自己声越来越低。玉兰奇怪了,借着莲花学习的油灯看他,老四居然眼睛里含着泪!玉兰心里一暖,用胳膊肘轻轻捣捣老四小声说:"让孩儿看见笑话!俺去拉个坡你有啥难受的?看这天也快晴了,不会有啥事的!"

老四看看趴在床头学习的两个孩子和坐在床上玩的三个孩子,拉住她的手站起来往门口走,小声说:"你出来!俺有话说!"

玉兰吃惊地赶紧跟他出门。

寒风在狭长的锦华巷里打着旋,拉出咝咝的哨音,老四拉上玉兰踩着雪到老梁木匠做活儿的空地上。玉兰还没让老四这样亲密地拉过,心里热烘烘的。男人又高又瘦的后背有些弓了,后脑几根白头发支棱出来,眼看老四就五十了!玉兰心里有些酸酸的。

"玉兰,你……就别去了吧!你这样干让俺这男人咋有脸活哩?俺白天去拉坡,下午吃过饭再去送酱油,日子还能过去!"白老四盯着女人的眼睛低声地求着。

没见丈夫说过这么多贴心话,郝玉兰感动了,老四不光是打人也懂得疼人哩,她摇摇头说:"你放心,俺心里有数呢!你像骡子一样拉着架子车,要是一点儿也不闲,那不就活活累死了?眼瞅东京、西京都大了,咱日子也该好了！俺拉坡挣几个，生孩子刚赶上年关，也不至于大过年借粮呀！"

老四握着玉兰的手，觉得手粗粗的热乎乎的，他拉起那手举到眼前，看不清有没茧子。玉兰羞了，抽回手说："看啥哩！越老越成精了！"

"俺过去当少东家的时候，咋没娶上你呢，也好让你跟俺享几天福，现在当上拉架子车的骡子啦倒有运气娶上你……玉兰儿，你跟俺是亏了。可俺当初真没坏良心哄你，俺跟媒人说俺的年纪和大林、二林的事儿了，是媒人为了挣那两块袁大头骗的你！俺悄悄看过以后知道介绍的你……心里也怪高兴怪不安的，知道委屈你啦！"

"中啦！中啦！都上辈子的事儿啦，还说啥呀。人家都说你看着年轻不显老，长得又好。看俺娘后院的三妮儿也是让那个媒人哄的，给找个有羊痫风的，不犯病好人一样，犯病了不知道哪一次就过去了，想想也后怕，媒人当初要是把俺和三妮儿换换，俺可倒大霉啦！"

老四拍拍她说："当初真是三妮儿给俺也不要！光那一嘴大马牙俺都不愿意，俺这骡子也不是给谁都不挑的哩！你听好了，明天不准再去了！等天一开春，这孩子生下来也有三四个月了，你再出去干活。俺再累也就这么几个月，能熬过去！"

说是说，玉兰还是没忍住。一天多挣六毛钱，一个月除去没拉上活的几天也能挣个十五六块钱，穷人命贱，放着现成钱不赚，又不是傻子，也不见得会出事，第二天玉兰还是拎着麻绳出门了。昨天被麻绳勒过的肩膀又红又肿，尽管又垫上了不少棉纱，拉上架子车依然疼得钻心。

她噙着眼泪一步一挣缓缓拉着车子，眼前是老四把自己的手捧到面前的情形，心想："幸亏媒人没把三妮儿和俺介绍错，要不就完了，真是想干也没心劲哩。"

郝玉兰拉了一个来月的坡，家里的情况好多了，她每天拿回家的钱比白老四还多。这还不算赶车人给的馍，开始玉兰娘和老四还反对，见她也没啥事又犟不过她就由她去了，家里太需要她那份钱了。像是计划好一样，玉兰和老四两个人挣的刚好够七八口人嘴里嚼的。

玉兰娘说："俺来这儿住了这一俩月也该走了，看把玉兰累的！"

白老四心里高兴嘴上没说话，玉兰说："倒还不算太累，拉坡还能歇歇哩。"

　　老太婆说："那俺就再住几天吧，西珍那个懒鬼就得天天给你爹你兄弟做饭！哼！她就是不如咱河南人勤快！俺都后悔死啦，当初不该让金玉娶个西安人！"

　　老四背过脸去小声说："河南人里也有不勤的！"

　　玉兰赶紧别过脸装没听见。

　　到了腊月又是一场大雪，到处都是耀眼的白色，地还是厚厚地冻着。玉兰拉完坡回家，走过一个菜园子，路边一堆雪下面星星点点有绿色露出来，她用脚踢了踢，露出没太冻上的萝卜缨子。玉兰眼前一亮，这不是天生的好菜？这么大一堆够吃三四天哩！不远处有个菜园子，房子空着没人。"肯定是从地窖挖出萝卜去卖，这些萝卜缨子不要了！"她心里嘀咕着，丢了太可惜了，于是拿麻绳捆成一大捆，她穿得多身子又笨，捆好了先呼哧呼哧喘个不停，只好站直身子深深吸了几口气，才把那捆一人来粗的萝卜缨子丢在右肩上，一步一滑回家了。

　　天麻麻黑了，长安挎了空篮子缩着脖子往家走。有人叫："长安！"他回头看，顺着城河边走来一个圆滚滚的雪人，肩上不知扛了啥东西，也落着厚厚的雪，脚底下绑了两块大木板，走得像只鸭子。长安没认出来："谁叫俺呢？……是玉兰大娘？"

　　"不是俺是谁？干啥去哩？"玉兰把萝卜缨子顺势丢在路边大口喘着粗气，走了两个小时，快到家门口倒没力气了，只觉得两腿沉得抬不起来，像穿上了铁鞋一样。

　　"俺爷叫俺给人家送个风箱，才回来。"

　　玉兰一屁股坐在雪地上："长安，俺走不动啦！你上俺家让东京、西京给俺把菜抬回去吧！"

　　长安一使劲把菜扛上自己的肩膀，吃力地对玉兰说："俺给你扛回家！别叫他们了！"

　　玉兰笑了："你还真有劲啊！莲花和你一样都十一二了，她还是不中！"

　　长安不好意思地笑了，等了等不见玉兰起来，便说："玉兰大娘，咋不走哩？"

"俺走了一天啦，这会儿站也站不起来了，你先回！还是让他们来接俺！你拿点萝卜缨子回家下锅吧！"

老郑媳妇上茅房出来，看长安、莲花和西京扶着郝玉兰，就问："咋了？"

白莲花哭着说："俺妈到长乐坡拉了一天坡，又扛了几十斤萝卜缨子回来给累住啦，走不了路啦！"

老郑媳妇忙上前架住玉兰："你咋是个二杆子呢！怀了七八个月了吧！你身板再好，也不能仗着年轻不要命吧！"

玉兰硬挤出笑说："家里实在是没一点吃的啦，俺不出去干点活儿，下个月老八孩子一生，又得一两个月不能出门啦。"

"你要是累死了，人家上边那两个都成大人了倒没啥，你下边这五六个咋办呀。再不敢没命地出傻力咧！"老郑媳妇摸摸她小肚子说，"我看肚子都下来了，你的日子没记错？怕是这几天要生了吧！"

"没错！还有一个月哩。"玉兰想了想说。

"我哥厂里有加工劳保手套的活，咱锦华巷不少媳妇都让我给她们揽活儿呢，我嫌她们事儿多手笨不想管闲事，要不我给你揽点在家里做手套，又挣钱还能看娃？"老郑媳妇问。

玉兰没想到这样的好事能找上自己，兴奋得语无伦次："嫂子！你让俺说啥好哩？俺看人家都找你怕你为难没敢张嘴，谁知你……你可给俺帮了大忙了！"

她说到最后声音带了哭腔觉得眼睛发酸。

老蔫见她捂着肚子往回走，忙问："玉兰，你没事吧？你家老四让俺给捎个话，酿造厂让他给咸阳送咸菜疙瘩和酱油，回家得到后半夜啦，让你和孩子们先睡哩。玉兰，你的样子看着不大好哩！"

"没事！累得啦，睡一夜就中啦。哪年过年老四送的这吃吃喝喝的东西都闲不下来！"她嘴边挂着笑，脸色却苍白极了。

老蔫媳妇在自家门里听到巷子里的人们在说话，撩起麻袋片的门帘子往外看，见玉兰被扶着回来了，赶紧迎上去埋怨说："劝你几次都不听！你真犟！"

玉兰见她心疼自己，便安慰她说："躺躺就好啦！"

大家把她安顿着躺在床上便走了。玉兰娘叹气说："好啦，这下连饭也做不成了，还得有人伺候你哩！"

"娘，你没见这些萝卜缨子多精神，能吃好几天！莲花，妈的肚子冷得很，给妈把姥姥的被子拉过来盖上！"玉兰呻吟着，莲花赶紧给妈盖上，又使劲搓着双手，却总也不热。她把手伸进怀里，在自己的胳肢窝暖着，等双手稍热乎了些，忙伸进被子捂在妈光溜溜的大肚子上，立刻觉得像抱了一团又大又硬的冰疙瘩。

莲花哭了，玉兰却立刻愉快地瞅了眼闺女说："真暖和呀！莲花是个孝顺闺女！"

莲花抽泣着说："妈，俺明天去拉坡，你千万别去了！俺不想让你死！"

玉兰酸了鼻子，嗔道："哭啥呀！"

老蔫媳妇推门进来，带了些冷风，她手里端了碗热乎乎的杂面条汤，小心放在灶台上，小声说："莲花，快找个碗倒给你妈吃！"

玉兰吃力地看了她一眼说："给俺偷饭吃，小心老蔫娘知道了打你！"

老蔫媳妇不说话，等莲花把饭倒在一个大粗碗里，便赶紧接了空碗往门外走，边走边压了声音说："你真是爱操心！快吃吧！打俺也不打你！这是俺的饭，饿一顿也是俺的事儿。莲花，看着你妈吃完啊，别让她不舍得吃给你们留。快别哭啦！你妈身体好，吃些热乎饭，好好睡一觉就好啦！"

晚上，玉兰梦见自己正拉着坡，总走不到头，她觉得肚子很疼很疼，可正上着坡不能放下绳啊！要不一车的货就滑到坡底下了，人家让赔可咋办呀？她急得想喊，肚子却疼得厉害，气也出得紧了，她张着嘴喊不出声音，一挣就醒了。她清醒了几分钟就发现真的肚子在疼，用手一摸，下身已经有血流出来了！

郝玉兰有些高兴地想，孩子在年前生了，过年刚好坐个月子，过完年就能出门干活了！她推了推娘，可娘翻个身又睡过去了，白莲花也缩在被窝里睡得正香，身上盖满了衣裳。郝玉兰支撑着下了地，在一堆鞋里随便捡两只趿拉上，咬牙坐在灶台前生着了火。就着灶膛里微弱的火光，她发现柴火筐里只剩几把生火用的柴草，一根小木柴藏在里头，她心里骂："死东京买的柴火呢？给他一毛钱连一天都没烧够！"

用那根小柴和几把柴草,她在阵痛的间隙勉强烧了半锅半温不热的水,又忍着阵痛把剪子放在锅里洗了洗。火渐渐熄了,玉兰忍不住疼了,心里念叨着:"你是娘的好孩子,就别让娘受罪了!等会儿锅里的水凉了,你生出来拿啥洗你哩?"

玉兰坐在矮凳上不住打着寒战,头上和胸口却冒着虚汗,她的双腿又像傍晚时一样沉重,肚子坠疼,像有只手在里边拧她搓她!渐渐地越来越快,连一丝停顿也没了!郝玉兰张着嘴无声地呻吟着,抓住灶台抖着双腿坐在地上,她疼得直吸凉气,顺手抓住身后的门板,这时一股热流冲了下来,在地上积成一摊,她忍不住侧头看了看那血水:"中啦!俺的孩儿快生出来啦!"

她更使劲地抓紧那门板,要从里头抓出力量一样。终于她的心一松,一直憋着的一口气长长吐了出来,她生了一个女孩儿。

这时莲花醒了过来,她迷迷糊糊借着灶膛的火光看见妈坐在门口,斜靠在门板上,她一激灵爬起来问:"妈!你咋啦?"

"快看看,是个小妹妹,连哭都不哭哩!太小了吧!"玉兰微弱地在黑暗里说。

腊月二十三到了,是祭灶王爷的日子。郝玉兰恰好是祭灶这天的生日,依她娘的话说,郝玉兰不会"过"日子和穷大方的原因,就怪她是这天出生的。一大早,郝玉兰教莲花熬了点糖稀,让她到灶台旁边,把那黏稠的糖稀糊在被烟熏火燎成黑乎乎一片的灶王爷嘴上,一边念叨着:"灶王爷保佑俺们,上天言好事吧……"

孩儿们每年见妈这么做,都不稀奇,但莲花因为今年让她亲手糊,就有些紧张,手抖着生怕弄错。玉兰笑说:"灶王爷,你到天上多说说俺们家的好事,别说莲花这么胆小啊!"

莲花便咬着嘴唇笑了,终于小心翼翼把那灶王爷的嘴糊上了。

这时白东京大声说:"妈!这老头让俺姐把嘴糊住啦!他没办法说你和俺爸打架的事儿啦!"

玉兰顺手给他头上敲了一记。

穷人家的孩子好养活,只要有吃的就很乖,老四和玉兰前边几个孩子都没太费心，大的看小的就糊里糊涂长大了，到了老八闺女却有些费神了。他俩心里害怕——孩子没足月，才四斤，比只猫大不了多少，生下来就不吃奶，哭的声儿也弱得很。

白东京说："这个小妹妹不吵人！真好！"

气得白老四直瞪他。小孩儿怕冷，小脸一直紫青，小身子不住发抖，玉兰只好不下床地睡到她身边，敞开怀肉贴肉地给她暖着。到了第三天小人儿脸色红起来，身上也有热乎劲了，两口子这才松了口气。白老四特地回来早，见孩儿有了精神，他干瘦的脸上有了笑模样："俺在巷口就听见咱家小妮儿哭哩！你这心可掉到肚里了吧！"

白老四头上戴着火车头帽子，两个护耳在空里忽悠着，他冻得干巴巴的脸上泛起平时难得的笑容，动作夸张地在烂大衣里又摸又掏。莲花和槐花就笑着站在爸跟前，她们知道他怀里肯定有好东西！

果然，他摸出卷细麻纸包好的东西，刚一拿出来孩儿们就尖叫着扑上去抢了过来。做新衣服的花布一共七块，玉兰看出那布是极削薄的，印的花也不好看，但孩儿们不管，他们只要有件过年穿的新衣裳就足够了！去年东京和莲花的新衣裳可是用白老四的旧衣裳改做的，俩人难受了好几天却什么也不说，门外小孩儿叫他们出去玩也不愿出去。郝玉兰后悔极了，虽说省了三块多钱，可让孩儿们眼巴巴看人家别的小孩儿穿新衣服！连老吕家的孩儿都人人有新衣裳哩！所以今年郝玉兰说啥也让老四给每个孩子扯块布回来，日子再难孩子们也得过个好年。

玉兰娘嫌白老四从外边回来手凉，不让他摸孩子："孩儿太小，好不容易身上不冷了，你还用冷手动她，看！又哭了吧！她比她三个姐难看得多！"小妮子皱着眉使劲哭起来，小脸通红，额头、鼻头、下巴、两个脸蛋全都鼓了起来。

白莲花听了就凑过来笑着说："姥姥！吕林他妈说咱家的闺女一个比一个好看，最小的妹妹就该是最好看的，那俺不成了最难看的？看，这是她给俺妈送的新棉花，说是不多，让给小妹妹做个小棉袄！"

白老四说："谁稀罕她那来路不正的棉花？要是俺在家就不要！！"

他转身放好东西，见莲花不知在做什么，嘎巴嘎巴的响声引得东京一个劲求她："好姐哩！给俺玩一会儿吧！"

玉兰问："玩的啥？"

莲花说："看！老关爷给俺的琉璃嘎巴儿！俺给他拾玻璃，他就给俺了一个！"

白老四接过来用手握了，手里立刻发出嘎巴声，二林稀奇地歪头看他的手说："俺班同学都只会用嘴吹，爸，你还真能哩！"

白老四有点得意，郝玉兰说："你爸当少东家时啥没玩过？"

她见老四脸吊下来了，忙笑问："老四，给妮儿起个名儿吧！"

白老四故意气她说："叫'多余'！"

老郑媳妇进来笑着说："谁说是多余，弄不好这就成了'巴巴妮'了。"

河南人把最后剩下的叫"巴巴"，表示很亲的意思，这话老郑媳妇用秦腔说出来听着别扭。

"那俺可真的阿弥陀佛啦！俺都生害怕了！"玉兰说，"这八个能拉扯大，俺可得脱好几身皮呢！郑嫂子，等过完年小妮子满月了，你哥那手套活儿还能干不？"

老郑媳妇说："能干！我给你拿几个鸡蛋补一补。"

白莲花倒了碗糖水给老郑媳妇说："大娘喝水！"

玉兰说："郑嫂子，俺咋谢你？还拿这多稀罕东西来！"

玉兰的娘也笑说："这可是个稀罕物哩！"

老郑媳妇接过白莲花的水喝了口说："真甜！小莲花也会跟着你妈巴结人？玉兰，你啥也不用谢，将来把这闺女给我家郑光就行了！"

白莲花已经十一二了，当然懂得这个"给"是啥意思，一下就羞红了脸，赶紧去灶台前忙活。

越是到了年关，吃喝的东西就越不能停，白老四起了个大早赶着出门送酱油。他不敢怠慢这份工作，要不是他勤快能干风雨无阻，这样稳当的活儿人家也不会让他干了十来年。

玉兰娘也起来了，盘膝坐在床上用篦子细细篦头发，再卷成一个小髻窝在脑后。她头顶已半秃了，稀疏的头发半尺来长，拢在一起不如根手指头粗，这样的头发窝成团儿才核桃大小，玉兰娘还是按得松松的才用发网扣住固定在后脑上。学校放假了，孩儿们都赖在床上没起，西京翻个身说："姥姥！你的头发不如剪了算了，只剩那一点了！"

玉兰娘不理他，眯着眼从膝盖上拈起一根头发举到眼前，西京说："又不是金头发，恁心疼干啥？"

姥姥越不说话，西京就越是想逗她说点啥。玉兰娘溜下床踮着小脚到灶台下边把头发丢下，拍打完衣裳搞搞西京的头："你的话咋恁多哩？不睡就起来！你姥爷和你舅你妗子一会儿来接俺走哩。"

西京听了一骨碌爬起来，飞快地穿着衣裳，看东京还把头埋在被窝里没动静，就用脚踢踢他说："哥！哥！你听见没，咱姥爷一会儿来哩！"

东京不情愿地把头伸出来埋怨："你的话咋恁多哩！大清早都不让人睡！"

西京穿好衣裳跳下床，穿得快是实在没啥可穿，上身贴肉穿了件绒衣，领口袖口都磨得没了边，毛茸茸的。那是从老大大林穿起，从二林、莲花、东京一路传到他这儿的，已经穿了十几年。原先是大红的，现在却是酱紫色的了。外边套件棉猴，也是大家穿过的，他脑子猴精，身板猴瘦，胸前几颗扣子压根没用，系上扣子就显得衣裳太大。棉猴外面又长年没套过罩衫，上边又是油污又是饭痂，胸前袖口磨得油亮，棉猴就显得硬邦邦，还噘着嘴四处漏风，他干脆找了根麻绳拦腰一捆，看上去显得挺精神，像个小瘦老头。

"娘！你回去了就别和西珍置气啦。她在娘家也是强惯了的，只要咱金玉高兴、两口子过得好就中啦！她有工作，下班回来就想歇歇，你把活儿也干了，倒因为爱说她落不上好！"玉兰看娘一直拉着脸，怕她回去还和西珍吵，赔着小心说。

"哼！那还让俺叫她婆婆不成？俺还就要把她治一治哩！那时候你爹嫌她是个此地怂，不叫金玉娶她，你看她那个急样子，巴巴地大年初一找上门求俺！现在倒嫌俺做饭不好吃，说咱河南人只会做菜糊涂——没把她饿着就不错了！她还给邻居们说俺不讲卫生，跟她嚼舌头的还不都是些西安此地人？又懒又馋天天围在床上怕动弹！"老太婆越说越生气，要不是快过年，她说啥也不想回去。玉兰不敢再说什么了，她心里倒觉得西珍不像有些西安本地人看不起外乡人，只是西珍给邻居们学嘴很让娘没脸，咋说家丑也不可外扬。

玉兰躺在床上看小闺女甜甜地睡，她头上包了块包袱皮，月子婆娘受了风要头疼一辈子的。尽管是睡觉,她在四处漏风的房里还是穿得厚厚的。玉兰听俩儿子一大早就斗上了,就压低声音狠狠地说:"谁把小妹妹吵醒了,看俺收拾他!今儿是灶王爷的生日,咱正没好东西敬灶王爷哩,看谁话多,把他舌头割下来供上吧——权当买了羊头肉哩!"

东京、西京当然知道妈不会真的来割的,就拥过来站在玉兰的床边说:"妈,那让俺再看一眼小妹妹吧!"

莲花正帮槐花、梅花两个妹妹穿衣服,见西京手快来揭婴儿头上的碎布小帽子,忙伸手拍他一下:"你昨天不是看过啦?快去和东京买柴火吧!咱爹昨晚上交代了,快过年了让多劈点柴放家。俺和二哥去买粮哩,要排大队哩!"西京刚想还手,玉兰瞪了他一眼说:"还不快去!昨天你姐洗了一大盆衣裳,她今儿不去买粮啦!你跟二林去吧!"

二林正在叠大床上的被子,不高兴地说:"俺还要写作业哩!中了中了!去就去吧。"他本来计划把明年上学的新书看一看,书都从老师那儿借来了,谁知妈却支使他去买粮。

"你买完再看,也不在那一会儿!"玉兰压着气说,二林放下被子拿了两个面口袋站在玉兰头前,还是不说话,玉兰知道这是要钱哩。她坐起来,把被子裹在身上才揭起薄得纸一样的褥子,露出下面的烂苇席,再揭开下面是一个纸包,她从里头抽出钱说:"你拿着,俺给你拿粮票。买上袋苞谷面,再称上五斤白面,过年包饺子用。"

她从裤腰里取着昨天白老四才买来的粮票,一边像对自己又像对孩儿们说:"看见这一摞子粮票没?你爸拉半个月架子车才买这么多,买了粮放在大锅里煮不了几天就没了!你们吃饱饭长大可要学好给妈争气呀!"

"噢!"几个孩子全都大声回答着。不知从啥时候起,郝玉兰每拿出钱和粮票给孩子们买粮,总这样叮咛一次,孩子们也总是这么齐声噢着。

自从闺女玉兰嫁给了白老四,郝仁义就带着老伴和儿子住进老东关外古迹岭的小院儿。虽然日子比许多河南人过得好,可他一想起玉兰的操劳就觉得揪心,有时甚至觉得是自己剥夺了闺女女婿的好房子,让他们一家人住在了锦华巷。这些年他常常自责着,又想着办法。

老头儿巴巴算着玉兰生孩子的日子，盼着她快些过了满月。这天郝仁义早早起来站在门外看路上的积雪，邻居老头儿正拿着铁锨铲雪："老郝，你也起得早！"

他深吸了口干冷的空气，觉得神清气爽："这雪下得好哇！俺今儿去看大闺女生的小妮儿哩！"

他催着儿子媳妇出门，金玉怕他跌倒，他却不让扶，大步流星走在前头把他俩撇在身后。老头儿是个精干人，花白的头发理得很短，对襟的黑棉袄拦腰结了个粗布腰带，斜插着玉石嘴的烟袋锅。他心里高兴，忍不住隔着厚棉花在衣襟上捏了捏，怀里有二百块钱和三百斤粮票，粮票是他在玉兰娘不在家的这两个月挣钱买的，钱是他悄悄攒了好几年的。这二百块钱是老头儿给闺女的一件大礼，锦华巷的房子着实太狭小了，又黑又潮，只够支两张大床安一个灶。现在玉兰家都快十口人了，原来孩儿们小还能将就，现在就越来越成问题啦。听说上个月，一家人睡到半夜把床板压断了，差点把小闺女白槐花夹在床头下边。郝仁义每次看见闺女身后的一群孩子和那个矮小漆黑的家，心里就堵得慌。

离闺女家越来越近他有些激动："快点！快点！你俩年纪轻轻脚底下不利索！"金玉应着，西珍小声说："你爹跟你姐亲！光说咱！"

孩儿们一见姥爷来了，蜂炸窝一样拥上去，叫姥爷的，叫舅叫妗子的，撒娇的，把小黑屋的顶差点掀上天！东京跪在家里唯一的高凳子上，帮槐花、梅花打开姥爷带来的纸包包，小孩儿们欣喜得笑出了声——那是一大包散装点心！

玉兰坐在床上笑着叫声爹，郝仁义说："你就在床上，奶够孩子吃吧！"

玉兰点点头，每次生孩子爹来了都会这样问一句。

"是糖！甜得很！甜得很！"小梅花大喜过望，拍着小巴掌嘻嘻笑着，没想到这黑东西居然这么甜！

"别动！别动！这是给你妈买的红糖！"西珍连忙把纸包拿起来放在玉兰的枕边。

玉兰说："次次都买这么多东西来！莲花！快倒水！西珍，你还请假来看俺，坐那儿吧！别光站着呀。"

"请假也是应该哩，俺们不坐！"西珍已经能说点河南话了。她看了金玉一眼，他刚坐在床边赶紧又站起来。

郝仁义拉住莲花说:"不倒水!俺不喝!让俺看看长高没,你眼睛咋长小了?!"

白莲花不高兴了:"姥爷!人家盼你来,一夜都没舍得睡觉,你还说人家难看!"

郝仁义笑着说:"原来是没睡好眼儿才小啦,俺就说莲花妮儿一直怪好看哩!"

白莲花才高兴了,跑前跑后把盛了水的黑瓦碗递给姥爷,又问妈今儿吃啥,她要做饭给姥爷吃哩。

郝仁义忙打断了她说:"不吃了!这就走啦!"

玉兰着急了:"才来几分钟,地方还没坐热就急着走?家里还有粮哩,二林和西京去买粮眼看也回来啦!"

郝仁义觉得心疼了一下,这一家子人十来口,吃顿饭就得一大铁锅,一天少说也得好几斤粮和菜。他摆摆手说:"俺把你娘接走,早回去准备过年哩,你娘没在家,金玉媳妇一个人不会弄。"

玉兰娘说:"知道你们等俺回去干活哩!"

玉兰看着他们拎着娘早整好的小包袱走出门,对几个孩儿说:"快送送你姥姥和你姥爷,送到巷口啊!"

一大堆人走到巷口,郝仁义突然说:"哎呀!俺把烟袋锅忘在灶台上了!"

不等别人说话一溜小跑又折回去,玉兰娘说:"你让孩儿去拿吧!越老越有劲了!"

其实这是郝仁义的一"计",他已经琢磨很多天了。玉兰刚躺下,见爹回来忙爬起来说:"爹!咋又回来啦?就说让你给老八闺女起名儿哩!"

郝仁义把门关好说:"咱河南最漂亮的花是白牡丹,过去人说白牡丹出了河南就种不活了,不知啥朝代,把白牡丹带到长安,照样长得和河南白牡丹一样好。咱这小闺女就叫白牡丹吧!白牡丹也中听!"

玉兰高兴地说:"爹,您就是爱花!老八倒成了花中王了!中!您说白牡丹就叫白牡丹!"

郝仁义从怀里掏东西:"玉兰妮儿呀!爹给你一个好东西!"

郝仁义眼睛亮亮的满是笑容,掏出一个牛皮纸包,一下就塞到玉兰枕头下边。

玉兰说:"啥呀?刚才您不是给俺三百斤粮票啦?"

老头儿还是笑着按住枕头不让她看:"爹走了再看,别给你娘说,你和老四再添点钱买个大房吧!听说老四以前在尚勤路的门面房又往出让哩,叫他打听打听买回来吧。"

玉兰愣住了,直到爹出了门也没回过神。

白老四赶紧去打听,听说原来的房子果然在往出卖,这让他大喜过望。第二天一早,他拿上老丈人给的二百块钱交了一大半房钱,又把锦华巷的房子卖了交了余款。没几天,白老四领着刚刚坐完月子的郝玉兰去把那房买下,重新成了尚勤路5号的房主。

从白老四一家搬出了锦华巷,老梁木匠好些天没见到郝玉兰,他和老郑媳妇都知道,买房的钱是玉兰爹给的,可锦华巷的人却不相信。人们羡慕极了,女人们都说,没想到白老四命里还真是有福的,天天拉架子车居然能挣下买尚勤路房子的钱!也有人说,玉兰看着就是旺夫的命,多能干!就是没想到她嘴那么严,手里有那么一大笔钱,还能大着肚子去拉坡背菜挣钱!啧啧,这么勤谨的两口子过在一堆,不发达才没天理哩!

可她还是照样和老蔫媳妇、老宁媳妇她们去洗油线,人们就都看出,白老四住回过去的门面房,她的日子并没好到哪儿去。

又到了开学的时间,小东门里外的路上就热闹得很,学生们好多天没见着面了,你追我打地边玩边走。老梁木匠带着长安报完名刚出教室,就听见呜呜的哭声。长安停下脚张望着,老梁木匠拉拉他说:"走吧,嘛事儿都凑热闹!"

长安没走:"好像是白莲花!"

"玉兰家的大闺女?这是怎么啦!"

哭的就是白莲花,她年年开学都害怕,担心妈不让她上了。战战兢兢上了四年学,五年级一开学,妈又劝她说咱不上学了吧。白莲花偷偷跑到老师家,老师跟她到家说:"再过一年初小就毕业了,学得那么好不容易哩。"

白老四半天才说:"她下边这三个也上学哩,让她回家俺也是没法儿呀,还有这两个小的没人看哩!"

他指了指坐在床上玩儿的小女儿牡丹和五岁的梅花。老师被噎住了:"有助学金哩,家里困难的孩子太多了,像大叔你这情况算好的,能住在尚勤路呢,家里紧紧就供她上吧!"

白莲花听到老师的话就开始哭了,这时见爸妈都不说话屋里静了,忙忍住眼泪咬着嘴唇等着爸妈发话。老师的眼睛在屋里转了转,除了一个大床和用砖支着一条腿的破桌子就再没什么家当了,屋角却支了个半旧的缝纫机。他忍不住多瞟了两眼,缝纫机旁边的柳条筐里是做了一半的手套。郝玉兰给老师端了碗水说:"这房是个空壳壳哩,不瞒老师说,这家里你见的都是人,俺见的都是吃饭的嘴!还是挣恁多钱,孩子们都大了吃得多啦。"

白老四说:"老师也忙得很呢,这么晚来也该走了,把老师送送吧!"

老师只好告辞了,最终也没说个啥结果。

到了报名的日子,东京、西京和槐花都背着妈做的布书包去学校,槐花是第一年上学。没人给白莲花说还能不能上学,没人给她学费,家里只剩她和两个妹妹。她们一个在玩着线团,一个还睡在床上光着腿等人给她穿衣裳。看来老师昨天白来啦?学得再好也没用了。白莲花站在屋里看看两个妹妹,再看看洗得干干净净的书包又哭了。她摸摸书包带儿,那是放暑假她洗完油线坐在城河边晒纱时编的新带子,那时爸还没说不让上的话哩。

梅花趴在床沿叫她:"姐!姐!"

她没动,流着口水的小妹妹牡丹哭起来。

白莲花并不管她,她知道上学的钱爸还能付起。关键是这两个小的没人看顾就不行了。如果自己上学,妈就得回来看孩子,家里一部分钱就没着落了。去年妈当上了居委会主任,更是忙得不得闲,晚上一家人一起给老郑媳妇她哥的厂加工手套,连东京、西京也拿着小擀面杖翻手套指头呢,家里哪有半个闲人?她越想越伤心,越发哭得不停。

先不管,报上名再说!白莲花灵光一闪地想。

她立刻给牡丹穿上衣裳喂饭,又叮咛梅花看好牡丹就跑学校了。方老师一见她就说:"莲花你咋来了,你妈不是说你退学了?"

白莲花哇一声哭起来,家长们吓了一跳,听自个儿的孩子一说都同情起来,劝她别哭了。她哽着说:"大叔大婶,你们不用劝俺……俺家太困难了,俺爸要有办法不会让俺退学……俺只来看看……"

她跑出教室，趴在墙上哭起来，手指摸到砖缝，边哭边用指甲抠着，觉得疼了，心想："俺要是死了也不会有人管，手抠烂了也没人心疼！"

她越发觉得自己可怜，哭了一会儿，她就觉得有人在身后站着，并不说话，回头一看，原来是老梁木匠和长安。白莲花胡乱擦擦眼泪叫："爷爷！"

这时见个熟人，又是这个慈爱的老头儿，她一下子又觉得委屈了，只停了一下，又哭出了声。

"咋了，莲花？谁欺负你了，给爷爷说！"老梁木匠急急地说，用粗糙的手背碰了碰白莲花瘦削白净的小脸，那上面满是泪痕。

"俺妈又不让俺上学啦！呜……"白莲花绝望地说，眼泪垂在下巴上。

老梁木匠心疼起来："你姥爷不是接济你爸妈买了房吗？咋还不让你上学哩？"

长安忽然说："白莲花快别哭了，你妈来了！小心她要打你呢！"

白莲花刚抬头，满脸黑油点的郝玉兰冲到了跟前，她穿着湿漉漉的油污衣服，脚上套着贴满红胶皮补丁的大黑胶鞋，抬手就打："你个死丫头翻天啦！跑得没影儿！牡丹从床上掉下来，把头磕烂了！让你上学！让你上学！"

她没头没脑地打着，莲花居然一声不出只抱头夹肩地忍着，连哭声也停止了。老梁木匠生气了，使劲把郝玉兰的胳膊拉住，她喘着粗气才看清是老梁木匠："哟！大爷！原来是您！"

老头儿板着脸气呼呼地说："有这样打孩子的吗？你当她是只狗是只猫呢？"

郝玉兰撩撩脸边的乱头发，莲花的眼睛红肿，脸上刚打的地方已经泛出红色了，她心疼了，这孩子多乖呀！

长安说："大娘，你让白莲花上学吧！俺把俺的助学金让给她！她可是她班学习最好的！开大会都是她发言哩！"

白莲花和老梁木匠吃惊了，随即老头儿点头说："是啊！没钱俺给她垫上，这孩子多招人疼呀！打小就听话，再说才十二三的孩子不让上学了，往后她得恨你呢！"

郝玉兰也哭了，说："恨就恨吧！俺是后娘当不好，亲娘也当不好！大爷你不知道，尚勤路的房是俺爹给买的，俺只添了卖锦华巷房子的十三块钱呀！

都当俺手里有钱不让她上学哩！为了挣手套加工费，俺把尚勤路、锦华巷的邻居借遍了才买下个旧缝纫机，现在一屁股账没还完哩！这房不过是个空壳壳，老四和俺四只手不时闲地刨食，才刚刚够这一家子半饱！供莲花上学的钱能挤出来，可她上学了就没人看两个小的，俺就得待在家里，九个人九张嘴，大爷呀！一袋苞谷面背回来只够俺家吃四五天呀！……"

她说不下去了，两只手无力地垂着，只一抽一抽地哭着。白莲花拉着她的胳膊却不想说不上学了，她也不想看见妈伤心成这样，只好跟着哭。

这时老郑媳妇扯着郑光报完名，见她们哭得凄惶说："玉兰呀！还是让莲花上学吧，咱大人再难，熬熬也就过去啦，娃可是一辈子呢！再说你最小的女子三两年也大了，还是作作难再想办法熬两年吧！"

郑光小声说："白莲花，你在这哭人家都笑你哩！"

白莲花没理他。郝玉兰哭着看莲花满是红指头印儿的小脸："那，你去报名吧！俺回去再想办法！"

从学校出来长安一直没说话，老梁木匠也不吱声，快走到锦华巷口时，老吕家的吕方和吕林抬着桶水摇摇晃晃过来了，水接得太满溅出来不少。前边的吕方才六七岁，个子低棍子就抬在肩上，半条裤腿都被溅湿了，他头也不回骂着："你眼瞎啦！再把桶往前推，俺扇死你！"

吕林也不弱，腾出手舀水泼到他后脑壳上说："他妈的，俺还害怕你！有本事别给咱妈告状！"

两个人丢下桶扭打在一起，水桶翻了，里头的水顺着大坡往下流着。老梁木匠扯着梁长安绕着走，看着一路流着的水叹了口气。

长安问："爷！莲花她妈不是让她上学啦？你还叹啥气呀！"

老梁木匠回头看着两个在泥水里厮打的小孩儿说："老吕家孩子多，硬是让这几个半大小子不上学混在巷子里，你等着看吧！他们长大后祸害大着呢！"

突然长安说："爷爷！俺也不想上学了，莲花有爸妈供着都没法儿上学，还是让俺在家做活儿吧！"

老头儿一下站住了，顺手给他脑袋上抽了一记骂道："你这个拉着不走打着倒退的东西！你是驴？你甭再装模作样跟俺做活儿了，只顾和老吕家的小子们一起当二流子吧。看你将来见了你娘你爹咋说！"

"谁说俺是二流子？二流子能给你做木匠活？"长安看老头儿真是生气了，赶紧赔着笑脸："俺会熬胶，你不是夸俺熬得稀稠刚好很好使？俺也会晾板子，能算好天数把板子晾好等您用，俺还会磨斧头刨刃，用钳子拔好锯齿磨大锯小锯哩！您老爱生气，到底您是小孩儿还是俺是小孩儿！"

"还小孩儿呢！都十几岁的人啦！"老头儿犟劲上来了。

"那从今儿起让俺一个人卖风箱吧，你挑着东西卖一天太累了，俺长大了能替你去了！西安的路俺都认识，八仙庵、广济街、东大街、西大街、城隍庙俺都知道咋走哩！"

老头儿才有了点笑模样："那学就胡乱上？"

长安知道他同意了，高兴地说："当然还是第一名啦！"

星期天一大早长安就跑到尚勤路给郝玉兰送了个大木桶，白莲花说："俺妈下河洗油线啦，你就放那儿吧。"

长安放下木桶刚想走，白莲花又笑着说："俺也要去洗哩，你给俺把脏油线抬到城河边中不中？"

长安二话没说抬起筐子就走。

快到城河边白莲花突然说："长安哥，谢谢你和你爷！要不俺差点上不了学啦！"

长安不知该说啥就笑了笑。筐里浸泡了碱水的油线很沉，长安一直帮她抬到城河边的大石头上，白莲花坐下，拍拍旁边的大石头说："长安哥，你歇歇吧！"

郝玉兰在河水里泡着，混在洗油线的女人们里嚷道："长安，回去谢谢你爷！非得给俺做个木桶，让俺心里怪过不去的！"

这时老宁媳妇说："莲花！你还有本事让人家长安给你干活哩！你都不住俺锦华巷了，还劳动俺锦华巷的人？"

白莲花小脸一下红了，长安也垂下眼睛不敢看她。郝玉兰啐她："要死呀！才屁大个孩子！"

老宁媳妇偏说："那可不一定哩！放在河南老家，还不是过上三五年就该成家了？莲花，你昨天的戏唱得好，再给大婶唱一个？也让你长安哥听听？"

白莲花小声说:"不想唱!"

"咋啦?还生气啦?你唱着戏你妈就不累了!"老宁媳妇见小莲花红布一样的小脸觉得有趣,非让她唱不可。

长安松了口气说:"大娘,俺走了!"

他顺着城河坡杂草里的小路蜿蜒着向上走,听见白莲花细细脆脆的声音传过来,真好听。

回家后老梁木匠已经在后院干起活儿来,长安说:"你咋这么急哩?"

他说着手脚麻利地在院里准备起来,老梁木匠看他脚下生风,承认自己真是老了,这几年越发像钝得没齿儿的老锯,拼命地拉呀拉呀,木头上却只有一道印子。

长安却说:"你哪儿老呀!俺最爱跟你拉下锯了。"

爷儿俩把刨光溜的圆木绑在桩子上,老梁木匠脱去外衣高高坐在木工凳上,长安和他面对面坐在地上,两人用尽力气拉一把大锯。哗哗作响的锯声中流淌着细细的锯末,顺着锯缝滑在地上成了一堆。

长安说:"看!美得像金粉!"老梁木匠用两只干巴巴的手紧紧抓住锯子,前仰后合地大幅度用着力,随着锯子的节奏一字一停地说:"俺——说——嘛——也——不——像!就——是——锯——末!"长安微微眯起眼睛仰脸朝向天空,觉得心像要飞一样自在,突然他想起小时候木匠后爹也这么和老梁木匠拉过锯,那时是老梁木匠坐在下边,娘在一边给自己喂饭。但是娘的脸却是模糊的,完全没有这些锯末刨花的样子清楚。

老梁木匠见他只是专心拉锯就来了兴致,说:"你亲爹家金子多哩,那是真正的金子不是锯末!俺猜你亲爹家连早上饭都吃大肉炒菜哩……"他说着见长安睁大眼停了手就停住了。

"你小子真精哩!"他慢吞吞地说,"安儿!咱爷儿俩唠唠!爷爷不是不告诉你,俺真是不知道你亲爹在哪儿,别说你亲爹,就连你那不亲的爹——俺那老二儿子,俺也不知道他在哪儿!他是个没良心的,只爱媳妇不爱爹,这么多年也没个信儿来过,只要他和你娘有个安生日子过,俺就当他死了吧。"老梁木匠说着伤感起来。

"俺知道点你家以前的事儿——你可不能给别人说,要不派出所的人就把咱们抓起来啦！"长安被吸引住了，忙不迭地点头，不由自主往老梁木匠身边靠了靠。

"你亲爷是有钱人！整个县分五份他就有一份。你甭觉着一份少！那地里一年打的粮够你吃一辈子哩！他那个家呀，嘛好东西都有，你也是见过的，连佣人老妈子也穿绸缎衣裳哩。你才一岁多人家就让你娘带你搬出来了，再后来人家要改造你娘。工作组让你爹多去劳动修路，他闹着不让你娘嫁人，当天夜里他就跑了。有人说他是跳大河了，那个晚上是下了大暴雨的，下河就是个死！第二天人们看见他的鞋陷在河边的泥里。你娘去河边看了才开始同意假装嫁给俺家老二儿子！可她没想到，她让他给哄啦！"老头儿沉浸在往事里，停了几分钟。回过神来看长安一脸认真并不插嘴，老梁木匠苦笑着说："你看俺也老糊涂了，给你说这做嘛！你千万别告诉别人！要不人家可就来收拾咱们了。"

老梁木匠浑浊的双眼有泪了，长安小声问："俺亲爹到底还活着没？"

老头儿仰脸对着天出了一回神说："八成不在人世啦。有人说他跑关外去了。"

因为天天干着木匠活，梁长安比同学中的任何一个都要结实健壮，尤其是胳膊，微微结着肌肉块。偏他的学习成绩也很好，这让锦华巷那些河南女人们都会在骂自家孩子不好好做活儿的时候，忍不住夸他。尽管过着清贫辛劳的日子，梁长安却渐渐从刚到西安时那个细细弱弱如同豆芽菜一样的小男孩儿，长成一个浓眉大眼的少年，快和老梁木匠一般个头了。

而且，他的木匠手艺也越来越好，老梁木匠终于同意：长安可以一个人去卖风箱了。

早上，梁长安迷迷糊糊从吊铺下来，就见一根绑好货的扁担横在那儿，老梁木匠在屋外的泥灶台上烧水，瓦盆里有一小团黄灿灿的玉米面，他要贴两张饼子给长安带上做干粮。长安围着扁担转了转，扁担前头风箱放在木盆里，还捆着两只小板凳，后头的风箱上捆了只木桶，里头插着两个搓板。

长安说："俺咋觉着比平时少？"

老梁木匠在门外佝偻着身子拉风箱，听见他问就紧拉了两下："没几块像样的木料啦，唉！你卖了这挑木活儿咱就进料！"

长安有点担心地说："茶叶店的人说现在饭都吃不饱谁还买茶呀。他们不进货咱哪儿去买茶叶箱板子呀？"

老梁木匠说："快挑了担子走吧，饿着你个小崽子了吗？寿衣袖子里不是还有五十来块钱？咱不是跟财主一样阔？俺去老东关转一转，听说那儿正拆房修路哩，碰上合适的橡条啥的俺就买来不就结了？"

老梁木匠的寿衣是去年置办的，八仙庵有寿衣店要关门，不少新料子低价卖，他就置办下了。他知道人总有一死，买了这么个物件后就心安了，好像不怕死了。人活着不就是图个嘴里嚼的、死了有个地方躺吗？寿衣在大板柜里，放在挨柜底的地方，家里不花的钱都放在寿衣袖子里，从那以后家里的钱就由长安来管了。提起袖子里的钱，长安踏实了，揣上热玉米面饼子，挑上扁担就走了。长安刚走几步立刻感到担子太沉了，自己个儿低，尽管扁担绳已挽到不能再短，依然是上边的木桶挨着扁担，下边的风箱刚离开地，在平地上他还勉强能走，锦华巷一路大上坡就难了。他知道爷爷在身后正巴巴看着呢！就用力把扁担前边略抬点，果然能踏开步子走了。

刚到巷口，老宁家门开了，老宁媳妇披头散发打着呵欠出来了，手里还提了个满满的木尿桶："老木匠！长安能给你卖货啦！"

老梁木匠听不出她是夸长安还是怪自己狠心，不知说啥好，等她打着呵欠往茅房走，他才说："是啊！他是长大了！俺眼看快七十了！"

长安走到八仙庵早筋疲力尽了，因为一直挺胸踮脚挑着担子，他觉得浑身的关节都在疼。长安把风箱、木桶和木盆摆在显眼又不碍事的地方，又把麻绳整好，才在小板凳上坐下来。没人问他的东西，但他并不急，知道凡是看的就一定要买。长安解开外边衣裳的扣子还是觉得热，就索性脱掉。急火火把玉米面饼子掏出来大口吃起来，长安立刻觉得，早上受的罪不值一提了。平时不卖风箱时，爷儿俩才不舍得拿干粮当早饭哩。旁边有两口子忙碌着把筐里的小杂货摆在一大块红油布上，啥针头线脑、掏耳勺、猪鬃刷子、牙粉和各色扣子，一小堆一小堆码了一大片，挺整齐。两口子的柳条筐终于空了，地摊跟前也蹲了不少人，讨价还价的，问东问西的，好不热闹。长安有些眼热，心想是不是自己太小坐在这里显得摊子没人看一样，他索性站起来，果然不多会儿有人看中了他的小板凳。

长安说:"这儿还有两个,你挑一挑?"

那人一边掏钱一边说:"就是你坐的这一个了!"

长安学爷爷的样子,用别针把那八毛钱别在贴肉的衣服口袋里。

刚过中午长安就把两个风箱都卖了,还卖了个板凳和搓板。长安见热闹的人群快散了,就用麻绳捆好剩下的东西,走家串户去卖。长安能觉出胸口那几张钱厚厚实实的,他知道今儿的运气不坏。有很多次爷爷挑了多少件东西又挑了回去,硬是一件没卖剃了光头。想到这儿长安忍不住笑了。一个小孩儿手里抓着块糕在马路沿上边吃边玩,扭头看着挑扁担的长安。这时一个男孩儿不知从哪儿蹿出来,伸手把糕抢走塞进嘴里,抢糕的男孩儿边跑边嚼,回头看有没人追过来,腮帮子鼓着嘴撑得合不拢。

长安差点叫出声,那人居然是吕林!一个老太婆说:"啥世道呀!这么大的孩子明着抢人哩!怕是饿慌了!"

小孩儿的妈骂道:"这年头树叶都让人捋完了,你还拿着糕当街吃,不是寻着让人抢哩?"

小孩儿的爸哄着孩子说:"别哭了!怕是小东门外边的河南娃哩!"

长安心里不是滋味起来,挑了担子往东梆子市街走,那里有人订了个木盆。虽然心情不好肚子却越来越饿了,他找了个小饭馆,从兜里寻出早准备好的五分钱要了碗米饭。

米饭是蒸碗的,在油黑的瓦碗里,愈显得粒粒如玉般莹白饱满,长安在伙计揭开笼屉水雾腾起的一瞬间,就觉得口水盈了满嘴,人家问他要不要加酱油,他只摇了摇头不敢说话,怕口水流出来。酱油是免费的,有人把酱油拌在白米饭里,再加些水就是一顿很高级的饭了,老梁木匠每次卖完木活儿就是这样吃的。长安不,他愿意先把前半碗饭干吃,享受香甜的味道和白米粘在牙上的感觉,到后半碗才兑些酱油捏点盐再加些开水,这样一来连汤也有了,人也饱了。但今天他享受的心情打了折扣,长安把筷子扎在米饭里,挑出一小团粘在一起的米饭粒,一点一点细嚼着。因为刚才吕林的事,他不敢放松吃,双手紧紧抓住饭碗和筷子,屁股下边坐着架在木盆和木桶上的扁担,四顾看了没啥可疑的人。他想起吕林刚才边跑边回过来头看的眼睛,心里有一丝害怕,一块糕他都抢呢,要是知道自己口袋里别了十块钱会咋样?刚才他分明看见自己啦。

长安胡乱把最后一点酱油水喝完,挑上担子走了,心里打定主意一定要在天亮前回家。一想到回家得从吕林家门口过,他心里难受极了,决定放弃花两分钱去小人书摊上看本小人书。往常卖完货回家老梁木匠总会给他几分钱,他要么去游艺市场租小人书看,要么花五分钱去儿童电影院看场半价电影,那里是锦华巷小孩儿们最爱去的地方。

要木盆的女人见长安一个人来送有些意外:"你爷哩?"

长安见她并不看盆就小声说:"爷爷让俺给你送木盆,你把钱给俺就行了!"

女人笑了:"鬼精灵!我是怕你爷出啥事,你倒怕欠你的钱?我邻居还让你爷给做个小一点的木盆,你能回去说清尺寸?"

长安点点头,指指麻绳说:"俺拿绳记个尺寸就行了。"

长安收了钱就走,又赶到广济街的藻露堂药店给爷爷买了十包头疼粉,这对老梁木匠是包治百病的,不管是伤风感冒还是胳膊腿疼,他总是冲一包头疼粉了事。

回到锦华巷的时候,吕林家的门居然是闭着的,这让长安多少放下些心,同时又奇怪锦华巷的人三三两两聚在一起小声议论着啥,不同于平时大声嚷嚷的样子,长安纳闷着听见有人小声说老吕咋了,又说小东门鬼市,还说起派出所。刚走到自家门口,就见爷爷从门口挂着的麻袋片后伸出了脑袋。

"可回来啦!累得够呛吧。"

老梁木匠从孙子肩上卸下担子看着长安的脸:"真能干,卖了这么些东西!快看爷爷给你做了嘛吃的!"

老头儿见扁担上只担了个木盆和一个小板凳,更加高兴了。他颠颠地从灶台上拿碗给长安盛了碗丸子烩菜,居然油亮亮的。

长安把十块钱和那包头疼粉放在桌上,觉得又累又饿就大口吃起来,老梁木匠把零钱收好:"把那五块收到寿衣袖子里吧,俺今儿也把木料买下了。俺到老东关看了半天,没瞅上合适的木料,不过老东关的中药行有火车运来的药材包装箱,才来的板还挺好的,合适做风箱,俺明儿带上家伙去拆成板子买回来。这不有了料子吗?一个箱子五毛钱,咱买上他十个,够用一两个月的,挺实惠的吧！"

老梁木匠见孙子只顾埋头大嚼就又问："你猜俺今儿遇见谁了？你玉兰大娘在老东关中药店抓药呢！钱不够，急得火烧眉毛似的，俺借给她了一块钱，她谢了又谢，说过三五天有钱再还。"

长安看吃得差不多了，爷爷还光顾着说话就说："今儿这饭格外香！你快吃呀！"

老梁木匠笑了说："这菜是你玉兰大娘给的羊油炒的，丸子也是她做的。"

夜里睡觉的时候，长安忍不住把看见吕林抢小孩儿糕的事儿说了一遍，说到锦华巷人们议论的事儿，老梁木匠说："俺知道，那是老吕偷东西让派出所抓走啦！"

长安一听派出所一下没了瞌睡，连声问："吕林他爸咋偷呢？"

小东门里的城墙根是著名的鬼市，天不亮就有人影拿些赃物来卖，买家对东西的来路心知肚明，为了多省几个钱一概不问。天麻亮时城墙根下人影就散了，形如鬼魅。晚上鬼市更热闹，锦华巷的住户大都在那儿买过东西，有时长安也和爷爷顺着城墙根去转转，瞅瞅有没有什么合用又便宜的东西。鬼市上卖的不光是衣服、旧鞋、旧被褥，啥铁通条、铁锹头，甚至一瓣蒜、一条风干的鱼也能在这儿买到。

老吕是这里的老卖家，甚至能按买家要求弄来需要的东西，完全是鬼市的大腕。过几天他就去鬼市一趟，够他一家吃喝好几天。出事头两天，老吕在东四路的藤椅上"收"走件老羊皮袄，外面还有黑假洋缎子做的罩袄。活该老吕出事，以往这么值钱的货他要等个把月才出手，但这次老小闺女吕莉闹病了，发烧说胡话还打摆子。他一咬牙第二天就去鬼市把皮袄卖了，等着的失主一下认了出来，那人见老吕在鬼市是老熟人就没声张，悄悄跟他到锦华巷后，就立即到派出所报了案。

下午老吕和女人抱孩子回来让派出所的老张逮了个正着，人家都认识他，后边还有居委会主任。失主当着锦华巷一大群邻居的面指着老吕："我那老羊皮袄呢？我才挂好里子做了面子，没到冬天就让你给收拾跑咧！"

老吕没说话。派出所老张问皮袄呢，老吕说卖了，又问钱呢，老吕说买药了。失主问卖了多钱？老吕转转眼珠子，围着看的邻居们赶紧垂下眼皮。老吕低声说了句啥，大家都没听见，老张严厉地问："大声说！"

他又咕哝了一遍还是没人听清。

吕林却嘻嘻笑着说："俺爸说你们耳朵都塞驴毛了，卖了八块钱！"

老张气得直冒烟，说："小鳖孙儿！也不知道个害怕！"

老吕媳妇也骂："快滚！就你话多！"

失主喊道："天爷呀！我一件皮袄才卖了八块钱！钱呢？"

老吕倒有些奇怪地笑了，问他："你嫌卖贱了，咋不自己来买呢？就八块钱也没剩下多少了！你要就给你！"

他说着从裤兜里掏出一疙瘩纸，又拿出来揉成一团的烟盒，最后掏出来几张角票。

"给你！"他向失主大方地伸出手，失主大惊失色退了一步，对那几毛钱说不出话来。

"你不是卖了八块钱呢？钱哩？"老张问。

"给俺小闺女看病了，俺不能看她病死吧！"老吕很坦然。

老张说："退不出来钱，你就跟我去派出所里！我请示领导咋处理。"

老吕把那几毛钱交给他媳妇说："把这拿好，反正也是跟他走，这钱还能买几斤苞谷面呢！"

失主摇摇头说："总不至于我一件新新的皮袄，只剩这几毛钱吧？"

看着老吕媳妇把钱放进裤兜，他叹息道："连几毛钱也拿不到手上！"

周围的人轰地笑了起来，老吕给锦华巷的邻居们挥挥手，对媳妇说："给咱小闺女把病治好！"抢在老张前边走了。

锦华巷的邻居们不住猜测，说老吕这次怕要劳改了吧，又说老吕偷的东西加起来能装备一个连哩。

谁知老吕让关了几天就回来了，照样拉着架子车去收他的破烂。吕林和吕方哥儿俩不安生了，吕林说："吕方！俺那天在八仙庵叼糕，让小木匠看见了，他眼瞪得比鸡蛋还大哩！日他娘！俺见他挑的木盆、木桶，肯定有钱……"

吕方听了眼儿一亮说："哥！你明说干啥吧！"

吕林拽他到巷口说："他肯定上学没回来，要是他爷没在，咱看他家有啥好东西！"

锦华巷空空的，大太阳晒得人在地上连影子也没有了，大人白天出去干活不到天黑不回来，小孩儿大都下城河游泳去了。长安今儿没上学，老梁木匠买了十几个中药箱，他请了假正在大太阳下满头大汗拆木箱哩。老梁木匠说火车站跟前有人要买风箱，他早上趁凉快送去，中午就回来。

长安听见响动以为是爷爷回来了，撩起门帘一看吕林和吕方正在屋里摸黑找东西，他觉得血一下冲上了头："你们干啥？"

吕林没想到他会悄没声息地出现，拉上吕方就想溜，长安大声说："不行！别想走！你是来偷东西的！"

吕方见他只顾和哥吵，对他的屁股踹了一脚大喊："快跑！"

长安让这一脚踹得立脚不住，一下扑到吕林身上，两个人摔倒在床边厮打起来。吕方见长安压在吕林身上，就扑上去双手扣住长安的脖子骂："王八孙！俺掐死你！"

兄弟俩把长安压住使劲掐长安的脖子。

长安被两个人压得不能动弹，摸到床下的工具箱，顺手抽出一个刨刀对着吕林就划过去。这时老梁木匠撩开麻袋门帘进来了，屋里黑他一时没看清，吕林屁股上火烧火燎的疼不敢叫出声，使劲捂着黏糊糊的屁股。

"快来看看呀！撵到屋里来打人了！"老梁木匠这才发现长安在地上，扶起长安上下前后检查，看没大碍才松了口气。几个邻居进屋见吕林、吕方站着就知道没好事。静了那么几分钟，老梁木匠生气地说："走吧！走吧！看清没？屋里除了木头再没啥了！别惦记着啦！"

出门大家才看见，吕林屁股上的血一直流到脚后跟上。老郑妈拍拍长安的头说："好样的！他再也不敢来了！"

老梁木匠也笑着说："没想到长安大了胆儿也大了！过去这俩货可没少欺负咱。你看，长安一个人硬是把他哥儿俩打啦！鬼也怕恶人哩！"

晚上吕林妈回来见儿子趴在床上，屁股上血迹斑斑肿得老高，她就闹着要找老木匠，老蔫娘说："你儿子偷到人家屋里了，你咋好意思闹哩！"

老吕喝了声媳妇说："日你娘！歇了你吧！闹啥劲哩！俺还要抽这两个呢！"他解下牛皮带让吕方过来，吕方不敢过去又不敢不过去，两只脚一点一点磨蹭。老吕揪过他劈头抢起皮带就抽,骂道:"让你过来还脚底下拌蒜!吕林挨了刀,把他的打先记在账上!谁让你们在家门口弄哩?下手不利索,还让人家一个人打了你们两个!俺的脸让你俩丢完啦!"

吕方杀猪样号哭起来,媳妇哭着说:"孩儿在外头吃亏了你还打他!"

老吕喘着粗气:"就是吃亏了才打他哩!俺多早晚在家门口弄过啥事?一个快十岁了,一个都十三了,两个猪脑子!"

老大吕豫说:"过几天再收拾小木匠。"

老吕眼一瞪:"谁敢欺负没爹没娘的孩儿,也不怕人家戳脊梁骨?有本事弄外头的!弄大事!"

无意之中,梁长安成了锦华巷的英雄。

老梁木匠情绪很坏,因为他的老大儿子在三门峡工地的工友捎来信儿说,梁明辉出事了!

梁明辉在工程队是个小头头,有个大工头对工人们不公平,好打抱不平的梁老大在大家的推举下带头闹事儿。单位派人到天津调查他,查回来的人说以前他开木匠铺子时,殴打过现在当地区领导的小伙计,要关十二年,已经送去服刑了。

那人问老梁木匠去看看不?他迟疑着缓缓摇头,沉默了好久,那人要走了,老梁木匠神情木然地站起来送,看也没看人家放在桌上的二十元钱。长安不忍心看他紧紧抿住的嘴和不住跳的太阳穴,只好低下头。

老梁木匠病倒了,两天才说了一句话:老三过给人家,再也没了音讯;老二去了内蒙古就没消息了;到了老大……老了老了,人咋越活越少了呢?

长安连着几天都在家陪着没法上学,白莲花中午放学来找他,说:"俺妈让俺看你咋了,她说要来你家哩。"

梁长安闷着头说:"俺爷,他……他病得起不了床,俺得陪住他……"

晚上,郝玉兰果然到锦华巷了,顺着巷子走,立刻就有一股强烈的尿臊味直冲鼻子。屋檐下铺了不少烂席睡满了人,屋里是黑的,三伏天房顶晒透了,大人小孩儿都睡在外边。也有年纪大的搬张躺椅,拿着蒲扇,到后半夜天凉下来再回屋睡觉。有小孩儿叫:"四婶来了!"

王大瘸子光着脊梁坐起来说:"哟,玉兰来了!"

她笑着说:"来啦!"

老宁拍着身上的蚊子说:"娘的!这么大的个儿!玉兰你来啦,老四哩?"

"拉车刚回家!他在家歇着哩!"

郝玉兰进门时,长安正端着碗坐在小板凳上吃饭。屋里黑,豆大的油灯头把屋里照得影影绰绰、昏黄破旧。老梁木匠躺在床上闭着眼,不知是睡了还是没睡,听见长安叫大娘,他睁开眼挣着要起,玉兰忙说:"别动!别动!俺看你哩!"

地上堆满粘了一半的鸡毛和一大堆风箱推杆,一只木盆里还有半盆脏乎乎的水,乱七八糟的盆盆碗碗胡乱摆在地上,让人没处插脚。长安一路给她腾开地上的东西。

"看这屋里埋汰的,你那么忙还来看俺。"老头儿有气没力地说。

"您吃药了吗?"郝玉兰问。

"嘛?"老梁木匠没听清。她大声说了一遍。

"吃嘛儿药呢,躺躺就好了。人老了就不经事了,这年头饭里连个油星星也没的,可让俺咋有劲干木匠活哩?唉!净给孩儿找麻烦!"

"没事。长安学得好,一天两天耽误不了。"郝玉兰安慰着他,见长安端了碗水递过来,就接了说,"长安快吃吧!"

长安只好重新端起碗坐在小板凳上吃起来,碗里清汤寡水看不清做的啥,玉兰问:"大爷吃了没?"

"吃了。这孩儿孝顺,吃喝先尽着俺。"老头儿说。

"那俺给你带了点药,你吃了就好了!"她从兜里掏出了两个小瓶瓶放在床上,被子绽烂的地方露出干硬的棉絮,老人肮脏的光脚旁胡乱塞着几件衣服。

郝玉兰忍不住叹口气说:"这几件衣裳俺拿去洗洗吧,让长安取回来……这双胶底劳动鞋让长安穿吧!"

老梁木匠说:"次次来总要给他带东西!俺有长安给买的头疼粉哩!"

郝玉兰又拿出双鞋放在老梁木匠的床上,那是她给老头儿做的。老梁木匠舍不得她走,说:"俺这老头儿活了大半辈子也没个闺女,除了俺那老婆子还没一个人给俺做过鞋哩!这鞋俺打算进棺材再穿,没你想着俺,可怜老头儿死了也没双新鞋穿！"郝玉兰见他虽是说笑也觉心酸，只做出笑样子给他看。

因为惦记老人说了饭里没油水，郝玉兰第二天一早特意送来了三小袋子康复散，让长安给他爷冲着喝。

老梁木匠说："没让莲花来玩玩？俺还想她哩！"

玉兰笑着说："和她爸拉架子车送盐去啦！"

"那她不上学了？"长安急急地问，昨天见她时白莲花可没说呀。玉兰见老头也欠身起来睁大眼等她说，忙按他睡下："俺倒成了她的后妈啦？他爸这几天累得很啦，两条腿上的老病犯了，疼得走不了路，拉车回来一坐下就站不起来——腿上都是这么大的青疙瘩！"她伸手比画了一下，老头儿不由叹口气。

"莲花心疼她爸，说去时她给推推车，回来空车她拉着，让她爸坐车上省些劲。俺说她咋舍得不上学啦？她说反正课讲完了，只等复习考试了，俺就让她去了。这几天老四回来说，真是闺女大了能顶人用啦。"玉兰说得有些高兴起来。

老梁木匠也点头说："那就好，那就好！"

这时门外传来哭叫声、噼啪的打人声和老䴔娘骂人的声音，郝玉兰过去常常听她打骂老䴔媳妇，从搬走后再没听过了，便赶紧侧耳听她说啥。

"你这败家精！还敢偷钱？看俺把你的爪子剁下来！老䴔拉车子挣那点钱是容易的？"

老䴔媳妇呜呜地哭，老太婆又骂："还不滚回去？你哭成这死样子给谁看？这个家俺说了算！你生了这么个赔钱货的闺女，哪有那么金贵？俺看她一个钱也不值得花！只有俺瞎了眼才会花两碗苞谷豆把你买回来怄俺！"

郝玉兰赶紧出门去看，只见老䴔媳妇抱着最小的闺女蹲在墙根哭，老䴔娘站在自家的门槛上，高高在上，正挥着门闩数落她。玉兰顾不上理老䴔媳妇，凑了笑脸对老䴔娘说："婶子，别生气啦！"

老䴔娘说："玉兰来啦！咦！你瞅瞅她这个丧门星，没事生事惹俺生气，偷了钱抱孩子去看病，还说要再去买药哩！小妮儿家命贱，值得花那钱？你评评理！不知道的还以为俺咋欺负她了呢！"

见她对自己还算客气，郝玉兰趁势拉了她的手说："你天天要操一家人的心，可别气坏啦！让俺说说她，不能再惹你生气！"

郝玉兰轻轻拍着老蔫娘的后脊背把她扶屋里坐下，小声劝说道："婶子，秀芬和俺说过，她心里感激你当年救了她，把你当成婆婆也当成娘呢。她现在也有几个孩儿啦，你就少骂她些，要不孩儿们都不听她管教，长大出门惹事就耽误啦！"

老蔫娘撇嘴嚷道："凭她？还管教孩儿们哩，趁俺不在就偷钱，要不是拿棍敲她，现在早去买药了！明天一家人都得断粮喝西北风！呀！你不知道日子有多难！要是俺有两块钱闲钱，还能不给小妮儿治病？"

她说着哭起来，撩起衣襟擦眼泪。郝玉兰操心老蔫媳妇和小妮儿的病，便劝说道："别哭啦！俺去说说她，你上了年纪了，躺床上歇歇吧！"

等她蹲到墙根去看时，立刻就唬住了，老蔫媳妇怀里的小妮儿烧得像根热炭，全身都红通通热烫烫的，紧闭了眼睛在说胡话，嗯嗯啊啊像在呻吟。她的额头上搭了块湿淋淋的破布，想是为了凉一些。郝玉兰急了，小声问："小妮儿咋烧成这样？"

老蔫媳妇怕婆婆听到，压着声音含混哭道："烧三四天了，没钱治……早上老蔫说去找架子车队结些工钱，他没回来，俺看孩儿烧得可怜，就拿婆婆两毛钱去给孩儿看病。人家让打针俺没钱，谁知道刚回来她就打了！"

玉兰摸了把小妮儿的头："天爷哩！俺看再这样烧下去，小妮儿熬不过今天！不中！得去打针！"

老蔫媳妇腿一软，坐在了地上，无助地仰头哭："玉兰，拿啥打针？她不给钱呀！俺洗油线的钱全交给她啦！可怜俺小妮儿才一岁，话还说不清呢，连哪儿难受都说不出来！"

郝玉兰往老蔫家看看，里面黑乎乎又静悄悄的。她搀住老蔫媳妇的胳膊，一把拉起来，冲她耳边说："快！去给小妮儿打针！俺兜里有两块钱，本来是要给老梁木匠还的，你先拿去用，俺回头再还他！"

老蔫媳妇迟疑地说："俺……俺不知道啥时候能还你！"

郝玉兰气得把钱塞她手里，使劲推她一把说："快去！小妮儿命重要！"

天刚麻麻亮，白老四就领着闺女白莲花去架子车队领车了，大空场子里一排排的车领走不少了，灶房的小窗口有人在买白杠子馍。外边粮食很紧张，架子车队给这些出力的拉车人还能定量供应,虽说每人一天只能买两个,但每个馍足有半斤多。东京、西京眼红莲花和爸拉车其实也就是眼红这个。可白老四却只舍得买一个,再怎么说也太贵了,一个馍能顶好几个苞谷面馍哩。所以他吃上大半个还要省一点,家里有一窝孩儿呢,哪个不馋?哪个不饿?

莲花从爸手里接过白杠子馍装在小布袋里,老宁拉着空车过来说:"妮儿!你还跟你爸一起送东西?四哥!俺看你的车子橡都快断啦,得找人好好修修哩,要不把你闪路上就麻烦啦!"

白老四低头看看说:"那得等晚上,今儿白天的活多着哩!"

老宁笑着说:"你他娘的运气好,拉上食堂的活一干就是这么多年!俺只能在火车站找点零活儿!"

"那你可多自由哩,不想拉就回家了,俺这俩腿都快累断啦也不敢停一天!怕耽误了人家食堂用酱油用盐,又怕丢了这个固定的活!"白老四有点无可奈何了。

"咱们就这命!不拉车还能干啥?人家给咱个笔,让咱像人家西安人一样坐房子里上班咱也干不了哇!就这样跑着拉东西吧,多早晚累死多早晚去尿!"他边说边出了架子车队的大门,高声唱了起来,"小苍娃我离了登封小县,一路上受尽了饥饿熬煎……二解差好比那牛头马面,他和我一说话就把那脸翻!在路上我只把嫂嫂埋怨,为我起解时你在哪边?……"

白老四让白莲花坐上车,她却说:"你先坐车,俺把你拉到大东关,拉上酱油你再拉车!"

白老四笑着教她先扶正车子,正要往车上爬,车队又出来两个拉车的老伙计,见他笨手笨脚要上车就笑道:"老四当了几天掌柜的了,拉架子车还有闺女拉着!"他只好停下来说:"俺这腿……唉!"

那人一看,果然老四的腿上青筋暴起,指头粗细像蚯蚓盘着,好几个核桃大的肉疙瘩高高突起。大家赶紧说:"噫,都不容易呀!妮儿,能替替你爸就多拉他一会儿,你一家人都指着他哩!"

这时老蔫低着头也拉车出来了,白老四问:"今天你出工也迟啦?"

他摇头说:"俺家小妮儿有病啦!俺去找会计,想提前结点工钱给看病,人家没答应!他娘的!"

白老四看他阴沉着脸，慌慌的样儿，不知说什么好，也叹口气说："他娘的！"

老蔫走了。白莲花也拉车顺着解放路走，出了大东门不远就是酿造厂了，父女俩不敢耽搁，刚把装酱油的两口大瓮在车上放好，白老四就说："快点快点！路上人开始多了，太阳一出来人就晒得走不动了！"

白莲花赶紧跑到车后推，没走多远车就推不动了，白老四停下一看骂道："他娘的！这个烂车，见天拉上东西就给俺出难题！"

原来是车轱辘的辐条断了别在地上。他刚把辐条用绳绑好，白莲花又小声说："爸！爸！你看车后边的挡板也掉了。"

挡板和车帮的木头都糟了，他一直用两颗大钉子挡在那儿，现在一颗钉子不见了，挡板就总是掉下来。他索性从车厢上拔下颗钉子，在路边拾了块砖敲打了一阵，才算是把挡板重新安置好了。

平时走上一个多小时，白老四就会和白莲花在长乐坡下边歇歇脚，喝口水吃点白杠子馍，再一下子拉到国棉四厂的大食堂。但今天早上修车耽搁了时间，白老四拉上车只管往前走，他不说停白莲花也不敢说累。早上出门爷儿俩就没吃一口饭，这会儿大太阳当头热辣辣地烤着，白莲花使劲推着车，只能低头看见自己的影子和脚下坑坑洼洼的路飞快地在眼前晃过。白老四走得太快了，白莲花弓着的腰有点疼，一直盯着地面，头也晕起来。

"爸！你累不累？这路咋好像走不到头。"白莲花小声问。

白老四好半天才接声说："你累了就上车歇歇吧，再走一个多小时就到啦！"她不敢说什么了。白老四停下车，见白莲花的小脸晒得红通通的，头发披散着被汗贴在脸上，脖子后边晒得红里透黑，小花布褂子也让汗浸湿了。

"好闺女，上车吧。"他给白莲花拨拉好头发，把自己头上的斗笠给她戴上。白莲花说："俺不上车，俺想喝水。"

"你看爸是老糊涂啦，只急着赶路也没让你吃馍喝水。爸是想赶上人家食堂吃晌午饭，给你要碗大肉烩菜吃。上次俺带东京来时人家赶上饭没卖完，给俺们一人盛了一大碗哩！倒是把你一早上没吃饭给忘啦。"

白莲花听了一下来了劲："爸！那咱快走吧，要不就来不及了。"

酱油送到食堂刚赶上国棉四厂下班，女工们戴着白帽子围着白围裙说笑着往食堂走，有人连脚上也是白花花的棉花绒。两个女工在小商店买了什么吃的东西，边走边剥纸，白莲花扶着架子车仰脸看她们，想着她们天天都能吃上大肉烩菜，心里羡慕极了。

"快来！莲花，你看人家见你来了真给你盛了碗肉菜哩！"白老四喜得连眼睛也眯起来了，晒得黝黑的脸膛连皱纹里都是汗水。食堂的大师傅领人来抬酱油，见白莲花怯怯地东张西望就笑着用秦腔说："老白呀，你这女子长得瘦——小女子，别跟你爸回家咧，在食堂打小工吧，绝对把你养胖咧！"

白莲花吓得赶紧贴紧白老四的腿，不敢说话。

大师傅见状大笑着走了，白老四也笑了，把碗放在路边，伸手在墙角的扫帚上折了两根长枝子，用手捋了捋当作筷子递给女儿。白莲花看着碗上的白馍咽着口水说："爸，咱还是把肉菜带回去给弟弟妹妹吃吧，俺光吃馍就中了。"

白老四从架子车把上取出自己平时带的铝饭盒，把菜倒进去一半说："那咱爷儿俩吃一半，给你妈他们留一半。你快吃，俺看这天不保险，怕是要下大雨——车上还有半瓮酱油要送哩！"

白莲花抬头看看天边，果然黑云已经压得厚了，太阳还是当头晒着，却被乌云包围起来，空气更闷了，连一丝风也没有。

回去的路上，虽说车上有半瓮酱油，白莲花还是拉起车就走，毕竟吃过饭有劲了。白老四坐在车上扶着大瓮打了会儿瞌睡就有了精神，他看着女儿的背影细细瘦瘦却很好看，两条辫子随着步子轻轻摇动。他问："莲花，过了年就十三了吧？"

白莲花没防着爸问了这么一句话，心里转了一大圈才答道："爸，你是不是不想让俺上学了？俺上学不影响拉车做饭哩！"

白老四笑了说："那你给俺唱个歌，唱好听了爸就让你上学！"

白莲花本来就爱唱，见爸这么说，知道他让自己上学就放声唱起来。

白老四说："咦，老好听！你再给俺唱一个！"她想也不想又唱起来。

"爸，你也得给俺唱，要不俺不拉你啦。"白莲花头也不回地说，能让爸舒舒服服坐在自己拉的车上歇腿，她的心里真高兴。

白老四笑着说："俺唱的是老戏，你又不爱听……"

白莲花抢着说:"爱听哩!爱听哩!"

"就唱早上你老荔叔唱的吧。小苍娃我离了登封小县,一路上受尽了饥饿熬煎……二解差好比那牛头马面,他和我一说话就把那脸翻!在路上我只把嫂嫂埋怨,为我起解时你在哪边?小金哥和玉妮难得相见,叔伯咱再不能一块儿去玩。再不能中岳庙里把戏看;再不能少林寺里看打拳;再不能摘酸枣把嵩山上;再不能抓螃蟹到黑龙潭……"白老四正眯了眼唱着,突然远远的天边轰隆起来,白莲花还没醒过神来,闷声闷气的呜呜声就滚了过来,猛然一道金色的闪电把天上的黑云撕成了几块,随即叭一声响雷炸在头顶。

"爸呀!"白莲花吓得扭头冲白老四尖叫起来。

"快!把这斗笠戴上……你扶俺下来,他娘的,这腿又不听使唤啦。"白老四这几年落了个毛病,两条腿走一天路除了困疼倒还没什么,一坐下歇着就站不起来了,而且得好一会儿才能渐渐正常。现在眼瞅着有大雨要下,他两只手空在车帮上努力支撑,双腿却面条一样用不上力。白老四打量着四周,路边连一个能躲的房子和树也没有。

"白莲花,你穿上这塑料布!"他还在车里铺的烂麻袋下边摸着塑料布,大雨已经劈头盖脸地下来了,啪啪地打在车上、瓮上和身上,干巴巴的黄土地被豆大的雨点砸起一个个小土坑,很快就湿成了一片。

白莲花揉着白老四的腿叫:"爸,你说咋办呀!"

白老四咬牙把腿搬到车沿边上,让脚挨着地试着用力,过了一会儿终于能一瘸一拐拉着车走路了!转眼父女俩都湿透了,白老四让白莲花坐在车里,把麻袋片顶在头上,自己在大雨里披着塑料布拉车往回赶。

雨越下越大,像是掀翻了天河把水倒在了地上,远近一片水茫茫,地上被雨水泡得泥泞起来。哗哗的雨声中,路渐渐不好走了,白老四的步子更蹒跚了,白莲花靠着大瓮缩在沉重的湿麻袋下边,刚好能看到爸爸青筋暴起的双腿一步一滑向前挣扎。他的黑布鞋早糊成了两大疙瘩黄泥团,鞋不断滑着陷进泥里,他抖着又把脚拔出来再挣着迈一步。白莲花缩着颈盯着那脚看了好久好久,路却总也走不到头。

头顶着酱油味的湿麻袋,白莲花哆嗦着抱紧双臂哭起来。

小东门差不多算是河南人在西安的地盘，走在路上，西安话有人说，河南话有人说，而人们平时嘴里哼哼的、戏班唱的都是豫剧、河南梆子，所以老西安人都叫这儿是"小河南"。

"西安这名儿都像是蒙着土，你伸袖子掸掸——下面就是上好木料！老天爷偏心这帝王呢，要不八百里秦川咋就年年旱涝保收？西安，它嘛儿人都能收留，甭管你是穷人阔人。小兔崽子，爷爷告诉你，在西安你只要手不时闲地干，总有嘴里的食儿！"这话老梁木匠给长安说了不少遍。

他对西安的一切都很满意，只是觉得见老乡次数太少，再就是不能听到正宗的河北梆子。离开老家后，当了好些年的西安人，这点乐子已不复存在了。

老梁木匠病好了点能下地走路了，他就先去看了看老方头。拖着步子回到锦华巷时，突然听到了悦耳的河北梆子，有个旦角正在唱花腔，没等老头儿琢磨出来咋回事，就变成一个操着标准普通话的男人声音。老梁木匠立刻停下来，怀疑刚才那声音是幻觉。老郑见他呆呆站着就问："大爷！咋咧？"

"刚才，俺听有人唱戏呀，还是河北戏呢！"老梁木匠有些拿不准耳朵听到的东西，"唉！这几年耳朵是越来越不顶事啦。"

"哦！那是孩儿听广播调台呢。怎么，您想听俺让他调回去？"老郑给孩子示意了一下，果然刚才那花腔又唱起来："我穆桂英又领帅印……"

顿时，老梁木匠有点热泪盈眶了，好些年啦，能和老方头们说说话已是外乡人的慰藉了，如今儿时就听惯的戏文又流淌在耳际，这耳朵竟已背了，双脚走道也不利索了。他想着，冲老郑挥挥手就拖着步子走了。

他还没走到自家门口，就见老蔫娘正坐在她家的高门槛上拍着膝盖哭，老梁木匠本想劝劝，又想她是个难说话的人，就打算当作没看见回家算了。谁知老蔫娘却放大声音哭叫起来："俺的那个老天爷呀！俺家小妮儿连顿饱饭还没吃过哩！偏偏是俺前几天没让给她买药，偏偏她今天就病死啦！这下俺那媳妇可有话说啦！哎呀……俺的命咋恁苦哩？！"

老梁木匠呆呆站着，他前几天还见过老蔫家的那个小妮儿，平时总是咯咯笑着，有时蹒跚学走路的时候摔了，一个人哭几声就没事儿了，没想到她已经死了！

晚上，老梁木匠坐在灶台前拉着风箱做饭，长安走到他身边，老头儿没听见还盯着灶膛的火出神，他的背弓得虾米一般，脖子上的皱纹像龟裂的干渴土地。

"爷爷！俺回来了！咋不等俺做饭呢？"长安亲昵地把手搭在老梁木匠肩上，大声对着他的耳朵说。那肩头瘦得好像没有一丝肉，骨头尖尖突起顶着长安的手心。

"啊！你下学了，早点吃饭，吃了饭还得做活儿。明儿又过星期天，该去卖活儿了！"老头儿装出有精神的样子。长安说："早就准备好星期天卖的活儿了，有人结婚订了雕活，今晚上做得了，明儿人家来取呢。您忘了，还是您接的活呢？"

老梁木匠停了拉风箱的手，努力地想："是嘛？俺好像记得有这么回事！"

他拿起盐罐准备丢下锅。长安忙拉住他的手，舀点菜糊涂尝尝说："您放过盐啦，再放就和前天晚上一样吃不成啦。"

老梁木匠站在旁边点点头。他突然说："老糊涂了，唉，该死的不死，不该死的小妮儿倒先死啦！"

长安开始雕一个柜门把手，睁大眼睛拧起眉头的样子一下让他想起长安的娘。他叹口气，不知咋了，现在心里再没有宁静了，总想着过去的人过去的事儿。老蔫媳妇在她家一直断断续续地哭，那声音直钻人的耳朵。

老梁木匠闷闷地想："孩子死了，当娘的真可怜。"

这时门外站了个人，却不进来。老梁木匠吓得一惊，回了神，喝道："谁呀！在门口！"

老蔫媳妇蓬乱着头发进来了，老梁木匠看她憔悴的样儿，心里就难受了，他站起身说："俺当是谁呢！"

老蔫媳妇木呆呆地看着老梁木匠，突然就冲他跪下说："大爷！求你可怜可怜俺的小妮儿吧！"

老梁木匠猛然想起长安娘的样子，当她死了小闺女脑子受了刺激，他退后一步，不知说什么好。老蔫媳妇一边磕头一边哭着说："俺的小闺女没了！置办不起棺材，俺想求你给她……给她做个木匣子，好让老蔫去埋！"

老梁木匠赶紧拉她起来："好说！木料俺有呢！快起来说话！"

这时郝玉兰也进了门，借着油灯那点光亮冲老蔫媳妇叫："秀芬！"

老蔫媳妇回头见是她来了，便猛然哭了说："玉兰，小妮儿死啦！大夫……大夫说她不该死的呀！"

郝玉兰上前搂住她,两个人抱头痛哭起来,玉兰低声说:"俺给小妮儿买了些烧纸和灯烛……你让老鸢给孩儿烧了吧!"

她又转头对老梁木匠说:"大爷,你的身子才好,能给小妮儿做木匣子吗?俺和老东关外那个木匠铺子的人熟,要不俺带秀芬去求求他们?"

老梁木匠肯定地说:"别哭!俺能!俺能给小妮儿做木匣子……"

从老木匠家出来,老鸢媳妇默默拉着玉兰的手往巷口走,送她回家,谁也没说话。到了巷口,看看四处没人,老鸢媳妇小声说:"玉兰,你知道炮坊街那个庙不?"

郝玉兰点点头说:"现在西安城没有庙了,俺知道那里是个缝纫社。"

"桃核儿巷的贾奶奶和俺说,他们家人1941年来的西安,炮坊街那个庙里的住持可怜他们,就让他们住在果园菜园里。河南打仗死人太多,逃荒来的人家都有死人,人家教他们念经念佛超度亡人呢!俺想明天去求求她,教俺超度小妮儿!"

郝玉兰劝道:"没弄错吧?那里早就不是庙了,门口挂着缝纫社的牌子呢!三十几个人在缝纫社做棉被和棉衣,听说有好几个就是庙里本来的出家人,现在都留了头发还俗劳动了!咱们居委会那年还去学习呢。"

老鸢媳妇压低声音说:"就是那儿的师父!听贾奶奶说,要是俺特别苦,想帮小妮儿,师父说不定会悄悄教俺!"

郝玉兰犹豫地说:"这……怕是会连累人家吧?听人说,本来是要把她们都遣返回乡呢,她们同意留了头发开展生产才让她们组织了缝纫社!"

"玉兰,俺想去试试。俺只给你一个人说,谁也不知道。为了小妮儿,让俺干啥都行!"

做木匣子的时候,老梁木匠没让长安上手,他嘴上说嫌长安不会做,心里却明白,这匣子是当棺材用的,要处处用心呢。虽然棺材是给亡人住,做好屋架房梁门窗是给活人住,可在木匠行当里,棺材和盖房的屋架、房梁、门窗一样,都是大木匠活,他年轻时都做过。现在老梁木匠没本钱也没体力了,他做的风箱、木桶都是小木匠活,但他还是决定要给老鸢媳妇的小妮儿做个小匣子。老梁木匠见长安怕他病后出不得力气,便和长安吹嘘道,这是个小活儿!年轻的时候,他用上好的柏木,给县长的老爹做过里棺外椁带底座的大棺材,气派得很!

长安对做棺材没啥兴趣,他只担心他爷受了累身体顶不住。他低了头去刻一个木把手,一只活灵活现的蝉已经看出来了,他要屏息刻那几只细长的足了。

老梁木匠却一个人把板材备好了,又把胶熬上了,开始在废纸上给长安画图,要他懂得做棺材的讲究。老头儿一一教孙子认识棺材的天板、地板、前档、后档和五鼓三圆,告诉他阔人家的棺材须有一个合卯对缝的厚底座镶套住棺材地板。长安近来正对雕刻图案有兴趣,听说讲究人家的棺材,在左右两个帮上是要雕些吉祥图案的,他才愿意认真地听。老梁木匠讲了好大一通,最后说:"说是再好也是让你知道一下——好木料咱也没有,做风箱的杂木板倒是有现成的。俺是看老蔫媳妇太可怜了,俺就给她做个木匣子。按说那么小的孩儿没啦,算是夭折,大多数人家都用个席一卷埋了算完!"

长安说:"老蔫大娘天天哭,俺这几天夜里醒几次,都听见她哭呢!"

老梁木匠说:"她心疼那小妮儿本来早治了病就不会死……可有啥法儿呢?谁敢和命说理去?"

默了会儿长安又说:"俺听说她每天都在家跪着念佛,帮她的小妮儿超度呢!"

爷儿俩正说话,老蔫到了他们做木匠活的后院儿。老梁木匠从搬进锦华巷,几乎没在大白天见过他,因为他总在外面拉架子车,早上天不亮就走了,傍晚才回来。而他话又特别少,他们也没怎么说过话,所以见他蔫蔫地进了院子,老梁木匠和长安都站起来了。

老蔫从兜里掏出一把钱,都是五分、一毛两毛的零钱,他把那些乱皱的纸票子轻轻放在老梁木匠准备做木匣子的木料上,小声说:"大爷!你受累……帮俺给小妮儿做个小……小……"

他声音哽着,说不下去了,长安看到他的眼圈红了,赶紧转开视线,不忍再看他一眼。

老梁木匠把那钱抓起来往他手里塞:"这是做嘛?俺这点料子不用钱!俺给孩子好好做个匣子,你放心吧!"

老蔫却劲大得很,他坚决不要:"这点钱不够工也不够料!感谢你不嫌麻烦……"

老梁木匠见他转身走了,突然叫住他说:"老蔫……和你媳妇说,别恨你

089

娘，她现在比谁都后悔！！"

老蔫怔了怔说："大爷，俺娘一个寡妇拉扯俺哥仨长大，俺咋敢恨？昨天俺娘跪了一夜……可怜俺那小闺女，想想她，俺和秀芬就……"

老梁木匠说："好啦！还有几个孩子要养活，你要打起精神呀！日子还长呢，走了的就好好送她走，活着的要好好活呢！"

小东门附近的人吃水都在水站去挑，离锦华巷最近的水站离巷口不远。

到了傍晚，长安干完活儿总要到锦华巷口的水站挑两桶水回来给爷爷擦澡。热水烧好了，老梁木匠脱得精光，长安给大木盆里放个小板凳，老头儿颤颤地扶着长安的肩才坐进去，光脊背比下午长安看时更觉干瘦，像虾一样弯，肋条骨一根根立着，布满了老人斑。长安用手撩了点水到他背上，老头儿打了个冷战。长安问他是不是水冷，老头儿摇摇头说搓吧。老头儿背上又皱又干的皮肤像油布一样浮在骨架上，松松垮垮的，肋下和肘后的干皮一拉一大把。长安轻轻用布擦着衰老的背，下不去手搓它。老头儿等了一会儿见长安只轻柔地在背上擦来擦去，骂道："小兔崽子，出工不出力，再使点劲吧！"

长安说还没泡透呢，老头儿笑了说："俺又不是个干虾米还要泡透！你搓几下就早早自个儿洗洗睡觉了，明儿一早还要上学呢。"

长安为难地说："这么皱，咋敢使劲哩？你忘了明儿是星期天！"

老梁木匠又笑道："你只当这脊背是个搓板，你就在上头把手巾搓洗净就是啦！"

老梁木匠闭着眼睛，就想起老郑家广播的事儿，随便哼了一句。长安见爷爷猛然唱起戏来，忍不住笑了，问爷爷是不是想和老方头闲聊了。

"不是哩！俺下午才去过！在老郑家听见戏匣子里放的戏文。他还说那叫广播，俺看黑黑的，这么大个小匣子嘛！"老头儿比画了一下。

"俺不领兵谁领兵……穆桂英领了那帅印呀……"老头儿接着唱起来，自己也觉得奇怪，平时嘛都爱忘，唱起老戏却一字不落，这可是好些年没听过的呀！

星期天长安天擦黑才挑着没卖完的东西回来，胡乱吃了几口饭就又埋头鼓捣起来，拿板子又锯又钉，说做个小匣子，又拿铁丝线在窗户外头比画。老梁木匠想瞧仔细一些，长安却小心翼翼把啥揣进兜里。第二天下午，长安一回来还是又敲又忙活的，老梁木匠沉不住气了问："长安，你要再不说这是个嘛，俺就把它送给老宁媳妇了啊，她说想要个放针线的小匣子呢。"

长安说："你闭眼睛坐床上，别睁眼啊！俺给你变个戏法。"

老梁木匠脱了鞋上床，刚闭上眼就听见奇怪的吱吱啦啦的声音，锐利刺耳，他骇得睁开眼。长安满头大汗在门外竖起来的铁丝上忙活着，嘴里还嘀咕："老郑伯说这就会放戏了呀？！"

老梁木匠明白了点，突然从黑乎乎的木匣子里传出悦耳的京戏声音，婉转的音调在小屋里回绕，把老梁木匠的心都熨得平平展展的。

"长安，俺的好孩子哩！有了这个宝贝，俺就是入土了也不再惦着嘛啦！"

老头儿喜不自禁，跳下床抱着长安笑着，长安也激动地说："看俺能吧！俺就说俺能行！"

老梁木匠闭了眼睛，半张着没剩几颗牙的嘴入神地听戏，突然抖着嗓子学了一声。

老宁站在门口撩着烂麻袋说："大爷！你还真有兴趣哩！"

长安把他让进屋。老宁说："大爷，俺舅家拆房有根木梁想卖，听你昨天说家里的木料没了，你想要俺就领你去说一声？"

老梁木匠大喜说："瞌睡就给俺个枕头！"

他马上拉上老宁去看。

果然是挺粗挺大的一根木头，真的不错，也的确很便宜，要五十块钱。老梁木匠谢过老宁舅说："俺手上只有三十块钱，不够咋好哩？"

老宁舅爽快地说："那就欠二十块吧。今儿你把梁拉走，下个星期天再给钱！街里街坊好些年了，外甥媳妇老夸你孙子懂事，没少给她劈柴呢。"

老梁木匠找了四个棒小伙顺着城墙根抬回家，怕丢了又让人家抬进屋，屋里小又吊着吊铺，横竖都放不下，左右试了一回他只好把大半根放在屋里，小半根从门口伸出去，像门大炮。他的脸一下有了喜气，一连几天都喜滋滋的。那之前好多天没见他这么高兴，那以后也再没见他从心里笑出来过。长安不自禁兴奋起来，老梁木匠念叨："长安啊，咱爷儿俩把这根木料的活儿做好了，身儿就翻过来啦！"

他的耳朵更背了，戏匣子要放到最大声，他没事还要拧一拧："好好的，做嘛儿不唱了呢？"其实那声儿已是震耳欲聋了。

　　自从小妮儿走了以后，老鹫娘悔恨得很，心知这事没法子弥补，可她一句软话也说不出来。小妮儿刚走那几天，老鹫娘的心被愧疚咬得生疼，便学着儿媳妇的样子在家跪了个通宵。后来儿媳妇去学了念佛名号，她得闲了就和老鹫媳妇一起念，只求能帮着早些超度了小孙女。她不知道小妮儿是不是得到超度了，可她自己心里好像好受得多了，而且她不再梦见小妮儿哭着找她。

　　因为她真是诚心，而且她能忍着再也没骂过一个字了，老鹫媳妇便原谅了她。

　　平时没人在家的时候，老鹫娘就在床上坐着念佛。过去她大声嚷嚷惯了，谁也没敢嫌她声音大，现在她却喜欢安静，听到戏匣子里总在唱，影响她念佛，心里就不得劲。可是老梁木匠给小妮儿做过棺材，又是一个那么好脾气的老好人，她实在张不开口嫌声音大，便笑着找他说："长安他爷，把戏匣子放恁大声，想让整个锦华巷都听哩？见天一个女人在里头捂住嘴唱的啥？"

　　老梁木匠大声问："嘛？你说嘛？"

　　老鹫娘又大声说一遍："声儿太大了！又听不清唱啥！把戏匣子关小些！"

　　他竖着耳朵琢磨了一回大声问："说谁大啦又说谁小啦？长安吗？他过年就十五啦！"

　　老鹫娘见他打岔，小声嘀咕："真聋！"

　　他却瞪起眼睛说："你说谁聋？"

　　老鹫娘只好冲他摆摆手算了。

　　西安的秋天总是雨水多，下场雨天就凉一些。老梁木匠家的面瓮又空了，他下狠心从寿衣袖子里抽出十块钱，原打算这些钱等哪天干不动再用，办丧事买坟全指靠这点钱啦。眼下却不行了，活人都饿着还考虑嘛买坟呢？

　　锦华巷的房子屋顶全漏得厉害，家里到处放着接雨的盆，老梁木匠连碗也用上了。他屋的墙上满是漏痕，当年为迎接大儿子来西安糊的报纸，早破旧黄黑得不像样子，大片大片让雨水泡得剥落了，露出黑黝黝的土坯墙。外边小雨哩哩啦啦总也不停，就有人担心土墙的房子会让雨水泡塌，趁雨下得小一点，上房铺层油布压几块砖。

老梁木匠却顾不上这个,他只想着赶紧找人买点黑市粮,家里已经是断炊了。老方头拉着破烂架子车,领他去火车站买黑市粮票,说那儿比小东门鬼市还能便宜些。

"老方头啊!长安早上天不亮就起来干活儿,再去上学,下午放学回家胡乱吃点又做活儿,俺咋忍心让孩儿不时闲地做活儿,还填不满嘴呀!"老梁木匠说着,眼睛不知咋的就盈满酸泪。老方头找不出话来劝他,只叹了口气。

老梁木匠和老方头分了手,垂着头拖着步子溜城河边回家,觉得从没这么难过!他把手叉到袖子里取暖,一阵风吹来他打了个寒噤。城河边女人们在捶洗油线,把河水也砸出了热热闹闹的声响,小树林支棱着干枝杈,越发显得干冷凄凉。他双手在袖子里触到的胳膊干瘦多皮,没多少热气啦,人死也就这样吧?

"十块钱又够吃多少天呢?"他叹息着。

锦华巷里还是湿漉漉的,自家门口积着的雨水尿水,泛着难闻的怪味。长安已经在家了,老梁木匠打起精神说:"你不是给东木头市的食堂修风箱去了,咋回来这么早?"

说完他后悔了,这么大点孩儿,已经干得要累死啦!

"俺在食堂见了人家才买的铁皮炉子和烧的煤,炉子上坐了个洋铁的长嘴水壶,炉子边上放了一堆蜂窝煤,圆的,上边有十来个圆孔,是用来上下对齐出气的吧?"长安凭着做风箱的经验判断。

老梁木匠自言自语说:"老天爷也想饿死咱爷儿俩哩,连小食堂也有了洋铁桶和搪瓷盆,现在又有了不用风箱的蜂窝煤!老天爷真真想饿死咱爷儿俩哩。"

长安一下子害怕了,后悔说出这话,老头儿脸上却连一丝悲哀也没有,出了会儿神就叹口气接着干起活。长安也赶紧支起三脚吊锅熬起胶来,地上堆起的三摞子木板等着拼缝上胶了,那是只木盆。爷爷不用圆周率也能保证盆子滴水不漏——何必有那么贵的搪瓷盆呢?

一连两个星期天都不晴,长安每天起床第一件事是先看大梁在不在,第二就是看天,现在连一块能做活的木板儿也没有了。这些天他和爷爷打地铺,上个月床板就做成风箱卖了。长安下了吊铺,看见大梁像根炮一样伸出屋外就先放下一半心。锦华巷静静的,老宁媳妇正叫小儿子起床上学,棉絮一样的厚云朵已推到天边,露出湛蓝的天空了。长安见爷爷醒了高兴地说:"天晴啦!俺去学校请个假,下午回来一块儿把大梁锯成板子,您不是要去八仙庵找两个帮手劈木板吗?那就快去吧!"

老梁木匠也高兴了,摸摸索索起来,嘴里喘着气抱怨这个活儿他是再也干不动啦。长安端着尿盆上茅房,几句话的工夫,刚才还空无一人的锦华巷便热闹起来,茅房门口排了六七个人,他只好端了尿盆排在后边。有人上茅房时间太长了,又有人不自觉,当妈的上完直接让没排队的闺女上,长安比平日耽误了时间。

老梁木匠哼着河北梆子,拖着小步子到八仙庵等木匠。太早了,来揽活儿的人还没来,他顺便到八仙庵后边转一转。那儿原来是个乱坟坡,现在常有旧铁货、木材在那儿卖。他见了根和自己家差不多的木梁,一打听,人家说二十八块钱。老梁木匠的脑子嗡了一声,耳朵里清清楚楚响着:"二十八块!二十八块!"眼前出现十几天前老宁舅说五十块钱的样子——才两个多星期木材就大跌了!这不是白背了二十块钱的债?他闭闭眼想定住神,双腿却瑟瑟打起抖来,两手也抖个不停。他游魂一般往回走,有熟人叫他:"老梁叔!"

他没听见一样径自拖了步子,嘴里竟念出了声:"这不是白白背了二十块钱的债?"

长安跟老师请假回家说要做活哩,还没进门就见伸出半截的湿木梁在大太阳底下有条细缝,他打个主意从这里下锯。一推门,老梁木匠躺在地铺上,老宁叔在边守着,眼睛有点红:"长安!都是俺多事儿帮你爷买木头。才买了俩星期就跌成这样!他听说木头贱了就病了,俺对不起他呀!你爷走到巷口就腿软了,坐在老吕家门口再也扶不起来啦。唉,俺现在就给俺舅说说去!"

老梁木匠躺在地上张着嘴,像睡着了一样,满是老人斑的脸上很平静,胸口却不停起伏。长安小声叫他,老梁木匠闭着眼睛嗯了声,他用手顺爷爷花白的头发摸摸并不烫。长安心疼起来,顺势跪下用脸贴住了爷爷的脸,觉得有热乎乎的东西流下来,抬起头发现老头儿的眼角也是湿的。突然,老梁木匠动了动,咕哝着,长安忙把耳朵贴在他嘴边:"俺成了老窝囊废啦……净拖累你……没让你过一天好日子……"

晚上老宁捎话来，他舅说木材掉价这么厉害，剩下的二十块钱就不叫老梁木匠给了，权当三十块卖给他。老梁木匠千恩万谢了好半天，老宁媳妇忍不住说："谢啥哩，让您老害了这场病……"

他忙打断她说："是俺夜里没盖好，光照应木梁了，怕人偷了哩！"

老宁媳妇见长安给她鼓腮帮子，知道他的意思，掩口笑着不说了。老梁木匠怕她不信又说："这不俺就好啦，要找人把木料锯开呢。"

话没说完他就喘起来。

出了门老宁小声说："长安，你小心点，你爷的情况不好！"

长安睁大眼睛直直盯着他没吱声，老宁媳妇推他一把说："你这孩儿是吓傻了吧，别怕！好好给他看看，能好的！"

老郑听说老梁木匠病了，也来看望，听见这话就说："是啊，该看看！"

长安为难地支吾说："没钱了。"

大家都不说话了。

老梁木匠在屋里叫："长安！长安！你来！俺给你画个图，算算这个梁该咋劈开！"

可是过了好几天，老梁木匠还是没法下床。

"长安呀！你说俺是不是快死啦？你可咋办呢？"

长安挣开他的手说："你咋会死？你不是好好的吗？你得吃饭！你几天都不吃咋行哩？"

老梁木匠叹口气闭上眼。"长安！有钱难买老来瘦，小兔崽子！咳！你别瞪着眼只盯俺看……上学去吧！等俺好了照样做活儿卖风箱！咱这身儿……还是能翻！"

老梁木匠咳起来，长安给他喂口凉水压了压："爷爷！俺寻思……不上学了！"

"你再不走就迟了……"老梁木匠支着脖子说，一阵头晕上来，忙又闭上眼。长安终于说："爷爷！你……是怕没钱买粮就故意不吃饭吧？"

老梁木匠嘴角抖了起来，好一会儿才说："别瞎猜了！"

可是长安却从爷爷脸上看到过去从没有过的颓废，这强撑着的没精打采让他害怕，也让他不敢相信爷爷会像过去一样好起来了。

从家里出来，在城墙根底下来来回回走了几遍，长安便打了主意，直接到学校找到老师，他说："老师，俺想退学哩，上不成了……"

"啥？你学得那么好，做啥要退学？你爷让退的？"班主任老师大吃一惊，别的老师们也开始惋惜："家里困难吧？眼下国家困难，家家都一样，不行让你老师到家里劝劝？学得那么好，回家可惜啦！"

戴眼镜的男老师拍拍他，长安突然委屈得想号啕大哭，觉得热辣涌在鼻腔和眼睛里。他一声不吭，冲老师们使劲鞠了一躬，转身就冲出了门。

操场上同学们在玩，不时发出阵阵笑声，远处沙坑里，几个男同学嬉笑着打成一团，滚爬在沙子里。梁长安终于忍不住了，眼眶里热辣的东西夺眶而出。铃声响了，同学们从操场上退潮般向教室跑去，长安背过脸，顺手抹去眼泪。终于，空荡的操场上只剩下他一个人的时候，长安蹲在树下放声大哭，他小声叫着："爷呀！爷……你可别死呀！俺还没长大呀！"

不知哭了多长时间，两天没吃过一点粮的空胃揪得疼，长安不由得扑地直呕，却啥也吐不出来。他挣扎着想站起来，一阵干呕涌着，他头晕眼花了，只见天空、白云和身边的树飞快地旋转。长安闭闭眼睛走到沙坑边，一头冲着那沙子就脸冲下扑倒了，脸和身体被粗砾潮湿的沙撞得生疼。他却莫名觉得有些好受了，就闭着眼睛使劲把脸往沙子更深处碰撞、陷埋。很快长安就有些窒息了，可他坚持着，就是不把头抬起来，到了憋得快要死了的时候，他才猛地从沙里抬起头，顿然觉得呼吸的畅快，而眼泪，却不知什么时候全没了，他不再哭了。

梁长安坐起身子，抓起一把沙子狠狠捏在手心，细细的沙子却水一般流泻出来，再张开手时只剩下一点沾在有汗的手上，在太阳底下有亮光轻轻闪着。他把沙子抓到沙坑里又一点点抚平，直到沙坑平整如镜，像是埋葬了什么。

从学校回到家，长安不敢说他退学了，老梁木匠也没问。爷儿俩在小黑屋里闷不作声，像两个哑巴。

锦华巷的人都知道老梁木匠病了，老宁老蔫们没事就来望望，老蔫娘说："你咋不听戏啦？俺给你开开吧？"

老头儿半天才虚弱地摇摇头，小声说了句啥。她看看长安，他说："俺爷问你不嫌吵啦？"

她赶紧捂住嘴咽下哭声，一个劲摇头。老郑媳妇知道郝玉兰和老头儿平常很亲就专门跑去送信，果然她抱上白牡丹就来了。郝玉兰从兜里拿了张油馍放在板柜上说："大爷，有羊油哩！老香！"

老梁头嘿嘿笑了，虚弱地说："你也来啦？还带着小闺女！让孩儿吃，俺吃就糟践啦！这两年把长安拖累得不轻，再不能浪费粮啦！"

玉兰说："咱瞧瞧大夫去？"

老梁木匠坚持自己没病，他说他是吃住了，得空空肚才好哩！

玉兰说："大爷，你要好好吃饭好起来才中！要不撇下长安指望谁哩？这世上他就你一个亲人啦！"

郝玉兰留了五块钱，长安流着泪说："俺咋办？大娘，俺害怕呀！"

郝玉兰说："甭怕，有俺哩，你爷是看开啦。他不想活你有啥法儿？得大病的人，大夫都让用葡萄糖粉冲水喝，人还能维持些。俺这就去买！"

老梁木匠喝了葡萄糖粉还是不吃饭，精神却好了，他摸索着找出前几年在小东门鬼市买的麻钱，拿布蘸着油细细地擦，一个上午在烂被子上就排好了三行亮晶晶的古钱。

"爷爷，你也歇歇。把水多喝些，快点儿好吧！"长安哄着老头儿。

老梁木匠把眼皮抬了条缝轻声说："少放些，比粮还贵哩，买这做嘛？"

长安故意把筷子在碗里搅得当当响，抽出筷子舔了一下说："真好喝，怪不得一块钱一瓶！"

老梁木匠像被捅了一刀似的，眼睛一下睁大了。长安一惊，老头儿哆哆嗦嗦问："你说嘛儿？你小子真狠呀，你杀了俺吧！"

长安捏着筷子呆呆地站在床边不知说啥好。

可老梁木匠好像耗了所有体力，又闭上双眼，不再理长安了，干瘦的胸膛还激烈地起伏着。长安回过神蹑手蹑脚放下筷子，老梁木匠长长吁出口气，喃喃说："一块钱！你玉兰大娘得泡在冷水里洗多少油线！"

老梁木匠真想吃饭时，肠胃却不适应粮食了，吃啥吐啥，大便全成了清水。长安卖了几样木活，捏着最后几张钱没敢买茶叶箱子做活儿，把葡萄糖粉第二瓶、第三瓶地买回来。老方头看了说:"你爷爷日子不多了,七十三岁,阎王爷叫他呢!他想吃嘛儿你想办法让他吃嘛儿,俺还有点钱。"

爷爷想吃嘛儿?长安立即想起一样吃食——西大街的德懋恭水晶饼。

水晶饼有十二块钱一斤的也有八块钱一斤的,爷儿俩很多次经过时,老头儿都会看看店名说:"长安,这是西安有名的点心铺子哩,想不想吃一个?"

长安总是摇头,老梁木匠就咂咂嘴说:"咱爷儿俩总共买两个,你半个俺半个,今儿一个明儿一个,咋样?"

长安总抵挡住诱惑,爷儿俩也从没尝过。他使劲抽了自己一耳光,那时为啥想省钱不点头呢,哪怕一次爷爷也算吃过水晶饼啦。从小东门到西大街,得先跑到大东门,然后顺着东大街过钟楼才能到。长安二话不说,出门就跑,他对西安城的大街小巷早都熟悉得如同自己掌纹一般了。他一路跑着,看到过去和爷爷一起走过的地方,便忍不住回忆起当时的情形,有那么几次,他突然想,爷爷这会儿不会已经在屋里咽气了吧?他就更快地跑,喘着粗气也不敢歇一下。

老梁木匠闭眼睡着,听到长安一个劲叫就嗯了一声,可他还使劲推:"爷爷!爷爷!你看俺买的啥?"那声音高兴极了。他强睁开眼,长安手里托着一张麻纸,上面是两个水晶饼。点心的心儿是又细又甜晶莹透明的一大块儿,鲜艳的青红丝儿镶在里边,外边的皮儿一层层雪白细薄如蝉翼,托在手上,别说吃,光看看心都是颤的。老梁木匠低头就着长安的手瞅了一会儿,长安催了,他才下个狠心咬下去蚕豆大小一块再递给长安,他眯眼看着长安,嘴里慢慢嚼着品尝着。

长安说:"再吃呀,里头才是馅哩。"

老梁木匠示意他也吃,长安刚一摇头他就作势不吃了,长安只好也咬下一小块儿。老梁木匠这才笑着用手摸摸孙子的头,小声说:"爷爷没白疼你,没想到俺老了得你的济啦!"

第二天,玉兰打好白面拌汤,又特意打了个鸡蛋花才给老梁木匠掂到锦华巷,老梁木匠居然撑着喝了小半碗!长安高兴地说:"这下爷爷好啦!"玉兰也很高兴,她说明天还打白面拌汤。老头儿却摇摇头,冲玉兰伸出瘦得皮包骨头的手,玉兰赶紧两手抓住。老头儿的手微微打着抖,声音也打着战:"玉兰，俺不让你送饭，俺要穿着你做的鞋进棺材哩……俺不在了，长安就没人能指望啦，你……你……能不能替俺把长安……"

他挣扎着要跪，玉兰死活揪着他不让，老头儿说："不成，俺不信你能答应！"

玉兰哭着说："大爷，俺答应啦，答应啦！"

郝玉兰走了，老梁木匠不再提买木箱板做风箱，倒是要讲过去的事。长安不想听他说，觉得他喘着气说一句歇一句很吃力。老梁木匠却眯着眼睛说："头些年你不是找着让俺说？"他说的过去已经说过了，长安听他说在老家办丧事要咋样咋样，心里不寒而栗了。

"安儿，你可记得——摔老盆要一下摔碎才见孝心哩！"

"安儿！你知不知道？棺材底下要放麻钱，面朝上，放整齐才好哩……俺的棺材还没做好？"

老方头前几天就找人来做棺材了，大梁已经拉到后院剖成了板，老梁木匠躺着也能听见拉锯的声音。

老宁媳妇说："快点做吧，俺看老头儿不中啦！"

老方头长叹一声说："他就等着棺材做得呢！"

再有一天棺材就做好了，早上长安刚醒就听见老梁木匠在翻找东西，只见他站在板柜边伸手在摸，两只脚脖子又黑又细，两条腿又抖得厉害，肩膀垂溜着。他头上的头发已经全白了，因为在床上躺得时间太长，后脑勺压扁了，像一把破烂的鸡毛掸子。

"爷爷你能下地了，找嘛呀？"长安忍不住爬起来扶他。

"怎么没啦？"老梁木匠手里提着他的寿衣和郝玉兰给他做的鞋，头晕似的闭闭眼睛，太阳穴上蚯蚓般鼓起的血管在跳。长安扶他重新躺下，折腾了好一会儿他才低声说："寿衣里头，钱都没啦！"

长安不知他为啥问起钱，随口道："在这儿呢，钱放你枕头下面了……"

他边说边摸出纸包说："四块六，爷爷，咱只有这么多钱啦。"

老梁木匠双眼一下张得很大，平日蒙在瞳仁上那层薄雾似的东西也放亮了。他直直瞪着空中看不见的东西点点头，好像头太重脖子太细，就那么轻声噢着上下晃了几下。

老梁木匠挨到晚上就死了，棺材刚刚做好还来不及上漆。长安呆呆地跪在老梁木匠的身边，脸上流着泪。他的丧事办得很艰难，连锦华巷最穷的孤老太太王老婆也颤巍巍拿出一毛钱给长安，让给河北老头儿买块坟地。老蔫娘下了狠心掏出五毛钱，老蔫媳妇没有钱能给，就去庙里做了整整一天活儿，把庙里那片小菜地全都翻了一遍，老蔫在家帮着长安给老人擦洗身子换上寿衣。长安把稍像样的衣裳都给他穿到里头，外面罩上他准备多年的那套寿衣，又在他身子下面朝上放了三十多枚麻钱。

长安摔碎了他叮嘱一定要摔碎的瓦盆，一头栽在地上昏了过去。老蔫媳妇哭着说这孩儿以后可咋办哩？

老方头把他扶到车上，他才缓缓醒过来。车是租的，车主说巷太窄坡又太大，车进不来只能停在巷口等棺材。没有人叫，锦华巷的男人全出来抬棺材了，老关爷、蒋狗蛋和王大瘸子都默默扛着棺材，老吕叼着烟头走在前头，小声说："慢点慢点，让老头儿慢点走！"

老方头撒着剪好的纸钱，喃喃说："老哥！下辈子别来人世受罪啦！俺快去找你了……你收好这钱，叫个红角听听河北梆子！俺们没法给你请戏啦！"

长安迷迷糊糊靠在棺材边儿上，眼睛直呆呆的，突然他紧紧抱着棺材把脸贴在上面呜呜哭起来，压抑的哭声让吱吱扭扭的车扯得很长很碎，坐在车后边的几个男人也开始一把把抹泪。长安把老梁木匠最爱的收音机也放进了棺材，没了天线不管他咋摆弄，也调不出清晰的声儿。一路上吱吱啦啦的电流声从棺材里传出来，伴着长安的抽泣。棺木下到坟穴的时候长安却发疯了！老方头们往棺材上抛撒黄土，他让老吕和老宁按着不能拦，就挣着身子伸出腿踹了老吕一脚，口齿不清地惨叫："别埋！松开俺！别埋呀！"

渐渐，黄土埋没了白惨惨的棺材，长安眼睁睁看着黄土添满坟穴，又逐渐堆起个小土包。原来地是平的，人一躺进去就多出一堆土，这不就是爷爷？长安想着双眼模糊得看不清坟了，忙紧闭了双眼让盈着的泪流出来，再看还是一堆湿润的黄土。老郑不知从哪儿挖来一棵手脖粗细的柳树，示意长安栽在坟边儿。

埋人要立碑，长安在大馒头般的黄土坟堆前头跪着，听见老宁和老方头说碑、刻字啥的。他呆呆地跪着，哭哑的嗓子里已经没啥声儿了。泪风干在脸上，是一大片皴裂的道子。老方头跟他商量弄块木板写上名字先立在坟上，日后再弄好的碑石。梁长安没说好也没说不好，伸手从裤兜掏出最后的两块多钱递给老方头。

快入冬了，风呼呼地刮着，头顶上的干树杈子发出噼噼啪啪的声音，坟场里静静悄悄的，除了长安断断续续的哭声，只有偶尔传来的一两声老鸹叫声。天灰蒙蒙的有了些雾气，早上天边还有些亮光，这会儿倒黑严实了。

老方头拉着长安要走了，他却双手揪着没过膝盖的干草枝号啕着不肯站。这时一阵风忽地旋过来，把地上正烧着的纸钱灰吹得二人多高，轻轻飘进林子里。地上带火的纸钱也飘了起来，只一下就把长安的裤腿烧着了！大伙忙上来扑打，叫着："老木匠，放心走吧！"

长安停住哭专注地盯着地面，将熄的烧纸堆冒起半人高的大火苗，只一瞬就恢复了平静，他忍不住高声叫起来："爷爷！爷爷！您是不是看俺来了？您说过人死了要有舍不得的东西，是要回来看的！"

长安大喜过望，推开给他扑打火苗的人们，径自追赶飘飘悠悠往坟后飞去的纸灰。

"可怜的孩儿，你爷爷看见你了，你这么个样让他多心焦呢。"老方头和玉兰流着泪，死死扯住长安的手腕。玉兰对空中叫："大爷！你好好走吧，俺答应你啦！别不放心了！"

"傻孩子！你爷爷受了一辈子罪，这下再不忍饥受累了，是好事呀！咱回吧！"老蔫媳妇忍不住红了眼圈来拉他，老宁两口子和老郑媳妇早哭出了声。

回到锦华巷，玉兰说："俺河南人讲究要在门口放盆水再横把菜刀，让长安进屋时迈过去，免得把坟上的晦气带回来。看刚才下葬时的情形，老木匠怕是跟着长安回来了呢！"

老郑媳妇也说："西安也有这讲究呢，都说女人阴气重会带不干净的东西，长安毕竟才十四还是个孩儿哩！"

长安听了嚷嚷起来："凭啥不让爷爷回来，俺巴不得跟上俺呢！"

他坚决不从刀上跨，老方头干脆和老吕架着他进了门才算罢。长安挣扎着跪在矮床上，抓着老梁木匠打了无数补丁的衬衣，咬在嘴里呜呜咽咽哭了起来。

第三章

白老四见玉兰从坟上回来两眼红肿，劝她说："谁能不死？是个人死你就哭成这样子！"

见她没理他又说："老木匠那么好的人咋说没就没啦？"

玉兰就说起老头儿死前下跪让她管长安的话，他忽地站起来说："你干脆直接弄根绳把咱俩勒死算尿！"

她哇一声哭了："那俺咋办呀！想着小木匠今晚上就得一个人，俺心里难受死啦！"

"中啦！你算哪根葱呀！"白老四见不得她哭："长安是可怜！吃饭穿衣亮家当，咱这几张嘴把人的骨头都要啃吃啦！"

玉兰擤擤鼻涕说："他没钱赁房，怕是这几天就没地方住啦！"

他哼了声走开了。

老郑媳妇第二天晚上跑来说："玉兰！吃罢饭咧？昨个二半夜长安不见咧！"她吃了一惊，眼前出现老梁木匠给她挣着跪下的样子。

"不中！俺得找他！他爷让俺管他哩！他那几个河北老乡该知道他在哪儿吧？"

老郑媳妇责怪道："又犯傻了吧，自己一屁股屎擦不净，还去端人家的屎盆子！你趁早算了吧。这娃也十四五了，你家东京比他小两岁，不也在架子车队送酱油。你能咋帮他？"

玉兰觉得心里缠磨得厉害，喃喃地说："嫂子你说得也对。"

"玉兰，我看还是长安这娃命不好，太硬！夜个晚上他沿锦华巷挨家给人磕头还礼——家家都给他爷爷凑钱咧，头都磕得青紫冒血，拉都拉不住！屋里除了刨子和锯，穷得精光溜净，啥都没给娃儿剩下！"

老郑媳妇总结道："这就是命！"

老蔫媳妇也来找玉兰，她说和她婆婆商量好了，让长安去她家吃晚上饭——中午饭就实在是顾不上他了，家里只有老蔫一个人挣钱，几个儿女天天在长大，饭总不够吃。郝玉兰说她和老四说过了，管他同意不同意，先找回来再说。

长安把木工工具拿走了，房子就什么也没了，房子原来的主人把老梁木匠的房收拾了又重租出去。郝玉兰找了俩月也没见长安的影子，见白莲花噗噗踏踏拉着风箱看书就问："莲花，你见长安没？"

白莲花只顾看书顺口说："谁？没见，没见！"郝玉兰见她只顾铲煤饼往灶膛放，火快让凉煤压灭了，忙夹出两大块说："这个闺女只顾看书！人心要实，火心要虚，给你说多少遍你都不记！"

大铁锅里的水开始冒泡了，莲花伸伸舌头站起来去切菜。她只比郝玉兰差半头了，好像腰身扯长有了身段，小脸粉白光滑透着红，两个小辫子细细地垂在胸前。玉兰忍不住高兴起来，心想怪不得老郑媳妇一再说给郑光说媳妇哩。白莲花见妈微笑着看自己，忍不住问："妈！这几个小的早就喊饿了。俺这就做饭吧？"

听大姐说自己饿了，牡丹忙扑到妈脚边抱着腿说："妈，俺饿哩！"

郝玉兰见老四和东京进屋了，忙接住老四的铝饭盒让白莲花下苞谷糁。

"东京！今儿累不累？"

儿子个子再大也才十二三岁，天天和老四拉车子风吹日头晒，让玉兰很舍不得。东京倒是乐呵呵的："不累！俺有劲着呢，就是渴得很！"说着捏块白萝卜片吱吱咯咯吃起来。

白莲花想拦他，郝玉兰说："就让他吃吧，外头跑一天水也喝不上！"

老四过来瞅饭还没好说："俺乏得很，先上床倒会儿，饭好了叫俺！"

玉兰说："东京你也躺一会儿！"

"俺不累！"白东京啃着萝卜说："妈！你猜俺今儿见谁啦？小木匠长安！"

郝玉兰立刻放下菜刀问："他在哪儿？快说！"

"俺和爸拉车过太华路的时候在坡下歇脚，他问别人要不要拉坡？俺爸叫他：'小木匠！'他吱溜一声钻进人群不见啦！"

"就这？没看错人吧？"她问。

东京说："没错！他长得恁好看，穿得又恁烂，咋能看错？"

玉兰小声说："这天也冷了，长安这孩儿连个信儿也没，你看他的样子咋样？"

"咦！长安哥看着真可怜！头发像烂草，脸也脏得很，人家都穿棉袄他还穿个烂绒衣。露着的脖子冻得发青，脸冻得像个紫皮儿红苕。"白东京见妈瞪着眼睛不敢说了。

郝玉兰眼泪立刻流了下来，念叨着："大爷啊，你让俺管长安，俺可没……"

白老四远远在里屋喊："中了吧！快做饭吧！人家孩儿不想找你又不怪你！"

郝玉兰抹了把眼泪说："俺不管他让不让，俺要找他！"

第二天，老郑媳妇接了信儿到郝玉兰家，知道她还放心不下长安，就咕哝着说："好我的玉兰呢！人家长安娃是个硬挣人，咱就算咧吧！你家莲花我多长时间没见咧，我还怪想的呢！"

玉兰用簸箕簸着一点黑豆，噗噗吹着豆皮和草灰："俺天生就是爱操心的命。明天俺去太华路大坡找长安。二林孬好当了个兵走了，前儿个他写信说想表现好了让部队推荐他上大学哩，长安来了就睡他的床。"

老郑媳妇撒撒嘴埋怨起来："人说后妈都是窑婆子，你倒好，供二林上中学已经十成十咧，谁敢说你一个不？现在又把外人往家引，再别傻咧！"

"俺一想老四前头俩老婆二十多就死了，撇下孩子肯定死都闭不上眼。她们在地下知道孩子受委屈多难受！俺要是死了，有人对俺孩儿不好，俺可咋办哩？"郝玉兰哽住了。

老郑媳妇慌地说："好咧！好咧！不说这事咧！"

郝玉兰丢下簸好的豆子说："现在日子好过头些年，老四老啦，也不再和俺打打骂骂了，人活着还图啥？俺想只要一天眼不闭俺就手不闲地干，总能把孩儿们拉扯成人吧？长安这孩儿，俺也是答应过他爷的……"

白东京看得没错，拉坡的正是长安。实在找不到活儿他才去太华路拉坡，反正不用技术不要本钱，只要有劲就行。大坡养了几十个拉坡人，大多是道北的河南人，也有此地人夹杂其中。他住进老方头的房子，在他脚头硬挤了个地方铺上褥子，老头儿也果然按他说的那样，和锦华巷的人说没见他。

老方头说:"你再在地上睡两天,俺侄子说过两天接俺回老家哩。"

长安一愣,老方头说:"你和俺一起家去吧。"

长安想了想摇摇头。

老方头又说:"那你让俺咋给你爷爷交代哩?"

长安说:"你就说他给俺教的手艺就够俺活的啦!"

长安没为找活儿发愁,他有整套的木工工具,就停在集市上等些做小家具的活儿。没过几天就碰上有人揽小工,让他在南关中学做活儿,说学校的门框窗户坏了,朽得装不上玻璃。说好每天在学校食堂吃饭,晚上可以住学校的大会议室,每天给他三块钱。他是来当小工的,技术活有个姓郭的中年汉子做,长安叫他郭师。

郭师是陕西周至人,长得魁梧高大,络腮胡子半寸有余,黝黑脸膛四方口,黑布棉袄的前襟让烟灰烧了无数小洞,两只脚小船一样穿着黑千层底布鞋。他的牙和手指全是焦黄的,整个人散发出浓浓的旱烟味。他兄弟一直跟他打小工,揽上学校这个活儿后,他兄弟急着办亲事,他只好另寻小工。郭师看过长安给学校食堂做的大风箱和条凳,对他的手艺挺满意,愿意让他打下手。谁知见人一看还是个大孩子,大失所望。他犹豫了一下,看看长安菜色的脸和短了半截的烂衣裳就又把话咽下去,点头答应了。

干了几天,郭师发现长安干活比兄弟强得多,就不再板脸了,操着秦腔问:"你还是个碎木犊娃,咋就单干呢?人倒是蛮灵醒,手脚也勤快,你是河南人?手艺是谁教的?"

"我爷。"长安对他很感激,知道人家让他打下手是看得起自己。

"你爷呢?"

"死咧!"

郭师没想到问出这样两个字,想想再问:"你爹你妈呢?"

"死咧!"

郭师感慨起来,长安不以为然,把盘子里最后两个白馍拿起来递一个给郭师,自己拿一个大口嚼起来。干了二十五天,学校的活儿全完了,门框上好了,门板修补了,窗户也焕然一新安上了玻璃。结账的时候,郭师拿出工钱抽张五块钱递给长安说:"你干的活好,叔奖励你!"

长安笑着不接，郭师有些意外："咋咧！钱扎手？"

他说："我是小工！"

郭师爽气地笑了，在他的烂棉袄上随便找个破洞把钱硬塞进去说："买件好棉袄！这是我村地址，有事寻叔！你好好干，长大就是大工咧！"

活儿干完了，管吃管住的地方也没了，长安又想起了太华路。

刚开始拉坡，他学别人的样，用烂布垫在肩背上，肩上还是勒得红肿，像放了二指高的大馍。他疼得睡不着觉，靠墙坐着迷糊到天亮，再重新勒上麻绳，钻心的疼痛让他一下子咬紧牙，眼泪顿时迸了出来。天还没亮，他拉上第一个坡，一块儿拉坡的老王头见他咝咝吸溜着凉气，轻手轻脚把麻绳挂在肩背上，笑着问："小梁子！哆哆嗦嗦弄啥哩？"

他苦着脸说："疼得不敢挨！"

老王头哈哈笑着拉开衣裳，两个褐色的大肉团小碗一样长在肩上，猛一入眼吓人一跳。

"小梁子！等你啥时候也成这了就不哆嗦啦！"

长安再看看其他拉了十几年坡的人，才知道怪不得他们都有些罗锅（驼背）。

老王头闲了问他："你是河南哪儿哩？咋一个人？"

长安从小就说得一口河南话，知道他把自己当老乡了："开封的，家人都死啦！"

老王头和几个大人就咂咂嘴说："咦！老可怜！孩儿，以后有车你先拉！"

拉坡的女人不多，一个叫来桂的河南女人背上捆着几个月大的娃也拉坡，路边坐着两个脏得分不出男女的小孩儿自己玩。揽上活儿她就麻利把小娃解下来丢给路边的孩儿，拉完回来再重新捆在背上。长安知道这俩孩儿一个叫"富"一个叫"贵"，怀里那个小的叫"宝"。来桂特别能嚷嚷，喊起来太华路坡上到坡下都听得见："富儿——把宝儿抱好没？"

"贵儿——别让宝儿哭了！抱起来悠一悠！"

他们饿了来桂会大骂："妈的×！老吃不饱！吃吧！吃吧！多早晚把俺也吃了吧！"

顺手扔两个烧饼给他们，或是一屁股坐在马路边上撩起衣裳给宝儿喂奶。

要是没拉上钱，孩儿们又闹着要吃，她就更大声骂，不光骂孩儿，还骂

"短命的死鬼男人"，丢下她受这洋罪，骂着她就哭了，撩起衣襟擦眼泪，露出脏黢黢的肚皮和半个奶。长安不想看这场面，就背过脸去。他想起了娘，却只在心里一闪而过，甚至不如玉兰大娘和眼前这个来桂更清楚。

有车过来，拉坡汉子堆着笑脸吼："俺给你拉！俺给你拉！"长安轮不上了，他只有趁早人家都没来就站在路口，晚上人家都回去才能挣点钱。

拉了一车废铁的车主说："五分！"

车有点重，老王头们说："老哥孬好加上五分！车老重！"

长安挤出来："俺拉！俺拉！"

他赶紧把麻绳绑在架子车头上，有人骂："小鳖孙儿，跑得怪快！"

那人作势抢绳要打他，老王头劝："孩儿怪可怜哩，算啦！看，又过来车啦。"

长安没走几步就心想完啦，车太重啦！他全身用劲往坡上走，血直往头上冲，车轱辘才缓缓挪了几寸。车主也低头耸肩用着劲，他只好深吸口气向前挣，车终于走了。不到二十米，长安终于说："叔，车上是啥？"

那人脸憋得发紫，喘着气说："收的废铁！"长安又埋头用劲，该上坡了。拉过坡的人都知道这时千万不能松劲，要不车就可能脱手。他把头扎得很低，重车往后拽他，每一步得脚后跟先够着地，再用力往前一挣，脚尖才能落。挣着走着，眼看快上坡顶的时候，他实在没一丝劲了，连说话的间隙都找不着，脸红耳赤，头顶直冒蒸汽，鼻涕也流了出来，他不敢腾手擦，任它长长地吊在鼻尖上。有的重车拉到这儿歇气时，旁人拿两块城墙砖放在车轱辘后面，拉车人能直腰攒把劲，再爬最后那坡。长安四下瞟瞟，除了自己和车主粗重的喘气声，再也没啥人，他绝望了。

这时郝玉兰正顺着坡找长安，她打听着路边拉坡的人，有人指着说："那不是！慢得跟蛆爬一样！"

她紧赶慢赶爬上坡，长安已经没劲了，两个人空往上挣车却僵在原地。她知道人坚持不住，车马上要脱手了，慌忙在车后用力顶住，长安和车主都觉一轻，知道有人搭手帮忙，只顾低头两脚拼命向上挣。到了坡顶，郝玉兰从车上拿了两块大铁疙瘩，一前一后支在车底下才擦汗说："真险呀！"

长安惊喜地叫道："玉兰大娘！你咋来啦？"

郝玉兰说:"光找你就让俺跑了好几趟,你这孩儿咋不找俺哩?"

长安说:"找不上木工活俺才来拉坡哩!"

车拉到坡底,车主给了钱走了,她拉着长安的麻绳说:"到大娘家吃饭,住大娘家里吧!"

长安赶紧说:"俺还得干一会儿哩。"

郝玉兰拉他在路边坐下:"你住哪?吃啥?咋把大娘当外人哩?想靠自己也不是现在呀!"

长安摇摇头。

"你二林哥今年当兵走啦,你和东京、西京住一块儿,走!"

他还是摇摇头说:"大娘!俺……俺不能去!"

郝玉兰没料到他这么犟,生气了:"那你想咋哩?"

长安心里空落落的,却硬是挤了个笑脸:"大娘!俺也不知道,可俺想俺慢慢就行了。俺发过誓啦,这辈子不能像俺爷、疯大爷那样受穷挨饿了!俺不想吃人家舍下的饭,只盼着你们不要再可怜俺!"

郝玉兰低头看他的鞋早烂得不成样,两个大脚指头顶了出来。他提麻绳走了,玉兰眼瞅着他快翻过大坡了,只好用力喊起来:"长安!你让俺给你爷咋交代哩,俺找你这几个月连囫囵觉也没睡过!"

她说着梗住了嗓子,眼泪顺脸边流下来,她抬起袖口抹泪。

长安犹豫着把绳缠了缠站住了,她赶紧撵过去赌气说:"长安,你哪怕在大娘家住一年半载哩,你没住处又没人照应,才十四五岁个孩子让人咋放心?你要想让俺天天操你的心、睡不着觉,那你就走吧!眼看快过年了,你就硬着心一个人走吧!"

长安呆了会儿说:"俺知道你对俺好,你答应俺给你交钱俺就去,要不俺还是不去!"

郝玉兰松了口气点点头:"中!那晚上回家啊!俺等你吃饭!"

她听见长安应了声,又看长安细瘦的脖子和肩膀,叹了口气心里说:"孩儿的命太苦啦!"

到家门口她才想起,白老四要是知道把长安叫家里住,不知会咋样,心一下慌起来,打是不怕挨的,只是怕他撵长安走。郝玉兰心里七七八八打着小算盘，远远看见兄弟媳妇西珍挺着大肚子在门口等她。

"西珍来啦！晌午饭吃了没？"金玉时常来，西珍却不爱串门，难得一见。西珍说："姐，我吃过咧！莲花她们快下学了吧，你不用管我，我有事给你说呢！"

玉兰笑了说："晌午饭你哥不回来也是胡对付哩。你现在有了身子，可要好好注意哩！明年春天生孩儿？俺看你这样子像男孩儿！"

"刚显怀哪能看得出来？五路口菜场要招个卖菜的临时工，我想你身体好，脑子也清楚，就把你的情况给人家说咧，人家答应咧！一个月工资三十块。姐，我可是先做主咧，也没问你愿意不？"西珍说得多了，又成了一口秦腔。

郝玉兰大喜过望，把她的手捏得紧紧的："这好事还有谁敢不愿意哩，难为你大着肚子还跑来跟俺说！"

西珍还是笑着说："你可想好，临时工辛苦得很，天不亮四点多去整菜，卖到中午十二点下班，下午就不用去咧，你倒能照看这一窝娃！"

郝玉兰念声阿弥陀佛说："俺的好妹子，金玉娶上你是俺家咋修来的福！这好的事，哪儿找！"

西京和槐花放学回来，见她笑吟吟的，就问："妈？啥事这高兴？你咋没去洗油线？"

郝玉兰抑不住心里的喜悦，给槐花理理小辫儿说："妈以后不用下河洗油线啦！"

西京抢着问："妈，你不是说供俺们上学要多挣钱哩，不洗油线咋办呀？"

郝玉兰见他这个小淘气说老成话，忍不住笑了："你操心还怪多哩。你妗子给妈找了个好活儿，让俺到国营菜场当临时工卖菜，以后俺就有正经工作了！"

白槐花拍着小巴掌嚷起来："那你就是卖菜的啦！俺班同学她妈是卖肉的，天天牛得很！老师都巴结她妈哩。"

郝玉兰说："卖菜还有谁巴结？快和你哥做煤饼，今儿下午妈不出去啦。晚上你长安哥来家里住，以后就是咱家人不走了，你们谁也不许说怪话气他，要不俺可不饶你们！"

两人赶紧点头。

快过年时送酱油比平日忙，白老四上了年纪，天寒地冻走一天越发吃不消了，回家就躺床上歇腿。郝玉兰眼瞅天快黑了，坐在老四旁边说："今儿有两件事儿，你先听好事还是先听另一件？"

白老四诧异地坐起身说："你啥时候文绉绉啦？那俺先听不好的吧！"

"只是怕你不高兴哩，俺今天找见长安了，说好饭钱他自己出去干活挣，咱只给他个睡觉的地方，反正老二当兵走了有个空地方，你让俺把他留下吧，俺在他爷跟前也就能交代了。以后这个家的主让你做，啥事都听你哩！"玉兰害怕老四不答应，心里扑通扑通直跳。

"就这？那你说的好事儿哩？"

白老四脸上看不出来有啥想法，她立刻说："西珍给俺在五路口菜场找了个临时工，早上卖菜，晌午就回来了，下午还能做别的活儿，你说是不是个天大的好消息？天天眼红人家有正式工作，这不咱也能按月拿工资啦！老四，你看日子比以前真是好多了，长安又不是白吃饭，他说他给钱，你就答应了吧！不过晚上才回来，占个两米长一米宽的地方！"

白老四叹口气说："唉！你心太善啦！俺拦住你，你又难受，你当俺不知道，你这种人还能给人家孩儿要钱？刚好有这么个工作，你让他来俺也不挡，只是又累的是你！"

郝玉兰大喜，没想到老四一下子就答应了："你腿不好以后少跑点吧，俺上着班再做做手套肯定日子好过！"

她顾不上吃饭，就慌着让白莲花把长安床边的墙用报纸糊上墙围子，把自己床上的薄褥子挂在绳上拿棒槌拍打松泛给长安铺上。她一边拾掇床铺，一边交代孩儿们不许欺负长安。孩儿们倒很高兴，东京说："让长安哥明天把俺的架子车用板钉一钉。"

只有白莲花不说话，白槐花说："大姐，你和长安哥还是同学哩！"

她小声说："你知道啥，说不定他来咱家俺就不能上学了！"

长安回来已经很晚了，玉兰一个人没睡等着他。他坐在小桌前，玉兰递给他筷子，他接了，玉兰递给他馍，他又接了。玉兰笑着说："还不快吃？等着喂哩？"

长安慢慢咬了口馍，她把盛菜的小盆往他面前推推，刚想说话长安已经趴在桌边哭了。玉兰看着他抽动的背伸手去拍，想要笑着让他快点吃饭，声音却是哭的："长安！就把俺当妈吧！有俺在就不让你饿着！"
　　长安的声音越发哽咽，呜呜地令人心酸。

　　长安来了没一个月就快过年了，过了腊月二十三郝玉兰就把手套活全做好交了，一下子结了四个月的加工费。她说要刷刷房子，白老四说她是有点钱烧得慌了，让她把买缝纫机时借的钱还了。她说不急，第二天领上东京和长安跑小东门鬼市转了一大圈，给一人买了件五六成新的棉猴。一看就是部队的，军绿色，胸口印着红色的某某部队字样，让人用红墨水涂抹了。衣裳穿上大，卖棉袄的人变戏法一样从怀里摸出条皮带说："真牛皮的，军用皮带，两块钱给你吧！"长安眼气地摸了摸光滑厚实的牛皮带，最后还是狠不下心，只夹了棉袄就走了。眼看过年了，也算有件新衣裳啦，他和东京都高兴起来。
　　郝玉兰又领着四个女儿和西京上解放路去转，到东新街口的泰华布店扯做新衣服的花布，白莲花高兴极了，妈还从没有领着他们挑过花布哩！大家叽叽喳喳在一轴轴的花布卷里挑选时，只有西京提不起劲，郝玉兰问他咋了，他摇摇头不说话。白莲花小声替他说："他是嫌你把他当闺女哩，说给长安和东京买的棉袄，只给他买花布！"
　　"你比他们的好哩！看，这是灯芯绒的，新罩袄呀。他俩还是半旧的棉袄。"
　　白西京听了有点高兴了，偏白梅花又说："可人家都是军衣哩。"白西京的脸又阴了，郝玉兰骂道："再吊脸就不给你们买了！明天要刷墙哩，后天俺还领你们去沧浪池洗澡，谁吊脸就不领他！"
　　莲花和槐花对视了一下，谁也想不出来妈今年是咋了，居然还要让大家去"洗澡"！以前过年都是在家烧些水洗洗搓搓就完了。郝玉兰看出白莲花的意思笑着说："今年你们帮妈做手套做得好，前天人家给咱结了三十多块钱哩！妈过年时还要多买点肉包饺子哩！"
　　"妈，那你也买块布吧！俺和槐花都给你看好了，俺老师都穿这样的棉袄！"白莲花举起一轴紫底碎白花的布说。郝玉兰心一热，却接过放在柜台上说："你老师多年轻，这么花的衣裳俺咋穿得出去？"

卖布的女人上下打量了她问:"你是这几个孩儿的妈?长得精神偏穿得这么老气。这块布又好看又显年轻,你就扯一块吧!也不贵,你做件罩棉袄的褂子不到三块钱!看,多厚实,能穿好多年!"

她的话每一句都说在郝玉兰的心上,郝玉兰还笑着犹豫着,莲花说:"妈,要不就别给俺买了吧!你穿上肯定好看!"

西京、槐花和梅花也嚷嚷起来,说要不他们都不要新衣裳了。莲花又说:"给俺爸买块布做条裤子吧,他的那条补丁都没处打了,明年俺们一定好好做手套!"

卖布的女人夸道:"多乖的孩儿们,你有福哩,就买了吧!"

郝玉兰终于点了点头,又让给白老四扯条裤子。她心里想:"有五六年没添过新衣裳了吧,上一次还是爹给买了块布做的呢!"

尚勤路的住户过年刷房子的不少,不想花钱花时间的也要扫一扫灰尘。郝玉兰弄来石灰泡在大盆里,在头上包起烂布就蘸着石灰水刷了起来,白莲花和白槐花前几天就放寒假了,前后忙着给她挪靠墙的东西。长安刚好回来,见她踩着凳子踮着脚刚开始刷,忙上前夺过排刷细细地刷起来。忙到天快黑,三个大套间算是刷完了,因为天冷墙没干反而显得比没刷还暗。长安正欣赏着墙面,白槐花和白莲花指着他笑起来,只见长安的头上滴满大片的白石灰,只露出一点黑头发。郝玉兰也笑了说:"让你把头包上你嫌麻烦,看这多'好看'!俺本来打算后天让你们去洗澡哩,干脆今儿你和东京西京一起去吧!"

长安不好意思地摸着头,听她说起洗澡赶紧说:"俺在家洗洗头就行了,花那钱干啥!"

郝玉兰却不依,硬是摸了一块钱给他,说:"等你四伯和东京拉车回来一起去!"

珍珠泉和沧浪池都是解放路上的大澡堂,但珍珠泉要贵得多,是有钱人去的地方。就算是沧浪池便宜,白老四家的人一年也去不了一次。他们知道很多人家过年必须洗澡的,现在郝玉兰多结了些加工费,就坚持全家一定要去大澡堂子。白老四想了想就答应了,倒没说她"太不会过了"的老话,他一贯是要在过年时阔气些的。

很晚了,白老四和男孩们还没回家,郝玉兰在门口张望了好几次,白莲花说:"妈,你去睡吧!听俺爸说花两毛钱洗个澡,不泡上几个小时都亏本了!东京也说男澡堂是个大池子,能扎猛子游泳哩,他们一时半会儿回不来。妈,咱们明天也早早去好不好?"

郝玉兰笑着点点头。

屋里散发着刺鼻的石灰味,她却觉得这更像过年的味道。嫁给白老四十几年了,她居然还有在沧浪池洗澡、穿新衣裳过年的时光!郝玉兰忍不住找出紫底碎白花的细平布在胸前又比画了一次,她幸福得想哭。

过了年郝玉兰就在菜场上班了,干了几个月就再没借过面。她说:"莲花也不是非得退学呀,下午俺早早就回来了,也不差她来做饭!"

白莲花高兴极了,偷偷给她妈保证一定也能像二哥一样学习好!

白老四拉坡回来嚷嚷腿疼,她说:"你以后早点回家,不指望你多跑二里路送那几斤醋,你腿不中就早早回来歇着!"

他笑着说:"俺家出财主啦,有钱人口气都不一样了!"

她捣捣他的头说:"俺有工资哩!"

老四想起件事:"玉兰,俺今儿也去你爹那儿了,他说明儿是星期天,看能不能让东京、西京去灞桥农村拉一架子黏土,说是做玩意儿的黏土没了。"

郝玉兰心情好:"看来爹的生意不错!"

刚回头看看西京,他马上说:"俺去!俺去!俺明天和俺哥一块儿去拉土!"

早上白西京早早就醒了,屋里靠墙放着车架,车轱辘靠在旁边,知道早上爸已经把架子车从车队领回来了。白东京睡得正香,口水流到脸上已经快干了,只有一条印儿。他吱溜一下又上木梯爬上阁楼,白牡丹睁了眼正自己躺着玩哩。他逗她:"你手里是啥?"

白牡丹警惕性很高,连忙把手握得紧紧的放在被子里。白西京心痒难忍说:"谁稀罕你的东西,俺和梅花、槐花关系好,晚上从姥爷家回来了买糖疙瘩给她们吃哩!"

牡丹忙坐起来把手伸到他面前说:"哥!哥!俺和你关系也好,你看吧。"

西京装作不想看的样子眼睛一瞟:"俺才不稀罕你这二分钱哩,反正晚上俺们吃糖疙瘩时你别跟着俺!"

牡丹快哭了，强着把那二分钱塞给哥说："这是俺长安哥昨天让俺买糖吃的。你去给咱买糖吧！"

西京这才装作不情愿的样子把钱装进口袋，和东京带着妈准备的苞谷面馍走了。

郝仁义搬到老东关古迹岭后，一直是居委会主任，也是治安委员，街坊四邻和派出所的人都叫他郝委员，还选他当劳模去北京开了一次会。他识字不多，开会却能说到点子上，为了区里的治安问题，他还给中央写了封信，收信人这一栏，他想了想写上"毛主席"收。谁想过了两个星期，就收到毛主席的亲笔回信！信的开头称他"郝委员"，表扬他为区上操心干实事，最后欢迎他再去北京。信一共也就三十多个字，但对郝仁义一家却意义非凡。他又给毛主席写了几封信，最后又收到了两封回信。他把这无比尊贵的信给了女儿郝玉兰一封，又给了儿子郝金玉一封。

他幸福极了，见人就说："看，这就是社会主义，这就是共产党！过去哪有皇帝给咱小百姓写信哩！"

郝仁义现在做玩意儿不单纯为卖钱了，有人来找他，把他那些栩栩如生的玩意儿拿走展览，说他是民间艺术家，叫他"郝老师"。也有人想拜师学艺，玉兰娘不让他教，说这也是手艺哩。他却不以为然，说不过是个手艺，咱河南人不就是勤快手巧嘛！有人请他讲课，他坐人家的汽车，专门去教人家怎么做玩意儿，还告诉人家哪儿的胶泥最多最好，最后那些人学会了做更多更漂亮的玩意儿，灞桥的土也仿佛值钱了。他在西安周围的农村、山里转悠，发现灞桥的黏土最好，黏湿湿的，掰开是细腻的黄土胶泥，大的有拳头大小，没有一丝杂质和沙粒，甚至一点胶水不加也行，加上点人的碎头发、细草毛，就是放在灶台上烤烤也能成形，不会裂缝。

当地的村民见隔三岔五有人来拉土，就知道这黏土里的胶泥是宝贝，规定每车两毛钱，郝玉兰的娘知道了，骂郝仁义是个老傻根，他却呵呵笑了说："吃祖先的饭是此地人的福气哩，咱眼红啥？咱有手也有手艺，不怕那两毛钱！"

其实花了两毛钱倒也少了收集的麻烦，当地的村民把胶泥收成一大堆，交两毛钱就有两个大汉上前三下五除二把车装满了。

白东京和白西京拉上胶泥到姥爷家已经快吃晚饭了，他一定让哥儿俩吃过饭再回，他俩就扭捏地说："妈交代了要赶天黑回家哩。"郝仁义笑了说："姥爷锅里有肉哩！听过没？外孙是狗，吃过就走！你俩只管吃了再回家。"

白西京讨好地说："俺俩吃了也不走。"

郝仁义大笑起来："那你就是个癞皮狗！你不是爱看做玩意儿？俺这就做呀，还等你俩帮忙哩！"

白东京大声说："让俺干啥？要不要摔泥？"

做玩意儿的泥有讲究，土的黏性不够也可以加些胶水，但效果肯定不如天生的好，时间不长就会干裂。虽然只是一分两分的东西，郝仁义还是想讲求个质量。他说："你坑人家一回，你的心就坏了，哪儿坏不能心坏。看你妈，心就好，长安那孩儿在家里不惹事吧？"

白东京说："他光干活哩！晚上回来不是担水就是劈柴，害得俺妈光骂俺哩！"

白西京也说："他有时给人家干木匠活，说管吃住，一去就是一两个星期。他次次回来给俺妈钱，俺妈不要他就要走，说不在俺家住了。俺妈只好收下，说给他攒着。姥爷，俺咋觉得俺妈有点傻哩？"

姥爷忙着挑胶泥，听他这么说在他头上敲了一记，骂道："说你妈傻？咱给锅里添碗水人家孩子就有个家了，你妈是心好，看长安可怜。谁敢说她傻？"

白西京不敢说话了，低着头帮姥爷挑泥。

郝仁义把胶泥和成半稠半稀的样子，白东京抓了一大块在青石上来回摔打起来，他知道这是个力气活儿，也是个巧活儿，要耐耐心心摔两三个钟头才能好，那时就能喷上凉水盖上湿布醒着备用了。郝仁义从大盆里抓出醒好的泥，揪成做馒头差不多大的小团："西京，你跟姥爷一块儿把这摔打一会儿，让泥的胶性均一均！"

爷儿俩把小胶泥块蘸了水在青石上摔打成光滑的四方块，像豆腐干一样时，白西京说："让俺倒模子，这最好玩啦！"

白东京也丢下手里的活儿，争着用木模子压制。郝仁义的模子已经有二十多种了，小猫小狗都不算啥稀罕的，来跟他学习的人给他弄了几个更好看的。

粘小棍、粘鸡毛、画花的过程都好做，做哨子时郝仁义对外孙儿说："该看俺的啦！再花哨好看它本身还是个泥哨儿，吹不出好听的声儿谁花二分钱买？"

他俩回家的时候天都黑了，郝玉兰正在家跟白莲花怄气，见两个儿子从娘家回来了，就抹抹眼睛问他俩："吃了没？"

东京点点头，西京小声问白槐花："咱妈吊个脸，大姐也吊个脸，她俩哭啥哩？"

白槐花小心看着妈的背影说："咱舅来了，说咱妗子生的弟弟快出百天啦，她要去上班了，让大姐去看小孩儿哩。大姐想上学不愿去，咱妈打她了！"

下午金玉来家了，郝玉兰对娘家的事格外上心，爹给她钱买房子，西珍给她找工作，娘又不愿看孙子，现在兄弟张嘴让给看小孩儿，她咋能不答应？可莲花偏偏不是一般的小孩儿，心强哩！金玉看她在思量，说："姐，你家人多，给俺出个人力，俺在钢厂上班经济上比你好些，就给你出个钱力。俺知道莲花怕会不答应，西珍平时就说，咱家倒是有个老人，连孩儿都不愿意看。"

"一家人说啥钱不钱的？俺听说咱娘不愿意看也是有原因的：你那老大才生下时，咱娘也忙着看哩，可西珍说咱娘吃着饭爱拿筷子剔牙缝，她嫌恶心，自己吃饭单备一双筷子，还不让咱娘给孩儿喂饭。咱小时候没长牙时还不是娘嚼好，一口口喂着长大哩？听说你还支持她哩！"

这是几年前的事了，玉兰本不想提，说起来又觉得有气。听娘说西珍当时和金玉吵架，说俺是瞎眼了，人家都说你河南人又脏又爱哄人，现在才知道一点不假！

金玉叹口气说："所以说才有矛盾了，西珍眼看产假歇完该上班了，要是没人看孩儿，她真回了娘家，这个家可就……俺也是硬着头皮求你哩，你和俺哥再商量商量？"

郝玉兰不怕白老四有意见，只怕白莲花不愿意。果然，白莲花一听就说："放假看孩儿还可以，现在还上学哩！"

郝玉兰怪她不体谅大人，没好气地说："十五岁了，学上到啥时候才算够？后院三红她们几个，不是去火柴厂包火柴，就是到东关中药厂捡药材，一个月好几十块钱给家里挣哩。你赖好也上到初二了，心要知足呀。"

白莲花知道再没回旋余地了，不由哭起来，郝玉兰软了声音劝她也没止住，不免恼了，喊白槐花拿擀面杖来。她明白，千言万语不如老娘的一顿棍棒，让拿擀面杖的意思是想给白莲花个机会，只要她愿意退学就中。

白莲花反倒哭得更大声了："你硬让俺看小孩儿，俺就天天打他，才不会像看梅花、牡丹那样认真小心哩。"

郝玉兰火冒三丈，抡起擀面杖没头没脑一顿打，最后莲花也没吐出一个愿意来。玉兰看天不早了，用手梳了梳头发，擦擦脸做饭去了。白莲花破例没帮忙，一个人爬上阁楼呜呜地哭。郝玉兰也不管她，一个人叮叮当当切菜，白槐花不等她叫，赶紧坐在灶下的小板凳上拉起了风箱。

长安前几天去给一家食堂做风箱，晚上回来才知道白莲花要退学给妗子看孩儿了，他不敢劝说郝玉兰，只悄悄给白莲花出主意："莲花，你不要急，你给学校说请假，等你妗子的小孩儿大一点你还能接着上学。去年你不是就请假给你爸拉架子车了？"

"你知道啥！"白莲花红着眼睛没好气地说，"俺妈这次真不打算让俺上学了，她一个人直接跑学校给俺办了退学手续，俺有啥办法？呜——"

她哭起来，长安急了小声说："你不敢哭了，你妈听见了要打你哩！"

白莲花想起上小学时他就在学校这样说过，突然觉得为了上学年年都要提心吊胆真可怜，最终还得退学。

"还有一年就初中毕业了，可俺妈她……"白莲花忍不住又哭起来。

长安赶紧把她拉到灶台前说："莲花别哭了，你快去睡吧，明天你得一大早就走哩！"

第二天早上，白老四偷偷塞给白莲花一块钱，她不要，老四摸摸她的头，她眼圈已经红了。白老四心里堵得很，故作轻松地说："你拿上钱去那儿，要是你妗子吵你了，你就给你姥爷说，他很爱你哩。"

白莲花呜咽着点点头，白老四不再说啥了。她把两个弟弟的床铺好，又爬上阁楼给妹妹们把床整好，才和弟弟妹妹们再见，唯独没理妈。长安见她出门了，悄悄给她手里塞了个东西，小声说："你看好看不好看？你别老哭，等你回来时俺再给你刻一个更好的。"她用手捏了，硬硬的，来不及看到底是什么，金玉骑着自行车已在马路边等她了。她也不理舅，不声不响挎着小包袱爬上自行车架。

白老四为了送白莲花特意没去拉架子车，见她这个样，又见郝玉兰也开始抹眼泪，不由心烦起来，骂道："娘那脚，咱跟卖闺女一样，你给你娘家落好哩，又在这儿哭给谁看？"

说完迈开步子往东新街取架子车走了，白东京也赶紧跟上去。郝玉兰再精明强干，这会儿也干张着嘴没话说，见兄弟带着白莲花也走远了，只好流着泪进屋洗了脸，提上兜兜出门到菜场上班去了。

说起来郝玉兰在菜场卖菜，是个辛苦活，可她去了不过一年多就成了骨干。菜场五个人，班长姓武。她手下三个正式工都不好指挥，只有郝玉兰刚四十岁，人又泼辣麻利，卸菜卖菜的重活累活就全靠她了。武班长重用郝玉兰，她认识大座秤会算账，又是唯一的临时工，武班长常说："玉兰干活最多，拿钱最少！"

她的工资只有人家的一半多，自己却只低头干活并不在意，心里很是知足："俺能干这么个活儿都高兴死了！"

在菜场卖菜不像卖豆腐、卖肉有人巴结，能在刀底下做花样。她性子直，称菜也总是秤砣高高翘起，她报了斤数再报钱数，几乎没有一个人为秤高秤低和她说啥。相比之下，别人秤前却总有人嚷嚷："称得太低了吧！也不怕秤砣摔下来砸了脚！"

也有人不服气地拽了秤砣说："看，明明不到二斤三两的秤星，只有二斤二两！"

卖菜的偏不行，硬是把秤砣拨到二斤三两的秤星上，秤也争气，秤杆忽悠几下平平地打着，那人气哼哼地丢下钱提菜就走。郝玉兰的摊前客客气气拥了长长的队，其他人面前却冷冷清清。有人就给武班长说："国家菜做人情，真不要脸。"武班长不耐烦了，说："没工夫断你的这糊涂官司，卖菜本来就有损耗嘛，上头定的损耗数没见她超过嘛。"于是说话人气鼓鼓地走开了，嘟囔一句："这个河南担就是会来事，我以后乐得轻闲！"

武班长安排第二天卸冬存菜，说一早要拉来一大卡车冬存大白菜，让大家早点来卸车，要不菜就上冻了。正式工王改丽立刻说："武班长，我明儿请假呢。腰痛病犯咧，怕起不来床。"

另一个站起来刚想说，武班长气冲冲地说："行咧！第一个请病假，第二个请啥假？一个一个说。"

那人悻悻坐下不说啥了。

凌晨三点半，郝玉兰摸黑到菜场，跺脚哈气地等武班长开门。时间不长，送菜的大卡车来了，菜场的正式工们也陆陆续续到了。大家排成队把菜传送到菜场，不到七点，几千斤大白菜卸完了，菜场放不下的就顺门外的马路堆起来。这时来买冬存菜的群众也拉着小车戴着棉帽，捂得严严实实排了不短的队了。郝玉兰卸了几个小时菜热得一身汗，贴肉的衣裳早就湿透了，这会儿在风里站着又被冻得透心凉，双肩木木的，腿也沉沉的寒得疼。她一口气咕咚咕咚喝下大半杯热水才觉得身上热乎了，又摘下冻得冰疙瘩一样的棉手套，抱着汽油桶炉子暖手。卖冬存菜是很累人的活儿，而且冷得厉害。入冬以来郝玉兰的脸早冻烂了，双手比洗油线时冻得还厉害，一根根指头就像粗胡萝卜，绽着黄脓口子。武班长大着嗓门在马路边吆喝："买萝卜的里边排队，白菜在外边儿排。麻利些走！"

群众埋怨起来，有的按武班长指的重新排队，有人嫌排到头里了，重排却落到了后面，还有人急着上班，眼前硕大的好白菜堆着却买不上，就七嘴八舌地吵吵，却很快顺了两条队。菜场里萝卜队短，马路边白菜队就长多了，顺马路排过去还拐了一个弯。郝玉兰把头巾重新包好，只露眼睛在外面，先戴双劳保手套，再套上化了冻水湿潮潮的棉手套。三个正式工坐在菜场里的萝卜堆边儿不动，郝玉兰拉上大座秤就往马路边走，武班长赶紧帮她安放在菜堆旁。有人喊："还卖不卖啦！种白菜也长好啦！没见把人冻日塌咧！"

大家哄然大笑。

有人小声嘀咕，再等白菜都上冻了。武班长没听见一样说："队排好，卖起来快呢！那个碎娃，往边上走，给秤让个地方！里头再来俩人，玉兰一个人咋行？"

喊了几遍没人动，武班长咬牙切齿地骂："把他家的，一群懒鬼！"

大白菜一棵十来斤，一车菜几千斤，每棵菜还要剥掉烂坏的白菜帮。郝玉兰麻利地剥菜上秤，武班长打着算盘收钱，不时把剥下来的烂菜帮用铁钉耙堆在一边。有老太婆来拾菜帮子，武班长忙喊住："别拾咧，等会儿还卖呢！"

老太婆嘟囔着走开了。郝玉兰知道烂菜帮是给自己留的，冲她笑了笑。天冷又刮起了风，人们缩了肩抄着手排队，她的手却渐渐机械了。买菜人准备了麻袋、小车、竹筐，一买都是二三百斤，买菜的队没见短，她身边的菜堆却越来越小了。几个钟头下来，光烂菜帮子也堆得小山一样。

几个小时下来，大白菜帮子冻住了，晶莹透明，她像抱了个冰疙瘩，又冷又滑。她动了一下，发现两腿不听管了，踩在秤台上的膝盖冻硬了，咋也伸不直，站着的那个又打不了弯。武班长抢上前搀住她，郝玉兰一急，哎哟一声哽住了："别动！可不敢动俺！让俺缓一缓！"

郝玉兰被扶着来来回回悠了几圈，买菜的大娘们也给她揉，双腿才慢慢活络了，能笨笨地挨地走路。武班长不管玉兰说啥，干脆把她硬架到菜场里，狠狠地对三个正式工叫："萝卜不卖了，你三个现在出去卖白菜！"

到天蒙蒙黑才算是把菜卖完了，郝玉兰蹲在小山一样的烂菜堆里起劲地挑能吃的菜帮子。王改丽说："玉兰！下班了还不走，锁门了！"

没等玉兰搭腔，老刘说："你管人家做啥？还不就是等下班才拿呢，你真是个瞎瞎眼色！"

郝玉兰忽地站起来气愤地说："说这话啥意思？烂菜帮明天也是倒垃圾，俺拾点儿碍你啥事？"

老刘倒不急："烂菜帮人家不能拾，给你走后门的留着呢！"

玉兰气得把拳头捏了捏，觉得冻烂的脸热痒难受。老刘笑着冲王改丽说："怪不得争着卖白菜，装积极，好好的菜帮子掰扔了，晚上好往家收拾！"

郝玉兰扑上去甩给她一个耳光骂道："让你这个懒鬼乱说。睁开狗眼好好看看，有没好菜？"

老刘号叫起来："你个河南担，还敢打我？"

老刘蹦跳着和她厮打在一起，王改丽在旁边打着转转不知该拉谁。武班长提着裤子从厕所跑出来，嘴里喊："咋咧？咋咧？"

她胡乱系着裤子，玉兰已经把老刘的头发撕下一大撮，她自己的领子也被撕烂了，斜喇喇挂在肩上，两个人面对面喘着粗气还觉不解恨。

"日他先人！"武班长骂起来，"我去个茅房都不安生！尿到一半你俩就咬上了，裤腰带来不及扎紧，你俩就打成狗头咧！"

她没奈何地说:"你们是正式工呢,玉兰挣钱少,你们凭良心说人家活儿干得咋样?不能欺负人呀!"

郝玉兰没拿白菜帮子就包上头巾回家了,一出菜场她忍不住哭起来,武班长紧撵出来叫她:"玉兰,明天还来上班啊!老刘是个瞎瞎脾气,你别往心里搁!"

天上飘着大片的雪花,房檐上、树杈上、路上没人走动的地方有了积雪,远远能看见城墙垛上淡淡的白色和灰蒙蒙的天。郝玉兰走走哭哭,冷风吹着也不觉得凉,她哈着热气流着泪,越想越委屈,忍不住放开了声音哭了起来。快到家时她止了哭,心里松泛多了,却又想起白莲花连话跟自己也不说一句;大林和二林像风筝一样,长大了就飞走了,再没个信儿;白老四埋怨她,嫌长安来家里多一口人吃饭……郝玉兰心烦地叹口气说出了声:"娘那脚,托生个人咋这难哩?"

郝玉兰胡思乱想着进了家门,才觉得头沉沉的,摸摸有些烧。她害怕了,明儿还有一车菜拉来哩!白梅花、白牡丹拥上来又说又笑,说长安哥回来给了糖哩。她的脸上红里发紫,脸颊上的大冻疮已经流出黄脓结了痂,眼睛又红又肿,白梅花看不出她哭过了。

郝玉兰一屁股坐在床沿上,顺势就躺下了,她真想用热水烫烫脚解解乏,便冲闺女叫:"梅花,好乖乖,你领好妹妹,让妈躺一会儿,俺的腰和腿疼得快断啦!莲花!莲花!"

梅花小声说:"妈,俺姐在俺舅家哩!"

郝玉兰便醒了神说:"俺又忘啦,她不在家,俺待会儿再给你们做饭吧。"

她刚摸着床躺下,就听到了白老四进门的声音:"该死的天!天天撒盐一样下雪,让人咋好哩!冻死人啦!"

郝玉兰挣扎着扶床爬起来,边往灶台跟前走边咕哝:"要是莲花在家多好啊!"

住在古迹岭姥爷家偏僻的小院里,下雪天比在尚勤路要住得暖和得多,可白莲花并不喜欢,她想家想得厉害。她在舅家并不轻松,西珍给她安排的活儿是做饭、干活、抱小孩儿。听着只三件事,做起来却从早上一睁眼忙到晚上睡觉。夜里孩儿还得好几次喂奶换尿布，喂奶不用她管，换尿布却是件痛苦的事，为了方便，西珍在大床边儿给她支了个小床，孩儿一哭她就叫："莲花快起来！红安尿咧！"

她睡得死，叫几声也醒不了，就算人东倒西歪站床边儿了，两眼还困得睁不开。西珍没好气了："麻利些，看把娃冻住咧！"

所幸她瞌睡多，只一躺下立即就睡着了。

姥爷却睡不着了，外孙女一天比一天蔫，人本来就瘦，细脖子细腿看着好不削薄。有时她抱着娃坐在小板凳上垂头弓背地打瞌睡，活像个老太婆。他问莲花累不累，她没精打采地说："俺舅给俺妈钱了，俺就是来干活的！"

老头儿听了揪心不已，私下里给玉兰娘说："让孩儿回家吧，咱多搭搭手！"

谁知玉兰娘先数说了一堆病，老头儿不得不住了嘴。吃中午饭时，白莲花听说过两天就是腊月二十三祭灶日，知道妈快过生日了，就盼着姥爷说点啥。郝仁义说："过两天玉兰过生日，又是个小年，让莲花回去吧！孩子有段时间没回家啦，阴历年过完再来。"

西珍忍不住说："爹，莲花走了娃谁看？我可是见天要上班呢。"

郝仁义淡淡地说："快过年了，孩儿来这么长时间也想家哩。咱都辛苦一下，眼瞅过年啦。"

她还想说啥，金玉踢踢她，她瞪了金玉一眼咬住嘴唇不说话了。

吃罢饭，西珍对白莲花说："下午我看红安，你把衣裳洗洗。"

白莲花问："前天俺才把全家的衣裳都洗过了，姥姥叫俺蒸馍哩，面都快发好啦。"

西珍把红安放在床上，打开柜子挑衣服："这几件上次没洗净，这件也洗洗吧……"

她随手把床单揭下来团了团丢在地上。

白莲花说："床单铺了不到一个星期呢。"

"你家床单多长时间洗一次？"

白莲花想只有爸和妈的床上有床单，剩下都直接是褥子，便说："一个月。"

西珍轻轻笑说："人家都说你河南人脏，我还不信哩，你舅说你家的床上有鞋印，去你家从不敢坐。你是个女子娃，要勤快呢，要不将来连个婆家也寻不下。"

白莲花涨红了小脸，妗子很少去自己家，金玉舅到家也确实总是站着的。她弯腰拾起一大堆衣裳，西珍叫住白莲花说："把这泡在盆里，再去你姥姥屋里把衣裳、床单一块儿洗洗。"

她小声说："姥姥还让俺蒸馍哩。"

妗子轻轻说："晚上再蒸，又不急着吃。"

白莲花好不容易盼着回家过了个年，她比过去所有时候对弟弟妹妹们更好，可她不和她妈说话。不光是郝玉兰自己，家里所有的人都看得出来，莲花是拧着一股劲的。刚过初十，郝玉兰就说："莲花，你姥爷让你啥时候去？"

她不说话，玉兰小声说："大年初二你舅回丈母娘家了，你姥爷也没说让你啥时候去呢？"

白莲花低着头求道："妈，求你别让俺去了吧！"

她刚说了一句，眼泪就要出来了，赶紧用手背抹去。

"为啥？"郝玉兰耐心地问。

"俺实在不想去俺舅家了……他们把俺不当人。"白莲花小声说。

"谁把你不当人？'他们'是谁？"郝玉兰有些恼火了。

"舅和姥爷还可以，姥姥和妗子不停安排俺干活……反正俺不想去了！"

"好莲花！你是妈的大闺女，最贴妈的心……"

没等她说完，白莲花气冲冲打断她："中了，俺不想当你贴心的大闺女啦！你咋那么害怕俺妗子哩？"

"妈的工作是人家给找的，咱是外来户，你妗子家有亲戚当头头哩，要不你舅能在钢厂当车间主任？她要是带孩子回娘家了，家就散了！"

"你心疼她，她倒不心疼俺！夜夜起来好几次，天天都得洗一大堆衣服。你瞅，手都脱皮了。"伸出手让她看，可是脱了皮的地方过了这几天早好了。

"莲花，你这头也磕了，揖也作了，只差最后一哆嗦了，你倒不干了。再去几个月，俺让你回来！"

白莲花坚决地说："不去啦！干脆让俺找工作挣钱吧。你巴结人家，人家还不让你巴结呢。她说咱脏，还说俺舅都不坐咱的床……她把俺当贼防呢，她说发卡不见了,把俺的包袱翻了半天没见着,结果在红苗头上戴着呢。年前回家,俺姥爷给咱的花布包好放在床上,俺刚一出去,她就解开看呢。妈,她怕俺偷她呢。俺不去了。反正不落她喜欢。"

　　郝玉兰呆住了,没想到闺女受的是说不出的委屈,原来以为她是小孩儿家偷懒,恨人家让她退学闹意见,现在才知道孩儿受了委屈。金玉送白莲花回来时慌慌忙忙,连门没进就要走,原来是心虚啊。玉兰的心里翻江倒海起来,嘴打着哆嗦去拉白莲花的手,不防她一下挣开,站起身就到外间去了。郝玉兰更觉得没趣了,把床扫帚狠狠摔在地上。

　　思来想去,她还是硬劝白莲花去了娘家,临走说再熬几个月,不让她多待。白莲花大哭一场不听她解释,没等人来接,她穿着姥爷买的红花布衣裳,提着小包袱自己走了。这一次白老四走时给了白莲花两块钱,白西京悄悄跟着送了几条街,白西京小声说:"姐,你太老实,你干活慢些!把东西都弄坏,把小孩弄哭,她肯定让你早早回来啦——还省你吃她家的饭呢!"

　　白莲花呆了呆,笑骂:"你这个滑头,俺可学不来!"

　　白莲花离开家后,长安在家待的时间也越来越少了。有时他回到郝玉兰的家住一夜,却隔几天不再回来了,郝玉兰让他多回家吃口热乎饭,他嘴里应了,说他在做活儿的地方住更方便,可心里却实在是不想多打扰她。

　　火车站口有个大食堂,用的一人多长的大风箱是老梁木匠给做的。老梁木匠去世后,每年长安都去修修风舌头什么的。今年刚立夏,食堂的人就来找长安,让他做六张大桌子和十几张条凳。这可是个难得的大活儿!他一气在食堂干了十几天,眼看十几个桌椅都做好了,只等着细细地打磨好上油漆了。

　　大活儿做完了,长安松了一口气,晚上找空回了趟家。天气很热,不少人家在门口露天铺着凉席,男人和孩子们光着脊背睡觉。他想起前几年,黑乎乎的锦华巷里就是这个样子,那时爷爷总是早早要他把席铺在巷子里。长安猛地想起,老梁木匠光秃秃的坟头只有一块木头碑,怕是字也辨不清了吧?他得好好攒钱买石碑呢!

　　白东京、白西京在门外的凉席上睡着了,白老四肚子上搭着大蒲扇也仰脸睡着,房门掩着,长安轻轻推门进屋。郝玉兰已经睡了,长安决定不去叫她,明儿一早她还得去菜场呢。但他的肚子却还饿着,就在灶前翻了翻,锅碗都洗得干干净净，什么吃的也没有，放馍的篮子里有两个苞谷面馍。长安大喜过望，一手抓出张嘴就咬了一大半。

"长安哥！你咋老这么晚才回来？你在人家食堂干活为啥不吃过再回来？"白牡丹站在阁楼的木梯子上，看不出她是要上去还是要下来。

长安赶紧咽下嘴里的馍，笑着说："是牡丹呀，哥在食堂干活晚了，人家下班门锁了。俺给你爸买的腿疼药送回来，要用黄酒调成糊糊涂腿上哩，你明天给他说咋用，啊？快上阁楼睡吧。"

白牡丹却不去睡，也不笑，只皱着小眉头盯着长安看，他有点莫名其妙。

"长安哥，那馍是给俺妈留的……"

长安愣住了，看看手里的咬了一半的馍不知说什么好。

"哼！俺西京哥说你来俺家就是来沾光的，你还把俺妈的馍吃了。"白牡丹站在木梯上，小大人一样细声细气地说。

长安把手里的馍放回篮里说："俺给你妈交饭钱了呀，俺……今天太饿了。"

白牡丹这才向阁楼爬去，小声说："俺西京哥说了，你给俺妈的钱她给你攒着哩，将来还是要给你，那你现在不是白吃俺家的饭了？"

长安呆在那里，好半天才掩上门走了。天晚了，月亮又圆又大照得地上很亮堂，他的鼻子渐渐酸了。顺着小东门城门洞出去，走在桥上，他突然很想去锦华巷走走，看看满巷子铺着凉席，人们乱七八糟睡在地上的样子。进了锦华巷没走几步，长安停住了，爷爷不在这儿了，巷子最里头的小黑屋已经不是家啦，还来这儿干啥？

这时，老蔫从躺椅上坐起来问："是谁？长安？你咋来啦？"

长安支吾着转身跑了，眼泪也夺眶而出。

这一夜，长安是在城墙根过的。大石头上已经睡了不少乘凉的人，他把衣裳铺在身下，地上还是温热的，并没有多少凉快。他一闭上眼，白牡丹的话就在耳边响了起来。唉，从小就活得憋屈，现在就算手不闲地干着，为什么还是让人看不起？

好几只大蚊子嘤嘤地在他头上身上叮着，他烦恼地想着心事，只挥了挥手，蚊子却不怕人一样只管叮在他的胳膊上吸血。长安呼地坐起来，使劲地拍着蚊子，一连打死了好几只，手上也立刻有了腥的血。

他发作起来，骂道："也想欺负老子？都看俺好欺负哩！他妈的，俺只靠自己，谁看不起俺就试试！"

一瞬间，把吕家兄弟打出血来的快感涌上心头，长安咬牙切齿地就着月光看着双手的血，恨恨地发誓。

长安从此不再去郝玉兰家吃饭了，就算去看她也只挑晚上。她却没觉察出他的变化，他说他要去尚德路住了，老方头回老家了，他的床空着哩，也不用交多少钱。郝玉兰想说什么，他说："俺在家里也住了一两年啦。"

她说："三天来两天不来的，那也算一两年？"

他却很坚持，郝玉兰只好算了，却让他一定要拿上床褥子。临走又掏出钱说："长安，这是大娘给你攒的……"

长安说："等俺用钱再给俺吧，要不就丢了。"

郝玉兰想想又把钱卷好掖在床席下。

又在太华路的大坡拉了一年多，梁长安长成国字脸、浓眉大眼的大个子了，他成了这儿的老熟人，很少有人敢欺负他。倒是他时常斗鸡一样和几个拉坡的"霸"吵起来，甚至在路边捡块砖要拍人家，最后都是他胜了。长安有劲，打架狠，老王头说："人打架时是恶的怕横的，横的怕不要命的！长安头上长了三个旋哩！"

有人说："长安硬哩！爹妈外带他爷都让他克死啦，谁敢和他玩横？"

当然，说这话的当然不敢当着他的面说。

长安还是一大早就去拉坡，却不趁闲揽木工活了，他跟着拉坡的男人们学会了抽纸烟，也学会了玩纸牌。来桂的三个孩儿站在他面前看他啃甘蔗，小的那个忍不住把嘴唇吮得出了声，长安把剩下的给大孩儿："和你弟吃去吧。"

来桂的孩儿说："是个妹妹哩。"

长安笑了："你们太脏了，谁能看出来男女？你是姐姐吧？"

那小孩儿嬉笑着咬着甘蔗说："俺是男娃哩。"

长安看他长头发大眼睛和圆平的鼻头笑了："见天吃俺的馍，连你是男娃女娃都分不出来，脱下裤子让俺看看？"

大孩儿没想到他说这话，后退着依然嬉笑，大口啃着甘蔗。小女孩儿丢下手里没味的甘蔗渣子，又上前给他讨。

长安作势要拿回甘蔗说："那就把甘蔗给俺吧。"

大孩儿只好把甘蔗咬在嘴里，腾手把裤子褪到脚面，长安哈哈大笑："果真是男孩。吃吧，吃吧，大哥和你玩呢。"

来桂拿麻绳拉坡回来，到近前听长安这一笑一说，不禁红了眼圈气恼了，对着他的后脑壳一巴掌。长安哎哟一声，见来桂瞪着自己，捂着后脑壳不敢说话，那孩儿已提上裤子专心啃甘蔗了。来桂上前一脚把儿子踹倒骂："俺咋生了你这个货，为了吃连裤子都脱。"

她还不解恨，弯腰拾起地上的半截甘蔗狠命丢到马路上，狠狠地说："吃！让你们吃！没骨气的坏子，该饿死你们。"

儿子惊恐万分，吓得连哭都忘了。长安不敢上前拉她，嗫嚅地说："来桂婶子，俺……俺是闹着玩哩！"

来桂理也不理他，一手扯起一个孩儿，气哼哼走了老远才骂："娘那脚，给个烂甘蔗让脱裤子哩。原来还觉得你有文化，人还不错，没想到才一两年就学成这帮老光棍老油条啦！"

长安呆呆坐下，来桂婶子说得一点不错，他把头垂在两膝之间，心里难受起来，嘴咸咸的，甘蔗渣子挂破了嘴，吐一口，口水里都是血。他妈的真倒霉，长安对着马路更使劲地吐带血的口水，突然意识过去自己也不是这样的，心里害怕起来，难道真像他们说的，自己变成真正的河南担啦？他低头打量自己，衣服很破也很脏，脚上的鞋更是看不出原来的颜色。他想起来桂婶子的儿子，又扯扯头发，知道自己比他干净不了多少。现在是没什么人欺负他了，更没有人敢管他，可这心里怎么更空落落的了？自己发誓要让人看得起，却连来桂婶子都骂他？

他站起来，不知所措地左右看看，决定无论如何他要回尚勤路一趟了。

郝玉兰见他回家，照样不管到不到饭时先给他做饭，长安心里躁躁的，见郝玉兰在灶前忙活就说："玉兰大娘，俺这一阵子心慌得很……不知道该干啥好。俺一直怕让人看不起，现在想想要拉一辈子坡心里就害怕。"

郝玉兰把饭放在长安面前，沉默了好一会儿才说："长安，你不说俺也想找你哩，听人家说你在太华路很有名哩。你跟人打架没人能打得过你……你当俺听了光荣哩？俺觉得心里难受，你是比一般孩儿吃的苦多些，也比一般孩儿能干懂事些。可你现在想靠打架让人看得起你，大娘就说，俺不赞成。以后日子长哩，你有手艺，又能吃苦，以后长大肯定能过上好日子。要是再这样混日子，只怕俺以后没法儿给你爷交代……瞅没瞅见老吕？人不务正业，越聪明就越坏得让人看不起。"

她见长安垂着头，只当他不想听，就把碗推了推说："吃吧，再咋也得先吃饭。"

"大娘，俺知道你怪俺了，俺明天就去找活儿干，再不混日子啦。"长安仰起脸，脸上有两道泪痕。他飞快地抹了一把，心里一下亮堂了，见郝玉兰笑着看自己，便笑着抄起筷子，风卷残云般吃起来。

一连几个月，长安没再去太华路，木匠郭师给他揽了个中药厂做木药盒的活儿，他一气干了俩月又跑到河边去砸石子。这活儿是论土方算钱，把河滩上的大石头砸成鸡蛋大小，不用啥技术，但是得有劲，长安就吃住在河滩边收石子的棚里，天天坐在河边抡着锤头砸，一个夏天身上晒脱一层黑皮。入秋，他的脸黑了，身上结实了，眼神也稳了。回郝玉兰家，她见他就笑了说："真成大小伙子了。你这脸一黑，大娘才知道你的牙原来这么白哩。"

长安又到太华路去，走到坡下他特意买了五个火烧装在怀里，顺着太华路坡上坡下跑了个遍也没见来桂大婶，三个脏孩儿也消失了。他找熟人打听，老王头说："有一个月了吧，来桂找了个有钱的山西人嫁了，带孩儿们去西门外头住了。"有人说："是个贩骡马的，瞎了一只眼，半边脸都是疤，看着怪吓人的！来桂亏了一身好白肉！"

老王头笑："去尿！睡觉也看不见眼瞎眼明，光脸麻脸。来桂四口人一天吃两斤粮哩，人家才亏啦！再说来桂的白肉你见啦？"

大家哄笑着打趣，他想起原先来桂和他歇在路边说闲话，她让他把孩儿们的名字写在纸上，说要教他们认识。长安写了教她认了，递给她时她就认错了。长安忍不住笑了，来桂却不好意思了，说："俺拉得动坡可提不动笔哩。"长安默默把纸收起来。

那天，来桂第一次用很轻很细的声音说："长安，你是文化人哩，你说咱为啥命不好？人家有坐车的、有吃肉的，咱为啥活得跟个蚂蚁一样，每天可怜巴巴在这儿拉坡？有人生下来就有好地可以种，有好房子可以睡，从来就不知道饿的滋味，偏咱们生下来就生在河南的黄河边儿上，日本人来了祸害咱，发了大水得跟着大人逃荒、要饭，来了西安只得睡在马路边。俺娘说，她生俺时，俺爹差点把俺泡到尿盆里淹死，说再也养不起了。"

来桂说着轻轻笑了一下："是邻居大娘把俺抢出来的，其实那时真要死了就好了，就不用受罪了，说不定下一辈子会托生一个好人家。"

长安记不得自己当时说了啥，现在却难受起来，走出好远才发觉不知往哪儿走。

第四章

西安的北关有个布箱厂招工，武班长不知从哪儿逮了信，她知道郝玉兰的儿子白东京跟着白老四拉车，就让她领儿子试试。郝玉兰说："白东京还不到十四岁，年纪差得多！倒是俺得给长安说说，人家不是招木工哩？他要是能当上工人，俺就阿弥陀佛啦！"

没想到长安轻易就考上了，红旗布箱厂招了十个工人，长安和一个叫李双福的算是外边的，其他八个人都是职工子弟，大多算是接班。他文化不差，手艺在这十个人里是拔尖的，厂里的陈书记是西安人，年纪有五十来岁，大半个脑袋光秃秃的，却一脸黑密密的络腮胡子。他说："我和你们爸妈都认识，接了班你爸你妈就算退休咧，不管咋你们当上工人咧，可要美美地给厂里干工作呢。我看你们还碎着呢，又有文化，厂里指望你们哩。梁长安，你这次考试成绩是第一名，又有木工底子，可要好好学好好干。小伙子长得多精神，才十六七，将来有前途呢。"

长安有些受宠若惊，涨红脸不知说啥好。陈书记又说："方俊翔——你可要好好跟梁长安学哩，你爸说他退休就回老家了，不放心你，让我多操心你呢。"

长安听见有人从鼻子里哼了一声，不由抬头看，只见那人狠狠剜了自己一眼，长安赶紧垂下眼睛。

　　长安觉得工厂的工作很好干，毕竟还是木匠活，在他眼里，木箱还不是和风箱壳子差不多？倒省得做推杆、风舌头一大堆麻烦事。何况刚进厂第一年他是学徒，不必干技术活。他的师傅姓魏，技术在厂里拔尖，人却古怪，平时不说话也不教徒弟干啥。干完活，瘦巴巴的魏师傅爱端着让茶垢染得乌黑发亮的搪瓷缸子，蹴在凳子上喝茶水，那搪瓷缸子上白底红字写着"先进工作者"和一个特大号的"奖"。他的牙是焦黄的，牙缝镶着黑边，人家开玩笑，让他没事闭上嘴，要不里头太黑苍蝇会飞进去，他却蔫蔫地说，茶味就够熏死它啦。

　　长安以前听爷爷闲扯，知道当学徒要给师傅端茶送水的，就盯着他的搪瓷缸子添水，魏师傅端起就喝，二话不说。大茶缸子里的茶叶倒占了大半杯，泡开后，大茶叶片子舒展开，水只有两三口了。晚上下班前，他把已经泡得没一点味的大茶叶片子用手捏着全嚼咽下去，像贪嘴的人吃零食一样。长安一开始苦着脸看他吞咽，后来才渐渐习惯了。一起给魏师傅当徒弟的就是方俊翔，他比梁长安大两岁，是顶替他爸的。俊翔长得端正，不像长安浓眉大眼，却自有一副关中大汉的气势。

　　方俊翔家是西安的，他不像长安给老魏师傅端茶倒水，却每月送一大包散茶叶给魏师傅，说是我爸让我捎给你的，他爸和魏师傅在一个车间很多年了。长安看得出魏师傅对他比对自己偏心，却也知道人家是师傅不能咋说。做木箱坯时，拉线、下料的技术活是魏师傅干，下料是关键的一步，好比裁缝店的裁剪。这一关魏师傅谁也不教，给他俩安排活儿去干。他才喝着茶叶水养神，然后找个小纸片写写画画，算好后才在木板上拉线，俊翔给他打下手，长安只能去熬胶。下好料钉木箱时，他俩就一块儿干，钉成一个个大木箱，还得从中间锯开，分出箱底和箱盖，这又是技术活，只有俊翔和魏师傅能干了，长安只能拿砂纸把锯好的箱子打磨光。长安不敢心存他念，每天操心倒水，干魏师傅让他干的活儿。

　　厂办是个小三层，厂里人叫干部楼，一楼是医务室、厂长办公室，二楼是女工宿舍，三楼是男工宿舍。因为女工少，宿舍没占完，二楼有一个挺大的活动室，平时空着，有时把这儿当作会议室开会。楼是苏联专家设计的俄式建筑，楼的外边有挑檐，每一层中间的大窗户都是六边形的。相比之下，车间却是几排平顶瓦房，要简易得多。除了医务室、劳资上的几位女同志，陈书记和干部都很少待在楼上，平时总在车间里转悠，怕职工们说他们在大房子里，脱离了劳动人民的立场。

长安第二天就把铺盖拿到厂里，彻底离开了尚德路。他在宿舍的上铺是马国强，另一个床的上铺是李双福，下边是方俊翔。

长安一直在数着日子等工资，手里的积蓄已经快不够他的饭票了。他还得买支牙膏和牙刷。过去还能用湿布沾粗盐随便擦擦牙，现在一起床，三楼的男工们热热闹闹围着水管刷牙、洗脸，像方俊翔他们讲究点的还要沾点水梳头发。没毛巾他能掬水抹把脸，没牙刷和牙膏就没办法了，只好洗了脸就走。像小时候，同学们在教室吃早饭，他就去操场上转悠一样，他比大家起得早很多，盼人家不要注意他没牙刷。他已看好了，百货商店牙刷和牙膏得一块多钱。

终于快熬到发工资了，中午吃饭时，方俊翔打了份肉菜坐到长安和双福对面，他拨了口米饭说："长安，咱可是师兄弟呢……"

他有意不往下说，长安紧张了。

"你家情况我们都知道，也不会笑话你。你没牙膏，可以对付着用我的嘛，你买个牙刷就行咧。不刷牙……也太脏咧。听说你是河南人？"

他欲言又止，声儿却很大，同桌吃饭的人却静了。长安僵住了，紧紧闭上嘴，胡乱拨着米饭，他只打了一份烧白菜，加上米饭一共六分钱。同宿舍的国强边走边吃也挤过来，见桌上坐了好几个年轻女工，早堆上了笑容，又见还有医务室漂亮的江小小，更是喜不自禁，挤在人缝里和小江面对面坐下。长安合上饭盒站起来就走，国强问："你咋不吃啦？"

长安说："没见有个大苍蝇在嗡嗡。"

俊翔盯着他的背影低声骂："河南担！"

长安到宿舍后很少和俊翔说话，双福却爱和国强搭茬抬杠，一到晚上宿舍就热闹起来。国强说："师傅老偏双福，分给他的模压机比自己的好使。"双福不平地说："胡说啥呢！我看的模压机本来是你的，你把多少黄纸板压日塌咧？夜个姜师傅才调给我。"

国强大呼冤枉，说："现在这台机器更不好掌握，废品率更高。"双福说:"瓜娃!明年你就别转正咧。"

国强担心了,紧着问是不是真的。

长安忍不住说:"双福,你吓他做啥。魏师傅说,你车间的模压机也是才买的,师傅们也没摸清咋用呢。国强把心放你肚里,肯定能转正。"

国强听了,马上得意忘形地说:"就是嘛。"

"长安,你学得咋样?"国强问,长安不想多说,只点点头。俊翔一直趴在床上看书,好不容易话题扯上长安,他装作无意地说:"长安的胶熬得很好,还学会用砂纸打磨木头啦。哈哈!"

他笑起来,双福和国强不明白咋回事,也跟着笑起来。长安觉得血一下涌到头上,拳头立刻捏了起来,方俊翔马上收了笑无辜地看看双福和国强,他俩也赶紧收了笑容。

长安领了工资,先买了饭票菜票又买了牙刷、牙膏,走到卖棉鞋的柜台,早就看上的黑条绒胶皮底男棉鞋旁还有双枣红条绒女式棉鞋。他心里一动,一问价钱也是七块钱,他想也没想就说:"给我一双女式的!"

他把手伸进鞋里面,觉得棉花虚虚的,很暖和,再看底子还钉了层胶皮,又防滑又防水,这下玉兰大娘站在冰天雪地里鞋也不会湿透啦!他一路跑到尚勤路,把鞋捧给郝玉兰,她高兴极了:"这孩子!看看,这孩子给俺买了双棉鞋,和老郑媳妇的一个样哩。俺出嫁也没穿过好棉鞋!"

她把两只鞋一手一只并在一起细细端详,突然低头看见长安的单鞋:"长安,咋不买双棉鞋?"

长安扭捏地说:"我……我还不冷呢。看你去年冬天卖菜,大雪天一站一天,光见你给别人做鞋,也没见你穿上一双好鞋,就想买了给你!"

郝玉兰从褥子下边捏出钱:"不中,大娘咋能让你花钱?你去买双棉鞋穿上。"

他死活不要:"大娘,我有工作哩。"

郝玉兰知道长安星期天要来,特意买了点碎粉条,包了好几笼素包子晾在案板上,说厂里的饭食没油水,让长安去厂里带上些。白槐花给长安端来麦仁稀饭,长安笑着刚要喝,郝玉兰又紧着给他碗里舀了一大勺糖。

"你长安哥爱吃甜的。在厂里啥也吃不上。"

郝玉兰见白牡丹盯着长安的碗，也给她碗里舀了一点糖："长安，在厂里咋样？活累不累？咋也没胖呢？倒是又长高了，有一米八了吧？"

长安心烦起来："活儿倒不累，就是厂里的师傅们大都是西安人，我们一批去的新工人都是人家厂的子弟，好活让人家挑完了，咱还没人教。"

郝玉兰把调好的辣子醋水放在他面前说："长安，大娘在菜场也是一样哩。咱好好干工作，时间长了，人家就明白谁是啥样的人了。把脏活累活干好也是本事哩。"

长安说："魏师傅光偏向小方，啥技术也不给我教。哼，等我将来当上师傅，绝不像他这个样子。还有那个方俊翔，再在我跟前张狂，我非得揍他一顿。"

他说得来气了。

"那你才得好好用心哩。旧社会谁手把手教你呀？都是偷着学。过去还得给师傅倒尿盆哩！你在太华路上打架，可不敢在厂里打架胡来，开除了再没工作了。你能招工多大的运气呀。你可要记好！"

郝玉兰见长安狠狠的样儿，生怕他去惹事，慌忙劝他。

白槐花也说："长安哥，你现在是工人哩，咋还打架？"

长安低头不语了，郝玉兰也不说话，只瞅着他紧紧锁着的两道剑眉。

长安抬起头说："玉兰大娘，你说咋办？把人气死了！"

郝玉兰说："人家和你玩心眼，你只知道打架就太傻了。对人热心些，干活积极些，吃亏吃不死人。坏心眼的人防着他，你别凡事都想当第一，先出头的椽子先烂呀。"

长安听了郝玉兰的话，心里悄悄使上了劲。他发现魏师傅算料的纸头用完就去厕所纸篓丢掉了，长安把小纸头偷偷拾来，白天看师傅下好的料和小纸头上的对照，心里也算算画画，毕竟爷爷做的风箱和厂里的木箱有些大同小异。来来回回了两个多月，他终于每次和师傅算的一样了，他心里欢喜却依然听师傅安排去熬胶、打磨毛边。厂里西安人多，大多说秦腔，他也就收起河南话，学着人家的秦腔。吃饭时和一些师兄弟闲谝着厂里的人和事，慢慢有了几个关系不错的朋友，对厂里也有了不少了解。只有和双福在一起，他才重新说起河南话。

这天魏师傅喝着茶说:"俊翔,把下好的料钉一起吧。注意点手上的力度,年底的行业比武我想让你去呢。长安,给他把胶从套锅里取出来。"

长安眼睛看着他的眼睛说:"师傅,我也想钉箱子。"

魏师傅一愣,笑了:"想钉箱子?行啊!听陈书记说你的手艺好呢!你要是钉坏了可咋赔哩?"

长安心一横说:"师傅说咋赔就咋赔。"

魏师傅板了脸站起来,自己倒了杯茶水,说:"那你钉吧,成品上写上名字,万一有次品你可不能转正啦。"

长安立刻干了起来。木工房的人一看这个小学徒居然拉开架势就干,便纷纷丢下手里的活儿过来看,他不慌不忙地把箱子举起来,闭了只眼吊了吊平不平,再从耳朵上取下铅笔画线准备开口,锯成箱盖箱底。他太娴熟了,仿佛已经干了好多年。

老师傅们夸赞起来:"娃的势扎得还老到得很!行家一伸手,就知有没有,这娃有两下子。"

"老魏,你这徒弟真不差,让人家娃熬胶打磨埋没人才咧!"

魏师傅不自然地笑笑。

有人说:"老魏手艺好,名师出高徒嘛!徒弟不到半年就干出这么嫽的活儿。"

说着,长安已经把箱子全部钉好了。他铆上合页,检查开关松紧,又按模板的尺寸给箱底把手处钻了眼,上了把手和锁片,这样一个成品木箱就成了,只须里边粘上布里子,外边粘上人造革,再烫花印字就出厂了。一个老师傅把长安的箱子里里外外看了一遍,开开合合试了又试说:"嫽!真嫽!这娃不得了。多大了?"

长安说:"快十七了。"

魏师傅指着合页说:"这儿有点紧,贴上布箱里子就关不紧咧。"

长安一想:"是啊,做风箱是木头活,这木箱都是要贴布的。"

俊翔心里有些得意。魏师傅说:"把合页的钉子拆咧重新钉就行咧,总的来说还真不错!"

"那我以后可以上案子钉活了吧?"长安紧着问。

魏师傅有些不快地说:"行嘛!你要是想出师也行。"

大家听出他话中有话,就纷纷打了圆场散开了。

没想到陈书记也在人群里:"老魏,你可是咱厂的一把尺子,年年都是先进呢,今年和长安一块儿上行业技术大比武,把别的厂子震一震!"

方俊翔脸色铁青,走到一边把手里的钉锤重重地丢在案上,陈书记看见了,不悦地说:"俊翔,你可要好好学技术呢,你魏师还说让你参加大比武,我看你跟长安差一截子呢!"

长安工作没多长时间,老郑媳妇就跑来给郝玉兰说宁夏军工厂招工呢。于是白莲花就从她舅家回来去宁夏上班了。临走她还是不和妈说话,玉兰大度地说:"好好工作,别想家,将来你就明白妈的难处了!"

白莲花一进厂,就分在保密车间的流水线,白老四问她干啥工作,她说厂里有纪律不许说,被几个弟妹缠磨不过,才说光换白大褂和鞋也得三次,工作时都戴了口罩和盖过眉的白帽子才行,手上的胶皮手套细薄得像人皮一样,却结实得很。于是家里人对白莲花的工作有了很强的好奇心,他们知道白莲花不是个一般人呢,光那几次换衣服也可见工作的严密了吧,偏白莲花每月还拿一块钱的保密费呢。

白莲花很节省,一个月十八块钱工资给玉兰寄八块钱,留的钱只够买饭票、水票和卫生纸了。她心疼车钱不舍得回家,没事就写信,又可惜邮票,就几封信装一个信封,快超重了才寄一次。信里给每个弟弟妹妹交代一遍:

"东京,别惹咱妈生气,好好帮咱爸拉车。"

"西京,别惹事让咱妈生气。"

"槐花、梅花、牡丹多帮咱妈干活,我供你们上学。给咱爸说,天不好就不要出去拉坡了。"

"爸,天不好就早早回家,少拉点东西。"

没一句说给郝玉兰的,她不识字,听孩儿们念了信总要呆好长时间。

隔了三个月,白莲花终于回来了,先给全家洗床单洗衣服,又拿热洋碱水洗了灶台,才泡了一大木盆脏鞋在大门口刷起来,全家每个人的都有。她刷好一双就放在另一个盆里,刷着刷着唱起了歌:"五彩云霞空中飘,天上飞来金丝鸟……"

郝玉兰一直靠在灶台前看她，好听的歌声竟从闺女嘴里唱出来，她有些意外也有些骄傲，忘了手里纳的鞋底，玉兰忍不住说："莲花，你还会唱歌呢，真好听！妈原来咋不知道呢？"

白莲花一听高兴了，想也没想就说："我厂里有合唱队，人家挑我领唱呢。"

她说着才想起和妈一年多没说过话了，有些脸红心虚。玉兰装作不在意的样子问："你们厂那么多人，咋就挑上你啦？"

她说："我厂有人说我唱得好呗！"

玉兰笑着说："那你紧张不？"

她撒娇地说："人家也不想紧张嘛，底下练得好好的，一上台嗓子紧得不行。台下人太多啦，几千人呢！妈，几千人你知道是多少人？"

玉兰想想说："想不来，反正俺卖菜的时候，最多有上百人排队，一开始俺也紧张，越想快手越是不听话，反倒慢了。后来武班长说，你把他们当成萝卜白菜，反正他们就是来买菜的嘛，买菜就是排队嘛！俺不紧张了反而手还快了。"

"就是，就是！"白莲花一下来劲了，挥着手里的刷子说："我厂人说，你的嗓子多甜呀，为啥一上台就那么小的声音？"

她说着笑了，玉兰也跟着笑起来："那后来呢？"

白莲花说得高兴，见妈这么一问又没劲了："后来一上台还是不行，声音是大了，就是老赶拍子！"

玉兰想想说："还是当成萝卜白菜好，你想萝卜白菜又把你咋不了！"

白莲花点点头。

郝玉兰纳着鞋底突然说："莲花，你也大了，妈有句话想说。"

见她停了刷鞋在听，郝玉兰就继续说："你也虚十八了，门口有人给你提亲呢！"

白莲花赶忙说："我还小呢。弟弟、妹妹也小呢。"

玉兰说："你听俺说完，光郑光他妈都说了不下十次啦，听意思人家郑光也愿意。你可不敢在外头自己胡来，小心吃亏都没处说呀！"

白莲花急了说："妈，看你说啥呀，一天净瞎想，我还看不上他们呢。郑光也不许你胡乱答应。我说了我还小呢！"

不等玉兰说话，她端了洗好的鞋去晾晒了。

郝玉兰瞅着她的身影说："明天你长安哥可要回来呢。待会把江米给拣拣，明儿俺要给你们蒸点蜂蜜凉糕吃，可巧你妗子给了小半瓶子蜂蜜哩！"

白莲花听说长安要来心里一动，她和长安好些时间没见了，一提妗子她又不高兴了。郝玉兰见她不吱声又说了一遍，她才不情愿地说："好嘛好嘛，不就一小瓶蜂蜜。"

晚上，郝玉兰到阁楼给女儿们掖被子，见白莲花脱下的裤子花花绿绿的，抓起来一看，原来是件衬裤，四五年前做的，裤腿下边接了边，膝盖和屁股上打着补丁，针脚很小很密，知道是她自己缝的。玉兰有些心酸，这样的裤子白莲花不舍得扔套在里头穿，可怜十七八的大姑娘连套像样的秋衣、秋裤都没有，硬是月月从牙缝里挤出钱给家寄回来，多孝顺！她给老四说起来又想流泪，老四好半响才说："你要觉得她委屈，将来在婚事上就别犟着她了。"

星期天一早，白莲花就忙着洗江米、缝纱布袋子，等着妈从菜场回来蒸凉糕。听白槐花说，长安现在个头很高，有一米八哩，她不知道长安厂里和自己厂一样不，是不是也每天班后学习呢？

长安来时，郝玉兰刚回来不久，白莲花只顾上和他打了个招呼，他却忙着和郝玉兰说起话来。长安攒了几个月的工资，把老梁木匠的碑立好了，碑是青石的，光滑体面，郝玉兰听了很高兴。他说厂里的学习多了，逢一、三、五下午提前半小时下班，全厂职工在各自车间听大喇叭开会学习，魏师傅现在让他干主要的活儿呢，又说他和姓方的现在倒成了朋友，但他心里提防着呢。

什么意思呢？白莲花不明白，郝玉兰却夸他有脑子了。白莲花坐在灶台前忙着拉风箱蒸凉糕时，她以为长安根本不会想着和她说话了，长安却拉个小板凳坐在她旁边说："莲花，看我给你雕的啥？"

一朵小小的白莲花在他的手心，细细长长的茎固定在一枚发夹上，一朵半开的白莲花上一片片花瓣像真的一样。

"天哪，这么好看！给我的？"白莲花小声叫起来。

"看，我把手都弄破了。"长安伸出手来让她看。

白梅花伸头过来问："你们在看啥？"

长安慌得站起来走开了，白莲花也赶忙拉起风箱，手心却紧紧握着那朵白莲花。

其实，白莲花这时已经不叫白莲花了，厂里跟她谈话，说她家出身穷苦，工作又积极，花啊，草啊资产阶级情调的名字还是改了好。她写信给西安家里，让白西京给她写信名字写成"白连"，又问他近来咋样？郝玉兰听他念到这就瞪着白西京没好气地说："念呀，你不是个英雄哩，看你大姐咋说。"

现在同学们都给他叫英雄，还是校长先这样叫的。白西京的学校已经没人好好上课了，谁爱来就来，他嫌无聊，趁老师在黑板上写字，就飞快地丢了个粉笔头砸到老师的后脑勺上。啪一声，男老师应声回头："是谁？"

同学们吃吃笑，他却没事人一样，前排的同学回头看他，他抬了一下眼皮慢慢说："谁看我呢？"

同学们连忙把头扭回去。

老师放下书说："唉！不想让我讲，就让我走好了。"

白西京阴阳怪调地说："滚出去吧，臭老九！"

男老师气得满脸通红，临出门头上又啪地挨了一下。大家哗然大笑，白西京得意扬扬。几个跟屁虫拍着巴掌唱起来："我们都是神枪手，每一个子弹消灭一个敌人……"

大家蜂拥到讲台上，抓起粉笔掰成小块，互相砸起来，嘴里模仿着子弹发射的声音。胆小的女生吓得尖叫起来，怕被砸到。白西京一看这场面高兴了，对冯亮说："看，这就是号召力，我要是个司令一定能领兵打胜仗！"

课间休息时，冯亮慌张地叫他："白西京，咱连的老师在三楼开会呢，你上次给老师的粉笔盒里吐痰，给老师门上画王八的事让人家都知道了。"

白西京不在意地说："那又咋样？看你没出息的样子！"

他除了郝玉兰的笤帚疙瘩还有啥害怕的？白西京爬上三楼楼顶，用废报纸团了团，紧紧塞住大烟囱，他知道这儿通到教研室。

"他妈的，让你们开会。想收拾我，看谁收拾谁。"

他还觉得不解恨，冲烟囱吐了口唾沫。楼下有同学看见了，抬头看着他，他高兴起来，索性顺着大青瓦的屋顶走来走去，做着自己能想起来的各种怪样子，引得学生们又是惊叹又是哈哈大笑。

烟囱让塞住了，房子里呛得人待不住，老师们明白是白西京在捣蛋，校长火冒三丈："太不像样了，当了三十年老师还没见过这号学生。"

他指挥老师们把着从楼顶下楼的通道，又领了几个男老师围着教学楼，叮咛大家要逮住他，又不能摔着他。白西京已经在屋顶上耍累了，见老师们围着楼逮自己，不禁来了劲，顺三楼的楼檐一路跳上二层的传达室屋顶，冲校长做着鬼脸，沿着高高的围墙很快就跳不见了。校长给不愿散开的同学们说："还不上课去，把白西京当英雄呢？"

白西京成了英雄，这事儿在全校传开了，郝玉兰抡起笤帚美美抽了他一顿。学校让他退学，他很愿意，郝玉兰却鼻涕一把眼泪一把给校长哭了一回，说自己三代贫农，还要过饭哩，她保证孩子不给学校添麻烦啦。

校长无可奈何，答应再试一回。

形势一片大好，郝玉兰现在是居委会主任，除了上班，她要干的事多得很。她把自己这个小组十几户的早请示放在老冯院，主席像挂在影壁上，她就把爹给的毛主席亲笔信也献了出来。这样一来大家早上鞠躬、背语录、早请示，又多了一件别的小组绝对没有的毛主席亲笔信。为了保证毛主席亲笔信的安全，她早上挂上，请示完就双手捧上请回家挂在屋里墙上，远近人们结婚，在派出所典礼都毕恭毕敬来请主席的信，用完再送回来。她很乐意这样做，觉得这是无上的荣耀，很高兴自己这穷家也有件人人想借的东西。按常规，每天早晨大家七点半就开始念毛主席语录，然后给毛主席鞠躬，再唱首《大海航行靠舵手》结束请示，"地、富、反、右、坏"得评个代表提前一个钟头到老冯院，先忏悔，等大家到齐了再一起念语录。

这个小组大多是贫农，只有两户成分重一些的，一户是老冯院的老主人冯亮家。老冯院的冯家新中国成立前是山西的大客商，给三姨太太在这儿买的宅院，新中国成立后政府收回来，分给穷人们住，现在三姨太太一大家子住最后面的院儿，外面大院里密密匝匝住了十三户人家。冯家老太太一辈子几乎没出过小院，她的小孙子冯亮是白西京的同学。自从有了早请示晚汇报，老太太颤颤巍巍终于走出院子，大家开始还好奇了一阵子，后来发现阔人家的小老婆也不过这样，不过比别的老太婆白一点罢了。

另一户就是郝玉兰家对门张俊两口子，靠拾破烂过日子，也没生养孩子，生活倒比大家宽裕不少。偏偏张俊平时爱吹牛，说自己昨天吃了啥好的，喝了啥香。别人喝酒打两毛钱散白酒，他却偏拿瓶装酒坐在院子外边的树底下喝，有时还有一小碟葱花炒鸡蛋。定成分时，郝玉兰这个组有一个富农的"指标"，老冯家不必说了，大家都觉得张俊家这么阔，也该是个富农，到他老家一调查，三代是中农。街道的住户派代表在派出所开会定成分时，实事求是地给他家定了个中农，可张俊媳妇还是觉得成分定高了，一再申辩家里确实很穷，是张俊太爱摆谱，是"拿猪肉油抹嘴装吃肉哩！"

有人说："群众的眼睛是雪亮的，大家都看见了，该定个中农。"

果然不少人举手表示同意，张俊媳妇涨红了脸憋了半天才说："群众的眼睛让溏鸡屎给糊住了！"

她居然敢公然污蔑广大群众，顿时惹起了公愤，张俊家的成分从中农改成富农，富农的指标超额完成。

这天清晨，十几户人家和往常一样捧着红宝书站到影壁前，却没等见郝玉兰家的人，大家只好先开始。张俊媳妇冲毛主席像鞠了个躬，垂头看着地小声而清楚地说："毛主席，您老人家永远万寿无疆！"

张俊也请示了一遍，冯亮他爸和他奶拿着红宝书垂头躬腰给毛主席汇报了自己的思想。

玉兰家的人还是没来。

这时郝玉兰家早乱成了一锅粥，他们已经找了一个多小时，镶着信的玻璃框子却不翼而飞了。白老四头上出了虚汗："玉兰你别咋呼！你好好想，昨天进门干啥了？"

郝玉兰嗫嚅地说："俺进门……先把毛主席的信挂在墙上——"

她作势双手虚虚举了个东西，到墙上的钉子下边，踮了下脚尖，假装挂上了。

"可就是不见啦！"白老四烦得直挠头，后背也汗涔涔了。

"这可咋办哩？把毛主席的信弄不见了，这是反革命呀！"他压了很低很小的声音说。

郝玉兰慌得摆手，哀求道："求你别说啦，老天爷，就是把孩儿丢了也没这么害怕呀！"

白东京说："妈，不敢耽误了，人家等咱请示呢。"

郝玉兰横了横心说："干脆去派出所找所长吧。俺在居委会和派出所关系好，请人家来破破案，说不定找得到。"

白老四白她一眼："俺就说你是个傻子。那不明摆着说咱把毛主席的信没放好吗？还是反革命！"

"那，你说咋办？"郝玉兰没主意了。

白老四说："俺借个自行车去咱爹那儿把家里的那封信借来先挂上，慢慢再找咱的信。给人家说咱镜框坏了，赶着修啦。"

郝仁义吓了一跳，很快把家里的镜框让拿走了，又把儿子的信找出来，做了镜框挂在家里。事儿是先搪塞过去了，玉兰却吓出病来，请示完就躺在床上不想动了。白东京到菜场给她请了假，才去自己的机械厂上班。

晚上白西京放学回来，见妈躺在床上出气很重，问："妈，咋啦？俺给你找片药吃吧。"

她有气无力地摇摇头。他给妈倒了杯水："妈，咱家咋多出个毛主席的信呢？"

郝玉兰一听眼睛睁大了，忽地坐起身直着嗓子喊："白西京，你进来，俺把全家都问了，就差你这个惹事包了，咱家的信呢？"

他说："拿回来了，倒是墙上又挂了一个呢。"

她穿上鞋扶着墙出来，果然墙上一个镜框、桌上一个镜框。

"俺拿学校让老师和同学们看——"话没说完脸上就热辣辣挨了一巴掌。

玉兰一屁股坐在地上，拍着大腿哭喊起来："娘啊，咋养了这么个讨债鬼哩！要人的命呢！白西京，你看案板上的刀利不利，拿来把俺杀了吧！呜呜……养你这货折寿哩！"

她又噼噼啪啪一阵耳光，白西京被抽得耳边嗡嗡直响，两个脸颊立刻红肿起来。

"妈，俺咋了你打俺？"白西京哭了。

"还有脸问？你不声不响把信拿走，想让咱家当反革命是不是？"郝玉兰嗓子哑了，声音又低又粗，比高声大骂更让人害怕。

白老四晚上回来，先打发白东京给郝仁义送回那封信，从床底下抽出根青皮竹板，白西京吓得紧紧贴着墙。

"过来。你也不用把身子贴在墙上，俺给你说，今儿你就是镶到墙里，俺也不饶你！"白老四气得咬牙切齿，用沾水的竹板指了指白西京，他随即打了一个冷战。郝玉兰在一边抹泪，知道老四不打则已，下手就很重。她心疼白西京瘦胳膊细腿，又恨他不知轻重地惹事。

"说，上次为啥打你？"白老四不急着打他，找了个凳子坐下喝问。

"上次……俺偷鸡蛋了。可这次真不是故意的呀。"白西京可怜巴巴地辩解。

"上次俺给红旗大队拉鸡蛋，让你推架子车，你一口气装走四个。"白老四在他腿上抽了一记，他顿时放声哭叫起来。

白老四脸色发白嘴却发紫说："那是公家的东西，你倒敢去拿！小时偷针，大时偷金，咱再穷也从没偷过摸过。俺今儿打死你，给你偿命！"

他踢倒凳子没头没脑抽打起来。郝玉兰见他杀人一样地打，心里着实害怕，赶紧来拉，白老四搡开她喊："你打了十二三年，也没把他打改。俺今儿杀了他，让他去偷。俺不打改你，就给你当儿子！"

郝玉兰不住声叫："老四，他记住了！出人命啦，不敢再打了！"

白老四疯了一样抽着白西京，郝玉兰想抱他的胳膊，他一甩就甩开了。郝玉兰拼命挡在白西京前面，他才流着泪丢下竹板。郝玉兰挨了几下，手让抽得肿起来，耳朵也几乎听不见了。白西京躺在地上，鼻子里流着血，蜷得小狗一样呻吟，眼睛肿得睁不开。

她心疼地冲儿子哭："爷哩，你咋让人不省心！"

他抽泣着："妈，上次俺爸打俺后，俺再也没偷过东西。俺爸姓个啥不好，偏姓个'白'，人家都笑话俺，说俺是白狗子。俺说俺姓白可心比谁都红，比谁都热爱毛主席。俺想镇住他们才拿到学校的——俺干啥要偷呀，本来就是咱家的。"

郝玉兰哭得泪人一样，戳着他的头说："天天嘴里拌蜜油一样，今儿咋不早说呢！"

听说手工业联社给长安厂里派来位王主任,大家窃窃私语,说陈书记手里没权了。果然,开会时,三十来岁刚刚发福的王主任坐在长条桌的正中间,平时那是陈书记的位置。他不管生产,却很快成立了一个文艺宣传队,年轻职工选上了几个,原来管生产的下放到食堂帮灶去了。全厂人大吃一惊,渐渐明白现在和过去真的不一样了。

俊翔他们已经加入红卫兵了,长安很苦恼,政审时人家告诉他,他的大爷有问题,咋能让他当红卫兵?他还得尽快和大爷划清界限才行哩!梁长安抓起毛笔唰唰写了个划清界限的大字报,贴在食堂外面的墙上,阴沉着脸回宿舍了。没想到,王主任倒很欣赏他那一手毛笔字,觉得他很有灵气,就有心栽培他。厂里大多数老职工都没文化,再没有这几个有文化的年轻人,工作可咋搞呀?

这样一来,长安不能当红卫兵,却脱产当了个宣传干事。没过几天,王主任找他谈话,他心里一凛,心想不是说大爷的事吧?出人意料的是,王主任说厂里要送梁长安上工农兵大学,去南郊美院上学,回来给厂里设计图案。有这样一个学习的指标当然要给有前途的人去啦!这句话是王主任微笑着说的,最后他说:"老江主任看过你雕的木头?他真是个有眼光的领导!年轻人,好好干,前途无量呀!"

长安出了门才想起来,他把在爷爷坟前挖出来的那截枯树根,雕成一个紧紧握成拳状的手,大家都夸很像。江小小当着很多人的面一定要借,说她想好好看一看。长安还不太和她认识,只好给了她。老江主任是她家的谁呢?

长安还没来得及把好消息给郝玉兰说,王主任又找他谈话了,说不能让他去美院上学了,厂里"咬"他的人太多啦,主要还是他大爷的问题。

"你要好好干革命,和你大伯划清楚界限!"王主任像平时一样严肃了。

王主任还是很喜欢长安和俊翔的,小江也成了宣传队的骨干,他对小江很热情,几乎排完节目他都会看:"小江啊,没事给江主任说说咱厂的事,请他指导指导!"

厂里整星期地停产,大家却更忙了,参加批斗会、辩论会,认真学习。厂里出现了不少大字报,大多是针对陈书记的,说他是走资本主义道路的老狐狸,是藏在善良人民群众中的狼。这时长安才知道陈书记的哥哥是个资本家，红旗布箱厂原来就是他家的，厂后边锁着的大园子原来是陈家的花园。

食堂门外的墙很长，各色的标语、大字报很快就把它埋没了，这层没干新的又厚厚的贴上了，长安觉得像郝玉兰做鞋时裱在门板上的花布头。长安的毛笔字迅速地进步着，他经常到钟楼的美术家协会小楼下边看巨幅宣传画，长安学着画得很像，常有别的单位借他帮人家画"红大刀"，他就慢慢有了点小名气。王主任找他说："长安，你给咱再画个啥画儿，画大点，下个星期咱把挨尿的老陈美美斗一斗，咱给他整个样子看。"

长安心里一抖，突然想起进厂那天，陈书记说厂里指望你们呢。

他回了趟家，郝玉兰有点吃惊："不过星期天你咋回来了？有一俩月没见你啦。"

她见长安慌慌地坐着不说话，也心慌起来。

"玉兰大娘，你说……陈书记真是走资派？他过去咋装得那么好哩？"长安终于迸出一句话。郝玉兰半天没说话，长安不错眼地盯着她。

"长安，你厂的事俺不懂。可是人好人坏不是谁说就算的，过些年再看才能看清楚哩。你大爷的事牵连着你，人家都看你的表现哩，不管陈书记是不是装的，他哥就是资本家呀，你得和大家一样才行哩！你在厂里没事吧？"长安摇摇头她才松了口气。

白莲花写信给家里说"五四"这天她入团了，她抱怨说："开会时一个宿舍的秦桂英说我工作时积极，回了宿舍就不爱劳动了。还是西安老乡哩，居然在会上点我的名字批评我，再不把她当朋友了。"

郝玉兰听白梅花念完信说："给她写信让她好好表现，改改她听不得人说意见的毛病，俺们居委会也得听人家批评哩。"

她知道白莲花心强面子薄，怕她听不得人家的意见。

白莲花接了回信给长安写信："我妈真进步了。她咋知道我听不进人家批评？"

长安的回信却让她心服口服了："你看《欧阳海之歌》了吗？人家不了解情况乱批评他，说：'有些同志丝毫也经不起批评，连一句不好听的话也受不了！'他就鼓励自己，要接受批评。白连，你要取得大进步就得听同志们的意见呀，我厂批判走资派的斗争很激烈，方俊翔说我斗争不彻底，我就虚心接受，实际上我就是太轻敌了嘛！要不是有共产党有毛主席，我们还可能在要饭哩，你和哥哥、弟弟哪能上班，妹妹们还能上学？咱们一定好好革命，捍卫毛主席思想！"

白莲花厂的阶级斗争却日渐升级，就有些工人跑到北京。她也跟着参加了三次全国红卫兵大串联，每次都亲眼看见伟大领袖毛主席。第一次白莲花被人挤掉了鞋，守卫的解放军特许她可以在金水桥边那一大堆鞋里找一双，她终于有机会把主席给红卫兵挥手看得清清楚楚。那天挤掉鞋、眼镜、纪念章、帽子的人太多了，光鞋就拉了好几车。只有白莲花逮了个机会最近地看到了毛主席。这么机智勇敢之后，白莲花不敢相信自己原先是个胆小怕羞的人。她回家后想起来就兴奋，给所有的人讲发生的经过，郝玉兰听了三次终于说："毛主席就是伟大！连咱莲花的害羞红脸病也治好啦！"

为了纪念，更为了证明自己的确去了北京，她在天安门广场拿着红宝书照了张相片，回来后郝玉兰当宝贝一样夹在镜框里。只是照相时排队人太多，她的背后除了天安门城楼还有长龙般排队的人们，都眼巴巴地和她一起盯着镜头。

白莲花和保密厂所有去北京串联的人都没想到，第三次串联回宁夏不久，因为保密厂失密，厂子就地解散，所有工人重新分配。在宁夏结婚的就地安排，未婚的回户口原住地，大多数西安的都分配在离西安不远的咸阳国棉厂。白莲花总是想家，盼着能离家近一些，现在终于如愿以偿了。

八月十五到了，下班后郝玉兰特地给长安做了一饭盒江米凉糕送去。有人喊："梁长安，你妈来看你啦。"

长安跑到传达室冲玉兰说："大娘来了，我猜就是你！"

郝玉兰笑着说："今儿刚好过八月节，晚上给你包饺子，你早早回来啊！——对了，这盒凉糕俺专门给你送的，你早早一吃省得放坏。"

见长安拎着饭盒，小江从医务室跑出来："你妈给你送的啥好吃的，也不敢让人看看，怕人吃呀？"

145

他只好打开饭盒,她欢呼起来:"呀!是江米凉糕呀!还撒的蜂蜜和玫瑰糖!你妈对你真好。"

长安不自在了,顺势把饭盒塞到她手上:"那……你吃吧。"

小江在后边喊:"哎,你不吃了?"

中午长安去食堂,打饭的队已经排得老长了,家里有孩子的职工排在前边,拿毛巾包着饭盒急急往家赶,住宿舍的小伙子们不紧不慢排在后边,聊着天打闹着慢慢往前挪。

"长安,我给你买好啦。"小江在桌边踮着脚尖叫,她喊完就笑着等长安,他的脸却红了,食堂的人都看着他笑,大家明白梁长安和江小小处上对象啦。

国强羡慕地说:"长安,真有你的,厂花叫你哩!"

长安见她眼睛亮晶晶的,不由冲她笑了,江小小也笑了,大眼睛弯了弯,粉红的嘴唇和雪白的牙漂亮得耀眼,长安的心强烈地动了一下,阳光下江小小发自内心的笑容真好看。那以后他再没见她灿烂地笑过。

这顿饭他不知道吃得啥味道,江小小吃完见长安停了筷子,就拿过饭盒说:"吃好了?你的饭量就是小,我去洗。"

她说完哼着歌走了。国强和双福一左一右坐在长安身边,问:"你咋弄的?"

"啥咋弄的?"

双福酸酸地说:"装啥装,全厂男工都让你打击咧!"

长安烦得说:"去,我还没吃就把饭盒收走啦,还说饭量小,我们木工车间哪个人一顿不得八两一斤?我还得买一份。"

长安见排队打饭的人少了,就拎着空饭盒排到最后。

长安下班借了自行车去郝玉兰家,她盘了一大盆莲菜大肉馅子,和闺女们正围着案板包饺子呢。白莲花见长安来了却没一点高兴的意思,屋里满满登登的,郑光一见他说:"长安,还认识我不?"

长安说:"是郑光呀?"

老郑媳妇笑着进门说:"长安,你光认识你玉兰大娘,就不认识你郑大娘?"

长安慌得说："郑大娘，我没看见你。"

玉兰在外头喊："快支大桌子，老四把白酒拿出来，咱一人喝点。嫂子，老郑哥到底来不来呀？"

老郑媳妇说："不等啦，八成又开会呢。"十几口人坐在大桌边，挤得每个人只能侧身把拿筷子的手放在桌上。

老郑媳妇说："莲花，你多吃点。上班累不累呀？"白莲花摇摇头。

郑光和长安小声聊着，听说郑光当了兵，去年才让部队推荐着当了工农兵大学生，长安一下眼红了："真美呀！你可成了锦华巷的学问人啦！"

郑光大方地说："听我妈说二林哥也在上大学哩，他也是从部队推荐去的？"

玉兰说："他不比你，在部队表现了好几年才让推荐走了，光来家调查出身都好几次，现在刚去没多长时间。"

玉兰给大家夹着饺子说："吃饭，吃饭，长安多吃点饺子，看是不是肉少了？"

白西京一直闷头吃饺子，这才腾嘴说："肉不少，你吃少了。"

长安见他穿了件褪了色的旧黄军装，胳膊上还戴了个"红卫兵"的红箍，就问："西京，你现在也是红卫兵啦？"

白西京今天特意这么打扮整齐，可惜郑大娘只夸白莲花长漂亮了，长安又只和郑光说话，终于有人注意到了自己，他就站起来说："这是俺东京哥的，他是他们机械厂的红卫兵，俺还小，没当上哩！"

玉兰见他为了显能，扎势把脚踩到凳子上，顺手用筷子在他头上敲了一下："你当你是个土匪哩，把脚放地上。"

白西京的好心情没受影响，继续说他哥厂里不让上班了，白东京却不用这个宝贝袖箍，还是天天和爸去拉车。玉兰给老郑媳妇说："东京懂事，一得闲就帮他爸送酱油，厂里叫他时他才到厂里打个转，反正厂里没活干，幸好工资一分不少哩。哪像西京，只比东京小两三岁，就知道个玩！"

白西京委屈了："这是毛主席让当的，你敢不听？"

郝玉兰当了十来年居委会主任了，也学了不少词儿："毛主席让你'好好学习，天天向上'，你咋不听哩？"

白西京没话说了："你没文化，跟你说不清。"

白莲花嫌他当外人面乱说话没面子，小声叫："西京！"

他便瞅瞅他姐，悻悻地一屁股坐下说："好嘛，吃饺子吧！"

平时白莲花总是按月把工资省下来给她妈带回家，贴补家用。实在是哪个月郝玉兰碰上急事儿，要给孩子们交学费、买粮食，她等不及莲花回来，就会派西京去咸阳找他姐要钱。她知道，莲花在厂里每月存五块互助金，遇急事能借钱的。郝玉兰从来没给过西京一分钱路费，可他每次都按时完成任务，带着莲花在厂互助组借的钱回来交给他妈了。莲花和郝玉兰都知道，他是和冯亮他们扒着火车去的咸阳。

白西京爱这个差事，因为每次他去，莲花都要在厂里的灶上给他和他的伙伴们买份肉菜吃，白馍也是紧饱吃，走时还给两毛钱零花。白莲花长得漂亮，是大家所有人的姐里长得最好看的，她又从来不训斥他们，次次都好吃好喝的待遇，让白西京在同学们当中太有面子了！不光是白西京爱去咸阳找他姐，他的伙伴们也都爱去，能扒火车玩一趟，还能混吃混喝呢。他们嘴甜得很，都给莲花叫"姐"，说起去咸阳他们会说"走，去咸阳找咱姐去！"，所以白莲花算是白西京他们大家共同的姐了。她对白西京说两个字，比别人说一河滩都顶用。

郑光特意被他妈安排在白莲花的旁边坐下，玉兰示意让白莲花和郑光说话，她恨妈让她受这罪，干脆一声不发埋头吃饭，要么只和长安说话："长安哥，你平时下班都干啥呢？"

长安说："我原来在木工车间，干的都是累活。现在厂里抽我去干宣传，也写大字报，我厂整墙都是大字报，有的地方能粘半寸厚哩！"

她笑了，小声说："过去在锦华巷，你和你爷在小屋里几天也不出一声，现在倒能说会道了。"

玉兰和老郑媳妇在一边大声聊着天，孩子们却吃得顾不上说话，老郑媳妇给郑光使了几个眼色，儿子只装作没看见。

盛饺子的小盆和碗碗盘盘都空了，白莲花见妈去端饺子汤，也找机会去端，郝玉兰见灶台前没人小声说："你这孩子，也跟人家郑光说说话，你的工作还是他舅给跑的哩。"

白莲花也压了嗓子说："你说家里有事让我回来，谁知是吃饭。"

郝玉兰狠狠瞪她一眼，端两大碗汤进屋了："原汤化原食，都得喝点汤，灌灌饺子缝儿才算吃好啦。"

长安挤出来帮着端汤："你咋不进去喝汤哩？"

白莲花拿着抹布擦着灶台不说话，他只好端起灶台上的两碗汤，白莲花说："真烦人……"

长安呆了呆，接着往里屋走。白莲花知道他会错意了，抢他前头接过汤碗说："不是说你，是他和他妈。我真后悔用他舅的指标参加工作……"

长安听得糊里糊涂，莲花已经进屋了。

郝玉兰拿出一盘瓜子和一小盆苹果说："多少年也没正经过八月节，今儿不是你郑大娘来家里，咱也胡乱就过去了。吃呀！"

老郑媳妇抓了个苹果塞给白牡丹说："和你姐到外边玩吧，放屋里把你们急的。"

这话说到孩子们心坎上了，大伙上前抓了瓜子和苹果蜂拥出门了，白西京急着给长安讲红卫兵的事，急不可待地拉着他出了门。白莲花也想走，老郑媳妇抓住她的手说："真是女大十八变，越变越漂亮！"

白莲花两条辫子刚刚过肩，瓜子脸上丹凤眼，垂着眼皮。老郑媳妇越看越爱，从手提袋里变戏法一样取出块手绢，打开是块手表。

她要给白莲花戴上："多亮的表盘呀，还是梅花表哩！"

白莲花脸涨得通红却把手放在背后。

老郑媳妇有些意外："咋咧，她咋不要？这可是梅花表呢。"

白莲花的眼睛里涌上眼泪。白老四知道，不光这表要很多钱，就是买表的票也不是轻易能弄到的。他明白女儿的心，郑光和郑光妈又实在让人很满意，就说："孩子还小，这么贵的表让她戴可惜了，不如郑家妹子先拿回去，等她大了再给她戴？"

郑光气急地说："妈，我想走啦。"

他说着夺门而出，老郑媳妇想哭了，定定看着玉兰说："咋能弄成这样子？……以后我再不敢登你家门咧。"

郝玉兰抖着嘴唇叫："老郑嫂子，别生气呀！"

老郑媳妇大步流星地走了。白莲花低头捏着手指发愣，郝玉兰走到闺女面前，发现闺女比自己还高了。她下意识挺直后背，哑声说："你长大了……她是咱家的恩人啊！"

她无力地进了里间，坐在床沿上哭起来。

白老四说："莲花，你说你小呢，也十八九啦。人家郑光真是个好孩子啊。爸问你，是不是在咸阳心里有人啦？"

白莲花赶紧摇摇头，心想："纺织厂都是女工，咋能有人了？"

白老四见她只是摇头，便接着说："你嫌是你妈给你找的，就故意不愿意？"

白莲花心里一震，赶忙更快地摇头。他沉默了好一会儿才说："这也不是，那也不是，当爹的猜闺女的心事，真是难啊！"

他说话拖了长调，像在唱豫剧。白莲花忍不住笑了，他看看她："嘿，俺就说你还小哩，还笑得出来。把你妈这个打雷下雨的龙王爷气得不说话啦，俺看你咋办。"

他背了手想出门，白莲花忙拉住他的袖子，白老四大声说："拉俺弄啥？俺可不敢摸老虎屁股，你惹的事你去看着办吧。"

白莲花赌气松开他进屋，郝玉兰侧身躺在床上，她站了一会儿轻轻在床边坐下，眼睛看着墙上的几张年画。杨子荣和李铁梅都英姿飒爽地盯着自己，平时她很喜欢家里这满墙的画。玉兰说："你翅膀硬了，回咸阳吧，你的事儿俺不管了。"

白莲花带了哭腔说："让你管呢！"

她一听忽地坐起来说："那你同意了？"

白莲花忙说："谁同意啦？我还不到二十呢，我厂像我这么大的女孩都没对象，你让我才去就找对象还有啥脸活呢。"

郝玉兰一听有门，有些高兴了："那咱说好，明年就订，明年你也二十一啦。"

白莲花只盼着早点结束这事，胡乱点头说："明年再说吧。"

说着拿起暖水瓶给妈倒了杯开水，一心想结束这个话题。

郝玉兰说："郑光心里早喜欢你了，家里贴个年画也说长得像你哩。他平时只爱看书，哪儿也不去，今儿一听来咱家，中午就开始催着来呢。"

白莲花一听不高兴了:"妈,我的地址是不是你给郑光说了?"

玉兰点头,白莲花生气了:"谁让你给他说的?!每个星期都来信,厂里的小姐妹都笑我有对象了,烦死人啦。"

郝玉兰也生气了,跳下床说:"人家写信是看得起你,你赶紧回咸阳吧,省得让人生气。好好一个八月节让你搅和了,唉!俺以后咋见老郑嫂子哩?"

白莲花回到咸阳,以为郑光和他妈负气而去不会再找自己了,谁知没几天就收到郑光的信,说他也很反感他妈强加于人的做法,他妈没理解他俩之间的革命友谊。白莲花撇了撇嘴,想回信说自己倒没觉得有啥革命友谊,又觉得有些故作清高。她说不清对郑光是反感还是有好感,只是住一个巷子上一个学校,一块儿吃饺子时她才看清郑光长的啥样子。就这么一下就得戴上他妈的手表,也太欺负人了吧。白莲花决定不理他,谁知郑光的信又来了,还是先汇报学习和思想,又问你为啥不回信?是讨厌我吗?

白莲花心慌了,摊开信纸咬着笔头想了半天,才坐下唰唰写开了。

信却是写给梁长安的。回咸阳后她就总想起长安,想起自己在教室后边哭,他和木匠爷爷站在旁边着急的样子,那天他阴沉着小脸说,白莲花快别哭了!你妈八成是来打你的呢。他还要把奖学金让给自己哩,没有他爷,兴许自己早就上不了学了,小学都没毕业,招工都招不成呢。那年去舅家看孩子,他还刻了个发卡给自己,她忍不住从箱子里找出莲花发卡看了又看,心里热热的。白莲花在信里问长安厂里忙不忙,又问他们厂又有啥新斗争动态,最后她写道:"长安哥,我妈又像不让我上学一样硬逼我跟她指定的人结婚,我该怎么办呢?等你回信!她想了想,还是没好意思写上她妈指定的人就是郑光。"

白莲花回西安,害怕妈再提起郑光,说话都不敢看郝玉兰的眼睛。郝玉兰问她和郑光写信没,她说:"没写,倒是和长安一直写信呢。"郝玉兰想也没想就说:"那倒是个实心的好孩子呢!"

白莲花的脸一下就红了,觉得妈好像知道些啥,所幸没再说下去。郝玉兰又问起原来宁夏保密厂的事儿,白莲花半天回不了神,心里遗憾白白错过一次机会。

从玉兰家走了以后,老郑媳妇就真的不找她了,甚至她登门去家,老郑媳妇也躺在床上不愿搭理。玉兰知道她嫌自己没良心,哭着跑回家,捶着白老四的胸口说："为啥莲花那么值钱？俺为啥不能像俺娘一样替她做个主？郑光比你要强十倍呢！"

白老四可怜她又恨她总翻老账，推开她说："那你也找个像俺这样的把莲花嫁给他，这仇就报啦！"

郝玉兰闹了一会儿也没结果，想想莲花在咸阳，天高皇帝远地不服管了，自己倒在这儿作难，哭着哭着觉得没意思了，心一横道："俺就是没良心啦！新社会新时代，俺的闺女不愿意俺有啥法儿？"

自从心里有了梁长安，江小小每天都盼着吃饭的时间快点到，她从来没觉得食堂也是这么好的地方。半个月来，她每顿饭都给长安打好，等他吃完再给他把饭盒洗净。虽说他一定要把饭票给她，但女工们羡慕的眼神却让她骄傲得直想笑。

没有人这样对过长安，他不知该咋面对那样好看的笑脸和那样一盒饭，魏师傅问过他："江小小和你处对象呢？"

他不敢说话，这样就算是处对象了？他还啥也没想过哩。

魏师傅又说："处上了是好事，要是没打算处对象，这样子就……"

他把话没说完，长安知道对师傅来说已经说得很多了。

俊翔也问他："你是不是知道江小小她爸是江主任？"

长安一下明白王主任让他上美院的事，他说起的江主任原来就是江小小的爸爸。厂里人一定以为他早知道这些才巴结江小小呢。他有一种被人耻笑的感觉，想起老梁木匠说过："你亲娘为嘛倒霉？还不是嫁了你亲爹。老二为嘛过得背井离乡？还不是娶了你亲娘。长安，结亲一定要门当户对，别攀高门楼，要不苦一辈子呀！"

长安打了个冷战，想起和江小小吃饭时大家说不清的表情，他开始后悔不该接她的饭盒了。

夜很深了，长安还没睡着，心里酝酿给莲花的回信，他知道她的处境，从小两个人只隔了一道墙，谁不知道谁的难处？长安真想帮帮白莲花，但想想郑光的样子，他觉得很好，他妈还给白莲花买表呢。白莲花把这么大的事和自己商量，他胸口涌上一阵幸福的感觉，白莲花那么好看，要是自己是郑光就好了。可自己又有啥不行的？自己也不错呀。

第二天，他一早就到医务室对江小小说："别给我买饭啦，人家都误会了！"

她不明白别人的误会和他俩有啥关系，照样打好饭等长安，他有意很晚才去，一进食堂就给江小小挥挥饭盒说："我自己买。"

然后排在队后头。有人见状小声私语起来，她一下气急了，低头在饭盒里舀了满满一大勺，却没办法张开嘴。正难过时，俊翔在她旁边坐下，把给长安留的饭拨到自己面前，小声说："你别理他们！都是没文化的粗人，我吃。"

他自顾吃起来。小江偷偷把眼泪擦了，呆呆坐着，觉得刚才热乎乎的脸不太烫了，心里也平静了，对方俊翔有一丝感激，至少别人以为是方俊翔让她帮忙买饭呢。俊翔吃完洗了饭盒放回长安桌子上，长安装作不经意，心里却有点轻松了。

江小小的爸爸当上革委会主任后就很少有时间看她了，就算打电话给她，也永远急匆匆的，虽然她很珍惜爸爸给她电话时珍贵的三两分钟，面上偏要做得无所谓，抢在他前面说："爸爸再见！"

江主任上个星期叫她回家一趟，说广播电台有个播音员的指标，她说不去。她不想离开布箱厂，虽然她不喜欢医务室，但厂里有个梁长安。

长安当众拒绝她，却给了很多人希望，有的男工想办法装病，和她没话找话说，江小小心知肚明却不动声色，她自有办法捉弄他们。

第二天双福就坐在了医务室的椅子上："昨天这儿疼，今天从这儿到这儿都疼！"

他的手在肚子上下胡乱指了指，无限依赖地看着江小小细嫩的脸颊。

"还有啥？"江小小冷冷地问，眼睛却不看他。

"没……没了。"双福嘴上胡乱应着，心里暗自感叹："手指头都白得那么科学！嘴唇那么好看！说的普通话也那么好听，跟广播里没啥区别！"

"得吃药，我倒水给你，你先在我这吃一片，晚上不能吃饭，睡前再吃一片。记得——吃了这药就不能吃饭啦。"

双福壮实得像头牛，见小江捧来杯滚烫的白开水，忙接过来，将那个小白药片丢在嘴里，就咕咚咕咚喝起水来，两口下肚他才龇牙咧嘴地叫："烫……

烫！"回到车间他对镜子一看，舌头上白白的一层，火烧火燎地疼。下午他刚一进食堂，江小小就站在他面前说："你才吃了药千万不能吃饭，要不明天还会肚子疼的。"

双福悻悻出了门，她跟了一句："记得吃药喔！"

饿到半夜，他终于明白江小小在耍他。

江小小思来想去决定给长安织件毛衣，她认为这是最能说明问题的举动。布箱厂数梁长安长得最英俊，身材高大还那么聪明本分，他能写那么好看的黑板报哩。偏偏他不喜欢自己。他是不是根本不知道自己的心思？她无法说清自己的心思，却花了一个月的工资买来藏蓝色的全毛毛线，又花了半个月的时间织了件毛衣放在传达室让长安去取。

拿到江小小亲手织的毛衣，梁长安有种说不清的感觉，毛衣很漂亮，细细密密地拧着大麻花，藏蓝色毛线绒绒的。长安没穿过毛衣，倒是省下了好多白线的劳保手套，让同事要了去织线衣穿，说孩子们多，衣裳费得很，像是身上也长了牙一样烂得飞快。

梁长安面对毛衣觉得心堵，索性跑到水房，把头伸在水龙头下边冲了起来，洗完还是觉得心里慌慌的。他想还是给白莲花写封信吧，他照例先写上西安的阶级斗争新动向和自己的思想情况，想了又想，还是没写江小小和她那件毛衣。

于是白莲花和梁长安就通起信来，开始一星期一封，后来几乎一天一封。白莲花车间的女工都知道她西安有个男朋友，梁长安关照门卫师傅别把他的信插在窗玻璃上，他自己来取。可坐在医务室的江小小，还是能看到他每天下午四点去传达室，邮递员总是这个时候来送信。

包在牛皮纸里的毛衣退回自己手上时，江小小像被扇了个耳光一样。从开始她就没想过他会不要。从一根细线开始织，她像在织一个希望，现在却没征兆地破灭了。她把头埋在藏蓝色里，觉得毛线并不柔软倒有些扎脸，她的眼泪涌出来融入毛衣里。江小小突然觉得头昏起来，一股怨气冲上喉头，她想也没想就冲出了宿舍。站在干部楼下面，风很大，她哭了很久的眼睛有些怕光，幸好厂里已经下班了，食堂也没人吃饭了，只有大师傅在冲洗地面。江小小知道宣传队在排练，按说她今儿也该参加，可一想到长安她就丧失了兴趣，只想立刻把自己关在宿舍里。方俊翔从会议室推门出来，人们排练的声音随即传了出来，只一下又被门关住了，江小小赶紧转过脸。

"小江！咋不排练呢？你哭了？"方俊翔说到最后一句压低了声音，心里涌起一丝心疼。她的眼睛肿了，鼻头也有些红，小嘴微微翘起来，孩子般娇嫩。江小小别过脸不说话，泪水又盈满了双眼。她知道他总找机会让长安难堪，这一刻却不觉得他讨厌了，现在他高高大大站在身边，像是把风也挡住了些。

"那就回宿舍吧……"方俊翔说，"站在这儿人人都能看见你……"

小江却猛地跑进会议室。

"哎呀，铁梅来了！"有人看出她的眼睛像是哭过了。

方俊翔先说："下边风大，眼睛眯了正在门口擦眼睛哩。"

大家这才又接着各自说台词，吹拉弹唱地操练起来，大厅又恢复了热闹。

梁长安头也没敢抬一下，小江冲他走过去，清楚地说："你为啥不要？"

梁长安没想到她这么直接，一下呆住了。她的声音很大，整个屋子的人都听见了，梁长安觉得头上在冒汗，连后背也在发热，房子太静了，能听见自己呼吸的声音。江小小仰着脸一点也不放松地盯着他，眼泪又弥漫起来，但她眨也不眨，绝望而坚持。终于，梁长安慢慢转过身去，给她个侧脸，江小小的眼泪瞬间滑落。

一个年纪大的女师傅过来拉小江的手说："年轻人就爱吵嘴！什么东西呀？不要就不要了呗……"

大家纷纷应和说："就是就是，现在这年轻人呀……"

小江甩开她的手："我的脚很疼，你给王主任说一声，我没法演了。"

系统的汇报演出江小小终于没参加，另一个女工演了铁梅。厂里很多人看了演出都说，演得不错，不过还是小江演的铁梅最好看，人家可是厂花哩。过了两个月，江小小就调到了广播电台，年纪大些的就议论起小江的大胆和执着，全厂的姑娘加起来也不及她一半呢。梁长安太傻了，这么漂亮的姑娘为啥不要呢？有人反驳，这么下三烂不要脸的女人你敢要吗？被问的人赶紧摇摇头，说其实小江可以找个介绍人嘛，干吗非得……

也有人说方俊翔现在下功夫追小江呢,天天都见他在广播电台门口,骑个新凤凰自行车接小江下班哩。

姑娘们眼红得要死,说谁爸当革委会主任,也一样能调到广播电台。那么疯张的人咱厂咋能盛下?她装得挺冰清玉洁,没想到"上赶"着倒追男人。她们认为梁长安一定让她吓住了,倒是方俊翔还起劲地追她哩——他爸老方头能让他气死哩。厂里女工都是通过介绍人嫁出去的,江小小这么一弄反而掉了价。再贵重的东西没人要,拿到手里也就觉得不值钱了。

江小小调走后,长安天天顶着大家的眼光进出工厂很不自在,就在他刚能坦然去食堂排队买饭的时候,工作组来调查他了。

调查的其实是他大爷的情况,长安照实说了。工作组同志说:"听说你和他划清界限啦?"

他点头。

"你厂有人反映你有反动言论哩!"

"谁?我和他对质!"长安气极了,声音也大起来。

"'下定决心,买肉半斤。排除万难,一顿吃完。'这话是你说的吧?你敢套用领袖的话!"工作组的人穿着发白的中山装,猛一拍桌子喝道。

长安一个激灵,这话是在宿舍里说的,听到的只有双福、国强和俊翔。他定定神说:"我说这话前头还有话。厂里人知道陈书记爱吃肉,我们宣传队想编个剧讽刺他,这句话是我给陈书记编写的台词,我们宿舍的人能做证明!"

他觉得有细细的冷汗顺着背在流,猛地想起郝玉兰说过,要防着人!

长安还是被隔离审查了几天,工作组做了最后的调查才放他出来。临走时工作组说:"你大伯在狱里畏罪自杀了,死前有个女人去看过他,听其他犯人说他那时偷偷写了封信,我们要看他写的啥。"

长安问:"信是给谁的?"

那人冷冷地说:"现在还在调查,你有啥消息及时汇报!"

长安终于结束了被审查,重新回到宣传科,他和俊翔几乎同时要求调出宿舍,他和双福搬到另一个宿舍。

厂里发生的事情,长安没给白莲花说一个字,信是被迫停止了。白莲花急得发了几封不见回信,就赶紧从咸阳回家了。吃罢饭,长安好不容易熬到郝玉兰让白莲花送他，两个人就顺着马路走，白莲花怕让熟人看见，不敢和他走在一起，长安也知道她羞脸大，就和她隔着条马路。走着走着，一回头，见白莲花在马路对面冲他笑，心里就暖暖地接着往前走。再扭头，白莲花也正抬头看他，就又相视一笑。长安只觉得满街的人都不存在一样，只顾往前走着，心里涌满了甜蜜。不知不觉到了革命公园门口，长安心一动，指了指大门，白莲花红了脸轻轻点头。

坐在长椅上，长安才有机会给她讲厂里的事和自己被审查的经过。白莲花看着长安的眼睛说："那你一定受了不少苦啦！你好好的，我就放心了……没见你的信，我在厂里连着四五天没睡过一个整觉，只好回来才心安。"

长安怔住了，世上有人这么心疼自己呀！一直压在心口的委屈让他一下子忘乎所以了，想也没想就把白莲花抱在了怀里。她吓了一跳，边挣开边小声嚷着："你放手呀！看让人瞅见了！"

他只管紧紧搂住她柔软的身体，把头埋在她散发着洗发膏香味的头发里不舍离开，全身心为这莫大的幸福而陶醉。

从八月节过后老郑媳妇就再也没理过郝玉兰。

郝玉兰好强，也就不再加工手套了，她又给家里的小闺女们揽了个活儿。拆棉纱赚得少些，却也是好不容易揽来的活儿，她买来成麻袋的针织布下脚料，拆成棉纱卖给工厂擦机器用。白莲花知道是自己的缘故才使妹妹们干这出力不赚钱的活计，所以她从咸阳一回来就开始干。白槐花、白梅花和白牡丹也一起拿着小铁夹子，把秋衣碎布片拆成棉纱，家里到处是飞扬的棉纱纤维，和一堆堆小山一样没来得及装进麻袋的棉纱。

白东京厂里早停了产，他就天天忙着和白老四拉车送酱油，郝玉兰知道他顾家，吃饭总是把稠的先盛给他。他吃罢饭见大家都在忙着拆棉纱，就一屁股坐在装着棉纱的麻包上说："你们猜俺在小东门城墙上见啥了？这么大个的高射炮！听人说，东郊工联的造反派要打搪瓷厂呢！"

白东京瞪大眼睛比画着，唯恐谁不相信。

"中啦，别胡吹啦！拉了几百斤酱油跑一天还有劲吹牛，快去洗洗睡吧。"白老四丢下碗终于站起来，步履艰难地进了里屋。

郝玉兰也跟了进去,他跑一天回来腿脚就肿得老高,她总要给他揉搓一阵才行。

白莲花也赶紧端盆热水说:"妈,你歇会吧,俺给俺爸搓腿。"

白老四脸上挂了些笑容说:"大闺女就是孝顺,真是俺的贴心小棉袄!"

话音刚落,外边三个女儿不答应了,一窝蜂拥进里屋,拔胡子的拔胡子,胳肢他的胳肢他,差点把洗脚盆弄翻。偏小女儿白牡丹还要问:"你说,俺们三个是不是不孝顺?"

白老四边挣扎边笑着说:"唉,当初要是不生这最小的三个闺女,说不定日子就好过了!"

白老四一直是沉默寡言不爱说笑的,好像他的笑容随着孩子们一个个降生也一点点失去了。倒是近两年,他偶尔也会和孩子们开玩笑了,郝玉兰认为这是白老四真老了的缘故。

白东京说得还真没错,到了晚上小东门城墙上果然打起来了。噼噼啪啪的枪声响了两个多钟头,中间夹着人们的吆喝声,吓得郝玉兰声音都变了:"快进屋,关好门谁也不许出去!又是哪两个派在斗呢?"

白莲花和妹妹们坐在阁楼上,她在银川见过放枪,让全家人不要脱衣服。白老四说:"没那么邪乎!当年日本兵厉害不厉害?咱不是照样好好的?该死不得活。这枪是造反派打搪瓷厂呢,咱又不是当权派,跟咱老百姓有啥关系?"

说是这么说,他还是检查了门窗,平时这都是郝玉兰的事情。白东京和白西京偷偷爬上阁楼,把气窗的罩子拿掉看外边打炮,白梅花刚说妈不让看,白西京就小声说:"说不定等会儿一炮打过来咱都死了,你不想在死前看看到底是咋打的枪?"

几个女孩吓得不敢再说了,白莲花骂道:"死西京,在这儿没名堂地吓人!别怕,大姐在银川也见过武斗打枪,没事。"

大家都被外边的枪声吸引住了,白牡丹突然小声叫起来:"看,多漂亮!从那边打过来的那么亮呢。"

飞舞的子弹在夜空中划出长长的金色尾光,小东门城墙被偶然的亮光照出轮廓,不像白天那么破旧却显得异常耀眼辉煌。突然,轰隆一声响,白槐花随之哭起来,白莲花忙把气窗关好,招呼大家不要再待在阁楼上了。

第二天,白东京回来告诉大家,昨天晚上果然是造反派在打搪瓷厂,因为他白天从那里过时,见到搪瓷厂大门和墙壁上被打出了大大小小的洞眼,有一截儿墙头都被掀掉了。白梅花见他得意就说:"你有啥张的?又不是你打的,咱家昨天也被子弹打过去了,看,子弹打的洞还是俺发现的呢。"

白东京顺了她手指的地方看,在气窗旁边果然有一个小小的弹孔。

白东京不当事地逗她说:"那算啥?俺前天还见人家从城河里捞上这么大的铁箱子哩,说不定装的全是子弹。"

白梅花接不上来了,却不甘心地嚷她哥吹牛皮,郝玉兰说:"你哥没胡说,现在城河里还真能捞出点想不来的东西!"

因为怕把成分定太重,有人趁天黑往城河里扔值钱的东西,城河里常能捞出羊皮袄、手表、黄金、现金,就有人躲起来偷偷看着,再检举给工作组,还真揪出不少有问题的人呢。

第五章

郝玉兰有一头特别乌黑漂亮的长头发,在孩子们还小、她去拉坡、洗油线的时候头发是盘起来的。自从在菜场工作后,她就每天把头发编成两条大辫子,长长地拖在身后,小东门人人都知道郝玉兰的大辫子,几乎和她的爽直大方一样有名。隔几天有骑着旧自行车的老头儿,操着西安长安县口音懒洋洋地吆喝:"收头发——换碗——"小东门里外的河南小孩儿会说的西安话都有这一句。收头发的老头儿曾找郝玉兰讨过水喝,装作很无意的样子说:"收了半辈子头发,少见你这好头发,心眼小的人可没这样的好头发!"

郝玉兰一笑,低头给老头儿倒水,知道老头儿是想让自己卖头发哩。

老头儿每次从小东门一路吆喝着到尚勤路口时,总要往郝玉兰门口瞅一眼。这天郝玉兰正和锦华巷的老蔫媳妇在门口说话,老头儿就推了自行车过来了。梁长安和白莲花在信上商议来商议去,好几个月工夫才决定还是让长安请个媒人好一些,于是长安托锦华巷的老蔫媳妇当媒人,今儿她就是来给郝玉兰提亲的。

郝玉兰除了高兴,竟连一句推辞的话也没说,她以为白莲花不知道,反而保证一定能让女儿愿意。老蔫媳妇见她这么说抿嘴不住地笑,郝玉兰以为她不信,小声说:"给你说,莲花不愿意郑光给他写信,倒愿意和长安写信呢。"

收头发的老头儿停了车子,只憨憨地冲她笑了点点头,她就笑着说:"大伯,你近来生意好?倒些水喝吧?"

"好嘛,次次来都麻烦你呢!"老头儿打量了一下老蔫媳妇,她的头发是稀而干黄的。老蔫媳妇见老头儿端了水一迭声地谢着,就开玩笑说:"你是遇上玉兰了,她最爱帮人忙啦。有人给她张张嘴,她的手能从尚勤路一直伸到小东门外头呢,哪怕自己还提着秤去借粮哩。"

老蔫媳妇见他手里的黑瓦碗有个豁,说:"你光喝人家的水哩,也不把你的碗给人家一个?"

没等老头儿搭腔,郝玉兰忙说:"大伯,她爱开玩笑,你的细白瓷碗贵得要命,哪能随便给人呢。水又不值钱,你渴了还来喝。"

"行嘛。那我就给你一个碗,也算谢谢你。"老头儿说着从自行车后架的木箱里开始往外拿。

"千万别。大伯,她是开玩笑哩。秀芬,人家做个小生意也不容易,你胡说啥呀。"郝玉兰没想到老头儿真的去拿碗,赶紧拉着老蔫儿的手。

"玉兰,说真的,你还真得准备碗,长安和莲花办婚事还能用烂得没边的碗?你答应了长安,就得想到他一个亲人也没有啊。"老蔫媳妇提醒道。

郝玉兰马上说:"俺说过当长安是儿子,既答应把莲花给他就不让他为难!"

"大伯,这碗俺不白要你的,你说俺头发要是从这儿剪了,能换几个碗?"郝玉兰在齐耳的地方比了比,老头儿没想到郝玉兰这么问,一下子答不上来。

"我不要你的头发,白送你一个碗。"老头儿也犟上来了。

郝玉兰笑了:"俺闺女要结婚哩,一个碗不行嘛。你看俺马上当丈母娘了,还能拖个大辫子?反正也是剪,你就给换成碗吧。"

老蔫媳妇愣了,当初老四在锦华巷揪头发打玉兰时,她让玉兰把辫子剪了她没舍得，多少次郝玉兰揭不开锅借粮，宁愿挨打也没舍得卖头发。

郝玉兰三尺长的一对大辫子换了四个细白瓷碗，这在尚勤路一下子传开了，一连几天都有人来看她的短头发和那四个细瓷碗，打趣说："玉兰你家这碗是不是还喝苞谷糁？"

也有人说，除了老冯院的冯家小老婆破四旧前用过这样的碗，这一条街就只有白老四家给大闺女准备的嫁妆了。

白西京却说："冯家的碗比这还好看哩，上边都描了金花呢。"红卫兵去冯亮家那天他也在场，虽然他啥也没干，但砸碎的细瓷器却看得仔仔细细呢。白梅花不容他说别人家的东西好："他家是资本家呢，你还夸他家的碗！"

白西京不理她，拿起一个碗欣赏起来，刚转了一下碗边还没看清碗底，啪一声脆响，手里的碗摔在地上成了两半，旁边还有几片小碎块。房子里一下子静极了，大家都看着他，连郝玉兰也坐在床沿上一动没动。白西京回过头看妈，眼睛里满是恐慌。终于，郝玉兰站起来走到碎碗旁边拾起了碗，白西京看见妈的眼泪打着转却总不流出来，害怕极了，悄悄往门口走。郝玉兰站起来时，白西京手里拿了擀面杖怯怯地递给她，郝玉兰没理他，喃喃地说："结婚的碗呀！"

白西京开始坐在棉纱堆前干活了。直到长安和莲花结婚，弟弟妹妹们都没闲着，他们用拆棉纱赚的钱给莲花买了件大红条绒罩衣让她结婚穿。每年白莲花都会想办法用加班费给所有的弟弟妹妹买布做过年的衣服，自己却一连几年没添置过啥。学校是已经停了学的，白西京连批斗也不看了，老老实实为大姐的新嫁衣拆着棉纱。

白老四纳闷地问郝玉兰："西京咋了？长这么大也没见他像现在这样勤快过。听说早上还和冯亮去招兵的地方要了张表，这孩子咋突然就出息啦？"

白西京和冯亮去了招兵办，他想当飞行员。白老四家是贫农，政审不是问题。人家给他检查身体，用他的话说，只差没把心挖出来上秤称一称了，意外地发现眼底有道裂痕，他没当上飞行员，却还是当上空军走了。

白西京领了还没有领章的军装回家，当着全家人的面，郑重地脱下身上黑油乎乎的小炉匠棉袄，里面就是光光的脊背了，又解开麻绳编的裤腰带，棉裤里边也是精光的腿，他就穿件花布裤头站在屋当中，头上戴着的黑毡帽，也脏烂得不像样。他不急着穿上新衣服，看着郝玉兰说："妈，以后儿子再也不用你给俺做衣裳了，你只等俺挣钱养活你吧！"

她本来笑笑地看着他，觉得赤条条的人戴个帽子挺滑稽，不想他说出这话，一股酸楚一下哽了嗓子。

白西京走了很长时间郝玉兰都忍不住埋怨自己：他再调皮，也该给他穿得稍像个样子才中呀。要不是他穿上军装那么体面，她真没想到儿子的脸能洗那么白净，长得那么好看！

白莲花从咸阳回来白西京已经走了，她看见郝玉兰齐耳的短发用两只大黑发夹别在脑后，又看看那两只细白瓷碗和几大麻袋拆好的棉纱，咬着嘴唇不说话了。妹妹们围着她说妈的头发，让她去商店看红罩衫，白莲花笑着说："俺的命咋这么好呢。"声音有点抖，她边说边抹了抹眼睛。

婚事是郝玉兰一手张罗操办的，婚礼却很简单，家里确实没啥钱能拿出来。结婚这天，白莲花依着时下姑娘爱穿毛线衣的标准，向妗子借了件毛线衣穿在里边，外边是那件红色罩衫，长安托人从上海给白莲花买了条纱巾系在脖子上。他更好说，里边是白莲花给他打的一件线衣，用劳保线手套拆了织成的，又用藏蓝染料煮了；外边借了双福的一件半旧的军装，理了个新头又特意吹了风，就硬是显得英气逼人。

婚礼是在派出所举行的，派出所张所长主持的。郝玉兰人缘好，虽然梁长安只请了厂里的几位师傅和国强、双福几个人，邻居们还是把会议室门里门外都挤得满满登登。郝玉兰和来的人说着话，连白老四的瘦脸上都拢着红光，拿了盒大前门给人发烟。老宁媳妇看他见人就发，逗他说："老四，你闺女出门，你是高兴昏了吧！男的发根烟，女的也给发烟，你还没喝酒咋就醉了！"

他一看，果然昏了头男女不分了，就嘿嘿一笑。女人们笑着拥上白莲花，不住声夸她漂亮，又说怪不得郝玉兰对梁长安那么好，原来是早早培养女婿呢。郝玉兰听了不住笑地说："是啊！是啊！把他从城河里拽上来，俺就觉得俺成他妈了。"

老蔫媳妇起哄说："还没听见长安叫妈哩！"

梁长安的脸一直红着，别人一起让他叫，他笑着说："妈！爸！以后俺就是你们的儿子啦！"

锦华巷的蒋狗蛋媳妇嫌他这么快就叫妈叫爸没意思，连连说听不清，让他重叫。他依言叫了，大家却大声叫着嫌声音不亲。郝玉兰见大家意犹未尽说："大嫂、大妹子们别光说话，吃糖吃瓜子呀。饶了长安吧，人家都是耍媳妇，你们反倒逗女婿呢。"

大家听了这话，想想也不错。张歪脖说："郝玉兰你偏心，不舍得人们逗女婿，倒舍得莲花。"郝玉兰还是笑着说："咱可没有重男轻女，只是耍媳妇是婆家人的事，哪有娘家人自己逗自家的闺女呢？你们都是俺的老姐妹，当然是娘家人，谁是婆家人可以等晚上再耍嘛！"

这样一区分，只有长安的几个同学和厂里的同志了。大家哄笑着点了头，夸郝玉兰这么多年居委会主任没白当，说话都不漏水。

长安和莲花结婚时，厂里响应"抓革命，促生产"的号召，停了的生产工作又逐渐恢复。原先的群众组织解散的解散，许多也就不了了之了。长安从生产宣传干事的位子上又到厂里搞后勤了。

他俩没房子，就借住在派出所的小会议室里，是郝玉兰借派出所的，说好一年以后还，其实一年以后还没有想好住哪儿。白莲花结婚只休了三天假就回咸阳了，梁长安回厂住，房也就空着，白莲花星期天回西安，梁长安就回来住。白莲花爱操心，总张罗着从派出所搬出来自己住。恰巧梁长安的师傅要退休回老家，他在北关有个小院三间房想卖，前几年梁长安帮他给房顶换瓦时曾去过，一打听要四百五十块钱，知道买不起也就算了。

这次白莲花回到家和长安在郝玉兰那里吃了饭，就早早回派出所了。派出所已经下班了，有人蹲在会议室门口下棋。天还没黑透，梁长安没开灯就脱了鞋坐在床沿上，见她只笑着不动，知道她不好意思，就轻轻拉她。白莲花小声嗯了声推开他的手，指指门外。几个人正为一步棋高喉咙低嗓子争执不休呢。他下床倒了杯水给她喝，她笑着推开他小声说："放一个星期了，谁喝呀。"他把嘴凑近她耳边："我先回来烧了两暖水瓶才去接的你，省得你次次用冷水洗。"

白莲花见他细心，觉得高兴就故意打趣说："洗啥呀？"

他不知怎么说才好，呆了一呆，突然捧着她的脸亲了一口。她羞得赶紧跳下床，光脚跑到门口又指指门外，梁长安叹口气把杯子放在床前的小板凳上。屋里只有一张床和一个脸盆架，两个暖水瓶放在一个小木箱上，唯有墙上的大红喜字让人觉出这是一个家，就连被子也是郝玉兰请儿女双全的老宁媳妇缝了一床新的，梁长安从单位抱来一床旧的放在了一起。

　　夜很深了，下棋的人逐渐散去。两个人躺在床上小声说着厂里的事，渐渐声音越低越小，两个人有一搭没一搭地拉着话，终于梁长安和衣睡着了。白莲花给他盖上被子，想想不妥，又给他解开衣扣。梁长安睁开眼，定定地看着她说："外边的人是你找来的吧。"

　　她一怔，他飞快地搂住她说："我想你一个礼拜了！"

　　第二天是星期天，他俩还睡着，派出所门口就有人吵起来了，值班民警把他们叫进值班室调解。房子墙薄，两个人立刻醒了，知道就在紧挨的东面屋子问话。卖鸡蛋的说买鸡蛋的人给了一块钱，买鸡蛋的人却说给了十块钱，卖的人不给找钱，两人厮打了一路找到派出所。

　　梁长安正听得入神，白莲花突然对着他的耳朵小声说："糟啦，旁边的房子昨晚上有人值班哩！墙这么薄，人家说话的声音听得这么清。那……咱俩昨天夜里……"

　　她说不下去了，他想想昨夜的激情，立即羞愧难当了。两个人没心情再孵被窝了，悄没声息地爬起来，胡乱洗洗脸，连牙都没刷就锁上门出去了。没想到越是怕谁越是碰见谁，一出门，值班民警刚好送打架的人出门，见了他们笑着说："星期天也不多睡会儿，赶着去丈母娘家混饭哩？"

　　长安红着脸支吾了一声，莲花更是连眼皮儿也没敢抬，赶紧躲在长安身后了。

　　走到半路，两个人都没说一个字，快到郝玉兰家门口时，白莲花说："不行，咱得住自己的房子。"

　　梁长安顺口给白莲花说了魏师傅要卖房的话，她一下起了劲，非让他打听到底多少钱。他说："四百多块钱呢，咱们缓几年再买吧。"

　　她不依，指指派出所的方向："我都吓成神经病了。没钱借嘛。我舅手上肯定有钱，咱两个人挣工资几年就还了，明年还了派出所的会议室，咱住哪儿？"

魏师傅一口价要四百五十块钱,说院子里有两棵大槐树比人腰都粗,光树也能卖几十块钱呢,这么一说长安有点心凉了,犹豫着和白莲花跑回家和郝玉兰商量。郝玉兰说:"要俺看,买房也是正事,就是借一借、紧一紧也该买。你俩都有正式工作,还怕还不了账?买了房人活着就有奔头啦,也算在西安有家啦!"

郝玉兰做主让长安把房子买下,给他添了八十块钱,又做保人让白莲花问金玉借了三百块钱。房子收拾得差不多时,长安请郝玉兰和白老四来看,院里两棵大槐树,树下有石板桌子,亮堂堂的四间青砖大瓦房,很宽敞。

郝玉兰说:"俺这大妮儿真是好命哩,一结婚就住这么大的独院呢。"

白老四也很高兴,摸摸树皮说:"长了好些年了吧!满西安都是这大槐树哩,真遇上荒年了还能有槐花、树叶对付一阵子哩!"

玉兰掐了他一把,骂他:"老东西,就你盼着荒年哩!你等着俺们吃槐花?俺要煮你的肉吃哩!"

大家笑了,她又说:"长安,你和莲花把家安好了就好好过!这回算是把根扎在西安啦!俺给你爷爷能交代啦!"

可是江小小在广播电台的日子很不好过,她和长安的事儿像长了翅膀一样从布箱厂飞到广播电台,等她真的开始在意人家的话时,才发现人们嘴里说的和事实已经差得太多了。有人说别人追她她不要,却跪在地上求人家男的,人家没理她;有人说别看她长得漂亮,身上却满是黑疤,人家男的本来愿意她,她一脱衣服人家才害怕啦;甚至还有人说江小小脑子不正常,一见男人就犯神经病……

她开始还一笑了之,后来也对着镜子照着发呆,突然想:"我是不是真的脑子不正常?"她整夜地哭,还是不相信长安会看不上她。

方俊翔天天来接她下班,说他喜欢她,她直愣愣地问:"你不怕我有神经病?"见他阴着脸,就又笑着说:"你是看上我爸了吧!我有传染病呢。"

他真的转身要走开时,她又觉得可惜了,气冲冲地说:"走吧,都走吧,你们都是假的。"

方俊翔无可奈何地说:"小小,当初我要先追你就好了。"

她垂下头哭了。方俊翔说:"长安结婚了,你就别再这样折磨自己了吧!"

她推开他不敢相信,转身就走,他跟在后面叫她,她却像没听见一样。

第二天下班后她到厂里找长安,双福吃惊地说:"没在。去……去他丈母娘家了……"

她找到方俊翔说:"你想不想和我结婚?"

结婚第三年的冬天,白莲花生了个女孩。

因为所有见白莲花怀孕的人都很有经验地说:她脸色黄黑腿脚灵便,一定是个男孩。所以当护士说莲花生了个女孩时,长安有点发呆,喃喃地说:"不是说好男孩的吗?"

郝玉兰说:"莲花幸亏没听见这话,要不还不气死啦。"他说:"我本来喜欢女孩的,你们都说是男孩我才一心当成男孩的。名字早起好了,这下得改改了。"

郝玉兰说:"名字不急呢,就看看莲花想吃啥呢。"这时护士却慌慌张张跑了来说:"谁是十三床家属?谁是家属?十三床大出血呢,马上要手术,先签个字吧!"

梁长安惊得瞪大了眼睛,郝玉兰也不由得啊了一声,白槐花和白梅花赶紧扶住妈,说:"长安哥,快签吧,快签吧!"

长安被白梅花扶着手接过笔,在护士指的地方写上名字,写"长"时,竟呆呆地定住了,不知道写啥字。护士刚拿了本子要走,他抖着声音问:"让我给她输点血吧。"人家说现在还不用,他又紧着赶上她说:"那先抽点血准备着吧,我媳妇人瘦,肯定需要血。"玉兰见他完全乱了分寸,赶紧拉住他对护士说:"你忙吧,俺女婿心里急。"

那个护士倒是笑笑说让他放心。

所幸手术不长血就止住了,直到白莲花推出手术室长安都缓不过来,说话还是磕磕巴巴。郝玉兰说:"长安,俺把莲花嫁给你没错。"

他说:"妈,不是我胆小怕事,实在是我命太硬了。从莲花怀上孩子,我就没一时安宁,要是再连累了她,我真是死的心都有了。没有你,没有莲花,我哪能有个家呀?"

郝玉兰哽咽着说不出话，只是拍着他的膝盖不住点头。

小婴儿很小，才四斤多重，小脸皱巴巴的，有点不足月，哭起来像猫一样声音细细软软的。长安从没见过刚生下来的小孩子，白莲花问他几遍："闺女好看不？"

他愣了半天才说："你自己看吧——咋像个老头？跟咱俩谁也不像！"

护士进来说："才刚生下的小孩子哪能看出来？你俩长得这么好，孩子准差不了。别看她黑红，长大就是个白孩儿！"

郝玉兰也笑着说："俺们过去生下孩儿先看胳膊、腿一样长不，脸上少啥零件不，再看看手脚指头少不少，听听会不会哭。你们现在这些年轻人倒是先看好看不好看，好看又不顶吃喝。"

长安不信："你看她连个鼻梁都没有，别是抱错了？我俩鼻子都这么高哩！"

护士生气了说："一下午就生了这一个。你出来，我还有事说哩。"

长安再进来眼睛有点红，不再说话了。白莲花忙着看孩子的小手小脚没注意他，玉兰小声问："她给你说的啥？"

他眼圈一下子红了，她心一惊，赶紧拉他出去。刚出门，长安的眼泪就已经下来了："妈，大夫说莲花以后不能再生了！"

郝玉兰啊一声呆住了，长安说："妈，你放心，就生这一个也让莲花受大罪了，我一定对她和闺女好。"

白莲花却不知道，天天高高兴兴地吃喝，给孩子喂奶，说她现在就盼着给孩子喂奶那一会儿，人家把孩子给她送来，摸索着孩子手脖上写着自己和长安名字的小木牌，女儿闭着眼睛在怀里吃奶，真是幸福得不得了！她说这话时，妹妹们一个劲笑着，羡慕地看着大姐像气球一样迅速白胖的脸——才几天工夫白莲花已经有一百斤了，过去她从没超过九十斤。

郝玉兰说："妈生了六个孩子也没你感受多，你还真是赶上好时候了！"

已经到长安县下乡插队的白梅花，知道大姐生了女儿也很高兴，求农村的巧手媳妇给孩子做了个绣着蜘蛛、蜈蚣的五毒红肚兜寄了回来。郝玉兰喜滋滋地说："这个闺女真长大了，知道给孩子寄个这好东西。城里人现在哪能有这手艺？大闺女连鞋垫也不会绣照样能嫁出去。"

她让白莲花不分早晚给孩子穿上，既能暖着肚子又避邪气。白莲花抿嘴笑了,让白牡丹给白梅花写信,把妈的话写了进去。又给白梅花寄了几条印花手绢和一包水果糖,让她谢人家媳妇。谁知道没出一个月,白梅花给寄回来五六双绣着花的鞋垫,没一双是重样的。郝玉兰更高兴了,连连说白梅花还真有人缘!

郝玉兰安排白莲花到尚勤路坐月子,等孩子出了百天菜场催她上班,她不放心,说白莲花没经验,干脆在菜场请了长假在家看外孙女。郝玉兰当上了姥姥,天天抱着孩子在门口的大槐树底下逗着玩。邻居们开玩笑说:"谁敢相信你是个姥姥?走路带着风,说话还怎大声!"

她笑了说:"俺也不觉得俺就老了,只当才三十出头,还能干他娘的三十年哩!"

这时白老四的架子车队解散了,全部人员都编到电机厂,他两年前就六十了,还没上一天班就先退休了,还能按月领份退休金。郝玉兰眼红得不行:"老东西,你老啦老啦有个这福!一辈子当骡子马,现在倒跟个公家人一样能领钱哩。"

白老四却是个闲不住的,他不舍得回家,说在家没活儿干难受。厂长听人说过他,知道他是个认真勤快人,就安排他在厂里看大门,一个月加上退休工资能发四十多块钱。他觉得厂长信任自己,索性连全厂的地都扫了,还坚决不让厂里给他加钱。

天热极了,尚勤路的马路边上,茂密的大槐树连成浓浓的树荫,街上却一个人也看不见。一丝风也没有,槐树叶耷拉着,像是整条街也睡着了。郝玉兰正哄着外孙女文文睡午觉,听见门外咕咚一声响,又有拖拉东西的声音。她轻手轻脚打开门,只见两个大麻包堆在门前,闺女白梅花正把一辆烂自行车从地上扶起来,嘴里还说着:"把你骑了一路你都好好的,这会儿让太阳晒趴啦?"

玉兰笑着说:"死闺女,还是毛手毛脚哩,你咋大中午回来啦?哎呀,你看你这脖子和胳膊都晒脱皮啦,疼不疼?"

"妈呀,疼得很。你不敢动我。咦,才买的新镜子?镜子上的毛主席像和我的毛主席像章一模一样哩!"白梅花一照镜子,看脸晒成黑红色的了,就忘了胳膊疼了。

白家的孩子们，除了白莲花和白牡丹长得像白老四，有着瓜子脸和细长的丹凤眼，其他几个都和郝玉兰一样细眉杏眼，梅花是孩子里长得最像郝玉兰的。知识青年上山下乡时，她一开始分到白老四的单位学工，后来作为知青到长安县插队接受教育。郝玉兰倒是放心，长安县是离西安最近的一个县了。白梅花能干，工分多，前两天队上分口粮，她留够自己吃的，就把麦子全磨成了面，又借了辆自行车，从长安县一路骑回家。郝玉兰咋也不信她这么能干！她两个月前也回过一次家，是公差，停了一下就走了，郝玉兰只来得及给她手里放了张大饼。这次认认真真看了看闺女，不过半年多的工夫，白梅花比走时高了也黑瘦了，更结实了。

"妈，饿得很。有馍没？早上我就慌着回来，没顾上吃饭。"她见妈拿出才蒸的软馍和尖辣子炒的咸菜，高兴地尖叫起来。

玉兰说："你再这个样子俺就不舍得让你走了。"

她用馍夹了些辣子咸菜狼吞虎咽一口气吃了两个半。玉兰见她还去抓馍便说："中啦！少吃点，俺下午给你包肉饺子让你解馋！"

白梅花连嘴唇也辣得红通通的，不住吸着凉气。郝玉兰忍不住笑了，白梅花又眼泪汪汪伸出舌头让她看，居然连舌头也通红。

"梅花，妈看看你的腿。"郝玉兰想起啥，来拉白梅花的裤腿。

"妈，伤早好了。"白梅花刚去一个星期就写信说割麦把腿给伤了，郝玉兰差点跑农村去看她，让白老四给拦住了，说人家队上人见咱这么娇气要笑话哩，说不定以后推荐回城就轮不上咱梅花了，郝玉兰只好作罢。下乡插队的人都盼着能早早回城哩，郝玉兰当然不敢影响了梅花。

白梅花坐下就不停嘴地讲队上的事，张嘴"我大队"闭嘴"我们知青"，让郝玉兰一会儿笑一会儿叹气。第一天下地，队长让白梅花割麦子，人家让她领个镰刀，她就高高兴兴领了把镰刀；人家让她去麦地，她就高高兴兴跑到地埂边上；队长找了个媳妇给她教，说这女子人勤快性子好，你好好教人家。谁知队长前脚走，她就再高兴不起来了。割麦子是技巧活，还要能吃苦。白梅花不怕累，走时郝玉兰就嘱咐过，让她好好跟人家学做农活。除了不敢在农村找对象，一切和人家农民看齐。白梅花是左撇子，镰刀在她的左手里好不别扭。刚一开割，周围人都停下来看她，别人用左手拢住麦子，右手顺势一割，她却右手拢了起来，左手去割时拢在一起的麦子又散了。人家忙说不对不对，该是这样，说着给她示范了一遍。白梅花学着把镰刀交在右手，左手笨拙地拢了一把麦子，右手却使不上劲，来回割了几下只断了几根麦秸。教她的人急了说："你挺大的个子，咋不用劲呢？你以为你手里是锯呢，来回拉啥吗？"

白梅花说："我这只手就用不上劲嘛。"

她自己把镰刀交在左手，很麻利地一割——一大把麦子割倒了，白梅花也应声倒地，她把自己的小腿割了个口子。

说话间，白牡丹进家门见了白梅花叫起来："梅花姐回来啦，咱妈把笑脸全攒着等你回来哩！"

郝玉兰见白梅花又黑又脏，就让白牡丹烧了一大锅水，说："俺给你好好搓搓。"谁知衣裳脱了，白梅花的背上全是指甲抓的疤，有的长好了，有的还结着干血痂。郝玉兰倒吸了一口凉气问："梅花，你背上咋成这样了？"

白梅花说："我们住的地方太潮了，每个人身上都长满疙瘩，又痒又疼，只好用指甲使劲抠。妈，你看我头上有虱子呢，三天两头洗也去不了根，你给我篦一篦吧。"

郝玉兰一听又生气又心疼地说："死闺女！回来也不说，光知道胡吹乱谝，你当心把虱子传给别人。"

白梅花一听哭了："那我以后不回来了，让我就住在长安县吧，当农民不管咋都有饭吃呢。别人回家都是吃好的，听好话。我们在农村根本吃不饱，偷人家的鸡，拔人家地里洋柿子、毛豆吃，人家农民骂人难听死了。我把口粮省着拿回来给咱家，你还嫌我有虱子。"

郝玉兰听白牡丹念白梅花的信，知道他们知青偷鸡埋鸡毛的事，叹口气说："妈知道你在农村受苦了，以后你的口粮不要拿回来了，你在农村缺吃少穿还要偷东西吃，妈夜里哭醒好几回。千万不能偷队上的东西了！"

白梅花又后悔说气她的话了："妈，你知道我们咋偷鸡不？到后半夜，我们打开鸡笼，趁快用手电照鸡的头。鸡傻得很，睁着傻眼睛一下也不动等人来偷哩。"

郝玉兰用指头捣捣她的头说："你才傻哩，再不敢偷人家的东西了。"

她煮了二斤红醋，趁热给白梅花把头发浸透，又用张油布包住头发，再拿大毛巾捂在上面，说等一会儿捂死虱子后用篦子篦一篦。说话工夫，她把白梅花从里到外换下的衣服，都用醋在大锅里煮了。白梅花穿上白槐花的衣服，头上包得密密实实的，坐在门口等妈给自己篦头发。

门口过来过去的人都招呼她："从长安县回来了。长高了，晒黑了！"

"梅花回来了，能待几天？俺家铁蛋插队的地方远，几个月也回不了一次家呢！"

白梅花和每个人都笑着招呼了。郝玉兰把她的衣服煮好晾上坐她身后，细细篦头发里的虱子。只一下，篦子上就挂满死虱子了，她恶心得连话也不想说，把篦伸到白梅花的面前，白梅花不以为然地说："队上知青都这样。我洗头勤还算少的哩！"

玉兰只说："俺不嫌，你几时回来就只管给你篦。"

太阳暖暖地晒在身上，白梅花惬意地闭上眼，嘴里哼着知青们传唱的歌："西安市啊我的家，灿烂的阳光照在大街上，灞桥的水呀，日夜流淌……"

郝玉兰说："唱的啥呀怪好听哩！"

她又压低声音说："不反动吧。"

白梅花摇摇头说："知青都唱哩！这种歌多得很呢！"

郝玉兰给她篦着头发说："梅花，咱可不敢在队上找对象，要不就回来了。你要好好表现哩，下次回城推荐，说不定就是你！"

白梅花闭着眼说："知道了，我们队的教育组长就是队长，我住知青院和他家近，他敲钟叫人上工，老是先叫我哩。我们一年到头也不闲，不是整修土地就是兴修水利，上次人家规定每个人拉四趟土，我拉完看时间早就多拉了两趟，他就当着全队人的面夸我呢！"

郝玉兰笑了，女儿出门干活不惜力，当妈的也觉得很舒心，想想不对又说："队长是男的吧，他为啥先叫你？你可要小心呢。东新街老刘的闺女也是下乡哩，想让公社主任推荐她上大学，硬是让人家把她那个了。人倒是上了大学，后来怀了个大肚子，还是让学校开除退回农村了。你说多丢人！没办法，她上个月只好挺着个肚子在插队的村子嫁了个八成。那个半傻子比她爹老刘还老哩！你可要小心啊，夜里不要出门，平时也要跟女知青一块儿走。"

白梅花点点头说："我们那儿也有这事哩。"

郝玉兰见她这样说，有意想让她害怕说："那个祸害她的男人也让判了刑了。这可是破坏知识青年上山下乡哩！你队长是光对你好还是对别人也好？那么多人他为啥先叫你？"

白梅花好笑地说："你看你还是居委会主任呢！我们队长家有个架子车，我们一天工是八个工分，他的架子车让谁拉上一天就算上工了，两个工分哩！他叫我是让我给他家的架子车拉工分呢。他要不叫我，支书家的架子车就送来了，他的架子车不就上不了工分啦？队上谁家都有架子车呢，只有我们知青没有，他不叫我们叫谁呀。"

郝玉兰一听才放下心开始继续篦头发，喃喃地说："反正你还是多小心，千万不能谈恋爱呀。"

白梅花索性闭上眼不说话了。白牡丹在槐树上绑上绳子，晾晒白梅花的衣裳，见她这么舒服，忍不住说："姐，你真享受哩，跟地主一样！"

郝玉兰瞪她一眼，见没人听见才小声骂道："死妮子，你那张嘴上也没个把门的。快去看灶上的水热了没，再不洗洗，头发都叫醋给泡掉了。"

白梅花大呼小叫让白牡丹快给自己倒水冲头发，洗净了就可以抱抱大姐的孩子了。

小文文睡醒，光着屁股就顺床爬下来，蹒跚着走出房子，见郝玉兰正给白梅花冲头发，就含混不清地叫着："姥姥抱！抱文文！"

白梅花见她睡得脸上印着凉席印儿，又细又黄的头发在脑门上飘着，迈着藕节一样的胖腿往出走，不禁喜爱起来，不由分说抱起来在她粉团样的脸蛋上亲了一口。文文认生，定睛看她不认识就扭腰闹着要下地。白梅花却不让，坚持要抱，她说："我给你咬个手表吧——这么白嫩的胳膊！"

小文文立即撇嘴哭了起来，白梅花忙不迭地把她交给郝玉兰，说："看着挺文气的，哭的声儿这么大，吓死我了！"

郝玉兰哄着小文文，嗔道："死妮子！你好好地给孩子胳膊上咬这么大一口，细皮嫩肉的哪能经得住？"

小文文低头看看胳膊上很圆的一个大牙印，上边一颗颗牙痕排得整整齐齐，已经很红了，不禁又咧嘴哭起来。白梅花笑了，说："别哭了，这是个手表呢。妈，你看小文文多好看，这么大的眼睛！这么长的睫毛！"

郝玉兰见她这么稀罕说："当然了！这条街没人不夸她漂亮呢。你姐抱她总有人在街上跟着看哩。你哥回来也抱着她满尚勤路地转呢。上次还有人要给她照相印年画呢。谁像你活土匪一样，上来就咬。"

白牡丹用手轻轻揉揉文文的胳膊，说："叫姨。"

文文睫毛还是湿的，两只黑亮亮的大眼睛骨碌碌地转转，用手坚决地把白牡丹的手拨开说："不！"

白牡丹拿起小碗，里边是个蒸好的蛋羹，点了滴香油，让人一看就垂涎三尺。小文文马上伸出双手，小嘴巴凑上白牡丹的脸亲了一口，叫道："姨！姨！文文吃！"

白梅花赶紧抢过鸡蛋羹说："给我叫姨！"

小文文心存芥蒂，垂下睫毛，玩着手摇头不再说话。

白梅花哄她说："下次姨从长安县回来，给你抓只麻雀，好不好？"

小文文不知道啥是麻雀，只轻轻说："文文吃！"

白梅花叹道："只认识吃。唉！"

把孩子放在娘家，这是纺织厂里多少女工都羡慕的。大多数的孩子没断奶，那就只能搁厂里自己带。孩子不到上幼儿园的年龄，就和妈妈住在纺织厂的母子楼里。楼里住的全是哺乳期的女工和孩子，上着三班倒的女工们有的住一间宿舍，却忙着上倒班，又要补着睡觉，有时好几天也见不上面说句话。白莲花不用管孩子心里却并不平静，纺织厂不断有西安的女工调回西安，她眼红极了。

梁长安便安慰她说："这个星期我骑上自行车去咸阳看看你，再一个星期你回西安住一天，多有意思！"

她白他一眼说："我一天也不想在咸阳待了，天天三班倒累死了！夜班半夜一点交接班，住着母子楼，活得没个娘家没个男人的。"

晚上宿舍有人学鬼叫，弄得几个宿舍楼的女工都吓得不轻，白莲花还专门弄了把生锈的菜刀放在枕头底下，生怕鬼会破门而入。

长安说："既知道是人装鬼，还害怕啥劲？"

她却哭起来，说："一个人多孤独，你一个人在西安住那么大的房，下班啥事也不用干多悠闲。"他从结婚后见她也哭了好几十回了，照例急得无可奈何，只说："好吧好吧，咱就想法儿往回调吧，就是求爷爷告奶奶也得把你弄回来。"

说归说，却总也没有门路。长安忍不住给双福说了这事，双福自己却一肚子的烦恼。虽说是本地人，可他家也很困难，一家六口住一个十四平方米的简易房。去年他妈给他定了亲，是个集体社办厂的女工叫樊华。本来说好今年就办婚事，可双福和人家见了几次面，他总穿着劳动布的旧工作服，自行车轮胎做底的黑条绒布鞋，人又长得傻笨黑粗，樊华觉得自己家条件不好，双福家倒好像更穷，就有心找理由推一年再办事。

双福倒不急："她嫌我脸黑个子低，我还嫌她走路跛呢！"

樊华两腿不一样长，站着看不出来，一走动就向左跛。双福是第三次见面才见樊华走动的，心里当下就不愿意了。双福妈却说就是跛了一点点，人倒挺齐整的，啥零件也不少就中啦。再说人家还有一套两居室的楼房哩。樊华的父母在建筑队工作，成年跟着建筑队在外地，过节的时候才回来。双福知道自己的斤两，所以逢年过节他还是提上一网兜点心罐头去樊华家走一走。

双福苦笑着说："樊华是个不好吃但能顶饥的苞谷面馍，反正馍不吃在篮篮儿里搁着呢，放丈母娘家养着也不错。"

长安打断他："你别得能，你咋还看不上人家？人不错就行咧。"

双福一听来精神了："你真这么想？她长得太不行咧，连我都觉得她长得挺日眼的。特别是眼睛、鼻子和嘴那一片，像团没发起来的面，硬硬儿蒸了个馍一样。一样的零件放别人脸上咋就那么舒服？咱厂缝纫车间的那几个女娃长得多乖！还有江小小——你说她那么漂亮，方俊翔那怂人开始下势追她，结婚了倒三天两头打她呢？"

"谁家两口子没个磕绊？你是咸吃萝卜淡操心呢！"梁长安忍不住说。

双福说："厂里人都知道，他俩从结婚架就打得没数。小江现在一个人住广播电台的宿舍呢。"

梁长安呆了呆："为啥？"

双福吃惊地说："天爷呢！你倒装了个不知道？还不是你！"

双福见他发呆，就坏坏一笑说："说句掏心窝儿的话，你真没看上江小小？"

长安心一动，想起和江小小一块儿吃饭开玩笑的样子，他摇摇头。

双福笑了："你心里还防着我哩，江小小的盘儿那么亮，你咋能让给方俊翔？"

梁长安不耐烦了："白莲花难道比不上江小小？"

从过完年郝玉兰和白老四就一直在忙活，因为家有两件喜事儿。第一件是白东京结婚了。白东京找了个电厂的女工叫育红，他厂分了间不到十平方米的小平房给他，玉兰和白老四高兴坏了，说白东京还真有福哩。玉兰找人把小房子刷得雪白，又把房子重新绷了顶棚，用白纸细细裱糊了，沿墙边糊上向日葵图案的墙围子，一下子就成了新房。新媳妇育红家人很满意。玉兰也很满意，见人就说白东京找了个媳妇是咱河南老乡，还是个党员哩。办喜事那天，长安托人请来西安饭庄的大师傅，在郝玉兰家门口盘了泥灶待客，沿着尚勤路摆了十几桌酒席，把新媳妇娘家人高兴坏了，直说没想到给闺女办了这么体面的婚事。

第二件喜事是白老四的二儿子白二林终于大学毕业了。白莲花到银川工作那年，白二林也当上了兵，在部队锻炼了几年被推荐上了兰州大学，今年终于毕业了。白二林来信说，他被分配到北京工作，又说几百个毕业生只有三个进京名额，别提竞争有多激烈了。要不是他各项考核都优秀，家庭成分也好，肯定让哪儿来回哪儿啦。白老四乐得嘴都合不拢，见人就说，俺老白家也有人到毛主席跟前去工作哩。

郝玉兰说："二林可怜，连亲娘的面还没记住就没娘了，小小年纪又出门当兵上大学。只是这个鳖孙学也上得太长了，顶别人两个人上大学呢，眼看人都快三十了才毕业。前两年给他说媳妇，他还死活不愿意，要不孩子都会跑了！"

白老四说："谁说不是哩？要是知道学工学农下部队得好几年时间，俺就不让他上啦。都是你不听话！现在算算，多花多少钱！"

郝玉兰生气了："你没长人心哟，你前头的女人咋不把你勾到阴间去呢！自己的儿子上学你还后悔，谁不夸你白老四有福气，生了这么争气的儿子。大学生，过去是状元哩！咱家还不是他最出息吗？你白家的祖坟上是不是长错草啦？你还嫌花钱！"

白老四嘿嘿笑说："还是火燎毛脾气！玉兰，俺就喜欢你这性子！八个孩子都是俺的，俺有啥弹嫌的，俺是为你生气哩！你大姑娘进门就当娘，把他一把屎一把尿弄大，又供他上大学！白莲花十五六就到银川去上班，白东京也是十三四岁就跟俺拉架子车送酱油，你为了前头这一个孩子，委屈了咱几个孩子！"

两人正说着，突然后院响起一阵脚步，夹着盆碗碰撞和嘈杂的嚷嚷声，白老四抬起头侧耳听着。郝玉兰说："好像是老宁媳妇的声音……咋是派出所的人来找她？"

门开了，派出所老张领着两个小伙子走进来说："郝主任，打听个事……"她赶紧往门口迎，白老四也站了起来。

"有人反映，你家后院的老宁两口子，在玉祥门外的小树林杀了两只羊，把肉都卖了。刚才我们去他家，两口子指天赌咒地不承认。他搬来以前和你家在锦华巷就是邻居，我来打听你知道点啥。这可是投机倒把哩！"老张和郝玉兰是老熟人了，见面就开门见山了。

郝玉兰不敢相信，说："啥，他俩跑玉祥门杀羊？俺咋不知道？老四，你见了没？"

白老四也摇摇头。

老张自语道："把他家的，你说这事弄的！屋里还真没找见一点羊肉！可人家板上钉钉咬准说是他两口子！我再去查查，你当居委会主任，该多操心他家的情况哩！"

郝玉兰忙不迭地点头："那是！那是！你们走好！"

老张领人走了，白老四和郝玉兰坐在床沿上都不说话了。

过去没想过调工作，长安也没抱怨西安到咸阳的路这么远，现在却一天也不想跑了，说从西安骑车子，好长时间连渭河影子还没看见哩。开始白莲花还暗自高兴，觉得自己说的话起作用了，就附和说："就是呀，厂里的西安女工都使劲往回调哩。"

几个月下来，调动却一点进展也没有，她心急起来，往返西安频繁了，闲时间都在打听调动的事上。他认为这事急不得，劝她心放坦一些。

白莲花说："这哪能由我自己？每次回西安看见小东门、城墙根我就亲得不行！回北关的小家，看看这院墙和老槐树我就不舍得走啦。欠了一屁股债买了房，倒是一星期只住一天。哪儿也没西安好，就是顺着解放路转一转我也觉得舒坦哩！"

梁长安忍不住笑了："没看出你是个思乡怀旧的人儿，你可不是西安人，你是个河南人哩。还有咸阳，咸阳是你第二故乡呢。"

白莲花本来靠在梁长安的怀里伤感呢，一听这话就坐直身子，推搡着他的胸口："把我的第二故乡让给你吧。你不知道人家跑来跑去多累。借的一河滩房钱下辈子再还吧！"

他一听"钱"字，就把头枕在她的腿上咕哝道："每个月工资光买个饭票就啥也不敢买了，我骑自行车一个星期跑两趟咸阳，倒是省下点车票，裤子可磨烂了几条。每个月的质量奖我盼着评上能多拿五块钱，又怕次次评上都是我，人家肯定说闲话呢。"

她笑了说："那是你先进，不能人家选咱咱不当吧？我老说要调回来，车间主任都不选我当先进了——反正早晚也是个走。"

星期天下午，双福领着才结婚的新媳妇樊华，提着点心和大红纸包好的瓜子、糖给梁长安回礼。白莲花正和文文坐在槐树底下拿张报纸学认字。

"嫂子，相夫教子呢！今儿咋没出去跑调动？"双福和白莲花只见过几面，却显得很熟。白莲花忙不迭地拿烟，给樊华倒水喝。梁长安瞪他一眼，嫌他故意提起调动的话头。

果然莲花笑着说："今儿人家都休息，平时小梁又不操心去。"

梁长安笑着把文文抱上膝头没说话，只用眼睛看着她，弄得她倒不好意思说下去了，也拿眼角斜了他一眼。樊华看见了："你们连埋怨也显得那么亲哩！我俩以后能这样就好了。"

白莲花说那是一定的。樊华受到鼓舞，欢快地回头看双福，他却没看见一样没反应。她又忍不住摸摸文文的脸说："真漂亮，女儿把你俩的优点都继承了。"

长安和莲花笑容漾在脸上，并不说话。

白莲花特意备了几个冷盘热碗,又包饺子招待他俩,梁长安开了瓶太白老窖和双福慢慢地啜着。坐在大槐树下的石桌前吃着饭,天慢慢黑了,白莲花打开院里的灯问樊华:"你家是本地的?"

樊华笑着说:"是啊。我爸我妈都跟着建筑队到处走,只我一个人在西安。"

"那双福可得把你照顾好。"

樊华哼了一声:"让双福照顾我?他早上还嫌我腿不好呢……"

双福没好气地打断她:"行咧!行咧!……"

长安推他一把,双福才转头问白莲花:"嫂子,你明儿还去咸阳上班?"

白莲花说:"唉!一大早又得去呢。长安明天一早也得把文文送我妈家。"

听她言语间黯然了,双福说:"纺织厂不是三班倒吗?星期一咋不调到下午班呢?"

白莲花一边给文文的小木头碗里夹菜一边答道:"为调到星期天休息,我要连着上几个班呢。别看多上班,人家还没人愿换呢。文文,晚饭吃少些,别又积食了。"

小文文用胖胖的小手指紧紧捏着筷子,说:"不积食,我还没吃饱呢。"

大家都被逗笑了。樊华说得想办法调回来,要不这么好的家只能星期天才回来太可惜了。

双福突然说:"对了长安,你为啥不找江小小她爸呢?"

梁长安怔住了:"我看莲花她妗子找的人说不定还有戏。我上个星期给人家送了几条鲤鱼,人家说从咸阳调回来困难很大,如果对调希望就大多咧。"

"啥是对调?"

"咱想从咸阳回西安,西安得有人想调去,又是纺织系统的,又是女的,又都带个没上学的小孩就好办些。这事还得劳动局批准,批的人就是白莲花她妗子托的这个人。我现在才知道,怪不得人人都想当官呢!"

双福说:"妈呀!比找对象还难呢!"

"谁说不是呢。她是全民单位,想去咸阳的人倒有,可惜都是集体厂的,咱真调回来不成集体厂的了?莲花不就吃大亏咧?一个月光工资就少一二十块钱,比我还少呢。"他说着挠挠头,"我的工作倒没心思干咧。上个月给科长儿子还打了个高低柜呢,把我累成马咧。还是一点信儿也没有。他妈的,啥时候等我手里有权咧……"

双福说："别急！要不找江小小说说？她肯定愿意给人帮忙，何况是你呢？"

白莲花扭头看长安，长安赶紧说："咱跟人家不沾亲不带故，咋好意思？"

白莲花放下筷子问双福："江小小是个女的？她是干啥的？我好像听说过她的名字。"

双福笑着说："你知道她？她从我厂调到广播电台了，她爸爸有权能办事。"

白莲花见长安没说话也不说什么了。

双福不甘心，喝了口酒又说："长安，咱能把嫂子调回来才是真的，求谁不是求啊。你要不好意思我去找江小小。"

梁长安不说话，樊华碰了碰双福他才作罢。

晚饭后，双福两口子又坐着喝了会儿茶才走。白莲花收拾着碗碗盆盆说："樊华好像不会干活哩。吃完站起来就走，也不说给我帮帮忙。双福只顾谝得五马三枪，对她可不耐心，把人抢白得没面子。"

长安说："他把樊华当苞谷面馍了呗。"

白莲花的妗子给她找的人是劳动局的科长，专管调动的。谁知事情放手里一年多了，不说能办也不说不能办，梁长安和白莲花去家里看望他也不拒，一副高深莫测的样子。她只好又请上郝玉兰一起去求妗子，玉兰说白莲花和长安都跑不动啦，让她给人家再说说。西珍见大姐亲自来了，慌着说我明天就去。她说知道孩子们不易，明天一定去找那个科长。果然，第二天人家就通知让白莲花去，她在咸阳赶不及，让长安替她去了一趟，原来只是让填张表，让回家再等。

这一等又是两个月。

白莲花记了个账，算算花了不少钱送礼，事情却没一星一点眉目，就渐渐灰心了。梁长安怕她生气，不敢说她妗子不办事，见她忘了把账本带到咸阳，就偷偷撕掉扔了。他以为她没了账本就忘了那档子事，谁知钱数却印在脑子里了，没事都要想一想。再去一次科长家，她就口算着加上，又过了一年多居然成个可观的数字。于是他俩就懊悔为啥当初要花钱跑调动，要不省吃俭用下来竟可以还了一小半账呢。现在这些钱变成好烟好酒、罐头水果放在人家家里，自己这儿照样还是个大窟窿——但若是放弃了，岂不是先头花的也白费了？他们合计过来盘算过去得了这样一个结论。

这件事完全成了每周一聚的主要内容，文文也时常问："妈妈啥时候调回来呀？"

连小东门的老邻居们都知道白莲花想调回西安，见了她的面就问："妮儿！你还没调回来哩？咦！这事儿老难！"

天阴阴地下雨，郝玉兰不让文文出门，自己拿着扫帚在门口扫地。白东京回来了，老远就叫："妈！"

到跟前见他眼睛是红的，玉兰忙问："咋没到下班就回来啦？"

白东京说："我厂包电影，还没演人家说周总理去世了，电影就不演了，我赶着回来给你说一声。"

"啥？周总理不在世啦？"玉兰追问了一句，"俺咋不敢相信！那么好的总理说没就没了？"

郝玉兰拿着扫帚呆在那里，眼泪不知怎地就流了下来。

白东京小声说："育红在东新街口等我哩，她说她正在车间上班，听广播放哀乐才知道总理不在了。妈，等会儿大家都到钟楼和新城广场呢。你赶紧做个白花和孝箍，我戴上就走呀。妈，听说不让开追悼会呢。"

玉兰还是呆呆地回不过来神，说："俺也想去新城广场，周总理肯定是让累死的。呜……"

她放声哭起来。白东京也抹了把眼泪，小声说："快点做白花吧，我还要走哩。"

梁长安的厂里也没开追悼会，听说钟楼跟前和新城广场有大批的群众自发悼念队伍，就去参加了。钟楼盘道被吊唁的人们拥得水泄不通，人群却是凝重的。青灰色的钟楼上贴满了横幅标语，周总理的巨幅照片高高悬挂在楼上，雪白的花圈叠放在旁边。巨大的条幅"敬爱的周总理，我们永远怀念您！"悬在钟楼上，粗大的黑字和雪白的纸，像石头掖进了每个人的心里一样，沉甸甸的。

隔了几天，大家依然沉浸在哀痛中，郝玉兰想起来总要说一句："唉！这么好的总理，说没就没了？看这天一直下雨，老天爷也哭哩。"

虽然相隔了上千里，但唐山的大地震依然让西安城里的人们惶恐不安，一夜之间一个城市和那么多人就没了，还有啥事比这更可怕？大家都慌神了，郝玉兰说："老四！挤眼的工夫就死了那么些人，咱这儿不会也地震吧？"

"谁知道哪儿能地震？这是听天由命的事。"白老四无可奈何地说。

似乎一夜之间，西安城里就冒出各式各样的防震棚，长安和白东京买来油毛毡和铁钎子，在马路沿上也搭了一个。白老四问："这个棚棚能顶啥用？有的地震直接把地裂个大洞，人一下子就掉进去了。"

郝玉兰骂他："好爷哩！你还嫌人吓得轻？娘那脚！俺们还没活够哩！"

他笑着说："该死不得活。好好的马路搭得满是防震棚，跟锦华巷搭棚一样。"

她一想还真像，就笑了说："人家都把西安叫长安，俺真指望能长长久久地平安哩。"

白牡丹问长安："长安哥，你说这防震棚得搭多少天？"

他说不知道，郝玉兰说："那还不得一阵子？也幸好是个大夏天，到天冷说不定就没事了吧。"

边说边把毛主席的相片和亲笔信放好，又把装着自家相片的两个镜框拿出来放在一起。白老四说："咦！你这人老暮囊，你还把咱家这两个相片框当宝贝哩！"

"人活着还不是活个心劲？孩子们不在跟前，多早晚俺死了，心就不牵啦，任这些相片化成灰哩！"郝玉兰拿着抹布把镜框擦了又擦，"也不知道白莲花在咸阳咋样？唉，生这一堆孩子，一个一个让人操心一遍也得好一会儿哩。"

白莲花却不太为地震的事操心，她只一门心思想着调动。可是调动的事又没了动静，她在厂里一连两三个星期都忙着回不来，也没催长安去问。一晃几个月又过去了，长安却意外地接了个电话，说现在有三个对调单位可以选，连对调的人也是劳动局安排好的。他不敢相信，顾不上细想就骑上自行车跑到劳动局，科长正等着呢。他把调令递到梁长安手上时说："你也不用谢我，我只给你老婆写了这个调令，是你们托的张厅长给办的。"

梁长安见他很不高兴的样子，不敢细问谁是张厅长，千恩万谢了半天才走，他不敢怠慢，骑上自行车就往咸阳跑。

白莲花到厂门口见长安笑眯眯的样子，先放下一半心，再一看他手里方方正正的牛皮纸信封，心立刻狂跳起来。

"长安哥，你……"

"回西安！"梁长安热切地喊起来。白莲花接过信封，抖着手却打不开。他打开调令，对着鲜红的大印章，她忍不住笑着，眼泪却流出来，嘴里不断重复着他的话："回西安，回西安，我的命咋这么好！"

只用了三天时间她就办完了一切手续，又在西安的新单位报了到，才领文文回娘家报喜去了。郝玉兰说："你们那小巷子没地方搭防震棚，你们三口就住妈这里。"白莲花只在尚勤路的防震棚里住了三四天，就说长安也在院里搭了防震棚，带上文文回去了。

梁长安一直琢磨不清，有名有姓有单位的调令到手上，该是不会错，可谁是张厅长？

把工作调回到西安，白莲花心情好得不得了，说得庆祝一下。长安也觉得万里长征走到头一样轻松。照张合影是白莲花多年来的心愿，结婚时怕花钱多就没照成，她心里遗憾了好久，特别是白东京结婚时，给她了一张他和媳妇结婚纪念的大相片，她羡慕极了，这回说啥也要照一张。

白莲花早早起床，梳洗打扮，把结婚时长安给自己买的纱巾从箱底找出来，在脖子上系了个蝴蝶结。她把文文稀稀的一点头发也用红头绳扎了个蒜苗辫子，又特意用红胭脂给她额头点了一个小小的红点。

长安等得有些急了，说："比结婚那天还麻烦哩。"

白莲花这才抱上文文，跟着长安出了门。

街上人很多，长安抱着孩子，让白莲花跟着他走，见路边有卖吃货的，就停下给文文买："跑调动花的钱，给孩子少买多少东西，咱给文文弥补一下。"

西安照相馆在钟楼跟前，是西安的老字号。照相的人也很多，照相前白莲花又梳了一次头，她和长安坐在一起，文文坐在长安腿上挤在中间。在拍的一瞬间，文文突然说："妈，你把眼睛睁大点。"

白莲花脸上的笑一下僵了，长安却忍不住笑出了声。相片取回来，长安和文文一脸笑容，白莲花表情却很古怪。她沮丧地说："早知道就不去照相了。"

虽然这样，郝玉兰还是催着要了张她的全家照，摆在旧三斗桌上的收音机旁边。大玻璃镜框里，郝仁义在北京开会时的相片、白莲花在天安门广场上手拿红宝书的相片、郝玉兰当上区劳模的相片和白东京的结婚照夹在那里。另一个大镜框里夹着白老四年轻时，在河南老家穿着白西装戴怀表的相片，已经发黄了。二林当兵那年的全家合影最大，白老四和郝玉兰抱着白牡丹坐在前排，身后排了六个孩子，每人胸前别着毛主席像章，手里握着本语录。

白莲花一张张端详着说："都是文文说我眼睛小，相片没照好，人家还不给重新照。"

郝玉兰说："俺觉得还不错。倒是俺送你二哥当兵时候的相片，瞪着眼睛真难看，像个窑婆子。你爸才傻哩，还张着嘴。"

白莲花一看，果然全家都是一副惊恐的模样，忍不住咯咯笑起来，也不在乎自己的眼睛大不大了。

这天吃罢晌午饭，郝玉兰见家里一小碗绿豆生虫了，就倒在小箩里挑拣。拣完了见做饭还早，又拿出才买的扫帚，用细绳缠着翎子。眼看快缠好的时候，路口大槐树上的高音喇叭吱吱啦啦有了声响，突然传出播音员满含悲痛的声音："……我党我军我国各族人民敬爱的伟大领袖……"

郝玉兰心里一紧："出啥事了？"

她紧紧攥住扫帚把，凝神听着更可怕的消息："……主席毛泽东同志于1976年……在北京逝世……"

郝玉兰没听懂，拿着的扫帚和缠了一半的细绳子还在手里，人却呆了："毛主席万岁哩，他咋能逝世？"

小东门的住户们却哭着从各家出来了，女人们开始噙着眼泪做白花。郝玉兰还是不信,依然在槐树下的小板凳上坐着,头顶的广播喇叭里却真的在播放哀乐了。

"天爷哩!毛主席真是不在了!……以后谁管俺们哩?这可咋办!"郝玉兰终于捏着扫帚站了起来,她流着泪仰脸盯着广播喇叭,心里有点害怕:这个东西不祥呢,先是没了周总理,又没了朱总司令,又是地震!现在防震棚还没拆又没了毛主席!这一年来所有可怕的事,都是从这个洋铁喇叭里放出来的。

小东门被大喇叭里透不过气的哀乐笼罩了。西安城的大街小巷都在反反复复响着一个声音:"……主席毛泽东同志于1976年9月9日……在北京逝世……"

过了几天,长安从厂里拿了份《人民日报》给郝玉兰看,只见白西京身穿军装手握钢枪,正在毛主席的巨幅照片下站岗。相片很大,连他眼睛里含着的泪水都看得很清楚。白老四用手摸了摸儿子的相片说:"没想到西京当了兵还能给毛主席站岗上报纸。"

又过了几天有人给郝玉兰说:"你小儿子在毛主席像前站岗的相片,在兴庆公园挂着展览哩,你不去看看?"她却打不起劲,说:"毛主席没啦,上报纸又咋样?俺真想他老人家万寿无疆!"说着想起毛主席的亲笔信还在家挂着,就落下泪来,说话的人也跟着哭了。

离长安的厂子不远有个工厂,和红旗布箱厂一样,都是区里轻工系统的大集体厂。白莲花刚调到新单位,就赶上厂里庆祝粉碎"四人帮",抽人去城里扭秧歌,她很高兴能被选上。梁长安和同事们也准备了彩色小旗,随着敲锣打鼓的人群到钟楼、新城广场去游行。

游行那天,西安城到处都是人,好像所有西安人都站在四方城里的大街上一样。长安和白莲花约好在钟楼见面一起回家,却等到天快黑了谁也没找到谁。白莲花的脚扭了,到家后就埋怨长安没站在说好的位置等她,长安说起钟楼底下舞狮的队伍,她就揉着脚叫起来:"我一直在那儿等你啊。"

他笑了叫屈:"我和双福也一直在那儿看,我可是有证人的。"

白莲花扭着他的耳朵说:"你当我没证人?我们厂扭秧歌的有十几个人呢。"

游行后没几天,厂里就传说要调来个新厂长,可总也不见来。这期间,方俊翔调到局里了，虽说只是个小科员，却总还是个干部。长安心急起来，自己什么时候才能出头？厂里的老师傅们大都退休了，长安知道凭他的手艺，现在厂里没人能超过他，可只是个工人又能咋样？

过了新年，新来的闫厂长终于上任了，全厂职工开了个欢迎大会。会还没开始，广播大喇叭里放着欢快的歌曲："美酒飘香歌声飞，朋友啊请你干一杯……"

会议结束走出会场时，闫厂长随意地问："门口的墙报办得好，字是谁写的？"

好几个人就把长安指给他看，长安早有准备地向他微笑点头。闫厂长禁不住问："小伙子精干呀，在哪个车间？"

马上有人给他介绍："梁长安，木工车间的，老魏的徒弟。技术好还能写写画画，当过宣传干事哩。"

"哦，听说过，听说过。"他笑着说。离得远，长安没听见他们说些什么，但他知道，自己花三个多小时精心准备的黑板报没白写。

闫厂长上任不到一个月，就开始抓生产质量和技术，开会说红旗布箱厂一直没有技术科，局里要厂里尽快成立个技术科，全国的行业评比是个重要的事儿，得人人重视。

很快，红旗布箱厂抓生产后的第一次技术比武就召开了，评出了三名技术标兵，梁长安名列前茅，闫厂长立刻把他调进技术科。但是还不能全脱产，因为按规定只能算是借调，长安知道，这算是闫厂长给他破例了。

一转眼三四年过去，文文上了学，白莲花终于过上了她最想要的安稳日子。她不关心除了长安和文文之外的任何事，只有娘家有事才能让她打破生活规律，离开她喜欢的小院子，出门去一趟尚勤路。长安知道她是与世无争的性格，便也由她去。文文在班上当了文体委员，回家后很不高兴，她本来是想当学习委员的，长安夸她真不错，她才高兴了些。莲花却并不在意，文文便说："这算是个副班长呢，你也不夸我！"长安笑说："你妈在咸阳国棉七厂上了那么多年班，也没弄清楚厂长姓啥，车间主任换了两个月了她才知道——你指望你妈夸你呢？她嫌你官小！"

莲花就笑着用正掸着灰尘的鸡毛掸子去打他，文文说："爸，你下回去姥姥家，一定和她说说，我现在是二道杠啦！"

星期天白莲花带她回了趟娘家，一直待到晚上才回家，长安正在灯下画新产品图纸。白莲花说："咱妈说你忙工作，让我给你带的油馍。咱妈吃只蚂蚱还要给你留条腿哩！"

长安吃着油馍手却不停画图，白莲花又说："你也歇歇。槐花下个月要办婚事了，你明天把咱给她买的皮箱送去吧，别只忙着画你那张图。"

长安这才丢下绘图铅笔转过脸："马上行业评比哩，我要是拿个第一名多好。人家闫厂长把我破格调到技术科，咱得干出点名堂哩。"

他看出莲花对着他面前的图纸发着呆，便问："咋了？没精打采的样儿！"

莲花回了神，就在他对面坐下说："听咱妈说，国家恢复高考，老郑家的郑荣考上南京的一个大学成了大学生啦……"

长安看着她失落的眼睛说："可惜咱俩了……要是早知道能有恢复高考这事，凭咱俩的学习，咱自学着肯定也能考上！"

莲花摇头说："唉！咱没那命呀！你爷死的时候你没饿死就不错了！上大学，这辈子也没机会了！"

长安劝她说："你别垂头丧气的！好多人连一天学也没上过，咱比上不足比下有余呢！"

第二天，长安去郝玉兰家，过小东门时他往城墙根望了望，很多民工正在施工，搭着脚手架给旧城墙添补城墙砖，城河沟里的民工挑着整担的臭淤泥往卡车上运。到了尚勤路，长安远远看见地上铺着凉席，厚厚地堆着雪白的棉花，两个外省男人拿着工具咣咣地弹棉花，郝玉兰正忙活着把地上的棉花团拾回去。长安锁好自行车，郝玉兰笑着说："听莲花说你忙得厉害，天天晚上加班哩？"

"忙死啦。槐花妹妹快结婚了，我把厂里的皮箱买了一个，给她当嫁妆。"说着，长安从自行车后架上解下大红的人造革皮箱，火岭奶奶刚好从后院出来，赶上前摸着箱子咂巴着嘴说："咦！老好看！这得十几块钱吧？槐花真有福哩！"

"二十六块五。"长安故作不经意地说。

"啊?老天爷!顶人一个月的工资哩?你这娘家哥当得好,真舍得!"火岭奶奶更爱不释手了。

长安笑着说:"眼下就时兴这嘛。结婚娘家都要陪送哩。"

弹棉花的男人忍不住停手说:"真好看,也真贵,顶我们弹几十床被子哩!"

郝玉兰心里也觉太贵了,知道长安和莲花平时精打细算的,当着火岭奶奶的面又不好说:"长安,槐花见了一准高兴死啦,俺也爱这大红的色儿。你厂过去的箱子好像没这么样好看——就是太贵了!"

长安得意起来:"这是我设计的,厂里一天要卖好几百个哩。外贸出口也来我厂联系哩!"

他怕火岭奶奶不懂又说:"外国人也看上我设计的箱子哩。"

火岭奶奶赶紧点点头,却咕哝着:"太不会过日子啦,人家时兴'三转一响'还有……啥?啥?多少条腿的家具,你槐花也有吧?"

郝玉兰知道她素来恨人有笑人无,强笑着说:"当然有。俺槐花的新女婿宏卫忙着找人在家打家具,要凑够四十八条腿哩。手表和缝纫机也买好了。长安,把箱子提屋里吧。"

谁知火岭奶奶说:"咱是嫁闺女也不是卖闺女,你给人家男方要太多了,人家女婿家恨你哩。"

郝玉兰没好气了:"是人家宏卫家里要准备,俺咋会给人家张嘴要?俺也给槐花弹棉花、网网套准备做被子哩!都是一心为了孩子们嘛,你就别操俺们的心啦。"

火岭奶奶走了两步,却又弯腰去看那棉花网得匀不匀。

这时白牡丹回来了,俏生生穿了件白色的确良衫和一条蓝裙子,左手捏着块小手绢轻轻地扇着风,右手提了个录音机,嘴里哼着歌:"你的声音,你的歌声,永远印在我的心中。昨天虽已消逝,分别难相逢,怎能忘记你的一片深情……"

长安夸说:"牡丹唱得还真像李谷一哩。"

白牡丹是白家的老疙瘩妮儿,白老四很疼爱她,说她漂亮,是四个闺女儿里的人尖。白牡丹爱热闹,小东门跟前没人不知道她,小时候她能手脚不停地打着马车轱辘，一口气从尚勤路打到东一路；大了一些，她的同学朋友遍布小东门内外，郝玉兰和她一块儿上街，路上跟她打招呼的比跟郝玉兰打招呼的人还多。白老四说这小妮儿朋友多，比她妈人缘还好！白牡丹爱漂亮，一样的衣服，不知是她腰身细些还是脸孔白嫩些，硬是穿上就和别人不一样。她不爱上学，上到初三毕业，自己要求退学了，在家里缝缝手套、拆拆棉纱，算是待了几年业。一个社办小毛笔厂招工，她就去上班了。活儿是不太累，下班后她就有了大把的时间去看电影。

"你哼哼唧唧唱的啥黄色歌，天天去看电影，也看不烦？眼瞅着该做饭了你才回来。"郝玉兰嗔道。

白牡丹笑着冲长安伸了伸舌头："长安哥回来啦！咱妈就爱说我，要不是赶着回来做饭我还要再看一场哩。"

郝玉兰骂道："死闺女！看电影能顶吃还是能顶喝？你手里拿的是啥？"
她的声音却一点也没生气。

"这是我借的录音机，等会儿给你听听歌。妈，你不知道，我把《庐山恋》看了四遍还没看够。那个女演员真漂亮。我要是哪天能当个演员就好了！"

白牡丹还陶醉在刚才的电影里。长安笑了，把红皮箱往里间提。白牡丹这才发现："长安哥，这是给槐花姐买的？太好看了。我不管，等我结婚你也得给我买一个。"

长安还没说话郝玉兰就骂起来："谁家闺女这么厚的脸皮？都是电影看的了，还是什么恋。俺看你以后再别去电影院啦，好好的都学坏了！"

"妈，你猜我见谁了？"白牡丹不等郝玉兰猜就抢着说，"吕方他妈推了个车子在解放路卖冰棍哩，说是老吕前年病死了，她一直在东安市场里卖茶水，现在让做小生意哩，吕方他妈说她卖冰棍挣得比上班的人还多。"

郝玉兰一听她说吕方妈，脸就吊下来了，没好气地说："谁不知道他家老吕是在监狱里死的？他家老大吕豫去年在火车站抢钱，让给严打了，大卡车拉着游了趟街才枪毙的。谁让你跟她说话哩？一家子没一个好东西。那样的人家咱不要和他们来往！"

白牡丹让她一阵抢白不敢说话了，郝玉兰冲长安说："张俊媳妇现在给电影院扫地，也说一天到晚看电影的人多，卖小零嘴的不少挣钱哩。"

长安说："老吕媳妇那么懒的人也去做买卖，倒是不容易哩。我和莲花前两年还去看场电影，现在太忙，顾不上啦。"

白牡丹忍不住插嘴："我厂女娃们下班没事干都去看电影哩，要不干啥？好电影放上几个星期都有人抢着看哩！"

郝玉兰不理她，转头对长安说："长安，你还记得城墙根桃核儿巷口住的那家人不？一个高个子男人领着四个儿女过日子，俺听你过去说给他家修过风箱？"

长安说："记得，我记得他家最小的儿子和梅花下乡的村子离得不远，那年梅花让人给文文做的红肚兜，不就是让他给捎回来的？"

郝玉兰便笑了说："你也知道他呀！那个男人姓肖，也是河南人，在火车站跟前的一个国营大食堂上班，命苦呀，四十多岁媳妇就病死了。俺听人说他硬是一个人拉扯着两儿两女长大成人……"

她见牡丹认真地听着，便说："听闲话你就专心得很！还不去扎开煤火熬些绿豆稀饭，再炒些尖辣子洋芋丝，等会儿俺给你长安哥摊煎饼吃！"

白牡丹便放下录音机，冲郝玉兰笑着说："这么神秘！还不想让我知道呢，不就是肖东明想和我梅花姐谈恋爱么！"

不等长安说话，郝玉兰急问："你咋知道？人家托的媒人刚才还在这儿没走远呢，她去上个茅房的工夫你就知道了？"

牡丹得意道："肖东明早就在追我梅花姐啦，梅花说槐花姐比她大两岁，当姐的没结婚她自己就不能答应。这不！我槐花姐眼看要结婚啦，人家不就托媒人来了？"

郝玉兰恍然说："天爷哩，养这几个闺女，一个个心眼多得很，看着怪乖哩，心里都有主意哩！"

她压了声音问："你姐愿意他不？人家说他是个纺织厂的正式机修工人，可他没妈哩。"

白牡丹干脆地说："反正我不同意，肖东明人倒不差，可是他家里那么穷！他们家的巷子挨着咱家过去住的锦华巷，我从城墙根走，那一堆烂房子里，数他家的最烂！这些年了，谁家的房子都比他家的高，只有他家还是黑洞洞小窗户，只有巴掌大，还不透气。要是让我住那屋里，非憋死不可！我梅花姐那么漂亮，还是正式工人！在她们国棉四厂也是厂花哩，我看她就是找个当兵的干部也没问题！"

她只顾说，没看到身后走来一个梳了齐耳短发的老人，听她说话就站在她的身后，站也不是，走也不是。郝玉兰见了那人，不好拦牡丹，赶紧冲闺女摆摆手，让她快去做饭，别瞎说了。牡丹进了屋，长安猜出那人一定是给梅花说亲的媒人，不好再听她俩说什么，就去自行车跟前解绳子。

那女人尴尬地说："咦，四嫂，你瞅瞅，俺多没眼色，刚好让俺听到了！人家老肖托俺来做媒，俺看俩孩子长相挺般配，都是河南人，又都是纺织厂的正式工人，就愿意来说和说和！唉，俺可没想着老肖他家的房子确实太烂了，咱梅花长得多好，小时候住锦华巷，好不容易长大跟着你们住到尚勤路，要是嫁给肖东明，又得住回去了——谁不知道桃核儿巷比锦华巷还窄还烂哩！四嫂！俺先赔个不是，不该给梅花做这个媒！"

郝玉兰赶紧拉住她的手说："翠花，快别说这话！俺不是还没和俺梅花说呢嘛！牡丹这闺女就是爱乱说话，你可别在意！梅花的婚事，俺听孩子们自己的主意！"

翠花听了大喜，便觉有了希望，忙说："那俺回去和老肖说说，让他家把房子重新盖盖？那个窝也实在不能再住人了，更别说给儿子娶媳妇啦！"

郝玉兰吓得说："可别！还不知道梅花的意思，咋好提啥要求……"

不等她说完，翠花喜滋滋地说："四嫂，你想人家专门让俺来说亲事，该是两个孩子有意思！俺先去看看他有没有可能盖房，然后梅花回了话咱也知道咋说了嘛！四嫂！牡丹是你最小的闺女，可真是个有见识的！她说得对！你想想，咱们从河南老家跟着爹娘逃荒要饭来西安，还不就是为了吃和穿？要是梅花以后住的不如娘家好，俺可不许他老肖家打咱梅花的主意！"

郝玉兰和她边说话，边送她往小东门走，到了城门洞，翠花说快到家了，让她回去吧。一个人顺着路边往家走的时候，郝玉兰觉得真是作难。孩子们一个一个长大了，只当能松口气缓缓神了，又要一个一个成家了，哪个孩儿不得小心给他们把把关？自己当年被娘稀里糊涂就嫁出去了，为了爹娘兄弟能在西安活下去，她就认了，过好过坏，这辈子也就这样了。可郝玉兰不想自己的闺女和自己一样委屈着。看着莲花和长安两个人和和气气的，她就从心里很高兴。郝玉兰希望她的所有孩子都能把日子过得像他俩一样。可是，她也不希望孩子们为了吃饭、住房子、过日子发愁。

苦日子，她郝玉兰这辈子过得还少吗？说啥也不能让儿女们再作难了。翠花说得对，要是连个房子也没有，就算梅花自己愿意，她这个当娘的也不答应。

这样想着，郝玉兰心里的乱草平整了些，她一边往自家门口走，一边长长舒了口气想："俺和老四也真是不简单哩，在这西安有这样几间大房子，还拉扯了这几个孩子，眼看着都长大成人有了工作，又都成了家了，俺可没给国家添麻烦，这算是个大功劳吧！"

红旗布箱厂对全国行业评比很重视，其他厂也在做着评比的准备，甚至请退休的老技术工人来指导。闫厂长把三个技术标兵招在技术科开会，说："谁的产品能到省上拿奖，我就给他提成科长。"

话一传出，红旗厂哗然，说老闫把提干当玩哩？就有人说，那不一定，省上拿奖咱厂还没有过哩。局里都说过这话了，老闫敢说就肯定能落实！两个月后，梁长安却让全厂工人大吃了一惊，全省行评他拿了个第一，在全国行评上又拿了个"新产品设计奖"的第三名。

闫厂长立刻任命梁长安为技术科科长兼管木工车间，抓新产品设计和全厂的产品质量。

这可是个大事！双福和国强闹着让长安请客，说他可是厂里有史以来最年轻的科长呢。国强问："长安，你的运气咋一下子就来咧？厂里人说，闫厂长把你当人才用，你可得好好请客呢。"

长安笑着用筷子指着桌上的菜说："这还不算请客？"

双福大嚼着说："嫂子调回来好几年咧，你也没谢谢人家江小小？"

国强打断他问："长安，还真是江小小把嫂子调回来的？"

长安一下子怔了。

国强说："她和方俊翔离婚咧，现在调到广播电台的服务社当营业员咧。你说他俩咋跟上辈子有仇一样？"

长安突然问："双福，那年你和江小小说了莲花想调动的事儿？"

双福点了下头。

"她咋说？"

"她啥都没说。"双福停了筷子，不明白事过了好几年，长安咋想起来问江小小。

第二天，梁长安下班没回家，径自到广播电台找江小小。传达室老头儿很警惕，从眼镜上边打量着他。长安立即感觉到了，想起人家说江小小在广播电台名声不好，心想不知有没别的男人找她，他的脸红了。

"梁长安！"他应声回头，江小小双手插在口袋里，脸上有一点笑。

梁长安有些激动："江小小！正找不着你呢。"

她用手梳了梳长发，微微笑着说："找我？我可记得你没找过我呢。"

他听着她软软的江苏口音，黏黏的略有撒娇的意思，一下想起多年前和她面对面吃饭时，她总这样说话，那时她多爱笑呀。

长安说："莲花的调动是你给帮的忙？我想好好谢谢你！"

她轻轻一笑，不在意地说："好几年了你才想起来？怎么谢呢？"

她依旧笑着，淡绿色春秋装很显腰身，黑呢小喇叭裤，脚上是黑亮的细高跟皮鞋，头发就那么随意披着，却很好看。不知怎得，他想起莲花的头发，也很长，却用手帕扎着。

"那……你说吧。"长安有点口吃。

她心软了："你还是那样，我可不是为了她。"

顿了顿，她盯着他的眼睛说："我想让你永远欠我的又还不清。"

最后几个字她是压低声音说的，梁长安呆住了，江小小的眼睛又渐渐涌上了泪水，嘴角却坚持在微笑，嘴唇都有些抖了。

她把眼睛移开："我想让你过好一些，我一个人过，不想你一个人，莲花也一个人……"

她很优美地退后两步，从上至下打量了一遍他转身就走："再见。明天又有人传我跟一个王心刚式的男人约会了。"

江小小声音有些哽咽。他的眼睛发酸，却不敢叫住她。

虽说长安是凭着真本事在厂里提了干，白莲花还是很意外，更没想到他的箱子能拿到北京去评个奖！她见长安这么快就当上了科长，有点不安了："你厂科长年纪都比你大吧？"

长安得意地笑了。

"你和新来的厂长又不认识，他咋让你当科长呢？得个奖也不能说提干就提干吧！"白莲花还是不明白。

"我技术好呗！咱凭啥不能当个领导管管人呢？莲花，我比他们都聪明呢，只要我用心，别说方俊翔，就是再换几个也斗不过我。你上好班把孩子管好。我在厂里非把事情干得谁也不敢小瞧！"

长安说得来了劲，拉着白莲花的手紧紧地握着。

白莲花抿嘴笑了："你过去从来没说过你还有官瘾哩。"

当天晚上，两口子忍不住跑回小东门给郝玉兰报喜，长安兴致勃勃说着他的工作计划，又说厂里一直想培养一个副厂长呢："闫厂长真是器重我，只要第二天开会，他提前都会和我商量内容。他说他不懂技术，让我多给他建议哩！"

长安自己也不敢相信，从一个工人到现在得到领导的器重，居然只用了这么短的时间。白老四让长安帮他修一修里屋的灯绳，郝玉兰见他走了才小声说："莲花，俺觉得长安有这个机会也不易，你可要远远看着他，提醒他，不敢让他得罪太多人。长安干事冲劲大，再有个运动就该他倒霉了。"

莲花说："妈你放心，我记住了。"

她见郝玉兰像是放了心，便又问："听长安说媒人给梅花说了个亲，你答应了没？"

郝玉兰瞅瞅里屋，才转头冲女儿说："俺哪敢随便就答应哩？俺不是先和你们商量了，再等礼拜天梅花从纺织城回来和她说呢！"

莲花见她沉重，便宽慰她说："妈，我猜梅花早就知道了，她是直性子，她要是不愿意，谁劝也不顶用，她要是愿意，谁也挡不住！我猜她愿意这人！"

郝玉兰嗔道："哼，你们都当自己是皇帝的闺女哩，都有主意得很！唉，俺这妈当得没气势！"

"啥呀！我听说那家人条件不好？"

"是呀。可那家人都不错！俺当着居委会主任，在区里开会的时候，远近谁家情况都知道一点。那肖会计家教很严，在单位工作也特别勤谨。俺记着他

193

老大儿子是复转军人，当着干部呢。俺只愁他家条件那么不好，梅花以后得过苦日子了！俺可不舍得！"

娘儿俩说了好一会儿，最后还是说，这事只能等梅花从东郊纺织城歇礼拜回来的时候问清楚才行。

第六章

说起来，郝玉兰的六个孩子，长得最像她的就是白梅花了，不光眉眼像，个头像，就连干活做事的麻利劲也都一模一样。当初白梅花在长安县下乡时，就因为干活好、和老乡们关系处得好，在三村五乡出了名。也因为她实在很能干，表现得也实在很积极出色，到了返城的时候，第一批名额里就有她，许多知青和村里的干部都以为她会带头留下来，第二年再回城。白梅花却不，她说："我一切都听党的话，让我下乡我就下乡，让我回城我就回城！"

白梅花回城的时候，肖东明实实在在担心了好一段时间，他喜欢她，可第一批回城名单里没有他的名字，他便担心自己回不了西安。虽然刚去长安县肖东明就注意到了白梅花，但他没敢吭气。人家那么积极，性子又那么敞亮，好些男知青和村里的优秀青年在她面前转，她都一概当成了革命同志，全都又热情又礼貌地保持了距离。这差不多算是最高明的拒绝了。而且，白梅花比许多男知青还能干，女知青大多没她做饭好吃，男知青大多没她学农学得好，人家自己地里的农活和灶房里的活计都不用求人，还时不时给别人帮忙，那里轮得上他肖东明去表现呢？

有一段日子肖东明很苦恼，觉得这事连一点点希望都没有，可是有天梅花让他回西安办事时给她妈捎几个红肚兜，他竟然有机会和她说上了话！虽然下乡干活闲的时候少，碰上面儿的时间也并不多，可他和她既然有了来往就知道了，原来他俩的家都在西安小东门里，还离得那么近呢！那他们能说的话就多了。他渐渐知道了，她妈居然就是尚勤路的郝主任；她有两个姐两个哥和一个妹妹；她再积极心里还是盼着回西安的，因为光梦里想她妈她就哭了三次呢。而白梅花也渐渐就知道他爸一个人拉扯大他们兄妹四个的事，她知道了他爸有文化，是个会计，他爸会缝制冬天的棉大褂夏天的小肚兜……

肖东明这话是在知青灶上，帮着白梅花拉风箱烧火时对她说的。

能坐在梅花做饭的灶台旁边拉风箱，对那些也在明里暗里喜欢白梅花的男知青们来说，是多大的机会！因为给大家做饭工分少，梅花难得做饭，她愿意出力下地多挣工分。她想给郝玉兰多挣些麦子和苞谷回去，所以就算大家都公认她的饭做得最好吃，白梅花还是把这活儿让给了那几个没体力下地，愿意少挣些工分给知青们做饭的女知青们。

肖东明拉着风箱，有意无意和白梅花说他爸针线活儿做得好，其实就是为了提醒白梅花，要是她姐的孩子还需要什么小衣裳，他爸比村里那些大嫂的手艺好呢！果然白梅花就有了兴趣，只要说到莲花姐的文文，就算是说到了她的心里。

她停了切菜，问："你爸是个男的，竟然会针线活？不是让我们这些手笨的女孩子们羞死了么？你爸不是天天上班呢，哪有时间做针线活儿？"

肖东明得意地说："没办法，大裁缝都是男的，大厨师也都是男的！我爸是会计，下班时间可以做活儿呀！我哥前两年要结婚时家里紧张，我爸就说别人家儿子咋样办婚事，他也要给我哥咋样办，该买的啥也不能少，所以他有空就在做活儿！街坊邻居找他帮忙的人真多，因为他会裁剪！"

白梅花说："真厉害！过去我妈也给人家厂里加工手套呢，我们都去帮忙，我和我妈一样，只会蹬缝纫机加工活儿，我们都不会裁剪！"

肖东明笑问："你还会蹬缝纫机呀！"

白梅花见他不信，就放下菜刀说："会呀！我比我姐做得好还做得快呢！可我妈不会做衣裳！我们从小过年做新衣裳，都是到泰华布店扯好布，找东一路口的罗瘸子给裁剪了做成罩棉袄褂子！"

听到罗瘸子，肖东明也来了劲："听说罗瘸子他爸过去是个大裁缝！专给大官和阔人做好料子衣服的！他家以前还在菊花园开着铺子呢！"

白梅花便笑说："到了罗瘸子只能给咱们做便宜衣裳了。我爸穷讲究，再饿也要穿新衣裳过年，衣料再便宜也得新的，他说这样才算是过年。我妈讲实惠，穿烂点不要紧，一定要吃好，哪怕要借面呢！"

肖东明哈哈笑着说："你家也借过面？我爸过去也借面，给单位打借条！

他不是在食堂上班嘛！"

白梅花便和他一起笑了说："你小点声儿啊！人家都说咱河南人是挑着担子要饭来的，这下更要笑话咱们了！"

肖东明一边往外看看一边小声说："借面和要饭是两回事好不好？借是要还的呀！"

因为"借面和要饭是两回事好不好？借是要还的呀！"这句话，白梅花把肖东明笑了好几年。后来白梅花先回城把工作安排到了纺织城的国棉四厂，肖东明专门去看她了一次，她和他高高兴兴站在厂门口说话的时候，白梅花把他的"名言"重复一遍，两个人又都笑了。

肖东明第二年终于也能回西安了，因为他在农村表现出色，本来有机会进派出所或粮店工作的，可他专门要求去国棉四厂。只有白梅花知道，他是为了谁。

肖东明也明白，白梅花没有拒绝他来四厂上班，那就是愿意他了，所以他才敢给他爸说，他想娶郝玉兰的闺女白梅花。

解放电影院离小东门很近，也是解放路上唯一的大电影院。白牡丹总爱去看电影，又总是刚看完这个新电影，就开始盼着下个电影了。这让郝玉兰对看电影这个事儿有了好奇，她让牡丹陪着看了几场就也喜欢上了，牡丹很得意她妈并不和别人妈一样老土老顽固。从郝玉兰爱上看电影以后，白牡丹的电影票就再也没自己买过。但是让她没想到的是，郝玉兰竟动了心，要去电影院门口卖冰棍。牡丹看妈不像是开玩笑："妈，你不怕人家说你'投机倒把'？"

郝玉兰说："胡说啥？没见国家让人干哩？咱又不剥削谁，文文上学了，俺就没事干了，你们厂又不忙，下午三四点下班了，去看电影还不如和俺一块儿卖冰棍。俺打听了，一根冰棍有二分多钱的赚头哩。"

白牡丹不情愿地说："我槐花姐厂里活也不忙，你咋不叫她给你帮忙？"

郝玉兰戳着她的头嗔怪说："好吃怕做的闺女呀！你槐花姐多听俺的话。你咋光爱享受呢。看你那苞谷穗的刘海，还烫个卷，俺看你就是个妖精下凡。"

白牡丹的头跟着她妈的指头一歪一歪的，任由她数落，好半天才说："戳起来还没完啦，当好玩哩？等会儿把头戳漏了，脑子可就流出来了。"

玉兰忍不住笑了："这么贫的嘴，看谁以后敢要你。"

白牡丹说:"要的人多啦,我还要好好挑哩。"

玉兰啐了一口说:"大闺女说话也不知羞,你三个姐哪个像你。看吕莉那个样子,街坊们谁不戳点她?她跟着吕林跑到广州乱混,一天到晚和几个男人胡吃海喝,穿那么紧的衣服,恨不得把领口开到肚脐上。满头卷卷像个狮子狗,眼又不瞎还爱戴个黑眼镜。哎呀!光说说俺头皮都发硬,你可不敢学她的样子,要不俺可打断你的腿!"

白牡丹看妈说得有了气,赶忙给她揉心口:"好,好。吕莉姐不就是穿得时髦点,也不碍你的事儿。放心吧,你上次不让我跟她玩我都记住啦。"

郝玉兰打断她:"你给那个妖精还叫姐哩?你刚才说你要挑啥?俺可给你说,你还不到二十,没人介绍不许自由乱爱。"

她不高兴了:"人家是自由恋爱,你不懂还爱说个新名词。我才不像她傻哩,看着一群人围着她,实际上谁也不敢要她,再说那都是些混混,没一点本事。"

郝玉兰觉得别扭,却有些放心了:"你别装个聪明做傻事,你想找个啥样的说出来妈听听?"

白牡丹突然闻见了一股煳味,尖叫着跑到外间,拿了根烧煳的竹筷子说:"光顾说话了,把筷子都烧黑了!"

郝玉兰哼了一声:"看俺哪天把你刘海铰光——从开始学着烧筷子卷刘海,烧煳俺一大把筷子了吧。"

说话间白牡丹又捏根筷子来回烤了一会儿,趁热把刘海紧紧卷上才得意扬扬地说:"我要找个有钱的,长得帅的——还要对我好的!"

郝玉兰从镜子里瞪着白牡丹,她故作满不在乎的样子把筷子抽出来,把卷好的头发梳开拨散,额前出现松蓬蓬的一溜刘海。白牡丹见妈的脸还吊着,以为她心疼筷子:"看,只黄了一点,可没煳啊。"

郝玉兰顺手夺过筷子在她头上敲了一记:"没人介绍你敢自由乱爱,小心俺收拾你。你槐花姐和梅花姐都是人家给介绍的,你千万不敢让人不省心。啊?"

郝玉兰为了支起冰棍摊,和白牡丹去看了好几场电影,看到解放电影院门口果然人很多,一天五六场电影下来,基本没多少冷清的时候。长安、莲花和槐花也去看了几场电影,草草地一算,在门口固定摊位,除去租房交管理费,比推车子满街跑挣得多,人也能趁放电影的两个小时歇会儿。长安说,他觉得这个事儿能干，槐花也愿意下了班来帮忙。郝玉兰就让长安加紧给她做几个结实合用的冰棍箱，又和槐花跑着去办个体户执照，到冰棍厂去办批发手续。

谁知白老四却不同意，说："你也五十岁了，提个破木箱低三下四卖冰棍，像个要饭的，赚的还不够丢人钱。"

郝玉兰不答应了，骂道："死老头！谁低三下四啦？俺满长乐坡地拉坡拾菜你咋不说丢人？俺泡到城河里洗油线你咋不说低三下四？那时太穷倒觉得没事，眼下日子好了倒矫情啦！你退休了领退休金，俺呢？有现成赚钱的事儿你还说淡话。咱要钱没钱，要种田没地，更没个单位，光有面子顶啥用？俺没偷没抢丢啥人哩？"

白老四见她气粗理壮不敢说啥，咕哝着："要去你去，说好俺可不去啊！张俊媳妇说，家里条件不好的人才去卖冰棍，你等着人家笑话你吧。"

"她笑话俺？人家条件不好，她过得就好？看她一天到晚扭个屁股，把那胸脯挺的，跟噘起来的上嘴唇一样高。光上嘴唇都够切一盘啦！过去咋没见她这么疯张？她有本事也别去扫地呀！"张俊媳妇是大板牙，嘴唇高高噘起来很是醒目。郝玉兰铁了心想去，不容白老四说什么。

第一个月，卖的钱刨掉本钱，净赚了八十多块钱，白老四冷眼看着郝玉兰和白槐花把一鞋盒子的硬币用白纸包好，哼了一声就走了。第二月，白槐花说："爸，我们赚了一百二十多块钱哩。顶你退休工资好几倍呢！"

白老四没吱声，装作没听见。

第三个月刚开始，早晨五点多郝玉兰照例起床要去冰棍厂排队，九点冰棍厂开门才能买当天的冰棍票，白槐花拿上票领冰棍，再用自行车带到电影院门口去卖。批发冰棍的人很多，晚了就买不上票了，一天的冰棍就卖不成了。

白老四听白槐花说过这些，见郝玉兰起床也坐起身说："这么早，你也不多睡会儿？"

她撇撇嘴说："俺又没退休金，再不起早贪黑，哪来钱呀。"

他犹豫着看郝玉兰麻利穿好要下床，下决心说："你今儿多睡会，俺去冰棍厂给你排队，九点让槐花来拿票装冰棍。"

她早看出来他这几天悄悄向槐花打听，知道他终是不忍心看自己累着。她并不意外，觉得心暖暖的，心想毕竟老夫老妻一场，已经六七十岁的人还有心去给自己排队："咱说好,要去以后天天都去,要不就算了,俺也不承你这个人情。"

他装成无奈的样子点点头："中,俺不想让槐花女婿有意见,才不要你承啥人情哩。"

说话工夫他穿好了,她美美伸个懒腰,又缩被子里接着睡:"俺可以多睡一会儿啦!每天五点起床,半夜十一点才睡,真受不了。俺老了吧?文文都说俺头上有白头发了呢。"

白老四慢腾腾给她掖好被子说:"睡吧,再说话就没瞌睡啦。说你老,再过两年俺都七十啦,俺就不老?只要你不时闲地干活,你就不老!"

比起槐花的婚事,郝玉兰几乎没给白梅花和肖东明的婚事操多少心,因为梅花很能干,自己就把铺的、盖的、身上穿的全都安排好了。她攒的工资郝玉兰从来没要过,让她自己安排自己用,而且还把卖冰棍挣的钱贴补给她一些,说是肖东明他爸身体不好,家里又困难,少让他家掏些钱。肖东明和梅花都在纺织城上班,一个礼拜才从厂里回来一次,他们在那边有国棉四厂的公房住,结婚的新房就在小东门里桃核儿巷肖家的老房子。

说起这个房子,肖东明的爹肖会计是费了大劲才折腾成现在的样子。因为儿子一心喜欢郝玉兰家的闺女白梅花,他早就知道郝玉兰也是河南人,又打听了白梅花确实人见人夸,都说她长得漂亮人又心灵手巧,便高高兴兴答应儿子托人说媒,想着一定要把这个好闺女娶回家。虽说肖会计后来专门去见了白老四、郝玉兰两口子,人家都没再提两个孩子新房的事,可媒人把婚事儿说成了来和他道喜的时候,说了句梅花的妹妹嫌肖家房子太烂,怕她姐过门住得不好。

这话让肖会计着实难受了好多天。

肖会计是个要强的人,十来年前女人死的时候他才四十多岁,家里成分重,又实在太困难,他就早早绝了再娶的念头。两个闺女两个儿子的吃喝穿用,靠他在食堂当会计的那点工资肯定是不够的,肖会计就想起他爹当裁缝的手艺了,凭着小时候有意无意学的那点功夫,他给一些服装厂加工些小活儿。到了前几年,不再破四旧了,八仙庵跟前渐渐有了些寿衣店。肖会计见了那些大襟的三件套、五件套、七件套的寿衣,就想起他爹过去做的那些中式衣裳,试着做了几套去揽活，寿衣店的人都说会这手艺的人真不多了！肖会计做的寿衣果然就在河南人里渐渐有了名气，挣的钱能贴补着家用，供养四个孩子慢慢长大了。只要家里条件还过得去，讲究些的老人在世时就准备好了老衣，这算是个饿不到的活儿。可是手艺人凭着一针一线地劳苦，又怕丢了正式的会计工作，肖会计挣的钱也仅仅能糊口罢了。两个闺女还好说，肖会计尽力给做了单的棉的铺盖，热热闹闹都嫁出门去了。大儿子肖东高结婚的时候，刚参加完越南自卫反击战回来，因为在前线立了功，回来就提了干，在部队借了间房办了喜事。后来儿子回到地方也很争气，当了区上的小干部，这算是从河南逃荒到西安的肖家少有的光荣。肖东高娶的媳妇是老西安人，家里住房宽敞，两口子后来就在女方家的房子里安了身。肖会计没为房子作难，就和亲家表态说，儿子的婚事一定要像个样子，他会把攒的钱都拿出来，别人家娶媳妇怎么办，他肖家也一样不会少。

果然，肖会计大儿子的婚事在小东门是少有的风光，光是彩礼就把新房子摆得满满的，媳妇家人都很满意，儿子心情却很沉重。肖会计很欣慰，不管咋说他算是在亲家面前说到做到了，给儿子在丈母娘家挣了个尊严。

肖会计平时不太说话，几乎没有过笑脸，他没什么嗜好，不抽烟不喝酒，就连茶叶水也在老大儿子结婚前一年给戒了。他吃得简单，穿得朴素，尽量保持衣服整洁，争取省些洗衣的水和肥皂，这也算是一笔小小的支出，不能不当回事。他一双皮鞋穿好多年，旧是很旧，却擦得油亮。肖会计日子过得仔细，家里成年不采买什么新物件，全家人都细心节省地使用老家当，他口袋放十块钱，能花好多天。而花掉的每一分钱，肖会计都要在晚上睡觉前记上账的，和他在单位记账的原则一样，他自己的账也要真实连续，没有错误，那些汉字和数字都得又小又清楚才行。

仿佛他这一辈子活着就是为了上班、做裁缝活儿，上班、做裁缝活儿就是为了挣钱，挣钱就是为了给儿女们置办东西，好让他们体面的结婚。然后，就没别的了。

四个孩子早在他们的妈去世时就知道，他是一心想把爹和妈这两个角色都演好的。他们劝不住肖会计，他也压根和他们没啥话说，他们只敢小声埋怨几句，怪他不该勉强自己。可肖会计却很高兴把这件大事"过"过去了。他的劲一点也没松，心里暗暗把小儿子肖东明的婚事当成自己人生的最后一场硬仗。

从桃核儿巷口出来，迎面五米的地方就是青灰色高大的城墙，西安的鬼市便在这城墙根底下形成，往南直到大东门，往北直到小东门。天还没亮，就有许多人影在这里买卖说不清来路和去处的东西。肖会计不想遇上他们，所以他推着自行车出门上班的时间尽量晚些，好错开那些卖赃物的小偷们和图便宜的买家们。再没钱他也从来不买这些来路不明的东西，而且教育儿女们绝不许理这些人，桃核儿巷的人都看得出来，老肖是这些巷子里河南人的特别。他的头发比拉架子车的河南男人们长，在额头整整齐齐按三七分的比例分着印儿。他总穿着发亮的黑皮鞋和白衬衣，两条裤腿上有着长长的压得直溜溜的"火车道"，自行车上永远挂一个印着"北京"字样的很旧的人造革提包，像是一个干部。谁都猜得出来，他是多别扭地住在有着露天公用茅房和小东门鬼市的桃核儿巷的，要是他有些钱能买起别的什么地方的房子，那肯定是早就搬出去了。

桃核儿巷比锦华巷的坡更大，肖家的三间房是在巷子里很陡的坡地上盖的，上面那间房的大半间几乎摞在下面的两间上，所以下面两间房就更低矮了。这房子是肖会计的爹肖裁缝1942年从河南到西安那年盖的，老头儿能买起的地皮只有这个陡峭的大坡，能盖起的也只有这样怪模怪样的三间房。肖会计从十岁就住在这屋里了，他的日常用品都几乎没有用坏过的，这个房子他也从来没觉得破旧到让人家女方不愿意出嫁的地步。媒人走了之后的第二天，肖会计早上出门上班时特意站在门外，像个外人一样打量，自己立刻就被惊住了！果然自家房子衰烂得厉害，土坯墙上连白石灰的墙皮也没残留多少了，露着大片掺着草木梗的黄泥土，让雨水泡得酥饼一般，路过的人稍微碰一下，就会掉些泥渣子，蹭一胳膊黄土。木门木窗户都没了漆水，也都腐朽得不成样了。

肖会计心里沉重极了，咋办？白梅花的妹妹说的不错，自己家确实该好好收拾了再当新房了。他仿佛第一次才注意到，他的三个房子窗户都很小，屋里很黑，无论白天和晚上都得拉着灯才行。他又嫌费电，房子里安的是10瓦的小灯泡，屋里就永远是昏黄发暗的。只有他做裁缝活儿的那间，才装了个明亮的大灯泡，加上支在屋中间占了半个房子的裁缝案子，两面墙上挂得满满腾腾的各种样式的纸样板，大灯泡底下的缝纫机，这就完全是个大裁缝的铺子。肖会计小半辈子的时光就在这里消磨了,每个晚上都在做活儿,他记不清他总共做了多少件,也不知道多少老人穿着他做的寿衣离开这个世界,但他从来没有马虎过。

在这屋里屋外琢磨了好几天,肖会计下了个决心,这屋就像个烂衣裳,缝缝补补是解决不了大问题了,折腾一整还不如重新盖个新房子划算。

可是他没有那么多钱。

无奈得很,他的手艺挣钱挣得很慢。不是所有老人都打算准备一套寿衣的,破四旧的时候,大多数老人会穿着自己平时穿惯的衣裳入殓。而不到五十岁就离世的亡人,老衣大多是三件套,连工带料都赚不上什么钱。有寿的老人最常见的是穿大长袍、外衣、棉袄、小棉袄、外裤、棉裤、夹衣、衬衣、衬裤的九件套,只有偶尔碰上愿意花钱又特别讲究的人家,肖会计才能按九领七腰或七领五腰的规矩去做。他会用上好的细棉纱做里子,用"五蝠捧寿"纹或"寿"字纹的绢棉做面子。长袍大多是男人穿,他要么用同色的绢棉,要么用同色的呢料。只有这时他才能赚到一笔不错的工费,所以,他再节省,手里再不时闲,记的账再精细,他存的钱离他想要盖房子的数字还是差得很远。肖会计为这事发着愁,他和谁也没有说,他跑了一遍他认识的寿衣店询问了一遍,只揽到两件小活儿,在蹬着自行车往回走的路上,他突然想到,他可以去卖血的。

从开始张罗盖房子,到扒倒旧房盖起新房,主要是肖东明在忙活,他给厂里请了假,说是家里盖房子正打地基的时候,他爸突然得病起不了床,工地没人经管了。只有他和他的哥姐们知道,肖会计是因为太短的时间卖了三次血才晕倒的。四个儿女这才发现他为了给儿子结婚竟急成这样了!他们把自己能拿出来的钱全掏出来给他爸,简单算一下,这些钱盖完房子买好家具还有富余,肖会计这才对着心里想要的一砖到顶的小二层楼舒心地笑了。

对肖东明来说,他从小到大见到他爸笑,这是能数得过来的那么三两次了。房子的图纸是肖会计趴在借住的大闺女家的床上画的,施工队是户县来的,他们都觉得设计得很不错。上房梁那天肖会计好多了,大闺女知道他不放心,就专门扶他来看着。

房梁上得很顺利,到了中午,肖东明的哥姐招呼工匠们去吃饭,工地就空了,肖东明看到他爸瘦削的背影站在满是沙子水泥的地基上,突然觉得心酸,憋了会儿,便转身到城墙根趴在城墙上哭了一场才觉得好受多了。回到工地,肖东明拉着他爸坐到只有房梁还没有房顶的"屋里"深深地谈了一次。

他说:"爸,我记得我爷在的时候和你说,以后要有钱了,争取把房子盖起来!"

肖会计仰脸看着房梁说:"我记得。"

肖东明说:"我也记得你当时说:'爸,等我有钱了就盖!'"

肖会计点点头。肖东明努力压抑着自己说:"爸,过去我爷完不成的事,他给你提要求;我们哥儿俩完不成的事,你不吭气,还是自己担着,爸!你让我们的脸往哪搁?"

肖会计低下头,仿佛在思考,好一会儿他说:"这是我的责任。"

肖东明说:"为了我哥结婚,你劳累得落了一身病!现在你为了我结婚,又是这样……你……你……"

他哽咽着说不下去了,肖会计用手拍拍儿子的背,肖东明使劲扭过身子,用手背抹去眼泪:"爸,你让我都没脸当人了!为了自己结婚,让你去卖血,这……这算啥?咱哪就到了要卖血的地步?!我宁肯不结婚!"

"我是自愿的!人家梅花家越厚道,啥也不要求,你爸的心越是急着不想亏了人家闺女!"肖会计叹息说,"房子太旧了!咱也太穷了!现在让你们都掏空了把这房盖起来,我心里还是不舒服!"

"爸,我们凑一凑,不是就把房盖起来了?我都没和梅花说你为啥有的病!我怕她以为我们都不孝顺把我看扁了!爸!你能不能答应我,从今天起再别这样勉强撑着了?"

"现在还不能。等房盖好,你和梅花把婚结了,我的心就搁肚里了,那时都听你的!"

两个月以后,肖会计的房子装好门窗又粉刷一新可以入住了,他把楼上的两间给肖东明当了新房,把楼下的一间当了大家一起吃饭说话的客厅。另一间小些的当作自己的房间,还是支了裁缝案子和缝纫机,在最里面靠窗户的地方,他给自己支了张单人床。搬进新家的一切都是他用了许多年的,他坚决不给自己添置什么东西。

又过了一个月,肖会计竭尽全力帮儿子布置了新房,又按白梅花的愿望在

203

西安饭庄办了八桌酒席，虽然预支了俩月工资又借了点债，但他的最大心愿终于算是全实现了。

结婚那天，白梅花烫了最时髦的卷发，穿着大红的长套裙，和穿着雪白新衬衫的肖东明站在一起，又好看又般配。依着白老四家的规矩，娘家爸妈还是不能参加婚礼和婚宴，她的哥哥嫂子和姐姐姐夫，都坐在最上首的那两桌。媒人翠花、老肖单位和国棉四厂的人来参加婚礼的，都说新娘子真漂亮，夸肖东明有福气！尚勤路和桃核儿巷的老街坊们多少年也没在这么高级的西安饭庄里吃过饭，老蔫媳妇她们便又说又笑地冲着白梅花嚷嚷说，幸亏沾了她的光，这辈子竟然有福气吃一次正宗的葫芦鸡呢！

肖会计很高兴，谁来敬酒他都喝，婚宴才进行了一半，他就快醉了。梅花只在家里见过几次肖东明的爸，一直觉得他是个最严肃的人，她从来没见过被来祝贺的同事们用锅灰和红油泥把脸抹得一道黑一片红的公公。更没见过他笑容可掬地给大家举杯高呼："干杯！大家喝高兴啊！"单位的人们都埋怨他胡花钱，说他们单位也是西安有名的大食堂了，请两个厨师自己在家里做喜宴，又实惠又气派，干啥要花冤枉钱来西安饭庄？多贵呀！老肖嘿嘿憨笑着举了杯子给大家说："你们只管吃好！喝好！儿媳妇只提了一个要求：西安饭庄！我咋说也要让她满意！"

这话被白槐花她们听到了，就都感动了，回来和郝玉兰说了一遍，又给白梅花说了，郝玉兰就交代闺女说："你这个婚结的真是风光！人家为娶你还真的盖了小二层的新房！人要知足呢！"

白梅花从结婚到现在心里都美滋滋的，便笑着说："知道了！"

郝玉兰又说："你这个闺女真是不懂事！胡提要求非去西安饭庄待了八桌客，这让人家肖东明他爸多花好些钱！你以后好好过日子，凡事多听话，可要把你的脾气收起来啊！"

让小东门附近的河南人羡慕的是，白老四家的孩子们都很出息，除了有一个大学生儿子、一个当兵的儿子，还有两个在纺织厂上班的闺女。谁不知道能进纺织厂当工人算是进了福窝窝？不光厂区大、工资高，厂里有食堂、露天电影院、游泳池、篮球场、医院、中学、小学、托儿所，想啥有啥。最让人眼馋的是，正式职工基本都有一套宽宽大大的楼房住，屋里就有厕所和厨房，拧开水管就有自来水，这不正是他们这辈子最想要的嘛，有了房子就是真正的西安人了呀！

纺织城古称郭家滩，多少年来这里都是沟沟壑壑杂草丛生，1953年，国家批准在这里筹建棉纺基地，国棉四厂就是其中的一个纺织厂。白老四过去隔几天拉架子车送酱油香醋的时候，这里已经建起好大一片厂区和小三楼的家属区，都是苏联式的建筑，青砖墙红色的屋顶。国棉四厂有好几千职工，大多数是河南人，走在纺织城的路上，人们说的多是河南话，就连路边也都是卖着河南胡辣汤、鲤鱼焙面、开封灌汤包、洛阳牛肉汤、河南烩面的大饭店和小吃铺子。因为闺女在纺织城上班，郝玉兰和白老四专门挑了个礼拜天来看她，绕着厂区外面看看，又到生活区里转转，累得在路边歇了两三次。郝玉兰说："这个厂太大了，有半个西安城那么大吧！"

白老四就不当事地说："这就觉得大啦？俺过去一天拉一车货跑个来回呢！四厂大不大？三厂大不大？俺送完三厂还要送四厂、五厂呢！"

要论跑得远，谁能拼过白老四？郝玉兰说："中啦！再吹过去也是白搭，你不是也说走不动要歇歇啦？"

白老四不服气："要是俺年轻二十岁，你瞅吧！气都不喘一下！不像你们年轻人。"

梅花也笑说："爸，我们细纱车间的工人整天手脚不停，像我要看三台机器，管三百来个细纱锭，上一个班少说也得几十里路呢！我还好说，车间不少大姐整天累得腰酸背痛，她们也就四十来岁呀！"

郝玉兰心疼了说："人家都夸你工作好，谁知道这么累呀！"

梅花却不当事地说："工资高呀！加上加班费、超产奖、质量奖、出勤奖、节约奖，我一个月挣的顶别的厂两个人工资呢！"

郝玉兰笑了："没想到你也是个财迷！那也得顾着身体！"

梅花却笑说："我们车间主任天天都说'机器一响，黄金万两，社会主义就靠咱加班干哩'。我们厂活儿多得干不完，天天'三班倒'，不让机器停。人家都说，厂里效益这么好，一年能赚一个厂！"

白老四不知道自己是啥时候出生的，只知道今年七十岁了，郝玉兰就说，赶过年给你过个七十大寿吧。他心里高兴，就说把孩子们全叫回来，一个都不能少！结果1982年的春节成了白老四家有史以来人数最多的春节，连老二二林接信也和老婆带着四五岁的儿子从北京回来了。

白西京转业后在银行上班，娶的媳妇在税务局工作，都是让人羡慕的金饭碗。人们都说，白老四家的孩子们都出息得很！白西京和他妈一样，为人仗义大方，又是当兵的出身，做事格外热情周到，在单位颇有人缘，结婚没几年就当上了主任。银行单位福利待遇好，平时啥都发，过年时自然发了不少年货，他和媳妇给丈母娘家放了点就悉数提回来了，又买了好几挂浏阳小红炮。大年三十，全家人都到齐了，屋里挤不下，孩子们喜疯了，文文抢着和几个弟弟妹妹把炮辫子拆开，一个人分了几十个小红炮，把新衣裳口袋撑得鼓鼓的，手里燃了一截土线香，出门放炮去了。

白梅花和肖东明平时大多数时间在国棉四厂的家属院住，纺织厂效益好，他俩是双职工，只有过年过节和礼拜天的时候，才有时间回肖会计家和白老四家看看两边的老人。厨房并不小，闺女们在里面做饭说话就挤得很，槐花抱着孩子帮不上忙站在门口，白梅花怀了五个来月的身孕，在灶台前跟郝玉兰小声说话："妈，没想到我二哥能从北京回来看你。看样子二嫂还不错哩，给你捎的围巾是全毛的。"

郝玉兰笑着忙切肉切菜，白牡丹小声说："咱二哥要提拔哩，怕人家单位来家审查，来表现了呗。"

郝玉兰连忙示意她不要说下去。案板上摆了二十来盘菜，长安和莲花都配好了，所有的锅都占着，不是煮的猪头就是炖的鸡汤。腊月二十三祭完灶，郝玉兰就开始安排老四、牡丹排队买鸡、买带鱼、买豆腐。大家知道妈今年要过个舒心的肥年，槐花和梅花都把自己的副食票、肉票、油票拿回来了，白东京还专门拿副食票换了一大篮子鸡蛋。

眼看着屋里摆得满满登登的，郝玉兰拍拍围裙说："你们都孝顺，俺看看就觉得心里真高兴！"

她说着抹起泪来，大家忙拉她进屋，白老四正蜷在床上打盹，忍不住怨起来："大过年哩，流啥眼泪，在锦华巷过不去年也没见你哭过，真是老啦？你坐床上歇歇。"

知道他的规矩是不能过年哭的，郝玉兰擦了眼泪笑说："俺是高兴呀！"

白莲花见长安站在门口吸烟，眼睛看着小东门的城墙根发呆，小声问："你是不是想起你爷啦？"

他点点头。

"那咱过几天去给他上坟？"白莲花看他的脸在烟雾里笼着，想拉他回屋。

他说："莲花，我想不出来我爹到底还活着没？我爷一直没说他肯定死了的话。唉，我娘倒是说不定已经不在世了。"

"行了，别猜了，说不定都活着呢。"白莲花不想在大过年的时候说这个。

他却猛地拉着她的手说："我过完年找他们，你说行不？"

白莲花叹口气说："你知道到哪儿去找？"

长安使劲吸了口烟没说话。

饭桌上大家吃得很高兴，白西京四顾着突然说："梅花和牡丹理了个一样的'张瑜'发型哩。"

郝玉兰不明白啥意思，白梅花说："我看电影演员张瑜的短发头好看，就到理发馆也理了一个，谁知道牡丹也是这发型。我西京哥倒是发现了。"

白西京说："你嫂子要去剪这发型，理发馆到大年三十还排了老长的队。你嫂子说没时间排队，要过了年再理呢。"

西京媳妇点头说："看你俩的头发这么好看，我过完年一定去剪个一样的！"

谁也没有注意，郝玉兰进里屋拿了样东西出来："二林，你回家过年俺高兴！"

她把一卷钱塞在二林手里："你弟弟妹妹办婚事俺都操了心，独独没给你俩操办。这三百块钱，算俺和你爸给你补的结婚钱——他们每个人都是三百块钱。现在俺卖冰棍比以前手上活泛，你在外边艰难些。"

二林连声说不要，玉兰硬塞给他，二林突然垂着头攥着她的手叫了声："妈！"扑通一声跪在她脚前哭起来。

白老四抖着声音叫："二林，你孝顺俺没啥，不孝顺你妈就坏良心啦！不是她供你上学，你能当领导？你妈一个冰棍几分几厘攒着早说要给你哩。"

二林哭着不住点头，说："我大学毕业去北京……结婚也没给家里说，大芹家在北京，我怕你不让我不敢说……"

二林媳妇站起来，把那一摞子五元、十元的钱放回郝玉兰手里说："妈，爸，以后二林不孝顺你们，我也就不认他啦。"

吃罢饭，孩子们吵着要去逛大街，二林媳妇第一次来西安，也想去看看。郝玉兰索性让大家都去，大家立刻穿衣戴帽收拾停当，只白老四偎在被窝里不想动，白梅花问："爸，你不去？"

"大街有啥逛的？俺在西安跑了几十年，闭着眼睛也能绕着钟楼转三圈。俺今儿是个寿星哩，腿又不带劲，不去了。"白老四一心想眯一觉。

郝玉兰却精神很大："今年孩子们都回来了，咱去西安照相馆再照上个全家福——那年二林当兵走照了一张，后来再没照过。"

她穿上白莲花给买的黑色花达呢短大衣，又围上二林媳妇带回来的全毛围巾。白老四无奈也被女儿们伺候着穿上白槐花买的羽绒服，领着一大家子人出门去了。

二林媳妇是北京人，家里还有个姥爷，她念叨着想给老人家带点什么东西回去。郝玉兰喜欢她懂事，一心想让她高兴："俺领你去钟楼、鼓楼逛，西大街有个西安有名的德懋恭点心，还有老童家的腊羊肉，回去时你提上几盒子多好！"大芹点头，趁她不注意对白牡丹说："咱妈真是个热心人儿。"

老宁在路口闲转，拱着手冲白老四和郝玉兰笑："过年好啊！和孩子们去大街玩？"

"你也过年好！"白老四指指身后二十来口人，骄傲地说："俺把全家都领上啦！"

老宁就笑着说："是啊，俺还记得有几年玉兰回娘家，一家子都坐你拉的车哩。"

大街上人很多，放炮的不光是小孩子，很多大人也在街边放脆响的二踢脚、大雷子，引得过路人捂着耳朵不敢走。有人蹲在路边卖琉璃嘎巴儿，不少人围着他挑选，嘎巴嘎巴地响成一片。白莲花惊喜地叫："长安哥快看，这儿有卖琉璃嘎巴儿的！咱小时在锦华巷，老关爷不就化玻璃吹琉璃嘎巴儿在东安市场卖？我好几年没玩过了。"

长安见孩子们也拥上来看，就买了几个。白梅花立刻吹起来，二林却把一个捏在手里说："我记得咱爸用手也能弄出好声音哩。"

果然手里的琉璃嘎巴儿发出悦耳的嘎巴声儿，引得孩子们大呼小叫让他教。白老四却在一边说："看见这个就想起来，关老头早不在世啦，好像才一眨眼的工夫。"

郝玉兰没理他，冲孩子们说："吹时小心琉璃嘎巴儿破了，碎玻璃扎嘴哩。"

郝玉兰见路边有卖冰糖葫芦的，摸出钱来让给孩子们买。偏白牡丹也来凑趣，让二林给大家一人也来一个："我们跟着你大年初一出门逛，还不是想让你给我们买点好吃的？"

二林笑着说："我现在权当是老大，我给你们买。白连也吃一个？"一大群弟弟妹妹他跟白莲花感情最好，她却说："人家早就改回原来的名字了，你当哥的居然不知道？"

郝玉兰说："俺掏钱。"

白莲花拉着她的手说："该他买！他把我们几个人的学都上了，买个冰糖葫芦倒便宜他了，过几天革命公园放灯展，也得他请我们大家一起去看哩！"

二林知道她一直为退学遗憾，说："那是那是，看灯展也是我出钱。"

说话间，文文和几个小孩子叫起来："看那个人担子上挑了多少灯笼！"

果然，一个年过半百的老头儿挑着担子远远走来，火红的灯笼挂得满满登登。长安心里一动，卖灯笼老头儿长得太像爷爷老梁头了，一样破旧的蓝粗布裤子和黑瘦的脸，就连一个肩高一个肩低的挑担动作也一样。郝玉兰和孙子们围着担子挑选着，文文喜欢一种皱纹纸折叠的西瓜灯，老头儿打开黑布袋子给她挑。

长安不错眼地看着老头儿，白莲花问："长安哥，你觉不觉得这老头儿挺像你爷爷？"

长安点点头突然说："照完相你想不想去锦华巷看看？老蔫叔他们过年八成不出去。"

她受了他的鼓动，也来了劲说："好呀！好呀！"

锦华巷的住户比十几年前少了一半，搬走的就把房子卖给老住户了，所以现在每家住的房子也大了两三倍。长安和莲花领着文文走到一半，就觉得锦华巷竟这么窄，两个人都不能并排走。而且地面坑洼得厉害，莲花穿着矮跟皮鞋，得扶着长安的胳膊才行。上了年纪的老太婆从黑乎乎的门里瞪着浑浊的老眼盯着他俩，白莲花就笑着叫一声大娘，她却瞪着眼睛认不出来了。

郝玉兰家的房子和长安爷家的房子已经打通成了一家，门却锁着。长安跳上老城墙砖的台阶，往糊着旧报纸的窗户缝里看。

"爸，你找啥哩？"文文不明白，大过年的爸妈为啥一心要到这个小巷子里来。

白莲花问："是不是住了人家了？"

长安拍打着蓝军便装上的灰尘说："看不清！老宁叔家也没人，是不是他搬走后没人住了？"

白莲花说："长安哥，你看这泥灶还是新锅黑哩。"

长安又往后院走，文文好奇地问："妈，你们小时候就住这儿？"

白莲花指指自家的门说："这是你姥姥家……这边就是你爸家……"

长安摇着头从后院出来，说："脏得不成样子，快成厕所了！堆着谁家不要的烂床烂家具。算了，看看这也就行了。"

小东门里搭过不少防震棚，尚勤路的地面被铁钎子扎得坑洼不平，这几年见下雨就和成了稀泥糊糊。马路很窄，路沿上倒比马路宽，修路的拿着软尺又量又算，郝玉兰却早出晚归没看见。卖了几年冰棍，她赚了些钱。就算冬天雪糕卖得少了，还能卖小纸包的瓜子、冰糖葫芦和芝麻糖。她现在除了冰棍、雪糕啥心也不想操。每天晚上张俊媳妇从电影院扫出一麻袋瓜子皮，就叫她来看，说你还说不赚钱，光瓜子皮都这多哩！她也只笑笑。

晌午，郝玉兰趁着放映电影的空闲数钱，火岭奶奶踮着小脚跑来了："莲花妈，俺问你个事。"

她赶紧丢下钱说："大娘，啥事巴巴跑来。"

老太婆撇嘴说："你钻钱眼啦，天不黑不见你从钱眼里爬出来，俺只能来找你。"

郝玉兰刚卖冰棍时怕人说"钱"字，现在钻钱眼的话听多了，没事人一样笑着说："到底啥事呀？"

老太婆说："你家门口空着不用，路铺好了俺要摆个豆沫摊哩。"

郝玉兰一脸茫然，老太婆说："东一路口路修好了，老王没工作就摆了个凉皮摊，每天都挣钱哩；老冯院的小江摆了个火烧（烧饼）摊——你说俺一个人守个儿子那么多年多不易,前年儿子没了媳妇跑了,只剩火岭这一个孙子。你知道他脑子不够使……现在好不容易国家让人干生意赚钱,俺就厚下老脸在你门口摆个摊卖饭挣点钱。"

老太婆两眼眨巴着想哭。郝玉兰作了难,门口地方是不小,能摆十来张方桌呢,邻居过事待客都爱在她家门口摆桌,她没嫌过脏也没阻过谁。可火岭奶奶说的不是一月俩月啊。

老太婆看出她不爽快,板脸说:"现在这个社会没毛主席管成啥样子啦?人心寒啊!吕林去广州弄的那个啥电表……电子表。可挣钱啦,在那儿几毛钱一块,回来就卖十几块钱呢!俺就求吕林带火岭一块儿去趟广州挣些钱,你猜吕林妈说啥?'你当去广州是去钟楼哩,路费多钱?倒电子表你有没有本钱?挣这钱要脑子灵光才行呢。'娘那×!俺看她那屌样子都想吐她脸上!五十岁的人,头发烫得像鸡窝,嘴抹得跟吃了血孩子一样。她那小闺女吕莉也不是啥好东西。"

她气不过地说着:"小东门的街坊谁不知道她家偷鸡摸狗的恶心事?俺不求她。你别作难——俺知道这年头单干了求人难!"

火岭奶奶踮着小脚走了,撂下郝玉兰心烦起来。

路从东一路顺尚勤路往北铺,地面上撒着白灰黄土铺上青砖很平整,连原先路边的槐树也用砖箍了树围子。受老王两口子卖凉皮的影响,从北往南有了好多家小吃摊位,都是陕西、河南小吃。老王家卖了凉皮,老李家就卖羊肉汤,张家卖凉粉、稀饭。老冯院的门口摆了两摊,卖煎饼夹菜的和卖羊肉馅饼的自动合成一个摊,领了一个执照。

晚上,郝玉兰还想着火岭奶奶的话,吃罢晚饭就躺在床上闭着眼想心事。白老四从外屋进来说:"还开着灯?"

说就他顺手把灯拉灭了。他一直节约,近年更不能容忍谁忘记关灯,说费电哩。郝玉兰不去理他,他又絮絮地说,门口修路的工人把树围子做得太小了;铺路的砖放在路边,让贪小便宜的人偷走了……

郝玉兰嫌他聒噪不停:"你让俺清静清静吧!一辈子不爱说话,老了话倒不值钱了。"

老四不说话了,她又问:"老四,你说要不要把门口的地方借给火岭奶奶?"

白老四摇摇头说:"你别问俺,俺想让屋里屋外都清静,你可拉不下脸面。"

郝玉兰打电话把白西京叫了回来,他从部队转业到银行上班不过几年,已经从库管员当上库管中心的主任,这在白家是最大的官了,他在郝玉兰心里的地位也就直线上升。郝玉兰和儿子商量了好一会儿,决定让火岭奶奶来摆摊,反正卖冰棍还忙不过来呢。白西京说卖早点脏得很,家门口拥一堆人多让人操心呀。郝玉兰说:"火岭和他奶可怜呢!他脑子又不够成色,三十多了都没个媳妇,那么大的人,穿着补丁从腰打到磕膝盖的裤子,咱让他们干吧,又不耽误咱的事,中午也就收摊啦。"

白西京看出来,妈心里其实已经有主意了,她还是可怜那家人。

白西京想想说:"写个东西,说好以后让她停就得停,要不就不能把门口让给她。"

玉兰说:"你可是银行的,干啥都要写个东西。"

白老四也说:"也好,至少咱的家门口以后咱还能做主。"

于是火岭奶奶卖起了饭,叫火岭用水把刚铺好的青砖地刷洗净,冲着郝玉兰的屋里喊:"刚洗的地,你家人可别踩脏了啊。"

她卖的是河南风味的小吃——豆沫,用花生、黄豆磨成豆渣子,加上粉条绿菜叶子,勾上面芡,点上香油,看上去香吃起来也香。早点街上卖这个的只她一家,一摆出来就红火起来,她好不得意,又专门拍电报从河南老家叫了个远方亲戚小方来帮忙。这下热闹了,天不亮都能听见她扯着嗓子吆喝火岭和小方,稍有不顺就骂起来。火岭脑子不够成,挨骂也习惯了,顶多吊着脸咕哝几句。小方就可怜得多,常常一个人躲在黑乎乎的过道抹眼泪,没想到正对着白老四家的窗口。

火岭奶奶的生意做了两个多月,郝玉兰回家午睡,白老四小声叫她在屋里通过灰蒙蒙的窗纱看,小方正把指头咬在嘴里抽泣,小声叫:"娘呀,娘!俺想你!"郝玉兰一下流出了眼泪,不顾老四拉她就往门口走,火岭奶奶操着温县腔唱着:"死娼妇养下的!这么多脏碗也不收拾。死货!得把你那懒筋抽出来哩。"

郝玉兰发现她比原先病怏怏的样子精神多了,高高吊起的眉头,把耷拉的三角眼扯起来,显得年轻了十岁还多。玉兰小声说:"你做生意哩,别人不闹你自己还吵个啥劲哩？"

她鼓着气说："俺可是花钱用的他，在旧社会算仆人哩，死娼妇，穷人的贱根！他刚才站着就睡着了，还不让俺骂？"

郝玉兰压低声说："不过才十三四的孩儿……"

火岭奶奶又吊起眉毛说："咦！俺当你不去卖冰棍是为啥，原来是盯俺哩。他家穷得水洗一样，俺不给他一碗饭吃，他也饿死啦。你别装好人管闲事，见俺挣钱眼红啦？"

郝玉兰气得浑身发抖，想骂她又咽了下去。

白老四闻声披了衣服系着裤带往外走，郝玉兰含着泪说："你别管！就让她不讲理去，看她欺负孩子也不怕坏良心！"

郝玉兰和火岭奶奶吵了没几天，白牡丹也跟她吵了一场。自从火岭奶奶在门口摆上摊儿，白牡丹就没高兴过，她抱怨天不亮就得听老婆子扯嗓子说话，郝玉兰说："谁做早点生意到晌午起床？你大闺女家也就少睡懒觉吧。"

白牡丹嘟囔："天还黑着哩，不睡懒觉让人硬硬看天亮呀。"

她早上一出门，见门外满是人，地上大板凳小板凳和支桌子的半截砖乱七八糟。擦过嘴的卫生纸团和洒散的豆沫东一摊西一片，再加上地上的痰和烟头，让她一下就恼火了："火岭，闲了把地扫一扫，让人下不了脚！"

火岭慌得抓扫帚去扫，火岭奶奶不依了："忙你的正事，谁嫌脏谁扫，公家的地方又没扎围墙！"

白牡丹憋了一个多月气，听说妈和她干了一仗，心里一直不痛快，当下夺过火岭的扫帚扬场一样扫起来。吃饭的人嫌脏丢下饭走了，她憋红了脸把垃圾堆在火岭奶奶的脚下，丢下扫帚抬起头啪啪进屋，啪一声关上门。火岭奶奶气得直翻白眼，却奈何不得，只好冲紧闭的门吐了口唾沫。

过了没两个月，白老四在一摊黏糊糊的豆沫上滑了一跤，左腿的小腿骨折了。这下火岭奶奶的生意彻底做不成了，没费多少口舌，火岭奶奶就愿意停掉生意，她也没再找摊位，小方回老家了，只剩下火岭更忙不过来。她见人就抱怨，说这几个月人都瘦了，心也跳得厉害，全身的腰疼。大家说，原来你的腰长了一身呢，怪不得劲这么大呢。

她摆摆手说："不中啦，老啦。"

白老四的腿打了石膏,他说一辈子没在床上这样待过,心里急得慌,大家都知道他是闲不住。他厂里人来看他,说老白不来看门了,俺们还怪想他哩。老白真勤快,不是扫地就是洗东西,俺们把脏工作衣都给他,他说只要你把肥皂供上,俺给你们包啦,好像他不干活就难受一样。

白老四笑了说:"可不是不干活就难受?坐床上急呀。"

郝玉兰就把每天卖冰棍的硬币拿来让他数,他细细心心数清,再用白纸包好,说数钱还怪累哩。可是数钱也只能打发他一两个小时的时间,他还是嫌闲得难受,说一辈子也没这么啥都不干只坐着。

大家一商量,买了台电视机,让他坐在床上看,不少人知道白老四有一台电视机,都跑来看稀罕,啧啧地夸着。老宁媳妇摸摸屏幕说:"这么光这么凉!是啥牌子的?"

郝玉兰学舌道:"海燕的。俺听莲花说的。"

老宁问:"这有多大?下个月俺去宁夏贩十来只羊也买一台。"

白老四轻描淡写地说:"长安和西京去买的,说是十四寸。你把后院牙长的路都放的死羊,羊血流得跟河一样,你也不怕羊的魂来找你?"

老宁嘿嘿一笑说:"俺在河南老家就是杀羊卖肉的,不杀羊咱不就饿死了?现在能挣点不挣,谁知道过几年啥样子哩?"

这话一说,大家点头说是,有人就问郝玉兰为啥闲着这么好的门面房?

不等她说话,白老四就打岔说:"人就是能。做这么个箱箱,装块黑玻璃就能看见人哩。看这个频道——中央台,连北京的人都能看见。"

白牡丹小声说:"西京哥,你看咱爸也懂个'频道'呢。"

白西京逗文文,敲了敲白老四的石膏腿:"你敢不敢?"

文文怕姥爷疼,急得拉住他的手不让敲,问姥爷疼不疼。白老四笑着摇头,露出掉了颗门牙的洞,文文突然扭头问长安:"爸,姥爷也换牙呢?"

邻居们走了,郝玉兰说:"咱门口空着也是个麻烦,不下五个人找俺想在这儿做生意哩。应吧,还不把人烦死了?不应,又得罪了几十年的街坊,让人心里不美气哩。不如咱家自己做个生意,槐花接着去卖冰棍,牡丹是临时工,加上俺也有三四个人哩。"

没人说话,她只好算了。耽搁了十来天,不断有人来问门口这片地方,弄得郝玉兰见人先赔笑，不住在心里盘算。

白老四说："你这么大年纪了还不安生？"他一个劲叫她火岭奶奶，意思说她和火岭奶奶一样爱钱。

郝玉兰想开饭馆，家里没人支持情绪就不好了。吃罢晚上饭，就说白老四是个不操心的好命人，活活把她一个人的心操碎哩。白老四却不生气，提醒她说："你今儿咋不看《霍元甲》了？俺刚听见人家的电视唱《霍元甲》的歌了。"

她才想起竟耽误了最重要的事，这个电视剧演了好多天，她一集也没误过呢。每天晚上这个时候，街上人立刻就少了，几乎家家电视机都唱起"昏睡百年，国人渐已醒……"的主题歌，偏自己今儿给忘了。除了武功高强的霍元甲，郝玉兰尤其喜欢那个爱国又忠义的陈真。

"可不是，都开始了！"她打开电视果然开演了，"老四，要不俺回娘家问问俺爹？"

白老四不置可否地说："先看电视吧。"

第二天，郝玉兰就跑回娘家和爹商量，老头儿身体倒还硬朗，就是不爱出门了。玉兰摩挲着老爹干巴巴的手，又在他的膝盖上轻轻揉着说："爹，你说俺干不呀？"

老头儿靠在床头闭上眼儿，想了想说："干点啥吧，卖冰棍也不是个长久。尚勤路有卖肉丁胡辣汤的没？俺觉得河南小吃在陕西能吃得开的数这个了，不光小东门跟前的河南老乡爱吃，里面加上醋和辣子陕西人也爱吃，又顶饥又热乎。"

她兴奋起来："爹，这个饭咱家也老做呢。孩子们都爱吃。"

郝仁义咧开没剩几颗牙的嘴笑了，她见爹笑也跟着笑："爹，俺说得不对？你笑啥呀？"

老头儿用指头比画着说："咱吃的是自己家的胡辣汤，剩菜剩汤打点面糊就能吃了，要卖正宗的河南肉丁胡辣汤，你那汤还差得远哩。要用牛棒棒骨熬一天一夜，那汤发灰发亮还得加老汤。然后洗面筋，把好白面和好醒好，一次加一点水，洗出里头的面筋上笼蒸成面筋饼，切成小丁丁。再得煮肉，十几种调料把好牛肉煮好也切成小丁丁……你别急，还多着呢！泡粉条——说起粉条，得用咱老家的红苕粉条才行，又筋又透明最好。像海带、黄花菜、花生米这些都得泡好，切成小丁丁，这才算是主要的料配得差不多啦。"

郝玉兰大喜过望，听一句跟一句："还有啥？爹，你懂得还怪多哩。俺哪知道有这么多讲究，爹，还有啥？"

郝仁义得意地说："你不知道的多着哩。光煮肉就有讲究哩，这些料哪些要当天泡哪些要隔天泡，哪些要用调料水泡，哪些要骨头汤泡都有讲究呢。胡辣汤最关键是个味，这胡椒粉太重要了，你要买回胡椒粒自己用石磨磨成面儿，用小筛子筛去粗渣才能用。胡椒粉要放在热汤里才出味，不能煮也不能放在温汤里。其他的十几味调料也是得这么自己磨才能用。没有这十几味调料，你这汤就是没有魂的汤。"

说着郝仁义又细细把做胡辣汤的过程讲了一遍。

郝玉兰一一记在心里，又陪老爹住了两天才打算回尚勤路，郝仁义说："再陪爹住一天吧，咱爷儿俩好好说说话。"

她赶紧放下衣服，拉了个小板凳坐爹跟前。他拍拍头说："忘了，忘了。还有个关键哩！胡辣汤里不能放酱油，得用白砂糖在火上炒成糖色再加开水备用，要不勾了面芡的汤一放酱油立刻就泛出一层水在上面。玉兰，你不是偷工减料的人，这个饭爹看你能卖好！"

郝玉兰赶紧点头说记住了。

老头儿说："好多天没见过太阳了，你扶俺到院里面晒一晒吧。"

见他这么好的兴致，郝玉兰和西珍把他连扶带架放在大躺椅上。这么一折腾他就累得不住喘气。太阳光从槐树叶缝里洒到他脸上，玉兰忍不住说："爹，这些年你这脸上没咋变哩。"

西珍说："就是，从我进咱家门，爹变化都不大。"

郝仁义笑了说："现在让俺死，俺拍拍屁股就走啦。孬好吃了几年饱饭哩。"

郝玉兰见西珍走了才说："又说死，说点好的呗！爹，不是你给钱让俺买下尚勤路的门面房，哪有现在哩？人家都眼气得不行。"

郝仁义说："嘿，咱是勤快人，心又善，哪能没好报呢？你命里有运气，爹能给你的不过是那点钱。"

她给爹轻轻揉搓着细得只有一层皮的腿，心里有些伤感。他想到啥就说，说过去老家的事儿，说逃荒路上的事儿，说他那些做玩意儿的学生们，说郝玉兰和白老四那些孩子们……他们在院子里东拉一句西扯一句，直到天黑，郝仁义才说："回吧，回吧，天下没有不散的筵席，老四的腿才好，你这一出来就三四天。玉兰呀，爹当初害怕老四年纪大，把你和一群孩子闪在半路上，那你的命就比黄连还苦了。这几年眼见你过得还算称心，爹也就放心啦。"

郝玉兰说："爹，俺知足哩，俺知道你一直疼俺。"

郝玉兰没想到，这竟成了和爹的最后一面。第二天夜里，郝仁义就悄然离世了，早上金玉发现他双手搭在胸前，脸上微笑一般。邻居们说，这老头儿是老神仙托世呢，仁义一辈子，死得也体体面面，睡着觉就去了。

给爹办完了隆重的丧事，又过了半年多，郝玉兰的小吃铺才开门营业了，按郝仁义的意思起名叫"郝记河南肉丁胡辣汤"。她在小东门熟人多，又做的是河南风味小吃，远近的人就来捧人场过馋瘾。没一个月，生意就火爆得几个大桌都坐不下了。她只好让白东京、白西京和梁长安找人重新翻盖房子。就算这边盖着房子，马路边搭的棚里，胡辣汤也一天没停卖过，照样大清早就排上了队，不到晌午就卖完了。

花了一个来月的工夫，郝玉兰张罗着盖了个二层楼的房子，楼上一间专门放粉条、面粉杂货，一间是白牡丹的房间。老两口住在一层的最里面一间房，外边两间全部腾出来，又摆放了五张桌子，早上人最多时的拥挤才算有些缓解。伙计们的宿舍和做汤的大厨房还是没地方安置，郝玉兰就和隔壁的邻居商量了，又租下了三间大房。她的胡辣汤不光小东门里外的人爱来喝，更有在南郊、北郊住着的人，也早早跑来，说喝一次想两次哩！吃完还要啧啧夸赞："这么地道的河南胡辣汤硬是让咱喝上啦！"

老蔫拉了一辈子架子车，退休后他就挂上了拐。自从郝玉兰的胡辣汤开张，他每天早上七点准时从锦华巷一瘸一拐来喝，老蔫媳妇还和过去一样，离他一步远的地方跟着他，俩人都不爱说话。老蔫媳妇用勺子搅搅，肉丁、花生、面筋丁满满的，就说："玉兰呀！这一碗五毛钱，你放这么多东西，能赚不能呀？"

有人就说她："吃着正宗的啦，还操心人家赚钱不？"

玉兰笑说："还没算哩，反正已经搭里好几千啦。"

老蔫媳妇说："没想到你有这手艺呢！俺再买一碗带回家，老蔫他娘下不了床啦。她天天坐被窝里念佛呢！俺给她尝尝你的胡辣汤！"

玉兰问："她身体还好？"

老蔫媳妇摇头说："老蔫说他娘要是能过去年就算好的，年纪太大啦！她也说盼着佛来接她呢！"

一个胖老头儿禁不住说："不行就涨价。别人五毛钱，光是几根粉条和些清胡椒汤，味也不正。你这汤里有生姜呢，昨天俺给俺那九十岁的老妈端回去了一碗，老太太喝着喝着都哭啦，说这不是她小时候在开封府喝的胡辣汤吗？以为活着吃不上了哩。本来老妈有些感冒，喝了一大碗出些汗感冒倒好了。这不，让俺今儿一定给她再捎一碗。"

郝玉兰喜不自禁："那一碗就不收钱了，难得老太太爱喝。"

旁边有人说："不中！你得涨价，要不你赚不上钱不干了，俺们到哪儿喝这汤呀？"

老宁也常来喝汤，而且几乎天天来，喝完他不急着走，总要和郝玉兰胡拉八扯些闲话。她便觉得奇怪，到晚上闲的时候便和白老四说："老宁过去不爱说话，现在反倒话多得很，俺忙着做生意，顾不上理他，又不想伤了老街坊的面子。明天你再见他来喝汤，就去和他说话，让他没办法拉着俺说就好。"

白老四对郝玉兰交代的事总是格外上心的，第二天老宁果然来了，喝了汤还不走，又和郝玉兰找话说，白老四就从里屋出来，拉个高凳子坐老宁旁边和他说。郝玉兰暗自好笑，到厨房去看伙计们干活，不一会儿白老四慌张地来了，拉她到没人的地方说："你当老宁为啥天天来喝胡辣汤？"

郝玉兰让问得纳闷："你觉得俺的汤不好喝？"

白老四压了声音说："他把咱的摊子当接头倒货的据点呢！狗日的！人家倒腾赃物到小东门鬼市，他倒敢大白天在咱家的摊子上弄这事！"

郝玉兰一下急了，她问："他倒啥货？是不是大烟？"

白老四摇头说："不像！那两个人一看就是吸大烟上了瘾的，精瘦的，眼圈都是青的！他们偷的好像是金货，说有十二克，老宁收这些贼偷的东西呢！"

郝玉兰便往门外冲，白老四拉住她说："你别去！俺和他说了，以后再别来了，俺们正经做个生意不容易，让他另换地方！"

郝玉兰这才松了气，白老四沉重地说："他咋和那些小偷混到了一块？过去多难他都过来了，现在倒挣这脏钱……"

他扭过头，冲外面看了看说："玉兰，俺咋觉得这几年人们光忙着挣钱，坏人像是越来越多了？过去穷是穷点，干坏事的人还知道干的是坏事，知道要躲着人偷偷到鬼市去买卖赃物。现在倒好，大鸣大放干坏事！都不用去鬼市了！"

郝玉兰没好气地说："鬼都大白天上街偷东西了，鬼市盛不下他们了！下次他再来俺可不答应！你刚才就该拿棍把他打走！"

白老四不紧不慢地说："就当他这号人是鬼吧！明天俺把棍给你准备好！"

生意太好了，人手一直不够，郝玉兰天不亮四点就起来扎开煤火烧汤，六点多天刚亮汤就好了。开始是郝玉兰自己盛汤卖，可是生意好，锅前一直是满满的人在排队，盛一早上汤都停不下来，厕所也没工夫上，她就培养了个伙计替换，这才好些。因为锅前总拥着长队，每天就有人为插队吵架，人们给别人介绍去喝郝玉兰的胡辣汤，往往会说，尚勤路的郝记，好找！你看哪家人多有人排队吵架的就是了。郝玉兰的胡辣汤就在西安城渐渐有了名气，开始雇的四个人不够用了又加了两个，人还是忙得团团转。所幸到上午十点多就卖完了，全家这才休息一中午，下午又开始准备第二天的料。旁边摊位的早点往往卖到下午一点多，就笑着说，你要多烧上两锅汤，我们这饭就卖不完啦。

她听出意思，就只做六大锅，完了就收摊。大家都说，玉兰真是郝仁义的闺女呢，放着钱不赚真不容易。也有人说，六十多岁的人怕是累不过来，要不谁和钱有仇呢？她只一笑就过去了。白槐花雇了个小女孩在电影院帮忙卖冰棍，又找了个保姆在家里看孩子，郝玉兰说生意就不用槐花管了。她一心想让牡丹给她帮忙，想把河南的胡辣汤做好卖出个样子，因为这是爹过世前几天教会自己的，她就更鼓了一口气。

白牡丹却不吃她的安排，郝玉兰说毛笔厂活又不多，三天有活五天没活的，一个月挣的钱没你槐花姐的冰棍摊三天挣得多。白牡丹笑着说："妈，我不想干这又脏又累的事，你让我挣个轻松钱行不？毛笔厂我也不想干了。"

玉兰啪一声把手里的盆丢在灶台上，把白牡丹吓了一跳："白牡丹！你别以为你找个男朋友俺不知道。你姐说你俩都一块儿看了好几次电影了,谁让你自己找的?他是干啥的?"

白牡丹嘟囔着说:"就你爱生气,都啥年代了,看个电影还得汇报呀。他做服装生意,天天跑广州可有钱了。"

她没好气地说:"有钱,你只知道钱,小心人家哄你!"

接着又恍然大悟:"怪不得你一天三换衣,你就那几十块钱的工资,哪买得起?原来找了个卖衣服的。"

白牡丹有些得意了:"我也没白穿人家的衣服,我说啥样式好看他才进衣服,赚了钱当然得谢我了。他从广州进货,在康复路批发,做得比吕莉的服装店还火哩。"

郝玉兰见她边说话边用眼角瞟着镜子,气更大了,伸手把镜子取下来丢到桌上说:"从小都这毛病,好好的眉毛拔成秃的再用笔画根粗线,像啥样子!跟他学坏的吧。俺不许你们来往,你老老实实回厂里上班,要不就回来做生意。"

牡丹怔了怔小声说:"不!"

玉兰没想到一向乖巧的白牡丹敢说"不",有些怔了。

牡丹说:"你没见过他,为啥不许我们来往?我准备在骡马市也弄个摊位卖衣服呢。凭我的眼光,卖衣服比你卖胡辣汤还来钱快呢,也不用一碗五毛地卖一早上。"

郝玉兰气得说不出话来,白牡丹见她只喘着气盯着自己却不说话,害怕妈气住了,赶紧又揉胸口又回话才算完。

谁知白牡丹真的就辞了工作,托吕莉在骡马市找人批了个小摊位专门卖女装。白槐花给妈说,牡丹来借几百块钱当本钱进服装卖。郝玉兰知道了,二话不说就拉上槐花,到骡马市找白牡丹。

骡马市在东大街,离市中心钟楼很近,二三百米长的小街原先是卖菜的早市,早市撤了有人摆地摊卖袜子、鞋垫的小东西。干的人多了,常有人为争地盘打架吵闹,后来骡马市就画了白线分成小摊位,由公家统一批才能经营。这样骡马市马上井然有序了,渐渐形成了规模,连晚上也有卖化妆品、头花的摊位,能摆到夜里十一二点。西安市最时髦的女孩子都爱到这儿买衣服,说这儿的东西便宜还能搞价,不像国营商店,衣服挂得落了厚厚的灰尘,营业员还爱理不理，连试也不让人试。

白牡丹的男朋友其实就是锦华巷的吕方，吕方和妹妹吕莉现在都跑广州进货，专干服装生意，也颇赚了些钱。白牡丹知道妈从心里头厌恶吕家人，迟迟不敢说出吕方的名字。

郝玉兰和白槐花没费多大工夫就找到她的店，店的名字是"花之魁"，郝玉兰听白槐花念了说："一看就知道是白牡丹的名字。嘿，干个啥都是这张狂劲。"

一进屋，有几个女孩在布帘子后边试衣服，郝玉兰不自在了，拉着白槐花站在门口说："现在闺女都胆大得很，光个膀子就换衣裳，一身肉就那个小布帘帘能挡住？"

白槐花说："妈，你思想咋还不开化呢。牡丹都二十多了，你考察一下再说不愿意嘛。"

郝玉兰说："听你这意思，你不光见过还认识，那小伙人咋样？"

白槐花为难地说："你还是让牡丹自己给你说吧。"

正说话间，白牡丹收了钱送几个女孩出门，高兴地说："妈，你不会打我吧。"

郝玉兰哼了一声，只顾着看，房子不大收拾得挺好，沿墙挂满了花花绿绿的衣服，门口还立了个穿花裙子的木头人。不断有人进来摸衣服问价钱，白牡丹热情地介绍着，她放下心来，知道生意不错。

玉兰等商店没人了问："咋样？"

白牡丹说："啥咋样？"

白槐花打趣她："你只当咱妈问你对象的事儿呢？咱妈问生意咋样？"

白牡丹扬起手中的钱说："才中午我都卖了三件啦。一般下午才算开始呢。"

郝玉兰不屑地说："才三件！你能保住本？这房子多钱一个月，你出去吃饭谁看摊？"

白牡丹说："哎呀！妈跟警察一样哩。我和吕莉的商店挨得近，叫一声就来帮忙了。你嫌三件少？你知道这裙子我多钱进的？十三块钱。你看刚才那个女孩买了一件，我给她要五十她还到四十块，我这一下就赚了二十七块。顶你多少碗胡辣汤？"

郝玉兰有些想不通，悻悻地说："这么少的布料，也敢卖四五十块钱？"

白牡丹得意地说："她们看我穿得好看，就是再贵也要买的。咱在小东门见的净是穷人，你不舍得不等于别人不买。我现在才知道有钱人太多了！"

郝玉兰本来兴冲冲的，听她这话又来气了："又是钱！死闺女，俺让你受啥罪了，这么爱钱？"

正说话间，一个高高瘦瘦的男青年来了，手里还提了串香蕉，见郝玉兰赶紧叫："四婶，你来了。"

她并不认识，先笑着应了一声。

白牡丹涨红脸说："妈，他就是吕方……"

郝玉兰一下明白了，吕方活脱脱就是老吕的样子！粗眉细眼高个子，很宽的肩，满脸堆着笑，头上却是很长的烫发，乱蓬蓬的，花里胡哨的大花格衬衣，腿上和白牡丹一样，是紧绷着屁股的牛仔裤，裤腿却足有一尺多宽。

吕方递过香蕉请她吃，她只觉脚底往上直冲寒气，禁不住浑身发起抖来，她指着白牡丹又指指吕方，最后指着白槐花，说："你！……你！你还帮着他们哄俺！"

说完郝玉兰一下哭了，转头就走，白牡丹拉她，她反手给白牡丹一个耳光："你原来找了这么个有钱人！算了，你也别给俺叫妈啦！"

过完年时间不长，双福业余学了个驾驶执照，厂里的新车没司机，长安就帮他找闫厂长说话，让他开卡车送货。厂里管车的是个五十来岁的转业军人，看不惯双福吊儿郎当的样子，嫌他太闲散，开中层会说他简直是烂泥扶不上墙。这话传到双福耳朵里，他骂起来，说："老子是烂泥，你他妈的就是狗屎，羞先人呢，封个鸡巴大的小官只管我一个人，还想把我捏个样子呢！"

车管听人说了也骂起来，说："老子带的兵比他娘的驴毛还多，要是现在手里有枪，老子早把他毙了！"

过了两个月，厂里齐步走调工资，人人都有份，偏偏没有双福的，他一听就炸了，梁长安使劲劝他没顶用。他找到车管，车管连头也没抬说："没调就没调呗，你上班再睡上几觉就调了。"

双福狠狠骂了句："驴日下的，老子灭了你就调咧！"

话音没落，手里的铁扳手就在车管脑袋上砸了个疙瘩，鲜血汩汩冒出来。

有人看见了大叫："双福杀人咧！老薛的头让砸成烂梨咧！"

双福二话没说跑到公安科，把扳手摔在桌子上说："他死咧我给他抵命！尿！"

老薛命大，也算双福命大，老薛送到医院包扎包扎就让回家了。在家歇了一个月，拿了一大摞医药费让报销，说是因公受伤。厂里决定报一半让双福认一半，再写个检讨就完事了。双福不干，说宁可开除也不认，更不用说啥鸟检查了。

梁长安劝了他半天，双福突然说："你劝我呢，要是你，你写不写？"

梁长安想想，坚决地摇摇头。

双福狠狠吸了口烟："所以说嘛，我不认，也不写，大不了老子不干咧！我邻居跑运输，在山西拉煤，正缺司机呢。管烟管饭一月一千块！长安，顶咱干几个月。妈的，老薛这怂人的气我受够咧！我立马辞工作去开车。"

梁长安听他说得过瘾，想想自己平日憋屈的时候，情不自禁点头同意。

现在梁长安当了供销科长，又兼技术股的股长，人家说他把皮箱厂的主都做了，只等当厂长啦！从他管了厂里的供应和销售，一年有大半年在外地出差，皮箱厂需要的皮革得到四川、新疆、河南采购，五金小配件要到湖南、湖北去出差，一些小饰件要到广州去。其他一样样的材料得全国各地去找，做成的皮箱又得全国各地去销。他一走，白莲花下班就得照顾文文，没时间多回尚勤路。这次他从上海回来带了不少茴香豆之类的小吃，又把上次从上海带给文文的花裙子照样捎了一件。因为裙边上缝了好几道彩色花边，邻居们都夸好看，让梁长安下次出差给孩子买件一样的。

晚上，文文说学校组织他们星期天去钟楼宣传"五讲四美三热爱"，她一直发愁爸爸回不来，没人给她写小宣传标语。长安让她一句句说着，在她准备好的小黄纸条上"讲文明、讲礼貌……"地写了十几张，文文满意极了。白莲花这才安排文文睡下，来给长安整东西。

看到高高几摞子小纸盒的豆腐干，白莲花笑了："次次都挑最便宜的买一大堆，还是一毛钱一盒？"

他纠正说："涨价了，一毛二了。"

他把几十盒豆腐干、茴香豆放在橱柜里，苦笑着说："别让老鼠咬坏了。出去不买些东西，老人孩子面前空手多不好。买吧，东西贵得咬手。"

她说："星期六咱回妈家看看。听说白牡丹的事闹得厉害，我妈这次别上劲了。"

梁长安打个呵欠说："她们都是硬性子，你也帮不上忙，睡吧。"

又看看文文在小床上睡得挺香，就压低声音说："在外边天天想你哩，没睡几天好觉。"

白莲花故意磨蹭说："再不收拾东西都放馊了，这毛巾你去晾上，先用水洗洗，都闷得有味了。"

不防他狠狠把她抱起来，嘴里说："再不收拾收拾，我也放有味了。"

两个人亲热完，白莲花闭着眼睛躺在梁长安的肩上说："古代男人出一次门就是几年，那还不把人想死了。"

他小声说："这不都回来了，还想啥？"

她把他推开说："人家都说外边是花花世界，漂亮女孩在马路上排队给男人招手哩。你在外边坏了没有？"

他哭笑不得："去的都是工厂，不是在火车上就是长途车上，哪见了啥花花世界哟。再说那么点钱带上，又要垫差旅费又要给家里捎东西，邻居让捎裙子也得先垫钱，十块钱呢，一分钱都不敢胡花，给你也没敢买东西。下次我一定给你带条连衣裙，叫个啥乔其纱，南方人都穿那个。"

她说声不稀罕又爬起来，他说："还不睡，起来干啥？"

白莲花冲他笑笑："你跑一个多月累坏了就先睡吧，东西不整好我睡不踏实。"

梁长安翻身闭眼躺了一会儿，听见她窸窸窣窣整着换洗衣服、洗漱用具却睡不着了，索性也起来说："睡不着了。干脆把车票贴好，算算能报销多少。"

厂里的差费可以先预支几百块钱，回来拿车票、住宿票报销，多退少补。住宿有标准，不能多报，住得便宜就有补助，住得贵了，就得自己补钱。饭钱一天也有定额报销，不管吃多吃少。长安出差尽可能吃差些住便宜些，好多报些钱。他拉开灯，从旅行袋的侧兜拿出个牛皮纸信封，倒出各式各样厚厚一摞子票据条子。白莲花见一个塑料袋里湿湿的:"这是啥?"

梁长安抬头一看说:"忘了!昨晚上洗的裤头忘晾了。"

她说:"洗了也放馊了,我再洗一洗吧。"

莲花见裤头洗得发白,边也烂了,松紧带早没了弹性,心知长安在外边省钱,心里有点心疼了。他把汽车票往一张大纸上贴,白莲花晾好裤头,重新坐在长安的对面,从灯影下看他的宽额头和高鼻梁,只见他乌黑的浓眉皱着。

"看啥?快睡吧。一大堆票要按住宿、餐饮、汽车、火车分类贴,真烦人。"他不耐心了。

她也撕张白纸说:"我贴汽车票吧。"

他夸道:"真知心,知道我最烦就是贴这个汽车票了,五分钱的车票一堆,还有一毛两毛的……呀,我坐了这么多车呢。"

她说:"你在外边真受罪了,不舍得吃又不舍得用。这几年基本上没添过衣服。"

梁长安抬眼睛看她说:"你好像添置过一样。去年在广州给你带的裙子也没买好,还让给你们厂小莫了。是不是你嫌贵才让的呀?我觉得挺合身的!"

想起那条短裙她笑了:"你这时候才灵醒?那么漂亮的裙子咋能不合身?就是二十块钱太贵啦。人家小莫没负担,买了就买了。再说,咱不是要攒钱盖房嘛。"

屋顶上黑乎乎的椽子已经朽了,糊了一层层白纸、花纸的屋顶让雨水泡得起伏不平,屋角的顶棚已经快掉下来了,雨水在上边泛出大大小小的黄水渍。

长安说:"让你跟我也没过上好日子。上个月西安下雨没?没有再漏吧?"

她摇头说:"漏得不厉害。我说这墙让雨泡得跟狗啃了一样。文文说现在要语言美哩,你还说粗话!你说,这也叫粗话?"

说着白莲花和梁长安都笑了。

"这房买来也十几年了,屋顶修了三四次还是漏。这次一定要盖个小二楼,跟双福家一样。"梁长安下决心说,"他给私人运输队开汽车跑长途,今年家里就盖好小二楼啦。"

长安眼红得厉害,还特意留下施工队的地址、电话。说话间,手中的火车票、住宿发票都贴好了,他把加出来的钱数写在纸上,旁边写上自己的名字。

白莲花还在一堆汽车票里找五分钱的，长安就拿过几张一一辨认，她突然说："我厂有人出差拾汽车票报销呢，让出纳发现了，好几张票号都连着的，明摆着是想多报销呢。"

梁长安说："我厂也有这号人，上次开会我还说这事呢，咱宁可饿死也不能丢那人。"

两个人对视着笑了，白莲花说："缓缓再盖房吧，再攒攒钱。"

梁长安和白莲花一直计划着盖房子，就努力攒钱，光是五块钱的零存整取都办了三四个，争取每个月都存二十块钱，到了他出差回来，报销还能再存上十几块，他说："省下的饭钱和住宿的补助太少了，不行再借点钱先盖房吧。"她说："好不容易才把买房的账还完，再借钱人心又紧张了。"

"不行，我一想起这房都心悸，万一下连阴雨房子塌了，你和文文出个事咋办！"他摸摸白莲花的头发，小声加了一句，"我还有啥呀，还不是为了你和文文？这次就是拉债也要盖。"

白莲花被感染了，眼睛亮亮地看着他："咱妈说了几次，给咱些钱把房盖好。上个星期文文开学报名要六块五，她是毕业班，要交参考书和印考试卷钱两块五，这就是九块了。我交了学费，把几个零存整取存上没有多少钱了，就到你厂领工资。你不是说没钱就拿你的章子领下个月工资吗？"白莲花眼睛蒙了一层泪水，梁长安意识到她肯定遇见了啥事。

"我领工资时你厂的人说：'梁科长那么有本事，家里还缺这么个学费呀。'见我穿的衣服，人家说这么高档哩，我说我妹妹是卖服装的，人家就说，梁科长有本事跑供销嘛，这是我们能看见的，看不见的还不知有多少呢……我怕人家说你媳妇不漂亮，专门穿上牡丹给我的那件风衣……再盖房就更说不清了。"白莲花无可奈何地说。

桌上是贴好的报销单，她轻轻在车票上用指头划着。梁长安气得脸色发白说："咱把房盖起来，看谁能把老子尿咬了！我在外边受苦受累，为了货比三家采购便宜的好材料，跑得跟个骡子一样，他们倒满是淡话！房还得盖，咱没做过亏心事，公家的一分钱也没往兜里装过，理他们干啥？"

长安横下心要盖房，找到给双福家盖房子的包工头核算工和料，和白莲花请了假，起早贪黑地拆了旧房。盖房子是大事，郝玉兰跑了趟八仙庵求了几个写着"姜太公在此，天无忌地无忌"之类的红布条，交代长安上大梁时绑在木梁上，又掏出个小红圆镜，让一定嵌在院门的正上方。

白莲花说："现在都是水泥楼板，哪有什么木梁？"

郝玉兰说："那就绑在水泥梁上。这'照妖镜'可是避邪的。"

她又说要注意把地基挖深打实，砌墙前要好好把砖用水浸透，工人会偷懒的，让长安自己多浸几次："上梁时的鞭炮俺也买好了，到时别忘记在每间屋里放一放。"

长安听她一一说完，扭捏了半天才说："做活出力我俩不怕，只是……还差七千块钱……"

郝玉兰让白槐花去银行取，说："不用还了，俺干生意就是想着，随时能拿出钱来帮你们哩。"

长安坚持说过三年就还，她笑了说："你别给自己定日子，要不又和白莲花勒着嘴攒钱，俺天天做着生意又不用钱。"

整整忙了一个半月，长安和白莲花累瘦了十来斤，终于把一院四上四下的小二层楼盖了起来。大槐树和石桌椅还在原处，原来的大黑木门却换成暗红色的大铁门，连院墙长安都让用白瓷片贴了。在楼房的挑梁上，郝玉兰求来的红布条飘着，院门上也安上了小圆镜。

现在郝玉兰再也不能全心全意卖胡辣汤了。她怕白牡丹偷偷去登记，就把户口本给白莲花说："你把这个拿好，俺怕那个妮儿胆子大哩。你瞅瞅俺的命咋这苦哩？"

为了白牡丹的事郝玉兰哭了好几次，生意也没心做了。白槐花劝她算啦，她却不依，冲白老四说："你说说，咱这七八个孩子，咋到最后这个出麻烦啦？她把俺的脸都丢到城河沟里啦，谁不知道老吕家的人都是下三烂？"

她越说越气，哭着骂着号啕起来。白老四沉默着拍拍她的背，她更大声地哭起来："不中，俺坚决不答应！你这回一定支持俺！"

郝玉兰擤着鼻涕说，他叹口气点头同意了。

郝玉兰就开始集中精力给白牡丹介绍对象，白莲花和梁长安厂里的工人介绍给白牡丹，她不愿意；白东京的钢厂里工人倒是多，白牡丹更是看不上。最后郝玉兰想起白西京的银行是个金饭碗,就给白西京打电话叫他回来商量。

白西京说:"这事估计咱们犟不过牡丹,我听说吕方不像他爸和他哥,挺精干的小伙子。这几年赚了不少钱,都是跑生意赚的。"

郝玉兰顿时气了,站起来啪啪拍着桌子说:"吕方给你们啥好处啦?把你们的嘴都抹了蜜油啦?俺见他穿件花不拉叽的衬衣,还有那么长的女人头发,就知道他和他爹是一号货色!你替他说话也别给俺叫妈啦!"

白西京一听赶紧说:"妈,可不敢生气。我当年结婚可是你点过头的。人家那头是现在流行的,叫爆炸头。"

"去他娘的,真把他爆炸了才好!"郝玉兰恨恨地说。

不管白西京咋想,还是不敢不听妈的话,立即给白牡丹物色对象。花了一个多月的工夫也没合适的,毕竟白牡丹没有正式工作,人就先矮了半截。郝玉兰亲自找他问进展,说白牡丹让自己撵出去一直住在白梅花家,白梅花他们和公公肖会计一起住,时间长了就不好啦。

白西京只好矮子里头挑将军,先给白牡丹介绍再说。谁知白牡丹却不见,犟嘴说这辈子不嫁人了。他拿出当哥的气势说:"哎,我说小妮儿。我可是代表咱妈来跟你说的,你再不听话,我就把你胡乱嫁出去了。"

白牡丹不吱声了,白西京拿出两张照片,啰啰唆唆说了半天各人的长处、短处,让她去见面。她瞟了一眼却哭起来,白梅花说:"牡丹,你就别任性了,再不见面咱哥不好交差,咱妈催得紧呢。"

白西京说:"我说我小妹妹长得比刘晓庆还好看哩,给你介绍的也是条件好的。"

白牡丹抽搭搭指着照片说:"一看就是银行的,长得像个财主,眼睛那么小,我看不上。哥,你见过吕方,他哪点不如你银行的人?"

为了白西京好交差,白牡丹还是硬着头皮和人家都见了一面,人家当然很愿意,也表示不嫌她没工作。白牡丹却很利索,见面不到五分钟,就问人家一月多少工资,家里多少人,有没有房子。其实不管回答是啥,最后她只说一句,咱俩太不合适了,还是不用联系了吧。

如此这般四五次,郝玉兰终于悟出来,白牡丹和自己打持久战哩,后悔自己低估了她,收兵太早。从白牡丹答应相亲,她就让白梅花把白牡丹接回家住了。思来想去，她索性自己上阵，卖完胡辣汤就跑到"花之魁"去陪白牡丹，晚上再跟她一起收摊回家。没两天，白牡丹心疼了："妈，你天不亮就起床卖饭，扛一天咋行呢？"

她没好气地说："等你找个好婆家，俺就能放心睡在床上了。"

白牡丹也赌气说："把你累坏了，我那一群哥哥姐姐还不把我吃了？算了，我也就不干这个服装店了。"

她当了真，面露喜色说："太好了，你把店盘出去，咱一块儿卖胡辣汤。现在光伙计都雇了九个人，还是忙不过来，你回来咱一块儿干。你只要不跟吕方，找谁俺都答应你。"

白牡丹哭笑不得："我找个收破烂的老头儿你也答应？"

说着往门口指了一下，一个拉架子车收破烂的老头儿正打着呵欠从门口经过，老头儿又丑又脏，弓腰弯背的，比白老四还显得老。郝玉兰知道白牡丹和她赌气，索性不说话了。

这时有人来买衣服，问裤子多钱一条，郝玉兰没等白牡丹应声抢着说："十块钱。"

白牡丹赶紧说："三十五块。"

那人说这人可说十块，白牡丹不敢说她妈说的不算，只好赔笑说："她记错了，这样的样式和料子都是最流行的，哪能十块呢？"

郝玉兰故意说："你不是说十块钱进的吗？"

白牡丹等顾客出门，忍不住哭起来："妈，我一辈子不嫁人还不行？妈，咱早些回家吃饭吧。"

她说："才几点就收摊，你不是说人家下班后生意才开始好呢？再等等吧。"

白牡丹说："咱还是回家吧，我今儿不舒服。"

刚到家，白老四说："你们回来咋这么早，还没叫伙计们做饭呢。"

玉兰就让伙计熬点绿豆稀饭，炒两个菜，再调个蒜泥黄瓜："今儿心热烦得很，就想吃些凉的。"

听她这么一说，白牡丹自语道："今天这日子可不好……"

她看看门外，欲言又止。郝玉兰只当她累了，就说："还有太阳呢，你吃了就早早睡吧。"

这时门外有人影一闪，白牡丹立刻放下毛巾出去了。郝玉兰疑心了，紧跟着出门，只见白牡丹和个女孩小声说着话往后院的巷道走。她正要回屋，突然心里一动，那个打扮妖艳的女孩不就是吕方的妹妹吕莉嘛。她冲着白牡丹叫："牡丹……有啥话进屋说。"

白牡丹紧张地应了一声，吕莉忙叫她："四婶。"

郝玉兰冷冷地说："你找她啥事，你今儿不在商店跑俺家干啥？"

吕莉赔着笑说："我妈和我哥想来看你，让我先看你回来没。"

她气呼呼地说："看啥看？本来好好的，看来看去倒成事了。"

白牡丹冲吕莉伸伸舌头，让她刚巧看见，怪她和人家一心，有意责难地说："俺今儿难得和牡丹回来得早，都要睡觉了。你赶紧忙你的吧，你妈和你哥也别来俺家。牡丹的事儿，俺不同意！"

白牡丹没想到妈这么干脆利落地把话说出来，眼泪一下流出来，哽着叫了声"妈……"就别过身子，咬着嘴唇光掉眼泪不说话了，她装作没看见。这时吕方妈和吕方从马路对面过来，两个人手里大包小包地提满了东西，吕方妈烫了一头卷卷，涂脂抹粉的脸上堆着笑，亲热地叫："四嫂，俺今儿专门来看看你。"

眼前一下多出三个吕家的人，看看老的郝玉兰觉得生气，再看看两个小的，她更是气得冒烟。郝玉兰顿了有一分钟，眼泪溢出来，冲白牡丹吼道："你这个丢人的东西！弄来这么多人给俺示威呢！"

她又冲吕方他妈说："你儿子的事，俺永远也不同意！你们别进俺的家！"

说完她扯着白牡丹进屋，啪一声把门摔上，将吕家母子关在门外。

尽管郝玉兰铁口钢牙说不同意，白牡丹还是铁了心愿意。郝玉兰知道吕方和白牡丹还有联系，越想越生气，抢起扫帚把白牡丹抽打了一顿。白牡丹既不躲也不说话，只是默默流着眼泪。打到最后，郝玉兰也哭得泪人一样，她看着白牡丹的胳膊上登时红肿起来的痕迹心疼了，丢下扫帚问："牡丹，听妈的话中不中？"

白牡丹垂下头不回答，郝玉兰气极喊道："老天爷！这孩子长大了倒不听话啦！明明是火坑你也跳？他们一家人偷偷摸摸过日子，整个小东门谁不知道？哪怕他丑些穷些俺都不嫌，可他家是个烂名声呀！你看那老妖精割的双眼皮，活像个肚脐眼让人恶心。吕莉和吕方都是爆炸过的头发。牡丹，他再有钱你也和他过不长久，人活脸，树活皮！嫁给他你一辈子让人看不起！"

白牡丹大声说："我愿意！你咋知道他对我不好？他爹、他妈不好和他有啥关系？"

郝玉兰抖着手从案板上抓只碗看也没看冲她丢去，骂道："会和俺吵架啦！你要跟他结婚，除非俺死了！你后悔的日子还多哩！"

碗摔得粉碎，白牡丹捂着头呀了一声，从指缝里流出蚯蚓一样粗细的血。郝玉兰看得真切，张张嘴要叫白老四却腿一软坐在地上，白牡丹哭着看见手上的血说："妈，你对我这么狠！姥姥把你硬嫁给我爸，你不是也埋怨了一辈子？到我了你咋还包办？"

郝玉兰脸色发灰，抖着嘴唇说不出话，两腿软得就是站不起来。

白老四听见娘儿俩又摔又吵，忍不住跛了腿过来，见白牡丹满脸鲜血，失声叫道："天爷哩！你娘儿俩咋把血都打出来了！"

他赶紧拉白牡丹要去医院。她犟着不动，白老四也气了："为了吕家那个小子，你变成啥啦！你七个哥姐哪像你这么不省心？真是老不歇心少没良心呀！俺那么困难的日子把你拉扯大，以为是个宝贝，没想到是个祸害！"

白牡丹哇一声哭了出来，说："嫌我祸害，我这就走！"

她说完捂头夺门而出。直到门咣当响过，老两口都没反应过来，白老四瘸了腿到门口张望，连人影也没了。郝玉兰呆呆坐在地上啥也不说，他又瘸着到她身边想拉她起来，她才哆嗦着嘴唇说："天爷哩！你瞅瞅这闺女是不是中了魔？"

文文今年要小学毕业了，附近有两个中学可以上，都是在道北，离家近的是个区重点中学，离家远的是个普通中学。白莲花打听了，普通中学校风差，男孩子打群架成风，女孩子也打架，画着好粗的眉毛和红嘴唇学男孩子吸烟，上初中谈恋爱更不是啥了不起的事。她和长安心里一紧，平日从道北几条街过，那些留了前齐眉后及肩长发的男孩们的确让人咋舌，有的坏学生不光守在学校门口问学生要钱，平白无故就打人。更有被学校开除的学生，油里油气在门口蹲着冲漂亮女生吹口哨，缠着要交朋友。

重点中学却管得严。白莲花去看了,学校教学楼是苏式建筑,围墙上还斑驳地留着巨大标语"毛泽东思想万岁!",她一下子就觉得踏实了。大铁栅栏门不到放学不开,学生们也大多是本本分分的老实孩子,所以不管咋样也得上重点。

白莲花和长安商量着一定要让文文集中精力考试,星期天就不去姥姥家了,文文噘嘴吊脸了好几天。两口子盖起房子搬了进去,终于闲下来了,就打算星期天回去看郝玉兰。

谁知正要出门,白牡丹倒先跑来了,文文正靠在床边听广播。白莲花一看妹妹头上包了块纱布,脸色发青,流行的发式也凌乱了,连忙问:"牡丹,你咋啦?快说话呀!"

"姐,你说我咋办呢!"白牡丹说完呜呜哭起来。

长安从铁丝上拉下条毛巾递给她:"别哭!你的头咋了?"

白牡丹低下头说:"咱妈昨天打的。"

"啊!咱妈为啥打你?"白莲花更吃惊了。

她看看白牡丹的脸色,冲梁长安说:"你先去咱妈家吧,说我晚些去。"

梁长安看白牡丹低着头只哭,就点点头,提上准备好的东西出门了,临走给文文小声说:"等会儿她们吵起来,你要劝一劝啊!"

白莲花听她说一定要嫁给吕方,忍不住说:"你也听听老人的话呀,老吕家名声臭死了,你咋就认准他呢?"

她哭了说:"没一个人理解我!没有吕方我能干商店挣钱?还不是在毛笔厂一天对着一堆羊毛干活呢?姐,他真的爱我,还说要给咱妈买个金戒指呢。"

白莲花吃惊地看着她,没想到她会提起金戒指来。

白牡丹又说:"你帮我给咱妈说一说,我让吕方给你也买个金戒指。"

白莲花的脸拉了起来,凉凉地把手从她手里抽出来:"我不稀罕金戒指,也不想挣大钱,只想守着你长安哥和文文过好小日子。"

白牡丹不知哪句话说错了,不敢应声,用指甲在白色网眼的桌布上抠着。姐妹俩都想不出说什么话。

文文在听广播里的评书联播《杨家将》,刘兰芳正说得热闹。

"牡丹,咱妈说得不错,我咋帮你给她做工作?倒是你仔细想一想,要是他没有钱，你还坚持不？"白莲花说。

白牡丹想也没想就说："也会坚持的！"

"为啥？他连学也没上过几天，家里人都好吃懒做。我咋看不出好在哪儿？"白莲花压住气说。

"姐，我知道你们疼我，可你让我找长安哥这样的人我也不愿意。长得好看顶啥用？上学上得再好，咱二哥当研究生了工资也就那么多。我不想住你这么旧的烂房子，从结婚就借钱还债，刚还清了又借钱盖房子，等你们将来还清了，文文也大了。你这打着补丁的烂秋裤，我一辈子也不想穿。姐，你啥时候享受过？"白牡丹说得很坚决，白莲花竟找不出话来反驳她。

"姐，咱家穷，一年到头也吃不上肉，人家吕方家倒啥好吃的也没断过。现在大家都好了，人家就更阔了。除了有钱，他也喜欢我，凡事都听我的，我为啥要找别人？咱妈不同意我也不嫁别人了！"说到最后，白牡丹不光是赌气，更多是下决心了。

广播里刘兰芳底气十足的声音还在继续，文文的耳朵已经在听她俩说话了。

白莲花低头叹了口气，看到自己很旧很旧的秋裤："该说的我说了，你说的也证明你想清了，我劝不动你。"

白牡丹小声说："那……你给咱妈说说好话？要不……把户口本给我……"

白莲花恨恨地说："你一个气咱妈还不够？你拿户口本偷着把婚结了，还让这一家人活不了？"

"那你们还让我活不了？"白牡丹接口道。

听到两个人吵起来，文文不舍地关掉广播，拿桌子上的毛巾递给小姨："你们别吵了，擦擦脸吧。"

"你回家不？咱一起走吧？"白莲花问。

"我不回去。"白牡丹无可奈何地说。

白莲花想起啥突然问："你昨晚上没回家，去梅花家了？"

白牡丹咬了半天嘴唇也不说。

白莲花的眼泪一下流出来，抖着声音说："去吕方家住的？你真让我……"

她扭头就走，文文从来没见妈妈生这么大的气，不敢叫她，白牡丹哭着跟上她叫："大姐，我没地方去嘛。"

"你咋不来我这儿？要户口本就跑来了，吕方的主意吧。我回妈那儿去，你也一起回吧。"白牡丹轻轻摇摇头。

"那你晚上一定回家，要不来我这儿？"白莲花依然心存一丝希望。

白牡丹还是轻轻摇摇头。

眼看妹妹铁了心要和吕方好，夜里居然没回家，白莲花知道妈的心里肯定不好受，便骑上自行车赶到尚勤路，果然看到妈的脸和眼睛都是肿胀的，正和长安说话。莲花猜她是哭的了，就没敢说白牡丹说的那些话。郝玉兰没见牡丹和她一起回来，又见她说话犹豫，心里便明白了，捶着床痛哭道："天爷呀！看她往火坑里跳，拉都拉不住呀！"

长安劝道："妈！这事牡丹自己肯定也是想好了，说不定是咱把吕方想岔了……"

莲花说："牡丹一心想过有钱人的好日子，你不让她嫁给吕方，她以后肯定也看不上家里条件差的，也不会幸福。妈！她都住吕方家了，不如别再管她，让他俩结婚吧！"

郝玉兰抹了把眼泪说："不中！想想她这辈子吃喝都是偷来骗来的，俺都想碰死！不中，俺不能让她睁着眼睛干瞎事！"

正说话间，大门外有敲门声，郝玉兰大喜，几乎是从床上跳下地的。她边应声边跑去开门，长安都没抢在她前面，她叫："牡丹！你回来了？！"

门开了，进来的却是老宁，他很急，从郝玉兰旁边挤进来，却见长安和莲花在屋里。他顾不上和他们说话，冲到冰箱跟前，拉开门，把一团什么东西飞快地塞进去就啪地关上冰箱门，这才冲郝玉兰说："玉兰！你可要帮帮俺呀！"

郝玉兰问："你咋了？你给冰箱放了啥？"

没等他回答，三个中年男人冲了进来，一把抓住老宁的胳膊说："快说！你跑啥呢？把你收的货交出来！"

见他们在自己身上搜摸着，老宁也不挣扎，只是一个劲赔着笑说："弄错了！弄错了！俺身上啥也没有呀！"

长安赶紧把莲花和郝玉兰挡身后,一个男人从兜里掏出个证件冲郝玉兰说:"我们是警察,他来找你干啥?"

郝玉兰说:"他刚进来你们就来了!俺也不知道他来干啥,他有时候早上来喝胡辣汤,可俺晚上不卖饭呀!"

啥也没搜出来,另一个男人厉声对老宁说:"说!你来干啥?你收的货呢?"

老宁一副老实相说:"你们上次把俺放了,俺就再没干过!放心吧!你们肯定弄错了!"

那男人大声说:"胡说!你昨天收的货是入室抢劫的赃物,抢劫犯都让抓住了,他交代把货给你了!他们是人命案,你看你能逃得了关系?!"

郝玉兰心一紧,她不敢相信地看着老宁,他头上的汗冒出来了,眼里流露出慌乱,嘴便结巴了:"人……人命案!俺昨天连门都没出,咋能……找上俺?"

两个警察给他戴上手铐拉着他出去了,从屋里可以看到,一辆警车正停在门外的马路上。拿证件的警察四处打量着屋子,问长安道:"你是谁?"

长安说:"这是我岳母家,我们来看望老人。"

警察撩起冰箱上盖的布,又拉开冰箱门往里看。他四处打量,进门这间全放着摞得高高的桌椅,那是明天摆摊卖胡辣汤用的。郝玉兰觉得自己的两条腿在抖,她想起当年老宁媳妇和自己在城河里洗油线时的情形,便咬牙努力站好。警察终于看完了,冲她说:"有啥情况随时到派出所来找我们!"

他前脚出了门,郝玉兰长出口气,突然捂嘴哭了,全身剧烈地抖着。莲花赶紧扶她进里屋,她从来没见郝玉兰这样惊慌无助过,她叫:"妈!你别怕!这事和咱也没关系!"

郝玉兰用绝望的语调说:"完了,俺牡丹以后要过这样的日子了!他们……他们为啥放着正经人不找,放着正经日子不过呀!"

第二天上午,胡辣汤生意最热闹的时候,郝玉兰正在忙着烧汤,老宁媳妇来了,她拿了个小钢精锅,大声对正在大锅前盛汤的伙计说:"三碗汤!多放辣子!"

见她不排队,大锅旁边排着的两排人就不满意了,有人说:"没见这么多人都排着呢?咋好意思插队?"

老宁媳妇悻悻瞅了眼那人，又见伙计拿着木勺在为难，便说："算啦，俺去找玉兰吧！"

她从人堆儿里挤出来，到了厨房门口探头探脑地找，只见厨房里三个伙计正忙着帮郝玉兰烧汤，她四顾着没人注意，才大声叫："玉兰！"

郝玉兰见是她，把手里的汤勺丢给伙计，边出厨房门边冲她说："你跟俺来！"

老宁媳妇明白她的意思，一句话也不说，赶紧跟着她往家里走。郝玉兰领她到了里屋，指指床前小桌上放的满满一大碗胡辣汤说："俺也不动你家老宁的东西，你赶紧拿了就走吧！他昨天晚上塞到汤碗里就走，坏了俺好好一碗汤！"

老宁媳妇见她板着脸，知道她素来这样，便赔了笑说："老宁半夜才让放回来，这事多亏你兜着，要不他就完了！他说他是让追急了，刚好跑到你门口就进来了！东西俺先拿走，以后好好谢你！"

老宁媳妇在汤里摸出一团东西，郝玉兰仔细看，原来是一个尼龙袜子，里头装了东西鼓了个大团，袜子拦腰打了个疙瘩。她把袜子丢到小锅里，又把碗里的胡辣汤倒在上面，就淹没了袜子。郝玉兰看她不慌不忙的样儿，觉得胸口憋得厉害，她压住气说："你俩又不是日子过不去，为啥要干这玩命的事儿？明明知道是偷来抢来的东西，你们还给他们销赃，挣这钱太缺德啦！你劝劝老宁吧！别干了！他一把年纪了，别劳苦了一辈子，老了老了还要坐监狱！"

老宁媳妇看着锅里的汤，咬了嘴唇叹气说："你当俺没劝过？他说一辈子都下苦出力挣小钱，这钱倒个手就挣了，多轻省。金子化了，再重新打个样式就一点痕迹也没有了，唉！他让钱迷了心，俺俩为这事打了好几架！他都不听！"

郝玉兰见她端了锅要走，撵上她小声说："千万要劝他！等过了这几天，让他来喝汤，俺和他好好说说！"

老宁媳妇走了。

隔了三四天，郝玉兰听人说老宁让抓走了，警察搜走了几百克的黄金首饰和好几个存折，都是赃物。

年前梁长安出了今年的最后一个差，从广州回西安，他坐在火车上睡了一觉。快过年了，火车上拥挤不堪，车票紧张，许多人坐在地板上打盹，连厕所都站满背着大小包袱的人。

　　长安舒舒服服半眯双眼盘算着置办年货，今天是大年二十六了，估计莲花把房子收拾好了吧，文文放了寒假能帮些忙呢。等自己回去再炸丸子、炸鱼、煮肉还来得及，今年妈那边没有牡丹在家，得各样准备一份带过去。

　　"长安，你还有个座位。正品嘛（享受）呢？"他应声睁眼，竟是双福。

　　梁长安赶紧往里挤，挤腾出点地方让他坐下，上下打量说："伙计，势扎得老到得很！真皮的？"

　　双福穿着件黑羊皮猎装，里边驼色的羊毛衫露出高领，长安捏了捏那羊皮，知道这值些钱："你不是开汽车吗？咋也坐火车呢？"

　　双福说："你这件呢子大衣也该换换咧，现在流行皮的。我弄了两辆大卡车，跟了个司机到广州，明儿货主要押车，我就先回西安过年啦。这不，满满两大包年货——给你家拿些东西！"

　　说着他把大袋的广式香肠往长安包里装："这条丝巾给嫂子。还有这两瓶洗发水，都是人家让我从广州往回捎的。"

　　梁长安连忙阻拦："我包里也全是年货。"

　　双福眼尖，从拉开的旅行袋里看了一眼就说："人家都说你这科长当得美，供销一手抓，果然比我这年货高几档呢。对，过两年手里没权了，谁招识你啊。"

　　梁长安不明白他的意思，拉开拉链见旅行袋里是四条红中华香烟、两瓶茅台酒，用毛巾裹了一下，酒瓶下边有个信封露出来。

　　他蒙了："这是咱厂供货单位的小吴给我收拾的旅行包，我根本没买这些东西！"

　　双福打开信封往里瞄了瞄，压低声说："怕啥？我又不跟谁说。至少装了两千块，他求你办多少事？"

　　梁长安回想小吴殷勤地帮他把包收拾好，放在座下边，火车临开还小声说："梁科长，车上人多看好你的行李，别忘了车座下边的旅行袋！过完年我去西安，还得你多照顾我这小五金厂呢。"

　　他当时还笑着说："咱有的是合作的机会。"

　　现在想来，自己简直是个傻蛋哩。

双福说:"托你办事花钱也是该的。我们开车一路长途跑下来,不是超高就是超重,人家警察眼一瞄就开始写罚单,你拿尺子量都不顶用。开始心里也他妈的生气呢,时间长了想通了,不就是罚钱吗?咱见人家好说话的干脆先递钱说不要票,本来罚二百就只罚五十了。反正人家穿了那身皮就是咱的爷。现在改革开放了,你这脑子也要开放哩。能捞就捞,不捞是傻子!"

长安呆呆坐着看车窗外边,双福看他心烦就找话说:"看那边的河,水大呢。"

梁长安才回过神来说:"啥?在哪儿?"

双福摇摇头说:"尿!瓷货!嫌咬手就给我。"

梁长安挠挠头说:"这事是厂里开会定好的。小吴的厂在镇上,其实是家庭作坊,一个村几十家都开五金厂,设备比大国营厂还先进。咱厂试用了质量还不错,厂长让我再去他厂考察一下就订货。一个把手比原来湖北的国营大厂少五毛多,真划算。他怕咱嫌他厂小也不用这样……唉,让人年也过不安生。"

双福说:"人家南方人都是小家庭作坊挣大钱呢。他产品好厂里愿订,你操啥闲心。你思想太老土咧,有权不用过期作废。将来你不当科长了,就是有日天的本事也尿用不顶咧!你猜我这东西给谁买的?"

长安强打精神用手支着额头问:"谁?"

"我的情人!"双福带着抑制不住的激动说。

"啊?"梁长安一下清醒了。

双福侧过头在他耳边说:"我现在有个情人,才二十五岁!和她一比樊华就不叫个女人……"

梁长安问:"樊华不管你?"

双福不屑地说:"她?她凭啥管?再说我咋能让她知道?她是个懒婆娘,脑子简单。我屋结婚的被子十来年也没拆洗过,上边还有儿子小时候的尿渍渍呢。去年我揪头发打她一顿,她拆下被面洗洗到现在都没缝上。让她做饭,一回就做一大盆,热一下吃一顿,能吃大半个星期。家里烂脏得不成样,我在外边一跑两三个月,回家冰锅凉灶,连洗脸的热水都得自己烧,你说我容易不?床上那事更让人说不成咧。她害怕那事儿,就是干也是死人相,完了长出口气，像才活过来一样。长安，你说我在外边累得快日塌咧，好不容易挣点钱，过得那叫不叫人日子？"

梁长安只摇头不接话，双福不知道该不该往下说，两人就默着，都呆呆坐着。这时车上有人叫卖烧鸡、五香茶叶蛋，双福买了放在小桌上，又买了瓶二锅头用牙咬下瓶盖："长安，咱俩喝几口？有两三年没坐一起喝酒了？"

梁长安把茶杯里的茶水一饮而尽，让双福倒酒："喝就喝！醉咧也到西安了。"

双福眯了眼睛抿了一口，又撕下块鸡肉塞进嘴里，只笑却不说话。

梁长安说："有屁就放，怪模怪样弄啥？"

双福见梁长安拿鸡爪细细啃着，就小声说："回西安我先去她那儿再回家。尿！老子现在有钱咧，我有两个家两个女人呢！"

说着他拎起酒瓶，仰头就喝了一大口。

梁长安说："你这几年酒量见长。天天开车，少喝些酒！"

双福眼圈红了："哪天喝死算尿！我想得开，活一天就享受一天。当年有钱我也不会娶樊华，现在真有钱了，我就要补回来。"

梁长安说："前几年你光说和樊华过得不好，我总以为你嫌她腿不好。"

他摇摇头说："你不知道，头几年人瓜着呢，爱脸，心苦也没处说。现在跑了几年车，车祸死人的见得没数。想想一辈子也就几十年，我就不想再苦自己咧。名声是啥？顶个尿！"

回到家，小吴的烟酒和两千块钱让长安如坐针毡，他怕白莲花知道了担心，悄悄锁在箱子里。

晚上，他和白莲花亲热了一回，她数说了一遍白牡丹的事很快睡着了，长安却一点困意也没有躺了大半夜，只觉得太阳穴在跳，翻个身眼睛落在大衣柜上边的木箱上，心里一激灵，这儿还有个定时炸弹呢。他突然打定主意不要小吴供材料了。在厂里自己一分钱也没沾过还落下风凉话，有人知道这事还不把他吃了？

他觉得两脚冰凉，裹紧被子还是睡不着，爬起再拉条毛毯盖身上才觉得暖和一些，到天快亮时才终于睡着了。

这个年梁长安过得很不舒服，白牡丹离家出走后，郝玉兰一家根本没准备过年，大家都小心翼翼的，怕说错话惹老两口生气。大年三十，白东京和白西京都回家了，站在门口和白莲花、长安小声商量，要不要去老吕家把白牡丹找回来。正犹豫间，白老四和郝玉兰坐在饭桌前，叫他们一起进屋吃年夜饭看电视。幸亏有春节联欢晚会，大家看着电视可以不说什么话。十二点一过，老两口就催着他们各回各家了，白莲花看见妈的眼睛，分明是哭过的。

大年初五，双福来到梁长安家，他一家三口都没在，双福只好把礼物放在邻居家，又写了个便条放在网兜里："来给你们拜年，你们没在，年后我出车又不知啥时候才能见面。"

最后又写了一句说："换换你的脑子，思想也得开放了，我要是你就自己单干了。"

过完年，上班的第一天，广州的小吴就来厂了，梁长安板着脸，心里倒佩服南方人真是吃苦耐劳，做生意精明。供销科的同事们懒散地来办公室报了个到，就铺开报纸沏茶水聊开了，反正年还没过到十五，科里也没啥事。女内勤坐了会儿说："科长，我家亲戚多，想提前走会儿去拜年，你看行不？唉，光串亲戚就得跑到大年十五……"

她还没说完，长安摆摆手说："走吧，到门口看看厂长在不在，别让逮着了。"

内勤一脸感激地提包走了。

小吴堆着笑坐在长安的对面，小心地看着他的脸色，像医生在看他的病人。长安面无表情地坐着，小吴先递了根烟，长安并不接，他的手在空中停了停觉出了冷淡，就干笑着放在桌上："梁科长，过年好哇！"

长安哼了一声："小吴，你把这个拿走，明天等厂长来了咱就签合同，要不我们还用湖北的五金件儿。"

小吴顺他的眼光一看，桌下放着旅行包。呆坐了一会儿，小吴低声说："梁科长，我们私人厂没靠山，全凭质量跟国营厂争呢，像你这么能干的人，给单位干真可惜了，在我们那儿你早发了。"

梁长安脸色缓和了些，拾起小吴递的香烟，小吴赶紧给他点上："别的厂订我们的货都争着要提成呢！你这么……我还是第一次遇见。"

梁长安瞭了大家一眼，小声说："你是说我傻？"

小吴赶紧笑着摇头，梁长安用指头点点桌子说："我十几岁就进厂了，在这干了十几年，从来没亏过心！真要是想发财早跑你们南方了。"

红旗布箱厂现在改名叫秦风皮件厂了，有上千名职工，皮包、皮手套都陆续上马了，主线产品还是皮箱。局里派了一大批皮手套的活儿，但七个车间只有一个车间是手套加工车间，人员和设备明显不够。梁长安苦思冥想了半个月，提出个解决方案：在周至、高陵这些有传统缝纫基础的县开办加工厂，秦风厂派技术人员负责教授和把关，妇女们不出家门就赚加工费肯定不愁人干。这一想法得到厂委会认可，但局里还要一个明确的报告。梁长安就和生产科的王科长到周至去了一趟，觉得可行性很强，粗粗一估算，除去运输材料的费用，光人工费和场地费就省下大笔的开支。他的方案一提出，引来厂里一片哗然，有人夸梁长安脑子活，想了个好办法；有人却说他把农村人养富了，把厂里的活儿弄走让别人挣钱，心太黑了！甚至有人说这是新资本主义。闫厂长见厂里反应太大，索性把问题上报到局里，由上面定案，自己只等上面安排。梁长安知道他快要退休了，不想惹骂名，也就一笑了之。

上面的批准意见很快就下到秦风厂，仅用了两天时间，梁长安又和生产科王科长来到周至。他让王科长找地方住下，自己拿着地址去找木匠郭师。长安工作后和郭师还写过信，知道他当了村主任，不出去干木匠活了。谁知郭师没在家，他媳妇说两三天才回来，长安就说让他回来去县城招待所找自己。

陕西素来有"金周至银户县"之说，周至县上有不少绣花厂，他们一一走访，看设备看产品，周至县人都以为从省城来了订绣品的大客商，纷纷送来样品和厂里的材料。过了两天，王科长说咱先订一家吧，长安说不急，再等等。

晚上郭师抽着烟来了，长安一见就拿秦腔叫他："叔。"

郭师一愣，说："呀，长安，你咋成了领导势子咧。晚上饭吃咧没？叔请你。你到咱县上做啥呢？"

他还是短寸头，络腮胡子却刮得很干净，身上是城里人穿的黑皮夹克。

长安笑着说："郭师你五十多岁咧，说话咋还这么有冲劲。我有事找你呢。"

他把事情一五一十给郭师讲了一遍，问他："你说咋个样？"

郭师啧啧地说："你这脑子就是灵！我那时候就说咧，你好好干，将来就是大工了，没想到还是把你看低咧。你就是个活财神！把这么大的活儿给我，领我村的人致富呢，我还敢有啥不行的？"

王科长和长安笑了，长安说："你挣钱不要紧，可不敢把活做坏咧，那就把我的饭碗打了。"

郭师连声说："不敢，不敢。"

不到半个月的时间，郭师的将相村绣品厂门口挂上了新牌子：西安秦风皮件厂周至第一加工厂。长安又在县上选了个第二加工厂，过了半个月，招来的绣花工人经过培训，已经能把成品手套做出来了，他这才和王科长带着第一批成品，坐上厂里送原材料的大卡车回了西安。

一个多月没见面，长安提个网兜进门，莲花一看心里就难受起来。他的国字脸好像拉长了不少，两边的脸颊陷了下去，头发却老长，乱乱地蓬在头顶。外套里边露出的领子是油黑发黄的，整个人更是脏乎乎、疲劳不堪的。

"天呀！你蹲大狱了吧？咋成这样啦。"白莲花失声叫了起来。

长安的精神却很好，笑着到镜子前照照："是黑瘦了，天天吃饭不论点，就说昨天吧，到晚上才吃第一顿饭。觉更是少得可怜，从周至回来的车上，算是我这一个多月睡得最长的。"

他又鼓起脸看看乱蓬蓬的胡须，自我安慰说："等会儿刮了胡子就好些了。"一扭头见莲花含了泪心疼地看着自己，就伸手说："来，抱一抱吧。天天都想你和孩子呢，文文呢？"

"到学校去了。这几天孩子说想你得厉害呢。"白莲花让他抱了抱，然后手脚麻利地给他打了热水又拧了热毛巾，说："先洗洗脸和手，晚饭吃罢再去洗澡吧，要不饿着就晕到澡堂子了。先刮刮胡子，跟野人一样。"

下午放学文文回来，见到爸爸只高兴了一下就不说话了，梁长安用筷子敲敲盘边说："丫头有不高兴的事？不欢迎我回来？"

她摇摇头，白莲花打圆场说："孩子刚上初中，学习紧张呗。你吃完饭去大众浴池洗洗澡睡吧。"

他还是看着女儿的脸，想把她逗笑。果然她偷偷看了爸一眼说："哼，我们学校的老师都是势利眼！"

白莲花说："怎么啦，走时还兴冲冲的，说你跳霹雳舞得了奖，学校让你参加啥营呢。"

不说还好，提起来文文却抽抽搭搭起来，说了半天梁长安才明白怎么回事。原来，文文从小爱跳舞，参加霹雳舞比赛得了个二等奖，可以参加夏令营，但是得交五十块钱的来回车费。白莲花说："咱家才盖的房，你上中学学费也涨了，不去了。女孩子家，跟一帮子学生在外头疯，还有不少男娃，我不放心，再说我压根不同意你去跳那个疯子舞。跟抽筋发癔症一样，闺女家全身乱抖像个啥？"

文文说："你说你去北京串联的时候也比我大不了多少呀，现在都80年代了，还那么封建，我们现在跳的霹雳舞就和你们扭秧歌一样。"

虽然白莲花说你爸没在家我没钱，文文还是反复说全校才两个人得奖，不去多可惜，后来白莲花坚持着只好算了。谁知，今天她发现夏令营霹雳舞二等奖名单换上了别人的名字，同学们都问她，是不是校长念的名单有错啊，怎么不是她了呢？原来，校长说夏令营的名额浪费了太可惜，决定换一个舞跳得也好的人替她参加海边夏令营。

梁长安放下筷子半晌没说话，白莲花有些自责，想想也觉得学校不对，说："得奖是得奖，夏令营是夏令营。你们学校咋这样干呢？"

长安小声说："文文，爸爸天天在外边出差，其实外边一点也不好玩……以后爸爸一定带你去海边……"

文文呆呆地看着桌子，面前的饭还一口没动。他心疼了："那咱现在交钱还来得及不？我去找找你老师，再想想办法。"

她没好气地说："后天人家都要走了，你说来得及不？"

说完踢踢打打地到屋里趴在床上，既不哭也不说话，只闷闷地脸朝下趴着。白莲花和梁长安相对无语，他叹口气小声说："也不差这五十块钱，让孩子这么伤心。"

白莲花半天才说："你又不在家，我哪知道会弄成这样……"

文文没笑模样，两口子也高兴不起来。后来，白莲花买了双文文一直想要的淡绿色透明塑料凉鞋，很别致清爽，她以为文文会高兴，谁知文文只看了一眼就说："给谁买的呀，不是才盖的房子没钱了吗？"

她气得不行，给长安学了一遍，又说："花了四五块钱呢。"

243

他说:"人还得挣外快哩,光靠死工资把人过得紧巴的。"

待白莲花想说啥,他又说:"明儿我还得去趟周至县,手套的接口技术不过关。"

白老四家的尚勤路5号,从开始挂上"郝记河南肉丁胡辣汤"的招牌,就成了小东门里最最热闹的地方,再没谁家的早点摊子比她的更红火了。每天早上四点郝玉兰就和伙计们起床了,捅开煤火把煨了一夜的牛骨头老汤烧上,开始做第一锅胡辣汤。依着爹当年说的,老汤是胡辣汤的根,从开始做生意的第一天起,大锅里熬好的汤,郝玉兰每天只用一多半,把留的一少半再添上开水和新鲜的牛棒骨继续熬着,日夜不停火。她会隔三两天就给大汤锅里放一个缝得砖头块一样的调料包,和大块的新鲜好牛肉一起煮,里面是八角、大料、丁香、草果、茴香、桂皮、豆蔻、白芷、砂仁、香叶和冰糖。不光是汤和肉讲究,郝玉兰对每一样食材都很讲究。面粉必须是高陵农村当年新磨的白面,这才能洗出更多好面筋,上笼蒸了,前一天细细切成小面筋丁,再用咸肉汤泡上等着第二天一早用;海带也是要上好的,洗净泡好切成细丝,用咸肉汤泡着备用,她不许买便宜的碎海带;黄花、木耳也一样,全要好的;糖色是白老四前一天下午把白砂糖用小火慢慢炒好的,她觉得谁也没他那么好的耐心,所以她只认他做好的糖色,没煳味,颜色好看,发着亮的焦蜜色;汤里放生姜汁,算是郝玉兰最得意的创意了,自从她在汤里加了生姜,味道简直多了好几个层次,而且这东西不光提味,她听东关中药店的郭中医说,大清早喝些生姜水,对人身体有好处。她的生姜不是切成末的,而是让伙计们把洗刮过姜皮的生姜,用绞肉机全绞成了生姜水和糊糊,捞去了里面的纤维,特意调在汤里的。

在郝玉兰看来,粉条可是河南人的心头好,也是胡辣汤里最容易出问题的材料。要是粉条不中,嚼着没口感,吃着没劲道,那这汤就少了一半气势。因为粉条只能在冷天做,她的生意却是一年四季都不停的,每年开春她就让人去河南拉一卡车红苕粉条,租下两间大房子专门存放好粉条。为了怕老鼠咬,她还专门养了两只大猫。粉条泡到几成、啥时候下锅也是最关键的窍道,一锅味道刚好、配料都很好的胡辣汤,要是因为粉条放多了或放早了,泡胀得没了筋道,那就是失败。要是放少了或放晚了,汤就稀了,粉条还干硬着,哪能有好口感？虽然胡辣汤是大锅饭，但是郝玉兰觉得，必须让每个人都吃到刚刚好的胡辣汤。因为这个愿望，郝玉兰的大锅里熬骨头，胡辣汤却是在小锅里做好的，尽量让粉条保持筋道。别人家的胡辣汤是一大锅一大锅地做，一锅汤卖一上午，为了保温就一直放在小火上热着，粉条泡胀成了断节节，这不是在热剩饭吗？郝玉兰却不，锅里卖得差不多了，她才开始做下一桶，就能一直保证每桶汤都是小灶的品质：汤味太咸太淡都不行；温度也要刚刚好，太烫品不出味道，要是放温凉了粉条也就泡得没劲道了，也不行。当然，按她这样的做法，吃的人都喜欢得很，她自己却很麻烦，一早上得一直忙着一桶一桶做着胡辣汤，伙计们得一桶一桶从厨房抬着倒进卖汤的大锅里，人就累得很。而且那些食材在郝玉兰心里是有比例的，放多放少全由她舀，调料也一样，她根据天气、季节、节气放生姜、放调料。甚至下雨天的生姜也和晴天放的不一样，这便只有她自己能掌握了。所幸每天十点多就卖完收摊了，再忙再累下午还能歇着。

槐花和妈商量，把电影院门口的冰棍摊子转让了，专门回家帮着郝玉兰卖胡辣汤。按说槐花这闺女很能干，再加上那些雇来的伙计也都是她选的精干人，一上午生意再忙也足足够了。郝玉兰事事都能交给他们不过问，可她对锅里要下的材料却一定要把关，担心少了斤两味道受影响。槐花嫌她不信任自己，又不敢和郝玉兰说，就赌气说："她就是怕我给锅里少放了食材嘛！"白老四知道郝玉兰凡事认真的脾气，就让闺女别在意，说："你妈天生就不是个生意人，谁家做生意也没她这样的，也不算成本，也不管利润，做胡辣汤好像不为了挣钱，倒像是要招待亲戚来吃饭呢。唉，有啥办法哩？你妈确实也赚上那么多钱了！吃的人那么多，就算图个高兴！你们由她去吧。"

所以，郝玉兰对她的胡辣汤是自信而满意的，她店里那些永远在排队要吃的顾客当然也是满意的。因为汤锅只有一个，舀汤的也只有一个人，一早上等着上班前来喝一碗的人却有几十个、上百个在排队，所以几乎天天都有人因为排队插队而吵架干仗，有的同时两三堆人吵着架也不稀奇。这少见的景观根本不影响郝玉兰在旁边的厨房里专专心心做她的汤，也不影响后面的人淡定地接着排队。地方实在有限，能摆出来的桌凳满打满只能坐下八十多个人，就算这个吃完那个坐下不停连轴转，也还是不够。总还有不少人厚着脸皮端着碗，混到旁边别人家摊位找个凳子坐下埋头就吃。或者端着碗，蹴在马路沿上自顾自地喝汤，吃完就把空碗撂在路沿上抹嘴走人，过会儿自然就有伙计收拾那一大撂子空碗了。最幸运的人是买到胡辣汤，还能找到个小马扎，可以热热闹闹挤在十来个人的小长条桌边品尝美味。桌上和桌下都来不及收拾，有洒出来的汤和擦过嘴的卫生纸，他们大多都能做到视若不见，眼睛只盯着自己碗里深琥珀色的胡辣汤。时间长了，她的汤培养了一大批讲究口味的吃家，他们会因为少了些胡椒味或想加点醋，就端着满满一碗热汤吆喝着："让一让啦！看着看着！让我过去！"，然后在密不透风的人缝里找个下脚地方，一步步绕过十来张桌子和几十个人，来到舀汤人跟前，趁他满头大汗刚刚盛好一碗汤交给别人的一霎间，把自己的碗递上去说："给我加点醋！再来点胡椒！"

没人烦他们，人们敬他们这样的才是真正的吃家！当他们心满意足端着自己加足料的碗，跨越万水千山回到自己小桌旁边的时候，往往会从心里高兴地对着自己的碗说："阔气得很！辣子多！肉多！胡椒好！咦！老美！"

人再多，队伍再长，喝胡辣汤的人谁也不会耽误买几毛钱的油馍头吃。这样的搭配是最好的，油馍头可以泡着胡辣汤吃，也可以自己当一份点心吃，都很香。人太多，顾不上称重量，伙计们凭感觉卖，没人计较给多给少，郝玉兰的生意，咋有短斤少两的？

每一锅黄焦酥香的油馍头出了油锅，总要引起一阵骚动，人们围住正在沥着油的铁丝网筐子，争着把手里的钱塞出去，喊着："五毛钱的油馍头！五毛！"

"三毛！"

拿着铁夹子给小平底篮子里夹油馍头的伙计心里明白，没错，这是河南人。当地的西安人会用秦腔吆喝："一块钱的！碎油条！"

再混乱的场面都丝毫不能影响郝玉兰的生意，也不能影响吃客们对这一口汤的热爱，反而人们对这排了长队才买到手的胡辣汤格外珍惜。他们介绍亲戚朋友来吃饭时，最重要的不是说招牌是郝记胡辣汤，而是说：你看小东门里那条街上，哪家排队的人最多，排队的人在吵架，那就是西安市最正宗的河南胡辣汤啦！

现在郝玉兰的生意已经成了这条街上最好的，有家报社还登过一张照片，说早晨尚勤路的自行车占道很严重，行人上班拥挤。照片上，郝玉兰站在自家的胡辣汤大锅前,正笑眯眯地和两个老太太说话,身后是满满登登的十几桌正喝着胡辣汤的上百个顾客。在马路沿下边,自行车横七竖八有几十辆,把尚勤路都堵严了。照片很清晰,小东门附近的住户看了,都知道卖胡辣汤的郝玉兰上报了,光照片就有两块豆腐干那么大呢。第二天,吃早饭的人比平时多了近一倍,不少人还拿了那张报纸,大家都高兴地恭喜她上报纸的事,完全没觉得报纸的本意是说她占道经营,倒像为她做了个宣传。

星期天,白莲花回了趟娘家。她看见自家门口坐满了人吃饭,就笑了说:"妈,我厂来喝过胡辣汤的人都知道报纸上是你呢。还问咱家是不是占道经营呢?"

郝玉兰说:"这是给个体户划的摊位,占啥道哩?自行车太多了占了马路,俺打算再雇个伙计早上专门管打扫卫生,保管自行车。"

她又用手拢了拢头发,把散乱的几根捋到耳后说:"照相的人也没打个招呼就照了,看报纸上的头发乱的。"

白莲花笑起来:"你倒当给你照相片啦。"

郝玉兰拉了她的手往里屋走:"你来,俺有话给你说。"

郝玉兰唯一揪心的事儿就只有小女儿了,两年前白牡丹离开家后,郝玉兰就没让她进过门。刚开始,白牡丹也曾两三次晚上回来哭着敲门,郝玉兰开门问:"你还是要跟他?"

白牡丹点点头,她立刻就关了门,任女儿在门外哭也只在屋里掉泪。后来,白牡丹就不来了,听锦华巷的老街坊说,吕方和白牡丹在南郊买了套大房子,到南方做大生意去了。再后来,白牡丹每回来一次就有人给郝玉兰汇报,说白牡丹又回来了,人胖了,穿得可漂亮了,比画报上的明星还美呢。上一期《大众电影》的封面和她真像呢。或是说白牡丹脖子上的金项链真粗,顶人家一般的四五条拧在一起哩。她好像怀孕了,都显怀了,看上去有五六个月大小了吧。

"莲花,俺这心里咋这么闹腾呢?"郝玉兰絮絮说了一堆,堆了半间屋子的红苕粉条把窗户的光线都遮严实了,两个人仿佛坐在黑暗里说话一样。

"妈,你是怕孩子生下来没户口吧?他俩没办手续。"

郝玉兰一听,眼泪立即就流出来了,点着头哽咽地说:"当然了,不能让她生个黑人黑户吧。她现在像是赌了气要和俺作对一样,俺咋办好哩?"

白莲花宽她的心说:"她要是作难了,当然就来找你了,她不来找你就是过得好着呢。听人说吕方混得挺好的,不光外边闲人听他的,公安上也有人,估计户口的事不是问题。"

郝玉兰把靠墙的床往外拉,白莲花赶紧帮她拉床,郝玉兰已经胖了,有点吃力。她从床头后的墙缝里抠出块砖,墙洞里黑乎乎的,只见她用手在里头摸索着拿出个红绸缎的小首饰包和几张存折。白莲花心里怦怦直跳,不明白妈正说着白牡丹,却拿出这些东西。郝玉兰从红首饰包里拉出条很粗的项链,又拿出枚足金的大戒指,足有十几克重,借着门缝的一丝光举着说:"看,这是牡丹前天托人给俺捎的。这儿还有两万块钱。"

她又从几个存折里抽出一个看了看,递到白莲花的手里。

"你说白牡丹干啥这么有钱?她的服装店早盘给人家了。"郝玉兰说。

白莲花看她拿戒指的手有些抖,就替她装回去说:"吕方的服装生意不是还在做?你闺女有钱了想着你,你操心啥呀。"

黑暗里郝玉兰摇着头流泪说:"俺不指望她有钱,只想她平平安安的,这东西俺不要,先替她存着……自从她跟上吕方,俺咋总觉着她在刀尖上站着哩?你去找她吧,就说俺让她回来,你把户口本给她,让她和吕方办手续。你给她说怀孩子千万不能生闷气。"

郝玉兰老两口把吕方和白牡丹叫回来商量婚事,白牡丹坐在床边说了许多打算,郝玉兰说:"俺不想大铺大张。"

白牡丹却说:"我一辈子只结这一次婚,妈,你就让我遂了心吧。"

郝玉兰不敢说你这么疯张也不怕人笑话,怕她生气。

白老四说:"俺觉得还是悄悄吃个饭领个证算了,你这么重的身子,累住就麻烦了。"

吕方不说话,笑着看白牡丹的脸,只说听她的。

"吕方,你有钱,想大办也是常理。你觉得牡丹现在这样子合适不?"郝玉兰尽量让自己的声音平和,发现吕方果然很有派头,不由得想:"难怪牡丹铁了心要跟他!小时候他在锦华巷可是个无赖,人真是有钱了也有礼貌啦?"

吕方说:"我觉得牡丹身体还可以,她总想让你二老承认我们,有一个体面的婚礼。她爱面子,想让邻居亲戚们看一看,礼服都订好了,花了上千块钱呢！婚礼那天多让她休息，我觉得没啥不合适的。"

说完他又看看牡丹，她只微笑着。这一下郝玉兰不得不佩服了，他对牡丹的性子多了解呀，只要她高兴，多花钱多费事人家也愿意。牡丹已经不是黄花闺女了，还挺个肚子，一般男人估计不会再这么小心翼翼讨欢心了吧？

郝玉兰终于笑着同意了。她特地停了两天生意，把房子打扫一新，又拉着白老四让白梅花搀扶着去转大街，想买身新衣服在女儿结婚时穿。

白梅花说："爸，咱去钟楼转转吧，东大街上商店多。"

他却说："俺只认解放大楼和民生大楼。"

郝玉兰白他一眼说："你的事还怪多哩，主要是给俺买衣裳，你只是个陪客，还说只认民生大楼哩！"

平时郝玉兰早起卖饭，下午又要歇晌午觉，两个人很少上街走，白老四总说，俺拉架子车把人家一辈子没走的路都走完啦。这一次上街他却觉得新鲜得很，白梅花叫了个出租车坐到钟楼，白老四一下车就说："咦！南大街都变得这么宽啦？俺一看楼那么高就觉得东西肯定贵，咱还是到民生大楼吧。"

民生大楼在解放路，离小东门不远，郝玉兰骂他说："老东西！你咋跟个农民进城一样，光看个楼就吓得不敢进去买东西啦？咱有钱呀。梅花，只管扶他进商店转。俺这次要买件时新衣裳哩。"

白梅花笑了，就扶着爸顺着东大街一家家逛商店。

白梅花突然说："那不是老宁叔家的小黑哥吗？原来他就在这儿倒外汇哩。"

说着她上前拍小黑的肩："你在这发财哩。"

小黑叫道："是四叔四婶，梅花你可把我吓死啦！"

郝玉兰问："你在这儿弄啥哩？"

小黑一本正经说："上班哩。"

"妈，你别听他瞎说，他这才真真正正地投机倒把哩。"白梅花有意和小黑开玩笑，白老四便想到老宁现在还在坐牢，赶紧小声说她："你可不敢胡说！"

小黑笑了说："其实也就是倒倒国库券、美元啥哩，挣点钱花呗。我哥他们杀牛卖肉，我想干个轻省的事，这也不少弄钱哩。"

郝玉兰见路边好几个人都手捏了张外国钱，对着过往的人群叫喝："国库券！兑换券！"

她小声问小黑："国家让干这个不让？"

"当然不让，但这不好逮，我低价收了高价卖了就把钱赚啦。四婶，现在越是不让干的事越是赚钱哩。我不比你开那么好个饭馆，更不比你家女婿吕方做大生意，只好干这吧。"

白老四说："那你忙着，俺们买东西去呀！"

转过头他小声说："他和他爹一样，咋不干点踏实的事哩。"

白梅花说："踏实不赚钱呀。"

郝玉兰哼了一声。

白老四一心想买双白色高帮羊皮旅游鞋，郝玉兰不让买，说跟办丧事的一样，不吉利。无奈白老四越老越像小孩，站在柜台前拿了鞋不丢手说："来吃饭的人都穿了这么双旅游鞋呢，俺就爱这白的！"

他又捏捏鞋帮说："这皮子多软和。"

卖鞋的售货员说："嫌太白就拿这双，配的暗红彩皮，鞋带也是暗红的，就不扎眼了。"

白老四说："俺天天帮你们收钱，干了这么多年，你连个工资也没发过，这双鞋算是工资吧。"

郝玉兰笑着让开票，一看三百多块有些心疼，白老四却一瘸一拐穿上鞋走了。售货员给郝玉兰拿来双大红的羊皮鞋，牛筋底子，她嫌太红不肯试，白梅花说："我爸都穿旅游鞋哩，你还不敢穿双红鞋？老婆们兴穿这个哩。"

售货员也说："这就是专门给老年人设计的。"

她才把鞋接过来试了试，果然很合脚。

白老四说："咱牡丹结婚你穿双红鞋又怕啥？"

郝玉兰怕别人听见，赶紧让他小点声，说："咱牡丹是个那情况，让熟人听见了多没脸。"

白梅花见爸妈累了，就让他们找个地方歇着，商场有卖娃娃头雪糕的，她就买了。郝玉兰咬一口说："这里放的奶油多哩，比咱以前卖的好吃。"

白老四也尝了说："就是好吃。记不记得咱刚卖冰棍的时候，全都是冰。里面是红颜色的甜水水，对着冰棍只吸一口，手里就只有一块白冰块块啦。"

白梅花说："那当然，那时多钱一根，现在多钱哩！"

走了快一天，白老四说实在走不动了，郝玉兰才提了大包小包的东西，心满意足地让白梅花叫出租车回家了。

按讲究，结婚这天娘家爹妈不去结婚典礼的地方，白牡丹再说好话，郝玉兰也说不能"坏了规矩"，就是不去。白梅花见白牡丹一味地劝，把她拉在一边小声说："你是傻了咋的？咱妈要是见了吕方家的人还不气死过去了？我和咱哥、咱姐去给你撑个面子就是啦。"

白牡丹一想也是，赶紧不说什么了。

吕方在解放路最豪华的饭店大办了三十多桌喜酒，庆贺他和白牡丹的双喜临门。白牡丹穿着大红旗袍领的外套，到腰身的地方有一层红纱打成细碎的褶子往脚下撒去，刚好掩饰了她的肚子。红纱上镶了不少闪闪发亮的小钻，让人眼前一亮。礼服是中袖的，到了肘部露出白牡丹白笋般的胳膊，她左手腕上戴了小指头粗细的黄金手镯。

白莲花目瞪口呆地看着仙女一样的白牡丹，啥也说不出来。白牡丹挺着肚子和吕方给每位客人敬酒、发烟。到了娘家人这一桌，吕方端着酒先从二林和二林媳妇敬起，二林现在已经是处级干部了，也开始发福了，说起话来有了当官的派头："先祝你俩白头到老！吕方呀，我家这个小妹妹可是我家的宝贝，你娶她不易，要珍惜啊……"

吕方一个劲点头，白牡丹咯咯笑着，化了妆的眼睛更迷人了，长长的假睫毛忽闪着。

该给白莲花和长安敬酒了，多年来长安和白莲花一直没见过吕方，长安看见他，突然想起自己用刨刃扎了吕林屁股的事，有些不自在了。

吕方叫："长安哥，多年不见，没想到成亲戚了。现在想起小时候真是可笑——还是那时太穷了！咱哥儿俩以后就不说过去了，敬你和我莲花姐。"

长安心里有点不是滋味，赶紧仰头把酒喝下。

白莲花却不喝，说："吕方，你要是白牡丹不好，我家兄弟姊妹八个，全家三十多口人，不会饶你。你可记清了！"

说到最后她声音哽住了，和着泪把酒倒在嘴里，白牡丹眼睛也湿了，吕方怔了怔说："那是那是。"

郝玉兰让白牡丹把结婚证上的二寸照片给洗一张。白牡丹说："要那黑白的小相片干啥？我让吕方给你洗个四十寸的。"

郝玉兰说："是往俺那大镜框里放哩，全家人的结婚照都在里头，只差你的了，相片再大就放不下了。"

经过这两年白牡丹走而复回，郝玉兰不再过多地说她了。郝玉兰喜欢白牡丹住在家里，又怕家里堆满了面粉、粉条让她不高兴，就说："怀了孩子要心情好，看看花花草草，到空气好的地方去转悠转悠，咱家天不亮就得开门做生意，十几个伙计把房子弄得很乱，你不如回南郊的家呢。"

她记得，结婚那天去新房的人回来都说：白牡丹的家像皇宫呢！光一个大吊灯得两千块钱呢！大房子里人在这屋说话那个屋都听不清。

白牡丹忍不住咯咯笑了，她的头发烫成了时髦的大波浪，用鲜红的发夹随便在脑后一盘，显得又利索又洋气，淡黄色的孕妇装穿在白牡丹身上很漂亮："你生我和我哥我姐时咋不讲究哩？"

"可不敢大笑，也不敢提东西干活，小心肚子呢。那时候，人可怜得只要把嘴顾住了就好了。你现在不一样呀。"郝玉兰忍不住说。

她心里又想："俺不是想好不多说她了吗？"

白牡丹还是笑着说："我干啥重活呀！"

她又小声说："妈，前两年我惹你生气了，心里空得厉害。"

郝玉兰故意说："那现在就不空了？"

白牡丹一脸幸福地点点头说："你也不生我的气了，我爸也不生我气了。吕方对我又好，我当然不空了。我知道你讨厌吕方他爸，我记得小时候听说他爸偷人家皮袄让派出所的人攥到家里带走的事呢。真丢人！"

郝玉兰这才觉得这两年压在心上的冰在慢慢化了，她看看女儿隆起的肚子说："你这孩子生了，俺就连一丝丝的心事都没了。"

白牡丹不相信："你这么爱操心哪能没心事呢？我这孩子生完了，说不定还想再生一个呢。再说了，我那么多哥哥姐姐，你能操心过来？"

郝玉兰忍不住问："俺也不想操心呀，可又不由俺！你说吕方到底做啥生意的？他咋那么有钱？"

白牡丹拍拍妈的手说："做钢材生意，知道不？盖楼用的，他有关系批来条子，一倒手就是钱，你放心吧！"

只要牡丹安顿好了，郝玉兰的心就全放下了，其他几个儿女们现在的一切都让她很满意。她想不来还有啥日子比她的孩子们都有正式工作，有房子住，按月领着工资，不愁吃喝更稳妥的了。

她希望就这样过下去，永远别变。

第七章

自从郝玉兰的爹郝仁义去世之后，郝玉兰总担心她娘还和过去一样，由着性子和金玉媳妇吵闹生气，会伤了别人又气着自己。她没想到的是，可能是年纪大了的缘故，娘的脾气在爹去世后却变软了许多，和金玉媳妇的争吵执气也越来越少了。金玉却私下里和他姐说，那是娘老了，吵不动了。

小东门的街坊和古迹岭的邻居都知道，郝玉兰只要提着双手都拿不下的好吃好喝东西出门，那一定是看她娘去了。麦乳精、山楂罐头、香蕉、苹果、回民坊上的烧鸡、铁筒装的好奶粉，啥东西时新啥东西好吃，郝玉兰就会买啥给她娘送去。她知道的所有好吃的，都一定要给她娘尝一尝。长安、东京、槐花他们给她买的那些个好吃的东西，她也统统都要拿回娘家给她娘吃。白老四没敢拦她，玉兰娘也不挡她，每次都让玉兰把东西全搁床旁边的大板柜上，摆得高高的，热闹得好像过年时商店柜台上摆着的年货，一眼看去满腾腾又花花绿绿的。过去郝仁义在世时，大家不挡她。现在呢，闺女们不喜欢她们的那个姥姥，就都不愿意了，劝她说："这些都是我省下来孝顺你和我爸的！你倒好，自己不舍得吃，也不给我爸吃！姥姥的牙都快掉完了，一顿饭只有一小碗的饭量，拿去也吃不了，还是浪费！"

郝玉兰便问白老四说："这些腻死人的甜食、酸倒牙的吃货，你儿子闺女们说是孝顺你的，你爱吃不爱？"

她指望他说不爱吃，就能让儿女们没话说了，白老四却把那些铁筒筒、塑料包包一样样凑到眼前仔细看了一遍说："呀！真高级呀！这上面还是外国字哩！平时连面儿都见不着，你就提到古迹岭孝顺你娘和你兄弟家的孩儿们了，今天俺算是开了眼！要是你怕这些吃货让你娘甜得腻住了、把牙酸倒了，那就留下，俺能忍住！"

这话让郝玉兰给他了个白眼，嫌他不帮自己说话。儿女们都笑了说："妈，你孝顺你妈呢！我们也想孝顺你和我爸呢！我爸明明想吃呢！就留下给他吧！"

从此儿女们提来的东西郝玉兰不再拿了，可她买东西的手却一点也没软，照样大包小包给她娘提去了。冬天的棉衣棉鞋，夏天的绸缎小单衫，郝玉兰年年都没断过，总在换季节前就置办好了。孩子们都劝她说："你年年给我姥姥买，她都穿不过来，她又不出门，没见多少件都新崭崭的在她柜子里堆着呢？"

郝玉兰便要诉说一遍当年从河南逃荒来西安时，她娘受的那些罪。她说她娘真可怜，日本人的飞机不知道啥时候就从天上扔下炸弹了，她娘却天天都得大着肚子在烂泥地里赶路，而且从怀着孩子起就没吃饱过。可怜她娘在逃荒路上生下一对双生儿子，还让野狗撕吃了一个兄弟的耳朵，活活让吓死了，只活下来一个金玉。她说她娘是缠过的小脚，那时脚趾全都走得稀巴烂，疼得一走一瘸，只能扶着她的肩膀借些力量。好几次路上有人给亲生闺女头上插根草卖闺女，她娘就会看看她，她爹总要伸出胳膊搂住她的小肩膀，发狠心一样说："饿死也要死一堆，谁打玉兰的主意俺就杀了谁！"她也总要给娘哭着保证："娘！你别卖俺，等俺长大了，一定好好养活你和俺爹！"

郝玉兰说了总要哭，觉得她娘真可怜，就说现在日子好了，她娘都这么大岁数了，过去娘有牙时没锅盔，现在娘快八十岁了，她难道不该给她娘弥补一下过去没吃没喝的可怜？谁知道娘过了今年还有没有明年？

听郝玉兰这么说，儿女们谁也没话说了。谁都看出来，玉兰娘知道玉兰现在做着生意有钱，她不心疼闺女花钱，也不打算让儿子媳妇们吃喝这些好东西。摆在板柜上的那些东西，对玉兰娘来说，不是用来吃的，而是用来显摆的。她要给邻居们和金玉媳妇看看，俺的闺女孝顺俺，你们只等着眼红羡慕就好啦！

从郝仁义去世，玉兰娘给玉兰告儿媳妇的状少了很多，但要从她嘴里听到给儿媳妇的一个"好"字也很难。西珍和她对付了半辈子，早就知道了她的脾气。可西珍现在顾不上在意婆婆对自己满不满意了，她自己也当了奶奶，两个儿媳妇一先一后都生了孩子，她没法都不管，也没法管这个不管那个，只好给单位办了内退，忙着要看孙子孙女了。为难的是，玉兰娘在逃荒的时候就落下了病根，多年以来身体就不好，不是这儿病就是那儿不舒服，不管是郝仁义还是郝玉兰、郝金玉，都是尽力由着她的性子照顾着她的。现在，她的病就仿佛全冒出来了，更难伺候了，整天都是腰背疼、腿脚疼，吃饭吃多点胃会疼，稍微没按点儿吃饭饿了也会胃疼。头是长年在疼的，冬天在屋里她也得戴帽子，大夏天她还是觉得胳膊腿都发着寒，别人热得扇扇子，她得穿着秋裤才行。不用说大家也看得出来，她完全是金玉两口子的包袱了。

趁着下午不做胡辣汤生意，金玉就来和郝玉兰商量，说西珍现在要伺候两个儿媳妇坐月子，以后肯定还得把两个孙子孙女看几年，没法儿再伺候娘了。娘的身体一天不如一天，路也走不好，脾气还很大，他和西珍愁得很，不知道把娘咋安排才好。而且娘总说，谁做的饭也不如你姐做的好，要论伺候人，你姐最耐心！

郝玉兰便明白兄弟的意思了，她说："那你和娘商量好，俺把娘接过来住吧！"

金玉大喜，说："俺和娘都说好了，娘愿意来。"

郝玉兰点头说："中，明天俺让西京找个车把娘接过来。"

第二天西京一早就去把姥姥接到了尚勤路，光她的衣裳、被褥、药就塞了满满一车。车到的时候胡辣汤已经卖到了尾声，但是摊子上还是有好些顾客和尚勤路的老街坊看到了，他们知道郝玉兰的娘让接来了，便说："瞅瞅，全部家当都一起来了，怕是不打算再接回去了。这事只有四婶做得出来！"

旁边就有人说："这事只有四婶她那个兄弟做得出来！"

玉兰娘听别人这么说，也不吭气，就让西京把她背到里屋的床上。郝玉兰早把白老四的枕头和被子褥子拿到小二楼的房里了，她要和娘住一个床，自己照顾她娘了。

莲花听到梅花告诉这消息立刻就气住了，下了班蹬上自行车就跑到尚勤路，她要问问她妈。一路上她骑得飞快，满心委屈，满脑子都是当年她舅和妗子咋样欺负她的情形。这么多年不提，本来她以为自己都忘了，现在姥姥老了，病也多了，他们居然把人就送来了！这不明摆着让她妈给姥姥养老送终么？

等她锁好自行车才看到，弟弟妹妹们的自行车都在门口停着，平时爸妈常住的屋里却静静的。雇来卖胡辣汤的凤英平时特别细心，她端着盆玉兰娘换下来的衣裳正要去洗，小声说："姨，你也来了？俺奶他们在那边宿舍说话呢！"

隔壁租来做胡辣汤的大厨房里，十来个伙计正忙着给明天的生意做准备，洗面筋的，绞生姜汁的，切牛肉丁的，各人都在埋头干活。厨房隔壁给他们当作宿舍的两大间房子里，郝玉兰和她的儿女们正在小声开着会，白老四在旁边的架子床下铺坐着，莲花看出来，他吊着脸，一点也不高兴。

她冲爸妈叫了声："妈！爸！我回来了！"

郝玉兰抬眼看是她，哼了一声。

大家看见她进来，便都站起来说："大姐来了！你坐吧！"

这个屋子是伙计们的宿舍，靠着墙是三排架子床，除了郝玉兰在屋当中拉了个椅子坐着，大家都坐在架子床的下铺，白莲花坐到白老四旁边。

大家都默着，郝玉兰耷拉着眼皮不说话。白西京两个胳膊肘支在自己的两个膝盖上，垂着脑袋，他抬头看看莲花说："姐，是我去接的姥姥，你也是来批判我的吧！"

白莲花看出他们已经把郝玉兰惹生气了，心里就有些怕，便摇头说："我来看看姥姥！"

槐花和牡丹有些意外，郝玉兰却有了点笑模样说："你们瞅瞅你大姐，再瞅瞅你们！中午才把你姥姥接来，你们一个个让门夹住尾巴一样，下午都慌着跑回来了！还想给俺开批斗会哩？哼！"

她冲莲花说："你说，俺把你姥姥接来住，有没有错？"

白莲花看到大家都盯着她，便支吾道："妈……我才进门……还不知道情况……我舅他……他打算把姥姥送来多长时间？"

郝玉兰生气了，大声说："原来你们都是一路货！"

大家都吓得不敢吭声，梅花壮了胆子说："妈，你都五十多岁了，做生意够辛苦了，天不亮都得起床忙一早上！谁不心疼？我舅太可恨了！我姥姥伺候他们两口子又伺候他们的孩子，现在老了病了没利用价值了，就给你送来了！我们还不是怕你累坏？"

郝玉兰却说："俺不怕累！俺只想不让你们一个个把俺气死！"

槐花问："妈，你熬一夜伺候我姥姥，早上还能起来做生意呀？"

郝玉兰接口说："能！谁心疼俺就回来给俺帮忙！光说虚话有啥用？"

槐花听妈答应得干脆，让噎得没话说了。

白东京平时不太说话，他是最听郝玉兰话的，只要妈让他干啥，他从来不打绊子，郝玉兰总说他最厚道了，像他姥爷。他看妹妹让妈给说住了，便劝道："妈，不如和我舅说说，妗子忙完这几个月，咱把姥姥再送去？"

郝玉兰气了说："东京，你也和俺对着干？"

东京无奈地叹气："妈，我咋敢呢？我是觉得吧……这事我舅他们就不该这么做！"

他开了头，大家便立刻说起来了："反正姥姥没看过我，咱们都不招姥姥待见，她只喜欢红安他们，就让他们伺候好啦！他们就是在扔包袱！凭啥咱来拾包袱？最好过几天就把姥姥送回去！"

"我们兄弟姊妹六个，姥姥一个也没看过我们长大，凭啥姥姥能干活的时候在他家干活，到老的时候由咱来伺候？谁不知道你多累？"

没想到儿女们有这么多控诉，郝玉兰强压着脾气说："胡说，那年冬天姥姥住在咱家，不是天天看着你们？"

"妈，那是她和妗子生气，来咱家躲着不想做饭的！"

"妈，哪年冬天都叫我们几个去他家洗衣服，从早洗到晚上，坐着小板凳，趴在大铝盆边上用搓板洗一天，累得扶着墙才能站起来！"

"我也没忘，每几个月都要去给我妗子拆被子、洗衣服，到过年那几天，别管刮风还是下雪，都要在院子里洗带鱼、洗衣服、擦玻璃，连屋都不让进。我们几个冷得手和脚都烂了，到了晚上又疼又痒睡不着，谁心疼了？！"

"妈，过去咱家穷，人家都没把咱当人，凭啥现在他们还是明着欺负咱？"

郝玉兰对着儿女们一句紧过一句的质问，终于啪啪拍着桌子发作了："凭啥？凭啥？就凭俺娘生了俺！养活了俺！谁看不顺眼谁就和俺划清界限、断绝关系！俺娘就在这儿住定了！谁也别提意见！"

白莲花一直默着，她小声问："爸，你愿意不？"

白老四看看郝玉兰说："不愿意。你妈让俺睡的房子全放着粉条，窗户都打不开，闷得很……"

白莲花说："妈，我爸比我姥姥只小几岁，你心疼姥姥就不心疼我爸？"

这话让郝玉兰怔了一下，可她才不会示弱，冲着莲花说："你心疼那你就来伺候你爸。俺伺候俺亲生的娘有啥错？天爷呀！俺咋生了这一群白眼狼呀！"

白莲花站进来说："妈！全是你说了算！从来没问过我爸和我们的意见，你知道我们心疼你，可你就是不当回事，你只在乎我舅我妗子高兴不高兴！你……也太气人了！"

她终于呜呜哭起来，梅花眼圈也红了："妈，你让大姐当年退学给我舅看红安，让我们去给妗子干活洗衣服，现在又把姥姥接来，全都是你决定！谁都知道，我们肯定心疼你，不舍得你熬夜伺候，你也不会放心保姆伺候，那这事就成了我们几个的了！姥姥对咱们又不好，我看我舅就是故意欺负咱！"

郝玉兰含着眼泪说："俺知道你们说得都对，你舅来和俺说这事，俺说不出不接你姥姥来的话，也做不出不给她养老送终的事！他亏不亏良心俺不管，俺反正不能亏心。俺不能让俺娘知道她儿子不想管她了，她都没几年好活的了，俺顾不上你们了，就让俺把你们得罪了吧！"

她说着无奈地哭起来，撩起衣襟擦眼泪。

见郝玉兰说起不讲理的话，白老四便道："算啦！你别哭了！俺住二楼上也行，反正粉条每天都在用，过些天屋里就不闷啦！"

白莲花赌气说："爸，你放心，等会儿我接你去我那儿住，你不是喜欢那个院儿吗？我妈孝顺我姥姥，那我也要孝顺我爸！"

梅花也说："爸，你随便挑，我那儿也行，看你想住哪儿！"

白老四便红着眼圈说："俺哪儿也不去，死也死这屋里！尚勤路5号的户口本上俺还是户主哩！人家都金贵，俺是个草木人儿，好凑合。谁让你妈是个刀子嘴豆腐心哩？谁不知道她孝顺？她那兄弟就是让她的好心、大方给惯得了！你们别逼你妈啦！她就是自己累死也不会把她那个宝贝娘送回去了！这样吵着让你妈生气，还不如商量一下以后咋给你妈帮忙呢！"

258

郝玉兰听到白老四替她说话，句句都说到了心里，哽了声音说："老四！你对俺……唉！他们埋怨俺，也是为俺好。俺明白，俺郝玉兰的孩子们没有溜奸耍滑的，你们不是不让孝顺老人，你们是替俺抱不平，恨你舅把姥姥往外推，妈心里都懂！怪俺没和你们商量好！"

白牡丹赶紧掏出手绢给她擦眼泪，白西京笑着说："大姐！难得咱妈这样的人都承认错误了，咱就别让咱妈作难了吧！我活到了三十多了，第一次听到咱妈居然也有错的时候呢！"

郝玉兰嗔道："你还来耍贫嘴，昨天让你从单位找车接你姥姥的时候，你咋不提醒俺呢？唉！俺老了，连这事都做不了主啦！你们翅膀都硬了！能围成一圈来给俺开批斗会，嫌俺没和你们商量呢！"

白西京瞪大眼睛说："看看！我就知道我里外不落好！"

白莲花见妈无力地坐着，仿佛疲乏得衰老了十岁，全然没了平时满身劲头的样子，便后悔了，拉着妈的手说："妈，你别怪我，我刚才一着急就胡说了，你愿意伺候姥姥，我们也不敢挡你，就是恨我舅明着欺负人呢！要不我就把姥姥接我那儿去住些日子？我看，你还是和我爸住一块，你不睡好咋做生意？身体垮了可咋办？"

大家都说她说得对，梅花却说："我刚才问了姥姥，愿意去我家里住几天不？她说她不去——她说她只想吃咱妈做的饭！"

大家都又叹气了，郝玉兰站起来说："你们不用操心，俺也不让你们恨俺——你爸还和俺住一楼。俺让人现在就把二楼的粉条挪出来，把屋里收拾好让你姥姥住，明天槐花去劳务市场找个身体壮实的保姆，专门伺候她！这下都满意了吧！"

这事就这样解决了。儿女们勉强满意了，白老四也满意了，郝玉兰却为这事想了很多天。她琢磨着白莲花他们说的话，便问白老四，是不是她真的很不讲理？

白老四摇头笑着说："俺可不敢说！"

郝玉兰便说："你说真话就中，有啥不敢说的？"

白老四还是摇摇头说："俺觉得挺好！玉兰，你说俺为啥愿意听你的话？"

"为啥？"

"因为你心好！对谁都好，你从来没为自己打算过啥！你有本事，啥事都安排得不错！俺不想让你生气……这辈子咱俩能过成一家人，俺知足啦！"

自从郝玉兰把娘接到了尚勤路5号，郝记胡辣汤摊子上的老顾客们，就很难再见到她了。只要把一桶一桶的汤烧好，她就赶紧上二楼陪她娘去啦，再没心思坐在桌边和老街坊说说闲话，或是在路边指挥着伙计，把横七竖八停的好大一片的自行车排整齐了。白槐花去劳务市场给姥姥找了个保姆叫雪雁，陕北人，身高一米七，一百五十来斤的体格，红红的脸膛看着就很健康。郝玉兰很满意她，尤其见她微微一躬腰，一手托在玉兰娘脖子底下，一手托住腿弯，就把老人轻轻抱进来了，郝玉兰立刻就决定，一定要把这个质朴的陕北女子留下来。即使这样，她自己还是不放心，事事都想操心，毕竟娘快八十岁了，因为逃荒和难产生孩子，她的身体受过大亏，现在体力越发差了，总是有气无力的。

郝玉兰看出娘的生命走到最后了，她想，无论多累也不能让娘再受一点委屈，她要尽一切可能照顾好娘。

所以，玉兰娘的头发是隔三天要洗一次的，她的贴身儿衣裳是一两天就必须要换的。只要是太阳天，那郝玉兰一定要和雪雁把娘抱到二楼阳台巴掌大的小地方，让娘一大早坐到太阳底下晒晒，下午再把脊背晒得暖和和的。既然娘说过爱吃她做的饭，那郝玉兰就一定看着表，按点儿给娘做好一天的四顿饭，让雪雁端上楼给娘吃。早上要么是蒸蛋羹，点上滴香油；要么是红萝卜汁的白面拌汤，里面打个鸡蛋花，也点上几滴香油。中午和下午，无论是蒸得烂软的米饭，还是擀得薄软的面条，郝玉兰都把豆腐香菇各种蔬菜切得又细又碎，菜油炒了，用骨头汤炖上，拌着吃。到了傍晚，郝玉兰给娘准备的是煮得稀烂的杂豆小米稀饭，加上咸的菜糊，或者是牛奶豆浆，再配上些她亲手磨的花生芝麻枣沫糊。河南老人爱吃的饭，她不嫌麻烦给她娘做，争取让娘愿意多吃一口。她天天忙忙叨叨地上楼下楼，又在小厨房里忙活，便看出白老四很在意她的锅里煮了啥，为了让他心里平衡些，郝玉兰就特意多做了一份给他吃。

郝玉兰的手艺确实不错，尤其是她精心做的饭，更是要卖相有卖相，要味道有味道，白老四的吃饭标准突然上了个档次，心里真是很高兴，就和儿女们说，他运气真好！终于沾上了丈母娘的光，吃到郝玉兰亲手做的饭啦！

听他夸了几次，郝玉兰心里得意，又锦上添花给他蒸的蛋羹里加些碎肉末或鲜虾仁，这让白老四除了提醒她千万别累住了，再也没为玉兰娘来家里住而有过任何意见。给娘做饭，郝玉兰觉得倒还不累。胡辣汤生意有槐花在张罗，也都不是问题。槐花知道姥姥来了，谁也劝不住妈别去孝顺娘，就自动把郝玉兰的活儿都抢着干了。让郝玉兰发愁的是，娘每个礼拜都想要去解放路的珍珠泉浴池洗澡，郝玉兰曾经因为里面太热太闷而晕过去，雪雁也因为太累，把玉兰娘从澡盆里抱出来时，脚下一滑，差点把老人摔到地上。郝玉兰抢上去的时候把腰又给扭了，疼得不行，还不好和闺女们说。

闺女们听说了，便坚决不许她和雪雁再去给姥姥洗澡了，这么大冷的天，谁家老人都是在家洗一洗擦一擦就好了，哪能每个礼拜去泡温泉？可是，当泡在大白瓷澡盆里的玉兰娘，带着陶醉的语调说："玉兰啊！在大盆池的热水里泡着老好受呀！过去的娘娘怕也就这样了吧？可惜俺这辈子到了快死的时候才知道，世上还有这么美的事！"

郝玉兰立刻就忘记闺女们怎么说了，娘才是第一位的。

她没为雪雁差点摔了她娘责怪过一句，但她不放心她和雪雁两个人伺候她娘洗澡了，便在心里默默盘算着。槐花忙一早上做生意卖胡辣汤够累了，她不忍心再让闺女去帮忙给她娘洗澡，也不想为了这事磨牙。梅花在纺织城，太远了，远水不解近渴。牡丹才生了孩子，她也是没可能来帮忙了。想了一来回，郝玉兰便想，只有莲花和文文能帮着她们给娘去洗澡了。

给玉兰娘洗澡算是个"大工程"，提前得准备好吃的、喝的，防着她洗的时候饿了渴了。还得准备抹身体的油，剪趾甲的指甲刀，还有要换的干净内衣内裤。郝玉兰嫌公用澡池的白瓷浴缸和小单人床是多少人用过的，说不定谁有皮肤病，她就让雪雁带了干净的床单、薄被和洗刷浴缸的东西。所以到了澡堂子，白莲花和文文忙着给玉兰娘脱衣裳脱鞋，她先和雪雁把小床上的床单换成自己带来的，再让雪雁用消毒粉、洗洁净把浴缸好好用大刷子刷洗一遍。澡堂子很热，小单间很小，几个人挤在里面连身子都转不过来。

文文热得脸通红："姥姥，我满身都出汗了，能不能让我先洗一下？"

白莲花瞪她一眼说："你姥姥和我还没喊热，就轮到你热了？"

玉兰娘呵呵笑，文文不说话了，心里却想，难怪几个姨都反对姥姥把太姥姥接来，她可真舍得用姥姥，哼。郝玉兰让大家把衣裳脱了，只穿个内衣内裤，这才觉得好了些。白莲花见小床的被单换好了，浴池洗净开始放热水了，姥姥也脱了衣裳躺在小床上盖了个小被单等着洗了，便对郝玉兰说："妈，你去歇歇吧！我们三个人肯定能给姥姥洗干净！"

郝玉兰便说："俺坐床上看着，不累。"

白莲花说："妈，姥姥说泡温泉那么享受，不如再给你开个小单间，你也去泡泡，我们都在呢！你就放心吧！"

郝玉兰心一动，随即推辞道："改天再洗吧，你姥姥没洗好，俺就不放心！"

文文求道："姥姥，你也没泡过温泉，就泡泡吧！"

玉兰娘点头说："玉兰，水放少，别太热，泡着心就不慌。俺想多泡会，你也去泡泡吧！"

郝玉兰让雪雁抱好她娘，轻轻放在铺了厚毛巾被的浴缸里，水温刚刚好，水面不高也不低，浸到玉兰娘的心口下面。文文见太姥姥脱光后露出的身体又干又瘦，脊背弓着，整个人缩小得和个十来岁的孩子一般大小。她的两个胳膊和两条腿上几乎没有肉了，就连屁股也空瘪瘪的，只有松拉拉的一层皮，上面有着稀稀拉拉的老人斑。文文被骇到了，赶紧收回眼睛不敢再看。

白莲花见妈在犹豫，便去交钱开票，给她也开了个单间。郝玉兰被她们鼓励着，便让雪雁去给她用消毒水刷刷浴缸。临出门，郝玉兰又给莲花交代说："待会给你姥姥洗澡一定小心，洗脚的时候轻一点，脚底有老伤。你们别管趾甲，俺等会儿来给她剪！"

白莲花应着，递给文文一大团药棉，让她给太姥姥轻轻洗洗脚，文文便蹲下，扒在浴缸边上捧了太姥姥一只脚去洗。她更惊骇了！这样可怕而丑陋的"脚"让她吓得一动也动不得了！

白莲花用毛巾擦了温水小心地给姥姥擦洗胸口，在那里，两只干瘪的、细长的、老丝瓜一般的乳房挂在她瘦骨嶙峋的胸脯上。她们都没看文文，全心在洗澡。文文定了定神，小心给太姥姥洗脚，就看到那脚如同一枚大粽子一般，是三角形的一大团，仿佛没有脚掌。如果没有捧在手里，就只能看到大脚趾，其余四个脚趾全在根部折断，紧紧贴着脚心，完全踩在了脚下！她偷眼看了看太姥姥，正微微闭了眼睛在享受呢。文文一直屏着呼吸，这才轻轻松了口气，开始用药棉洗脚。折过的脚很小，脚背没什么好洗的，文文把折在脚底的四个脚趾轻轻拉开，就看到脚心被趾甲扎出一排黄厚老茧，脚趾间有着白腻泥垢，想是姥姥常常帮太姥姥洗脚，这脚比较干净吧。

果然，那趾甲已经长了。可以想见，这样的一双脚，不用说走路，只是站着都是疼痛的。因为这是双残疾的脚，脚趾全踩在脚下，全身体重就压在断骨的、缠过的小脚上。文文对着洗干净的一双脚发着怔，怎么也不敢相信，这样一双脚一步步从河南走到了西安，而且，她的肚子里还有一对双胞胎！

文文在水汽氤氲的澡堂里流了眼泪，她突然就明白了她的姥姥为什么总说她娘可怜，要是没有这个躯壳缩小得皮包骨的老人，她和她的妈妈、姥姥，又从哪里来？

玉兰娘刚刚打了个盹醒来，眼睛睁了条缝，微笑着露出只有几颗残牙的牙床，浑浊的老眼看了下文文说："俺睡着了……梦见你太姥爷和俺笑呢！"

白莲花把头发挽了个髻，打算把姥姥抱出来，水有些凉了，她想换些水。老人说："加点热的就中了，不折腾啦！俺不脏，就是想泡泡热水……把你们都累住了吧？"

文文说："不累！"

她悄悄把那脚捧在手里给妈妈看，白莲花小声说："我小时候就见过，你姥姥的脚逃荒时走太多路了，有老伤……"

玉兰娘眯了眼睛瞅瞅自己的脚，像是在看别人的什么物件，淡淡说："这辈子俺受够了这脚的罪啦……那时候俺说啥也没让玉兰裹小脚！"

她还想继续泡一会儿，文文便去给姥姥搓搓背。撩开白布门帘，郝玉兰正躺在温泉水里，闭着眼睛泡着呢。她见有人进来，赶紧用条大毛巾盖住身子，这才看到是文文，笑说："是你呀文文！你太姥姥洗好啦？"

文文扒着浴缸蹲下，刚好和姥姥半躺着一般高，她怀着些激动说："姥姥，我看到太姥姥的小脚了！"

"你第一次看见？"

"我吓住了！"

"旧社会女人老可怜！逃荒时候哪有剪子？你太姥姥趾甲全都扎到肉里

了，流血又秽脓，粘住裹脚布撕都撕不下来，走一步疼一步……到西安的时候，黄脓把裹脚布结成了个硬壳痂痂，粘在鞋里脱不下来，人家都说这脚怕是完啦！俺娘吓得直哭，还是俺用热水泡泡，俺爹帮俺娘往下使劲脱，从脚上撕下一大片皮和肉，算是把裹脚布解下来了……俺娘疼晕过去了，她说比生孩子还疼呀！"

"我觉得太姥姥真伟大！她的身子那么小了，她的肚子那么瘦，全是松塌塌的枯楚皮，可她生出了你和我舅爷！你的肚子生了我妈！我妈又生了我！"

郝玉兰被她感染了，在浴缸里坐直身子说："你以后也要生孩子当妈的呀！"

文文就怔了，她有些害羞地说："姥姥！想着很害怕呢！"

郝玉兰笑道："你看看路上走的人，哪个都是妈生的，有啥怕的！"

"哎呀，要是你逃荒路上随便有个意外，就没我妈了！我妈要是没嫁给我爸，那就没我了！我能活着真是太幸运了！"

她啧啧地感慨着，郝玉兰把毛巾丢给她："给姥姥搓搓背吧！要是你以后遇上啥难事，你就想想太姥姥和俺，从死人堆儿里活出来，都咬牙坚持住了，现在还能滋滋润润在西安的珍珠泉泡温泉呢！"

文文把手巾缠在手上，起劲地给姥姥搓背："姥姥，我觉得太姥姥偏心，她不舍得劳累舅爷，就舍得劳累你！"

郝玉兰被搓得摇晃着身子，半闭了眼睛断断续续说："人家都觉得俺吃亏了，俺可觉得占了大便宜！俺看着……你太姥姥爱吃俺做的饭，多吃一口俺心里就高兴！她洗了澡，剪了趾甲，舒舒服服和俺说'玉兰，娘真是舒坦呀'，还有啥比这让人高兴的？俺都五十多岁了，有个娘可以孝顺，报答她生养的恩，俺多大的福气！"

听姥姥这么说，文文便说："刚才太姥姥说她一辈子受了脚的罪，就没给你缠脚！姥姥！幸亏你不是小脚，要不太可怜了！俺看太姥姥脚趾全都折断了！"

郝玉兰感动了："咦，谁说不是哩！刚才你还说你太姥姥不疼俺哩！"

没用半年时间，秦风厂的加工厂已经走上了正轨，闫厂长几乎每次开会都夸长安给厂里办了个大好事，因为不光任务完成得好，连厂里的职工也受了很大影响。一直以来大家吃的是大锅饭，干多干少都一样，干快干慢也一样。现在国家提出"按劳分配，多劳多得"，平时加班干活有奖金，厂里的职工干不出来的活，厂里就调到加工厂去干了，反而把职工的积极性给调动了起来。

局里下文件把梁长安提了个副厂长，还是主管技术和供销。闫厂长眼看快退休了，大家都说闫厂长把接班人找好了，不光背后说，当面也有人说。长安虽然嘴上说你们别乱说啊，心里却也觉得八九不离十了。到后来大家说得多了，就有人叫他梁厂长，大家叫他请客，他说没宣布都不算。

白莲花好几次听他说起这事也很高兴，有一次回娘家还给郝玉兰和白槐花说："长安可能要提成正厂长呢。"郝玉兰沉不住气问梁长安："当了厂长还用不用出差了？"

长安支吾了过去，回家一个劲埋怨白莲花，说："这个风放出去要是当不成，你看多丢人？"

文文说："你不放风给我妈，我妈又咋去姥姥家放风？"

把梁长安噎得对着文文直翻白眼。

西安的街头有许多大槐树，五月槐花开得正旺，浓郁的绿色从密密层层的槐叶间流淌下来，一簇簇的白花挂满枝头。每年这个时候，长安家的院里也是香气扑鼻，到处飘着槐花特有的清香。白莲花在竹竿上缠上铁丝，把槐花一串串折下来，坐在树下捋到盆里，洗净拌上面粉蒸麦饭吃。蒸好的槐花一朵朵裹着面粉，在碗里粒粒分散白白胖胖的，再浇上蒜泥、醋水和辣子油，让人胃口大开。

谁知梁长安却说："我真吃够了，一辈子不吃也不想！"

白莲花说："那是你爷爷蒸的麦饭不香，我妈那时候做的好吃，所以我现在还想吃呢。瓜菜代时，不管是野菜树皮、榆钱槐花都能蒸呢。"

梁长安一脸不屑，白莲花就揭短一样对文文说："你爸还不承认，他爷爷蒸的麦饭要么是苞谷面放多了，一疙瘩一疙瘩的生面；要么面少放了，菜上的面稀乎乎的。他顿顿吃那样的麦饭，能爱吃吗？"

文文听了却一脸同情说："爸爸，那你咋不跟我姥姥学一学呢？"

梁长安忍不住要把当初和爷爷的生活讲一遍，刚开了个头文文就说："这些你都说过多少遍了，你还有没有新的？"

白莲花叹口气说："你算了吧，你女儿又没受过饿，能知道'饿'字咋写就不错了。"

这时邻居们拿着小锯和斧头来了："嫂子，我们给你家的树修枝儿来了。"

白莲花知道他们也馋这个槐花，赶紧叫长安把竹筐挪到厨房，指着头顶的一大枝槐花说："给你们留着呢，这几枝儿上的槐花我都没动。"

长安搬来梯子，大伙嘻嘻哈哈拿了锯子忙活起来，几个年纪大些的老太太也拿了小筐子、小盆来凑热闹，说家里孩子没在家，让多少给折上几个小枝，捋上些也尝尝鲜。

白莲花知道她妈也爱吃这个，又把捋好的槐花给妈装了一大袋子送回小东门。

西安的夏天早晚清凉，槐树树冠很大，像一把撑开的大伞，真的是大树底下好乘凉。晚上月光如水，白莲花和梁长安惬意地坐在院里乘凉，文文在屋里复习功课。白莲花把小西瓜切开一个，给文文端了一半，另一半端给长安吃："我就爱过现在这日子，上完班给你俩做做饭，给文文陪着学习。多长时间没这么坐着了。"

长安说："就是，这么好的月亮，这么好的瓜。"

"长安哥，多亏咱把文文管得严，下午家长会，老师说她同学有谈恋爱的哩！你看这些男孩儿，胡子还没长出来，思想倒开化得很哩！我提醒文文，她还让我别大惊小怪，说贾宝玉和林黛玉谈恋爱也不过十五六岁。你看看，真是和咱小时候不一样了，真不该让她看那么多的书。"

文文一直很乖，却也说出这话，白莲花说着直摇头。

长安说："你就不该问她这话嘛，以后咱把她放学时间把死，再不让她去跳什么霹雳舞不就行了？"

她点点头："你们闫厂长不是退了吗？新任命的正厂长定了没？"

"定了，是方俊翔……来了快一个星期了。"

她看着他的脸，想看他是不是开玩笑，他却丢下勺子去洗手，好半天才说："我还是副的，不让管质量，只管供销科了。"

方俊翔被选派来秦风厂当厂长，不光梁长安受到巨大的震惊和失落，连厂里的不少职工也意外地说没想到。他从秦风厂调到局里有十来年了。

在方俊翔上任的会议上，他抢先拉着梁长安的手说："长安，还是老样子啊，这么年轻精干。"

长安也笑着说："快四十的人，能显得多年轻，倒是你没变啥嘛。"

方俊翔比头几年胖了些，肚子也略腆出了点，人很精神，只是眼角和额头有了几道深刻的皱纹。他和大家说笑着进会议室，打量着说："真是变化大呀。长安，过去咱在这儿跳舞排节目，我只能给你演配角，那时候多有意思。"

梁长安不知道他是啥意思，只好跟着大家笑了一下。

隔了两天，方俊翔在会上宣布，梁长安是跑供销的好手，厂里全靠采购和销售这两块把住质量和经营关呢！不能因为人能干就把啥事都压一个人身上，得把责任再明确一下，以后质量科就不要让长安操心了，腾出精力好好抓好供销就很好了！

长安一句话也没说，这事在他意料之中，但心情却是糟透了的。出了会议室，方俊翔笑说："长安，刚好也下班了，咱俩去吃哑巴馄饨吧！我请客！"

哑巴馄饨是北关十字的一个小店，离厂子很近。馄饨皮薄肉鲜又是上好的鸡汤，有着上等的好胡椒，远近的人都爱来这儿喝一碗。这两年有了夜市，晚上生意比白天还好，光桌子都能摆上三四十张。叫哑巴馄饨，是因为店主和店里的伙计都是聋哑人。梁长安和方俊翔刚坐下只一比画，店主就堆笑着冲他们点点头，让伙计们端包子、下馄饨。两个人对坐着，都在努力想着。方俊翔先解释会上的决定是上面的意思，他对师兄弟们是念旧情的，长安点点头说："馄饨生意真不错，顶咱厂小半个食堂了！"

方俊翔抬头看，果然看到几个厂里的年轻工人也远远坐在小桌边上吃馄饨，便笑说："就是！看来咱厂灶上饭不如这儿的好！"

恰好这会儿馄饨热腾腾地端上来了，两个人就都悄悄松口气，夹包子吃起来。吃完两个人满头大汗了，梁长安看他还想说啥就笑着说："这个大热天不该吃馄饨的，哎呀！我忘了文文没钥匙进不了门呢，我得先走咧。"

从这之后梁长安果然不再过问技术科和加工厂，倒是抽空把屋里装修了一下。房子从盖好就是白墙和水泥地，莲花和文文早都在催着要装修了。

文文说："我们同学家买的地板革，又漂亮又干净。"

长安索性和白莲花到西大街的城隍庙跑了一天，挑了一种淡米色的地板革铺了，又花钱在每间房子里装了个大吊扇。

长安说："这下算是现代化了吧！"

"咱小时候就听说，好生活是'楼上楼下，电灯电话'。咱现在也算是人上人了吧？"

白莲花看着光洁的地面，满意极了。

长安噗地笑了："你这心太好打发了吧。咱还多了个电扇呢。"

白莲花不依了："有几家能有这么大一院房？你忘了锦华巷的日子了？"

长安收起笑点点头："没咱妈帮咱借钱，做梦我也不敢想着买房子。"

长安轻松了两个月，加工厂的技术、质量水平却在不断下降，从加工厂拉回的成品大批不合格。缝纫针码不匀，接口处没做回针，返工活不能做，拆开了再缝皮革上就有了针眼，全部报废原料损耗又太大了，最后只好拉到秦风厂的门市部出口转内销了，三万多双手套近一万双不合格内销，厂里重重损失了一笔。出口产品要按期交活，厂里的职工加了一个多星期班，才紧紧巴巴马虎交了工，加班费又增加了一笔。

方俊翔要严肃处理加工厂的质量问题，干脆所有不合格产品不给加工费，县上的女工就闹了起来，说谁证明有问题的手套就是我加工的，凭啥不给钱？不少人辞工不干了。方俊翔忙得焦头烂额，在党委会上大发雷霆，言语间把矛头指向了梁长安，说加工厂的方案彻底错误。

梁长安却不急不忙地说："成立加工厂一年多了，从没出过问题，可见方案和培训没问题。"

方俊翔脸涨得通红，盯着梁长安憋了半天说："那这次质量出麻烦是谁的责任？"

"我早就不管质量了，没有发言权。"长安冷冷地说。

会不欢而散。不管秦风厂咋样鸡飞狗跳，反正周至县和高陵县的加工厂基本停产了，工人大量请假。这次原因是到了麦收季节，加工厂的妇女要下地抢割麦子，农村到了这时候，就是光屁股小孩儿也指望能烧水、到地里送饭呢，哪有半个闲人在加工厂干活？

方俊翔急急地让把加工厂的厂长召到厂里来。

"农民不把地里的粮食收回来还叫农民？谁家不先忙着收麦？真把我们农

民当成瓷怂咧！"郭师粗着喉咙操着浓重的秦腔嚷嚷起来，方俊翔盯着他满脸满腮的大胡子，硬是找不着话来应。

副厂长老郑笑了骂道："郭师，你咋成赖皮二杆子咧。你当咱秦风厂跟你签的合同是废纸纸儿呢，我们快急死咧，你还说农民该干啥呢，你不是个一般的农民！郭师，你是厂长呢。"

郭师嘿嘿笑了几声说："好我的厂长哥呢，我先是我村的村主任，下来才是你秦风厂加工厂的厂长。你放心，夏收完了我一准把活做美交工，现在家家都跟天抢食呢。"

方俊翔耐着性子听他说完才说："你光摆你的难事，也为我们想想，厂里连人影也没，你惦着夏收当初签合同干啥？你忘了你是厂长呢？误了交活儿是要负法律责任的！"

副厂长怕郭师不高兴，拉他坐下说："先坐，先坐。"

郭师果然不高兴了："合同也没说不准收麦子！我没你官大，你也用不着扎这么大的势！你一个电话我冒着大太阳热乎乎来咧，你尻子没抬，脸也没个笑，还说这么多淡话，你当我是流鼻涕娃呢。对咧！你也训美咧，我回去收麦啦。合同订的下个月才交活儿呢，到日子再看吧。"

郑副厂长急着拉他，郭师任他拽着胳膊只管往门外走："光说技术不过关，梁厂长那会儿吃住在县上，手把手给人教呢！他就扎个厂长势，以为训训话就把活儿做出来了。我走呀，你也别拉我！到给你交活儿的时候再看判我啥刑！"

方俊翔听他粗喉咙大嗓子这么一喊，气得想撵出来和他理论，又怕厂里的人听见了说自己没水平。正为难着，听见梁长安的声音："郭师，喊啥呢。来西安也不到我房子坐一坐。来，先喝茶。你这火燎毛的性子呀。咱厂的人都看你呢！——这就是加工厂的郭师。"

方俊翔听不清郭师说了些啥，觉得声音渐渐小了，知道他是到梁长安的办公室了。他深深叹口气，觉得胸口淤了一口窝囊气，却吐不出来，就拿笔在纸上胡乱画着，脑子里一片空白。

不知道过了多久，听郭师的声音在楼下响："对咧，不送咧。我不敢多耽搁，赶早回去给你找人做活儿呀。我就按你说的，让她们寻麦客干地里的活儿，争取把手套按时交上。唉，梁厂长，我可是只听你的。以后谁让我再签合同，我死活也不签咧！"

梁长安说："数钱的时候咋不怪我圈你呢？郭师，可不敢萝卜快了不洗泥呀。"

郭师骂道："日他先人一回！咱把活儿做美，看他拿那张合同纸纸儿来卡我的脖子？你得闲可要再来指导呀。"

方俊翔竖起耳朵想听清楚长安说啥，两个人已走远了。他低头一看，纸上乱七八糟写满了长安的名字，夹着"合同""卡脖子"之类的词，他赶紧把纸团了团刚要丢了，想想不妥，又用手撕得很碎才扔在簸箕里。

陕西的麦客是关中农村近些年越发不可少的人了，他们在几个村上门收割，方便极了。郭师到村里之后，就打发人去邻村接了十几位麦客。他挨家找了几十个女工，给人家算账说，你一天干的活儿顶三个麦客干一天，你有手艺呢，可不敢浪费了技术，要不等你把麦收完加工厂也不要你咧，看你到哪儿挣这轻松钱？

加工厂的事儿就这样被麦客解决了。长安回家给白莲花说起时禁不住笑了："你看可笑不可笑？正经的工人干不出活儿来，得找农民干工人的活儿。正经的农民没时间干地里的活儿，得找麦客来干。"

加工厂的活儿快做完交工时却出了问题，局里派人到加工厂质检时，发现有一小批没用一等猪皮。到厂里调查，领料员领出去时确实是一等皮，打开封签里边却是三等皮，这批猪皮的入库单上是长安的名字。方俊翔马上把长安的工作停了，让他写清楚进材料时以次充好的经过，说一等和三等有差价，性质是贪污，虽说只发现了一包，关键要深挖以前有没有这样的事。

长安还在琢磨方俊翔是怎么做的手脚，事情已在全厂沸沸扬扬传开了，传到白莲花耳朵时，已经成了："库管员发料时，才发现整包猪皮都是纸，只有外边一层包着猪皮。"

于是大家推测长安到底贪污了多少，有人说他家院子又大又体面，咱一般人靠工资吃饭谁买得起？人家可是十来年供应、销售一把抓了。白莲花见长安回家只是抽烟，脸色铁青，怕他气出好歹，就宽他心说："你过去把那么大的场面都经过了，这又算个啥？你只管让他查去。"

说是很简单，梁长安却明显受了很大影响。过去他是比谁都兴冲冲去上班的，现在长安却总要在家里磨蹭着快到点了才没精打采地出门，因为他觉得厂里那些职工都在远远盯着他，又在议论着他。他没过去那么讲究了，头发长得很，胡子也没剃净，衣服倒是干净的，那是莲花隔两天给他放在枕边必须要换的。莲花当然看出他的变化，就操心着把饭做得精细些，每天换着花样。可这没用，他胡乱就吃下去了，根本没注意给他的碗里盛了啥，或是盛了多少。要么他就边吃边凝重地想着什么，不知不觉停了筷子，仿佛莲花和文文根本不存在。

这让莲花心焦，可她没办法。

郝玉兰见白莲花两口子两个多月没回来，知道长安忙工作，白莲花要操心文文考学就没时间。她特意把胡辣汤美美盛了一大锅，坐上车去白莲花家了。文文和姥姥热乎了半天，又告状说爸妈不让她去姥姥家，还不许她跳舞了。

白莲花笑说："你就告状吧，等你姥姥走了我和你爸才把你吊起来打呢。"

文文装作害怕的样子紧紧贴到郝玉兰身上，说："姥姥，那天我看了太姥姥的脚，听你说逃荒的事，专门到学校图书馆去找，老师给我了本书！你看上面有河南1938年6月黄河花园口渡口被炸的事儿呢！姥姥，你和太姥爷、太姥姥一家，是不是那个时候逃到西安的？"

"俺不知道啥花园口！可俺听说你姥爷在开封城住过的地方叫花园街！"

"1938年黄河发大水你总知道吧？"

"知道！俺们就是发大水淹了村子才要逃的呀！那年俺七岁多，刚好就是1938年！"

"姥姥，你还记得啥？"

"发大水时候是个夏天……俺们村挨着条大河，听俺爹说那河连着黄河，隔些年就要发次大水，可他这辈子也没见过那么大的水！大半夜，村子全让淹了，树都淹到树梢了，高房子只露个房顶，大多房子都泡塌啦，人让冲走了……真是老可怜！幸亏俺爹拆了两扇门板绑在树上，俺们都站在房顶上，俺爹就抱着树，眼瞅着黄水上漂着死人死猪死鸡子，一眨眼就过去了……"

郝玉兰陷入沉重的回忆里，白莲花担心地坐在一旁。文文把书摊在桌上，翻着给她看，她指着张照片说："姥姥，这是当时的相片！"

郝玉兰仔细看那几张模糊的黑白照片，激动地指着一张说："就是这样！俺们就是这样来的西安，俺爹担着挑儿，俺扶着俺娘……这后面看不到边的大水，他们穿的烂衣裳，和俺们当时一模一样哩！"

文文指着书小声念道："姥姥你听：'1938年日军进攻开封、郑州。蒋介石国民党部队炸开黄河花园口大堤企图阻止日军南下。混浊的河水向东南方向迅猛推进，在黄淮平原随性肆虐，最终形成了跨越豫皖苏三省四十四个县的黄泛区。当时直接淹死和饿死的群众多达八十九万人，造成了历史上人为的一次大灾难。黄河水下泄后，西边一路沿颍河下泻淮河，东边一路沿涡河到安徽怀远流入淮河，黄、淮合流后涌入洪泽湖，淮河、洪泽湖沿岸立即变成了一片汪洋。这次洪灾，河南、安徽、江苏共计四十四县市被淹，受灾面积两万九千平方公里，受灾人口一千万以上，冲毁一百四十万民房、淹没近两千万亩耕地。黄水所到之处，房倒屋塌，饥民遍野。这次洪灾，豫、皖、苏三省共有三百九十万人背井离乡……'"

郝玉兰失声叫道："天爷呀！这……这……这么多人死的死，逃的逃，多大的罪呀！"

文文激动地说："我看的另一个书上说，受灾人口有两千万，淹死饿死的一百多万人！姥姥，书上说：大饥馑饿死人最多的是1942年，这不是天灾是人祸！"

郝玉兰恍然说："怪不得好多人家都是1942年来的西安！老蔫媳妇她们家就是那时候逃过来的。"

文文说："书上写：'河南大饥荒一般指的是1942年7月开始到1943年春，日本侵华战争时期发生在中国的饥荒之一。这场大饥荒的范围还包括河北、山西、山东、安徽。1938年黄河决堤发大水之后河南经历大旱，平息大旱之后，又遇蝗灾，由于河南地处前线，有下级瞒报、政策失误、交通堵塞等原因，导致河南一百一十一个县中有九十六个县受灾，其中灾情严重的有三十九个县，受灾总人数达一千二百万人。大约一百五十万人死于饥饿和饥荒引起的疾病，另有约三百万人逃离河南……'姥姥，想想真是奇迹！你从河南逃荒到西安，别人饿死在路上了，淹死在水里了，可你还活着！姥姥，你是一个幸存者！"

郝玉兰缓缓摇头说："依俺说，这世上每个人都是幸存者！小东门这些河南人都是幸存者！俺们一家二十多口人，只活了几个人。"

白莲花也翻看那本书，里面的照片都是当时的难民和军人，她说："我过去可不知道这些，只知道河南人是逃荒来的，从小就知道西安人看不起咱们，觉得咱穷、没文化！谁知道老人们受了这么大罪才活着来的！"

郝玉兰突然指着照片说："这张是日本人！他们都该挨枪子儿给中国人偿命！"

过会儿她又指着书说："你看，这是中央军！俺见过他们排着队背着枪走路！"

她把那书里的照片一页页仔细看完了，终于看到最后一页。她合上书长长叹口气说："好文文，你姥姥稀里糊涂从大水里逃了个命出来，都不知道啥是花园口，不知道为啥要逃荒，也不知道那么多人和俺们一块在受罪受灾，他们早都死了！今天多亏你念了书，俺活也活了个明白。"

文文问："姥姥你见过日本人没有？"

郝玉兰激动地说："俺不光见过日本人，还见过日本飞机丢炸弹哩！炸弹就像个大木桶！炸过的地方全是火，到处都是炸碎的人手人腿！俺们吓得尖叫着乱跑，爹叫俺'玉兰别跑！快趴下！'，他趴在俺和一个小男孩身上，把俺们保护住……你太姥爷要是去打仗，肯定是个好兵！他光想着保护别人，那个小孩爹妈都让炸死了，俺爹就一路让他跟着俺们，俺娘骂他是个傻根！"

"后来呢？"

"后来俺就不记得他了……不知道他活着到西安了没有……"

文文怔着，郝玉兰出了神，好一会儿才叹气说："天天都见到死人，心都麻木了……死的人太多，俺记不清啦……"

白莲花见到妈脸上落寞的神情，突然很心疼她，不忍心让她陷在痛苦回忆里，便对文文说："快去写作业吧！我还有话和你姥姥说呢！"

显然文文也一时回不过来神，什么话也没说，便冲姥姥挥挥手，回自己房间学习去了。

郝玉兰默了会儿才问："长安咋没在家？天都快黑了。"

"在厂里写材料哩。唉，不知道咋弄的，新来的厂长老是找事整他。说长安进的皮革有问题，是贪污呢，人家还要查他哩。也顾不上回去看你和我爸。"

白莲花有点无可奈何。郝玉兰问："长安那么老实咋能干这事儿？"

273

白莲花忙说："他当然没干！他在厂里办公室写材料哩，说下班人都走了心静。你想谁贪污只调包一包猪皮，一包猪皮才值多钱？明眼人一看就知道厂长故意整人哩，咱只好让人家调查，给人家写材料。"

郝玉兰点点头。

"长安心烦得很，一夜一夜睡不着，烟瘾也大了，我都不敢说他。他说厂里的人让他心凉了，不管是过去的老职工，还是新职工，见了面都不敢和他搭话了，绕着他走呢。这是最让他难受的！"白莲花声音越说越低。

"你这时候就不能说他，也不要埋怨他。谁也不愿意出这事，要让他宽心哩。那俺等等他，好好劝劝长安！人在世上就是这样，啥人都能遇上，啥事也能遇上——咱要看开哩，可不能乱了心！"

郝玉兰说着拍拍白莲花。

"我知道，他怕你担心才不让给你说。"白莲花强笑着说。

"不中，你领俺去厂里找他。"郝玉兰不由分说就走。

这时长安推开大院门回来了，白莲花叫他："长安哥，咱妈来了，正说要去看你哩。"

长安疲惫的脸上一怔，一丝委屈涌在喉头。

"长安，来！热乎的胡辣汤先来一碗喝着？啥事跟妈说说吧，搁心里多难受。"她让白莲花去热汤，拉着长安的手进屋了。她的手是温热的，长安一下子回到年少时，她领自己试穿才做好的新布鞋，也是这样温暖的手，这样叫着自己的名字。

长安见郝玉兰一脸担心，忙给她宽心："妈，厂里没啥大不了的事，厂长想让我丢人现眼，树他的威信，就诬陷我哩。今天人家已经查出来了，说检举我的信上写'方俊翔为什么要包庇梁长安？'他想把他摘清哩，结果一调查，信就是在我厂打字室打的。我知道肯定就是方俊翔自己写的信……我也得让他姓方的不好过！妈，你当我写啥材料哩？我也跟他学，把检举信写好几份，给他娘的寄出去，把水再搅得浑一些。"

郝玉兰不同意，她急切地说："你晕了头了？可不敢这样！狗咬人一口，咱只想着赶紧离他远远的，咋能想着去咬狗？你可别把自己耽误到窝里斗这个大坑里！"

长安便叹气说:"唉,我十几岁进到这厂里,把这厂当家一样,可咱刚让人挖坑编了个罪名,就谁谁都怕牵连你,恨不得都说不认识你!妈!我满脑子都是把厂子干出效益的点子,满身都是本事,心里想的都是咋样给厂里多挣些钱!可他硬是搞他那一套打击报复,你说,我凭啥配合他让他欺负?"

"长安,你这么聪明能干,又何必和人家在这个小泥潭里搅浑水呢?俺可不想看你和人家斗。"郝玉兰劝道。

长安叹口气:"你当我想斗?事把人逼的!他是厂长,我是副厂长,我不想和他在一个厂里又能去哪儿?咱又不是在南方,自己还能弄个工厂?"

"你咋就不能弄个厂?听莲花说你的技术好,又会采购又会销售!自己干谁的气也不受。年轻轻的好日子一晃就没了,全用在和姓方的窝里斗了,不值呀!"

长安心里一动,白莲花端着冒热气的胡辣汤说:"长安哥,先喝吧。咱妈说气话,你可别当真。"

郝玉兰刚想说什么,白莲花给她使了个眼色,她说:"好吧,你还是先把厂里的事弄清楚再说。听妈的话,心放宽,气放顺,该吃就吃,该睡就睡!你只要心里稳当就对了!"

长安叹口气说:"妈,我听你的!"

郝玉兰自己却气了,自语道:"要俺说,他们还是饿得轻,要是过去吃不饱饭的时候,谁有这闲劲给别人挖坑穿小鞋?"

长安埋头喝着胡辣汤,便接口说:"妈,真好喝!要不我辞职给你去卖胡辣汤吧?凭我的头脑,肯定能把生意干得更大更有名!咱把胡辣汤卖到北京去!"

郝玉兰笑说:"天爷哩!你这个大厂长要来跟俺卖胡辣汤?俺那小庙咋能供得下你这大神仙?你真是在厂里干够了干烦了,咱把眼下这事熬过去了再好好商量!"

她见长安心情好了些,便从包里取出一封信,说:"你看看,这是派出所老张给俺的信,他说这信是给你爷的,估计那时你爷不在世了,他们知道你爷的大儿子在做牢,害怕有啥问题,就把这信交到派出所了。不知道咋的,这么多年了,他们整理旧档案才翻出来!"

长安看着信，脸上的表情渐渐凝重起来，莲花凑上去看，小声说："呀，你想了四十多年，现在才算知道你亲娘是谁啦。"

"你亲娘还活着没？"郝玉兰急着问。

长安的笑容消失了："不知道！妈，信写得早，是1969年的了。"

莲花接过信纸，已经发黄发脆了，信的最后这样写：

…………

梁家有恩于吾子，慈父年迈离家，千里之外将吾子抚养成人，含辛茹苦之劳恐非常人所能想象；梁家亦有罪于吾，以无耻欺骗之言将吾诓为农妇，害吾贞节，坏吾终身，时时如于噩梦之中。如今木已成舟，玉纯心死，形如老妪，实是生无可恋。唯不放心吾儿李承业，乞望父亲大人怜惜哀悯，令吾儿与吾见上一面，死而无憾，感激涕零。

…………

内蒙古包头市九原区北角村刘玉纯

信的日期是1969年6月12日。

白莲花说："看！你娘的地址！"

长安眼圈一下红了，他叫道："原来我叫李承业！不知道她还活着没……"

听长安的声音有些抖，郝玉兰便问："那你啥时候去看她呢？"

长安叹口气，摇摇头说："唉，厂里这么忙，我抽不出时间呀。可我心里一直惦着我娘呢！等手上的事忙完，稍闲些我去找找娘！"

郝玉兰劝说道："长安，那时你对你爷那么孝顺，俺就看你是个仁义孩子。你爷过去和俺说过你娘的事，她是个命苦的可怜人，都让逼疯了，她心里最疼的就是你！你现在也是当爹的人，知道活生生把儿子让人抱走的滋味！那时候她做不了自己的主，现在你要抓紧时间看看她呢！说不定人还活着！这事别再推，手里事忙完就去吧！她生下你是大恩呢！要是你娘真不在世了，想孝顺也来不及了！"

长安说："妈，我听你的！过些天这事有了眉目就去！"

郝玉兰对莲花说："你也去！给人家老人多买些东西！多伺候人家，长安的娘受了大苦了！"

莲花便点头说好，长安见郝玉兰含着眼泪，便说："妈，你放心！到时候我和莲花一块去！"

  局里的调查组专门调查这件事，发现有问题的猪皮只有一包。方俊翔在秦风厂中层会上说："实践证明，供应、销售、技术质量和加工厂一手抓难免不出事儿。当然我也不是说长安就有事，毕竟数量不大……"

  他正慢条斯理地说着，不防长安啪地把记录本一摔在桌上。

  "你啥意思？等调查结果出来再说，还不知是谁捣的鬼呢！查出来之前，你最好闭嘴，要不别怪我不客气！"长安激动地抓起记录本，在空中指着方俊翔，然后他踢开椅子，大步流星地走了。

  调查组的人从周至加工厂又回到厂里住下，厂里人说，看来得几天呢。大家都兴奋地期待着，不知道会等个啥结果。不管长安有没有问题，光这个过程就足以使大家高兴了，好多年厂里没出过大事情，大家都憋得慌了。

  第二天早晨长安进了厂门，心里就有种异样的感觉，工作了二十多年的工厂像家一样熟悉。灰白色的旧楼，油漆斑驳的大门，可是人却变得那么陌生。长安站在干部楼的外廊上，点了支烟吸着往下看，厂里的职工们已经进厂了，推着自行车在车棚门口排了长长的一排，丁丁零零按着车铃催着前面的人好不热闹。长安想起过去，自己从木工车间调到干部楼的时候，当时真想干出点名堂呢。谁又想到弄成现在这样？长安眼睛酸了。转念一想："妈和莲花昨夜不也劝自己，大不了副厂长不当了，至少她们都没慌了阵脚呢。"

  一根烟快抽完了，厂里渐渐热闹起来，长安心里空落落的，把视线移到另一边。车库的大门正对着自己，不知怎的长安就想起了双福，心里由衷地羡慕起来，人家再也不用受这鸟气了！广州的吴厂长也说，你要是单干早就发了！他立即想起妈说让他当个体户的话，满身的劲用不出来，在这儿憋屈得难受真不如单干呢！他立刻被自己的想法振奋了起来，狠狠地吸了最后一口烟，把烟蒂丢在脚边，使劲地踩着，心里一下有了着落。

  调查组走了，通过和供货厂家的联系和调查，证明长安是不知情的。方俊翔安排人员主管供应，长安只管销售，这样供、销、质量都分管，就不会再出问题。絮絮说了快一个小时，最后他总结说。

  坐在桌边的梁长安，眼睛盯着手里的圆珠笔，心里只念着两个字：辞职！

有了辞职单干的念头，长安一下觉得神清气爽了。白莲花中午下班回家，见院门掩着有点纳闷，推门看见长安正在厨房忙活，院子里漫着红烧鸡块的香味。

莲花纳闷道："你咋没上班？做这么多好吃的干啥？请谁来呢？"

长安故意说："以后我不上班了，今儿专门请你。"

白莲花看看他的脸不像开玩笑，丢下手里提着的葱担心地说："你没被开除吧？"

"调查组走了，我没一点事，只是咱把方俊翔撼不动，让人家白白把尿骚迈在头上啦。妈的！真让人心里不美气。"

白莲花劝他："算了，咱以后多防他就是啦。"

"咋防？他不把我彻底绊倒能算完？莲花，我不想上班了，我想自己单干。"

"长安哥，你别赌气，有个正式工作多不容易，你忍忍不行么？"白莲花说着哭起来。

文文放学回来正躺在床上听录音机里齐秦的歌了，听见妈哭的声音，也悄悄关了录音机起来摆放碗筷。长安埋头坐在沙发上狠狠抽着烟，白莲花身子微微抖着在流泪，他知道她怕得要命，自己又何尝不是呢？只是这单干的念头一出就再也不想上班了，想起要去厂里就烦起来。

长安拍拍她的手说："好吧，你快睡会儿，该上班了。"

一看表快一点半了，白莲花一边扒拉着碗里的饭一边说："我先上班走了，你在厂里可别胡来啊！咱晚上回来再商量！"

熬到下午下了班，两个人回家都不说话，胡乱吃了晚饭后，长安突然问白莲花："莲花，你想让我活出个人样，还是活得像只狗？"

她说："那还用说。"

长安说："莲花，你就让我试一试吧！从方俊翔来秦风厂当厂长那天起，我就没高兴过，累死累活看人家脸色。干好了功劳是人家的，还要嫉妒你；干不好了，屎盆子都扣到你的头上来，暗地里给你穿小鞋使绊子。方俊翔他是玩人的主，他不是来秦风厂当厂长干事的。"

白莲花给长安擦了把眼泪，他痛苦不堪地垂下头，手指紧紧抓着头发。她真想一口答应他，但她还是沉静了好一会儿才说："咱二十多年的工龄白白丢掉多可惜。"

长安喃喃地说："怕这怕那才弄得心里这么苦，单干在我心里想得不是一天两天了。"

他看白莲花听得专心，便接着说："你想，高陵和周至的加工厂都是我一手办起来的，姓公还是姓私还不是由前期资金决定的？那时我就常想，我熬着受苦受累，在农村一待就是半个月，挣的钱一分也不多，图个啥？就图人家诬陷我？方俊翔不让我去了，又多派了几个人干我当初的工作，反而人人有了'下乡补贴'。唉，我心里凉透了，我给厂里创造了多少利润，连文文参加夏令营都拿不出来五十块钱……"

他说不下去了。白莲花咬着嘴唇好半天才说："可是……这毕竟是个铁饭碗呢，没了厂子你每月到哪儿领工资？"

"你忘了，广州的吴厂长怎么说？他说你梁科长要是单干早发了，还用这三毛、五毛地贴汽车票？双福那阵子让老薛整得连杀人的心都有了，下了狠心踢了单位反而好了，现在两三辆大卡车外边跑着，家里吃用都比咱强，光老婆就两个。"长安说到这儿一下打住了，知道说错话了，果然白莲花寒着脸瞟着自己。

"好啊！心在这儿操着呢，你安安分分在厂里待着吧！"

尽管长安怎么样辩解这话是说顺嘴了，只想表示双福单干比厂里强，没任何想法，无奈白莲花铁了心坚决不同意他辞职。再说下去，白莲花干脆拉了灯闭上眼睛睡了，长安倒是翻腾了一夜也没睡着。

给白莲花做了半个月的工作也没成效，长安看出来了，她其实明白自己的处境，就是怕不赚钱反赔钱。她说："私人开工厂，那是过去资本家干的事儿，哪有放着铁饭碗不端自己干的呢？你忘了那时候资本家的下场了？咱现在好不容易有个正式工作，也算在西安扎住根了，你可又要去折腾！"

长安说："唉！盼你给我定个秤拍个板子，同意我辞职呢，你的顾虑比我还多了几车皮。"

白莲花有点无可奈何地说："那找咱妈问个主意吧。"

她没想到郝玉兰听了她的问题，一连说了三个"好"，长安脸上满是笑地冲莲花说："看，咱妈支持我哩！你还不放心？国家现在改革开放了呀！报纸上都说，谁有本事就让谁去挣钱呢！"

白莲花埋怨说："妈，你光让他高兴，也不想想他都二十来年的工龄了，现在咋说也按月领工资哩。改革开放，那是报纸上说的话，咱老百姓没了工作，生意做得好还行，再赔了本真是哭都没眼泪！"

"俺说第一个'好'，是说长安不用再受那个王八厂长的气啦；第二个'好'，是觉得长安干事业的机会来啦；第三个'好'，为你两口子啥事都商量着来高兴呀。现在国家不是让放开做生意吗？俺年初还当了个先进个体户哩。人家给万元户戴大红花，你爸不让我去，说再来个运动可咋办？他害怕露富，俺可不怕！咱一不剥削，二不偷摸，三按时交税，你说国家为啥不支持咱？"

白老四不甘心地说："你能蛋嘛！反正俺都七十多啦，出啥事俺腿一蹬就走了，看你去出风头！长安，话说回来了，现在真是变化大！老蔫家的二蛋在康复路给人家蹬三轮车拉货，后来弄了个钢丝床的摊位卖窗纱，就那一米窗纱几分钱的利，人家现在也开汽车哩。他那脑子都行，你有啥不行？老宁的儿子小黑在东大街华侨商店门口倒国库券、外汇都发财了。"

"就是，咱起早贪黑挣的钱怕个啥呀。真是将来为这出事俺也认了，反正钱也挣了，好的也吃肚里了，享过福再倒霉也比吃不上饭强。前怕狼后怕虎能成啥事？俺瞅着是好日子真来啦。"郝玉兰总结说完，又看看长安和莲花的脸问，"你俩要不要本钱？只管说，妈给你担着！"

长安摇着头"嘿嘿"笑，白莲花冲他瞅了眼说："妈，你看他听到'钱'字就这么高兴！"

郝玉兰说："不光你们年轻人爱听'钱'字！前些天你姥姥精神好，俺给她洗洗脚剪剪趾甲，扶她在二楼的小阳台上转转晒太阳。她看见那么多人在吃胡辣汤，就问俺挣了多少钱？俺说数都数不清，你猜你姥姥说啥？"

没等他们问，她自己先笑了说："俺娘说，咦！你还不快去数数你的钱？还扶着俺干啥？！她问俺：西安市比你有钱的人还有没有？你们瞅瞅，你姥姥原来也是个老财迷呀！"

这时，雪雁从二楼跑下来，冲进屋就说："奶！奶！快去看看吧！老奶奶说不出话了！她全身都在抽呢！"

等郝玉兰和长安、莲花到了床边,玉兰娘已经睁着眼睛看不见人了,她张着嘴,哧哧喘着。郝玉兰一下急哭了:"娘!俺是玉兰,你有啥说的?娘!"

莲花见姥姥两只枯槁的手在空中挣扎,就把那手放在妈的手里,郝玉兰便紧紧握着。玉兰娘吃力地看向闺女的方向,眼神却是直的,什么话也说不出来,长安小声提醒道:"妈,姥姥有话说不出来,咽不下气,你劝她放心走吧!"

她大声说:"娘!你放心走吧!俺给你把啥都准备好啦!老衣你也试过了,俺爹的墓地旁边,俺给你也把地方准备好了!你别放心不下啦!"

可玉兰娘的嘴还在蠕动着,挣着叫了声:"……金玉……"

郝玉兰听得清楚,忙凑在娘的耳边说:"俺让长安现在就给金玉打电话,让他马上来!"

玉兰娘眼睛流出泪水,用力抓紧闺女的手,郝玉兰又说:"娘,你放心,只要俺还活着,一定照顾好金玉!"

这话说完,大家都看到,玉兰娘的脸上现出欣慰的神情,她的手松了劲,眼睛微微闭上,终于吐出了最后一口气。

玉兰娘的丧事,是郝玉兰让金玉在古迹岭的老院子里设了灵堂操办的,所有的钱都是她掏的,她说必须在儿子家办丧事,这是规矩。郝玉兰说她娘肯定想在她住了大半辈子的院里设灵堂,让她心爱的儿子给她操办。她的儿女们都看不惯他们的舅舅,可为了让郝玉兰高兴,大家都去了。他们穿了雪白的孝服,头上勒了长长的孝布,跪在有着姥姥大相片的灵堂旁边,守着盏长明灯,不断地烧纸钱,给来吊唁的人磕头。这样呼呼啦啦的老少二十多口人,给玉兰娘的丧事增加了好大的悲伤气氛。

古迹岭附近的老街坊,和玉兰娘一样年纪的老人大多不在了,许多和郝玉兰年纪相当的人来上门吊唁,都说郝仁义的大闺女真是孝顺,一家子出人力钱力来给她娘办丧事,还尽量给她兄弟脸上贴金呢!

第八章

1987年的秋天,长安辞职了,他申请的皮件厂很快就批了下来。郝玉兰动用她先进个体户的关系,向区上主管轻纺工业的副区长介绍了长安想办工厂的想法,没想到区长十分支持,说:"咱们区个体户不少了,万元户也有了,个体户办工厂的倒没几个成规模的呢。你让他来找我,报个计划,我们审了能行就尽快给他批。"

果然,他看了长安厚厚一摞子计划、产品说明和以前长安参加行业评比的获奖证书、参加外商招标时的产品照片,一下子就同意了,说:"没问题,我看你这厂子行!"

工厂是长安家后边的一个空院子,楼上楼下十几间大房子空着,大门里水电齐全。长安就租来当厂房用,用毛笔蘸了红漆在木板上写上"鑫鑫皮件厂"的名字,又花了不少时间,把招牌刷了几遍清漆才挂在大门口。白莲花和文文来帮忙,说真像个国营的大工厂呢!

有了前两次在高陵、周至筹办加工厂的经验,长安办厂就顺多了。他先申请了工业用电,工厂一开工,电锯、电刨子、电钻和电动缝纫机样样都离不开工业电。他托人找关系,好不容易才把供电局的批文拿回来。通电那天,白莲花说:"乖乖,光这根线就三千块钱呢,这厂子看不见的东西都值这么多钱。咱能不能先凑合着,别花这么大的本钱?真是想撤还来得及!"

长安说:"再小的麻雀也五脏俱全呢。莲花,我不想凑合,我要办的工厂是将来能干大、干出名堂的!你等着吧,咱的产品也要出口挣外汇的!"

在白莲花看来,这不是在做梦么?可她忍着没说。

西安有几个大劳务市场,梁长安想招些工人培训,跑了几天才发现,劳务市场的人多流动也大,根本没法儿控制。揽活儿的大多是十五六岁的孩子,别说技术,就是缝纫机也没见过,刚开门就招些干不了活儿的孩子可咋行?他没想到会出现人荒,就有些急了,喉咙红肿声音嘶哑起来,一只眼睛也暴起了火眼。本来每天晚上夜静时他在厂里做样品和模板,为正式开工做准备,这一急反而连这也做不成了。白莲花给他熬绿豆水让他解火,说:"你咋没出息哩,啥事也得一天天干呀。"

长安哑着声说:"耽搁一天房租还得照样掏,人家区长给咱三年免税,眼看一个月快过完了,连一只手套、一个皮箱也没有出来呢。真是急死人了!我现在闲着没一分钱工资还得吃你的。"

白莲花笑了:"你小时候也吃我家的咋没见这样呢。你咋不到郭师那儿找几个人?工资高些说不定有人愿意来。"

长安说:"我咋能没想过嘛,只是挖秦风厂的墙脚好说不好听吧。再说人家有家有孩子的,出远门怕没人愿意。"

白莲花说:"没结婚的说不定还想进城开眼界呢。"

长安一听,叹口气又说:"那不是干几天又要回去结婚了?农村人结婚早,十七八结婚的多的是。你忘了,他们每年秋收、夏收、过年这几场事也要回家!算了,再想想别的办法吧。"

等了一个多星期,白莲花和长安托人找的几个城里孩子陆续来了,又都陆续走了,只留下一个叫小英的女孩。原因很简单,他们都是城里户口待业在家的,属于待业青年,他们不知啥时候就"待"到业了。长安这个集体制的小工厂,又有啥正式的机会?小英虽在城里住却没西安户口,她很爽快就答应了。

长安打不起劲了:"这一个人咋算个厂?我咋没想着会没人来哩?"

白莲花说:"长安哥,你心急我知道,夜里你躺在床上,整宿不合眼我也知道。长安哥,回厂里咋都好混日子,你的手续不是还没批完吗?你这样让人多心疼……"

长安看看她,不高兴地说:"混日子?我还不到四十岁,要混好些年才能退休呢,累不死也气死了。你咋又打起退堂鼓了?嫌我没本事在家白吃饭了吧。我早知道你一开始嘴里说的支持靠不住!"

白莲花一时气结,把手里正择的小白菜丢在盆里:"别没事找事好不好?你心急也不能拿我撒气吧!抠抠摸摸的穷日子过了小半辈子,总不至于现在嫌你吧。没本事干事只会拿我撒气!"

话没说完,长安挥手把搪瓷盆拨到地上,顿时盆里的菜和水溅了白莲花一裤腿,被磕掉瓷的盆在地上颠了几下才停住。白莲花惊呆了,不敢相信地盯着长安,眼泪一下子涌出来,他也意外地看看地上的菜,想俯身拾起来,但只一瞬,他连她看也没看就出门走了。

西安就是一个四方城,除了城门楼各不相同,城墙都是一样的。长安出了家门晃悠到北门外,过了吊桥就是城墙了。他恍然到了小时候的小东门,有一次爷爷骂他狠了，他也这么一个人赌气在城墙根猫了一夜。梁长安在城墙根找了块大石头坐下，拿出烟吸着，看着城河发起了呆。这步棋走错了吗？长安不敢想，秦凤厂是回不去了，自己的工厂却招不上工人，狗日的方俊翔把好好的生活全搅和乱了！二十多年的工龄哩，他恨起来，把牙咬得咯咯响，又把头埋进臂弯，唉！活人真难！

　　火车呜呜地开过，轰轰隆隆的声音使长安不由往吊桥望去。当年河南的郝玉兰们和河北的爷爷们都是顺这铁路线挑了担子来的西安，至今道北和小东门跟前还是河南人扎堆儿的地方。梁长安依稀记得自己坐在老梁木匠挑的担子来西安，那时爷爷扁担前边的筐里坐着自己，后边的筐里，是随时可以拾几个石头就能做饭的锅碗，还有斧子刨子木工家伙。因为自己太小太轻，为了让扁担两边平衡，爷爷把一个薄棉花被子卷成一团塞在他的身后，那他就一路都是靠在被子卷上的。爷爷多疼他呀！可老人却是忙活了一辈子饿死的。梁长安抹了把眼泪，揉着手心里的泪水出神地想，爷爷如果知道自己现在的日子过成这样，该是替自己高兴吧，自己现在有房子有家不会挨饿。可爷爷肯定也会为自己着急，担心自己辞了工作想办工厂，却连个眉目也没有！

　　梁长安凝视着不远处的铁路想，顺那铁道该是能走回河北的吧？亲爹亲娘却又在哪儿？虽然他手里有娘的地址，可自己连她是不是活着都不知道！

　　在城河边坐到了天蒙蒙黑，梁长安才没精打采地回到家。莲花一见他眼圈就红了，却没说话，只一转身就进了厨房。他进了屋，盆里有半盆清水，泡着他的毛巾，他知道是莲花帮他准备的。梁长安便去洗了脸，挂好毛巾也进了厨房想要帮忙。却见大锅里的水沸腾着，小铁锅里有油，还没开火加热，莲花正在案板上扯了长长的面条往大锅里丢呢。

　　长安心情立刻好了许多，他知道莲花在做油泼扯面，西安人大多爱吃面，他自己尤其爱吃莲花做的油泼扯面。这是个费油费面却非常好吃的饭，放在过去，谁家也不舍得这样吃，可现在，再也没有挨饿的事儿了，那不怕麻烦的人如果给油泼辣子的扯面上，再浇一大勺提前炒好的洋芋洋柿子红萝卜木耳黄花菜丁臊子，这碗面的品质会再上一个台阶的。他看见，旁边的小桌上果然已经有了一大碗冒着热气的菜丁臊子，心里便对莲花生起了感激！她没怪自己说话冲，愿意理解他，还愿意费功夫做他爱吃的饭，世上还有谁会对他这么好？

梁长安心里愧了，他说："莲花……中午的事，是我不对……"

白莲花却埋头专心扯面，见他在锅旁边站着卡了壳一般，便忍了笑说："光站着，也不会把油锅给热上？熟了热油好泼面呀！没见面条快熟了？"

面条都扯在锅里了，在开水里翻着滚儿，像一朵怒放的花儿，长安听出她的声音里没气了，便也高兴起来，赶紧点火热油，又从厨柜帮莲花取出红灿灿的秦镇辣子面，等着她用。莲花揭开锅盖，水蒸气就弥漫了厨房，她丢几根绿菠菜叶子到锅里，这才取了大海碗，边盛面边故意问他："你一个不高兴，说走就走！哼，我要是一生气也回了娘家，看你出去逛够了回来吃啥？"

长安嘿嘿笑着说："我没你觉悟高嘛，所以你是咱家的领导呢！啥事我都听你的！等会我给文文打电话也公布一下这个消息！"

白莲花抿嘴笑着，手里飞快地把盛好扯面的两个大海碗放在油锅旁边，把盐、五香粉、蒜泥、干辣子面都用小勺舀在面条上，调好了酱油和镇江香醋，这才抓了十来粒花椒丢在油锅里，然后用铁炒勺舀了滚烫的热油浇在那辣子面五香粉上。听着随即而来的滋啦油声，梁长安闻到扑鼻的油泼辣子香味，他咽了口水说："美死了！还有啥比当个西安人更美的呢？"

白莲花一边往两个小瓷碗里盛热面汤，一边温和地说："到南方当个大老板不是你的理想么？好好吃饱！有劲再和我摔东西出去逛啊！"

梁长安把头摇得拨浪鼓一般，只管说："不敢了不敢了！这么好的面，吃了不好好挣钱让媳妇高兴，再胡发脾气还是人不是？"

白莲花终于让他哄笑了，俩人坐下吃面，长安呼噜着大口吃着面就顾不上说话，莲花边吃边说："文文最爱吃臊子面了，可惜她在住校，也不知道学校灶上有没有？"

长安摇了摇头，只管吃着，莲花又说："我猜你下午去你爷坟上了？"

长安又摇摇头，端起小碗喝口面汤，这才腾出嘴说："真香！我到城墙根去坐了一下午，我想了很多事，现在招不上人，也不是急能急出来的。我想趁眼前刚好有时间，去趟内蒙古找找我娘。咱妈说得对，要是娘不在世了，想孝顺也没机会啦！"

这是莲花求之不得的。她不忍看长安从秦风厂辞职了就没了事干，一个忙惯了的人闲下来总是心里着急的。而且长安的娘到底还活着没有，现在过得怎么样都是长安一心想知道的。她从小和他一起长大，也听妈说过一些他娘的情况，所以长安刚一说他的打算，莲花立刻就同意了，她说："好！我陪你一块去！"

其实梁长安刚拿到他娘地址的时候，算是第一次知道了娘的名字，他按地址给那个村子写过两封信，却都没有回信儿。这是个不好的迹象，也让他更加迫切想要去亲自找一找娘。他和莲花去找郝玉兰招呼了一声，说要坐火车去内蒙古找长安的娘。谁知文文也要陪他们去找她的奶奶，她说她可以借用礼拜天，也可以给老师请几天假。莲花看出她对她那个没见过面的奶奶有着很大的同情和好奇，想想全家人一起去找亲人也显得隆重些，便和长安同意了。

人这辈子难免会做几件让人想来就后悔的傻事，可长安的娘刘玉纯付出的代价也未免太大了些。

刘玉纯嫁给长安的爹李清文时才十九岁，她是秀才的女儿，他在北平念过书。不管两个家族有多少利益关系，他们都是父母之命、媒妁之言成的亲，而且他俩是真正男才女貌心心相印的。所以1950年的春天，县上来了工作组，他的油坊磨坊和钱庄全让封了，他们再怎么给她做工作，鼓励她揭发他，刘玉纯都只抱着不到一岁的儿子不说一句话。她不愿意离婚，也不愿意划清界限，她想和他在一起，什么也不怕！后来，刘玉纯是在人们批斗李家人的时候趁乱逃出城的，她只抱出了儿子。那时丈夫已经知道自己的爹和伯父都被过去雇的伙计打死了，刘玉纯以为自己回娘家躲些时间就好了，他过些天回来接了自己和孩子还是好好的一家人的日子，她便让他一个人连夜逃走。多年以后，无数次刘玉纯都在黑夜里哭醒，后悔那个糊涂的决定，怨恨她的哥嫂不肯容留她。仿佛命里注定一样，在她走投无路的时候，从河北沧州乡下来的木匠梁明发出现了。

这是一个能说会道的穷光蛋，过去他给她家打过一个月的家具。那时她是年轻漂亮的才过门的新太太，他是大家呼来喝去的木匠小梁子。现在她成了惶恐无助的地主的老婆，梁明发心里的那堆柴火便噼里啪啦着了火，他毫不犹豫地想要把她弄到手，把她变成他的女人！

他知道她的绝境，但他不怕，他也知道她的男人是个什么样的人物，他也不怕。那个地主连自己的命也保不住了，哪顾得上他的老婆？要是连这胆量都没有，那他梁明发这辈子啥时候才有机会能碰到刘玉纯这样的女人？他打了主意要把她骗到农村，他想和她过一辈子日子。他的本事并没有多么高明，但他在她最无能为力的时候，装成一个最贪财的人，和她讨价还价，让她许诺给他一大笔钱，作为交换，他愿意把她带回老家掩护她和她的地主崽子，装作是她的丈夫。他要求她真正的丈夫回来时，她就必须兑现，而且他只要金条！梁明发越是坚持先交定金，刘玉纯就越是相信这个乡下木匠是个大财迷，她就放心地给他写了承诺书。她放松了警惕，顺从地按他俩商量好的那样回到了他的老家，那个到处都泛着白花花盐碱渍的偏僻的穷村子。

  此后的日子对刘玉纯来说，每天都是噩梦。

  梁明发迅速露出真面目，她也迅速明白自己被骗了，可什么都来不及了。她眼睁睁看着他把自己和儿子的一辈子都给断送掉了。那几年所经历的每一件事，让刘玉纯后来无论什么时候想起来，都气得激动万分又无法自控。他打她，她的精神渐渐就不正常了，时常自言自语，时常哭哭闹闹，而梁明发把这一切都归罪于她那个"该死的儿子"。为了和她不受干扰不被发现地"好好过一辈子"，梁明发打发自己的爹老梁木匠带走她的儿子去了西安，又变卖了她的首饰和他爹的木匠铺子，就奔内蒙古包头而去。可他不好好干活儿，他爱喝酒，爱赌博，看不起种地过生活，可他自己偏偏靠木匠手艺养不活一家几口人。唯一让他放心的是，他确信再也没有谁知道他和她的下落了，她除了和他好好过日子，再也没别的活路。这给了刘玉纯致命的一击，她疯得更严重了，失去儿子的她随时想起来就会大哭、大骂、大笑，或是在乡间奔跑，每当这个时候，乡下的人都叫她"二流子梁木匠家的那个疯子"。

  可梁明发没有想到的是，刘玉纯是秀才的女儿，大户人家的媳妇，虽然被气得神经不太正常，有时会满村跑着哭喊冤枉，可她是识文断字会写信的。在她偶尔脑子清楚的时候，她会回忆起过去而痛哭流涕，她会想办法解决自己的问题。谁也没注意到，刘玉纯怎么从梁明发藏得好好的信件里，找到了老梁木匠在西安锦华巷的地址，她是什么时候找到了纸和笔给陕西省西安市的老梁木匠写了封信，又是怎样托人给寄出去的。

  她在信里哀求她的公公，帮她见一面她可怜的儿子。

现在，在刘玉纯写出这封信十几年之后的1987年，梁长安揣着信，带着白莲花和女儿文文来到了离包头市郊很远的一个县城，又坐着市郊汽车找到了信上写的那个村子。

大汽车吃力地爬行，从车上慢慢下来的一家三口在尘土飞扬里眯着眼睛看到，远离公路的村庄并不大，不过几十户人家，全都趴在一片灰蒙蒙里。梁长安突然鼻子酸了，他的娘居然在这么个破烂地方生活着！村里空荡荡的没什么人，仅有的一条泥土路在雨季泡软时被马车轱辘轧出又宽又深的长渠，现在路干了，那干硬的车辙便曲里拐弯儿的像一条条怪蛇，胡乱蜿蜒向村子的四面八方。

文文在车辙里差点崴了脚，疼得咬着牙，赶紧和莲花紧紧搀扶着。

她叫道："哎呀！这个也是路吗？"

梁长安没理她，在前头边走边四顾着，远远有人看到村子里来了陌生人，便指指点点着他们，有两个年轻人慢慢走到了近前，梁长安忙问："小兄弟，有个梁木匠家住哪里？"

两个年轻人缩着脖颈，头发乱糟糟的，他俩冲身后一指说："那边！大门里头有个猪圈！臭得很！你顺着味闻就找到了！"

莲花谢过他俩，和文文相扶着往他俩指的方向走，梁长安却紧着问："他家有没有一个六十来岁的老太太？"

莲花看出他的声音是紧张而期待着的，这情绪几乎从他离开西安坐上火车就有了，过去他几乎忘记自己有这样一个娘，现在离娘越近，他就越是紧张不安——他怕她已经不在人世了。

年轻人说："有呀！谁家都有个老太太！他家的有没有六十岁不知道。"

另一个说："我生下来就记得她在村里乱跑了，我猜她有七十岁！"

梁长安看到他俩脸上露出的促狭笑容，隐隐觉出很不好，但又似乎放下些心，他们说的人该是他娘！那她至少是活着的！

梁长安给他俩摆摆手，冲文文说："你俩慢慢走，我先去看看！"

说着，他像是等不及了一样，在崎岖不平的泥土块里迈开步子就走。越往村后走臭味越大，没费什么劲，梁长安就到了村子最臭的地方。院门是破烂的，半开半掩着，往里看，果然大门里就是一个特别大的猪圈，几只大大小小的猪哼哼着吃食。院子不大，却胡乱堆了好几堆东西，说不清是柴火还是什么物件，都被雨水冲淋得发黑发霉。他按捺住自己焦急的心，在门口问："有人么？"

没人应声。

梁长安进了院子，见那院子只有两间套房，门大敞着，门旁边的大半面墙都是窗户，窗台上积了厚厚的沙土。他忐忑着进了屋，屋里倒很亮堂，他只一眼就看到窗下的炕上坐了个老人。梁长安怔怔站着，她回过头，瞅了眼便转回头，他看到她佝偻着脊背，瘦小的像个十多岁的孩子。她的头发是全白的，虽然他只看到了她的侧脸，可他立刻就知道，她就是他的娘！

刘玉纯突然又转过头，睁大眼睛使劲看着梁长安，他再也抑制不住自己，扑到炕沿上抓住她的手说："娘！娘！俺来看你了呀！"

他完全没有发现自己喊的是河北话，他这一生和娘在一起的五年时光里，他一直是这样喊她的，在这一霎间，他竟想也没想就冲口而出了。刘玉纯重新眯了眼睛，激动地用手摸着他的眉毛、眼睛、头发，又轻轻摸他的耳朵，梁长安热切地说："娘！你不认识俺了？俺是承儿呀！"

刘玉纯紧紧绷着嘴，眼睛渐渐湿了，可她挣着不哭，只是不眨眼地盯着他看，长安便把脸对着她，让她看。终于，她抖着声音说："承儿！看一眼俺就知道，你是俺老李家的人！"

梁长安兴奋地说："娘！你能认出俺？"

刘玉纯肯定地说："能，俺知道俺活着就能见上你的面！"

她摸他的脸，长久地凝视着，他觉得心底涌上了幸福的感觉，便笑了。他看到，娘的脸上是纵横深刻的皱纹，眼窝深陷着，那眼睛便流露出又温柔又激动的神态，她的额上有着青紫的伤口，才结了痂。长安接着便看到，她的脸上、手上，布满了深深浅浅的伤疤，在她鼻梁上，斜着的一道伤疤最为醒目。

他的娘受了多大的苦痛啊！

刘玉纯轻轻地说："谢谢老天爷，你和你爹长得一模一样！俺今儿见了俺儿，就算是把你爷儿俩都见着啦。"

这时莲花在院门口喊："长安哥！长安哥！你在吗？"

梁长安回过神，赶紧应声说："在！"

他对娘说："娘，俺这次不是一个人来的，给你带了你儿媳妇和孙女呢！"

他出门到院里，却见莲花和文文的裤腿上、鞋上都是土，显然是摔了跤的。看到她俩小心翼翼低头进屋，他才发现，屋里的地面也是泥巴土地，坑坑洼洼的，刚才因为激动，只顾认娘，他竟没有看到。屋里有个黑瓦水缸，缸口烂了一大块，除了这个大炕和炕前连着的地灶，炕上靠墙放着的破旧的板柜，算得上是个家当的就只有灶前烧火时坐的一个小木桩子。炕很大，铺了张烂席，老人坐在席上正用手捋着满头的白发，她对着他们笑着。莲花从来没见过这么穷的家，她赶紧冲老人叫："娘！俺们来看您啦！"

文文叫了声奶奶，眼泪却忽地涌了出来。她用手背抹了眼睛，难过地把脸埋在莲花的背后。她的心里受着巨大的震撼，虽然从包头火车站出来时，她已感受到这里和西安很不一样，但是坐了一路汽车到了村子，她还是惊到了。老人喃喃说着什么，都是河北土话，他们听不太懂了，梁长安猜出娘在和他们说过去的事儿，便握着她的手耐心地听着。莲花见娘的眼睛只是看着长安，自己不知做什么好，便去收拾柴火，小声说："快中午了，我给咱娘做些饭吧？"

长安轻轻点头同意，他的眼睛没有离开娘的脸，可他看到，娘的脸上全是痛苦愤恨的表情，她突然说："这村里人都帮着那个死老头儿！俺想要去西安！俺跑出去几百次！都让他们给抓回来，那个死老头儿就绑住俺打俺！"

刘玉纯说得很大声，长安和文文都听懂了。梁长安含着泪使劲点头，表示他全明白她娘说的那些事。她却更急了："俺抱着你不敢回娘家，你舅做不了主，你妗子站在大门口挡着俺不准俺进门，她说'哪有嫁出去的闺女离婚回娘家住的呢？你妨了你男人一家不算，还要连累你娘家！俺只要活着，这个门就不让你进！'承儿，你娘是让她活活逼着走上死路的呀！俺没处去！没人留俺！俺抱着你，在河边想死了，偏偏碰上那个姓梁的死老头！他就该是个绝户头！"

梁长安急问："等等，娘！你说你是让俺妗子撵出门的？俺舅家在哪儿？"

老人仿佛觉得他问了个多余的问题，瞅他一眼自管说："……俺说俺不愿意！俺不划界限！那个工作组的李同志就是不答应，她一直笑、一直逼着俺离婚！她就不是好东西！俺说俺的孩子才五个月，俺是贞节的女人，俺男人和俺过得好好的，咋能离婚？可是她不听呀！"

莲花见娘也不回答长安的话，又看她说话是颠倒的，便诧异地停了手里的活儿冲着长安示意。他却早就明白娘的脑子比他五岁时更不正常了，冲莲花用手点点自己的头，她便懂了，长长叹了一口气。刘玉纯却完全陷入自己的诉说里，把双手背在身后，使劲缩着脖子，示意她被怎样捆着。然后她一把撩起衣裳，露出瘦骨嶙峋的身体，脏兮兮的，她吃力地指着右肋说："他一棍子把俺骨头给打断了！"

那里塌下去一个大坑，旁边却鼓着个疙瘩，显然她没有去医院接骨治疗，硬是让骨头断着长在肉里了。她的皮肤肮脏，有着一片片黑泥垢痂，露出来的身体上遍布了红肿、青紫、青绿、淡黄色伤痕——大大小小的新伤老伤层层重叠，让人触目惊心！

对着这可怕的身体，文文吓得说不出话来。老人看到文文在哭，又看到儿子脸上是气愤心疼的表情，便得到了安慰，满足地拉下衣裳继续说："俺打不过他，就骂他'你个死老头儿，俺儿子哪天来了打死你！'他就揪头发使劲打俺，俺不怕打！俺就是不哭！俺说俺从老李家跑出来就死过了！俺说俺死也是李家的鬼！他恨俺说这个，就死命打！可俺就是死也要说！"

梁长安突然吼道："他在哪儿？死了没？俺要杀了他！"

刘玉纯一直不歇气地说着，被他一吼终于停住了，她突然流出眼泪哭了："承儿！俺的儿！就算杀了他，你娘的贞节也让他害过啦！你娘的一辈子全完了！俺没脸见你爹了，老李家咋能有俺这样的媳妇……"

她痛不欲生地哭，双手啪啪拍着自己瘦巴巴的膝盖，眼泪鼻涕挂在下巴颏长长地吊着，文文赶紧从兜里掏出手绢给奶奶擦，她却赶紧转身用手擤了鼻涕甩在了炕下，含混地说："俺孙女多孝顺，看俺多埋汰！你奶奶连个啥也没给你准备呢！你等等……"

文文恨恨地对她爸说："爸！我要去告他！拐骗罪！打人罪！给我奶报仇！"

长安没理她，又问娘说："你说俺有个舅，他在哪儿？"

老人背书一般说："河北省东明县金寺村，他叫刘宽义。"

她从炕上站起身，却瘦削得很。她吃力地抬起板柜的盖，把手伸进去摸索着，梁长安赶紧帮她扶着，她便从里面摸着抓出个小塑料袋。大家重新坐下，她打开塑料袋，里面是个小布包，打开，又是个小塑料袋，透明的，能看到装着薄薄一卷钱。她喜眉笑眼打开，把那卷钱展开，然后抽出一大半，郑重塞到文文的手里说："好孩子！你奶奶是个穷奶奶，俺发豆芽攒了二百六十块钱，给你二百！"

文文赶紧缩回手，奶奶的手却干硬有力，硬是把她的手从兜里拉出来，又硬把钱要塞进去。文文挣扎着推让说："奶奶呀！我不要！"

刘玉纯坚决地说："你得要！"

她转头对长安说："娘亏待了你！对不起你！没看好你，也没养活你，连这孙女也一天没给你看过……"

文文趁机把钱悄悄放在炕桌上。莲花已经找到了小半袋面粉，揭开水缸盖子打算舀水和面，却见水缸的水面上浮着个小搪瓷盆，她仔细看了便大吃一惊，里面是一小块暗红色的生猪肉，已经发硬发臭了，一小半长着白毛，另一半却闪着荧绿色的光。她把那块肉用搪瓷盆送到长安面前，小声说："这肉……扔了吧！"

刘玉纯却一把抢过来说："还能吃！可别扔！"

梁长安急地拉住她的手说："娘！不能吃了！肉都臭了！"

她更急地说："能吃！能吃！这是小凤给俺的肉，俺还没舍得吃呢！"

长安硬从她手里抢过去说："娘！俺这就去给你买肉吃！"

莲花赶紧接了那肉往门外走，她正在找倒垃圾的地方，却见院门口站了几个村民张望着看热闹。这时门外走进来一男一女，男人瘦高，一脸懵然，莲花猜他是刘玉纯的儿子，便叫："长安哥！你来！"

果然他俩是刘玉纯的儿子和媳妇。他长得和娘一点也不像，虽然是个农民，却不质朴，尤其是他的眼睛，狡猾得很，梁长安心里别扭极了。他看出他们对娘肯定不好，可他没什么能说的。倒是那男人听说他也是娘的儿子，很高兴地说："见天听她说疯话，没想到她还真有个儿子在西安！哥，你们从西安来吧？"

梁长安点头说是。男人便自我介绍他是梁家的老二儿子，他上面还有个哥，在旁边村子的砖瓦窑干活儿，他们俩都有两个儿子，他比他哥还多一个闺女。他俩下面有两个妹妹，都嫁人了。大妹妹嫁得远，几年也没回来过了。小妹妹小凤的家离包头市近些，一个月能回来看她娘一次。前几年娘坚持着分了家，现在这一排有四个院儿，分别住着他爹梁明发、他哥一家、他一家、娘。

梁长安便问他们的爹呢？

老二搔搔脑门说："旁边院子就是他的屋，俺去瞅瞅他在屋里没？"

梁长安本来希望老二说他死了，便立刻拦住他说："不用了！我来只想看看我娘，别人不用见！"

他的媳妇却热情得很，已经一路小跑出了院子，门口的人们问她："是谁呀？"

她高昂了头说："俺家婆婆在西安的亲戚！"

梁长安问老二："平时你们都种地？"

老二冲墙外指指说："不远，一人也就不到二亩地，都是自己种。"

梁长安问："那娘的地呢？也自己种？"

老二说："她种不动了，俺种。给她把口粮管够。"

莲花一边和面一边问："这些猪是娘的？"

他笑了说："猪是俺的。俺家人多没地方，她就一个人，院子宽敞，空着也是空着！"

莲花看长安脸色难看，没敢接话，赶紧把盆端到屋里去和面。这时老二媳妇进了院子，大声嚷嚷道："你爹没在家！"

梁长安和老二进了屋，两个人站在炕边，看着刘玉纯正给文文说话，她仿佛没看到他俩进屋，只沉浸在她的思想世界里。她急切地想要诉说这些年受过的委屈挨过的打："俺不让那个死老头进俺的屋！他赌钱，欠债欠得人家要砍他的手了，俺发豆芽卖了五百块钱，俺就全给他：俺要离婚！俺要自己一个人过日子！"

"他同意了？"

刘玉纯点点头，她指指板柜说："离婚证在里面。村长给做的主。俺不准他进俺的屋！"

文文听得笑了："奶奶！你真厉害！拿钱就摆平了他！"

听到孙女的鼓励，刘玉纯的脸上露出胜利的笑容，她也笑了，文文才看到，奶奶的牙掉得只剩下几颗了，那笑容就有几分孩子般的可爱。

老二的脸上挂了点不以为然的笑，他对他娘说："娘，别说那些丢人的事儿啦！俺把俺哥请到俺屋里吃个饭！你也去吧！"

刘玉纯冷淡却坚决地说："俺不吃你的饭……承儿也不去！"

老二媳妇没防着老人会这么说，就吊下脸接口说："那正好！老二，俺娘家晚上有事，俺兄弟打电话让咱晚上回去！咱现在就走！明天再回来！"

梁长安见老二脸色难看，便打着圆场说："我们难得来，娘想让你嫂子给她做饭，就不给你们添麻烦啦！你们去吧！"

白莲花点着柴火烧着地锅在刘玉纯屋里做好了中午饭，大家趴在刘玉纯的炕沿上凑合着吃。她的小炕桌太小，只够她一个人吃饭。她想说的话太多了，吃饭也只是让她暂时安静了一小会儿，她吃得很少，丢下碗她就又开始说了，不仅是梁长安发现，就连文文也注意到，她把有的话已经重复说了好几遍了。可是谁也不忍心打断她，只好坐在旁边听她说。而她一定要用布满老人斑的瘦削的双手，紧紧握住长安的手，她热切地说，他就一直认真地听。吃罢饭，白莲花和文文把灶台和锅碗都收拾好了，对长安说："你不是说要去市里给娘买些好吃的东西么？"

梁长安便哄娘说："你睡午觉吧，俺们买些东西就回来！你想吃肉，俺去买！"

她却不睡，她说天还没黑怎么要睡觉，她不许他离开她，紧紧揪着他的袖子。梁长安却不放心莲花和文文娘儿俩人生地不熟地去买东西，他们便和刘玉纯说了好一会好话，保证买了就回来。刘玉纯懂了他的意思，可她不舍得他走，像个孩子一样，拉着儿子的手可怜巴巴地反复说："你可要回来呀！你可要回来呀！你们不会走了不来了吧？俺不舍你走呀！"

一家三口在村前的路边等了不长时间便等到了一辆市郊汽车，颠簸了一个多钟头到了包头市里。风沙大，路上人很少，梁长安看到，不光是路上、车上落着灰土，就连许多行人的身上也有细细的沙尘。天气并不冷，可来往的人们大多缩着脖子，想来是因为风沙的原因吧。所幸梁长安早在西安就知道内蒙古的天气，准备了帽子和口罩，就都戴上。他们找到一个大商店，给刘玉纯买了大衣、毛衣毛裤、秋衣秋裤、棉鞋单鞋，想着她的牙齿掉了许多，许多东西都咬不动了，就又买了奶粉、藕粉、鸡蛋糕、罐头。三个人提着大包小包在大街上走，打听到背街里有个卖肉卖菜的市场，莲花进去买了些好肉和菜，又买了袋子面粉和菜油，就再也拿不动了。这时有蹬着电三轮拉货的人过来揽活儿，梁长安看看这样庞大的行李堆，怕是拿不到市郊车站，而且要是车上人多，恐怕也挤不上车。梁长安便和那人说好了价钱，扶着莲花和文文娘儿俩先坐在三轮车帮上搭的木板上，又把那些东西一样样拿上车，自己才上车坐下，那三轮车便满腾腾的了。虽然车子是电三轮，但坐了三个人又拉着一车东西，那车就有些吃力，拉货的是个壮小伙子，人很乐呵，缩着脖子骑在车子上和他们有一句没一句地说话。

梁长安问他："我们要去的地方在包头算是个什么样的地方？"

小伙子想想说："算是个穷人窝吧！"

白莲花问："我们来市里坐汽车用了一个多钟头，你这车得俩钟头吧？"

小伙子说："也就一个钟头，市郊车要绕着半个城停靠几个站呢，咱走直线——两点之间直线最短你知道吧！"

文文从上了三轮车就被颠得牙齿咔咔地磕着，屁股在硬木板上硌得直疼，她笑了说："幸亏你找了最短的直线，要不早就颠散架了！"

三个人被送到村口已经天将黑了，本来他想把他们送到村里的，可是那路太坏了，三轮车的细轱辘在宽阔的泥车辙里左右打着摆子，被拦着无法前行。梁长安给他付了钱打发他走了。三个人提着东西艰难地往村后走。猪圈的臭味渐渐大了，白莲花说："老二一家太欺负人，他们自己想养猪，倒把猪圈放在娘的院里，那么大的圈就挡在大院门口，真是膈应人！"

文文立刻说："我看得出来，奶奶恨他们！我看那个二婶对奶奶一定很不好！奶奶刚说不去她家吃饭，她的脸立刻就变了，说让二叔下午和她回娘家。她的眼睛看着好害怕——露的是凶光！"

梁长安宽慰她俩说："再怎么说，老二给我娘种着地，给她管着口粮，也算是不错了！咱们只能来看看，还是人家平时照顾得多，再看不惯咱也自己说说，千万别让他们看出来了，那样对你奶奶不利。你想，咱拍拍屁股就走了，娘老了，用他们的日子还长呢！"

文文突然说："为啥不能把奶奶接到西安呢？"

梁长安没说话，白莲花说："她的户口没在西安，你爸才辞职，你要上学,我要上班,咱们谁能照顾她?再说,你小时候是你姥姥照顾大的,虽然你姥姥不用咱们管,可咱把你奶奶接回去,你姥姥会咋想?"

梁长安听出她的意思,又见她坚决,便默然了。正走着,文文突然说:"听!好像奶奶在吵架!"

果然,还没进刘玉纯的院子,就听到她的哭骂声:"死老头儿!偷俺的二百块钱,还给俺!还给俺!"

一个气喘吁吁的老头儿声音在喊:"松手!松手!你松手……要不打死你!"

梁长安赶紧一路小跑进了屋,只见一个高瘦的老头儿正涨红着脸抡着笤帚打刘玉纯,他打得狠,每一下扫帚都在空里发出嗡嗡风声,又在她身上头上打出噗噗闷响。她被打得惨,缩在了炕沿下面,双手却死死揪住他上衣胸前的口袋喊:"还给俺呀!二百块!"

瘦小的她几乎挂在他身上,不住口地疯狂喊叫,他挣扎着想抠开她的手,拼了命地挥着扫帚打,有几下,就重重抽在了炕沿上,可她死也不丢手。一个年轻女人在他俩中间竭力拉着架,她满头大汗想要拦住老头儿抡扫帚的手,大声叫:"爹!俺娘快让你打死了!"

老头儿不管,疯了一样死命打,有几下就打在了女儿身上:"滚!再拉连你一块打死!"

梁长安只觉热血呼地冲上头顶,他丢下手里的东西,扑上去一把抓住老头儿正抡起扫帚的右手,连着几拳重重捶在老头儿脸上,狠狠骂道:"老混蛋!再打俺娘一下试试?"

老头儿被突然而至的拳头打懵了,手里的扫帚被梁长安抢了过去,刘玉纯赶紧缩了手,跌坐在地上。老头儿被推了一把,便噔噔噔往后退了几步,靠在了墙上,斜眼瞪着长安,边喘气边喊:"野崽子,好!你长大了!敢打俺了!当年就该把你摔死!"

梁长安瞪着眼睛,一把掐住老头儿的脖子把他死死按在墙上,只觉得梁明发剧烈挣扎而热乎乎冒着汗的身体里仿佛有一条恶狗,随时要扑出来撕碎了自己。梁长安立刻明白了他娘这些年被怎样的一个恶魔欺负了,他五岁前模糊的记忆里,所有梁明发对自己和娘的殴打、吼叫和恐吓都瞬间被点亮,顿时清晰起来，钝刀割着心口一样剧疼。过去的许多年里，他只想要全部忘记这些噩梦，他以为只要不再想起他的娘正在什么地方被这样一个暴虐的男人欺负，他自己不再承受被梁明发随时扇在脸上、踹在身上、随时要被摔死的恐惧，就是真正长大成人、脱离危险了。而现在，他用两只手使劲把这个老畜生制服并按在墙上，面对着梁明发急疯得发红的眼睛，被他呼出的暴怒的粗气喷在脸上的时候，梁长安才突然发现，这么多年他的躲避和努力忘记都是假的！他逃到了西安，他的娘却一直没休止地承受着这杀戮折磨！那些刻骨铭心的、让他后来到了西安多年都无法从害怕里走出来的暴力场面，使梁长安的仇恨立刻满满地鼓动在胸口，烈火一般要从他的眼里、鼻里、口里、拳头里喷涌而出了！

  他气极了，挥起拳头，一下接一下砸在梁明发的脸上，大吼道："你打过俺娘多少次！多少次？你打过俺多少次？你爹被你逼去了西安饿死了！你到今天还敢打俺娘！你说！你欠俺娘的拿啥还？"

  老头儿被掐得呼哧呼哧喘不上气，鼻孔和嘴边流出鲜血，拼命挣扎嘶哑着嗓子说："你是来报仇的？"

  梁长安吼道："是！俺替俺娘报仇的！"

  梁明发骂："白眼狼！不是俺，你娘儿俩都让批斗死了！都得饿死！俺爹领你去西安，你梁长安还是俺梁家养大的！你跟的是俺的姓！"

  梁长安吼道："呸！你爹让你逼去西安才饿死的，你才是白眼狼！他养俺，俺给他抬埋送终！你呢？白眼狼！你记好！俺不姓梁，俺姓俺娘的刘！"

  他说着对着梁明发又是几拳，老头疼得直龇牙，眼睛翻着白，顺着墙就往下溜，使劲拉架的年轻女人哭叫道："你把俺爹打死了！"

  梁长安冲他的脸吐了一口，狠狠地骂："呸！老狗！俺娘这辈子毁你手里了！要是你没骗她，俺和俺娘换一百种活法，都比现在强！"

  刘玉纯听到儿子的话，猛然放声大哭道："可怜俺这一辈子让骗得惨！可怜俺这辈子让打得惨！可怜俺好好一个妇道人家活活坏了名声……天呀！你张眼看看吧！这是个畜生还是个人？！"

  她冤屈得冲着梁明发直跳脚，疯狂地撕扯着自己的头发，仰天大哭，她刚想到他近前要打他，却被他猛然伸手作势要打，吓得一哆嗦，赶紧缩了手向梁长安身后躲藏。梁长安见娘被他打怕到这样的地步，又疼又怒，没头没脑冲着梁明发踹了几脚，老头儿终于忍不住了，大声惨叫起来："杀人啦！快救命呀！"

梁长安喝道："再喊要你的命！你还敢动俺娘不？"

梁明发赶紧住口，脸上露出无赖巴结的神情，拼命摇头说不敢了。梁长安一直被年轻女人拽着胳膊哀求，便松了手。梁明发摇摇晃晃地极力想站稳，却不由自己地靠着墙跌坐在了地上，他突然冲刘玉纯嘿嘿笑了："你天天装疯，说你儿子要来杀俺！不是你和他说，他咋知道咱住这儿？看俺以后咋收拾你！"

刘玉纯自顾冲他控诉道："你把俺一辈子都害了！俺们是青梅竹马的两口子呀，俺儿子是老李家的长子长孙！你硬把俺一家三口拆成三个家！可怜俺儿五岁就没了爹娘！"

梁明发咬牙听她说着，极力忍耐着。显然，老头儿早就熟悉她的疯癫，并不理她，只慢慢喘气缓着，边斜着眼睛瞟了眼梁长安和白莲花。梁长安死死盯着他布满皱纹满是胡子的脸，便想起村里人说的"二流子梁木匠"的话。

文文想把奶奶扶到炕上，突然，刘玉纯挣开她，号啕大哭着扑向梁明发，双手挥舞着去抓他上衣口袋，她说她发一盆豆芽才挣六毛钱，攒下的钱是给她孙女的，死老头儿偷钱是要她的命！她要她的二百块钱！

老头儿顺手冲她的头就是一巴掌，刘玉纯被打倒在地上，她还没来得及爬起身，怒火中烧的梁长安抓起炕台边的柴火棍，选了最粗的一根，递给他娘说："娘！给你！"

刘玉纯接了那棍，怔怔瞅了瞅儿子，又瞅瞅老头儿，不知怎样才好。白莲花刚才一直没有拉架，也没有劝梁长安住手，这时她也气得说："娘！谁欺负你、打你，你就打他！你儿子来了给你撑腰呢！看谁敢还手？只要你解气报仇了就好！娘！你别怕，你全身都是伤，就是告到公安局咱也不怕！"

梁长安冲文文说："去！把院门插上闩！把屋门关严！今天关门打狗！"

文文应声去关门，梁明发怕了，挤了可怜的笑容说："俺把钱给你，别！别！别打……"

没等他说完，刘玉纯被儿子扶起身，蹒跚着到了梁明发面前，抖着手高高抡起木棍说："梁！明！发！你个老畜生！"

298

她对着他的脑袋抽了一记,他立刻锐声大叫,梁长安踢他一脚:"再敢喊,腿给你打断!"

老头儿赶紧收了声音,刘玉纯一记一记抽打着他的脸:"你把俺的鼻梁打断流了半盆血,还记得不?俺都流血流晕倒了,你倒偷摸俺的五十块钱去喝酒了?!"

"俺一家三口多恩爱,你把俺们拆成三家人家,你缺德呀!"

"你打俺!还让两个儿子打俺!你们让俺住猪圈!是人不是?"

"说好给你五百块钱就离婚,你拿走钱就翻脸,照样到俺屋里来偷钱!二百块钱快掏出来!"

好多年以来,刘玉纯的头脑都没有现在这般清晰过了,这辈子挨的打、受的欺负全都一桩桩一件件涌上了心头。她的贞节,她的名声,她的男人,她的儿子,她自己的一切,全都毁在这个死老头儿的手里了!刘玉纯觉得委屈,越骂越激动,她的双腿发着抖,手里的棍子好多下都打在了墙上,可她却终于得到了做梦都想着的报仇机会!

她扑上前,揪住他从他兜里掏出那卷钱,紧紧握在手心里,她突然喊道:"恨死了!"

她一口咬在他的脸上,他疼得全身发抖拼命挣扎,她却不松口。他刚要用拳去打她,梁长安早就一把按住了他的双手。刘玉纯松了嘴,梁明发的脸上立刻冒出了鲜血,他哎呀叫着,早被血糊了脸,那血顺着脖子顺到身上。

刘玉纯颤声问:"梁明发,原来你也是人生肉长的,你也会疼?你打俺的时候可从来没有手软过呀!"

她顺手冲他迎面就是一棍,他躲闪不及呀地挨了一记,便疼得咳嗽着从嘴里吐出一口带血的痰,里面有两颗牙。他用手撑着地,想要跪下,却一连几下都瘫倒了,鲜血顺着他的脸和嘴在地上流了一摊。他伏在地上跪着缩成一团,吓得用变了调的声音求道:"饶了俺的狗命吧!再也不敢了!"

刘玉纯不依他:"俺怀着老二你打俺,顺着腿流血,村人都说要死人了!你说不怕,你说俺死比换窗户纸还省事,撕下个穿红的,马上贴上个穿绿的!把俺死了拉出去就完了!现在你怕了?"

她嗤嗤疯笑着,看他的眼睛是直的,声音也是直的,梁明发缩了头喃喃说:"要是那年打死你倒好了!哪有今天的事?小凤,快给你爹包包这脸,再流会儿血就没了,你爹就死啦!"

刘玉纯解恨地说:"你这辈子干的就是不要脸的事,俺就专门咬坏你的脸,让人见你就知道,你做下的不是人的事!"

年轻女人见了,想拉回发了疯的娘,却被白莲花硬拽住了:"你凭啥去拉架?娘让打成这样,你们一个个当儿女的那时咋不拉?现在谁也不许拉!要不去公安局告你们合伙虐待老人!"

年轻女人捋着自己被撕扯得散乱的头发,委屈地说:"嫂子!俺是小凤!不是俺不管,俺也心疼娘,可谁也不敢拉爹打人呀!他脾气坏,谁拉打谁,越拉越打得狠!"

白莲花不客气地说:"你哥现在也是谁拉打谁!"

小凤说:"咱娘总说有个儿子在西安,让俺去找找,俺们只当她说疯话,日子也紧巴没有钱出远门,就一直没去过!"

白莲花哼了一声,再不理她。

梁长安从上午娘说的话里知道,这个同母异父的妹妹算是娘和老头儿生的这几个孩子里,对她关心最多的,便尽量平静了情绪说:"妹妹,听娘说你了,你最孝顺她,俺谢谢你照顾俺娘。可这事不能便宜他!"

小凤害怕地说:"哥,要是俺爹这次让你打狠了,以后还得打娘!受苦的还是娘自己!"

白莲花说:"娘在这儿迟早得让他打死,我们不会让她留在这里了!"

小凤赶紧问:"哥!嫂子!你们这次来专门看娘的吧?"

梁长安说:"对!专门来的!俺不能看着俺娘让打死!只要俺活着,就不许!"

这时刘玉纯仿佛用尽全部力气一样,松了棍,双腿一软往地上就倒,梁长安赶紧抱住她放在炕上:"娘!你解恨了吧!"

刘玉纯轻轻喘着气,半闭着眼睛笑了:"解恨了!俺的一嘴牙……让他打掉五六个!现在……俺……让他也尝尝这滋味!"

梁长安转身坐在炕沿上,拉住刘玉纯的双手,他轻声说:"娘!俺接你去西安!以后你跟俺过!"

第二天一早,梁长安和白莲花让小凤领着去村上找村干部说要带娘走,刘玉纯难得清楚地和人家说,她想去西安,她有离婚证,她的房子就交给村里了。人家当然同意,就说这下就好了!啥时候想回来随时回来!

刘玉纯坚决地说:"这辈子俺死也死在西安,不回来了!"

火车票不好买,但是梁长安长年跑供销,这事当然难不倒他,在火车站找票贩子加了点钱,买了三张坐票和一张卧铺。刘玉纯只拿了几件衣裳和她的离婚证,就跟着她儿子离开生活了三十多年的小村子。她在火车上精神又开始紧张起来,便给车厢里的人们说她的遭遇,有人好奇地想听,被梁长安劝说着散了。她又觉得头晕,他就让她一直躺在卧铺上。但她要一直握着儿子的手才行,梁长安知道娘这辈子几乎没有坐过火车,这样的环境和空间让她害怕,便安排莲花和文文坐在硬座车厢,自己和乘务员说了情况,留在卧铺车厢陪娘。他给刘玉纯买的是中铺,娘躺着,他便一直拉着她的手站着听她说话,给她说自己这些年的事,虽然她没听懂多少,可是心里却平静了许多。梁长安就这样从包头一路站回了西安。

回到西安的家里,白莲花在自己和长安的卧室旁边,给婆婆安顿好一间住的房子,又给她买了几件像样的衣裳和一些奶粉鸡蛋糕的吃食,开始给老人调养身子。刘玉纯却很不习惯,她在包头农村刚见儿子媳妇的时候,满肚子的委屈要说,全心都在长安的身上,除了和文文说话,根本没在意白莲花。现在文文住校上学去了,他们仨在一个院子过日子,她便注意到,自己的儿子和白莲花是两口子呢,刘玉纯便生怕让儿媳妇不满意,说话做事非常小心。这几十年来,她是被所有人都当作疯子对待的,连亲生女儿小凤也当她说疯话,不肯帮她找一找失散的儿子,她什么时候受到过白莲花这样把热汤热水热饭送到手的伺候?

所以刘玉纯忐忑得很,挣着身子要给儿子媳妇们做饭干活,白莲花当然也不肯,却根本劝不动她。于是,每天早晨,长安和莲花还没起床,刘玉纯一定把米汤熬好了,河北人爱吃的芝麻酱调拌的小菜也调好了,虽然菜切得粗了些,却看得出来,老人非常用心了。而且,只要长安或莲花的什么衣裳搭在沙发上椅背上,老人一准会收拾到盆里洗干净给晾上。这让长安很心疼,也让莲花很无奈，因为谁都看得出来，刘玉纯的身体特别差，又在包头犯了次疯病，身心损伤很大，整个人都又瘦又弱，他们怎么舍得让她给他俩做饭洗衣？

长安埋怨莲花起床太晚，让她尽量抢在娘起床前把饭做好，可无论白莲花几点起床，刘玉纯肯定是已经在厨房了。她劝不动婆婆，只好想办法给厨房门上安了个锁，她早上做饭时打开，晚上睡觉时就锁上。果然，刘玉纯没法子再坚持给他们张罗早饭了，可她还是抢着做这做那，拦也拦不住。有天莲花不小心撞在自行车把上，胳膊被碰青了一小块，刘玉纯看到了那青淤，就心疼地问："是不是承儿打的？"

白莲花先是怔了一下，便故意说："你千万别和长安说，要不他更要打我了！"

刘玉纯气得说："承儿竟然也是这号打媳妇的混蛋！你别怕，俺给你做主！"

白莲花心里感动着，小声说："娘，因为他孝顺你，嫌我没好好干活，他说你只要在家里做饭洗衣裳他就不高兴，就要打我！"

刘玉纯瞪大眼睛说："这样呀！原来是娘害了你？！"

白莲花说："对呀。只要你别再抢着干活，我干活他就高兴了，就不打人了！"

刘玉纯赶紧点头说："好媳妇！你放心，俺给他说，不让他再打你！等他出门了俺再帮你干活！"

没想到这个问题被白莲花说的假话给解决了。莲花知道婆婆是一个知书达理的好女人，便在心里更加想照顾好婆婆，心想她这辈子命苦，受了那么多罪，以后一定要对她更好些！她和长安说了这话，两人唏嘘了一场。长安回到西安，安顿好娘的生活，立刻就要张罗着招工人开始生产了。白莲花本来该去自己的厂里上班了，可她不放心婆婆一个人在家，防盗门锁、蜂窝煤炉子和液化石油气的灶头，刘玉纯从来没见过，莲花都不敢让婆婆去碰。

想来想去，她去单位又续了半个月假。

回到西安住了些日子，长安领娘去看了几次病，都说要慢慢吃药控制，好好调养。刘玉纯很喜欢他们的小院，尤其喜欢院里的大槐树。傍晚吃罢饭，莲花去洗碗，刘玉纯和长安坐在大树下面的石桌边，她回头看儿子一眼，脸上流露出知足的神情，长安便觉得真好。

第九章

　　仔细考虑了厂子发展的方向，长安决定再去一次周至。郭师很热情地招待了他，郭师老婆忙着擀很宽很长的周至软面，用洋柿子、木耳和鸡蛋做了臊子让他尽饱吃。郭师看出长安没精打采，坐在自己院里抽着烟说："长安，咋自己当厂长咧还这么难怅？你挑好人我给人家做工作。"

　　郭师家的大黄狗懒懒地躺在门口，几只老母鸡咯咯叫着在院墙下找食。长安眼气地说："叔，你们农村人的日子还是自在！我过得还没你家狗舒服。我现在是个体户，比秦风厂低半截呢，说话不气长，怕没人来吧。"

　　郭师哈哈一笑说："我们农村人可没钱嘛。你先不急，咱先试火把人家问一下。叔看你这路走得对着呢。那个方俊翔人不地道，你早晚跟他要闹崩。"

　　果然没出长安的预料，尽管郭师动员了又动员，愿进城工作的人并不多。郭师有些尴尬地挠着头："你看，这帮万货咋都是没出息，走十几里赶个集都算是过节呢，她们是怕呢。倒是有几个十四五岁的娃们家想去呢。"

　　长安从周至县回来时带了七个男娃五个女娃，白莲花赶紧把孩子们安顿下来。她在厂里十来间大房里用长木工凳架上床板搭成案子，溜着墙连成了大通铺。白天干活是工案，晚上把工具收拾了，铺上被褥就是床。要想厂区和宿舍分开目前不可能，长安蛮有信心地说："干几年扩大了就行了。"

　　厂里缺管人的人，全靠长安一个人忙里忙外，他很快就觉得累了，可产品还没生产出来一个呢！这时，莲花给自己厂里请的假到期了，她和长安商量，不如再续些假，反正招工人也要开工资，不如自己回来干，给自己办个停薪留职吧！

　　长安早就等她这话呢！可他不敢说，要是自己的厂办不成样子，她也没单位了，那一家三口人再加上才接到西安的娘，可怎么生活呢？

　　长安对白莲花说，为了这四口能吃饱穿暖，他一定要把工厂办成功！

　　从把刘玉纯接到西安，长安和莲花都没敢给郝玉兰说，因为谁都知道她把长安当儿子看待，也都知道长安把娘接来就是要养老送终了，这样的大事都没有提前和她商量，肯定是不对的。所以两个人有空了就想，怎么张口和郝玉兰说这件事呢？俩人越说越觉得不好说，便互相埋怨起来。长安说："去包头的时候确实没想到娘的处境那么差，要不走前和妈说一声就好了，你也不提醒一下。"

莲花说："你那样往死里打姓梁的老头儿，压根没打算让你娘以后再和他住一个村儿了嘛！"

长安哼了声说："我可记得，你先和小凤说的要接娘走的啊！"

两个人商量了好几天，最后还是决定一起去和郝玉兰说一下这事。没想到郝玉兰听了很高兴，只是埋怨他们怎么没和亲家一起来。白莲花看看长安，盼着他说，长安却埋着头不说话。莲花只好说："妈！没提前和你说，怕你猛然见了思想上没准备，怕你不高兴……我俩就没敢和长安他娘一起来，又怕家里没人陪着不放心，还专门让槐花去我家看着，我俩才敢出了门！"

郝玉兰纳闷说："这是个好事呀，还要准备个啥哩？长安现在找见他娘了，高兴还来不及，俺咋会不高兴？"

长安松口气说："妈！你对我真好！我们在包头临时做决定实在是情况紧急，我娘她在包头这些年一直让那个老头儿欺负，三天两头挨打，脑子比我小时候和她在一起的时候更不清楚了！到西安这些天，我和莲花都赔着小心呢。她平时好的时候也能说几句明白话，可心里一高兴，她就会说疯话，不高兴也会说疯话，颠颠倒倒的！反复说！"

莲花瞟他一眼说："光说疯话倒不麻烦，可怕的是他娘有时候疯起来还哭哭闹闹的，往家门外冲，我吓得不知道该咋办！听她的小女儿说，有时太激动还会休克！危险得很！唉！眼看长安要开工厂，自己的事都忙不过来，还要操心她！真怕出个啥事！"

郝玉兰怔住了："老太太真可怜！你们该给她去大医院好好看看，治治说不定就好了！"

白莲花说："看了两个医院！都说要保持心情平静，不要刺激她，也给开了安神的药，这几天一直在吃呢！看着好一点。唉，要是知道这么麻烦，真不该接她来西安！"

长安不敢说话，也叹了口气。郝玉兰问："那你俩也不想好就把老人接来了？来了就要好好对人家！活生生的人，不能随便对付！"

白莲花无奈地说："这我知道，去的时候没想到那个老头儿打长安他娘打得那么狠，全身都是伤！我们本想着给她买些东西，住两天就回来了，谁知道我们从市场买了东西回去，刚好撞上老头儿偷了他娘二百块钱，老太太拼命要钱，他就把长安娘往死里打呢！那是个老混蛋，村里人都叫他老二流子！长安为了救他娘就把他打了一顿，老头儿恨长安娘给长安寄了信，说以后要收拾他娘呢！我们怕他再打老太太，就决定把她带回西安了！"

郝玉兰气得拍着桌子说："没王法了！要是俺在，非扇他两个耳光不可！拐骗了人家媳妇，又祸害人家的儿子从小没了娘，还有脸嫌人家给儿子送信？你们这次把老太太接回西安，是做了个大善事！"

长安感激地说："妈……"

郝玉兰说："俺明天去看看老太太，给她尝尝俺做的胡辣汤！"

不知道是不是郝玉兰身上有着亲和力，刘玉纯来了西安怕见所有的人，如果长安不在，她就总愿意在自己屋里待着，连门也不敢开，可她却愿意和郝玉兰说话。这让长安和莲花都很意外。刘玉纯听说郝玉兰就是长安的丈母娘，立刻就跪下给她磕头，不住说她是大恩人，要感谢她的大恩！因为她已经听长安说了当年郝玉兰把他接到家里当成自己孩子一样养活，又帮他买房，又把白莲花嫁给他成了家。郝玉兰没想到她有这样的"礼节"，赶紧拉她，不让她跪，谁知刘玉纯坚持得很，非要磕够三个头才起身。许是郝玉兰听她说过去的事流了眼泪的缘故，她便越发想和郝玉兰说说自己过去的事。白莲花听到婆婆开始讲了，便明白她这些说了好多遍的内容没有三五个钟头说不完了。

郝玉兰是上午到的长安家，和刘玉纯说了会话，一起吃了胡辣汤。她的习惯是要中午睡一会儿的，可刘玉纯精神好得很，她有说不完的话想倾诉给郝玉兰听呢！所以郝玉兰就没回家，也没睡午觉，她坐在刘玉纯的床边，一口气听了七个钟头。白莲花知道妈每天都是天不亮就起床开始烧胡辣汤，她怕妈累着了，就催着想送妈回家。谁知刘玉纯不让郝玉兰走，非让她留下和她睡一个床，这不是连明天的生意也没法做了吗？郝玉兰便和她说好话，答应过几天再来看她，说家里有事要急着回去呢！刘玉纯这才不舍地拉着郝玉兰的手，流着眼泪让她一定记得来啊。

郝玉兰被长安送回家的路上,又流了泪,她给长安说:"你娘说过去的事,太可怜了!说得和电视剧一样,虽说这一集和下一集顺序有点乱,有的还重复演两三遍,可俺用心听听还是听懂了,她是太委屈了!也太伤心了!她希望有人听听,知道她改嫁是让人骗的、逼的!想让咱知道她受的苦。俺猜她慢慢吃吃药,没人再欺负她气她,这病兴许就好了!你俩可不许不耐烦呀!"

对于郝玉兰,刘玉纯是这样对白莲花说的:"你娘是个菩萨吧?俺从来没见过她这么好的人!下次她来,俺给她吃俺亲手发的绿豆芽!"

"豆芽?娘过去发豆芽卖?"白莲花有了兴趣。

"是呀,俺发的豆芽又胖又白根还短,只要你给俺准备些好绿豆,再给寻些干净的细沙子,俺三四天就给你发出豆芽来!俺没别的嘛东西能谢你妈,发豆芽可是俺拿手的。你和长安爱吃不?"

看到老人郑重的样子,白莲花说:"爱吃呀!俺小时候就爱吃豆芽,俺妈夏天最爱吃醋溜绿豆芽卷煎饼!"

刘玉纯立刻高兴起来,笑得露出几颗残牙:"那敢情好!俺就发豆芽!"

一个月之后,长安往周至送回五个干不了活儿的孩子,又经郭师介绍带了八个来,加上白莲花在城里找的待业青年,厂里一下有二十来个人,人员是初具规模了。厂里都是流水线,每人只干一个工序,上一批留下的工人能给新工人做示范时,长安说:"让人累脱一身皮哩。"

白莲花说:"眼下发愁的倒不是招工,皮箱做了快二百个了,你咋一个也不卖?放在屋里多让人闹心呀。"

长安却不急:"这哪能顶上卖?一个单子还不够卖呢。秦风厂一个月生产三四千只皮箱,我不是也卖出去了?别瞎操心了,你看你都瘦了。"

白莲花本来就瘦,细长的瓜子脸上一双丹凤眼,现在脸上连一丝红润也没了,双眼也没了神采。

长安有些心疼了:"让你等我踏冲床,你偏自己冲,你睡不好冲到手指头咋办?"

白莲花听他声音急火火的,忙说:"我干活倒不困,我不干你就得干了,我不舍得嘛。"

"明白你心疼我,可……莲花,你说,我硬要开这个厂,是不是错了?"

白莲花见长安目光炯炯盯着自己,差点说就是错了,她垂下头硬硬把"是"吞了下去:"我不知道。长安哥,你想凭本事干些事情咋会错?我反正听你的。"

长安一听这话高兴起来:"莲花,你这么说我就踏实了!我怕你埋怨哩!以后冲床我来踏,你女人家不能干这么累的活儿。"

因为长安娘来了,每天长安都要想办法多和娘待在一起,听她说话。也怪,不管他心里多急,陪娘坐一会儿,心就慢慢静下来了。郝玉兰记得长安娘想让她多去看看的话,每个礼拜都要去一次两次,给她捎些小吃,或带去件老人们爱穿的衣裳鞋子,长安娘总要感谢好长时间,珍惜地放着,不舍得用。而郝玉兰几乎每次都能吃到她亲手发的豆芽。可能是治疗的药里有安定的作用,刘玉纯比过去平静多了,而且中午也自己知道要睡觉了,这让莲花很高兴,觉得治疗终于有了些效果,那些钱没有白花。她心里很愁,长安现在没有工资,自己还在请假,还得供着文文上学,日子比过去紧张多了,虽然她并不在意,但是一直坚持给婆婆看病吃药也是一笔不小的花销呢。

郝玉兰看出长安很忙,便问莲花,他的生意有没进展?莲花说长安现在挺神经的,一时信心大得只当他最了不起,一时垂头丧气地说自己白吃饭,要么唉声叹气埋怨自己不支持他。

她埋怨说:"让我咋支持他嘛,他从农村领来的小孩都只有十五六岁,有几个真是笨得要命,你说在这儿用尺子画条线,人家只瞪了大眼盯着,你说得口干舌燥当他会了,他还问:'不管在哪儿画一道线?我知道咧。'把人气得肚子疼!有的左右都不分,你说往左些,他就发着愣嘴里念叨'上北下南、左西右东',这才算出个'左'来!唉!我每天得给这几个呆木头上劲。长安买了个旧冲床,我晚上还要踏冲床,天天都瞌睡呢。"

郝玉兰不禁笑起来:"农村娃没见识过啥,时间长就好了。你没事也和长安歇歇哩。"

白莲花苦着脸说:"也不敢说人家娃笨,怕孩子小出门不容易。他们又是郭师介绍的,娃将来回去说咱对人家不好,咱脸上咋挂得住?眼看他们来一个月该发工资了,我发愁也不敢给长安说。他现在一发火吓死人!"

白莲花絮絮地说着,在郝玉兰跟前她委屈得只想大哭一场。

白莲花明显比原来瘦了,郝玉兰心疼了:"创业难哩,你要支持他,就把这些难帐弄顺当。你姥爷说过,咱河南人有韧性哩。挺住吧,有罪自己受,谁也替不了你;有福也是你自己享,谁也代不了你。先从俺这儿拿些钱发工资吧?"

白莲花抽泣说:"钱还不缺呢,只是像没主心骨一样。前边的路都是黑的,可你一说我就亮堂了,你真觉得我行?"

郝玉兰点点头。

"长安娘熬人得很!你看她现在治得有点效果,白天不太闹人了,晚上睡觉还是不踏实。前天大半夜听见她大声哭,我和长安赶紧过去看,见她光着脊背坐在床底下哭着不出来!我就钻进去拉她,她都不认识人了!眼睛是直的,真吓人!她一直喊叫我要杀她啦!撕我的头发,打我的脸,还冲我吐唾沫,天快亮闹得没劲了才睡着了。我俩勉强睡一会儿又得起床干活了……唉,我真是后悔,为了可怜她,把我俩全搭上了!怪不得她亲闺女亲儿子都不管她,来了这么长时间没一个人问问呢——人家当是个包袱让我俩捡回西安了!"

她越说越沮丧,郝玉兰觉得鼻子也酸酸的,她叹口气说:"长安娘是个可怜人,病得确实不轻。你说,要是你俩当时没从包头带她回来,她得挨打挨到死,这辈子也过不上体面的日子,那咱心里能忍下吗?"

莲花低头说:"忍不下!"

郝玉兰劝说:"莲花,谁让咱心里忍不下呢!这世上有打人的人、不孝顺的人、心狠毒辣的人,他们良心坏了,不觉得长安娘可怜。你俩多出力受累,就能让长安娘活得有体面,俺看值得!要是长安和你都嫌弃,那这世上再没人管她啦,她只有死路一条了!"

"妈,我知道你说得对,就是太熬人了!文文小时候咱也累,可孩子会长大,长安娘只会越来越差!"

这话不错,郝玉兰想想说:"要不找个保姆陪着长安娘?就有人听她说话了,你俩也就放心了!"

白莲花犹豫了说:"那我和长安商量商量……"

郝玉兰猜她是担心又要花钱了,便说:"你和他说,俺掏钱给老太太雇个保姆。"

莲花急说:"他肯定不让你掏钱的!你这么大年纪,天天起早卖胡辣汤,挣的钱不是贴这个就是贴那个。妈,你就是太大方了!"

郝玉兰笑了说:"钱不过是些纸,挣了来就是给你们解决困难的,要不俺何必受那么大的累。你和长安说说,俺现在雇了十来个伙计卖饭,不差那点钱。你俩正在开厂子,可别累住了,日子长呢!"

皮件厂从无到有地建设,大大小小的事儿,莲花作了很多难,可长安大多都不知道,他从全国各地进来几十样原材料后,就全身心投入到厂里,培训工人抓生产。用他给莲花的话说,嘴磨薄了一层,腿跑细了一圈,算是把材料做成了产品,把箱子生产出来了。白莲花见库房堆了几百个皮箱长安却不卖,心急得很。她粗粗一算,光材料费和人工费都搭进去两万块钱了。

长安却不急:"我早算过了,做工厂不花本钱咋行?"

他跑了十几年供销,深谙这个行业的窍门,货堆如山反而好卖。白莲花想不通了:"要箱子做啥?我一个月工资才挣几百,还不够你两个工人工资呢。你卖一个算一个吧,好歹手里活泛些,再过个把月文文又要开学交学费呢。"

长安不情愿地给长年订购秦风厂皮箱的北京客户打电话,说自己开厂做皮箱,让人家无论如何来看看订上点儿,给自己帮帮忙。又一再说价格一定低于秦风厂,质量却绝对是一等品。北京客户推了几次,架不住长安三天两头打电话催,终于答应来西安时去看看。

长安没想到北京客户看了产品张嘴就说先订三千个,只好笑着说:"真不好意思,按你说的时间我只能做出来一千个。我的厂才开业,库房只有四百多个成品——下次你再订我保证能供上。"

北京人也很爽快,说:"不打紧,不够我再订点秦风厂的。"

长安有点感动,说没想到这些朋友这么帮忙,一定要和白莲花请他吃饭。几杯酒下肚,北京客户说:"你在厂里办的辞职吧?你放心,我不会把订你产品的事告诉秦风厂的人。"

长安却笑着说:"你要是告诉方厂长,我还要更谢谢你呢!"

北京客户一怔，拍着长安的肩膀笑了，说："你还真是干大事的。你厂子一年能生产多少？"

长安想了想说："三万多个皮箱吧。"

那人点点头说："你跟他秦风厂竞争不是不可能。"

白莲花听长安说三万多个，吓得停了筷子，只当自己听差了，又见长安胸有成竹地笑着，一下想起他说他的产品要出口挣外汇、要把秦风厂和方俊翔挤垮的话。她这才知道梁长安果真是想要干大事的，也一直是咽不下这口气的。

长安订出去库存所有的皮箱，又拿了一大一小两个皮箱样品，一连几个星期在西安几家大商场泡着。那些经理倒还认他的卯，说梁科长有魄力啊，自己单干开厂啦！再一看东西，都赞不绝口，说比秦风厂的皮箱做工还细，用料更考究呢。长安客气着，说这都是百里挑一的工人从百里挑一的产品中选出来的呢，当然不错啦！几家商场都说能放商场里卖，只是都得代销，又说连秦风厂的皮箱都是代销了。长安知道这已经给自己面子了，忙不迭地道谢，说闲了请人家喝酒。

白莲花不明白，一个订单已经把货订空了，他又何必在商场零售？长安解释说："西安这么大的市场，我一天不卖一个产品也得占住，不能让人进了商店只见到秦风厂的产品，我要把这个老根据地保护好呢。莲花，你也天天看报纸呢，报纸上咋写的？三中全会以后国家就改革开放了，让凭本事挣钱呢。现在是商品经济，就是让产品竞争呢！要不我为啥使劲抓质量？货好才是硬道理！"

白莲花不安地说："长安哥，我知道你说得对，可我害怕你和人家竞争，那不是会起矛盾吗？咱别惹事好不好？悄悄卖了箱子挣些钱不就好了？"

长安安慰着她，后悔说了不该让她听见的话，白白让她操心："好呀！好呀！放心吧！莲花，你光会当工人，不懂现在这个社会。我天天北京、上海、广东跑供销，你不和人家拼，咋有你的钱挣？还悄悄的？放心吧，是咱的产品和方俊翔他们那些厂的产品竞争，我和他们是连面也见不着的。"

到了送货时，长安才发现没个合适的车，白莲花见终于能把箱子拉出去变钱，只恨不能赤手空拳自己提了送去，怕耽误了。长安慌着在北关十字找了两辆送货的三轮车，指挥几个男工小心翼翼把库房里的皮箱抱到三轮车上。

白莲花突然说等等，长安不知她想起啥，赶紧叫抱了皮箱的工人们等着，只见她急急火火跑到厂里，拖了几个包装箱纸壳子铺在三轮车上，这才让大伙儿把皮箱往上放。

长安忍不住笑了说："你把箱子当鸡蛋哩，太小心啦。"

车装好了，长安说："莲花，你跟着三轮车到南大街送货吧。"

白莲花不防他让自己去，吃吃地说："别开玩笑了，我可不敢去。"

长安意外地说："只不过骑自行车跑一趟牙长的路都不愿意？"

白莲花只管摇头，憋红了脸在太阳地里站了好一会儿，还是心虚地说："算了吧，求你再辛苦一下吧。骑车子跑跑我不怕，别说是南大街，就是一口气骑到长安县我也不嫌远。只是见人说话的事我还是害怕，你还是自己去吧。你安排我在厂里干啥都行。"

眼看两个蹬三轮车的都急着叫走，长安又好气又好笑，只好自己骑上自行车走了，临走丢下一句："还天天说你去北京串过联呢，还在几千人的厂子领过唱哩，胆子还没老鼠大！"

他骑出去好远了，白莲花还在厂门口站着，心里喜喜的，觉得这几个月的辛苦好像一下有了着落，又觉得长安还真是能干呢，像他这样有本事的人，西安市怕也没几个吧，而且连自己也被带动成女强人了。想起"女强人"这个词，白莲花脸上浮起了笑容。

等长安他们拐弯看不见了，她才转身往厂里走，心想："是呀，我那会儿去串联咋不知道啥是害怕哩？"

西安城的老槐树叶子变黄的时候，长安和莲花的皮箱终于变成钱了，他们还没来得及回小东门和郝玉兰说一声，她已经派人叫他们说，吕方被抓走了！

吕方是在郝玉兰那里吃胡辣汤时被抓走的，店里好多人正在吃饭，小东门的人立刻就把这事传开了。人们都不叫吕方的名字，只叫他"郝玉兰的小女婿"，也有人叫他"锦华巷老吕的小儿子"。人们都说没想到他原来是个大毒贩子，怪不得那么有钱。也有人说，郝玉兰的小闺女咋能嫁给老吕的小儿子？还有人说龙生龙凤生凤，老吕的儿子贩大烟也不稀奇。

郝玉兰的脸是哭肿的，坐在床沿上冷冷地说："白牡丹，你犟着要找他，果然把人丢到我这大门口了！你早就知道他干这事吧？"

声音低哑，白莲花和白槐花打了个寒战。

"吕方早就贩了，所幸他不吸，他原打算再干一年就彻底收手呢。唉，要是他听我的就好了！"白牡丹说着流下泪，夹着烟的手有些抖。

从生了第二个儿子，她就抽上了烟，郝玉兰曾骂过她不许她抽，可白牡丹说："吕方都支持我，你还管我啥呀，我都这么大了！"

白莲花呆呆看着妹妹，白牡丹涂了鲜亮红指甲油的指头纤长白细，袅袅的烟在指间飘浮着，真的很迷人。牡丹今年该有三十岁了吧，可细致的面孔、蓬松的大卷发怎么看都不像，吕方出了这么大的事，以后她可怎么办呀！白莲花胡乱想着。白牡丹又使劲吸了一口，直到火光燃到烟蒂，她才把烟头熄灭在高跟鞋的鞋底上。

"你准备咋办？"郝玉兰没好气地问。

白牡丹抬起迷蒙的双眼，没听懂一样唔了一声："我不知道……"

郝玉兰叹息了一声，捂住眼睛像是在哭，又像是想挡住眼前的一切。

白西京埋怨道："昨天晚上的电视新闻也看了，那么两大玻璃杯的'老海'。你们把那么要命的东西干啥要放家里？电视上都说，这么大量的毒品，建国以来西安都少见！"

"我走啦！"白牡丹突然粗声打断他，站起来说，"反正已经这样，说啥也晚了。"

白莲花不忍心地拉着她说："别急，这么多人给你出主意呢。"

白牡丹嘴角抽着泄了气，重新倒在椅子里哭起来："出啥主意也不顶用啦，早就知道干这事迟早要敲头的……都是为了和我结婚，给我挣钱买房子买首饰他才开始贩大烟的。吕方对我那么好！可他眼看没命了！呜！"

郝玉兰站起来拉着白牡丹的手，颤声说："死闺女呀！你生生害死人家啦！你欠人家一条命，好好想办法还给人家吧！瞅瞅吕方爱吃啥，俺给他做！"

白牡丹哇一声扑在她怀里放声大哭起来。

在吕方关押期间，郝玉兰每次都跟着白牡丹去看吕方，做他爱吃的羊肉馅饼和麦仁稀饭，包一口一个的纯羊肉小饺子，给他带加了好些肉的胡辣汤。最后一次看他时，吕方说："妈，我长这么大，从来没人对我这么好，给我做这么多好吃的，我下辈子一定给你当儿子！我做了坏事，把牡丹闪在路上了，你以后还得多操心她和孩子！"

说完，他跪地上咚咚咚磕了三个头。郝玉兰老泪长流，摸着吕方的头说："孩子，俺没早早让你俩结婚，牡丹给你要那么多东西，你走了这条路……俺娘儿俩对不起你！"

吕方却看看泪人一样的白牡丹，笑了说："我想让她吃好的用好的，又没本事挣，咋能怪你们，牡丹跟着我也算过了几年好日子。我不后悔！"

他伸手冲白牡丹说："来，让我再亲亲你！两个孩子交给你啦！教他们学好，多念些书……别像我一样……"

郝玉兰的头发白得很少，别人总也不信她已经六十来岁了，她每次看完吕方回来几夜都睡不着觉，鬓角的头发就白一些。半年后吕方被枪毙的时候，她的头发已经花白一大半了。

枪毙吕方那天，白牡丹哭了一夜。黎明时，她看两个儿子蜷在床脚盖着毛毯睡得正香，像两只小猫，全然不知已经没爸了。她从来没觉得这样孤苦伶仃无依无靠过。天亮了，她打发保姆送孩子上幼儿园，缩在床上觉得额角抽着疼，像要撕裂一样。昏昏沉沉睡去不知多长时间，从窗帘缝里射过来的一束阳光照在她脸上，白牡丹尖叫一声醒来，发现泪水把头下的被角都浸湿了，难怪一直梦见在冰冷的水中泡着被人追杀。白牡丹呆呆坐在床边，下意识看看墙上挂着的结婚照，一身白西服的吕方，意气风发地笑着。她忽地跪在床上，伸出手仿佛摸着了吕方的脸，哭着喃喃说："你坑了咱俩了！你坑了咱的孩子啦……"

等郝玉兰和白西京赶到医院，白牡丹已经被抢救过来了，人却没完全恢复意识。郝玉兰泣不成声："人家都说闺女是娘的亲人，这闺女反倒是害人呀！她狠下心说走就走，把爹娘老人不当事儿，三五岁的孩子她也舍得下心……"

她断断续续地哭着、诉说着。白莲花、白梅花和白槐花都陆续来到医院，见妹妹昏迷着，手腕上包了厚厚的纱布。白莲花哭着劝妈，白梅花也搂着她的肩求她别哭了，郝玉兰却中了魔一样，全然不觉女儿们的话，只管把白牡丹从小到大的事儿反反复复说着。

长安刚从厂里赶来，见郝玉兰这样，就低声对白莲花说："不敢让咱妈这么伤心，六十来岁的人经不住这么难过。"

白梅花小声说："怕咱爸难受都没给他说。保姆见牡丹在床上昏死过去，血流了一地……"

长安示意她不要说了，蹲在郝玉兰旁边轻声叫："妈……妈，牡丹没事了，一会儿就醒了……"

郝玉兰依然盯着白牡丹的脸，泪眼婆娑地只管说："……妈最苦的日子生的你，怪俺从小娇惯你，家里那么困难，人人吃不饱还是第一碗饭先盛给你，那是怜惜你不足月就生下来啊……你生下来那么小，得整天放怀里暖着才行，怕你养不住，硬是把你心头肉一样供着啊……早知道你这么狠心，俺就……吕方犯了法，你以后日子还长得很哩……"

这时白牡丹缓缓睁开眼，随即一行清泪从眼角流下，白梅花说："妈，牡丹醒了……"

白牡丹半睁着泪眼看着妈，低低缓缓地说："妈……怕你生气，怕你麻烦，我才……没想到又让你生气……"

姐姐们都哭着说："傻牡丹，你要好好的呀……咋能想不开呢？"

白牡丹长长叹口气，闭上双眼："除了两个孩子和那个房子，我啥都没啦……没工作，没有钱……也没心劲啦……"

郝玉兰哭着骂道："你为来为去还是钱！钱是个啥啊！不过是人身上的垢痂，搓搓就没了，存存又有了！没钱就没胆啦？你才三十岁，还可以去挣，还可以再找个好男人好好过日子！做生意，开商店，样样都活人呀！你连死都不害怕，倒害怕活？"

白牡丹咬着嘴唇憋了半天，突然唔地哭出声音。

在门口，医生小声对白莲花说："放心吧，寻死的人这样哭出来就没事了。她手腕的伤口很乱很多，但都不深，她还是下不了手啊。"

白牡丹好了后在尚朴路租了个门面，专卖各种传呼机。本钱是郝玉兰给的，也没背其他几个孩子，大家知道妈的意思，说不够了哥姐还有呢。白牡丹只默默低头小声嗯了一声，就慌慌地说："孩子快放学了，我得去接孩子呢。"

她走后郝玉兰忍不住小声哭起来，三个女儿心里也堵堵的，找不到啥话来劝她，只好陪着掉泪。白老四拿着抹布擦桌子，没听见大家说啥，他这几年耳背了，话也就少了。里里外外有郝玉兰张罗着，谁也不知道他对家里的事知道多少，反而庆幸他的耳背可以减少很多麻烦。白老四瘸着腿到郝玉兰面前，大家赶紧擦擦眼睛，他问："牡丹咋啦？这几次回来变了个人，也不显能了，头也不抬了，走路也没声了，她是咋啦？"

郝玉兰擤了把鼻涕大声说："好着哩，你忙去吧。"

白老四放心了，只要郝玉兰说好着哩，就是天塌下来他也不怕啥。他现在是个听话的老小孩。他缓缓转过身，没走几步又扭头问："那你们都哭啥？"

白梅花忍不住笑了小声说："都说我爸八十岁老糊涂了，其实清楚得很呢。"

偏白老四听见了半句，盯着她的嘴说："说啥呢？啥清楚呢？"

白莲花就大声对着他的耳朵说："白牡丹清楚呢，她现在要开商店挣钱呢。"

老头儿一听见"钱"字咧开嘴笑了说："牡丹从小爱钱。她都有那么多钱，还开啥商店呢。"

在1990年的西安街头，除了印有"北京""上海"的铝拉链黑人造革包，已经出现很多不同样式的皮包，但都是做工粗糙的便宜货，还没流行更新颖样式的高档真皮包。

长安的厂里，箱子的生产和销售都稳定了，也都能挣钱了，但他心里却卯着很大的劲头，想要开发真皮包。因为他观察着西安、广州的街头和批发市场，发现做皮包的成本远远小于皮箱，售价和利润却是皮箱的几倍，而且他曾经一手把秦风厂的手套出口到了国外，便知道挣外汇并不是个难事，所以他就打了主意把过去和外贸公司的那些关系都经常维护着。秦风厂和西安几家国营大厂都有皮包车间，订到的活儿却少得可怜，因为他们只适合做大批量的大路活。自己厂小，反而容易更换产品样式，讲究做工细节，把皮包作为主打产品肯定行。这样想了，长安就画了不少草图，又熬夜做了十来个样品让白莲花看，她却兴趣不大，说："这种包是好看，终究太贵了，肯定不好卖。"

长安却自信得很:"你忘了牡丹在上海买的小坤包了?黑羊皮的,上边钉的镀金泡钉。顶你大半个月工资呢,不是照样有人买?"

"像牡丹那样爱漂亮的有几个?你要一心想做我也不拦你。"

长安摇着头说:"唉,闲了你到南方看一看,人家皮件厂做的活儿才精巧哩,你该开开眼呢。"

白莲花没想到,二十来个样品拿到商场没等上柜,商场里的营业员们就先看上了。柜台外一个戴墨镜的女人看上个白皮拎包:"做得这么细致,还有暗袋——真是好看又实用。"

她喜欢得不得了:"我前年出国时买过一个这样的包,可惜现在太旧了,以为咱西安得等几年才有这么漂亮的真皮包呢。没想到让我买上了!"

女人高高兴兴提包走了。

一个营业员突然说:"这人不是演电影的吗?"

旁边有人说:"真人比电影上长得差远了。"

长安不认识她,却明白自己媳妇不舍得花百十块钱买个小包包,愿意买的人还很多呢。他没想到自己设计的皮包这么吸引人,把这事讲给白莲花和文文听,又讲给小英和厂里的工人们听,大家觉得电影明星都能看上自己的产品,真骄傲!

小英说:"厂长,我回家过年时能不能让我背上照个相?"

长安笑着点点头说:"大家伙好好干,等咱厂的皮包推出去了,每个人都涨工资!"

女孩子们立刻笑着叫起来。她们大多数已经涨过一次工资了,那次是长安说把皮箱放进大商场代销,咱就涨工资。虽然每人只涨了二十元钱,对农村孩子们来说已是蛮大的惊喜了,那个星期每个人给家里都写了信。后来郭师到西安,还跑厂里找了长安,说你管理还挺那个的啊,娃们都给家里说咧,村里人都要把娃送这儿学技术挣钱呢。

白莲花说:"长安哥,咱得培养做样品的人,你设计好还得做样品就太累啦。我看小英就行。"

长安笑说:"咱俩想到一块了。"

商店的皮包供不应求,长安就让小英带着几个手巧的女娃们做皮包。和料想的差不多，长安给商店陆续送了二百多个皮包，很快就卖了多半，商场催他尽快送货，都抢着经销他的皮包，说送多少就付多少货款。长安重新又有了当年因为货好而被商家尊重的感觉，心里好欢喜！他从商场结完货款出来，站在南大街的马路沿上，一边抽着烟一边想，要是把西安市大大小小几十个皮箱皮包厂排个队，他自己的厂最小了，但要是从发展前景和产品含金量来说，那他的鑫鑫可是最有希望的！梁长安这样想着，脸上便有了笑意，胸口全是踌躇满志的得意。他得好好干一场！让秦风厂那些人好好认识一下他梁长安到底是个什么样的人物！

扔掉烟头，长安兴冲冲骑上自行车往回走，快到钟楼时见街上人多了，就推着车子顺路边走。只见人民剧院门口还是立着农民和工人的群雕，红门红柱旁是满满一墙绿莹莹的爬墙虎，长安一下想起当年和白莲花还来这儿看过一次文艺演出，现在却再没这个闲心了。

人民剧院的外边却挨着有了一排商店，卖鞋的、卖饭的非常热闹，一个小窗口挂着大牌子，写满播放录像的时间表，拥挤着几对年轻情侣在买票。没几步到了窄小的西一路，几辆三轮车拥在路边等着拉活儿，卖豌豆糕、羊肉饼和大串烤羊肉的做着生意，空气中弥漫着孜然和羊肉的味道，人来人往好不热闹。一张三斗桌立在当间，一个四十来岁的男人正对着广播喇叭卖录像票："精彩武打片，循环上映不清场啊……"

长安觉得他仿佛就是西一路口的一景，什么时候从这儿过都能见他操着秦腔坐在这儿，不急不躁，稳扎稳打。

长安正盯着那男人看，不防身边响起车喇叭，一辆大卡车往人行道上挤他。长安醒了神赶紧往边上靠，车还响个不停，他抬头刚想骂，却见一张笑嘻嘻的脸从副驾驶的窗口伸了出来。

"我当是谁，原来是双福你这个害货！"长安有些喜出望外，双福也跳下车，手一挥司机开车走了。

"可不是我嘛，要不谁敢挤你梁厂长！咋？想看录像？"双福把手搭在长安的肩上说，"你瘦咧？咋累成这势子咧？"

长安听他叫厂长，知道他听说自己的消息了，就长叹了一声："唉，没你小子滋润呀……累成马咧，不瘦才怪呢。我哪有工夫看录像，是看那个卖票的呢。"

"听说那人是易俗社的头哩,这几年没人看秦腔,就放香港枪战录像挣钱呗。来,咱哥儿俩好好拉拉话。"双福不由分说把长安的自行车推上路沿说,"到回民坊上吃羊肉泡馍,连吃带谝。咋样?"

长安说:"行,就去坊上。"

双福靠汽车发家,现在三辆汽车已不是他的主要经营了,西安城里兴起了装修,他也弄了二十来个人注册了个装修队,果然挺赚钱。

"他妈的,我现在才发现满地都是钱,就看你会不会捡了。"双福说得口沫直飞,掰馍的手却慢条斯理,掰下的馍块又小又匀。

长安不想说话了,只低头盯着眼前的大海碗专心掰馍。戴小白帽的回民伙计从桌上拿了两副铜牌,给他俩掰好馍的碗边夹上号牌,把另一半牌子放在各自面前:"两位咋吃?"

长安有些没心绪地顺口说:"水围城吧。"

双福笑了说:"那我也围。长安,得是生意不好?"

长安想想厂里的状态,摇了摇头。

"那,是家里有啥事啦?"双福更小声地问。

长安还是摇摇头,他伸手要了两杯冰镇酸梅汤,说:"别胡猜了,都好着呢。就是发展慢,心急得很!咱先喝些凉的,心里躁躁的。"

双福无声地笑了,又要了盘泡菜和五香毛豆,和长安细细剥了吃起来。饭馆是个老字号,墙上挂满了书画家、影视名人们和饭馆老板的大合影,这是不少坊上饭馆的一个特色。一会儿工夫,小白帽伙计捧了热气腾腾的羊肉泡馍来了,一股羊肉汤香味扑鼻而来,双福抄起筷子轻轻拨了些碎馍块吃了起来。长安丢下筷子,伸手撕了一大块酸莲花白,放进嘴里嘎巴嘎巴地嚼。

长安问:"家里都好着哩?孩子上啥学了?"

双福呼噜呼噜吃着泡馍,伸出五个指头说:"五年级了,樊华还是老样子。"

双福轻轻吹着小白帽伙计送上的高汤,享受地吸了一口,咂巴着嘴品味:"美!"

他又喝了一口才放下汤碗,正式开谝了。

长安问："你啥时候干上装修这一行的？"

提起装修，双福有了精神："刚干上。"

长安说生意还行吧，双福点点头说："歪打正着，比跑车轻松挣得还多，才揽上个饭店的装修活，干两三个月挣上几万块钱不成问题。你呢？听人说你扯起大旗当上厂长啦。我可告诉你，按我的经验，经商比做工厂挣得多，空手道比经商又挣得多。"

"空手道？"长安第一次听这个名词。

"就是倒票呀，凭关系倒点紧俏商品，只要能弄好买家卖家，你一分钱不用出就稳赚。"双福说。

长安说："我没关系。"

"那就经商啰！你只要有本钱，瞅准了也保能赚钱！广州你也常去呢，为啥不倒些时髦衣服化妆品？你有眼光有胆子，挣得比开工厂多得多！"

长安还是笑着摇摇头："我觉得做工厂有意思，弄出来几个品牌产品放在市场里，看他们慢慢干大，替你在行业里说话，有成就感！"

两个人哈哈大笑起来。长安说起自己厂子来，立刻像老妈妈说起心爱的孩子一样，絮絮叨叨又津津有味。双福用心听着。

"现在这个皮包推出去了，我这第一炮就算真打响了。"长安最后总结说。

双福说："那你皮箱不是一直挣钱呢？"

"要说皮箱，那是我过去的本事，皮包可是我自己开工厂后开发的！我指望干大了形成个大品牌呢！"

"那你现在是不是一直赔着哩？"

长安让他一把拽回现实，心里不带劲了，便说："你等明年这时候再瞅瞅，总有个过程吧。"

双福压低声音说："钱不凑手就说，我现在几十万放着也没用处。你可把事儿一定要干好，让人家说咱辞职的人个个都混得好才行。不管咋，你辞职还是比上班强，现在说是要按劳分配，多劳多得，实际上干活的老百姓能多劳多少多得多少？还得受人家的鸟气！你自己办厂是对的。"

长安听双福说出这话，心里暖暖的。

"看你精神就不好。你要是乏得厉害,我给你样东西,管用得很!前几年在南方出车时,我日夜不停地跑车,累得睁不开眼睛。有人卖给我,我还以为是头疼粉呢,谁知道比头疼粉要强百倍呢!这不,早上吸一包,到现在都精神得不得了。屎!咱累死累活赚钱为了啥?还不是享受呢?"

说着他从裤兜里拿出个小白纸包给长安看了一下,又重新塞了回去,一脸得意地看着长安。

"大烟?你咋……"没等长安说完,双福做了个手势打断他,压低声音说:"喊啥?你咋跟个乡下人一样没见过世面?现在有钱人谁不好这一口,等你发财了肯定一样。"

"呀,这个东西可不敢染呀!"

"我现在都有上百万了,有啥不敢染的?到死也花不完。你让我累死累活挣钱干啥?再好的饭我一顿也只能吃一碗,再好的床我只占两米长一米宽。不如我享受享受。你不知道吸完以后有多美气。人家都说你妹夫也是贩这个的,你就没试过?"

长安摇摇头说:"别动员我,我没那本钱也没那胆。你还是断了好,小心让警察逮住你!那不是个好事!"

双福不以为然地用眼角瞟了瞟长安:"唉,大惊小怪的样子,越长时间不见,你越跟不上时代咧。我从南方带'货'过来,都藏在备用轮胎里,谁能想得到?再说我瘾也不大,独来独往的,他们逮不住我!倒是你,女人不敢玩,烟也不敢抽,活得真没意思!"

考上重点高中后,文文每个星期都要到尚勤路看看姥姥,她比全家任何一个人都爱喝郝玉兰的胡辣汤。只要她来,郝玉兰总要给她弄一碗"优质"的汤,再给她碗里切点肉丁放点面筋。生意很忙,每张桌子边都有人在等座位吃饭,大锅边也总是拥着排队买饭的人们,郝玉兰却早习惯了,坐在旁边只看她吃。

郝玉兰问:"文文,你奶奶精神好多了吧?你妈上次说洛阳有个专门治她病的老中医,你妈领她去看了,吃药了吗?"

"我妈担心药里有安眠药,打算给奶奶停药看看情况呢!"

"你奶奶还闹不了？"

"我奶奶现在总爱一个人打瞌睡！她平时还是爱自言自语的，那天我听她说的像是在背古文，仔细听了居然在背《论语》！还有一次听她在背《诗经》！我找到书让奶奶背给我听，她一个绊子也没打就只管往下背！我佩服死了！奶奶说她小时候，她爹教她背下了很多书呢！我奶奶真可怜！要是她没生在旧社会，凭她的头脑肯定能当个大学者！"

郝玉兰点头说："她有文化，可惜没遇上好人！你和你妈说，不行给你奶奶再换个大夫，停停药看看也好。你爸厂子现在生意好吧？来，给你加点辣子！"

郝玉兰舀了半勺辣子油搅进文文的碗里，顿时胡辣汤上漂了一层红油花。

"我爸又招了二十个工人培训哩。他的皮箱在好几个商场都卖得特别快，人家的皮箱卖不掉。秦风厂的王科长昨天还来我家说，我爸比人家价高时就卖得比人家好，现在又降得比人家价低，秦风厂的方厂长和工人们都骂我爸哩，说他把人家往死里逼呢。"

郝玉兰气道："你爸又犯他的愣劲了！让他不要和人家斗他不听，你卖你的皮包不就赚上钱了，还要在皮箱上和人家拼，俺得说说他哩。"

"姥姥，我爸现在脾气大得很！他说现在真是挣钱的好时机，凭本事竞争，干板硬正，让我妈不要担心！姥姥你也别说他了，省得你不高兴。"

"哼！旁人不敢说他，俺也由着他还行？人要是只活个'钱'字还有啥意思？"

文文叹口气说："他天天跟我说，让我做生意，不能让人看不起。我说我想上大学，他就骂我没出息，说有这么好的赚钱时机还上啥大学？过去我爸从来没骂过我。"

郝玉兰安慰地说："吃吧吃吧，俺一定去找你爸说说。"

可是她没机会给梁长安说，因为他简直忙得连上厕所的时间也快没有了，根本顾不上来看她。刚好文文学校放暑假，她当然知道厂里多缺人，回来丢下书包就说："爸，我放假了，让我去厂里帮忙吧。"

长安说："你倒挺精，你不说我也会安排你去厂里干活，你这么一说倒显得主动了。爸得闲了一定把手艺都教给你，让你将来当一个女老板。"

文文说:"不稀罕!人家要考大学哩。"

梁长安对女儿要上大学的事却不赞成,厂里缺人,尤其缺自己人,他希望她和自己一起经营工厂,上那么多学有啥用呢?她已经比自己和莲花上的学多了很多了呀,他俩不是照样能开工厂挣大钱?

文文却压根没想过在鑫鑫皮件厂当工人当厂长,她盼着自己能到北京上大学,将来当个记者,或是一个作家。

这是个阔气的愿望,是咋样到了文文脑子里的,梁长安不知道,但自己的厂里越是忙,挣钱越多,他就越是觉得文文想上大学的想法太傻了。于是,梁长安专门抽了点时间给女儿算了一笔账:厂里的工人,不少都是十六七岁初中毕业就从农村进了城,假设他们也是想上大学的话,那就还得七年才能毕业,然后再参加工作挣工资。他见过轻工业局才分来的两个大学生,也不过一个月四五百块钱的工资,和他现在厂里这些工人的收入还差一大截呢!秦风厂的老工人也比这些大学生收入高,那他们这七年的学不是白上了?而且他们还要交学费,加上这七年里耽误赚到的钱、学到的手艺,一里一外差得可就多了!

"你都上到高中三年级了,这个账应该会算吧?"

文文却不顺着他的账算,她说:"爸,你只拿你知道的工厂和工人算账呢!你不知道除了累死累活当工人出产品之外还有好多职业呢?你不知道当个作家多牛!爸,我不想和你一样自己开个工厂,就得求一大圈的人,天天'维护'一大堆人情!我想自己干自己的事,关上门,不求人!你和我妈天天那么累,挣钱多辛苦!可你们连个花钱的时间和心情都没有!"

梁长安只觉得文文这么想是因为年纪小,从小生在蜜罐罐,没经过苦日子。可他说不动她,想想离高考还有些日子,而她在厂里帮忙也很努力,又很聪明,很多技术都学到了手,就不想再说她了。在他和白莲花的愿望里,文文说不定哪天看到他们的厂子干得越来越大,自己就愿意不去上大学了呢!

白老四这几年身体不比以前,倒没啥大毛病。他每天必须干些零碎活,熬熬糖色,择择黄花菜,挑挑粉条里的杂草。本来大家说雇了十几个伙计,不让他干这些,郝玉兰却说你爸是劳碌命,每天干干活反而心里舒坦,干了一辈子就让他干吧,能干动啥就干啥,要么哪个八十岁老头儿一顿能吃那么多饭?

这话不错，白老四胃口好是有名的，一早上郝玉兰亲手给他盛一碗胡辣汤，按他的口味调好醋和油泼辣子端他手里，白老四喝完还得添个半碗才行。那些年轻壮小伙子每次吃一块钱的油馍头，他也吃得差不多。到了中午，他的午饭是一大碗手擀面，配着大半碗素菜臊子，吃完必须得有小半碗面汤最后做个"总结"。只有到晚上白老四才吃得非常少，他喜欢切一根红萝卜和半块红苕，煮成软烂的时候搅一点面捏点盐，再滴几滴香油，做成咸拌汤。这饭是河南老人爱吃的，郝玉兰有时也会喝一碗，就省了晚饭。别人羡慕他的好胃口，白老四也很骄傲，他说吃得多不算本事，得手不时闲地干才是本事哩。

和郝玉兰一样，白老四的勤劳也是有了名的。每天他是家里起得最早的人，他先开了大门，拿铁通条扎开几个汽油桶的大煤炉，让煤慢慢烧起来，这才不紧不慢拎了扫帚从尚勤路口由北往南开始扫地，扫上几百米过了自家的门面，才丢下扫帚叫伙计们起床。男孩们已经洗漱完准备出摊了，他才一瘸一拐很轻地叫郝玉兰起床。男孩们私下里说，别看老头儿老了，还挺怜香惜玉心疼人呢。他是义务扫地，所以把垃圾随地一堆就不管了，等天亮了，各家出摊时自会拿簸箕把自家门口的垃圾收走。

火岭奶奶去世的时候，火岭老家的人来给她张罗办丧事，只管拉着亡人去火葬场就走了，扔下好大一堆烧过的纸灰和垃圾没人管，被风吹得到处都是。街坊们都说乡下人不懂规矩，以为这是他们村的地头呢！在城里哪能扔一堆垃圾就不管了？白老四不吭不哈只管抡了大扫把去扫地，就把街收拾干净了。

有人开玩笑问他："四伯，你老人家为啥只扫地却不揽垃圾？"

白老四想也不想就说："俺只对扫地有兴趣。"

"你的腿还是火岭他奶活着时候卖豆沫摔坏的呢！你还给她扫地？！"

"那俺还能指望她从棺材里活过来扫地？俺扫扫干净，人走路舒心。"

白老四看不惯街上搂搂抱抱的男男女女们，说："又不是小孩儿怕丢了，还要搂那么紧。"

他拒绝和打扮古怪的孩子说话。有染金色长发戴着耳环的男青年向他问路，他只瞟了一眼就转身走了，那人说他是不是聋了，他倒心平气和地说，俺耳朵聋了，可不想看你这样子把眼睛也吓瞎啦。

白老四一直不知道吕方出事了，家里人都瞒着他。其实他也不知道儿女们都在忙什么，不管谁回来了，总要很尊敬地叫声"爸"，他就淡淡应一声，问："吃饭了没？你妈在屋里呢！"

在白老四的心里，郝玉兰就是这个家的大树，枝枝叶叶的儿孙们有啥事找她就中了。郝玉兰当年对自己的孩子们，哪有什么专门的教育，她只懂得"管教"。在她和许多河南老人心里，只信奉"小孩儿贱，巴掌劝"，她也只认可"棍棒底下出孝子"，那时候拉扯孩儿们长大，能吃饱饭别学坏就很好了！现在看看孩子们，郝玉兰很满意自己的"管教"。可孙子孙女们都渐渐长大了，又经过了吕方的事，她便越发觉得管教好孩子们真是太重要了。

郝玉兰自己没文化，讲不出大道理，那她自己的方式就是领孙子们去看电影。

因为在电影院门口卖过冰棍，前些年又被白牡丹拉着看了好多电影，郝玉兰就喜欢上看电影了。而她在电影院门口时听很多人说过，电影是很高级的艺术，郝玉兰不懂啥艺术不艺术的，但她从小就爱看戏听故事，便觉得电影也很精彩，尤其有的电影有外国人，他们说的中国话和中国人一样好听哩。在她的孙子孙女眼里，郝玉兰是一个爱好很"洋气"的奶奶，不管是莲花的闺女、东京的儿子，还是西京的闺女、槐花和梅花的儿子，她统统领他们去看过电影。文文算是被她带着看电影看得最多的，郝玉兰爱看敌特谍战电影，但她看到特务掏枪或下毒药就总是害怕，不光是自己紧紧挤上眼睛，还不忘伸手捂住文文的眼睛。可文文是盼着看这最惊险场面的，她使劲把姥姥的手拉下来，总是已经错过了开枪、中弹的重要画面了。文文便要遗憾地埋怨她姥姥，说她一点也不怕，希望姥姥下次别捂她眼睛了。当然，纯看电影多没意思，郝玉兰总要在看完电影后领他们去吃最正宗地道的小吃。孩子们说南大街才开了个"肯德基"，有最最好吃的冰激凌，郝玉兰下个礼拜就把他们全部领去吃一遍。谁也没想到，孩子们爱吃的炸鸡块和冰激凌，居然成了郝玉兰的最爱，她惦记着，隔一半个月就张罗要吃，孙子孙女们好开心啊，他们就比谁都紧密地凝聚在了她周围。她身体好，胃口好，从来不会说怕凉、怕甜而不敢吃。很多次，小东门附近的人看到，郝玉兰和几个上中学的、上小学的孩子们边走边说笑，他们手里都有一个蛋卷冰激凌，而郝玉兰是吃得最高兴的那个。郝玉兰对他们唯一的要求是，他们看完电影要给她讲讲，因为有的电影演得太快了，她没看懂。那个电影里的长头发女人是不是好人？她又到底是那个戴眼镜男人的谁？那这些孩子们会围在她旁边，你一嘴我一句给她讲，谁是好人，谁是坏人，谁是第三者，郝玉兰就懂了，很满意。她的电影观里是一定要分清好人坏人的。

而她对他们的教育便在这个时候体现了，她要求他们一定要当好人。

曾经白东京的儿子白方钢在上初中三年级的时候，问他奶奶一个问题：到底啥是好人？

郝玉兰想了想说："不做坏事就是好人！毛主席、周总理和雷锋，他们全是好人！"

有几次白牡丹的保姆家里有事，遇上幼儿园放假，她忙着尚朴路的手机生意，就把两个儿子送回娘家，让郝玉兰帮着看半天。郝玉兰上午收了摊，只要晌午补足了午觉，就会一下午领着他俩去吃好东西、看电影。两个孩子却太小了，大的小海上幼儿园大班，才六岁，小的小洋四岁，出门还要她带个保姆抱呢。他俩从来没和她完整地看过一场电影，因为总是看到一半就要去尿尿，或是饿了，要么说没意思，要回家。郝玉兰心疼这两个孩子这么小就没了爸爸，生怕他们再走老吕和吕方的老路，一心想把他俩拉在正道上，可她想不出还能陪两个孩子玩什么。

她就要求白牡丹一定管好两个儿子，坚决不许他们和老吕家的任何人见面，这让白牡丹为难极了。

老吕和老大儿子吕豫早已经死了多年，他的另外两个儿子吕林、吕方都犯了重罪，一个在坐牢，一个被判的死刑执行过了。老吕的几个孩子，只有吕莉还在，却早就因为吸大烟瘦得像个人干。她一段时间被关在戒烟所，一段时间放出来，就到处借钱，成了人人避之不及的女人。白牡丹听说吕莉早就离了婚，孩子跟人家男方生活，基本不和她见面。白牡丹就再也不说吕莉又时尚又漂亮的话了，只希望永远别和她照面。吕林有两个孩子，吕方在世的时候白牡丹见过他们，全身都文着青色的龙和骷髅，像穿了件绣着青红图案的紧身衣。他们和他们的妈，都住在老吕媳妇的家里，也都早早和他爸一样走上偷东西、吸毒的老路。隔些时候老吕媳妇总要抱怨丢了钱，她不敢明说是吕林媳妇偷的，只好嫌她这个儿媳妇一点也不管教这两个儿子。儿媳妇却一点也不生气，被她嘟囔烦了才会不紧不慢回一句："妈，家丑不可外扬，你的几个孩子也没见你咋样管教呀？没见你闺女吕莉，都一脸枯楚皮了，还把脸抹着粉去火车站拉客呢，你咋不管管她？"

这话让老吕媳妇气得要死，她张着嘴回不出话来。吕林的媳妇清楚，吕莉长年不回来，偶尔回来就是要钱，婆婆不止一次让她不要再回来了。老吕媳妇在有着一个小偷、三个吸大烟的闺女和孙子的家里活着，最大心愿就是盼他们早些死，要么就是她自己在死之前，她的房产证和那点存款别让他们弄走了。这话她只和白牡丹说过。而她当婆婆是和吕方唯一有关系的人，只好硬着头皮听她说这些车轱辘话。

看着小海渐渐长大，开学就要上二年级了，小洋也马上要上学了，白牡丹害怕极了。小海早就问过她，他爸去哪儿了，她不知道怎样把吕方的事儿告诉他们，但她知道，这事儿回避不了多久了。最让牡丹心烦的是，老吕媳妇时常打电话让她把孩子们送回去看看，说是想孙子想得睡不着觉，她经常都哭半夜。白牡丹觉得自己很可怜，也觉得婆婆很可怜，她看出婆婆真是喜欢这两个孙子，每次见面总要给他俩脸上亲一大片口红印，还要给他俩钱，说让他俩买零嘴吃。但凡离开时，她总要给两个孩子说，下个礼拜让你妈带你们来啊！奶奶想你们！

白牡丹不忍心拒绝她，又生怕郝玉兰知道，因为她妈不下十次和她说，绝对不许吕小海、吕小洋和吕家的任何一个人见面！郝玉兰在自己的胡辣汤摊子，看见过吕林的两个儿子搂着妖精一样的女孩儿来吃饭，他们叫她"四奶奶"，她瞅了眼他们就转身进了屋，然后给白牡丹打电话，气呼呼地说，她再说一次！绝不能让小海小洋见到老吕家那两个孙子！也不许和吕家任何人见面！

白牡丹听出妈真是气了，赶紧答应了，郝玉兰让她这几天闲了把两个儿子送过来，她也应了。为了防止意外，她专门给两个儿子交代，千万不要和姥姥说去过奶奶家了！

隔了几天她把小海小洋送过来，郝玉兰专门给两个孩子包了羊肉韭黄馅的饺子，她说口味这东西遗传呢，他俩肯定和爹一样，爱吃这一口。果然，平时吃饭挑食的孩子们，居然把自己面前的一大盘饺子都吃得干净，说比幼儿园的饺子好吃。

白牡丹很高兴，说："你真会给你姥姥点'眼药'！"

郝玉兰也笑了说："小海，你妈说下个月开学你就二年级了，可要好好学呢！你那几个哥姐都是三好学生，俺年年过年给的压岁钱都比别人多！"

小海懂事，点头说："我妈让我不要给姥姥要东西，她说想要啥就好好学习，长大自己挣！"

郝玉兰见他老成，笑道："小海真给你妈争气！能记住你妈说的话！她说得对！那你要是想吃饺子就给姥姥打个电话，说你馋饺子啦，姥姥一准第二天给你包好等你来吃呢！"

小洋听到哥哥被夸了，也丢下筷子抢着说："姥姥！姥姥！我也能记住我妈的话——她让我千万别给姥姥说去过奶奶家了！"

小海赶紧拍他一下，白牡丹吓得差点把手里的盘子掉地上，郝玉兰只觉头顶嗡的一声，一下就沉了脸。白牡丹慌忙说："妈！上个礼拜吕方他妈哭死哭活打电话，说想孩子想得病了，非让我把两个孩子送去看看！我实在没办法……"

没等她说完，郝玉兰一拍桌子，喝道："白牡丹！你个记吃不记打的东西！你吃亏还没吃够？！俺说了不许他俩见老吕家的人，你答应得好好的，背过脸就跑去了！还教孩子说假话！真恨不得抽你一耳光！"

白牡丹还想辩解，却是理亏，心里惭悔得说不出来，便只管哭起来。小洋已经吓得也哭了，小海见他妈哭着，又听姥姥说到他爸，便挡在他妈前面说："姥姥，为啥你不让我奶奶见我？我奶奶她很可怜！"

郝玉兰大声说："可怜人就有她可恨的地方！你只要还给叫俺姥姥，就不许见你奶奶和你那些个小偷婶子、大烟鬼姑姑和哥哥！"

小海瞪着眼睛说："姥姥！你为啥骂人？"

郝玉兰站起身对白牡丹说："俺今儿想给小海小洋说说他爸的事！你别拦俺！"

白牡丹无声点点头说："妈！我不拦。我早想和他们说了……可我……下不了狠心！"

郝玉兰看到小海的小脸上恨恨的，不禁长叹一声说："老吕真是个祸害呀！小海！小洋！你妈在这儿坐着，能证明姥姥说的全是真话，俺不想看你们走你爷爷、你爸的老路！姥姥和你们的爷爷过去是邻居，那时候，你姥爷拉着架子车去送酱油送鸡蛋，挣一点工钱养全家人，再穷再饿你姥爷没拿过人家一个鸡蛋一滴酱油,你西京舅偷人家鸡蛋,你姥爷差点没用板子把他抽死!你妈还记得吧?"

两个小孩瞪大眼睛听着,紧紧闭着嘴。白牡丹低声说:"我记得……你姥爷不许偷东西,再饿都不许。"

郝玉兰接着说:"那时候你爷爷和你奶奶也推着架子车去收破烂,他们一边收一边偷,偷得半个小东门的人都认识他俩和他的几个孩子了,其中就有你们的爸爸吕方。小东门里的鬼市专门卖小偷的赃货,你爷和你伯、你爸是最有名的大偷家!他们都让派出所逮住过,都住过监狱,后来看贩大烟挣钱多,他们就开始卖毒品了,害得多少人吸了毒品再也戒不了,就像你姑吕莉和你那两个哥一样!有的人就抽死了,罪人就是你伯你爸他们这些人!你问你爸去哪儿了?俺给你说,他犯了国法让国家枪毙了!你那两个哥眼看也快了!小海,你怕不怕?!"

小海眼泪迸出来,猛地大吼道:"胡说!我爸是个大款,到外国做大生意去了!"

白牡丹哭着说:"妈!你太残忍了!他们还小!"

郝玉兰大吼着说:"说假话的人才混蛋!他们迟早也会知道!小海,你爸在外国的话是你奶奶说的?你问问你妈,到底谁在胡说?就因为你奶奶爱编谎话,俺才不让你去见她!要是她家只有她一个,俺也不拦你们。俺怕的是,随便她屋里住的哪一个都能把你教成小偷和大烟鬼!所以,你们再也不许和他家人见面!要是不听话,腿给你打断!"

小海怨恨地瞪她一眼,对着白牡丹哭了:"妈!我爸是不是去外国了?你说!你说!"

白牡丹对着儿子哭得说不出话来,小洋也跟着哭,郝玉兰抹了眼泪说:"牡丹呀。俺后悔当年看见老吕和他家的吕方吕林干坏事,没去劝一劝啊!吕方钻到长安屋里偷东西,全锦华巷的人都看见了,谁也没敢说他俩。俺也只想要绕着走,装着不知道、没看见,要是俺那时像现在这样多说几句,说不定吕方就不会走到绝路上,撇下你们仨了!"

白牡丹痛哭着,泪流满面:"妈,我早就后悔了,要是我那时候劝劝吕方,他说不定就收了手,那现在……一家四口人过日子,多好……"

她哽得说不下去了，郝玉兰便紧紧抱住她，抚着她的头发喃喃道："傻闺女呀！你可不敢再把两个孩子往火坑里送！小海是个聪明孩子，哄是哄不住的，你要教他明明白白当个好人！"

小海震惊地说："妈妈！我爸爸真的卖毒品？他真的让枪毙了？你为啥不早告诉我？"

白牡丹哭着说："我怕你受不了！你们要听姥姥的话……妈妈要是早听了你姥姥的话，现在肯定很幸福，咋会天天晚上哭到半夜？"

小海问："妈妈，我姑和我哥他们，是不是都吸毒？我奶是不是没管过他们？"

白牡丹点头说："是。"

小海的小脸上第一次现出大人一般严肃凝重的表情，他用力地背过脸去，把脸对着墙，眼泪流出来。白牡丹担心地看着儿子，不知说什么好。

过了好一会儿，他对着墙说："妈妈，我再也不见我爸家的人了！他们的样儿真丢人！我可不想去吸毒！"

郝玉兰又悲又喜："小海，好孩子！你爸要是还活着，他肯定和你一样，想要好好当个好人，凭本事挣钱过好日子！"

在西安城的大街上，许多老字号恢复了门头和招牌，电视里经常看得到卖东西的广告。过去不起眼的大大小小的门面也都装修得时髦了，摆放了从广州进来的新潮服装和电子表、录像机，随时听得到流行歌曲的旋律。街头巷尾的小摊小贩多了，下海做生意的人也多起来，古老的西安城仿佛变年轻了，到处充满了商业的生机。

梁长安的厂子迅速壮大着，莲花觉得真是超出意料地好，梁长安却总是很着急，他嫌自己的厂放在西安市那些数不清的大大小小厂里，虽然市场占有越来越多，发展还是太慢了些。如果再放在南方那些工厂里，更是太拿不出手了！而他现在的愿望是要在陕西皮件厂里当第一啊。所以梁长安早上眼一睁就开始在忙着了，一整天要跑外贸局、税务局拉关系，要跑商场看行情，要跑车间抓质量，简直是脚不点地，仿佛就不知道累。他吃得更是简单，早饭基本省略了，起床后洗脸刷牙直奔工厂一气忙到中午，要是在厂里，就和工人们在厂里的灶上吃，有啥吃啥；要是在外边跑业务，那就在街边解决了，西安街头的饭大多是油泼面、凉皮、肉夹馍，长安不挑，遇上啥吃啥；要是在外办事，遇上请领导吃饭那就酒桌上吃，他是把这个饭局当作谈生意跑关系的战场，哪能吃饱吃好呢？到了晚上，更是忙得没个点，往往就错过了灶上开饭，那就只能莲花给他做饭了。

莲花看到，长安忙一天，到了晚上躺在床上，脑子还是不得闲，还要不断想着下一步怎么发展，随时在床头放着的小本子上写写画画，连话也和她说得很少。这样的生活离莲花理想的日子差得太远了。她觉得长安真可怜，心疼他差不多是永远都在劳累中的，根本没有休息的时间。可她劝不了他，只好把自己搭上，努力学着做厂里每个岗位工种上的活儿，盼着自己能替替他。于是，厂里那些最重要的招人、财务是她在做，最不重要的打杂收拾破烂也是她在做，厂里食堂的灶也是她在管。工人们经常看到，鑫鑫皮件厂的大门口，白莲花穿着劳动布工作服，起劲地收拾着废纸箱壳子。她把一个个纸箱子拆开摞在一起，用麻绳捆住，收破烂的老头儿帮她一起给一大堆皮革下脚料过秤。

她用脚踩着纸箱，埋头用力捆绑的劲头让工人们对她都肃然起敬。

文文终于考上北京的一个大学，过完夏天就开学了，虽然梁长安非常惋惜，但他还是同意了。

不管白莲花咋样不满长安这样着了火一样拼命地干，可她心里还是愿意听他安排的。就算她劝了几次，长安的客货车还是买回来了，他不光是招了个司机，自己也要学开车。

白莲花便说："文文想买辆山地车你都不让，说路上车多让人操心。你一天忙得只睡那么少的觉，还要开车？"

他不以为然说："我也不会开车送货的，有司机呢！我是想以后有钱了再买个小汽车呢，出门开车多方便，人家走路咱开车。你说我要是还在秦风厂，啥时候敢想买汽车？"

白莲花看他得意，便叹气说："秦风厂倒成了你的仇人啦！"

他却说："厂还不是人组成的？他们巴结方俊翔，想逼我陷害我，那我就走，让他们窝里横！你快上车吧？让小姜开上车回咱妈家，让她老人家看看我的车。"

白莲花说累了想睡一会。他却偏拉她上车说："一起去！你在车上睡会儿吧！好不容易挣点钱买辆车，咱也去在人前'显一显'！我去把娘也叫上，她也没坐过自家的汽车呢！"

　　刘玉纯不敢坐车，但是长安热切地劝她，又给她说，要去莲花的娘家呢。长安娘听到郝玉兰立刻有了劲，便同意长安把她扶着坐到司机旁边的位子上。长安怕她开车的时候乱动，特意帮她绑上安全带，刘玉纯便紧张地问："承儿，去莲花的妈家还要绑着去？俺咋觉得不踏实呢？"

　　白莲花便哄她说："长安的新汽车开得快，要是不绑好，就把你从窗户里掉出去了！"

　　老人便哦着点点头，双手紧紧攥紧安全带，长安看到娘很听莲花的话，便冲她悄悄伸了伸大拇指。他俩开了后排车门坐好，莲花小声说："我差不多摸着娘的脾气了，她害怕别人不尊重她。其实呀，她现在就是个十几岁的孩子呢！"

　　长安也小声叹道："娘就是太在乎别人咋样看待她，要是她心粗些，少想些，也不会得上这个病！"

　　白莲花说："所以这世上不要脸的人活得都很滋润，良心也不会疼。倒是咱娘这样有自尊处处为别人着想的人心很累！上次咸阳那个中医不是也说，娘得的是情志病，她钻在了一个小旮旯犄角里出不来！"

　　司机开着汽车出了厂子，慢慢到了大街上，长安仔细关注着娘，见她一心一意看着路边的风景和行人，完全被吸引了注意力，那神态很安宁又很好奇，他便心里很满足："娘！看见没？那个就是钟楼，在西安市的正中间呢！"

　　刘玉纯便认真盯着钟楼看。

　　长安小声说："莲花，谢谢你！"

　　莲花瞟他一眼说："谢？"

　　长安说："多亏你愿意让娘来西安住，咱娘现在越来越好，我觉得心里很高兴！"

　　白莲花便苦笑说："唉，我和我妈哭了几场都没和你说……觉得咱娘好的时候就挺好，可她隔一个月半个月就要发一次病，又哭又闹真吓人！像是再也过不去了一样！"

长安也说:"要是娘和咱妈一样的脾气性格就好了!"

车开到小东门,郝玉兰睡罢午觉刚起来,正坐在路边看人家排队爆米花。干瘦的爆米花老头儿坐在路边,灰头土脸像烧炭的一样,正拉开压力锅往大袋子里爆米花。嘣的一声,甜滋滋的苞谷香味在浓烟火灼的雾气里迅速漫了出来,小孩子们尖叫着捡拾地上零落的米花塞进嘴里、口袋里,郝玉兰看着笑了。

长安把车喇叭按了几声,见郝玉兰和排队爆米花的邻居们都看见了,才从车上跳下来。

邻居大娘说:"呦!长安和莲花回来了。这么大的车是才买的?"

长安笑着点点头算是回答了。白莲花问:"妈,你睡过午觉了吧。"

郝玉兰很高兴,笑说:"你们有时间不歇歇,还巴巴地来看俺。"

郝玉兰看到长安从车上扶下了刘玉纯,赶紧从躺椅上站起身,上前拉住她的手说:"老姐姐,你来啦?!"

长安娘见了她就很高兴,笑得孩子一样,露出空落落的牙床和几颗残牙。她什么话也不说,只笑着紧紧拉住郝玉兰的手。

莲花说:"长安说让我必须一块来,他想给你显摆他的车呢!"

长安兴冲冲地说:"有车了腿长了,也想让您看看新车。妈,你觉得这车行吧。"

郝玉兰笑着却不说话。这时,伙计小保端来一大盆热乎乎的米花放在她面前,她抓了一大把说:"给伙计们一人尝点吧,俺想让你们这些孩子解解馋哩。那时候把苞谷面当救命粮哩,现在细米白面吃饱了,才又变花样吃着玩哩。长安,你和莲花一人抓上点尝尝。这个老头儿在这门口爆了几天米花了,还是有人排队等着哩。"

伙计小保也笑着说:"奶,我小时候在农村家里,见爆米花的不管咋也缠着我妈给点东西爆一爆。我妈实在找不到,就舀点黄豆去爆,那时咋那么好吃!现在反而觉得味差咧……"

郝玉兰笑了:"那是你天天在俺家里喝肉汤、吃白馍把嘴吃刁了。"

长安见他机灵就问:"你老家是哪儿的?"

小保说是渭南的。

"我厂里缺工人,你把你村的灵醒娃们给我找些当工人行不?"

说话间,长安包里的大哥大响起来,他抓起黑砖头块一样的手机大声"喂"起来,引得排队爆米花的人回头看他。

小保羡慕地小声说:"奶,我村的人巴不得能进城干活呢!我妈说我在你这儿挣的钱给我家盖房都够咧。我哥娶媳妇借了不少钱,要是能让我哥到他厂里干活,我妈能高兴死咧!"

长安收起电话说:"妈,有人要和我谈订货的事,我还急着回厂呢!小保,你下次回去能给我厂找人不?"

小保一个劲点头,结巴着说:"可以!多……钱一个月?"

白莲花说:"厂里是按干的个个给工资呢,手快的一个月拿四五百块钱,手慢的只有二百多。你要找脑子灵活、人实诚的哩。"

小保一听说:"真能挣好几百?姨,我一定给你找我村里的放心人。"

郝玉兰说:"你要是好好干,俺让你也去工厂。小保他爷瘫在床上,他爸死得早,全凭他妈拉扯一大家子人哩,给他哥找媳妇花了一河滩的钱。小保这孩儿心灵手巧是个材料,干活不惜力,在俺这儿烧火洗碗可惜了,他到你厂里还能学个手艺多挣些钱。"

小保不敢说想去,又不舍得说不去,脸憋得通红。

长安忙说:"妈,咋能挖你的墙脚?我那儿也不差他一个工人……"

郝玉兰站起来说:"小保能给你帮上忙,俺这儿谁都能洗碗。让他去吧,你们先不急走,俺有几句话要说哩。"

白莲花和长安赶紧扶着刘玉纯跟着她进屋,郝玉兰问:"看着厂里还好?"

长安松了口气说:"是啊,活儿是足得很,只是少工人。莲花在外边跑不了业务,我一个人都忙不过来。不过还算赚上了点钱,车也买了!妈,下一步我想要把手套皮包做成出口产品呢!我在外贸上有老朋友!"

郝玉兰见他口气里全是得意,便在心里忍了忍说:"长安,妈想说你哩!俺见你一心扑着干工厂,这是好事,可要注意身体,别熬得太累了,人没好身体就没有本钱了,你想干多大的事也白搭。俺现在只怕你做生意不和气,惹下事端!"

见莲花也看着自己，长安便猜出她一定是听莲花说了他的事，忙解释道："妈，你不知道，现在做生意的人越来越多了，我那都是正常竞争，厂子里必须要严格管理的。人家南方那些厂，都是家族管理，工人们干得是流水线上的工作，但是管的细得很。我这个时期就是想把厂里的制度弄好呢！心都操碎了，莲花倒一直扯后腿！"

莲花没想到他居然也向妈告状，便急了说："我扯你啥后腿了？你不是要买车就买了？要工人们押了身份证和你签合同，不也签了？我敢说啥了？"

梁长安笑说："你以为只有你会告状，光让咱妈说我？妈也不是你一个人的，我也长着嘴会告呢！我也有靠山！"

郝玉兰便也笑了，拍打着长安的背说："你心眼越来越多了！俺莲花给你操心厂子都瘦成啥样了！俺都心疼了！你不听俺的话，还要来告状！要是莲花再说你在厂里训斥工人耍派头，俺可不依你！"

长安哭笑不得地说："妈！那是管理！我是厂长，要是连工人都不敢管，那还咋样出产品？我厂的质量就全靠管理呢！"

他和莲花互相瞅着笑，郝玉兰突然说："你爷要是看你俩现在这个样子，不知道得多高兴哩！长安，你娘这次来都没太说话，精神也不错，俺猜是她的病让控制住了吧？"

刘玉纯听他们说到自己，便又冲郝玉兰笑了，长安便说："娘，你来了也不说话！"

刘玉纯用她的河北话说："俺没嘛说的，听你们说就挺好！"

见她不肯说话，郝玉兰便问她："莲花对你好不好？"

她笑着说："好！"

郝玉兰又问："你想吃啥就和她说，和俺说也行！长安忙厂里的事，你就只找莲花！"

没想到刘玉纯的眼睛却湿润了，她说："俺这几天心里明白了些，就想着和承儿说说，俺想回河北老家去！"

这话让大家很意外，尤其是莲花，她有过后悔接婆婆来西安的念头，便赶紧问："娘！好好的，为啥要走呀？！你的病正治呢！"

刘玉纯拍拍她的手说："好媳妇！俺看着你忙完厂里还要给俺做饭，给俺熬中药……俺在包头生养了四个儿女，没一个比你对俺好！你生文文，俺一天也没伺候过，承儿俺也只拉扯了五岁，现在让你俩见天忙活俺，一天几碗饭都给俺端手里，俺这心里……心里不落忍啊！"

郝玉兰眼窝子浅，见她说着垂了泪，自己也觉得鼻子酸："老姐姐，莲花是你的儿媳妇，她就该孝顺你呀！你去河北做啥？"

长安猛然想起娘说过，她在河北还有一个哥哥。

刘玉纯说："俺想看看承儿的爹还在不在了！"

郝玉兰便默了，长安没想到娘居然一直还想着爹，便说："娘，等你身体再治好些去吧？"

莲花知道长安对他爹没啥感情，也觉得他肯定不在世了，现在厂里这么忙，他咋舍得花时间去找他爹呢？

刘玉纯说："俺自己能去！俺有个哥也在沧州，俺想去看看……"

长安劝道："娘，上次大夫说你的病还不稳定，让你一定坚持吃药，要是你去河北，谁给你熬药？药是每天都不能停呀！"

郝玉兰也说："长安说得对，先听大夫的话把病治好吧！"

见大家都这么说，刘玉纯犹豫着点了头："那……这事就再搁搁！"

腊八粥喝过，白老四就开始张罗着给郝玉兰过生日，郝玉兰却说下个月就是你八十大寿，就搁一起过吧。白老四一再坚持："俺跟你过腊月二十三，到时候俺让儿女们都给你磕头，谢你给俺白家的贡献哩！"

一大早，郝玉兰就先把四个热碗摆在灶王爷像前边，又上了香，就穿上中领的大红色羊毛衫，和白老四坐在屋里等着过寿。老二二林现在年年回家过年，他听出爸的意思，就领头在白老四和郝玉兰的脚前磕头，他后面，按着儿子、媳妇、女儿、女婿、孙子、孙女的顺序长长地排着队。老宁媳妇和张俊他们在门口见队伍从白家门里一下排到马路边，就问："弄啥哩？不是给四叔四婶过寿哩？咋跟过去买面一样排队哩。"

白西京的儿子就喊："我爷我奶给我们发压岁钱哩！头磕得响就有钱哩！"

白二林第一个磕头，西京打开录音机放了个欢快的曲子，白莲花却慌着看传呼，长安还没来。白梅花抢过她的传呼，长安的留言刚到：我实在走不了。

税务局的姜科长领人查完账不走，怕是要找事。你给咱妈说，我过年时好好给她磕头。"

快过年了，长安的生意好得不行，外地的商场早早把款打过来，可梁长安没货给。西安、咸阳那些商场的大卡车停在门口等着拉货，库房里几乎都搬空了，白莲花惦记着要给妈过寿，偏偏税务局要来查账，长安只好让莲花先走，说自己忙完就去。

"大姐，咋办？你要不也回去吧？"大家见白莲花脸色发白，便劝她。莲花说我还没给咱爸咱妈磕头哩，边说就趴地下咚咚咚磕了六个头。

白西京故意捣乱说："大姐，你现在孬好也是大老板哩，咋不识数？我们都磕三个你磕六个，给我们办难看哩？"

"你长安哥来不了，我替他哩。"她说着声音越来越低了。

白老四不高兴了："咋弄哩？啥事再忙还能抽不出来这点时间？他最该给你妈好好磕几个头啦！"

玉兰劝他说："孩子忙哩，能来还不来？"

她又冲白莲花说："生意好就中。咱不就盼他多挣两个钱？莲花你要和他小心身子哩。"

白莲花见妈没在意，这才有了点笑模样，忙点点头进厨房帮着梅花炸带鱼。梅花正和槐花说话："肖东明他爸主动说给咱爸咱妈做身老衣，他说怕以后自己身体越来越不好，眼睛也不顶用了，想做也做不好了。"

槐花高兴地说："听人都说肖会计做寿衣的手艺好，他给咱姥姥做的寿衣多精致！当时我说给咱妈咱爸也准备好，咱妈怕肖会计累着就没让我去说！"

梅花说："别人家都是六十多岁就准备好了！咱爸咱妈就算身体好，也该准备好呢！"

她见莲花对着油锅出神，便问："姐，我长安哥忙得很？你俩要注意身体呢！"

莲花说："唉，我看你长安哥忙着一心想把厂子做大，他真是累得不行。去年又搬了个大厂房，现在厂里有一百多个工人了，他一天到晚不是在厂里就是去商店，要么去南方出差。这不街道办刚来找完事，人家税务局又查账……唉！七事八事把人都能缠死。原来在秦风厂上班，哪用操心这些事？"

牡丹进来端菜，便说："姐，过去操心少，挣钱就少呀！现在长安哥厂里挣的钱全是你们俩的，还能不操心？"

莲花说："你长安哥说，他前两个月又联系了个外贸公司，眼看要做劳保手套出口哩。他发愁没个放心又能干的自己人帮他管生产，天天操心呢！"

槐花说："姐，你现在总是'长安哥说……''长安哥说……'，你也要拿主意呢！梅花妹夫不是纺织厂没活儿干在家闲着哩，你让他去多合适，真真的自己人哩。"

莲花见梅花笑着，知道她也同意，就说："那太好了！让妹夫过了年就来吧，工资一定不少他的。"

三个妹妹都看得出来，她硬是咽下了"我和你长安哥说说"这句话。

莲花问梅花："国棉四厂真的让下岗了吗？传闻那么快就成真了？"

梅花点头说："厂里现在是一年不如一年，生产的积压着销不出去，车间的人都闲着，好几个月都只拿百分之五十的工资了。谁也没想过国营大纺织厂竟然也有这一天！唉！"

莲花便想起自己过去在咸阳的厂子，梅花又说："国营厂太大难调头！有本事的人都像长安哥一样，自己单干啦！没办法，我还算好的，有咱妈的生意能接着干，厂里多少人都哭死了！他们一家几口人都在一个厂，这一下岗，真不知道以后日子咋办！"

莲花劝说道："别急！国家肯定会想办法的！"

梅花愁得说："是啊，可眼下咋办呢？"

晚上莲花回到家，给长安带了郝玉兰专门给他留的好吃的，一大块奶油蛋糕、一只烧鸡腿、一大碗黄焖鸡、一大碗凉拌菜和一小罐胡辣汤——全是他最爱吃的！

虽然长安是才陪税务所姜所长吃过饭的，这满满登登一大包还是让他忍不住说："没错！咱妈最偏心的就是我了！"

他和姜科长的一顿饭到天黑透才吃完，账却是已经查了两三天才结束的，没有啥大问题，但照例还是要补些税。临走时，长安把准备好的大包小包年货挂在姜所长的摩托车上，又把报纸包的一个纸卷递给他说："这是一本香港来的挂历，都是明星美女，回去挂吧！莲花还给嫂子准备了一套法国原装的化妆品，在那个小包里。那些茅台酒、金华火腿、黄河大鲤鱼都是给哥准备的年货！哥！你就革命得很！不等着过年倒忙着查账？"

姜科长笑着说："不是有任务嘛！这一查没有啥问题也就好了。你年年给我的挂历都是市面上没有的，我媳妇前几天还惦记着呢，说你认识人就是多！"

长安笑说："托朋友去香港时专门交代要捎些紧俏东西，就想着你呢！"

莲花听他边吃着妈给带的菜，边说着和姜所长吃饭的事，知道查账的事算是没有问题了，也松了口气。她怕他吃得多，晚上不好睡觉，便拿了菜往冰箱放，长安却紧紧抓住碗边说："别收！还没吃几口呢！"

莲花说："说你多少次了！出门谈事，总也要吃些饭吧！你是光顾着说话，次次回来饿得这个样子！那你花钱请人家去那么贵的地方吃饭多不划算！"

长安心情好，并不在意她，只管边吃边说："那是个战场！咋能傻乎乎只去吃饭呢？要是只图吃个饱，何必花那么多的钱请客？要我说，那还不如来碗油泼面来得爽快！"

莲花知道他说得不错，这些年，长安和管着自家工厂的那些头头脑脑们，和同行们、供应商、销售方，不管多大的事，都在饭桌上吃着菜喝着酒，称着兄道着弟就全谈着解决了。有时她也想，这样的本事最让她佩服了，可这是谁教会长安的呢？

莲花把那些菜拨在一个盘子里，让他好好吃，她就坐在桌边说起梅花和女婿肖东明在国棉四厂也下岗了，槐花建议让他来厂里帮忙的事，她说她已经答应了。长安道："梅花上次说厂里要改革了，恐怕一大半人要下岗，没想到这么快两口子都回来了？要我说，下岗倒不一定是坏事！在厂里不死不活把人白白熬老了，不如趁早做打算！我总着急没有自己的得力人，现在有个自家亲戚多好！明天我给他再打个电话，让他过了年就来吧！"

莲花也很高兴，便问："听梅花说，厂里人都闹呢，不愿意下岗。有的一家子人五六口都让回家没工作了。你说那么大个纺织城，好几个纺织厂，哪个不是几千职工？唉！现在大国营厂都不景气，倒是私人的小厂子都红火得很！国家肯定得管他们吧？不过咱妈的胡辣汤生意最缺自己人，梅花回来了好，比厂里挣钱多！"

"自己开工厂操心多就挣得多呀！不像她们在厂里吃大锅饭，上够八个小时就啥心不操了！"

"年前税务和工商都见过面了，银行的我上午也把东西送过了，你看还有哪家没打点？"

长安呼出口气说："还得好好给街道办维护好关系呢！外贸的老许我也打点过了，他说明年要招标劳保皮手套，让咱好好准备设备和样品，看咱能不能把那个大订单拿上。莲花，要是这个事成了，鑫鑫就完全能取代秦风厂在陕西的地位了！"

"咱厂才买的那两台进口机器多先进，就是放在全国也没几个国营厂有呀。我看没问题。"

长安兴奋地说："是呀！光要这几台机器的购买指标我就没少花工夫，又让西京在银行贷上款才从德国把机器买回来。劳保用品消耗大，老外大多在中国加工，我觉得咱投这个资值。就算干几年不做了，光卖机器我也赔不了。我想把线放得长一点，哪怕两年后再招标，老许这个外贸关系也得好好维持着。"

莲花看他吃得差不多了，就收拾了碗筷说："唉，长安哥，今天咱妈过寿的事你一个字也没问……咱妈心里肯定不得劲呢……"

长安呆了呆，放下筷子说："呀，我真是光顾高兴就忙忘了！明天，我想办法去看看咱妈，给她说说好话！"

谁知到了第二天、第三天，长安根本抽不出时间去看郝玉兰了，更不要说陪娘去找他亲爹了。他只能抽时间打电话和妈说了会儿话。

到了年跟前，商店的皮箱卖得特别快，有的是一些大单位买皮箱给职工办福利发年货，有的是把这些皮箱用作装录像机的包装，一个录像机几千块钱，谁不想买一个质量好样式好的皮箱装上？长安的产品往那儿一摆，就算是外行也能看出来，又精致又结实，那就把别的皮箱比下去了，所以总是缺货。厂里的正品每生产出来一批，立刻就被等着的商场们来车拉走了，一个也存不住。莲花没办法，只好把库房里积压的次品都整理出来削价处理，也迅速都拉完了，还是供不上。她很急，长安却很高兴，对她说："你相信了吧！咱的黄金时代来了！市场也有眼睛，货好就是硬道理！"

在白老四的眼里，西安城这些年一直在"长高"，过去在城里拉着架子车，他总是一眼就能看见南山。那时，不管是在东、西、南、北哪条大街上，总是一眼看得到钟楼，和后边远远的城门楼子。而现在，西安城到处新楼林立，处处都有彩条布围起的建筑工地，仿佛整个城长了个子，变挤了，变新了，变得不太认识了。在这城里住了几十年，白老四实在不习惯现在，觉得楼挡住了南山，他总是念叨说他不想搬家。而小东门里的旧房却开始拆迁改造了，人们都吵吵说，尚勤路拆了要在原地盖大楼哩。时间不长，大多数住户已经安置好了，只有几家钉子户还在和拆迁办讨价还价。拆迁返还的门面房得等三年后才能在原地盖好，住宅却是现成的，新楼在小东门里外有三四个小区可以安置。郝玉兰家挑了两套两室一厅的住房，她让东京、西京他们去装修，打算过了年春暖花开的时候再搬家。

虽然肖会计和白老四家住得不远，他却很少到白家来。自从和梅花说了要给白老四郝玉兰两个亲家做套寿衣，肖会计就一直在慢慢地工作着，因为他觉得自己身体越来越差，生怕日子不多，这个事情就做不完了。

布料和棉花都是梅花照他的吩咐买回来的，和肖会计给自己做的那套件数一样多。为了这两套寿衣，肖会计到白家去了两次，第一次他是来询问他俩喜欢的颜色和样式，第二次他已经花了大半年时间断断续续做好送来了。这中间他住了次医院，还做了个小手术。因为肖会计这么慎重又这么认真，郝玉兰自然觉得很感谢，连白老四这样见过世面又很讲究的人也满意极了。

寿衣是人离开这个世界的最后一身衣裳，白老四这辈子是穿过讲究的好衣裳的，白西装西裤挂着怀表，或是长袍短褂头戴瓜皮帽。他也有许多年穿着打了补丁的粗布衣裤，成年累月没有更换，天天在街上像个骡马一样拉着架子车奔跑。但是在活着的时候亲眼看到自己最后归宿的衣裳，亲手摸到那光洁的面料、细致的针脚，和里外十几件衣裤的气派，白老四心里还是有着即满足又失落的微妙感觉的。

肖会计让他们仔细看过那整套的寿衣之后，提着最外面的长大衣领子，拎起来，轻轻抖了抖说："四哥！你穿上这件试试吧！"

白老四就听话地张开胳膊，让肖会计帮他套在身上，郝玉兰前后打量着说："不错，真合身！真气派！老肖，你手艺真好！"

肖会计的脸上就绽出了笑容，有了微微红光，他谦虚地说："谈不上好！尽心尽力罢了！俺的心愿就是让四哥四嫂满意！这是个大事，俺不想留遗憾！"

白老四穿着那长到脚脖的棉大衣在屋里走了好几个来回，下摆四散，带着风一样。郝玉兰笑说："俺看老四多少年没穿过这么合身又体面的大衣了！当寿衣可惜了！"

白老四也笑说："俺就不该穿个体面的衣裳去和阎王爷报到？"

他在说笑，肖会计蹲下身子，把下摆拉住看了看，满意地说："刚刚好！"

白老四说："记得过去在开封，俺爹也是早早就做好寿衣了，他还让人给打了上好的柏木棺材，每年上一次漆，又亮又光！俺小时候他爱逗俺玩，平时那棺材里放在个空屋里，有次他穿上寿衣爬进棺材躺在里面，让俺去叫俺娘快来，等俺娘来了见他闭着眼躺着，吓得哭起来，俺爹还哈哈笑呢！"

郝玉兰和肖会计笑起来，郝玉兰问："你从没说过你爹这么爱开玩笑！"

白老四看看她说："咱比老人们都命好！能好好地死。俺爹是日本人轰炸开封的时候去世的，家让炸烂了，屋全让火给烧啦！俺爹棺材都没用上就埋了……俺看开封铁塔也让炸烂了，就跟着人们逃到了西安！"

郝玉兰叹道："生死由命不由人呀！"

肖会计点头说："你俩这两套寿衣算是俺做的最后两套，俺也没算过给多少河南老乡做过啦！过去老人们都说人有五福：长寿、富贵、康宁、好德、善终，俺常想，生死有命，富贵在天。别的不说，好德、善终算是咱们最盼着的了！试寿衣增寿哩，四哥、四嫂，盼着你俩也能增寿呀！"

寿衣被白老四、郝玉兰试过，就让梅花放了樟脑球小心收藏起来了。自从有了这套讲究的寿衣，郝玉兰好像更心大了，不太在意拆迁的事了。尚勤路开始动员拆房了，生意没法儿再做了，郝玉兰和白老四把伙计们叫到解放路，请孩子们吃了顿肯德基，她说："你们见天听说这个好吃，咱的生意不做了，奶奶请你们吃顿没吃过的散伙饭，以后到你莲花姨的工厂好好打工赚钱去吧。"

等到长安和白莲花来领孩子们的时候，跟郝玉兰干了几年生意的孩子们却不舍得走了，郝玉兰劝着劝着，反而和大家一起哭了。长安劝郝玉兰，说：

"妈，人家去我们厂当工人哩，也不是卖给我们当包身工。你看你再哭我们就没法要这些孩子了！"

郝玉兰又笑着抹去泪说："知道去厂里能学手艺赚钱哩，就是心里不舍呀……"

长安说："我去了趟锦华巷，妈，你去了没？老房子都快拆完啦，巷口只能隐隐看见原来的房子。倒是咱后边的老房才刚揭掉顶，我爷做风箱的场子还在哩！——妈，你门口那几块老城墙砖也还在哩。"

郝玉兰说："那俺也得去看看。"

长安却笑了说："那时候好不容易攒钱买房想搬出来，现在拆了要盖高楼修宽路，咱可巴巴要去看哩。"

老宁媳妇被小儿子小黑扶着从东新街回来，见郝玉兰家的门口拥了一群人，就凑过来问："玉兰，拆了迁你这胡辣汤可就卖不成了。你把房子挑好没？咱几十年前来西安就住一堆儿，现在也还住一块儿吧。"

郝玉兰说："中呀！这胡辣汤俺也卖了十几年了，中啦！凡事都有个足有个尽哩。俺把住宅房挑好啦，就是尚勤小区，没事能到小东门、老东关走走，听戏也方便。"

老宁媳妇高兴地说："玉兰，咱们老姐妹又住一堆儿啦！俺听他们说，咱这门面房可是有些不牢稳，他们要在这里盖个大楼，一楼是个大酒店，咱们让拆掉门面房的这几家，以后就是一个大门面了！"

郝玉兰不明白有啥不牢稳的。

小黑说："四婶！人家让咱签合同哩，说他们负责拆迁盖楼，这门面房就只能租给他们！一签就是永久的！那咱们实际上都没有门面房了，因为谁家也不知道自己家在那个酒店一楼里占多少面积。不比过去，咱们谁家想自己用就自己用，想租出去就租出去，现在统一他们说了算，租金也是他们说了算，你不租给他们都不行，这不是欺负人吗？"

郝玉兰回头看看自家门上墙上斗大的"拆"字，不快地说："太不讲理啦！俺还是想要俺的门面房！你瞅瞅，又不是杀头，家家门口写这么大个黑字，还在字外边画个大黑圈。咦！俺看了就想起过去要杀的犯人了。这房本来就是俺和老四拿钱买的，现在人家让咱搬走，用咱的地方盖房倒叫咱再花钱买，俺咋也想不明白。"

长安笑了说："国家有规划哩，没看西安的新楼越来越多？要是不发展，西安人都住不下了！"

老宁媳妇白他一眼说："咦！你咋跟拆迁办的人说的一样？再咋还是俺的房，他们倒叫俺搬走，还叫俺'钉子户'！俺就钉在俺家的房里又碍着谁啦？"

长安就笑了。

小黑对长安说："我妈就是想不开。要我说，还是挑南郊的房好。没听在西安人家都说：北郊人见面问，你儿子判几年？道北抽大烟的多嘛；西郊人见面问，下岗没？大工厂没活儿干嘛；南郊人见面问，孩子上啥学校？南郊大学多风气好嘛；东郊人见面问，又赚了多钱？咱没工作都做生意嘛。现在都是一个孩子，谁不为孩子前途着想？"

"中啦！你去南郊买房住呗，俺没几天活头啦，不想再到个生地方，你瞅瞅老熟人还活了几个？"老宁媳妇脾气上来了。

小黑赶紧说："我当然想让你先高兴哩，咱家要是跟我玉兰大娘家一样能分两套房，我就要南郊的。"

老宁媳妇问："玉兰，你八个孩子可咋分房哩？尚勤路口老马家，三个儿子掂着菜刀抢房子哩，老马都气得住院了。你说说，养这帮孩儿弄啥？还不如一生下来扔城河沟哩！老蔫家那几个儿子也不是省油的灯，俺看老蔫媳妇又住院了！"

郝玉兰笑着说："俺家孩子们都说不要房，让俺拿着钱好好享受。牡丹快和那个大学老师结婚了，说领俺和老四一起去南方旅游哩。"

老宁媳妇说："你和老四可别去，去了就成两个大灯泡啦。"

可是白老四却没来得及和小闺女去旅游。

这天，白老四过了吃饭时间还没下楼，白牡丹对郝玉兰说："妈，看我爸这会儿还不吃饭，叫一叫吧。"

郝玉兰不当事地说："老东西不舍得搬家哩，天天收拾他那些旧东西，连他在开封时的破怀表都找出来，擦了又擦哩。"

白牡丹笑着上楼，才发现白老四坐在小椅子上靠着墙已经过世了，脚前放个大铁盒，里边有数不清的旧零碎东西。

白老四的寿衣寿鞋早就准备好了，灵堂也很快在尚勤路上搭起来，他的大黑白相片摆上了，长明灯点上了，一对大白蜡烛噗噗地在风里闪着，瓦盆里的烧纸扬起了火苗和纸灰，闺女媳妇们披麻戴孝跪在灵堂里号哭起来。长安从厂里挑了几个精干小伙子来帮忙，儿子女婿们开始操办丧事了。

门口刚挂起报丧的麻纸，街坊们就惊叫起来："四叔不在世啦？咦！那可是个好人呀！让俺看看四婶去。"

不到晚上，门口就贴上了对联"哭慈父终生俭朴留典范，寄哀思一生勤劳传家风"，大槐树上拉着铁丝，挂满了布料，上面别着送丧礼人名字的白纸条，大家送的花圈也围着门口一直摆到尚勤路口，白纸黑字的挽联上写着白老四的大名——"白瑞忠"。

老人们说："看，白老四有福哩！这排场多少年没有见过啦。"

郝玉兰让白梅花去八仙庵买了一大包金箔、银箔和麻钱，盘腿坐在床上叠起了金元宝，白莲花怕她太伤心，就让白牡丹坐在她旁边陪着叠。

郝玉兰问："你二哥说没说啥时回来？"

白东京应了说："正在路上哩，明天就到。"

她又问："是不是还没找着你大哥？"

白牡丹说："妈，二哥不是说了我大哥联系不上吗？"

郝玉兰的泪珠滚了下来，念叨着："老四，你穷了一辈子，俺给你烧一架子车的元宝让你带上，让你在那边再不受穷啦！你也该知足哩，当过少东家，娶过三个老婆，生了八个孩子，老了老了还过了几十年好日子……老四，你爱这尚勤路5号，还真从这房里走啦！"

她只是叠，谁也挡不住，金玉和西珍劝她说："姐，俺哥都八十多了，是喜丧哩！你叠了这么一大床元宝早够啦，歇歇吧。"

"不中！俺要让他在阴间买房子置地等俺过去哩……"她哽着不说了，用手背抹了把眼泪接着叠起来，床上已经堆起好大一堆了。

白西京问："妈，请响器班子不？"

"请！"郝玉兰头也没抬。

"妈，转不转街道报丧？"长安问。

"报！等你二哥一回来，你们就跟着响器班子从东新街转尚俭路，再从东一路转回来。俺还要给他在大饭店摆桌哩，来帮忙随礼的都请上。花钱你们都不用管，俺有钱。你们只管好好跑腿出力就中啦。"

"好！"

"你爸在这小东门城墙根住了五十多年。你们让他走时吹吹打打、风风光光吧。让他再听一次河南老家的响器！"

"好！"

响器班子吹打起来了，哀伤婉转的唢呐声刚一响，郝玉兰就哭起来。床上的金、银元宝早堆不下了，灵前已经放了两大麻袋，她一直在叠，一下都不停。白牡丹叫着："爸呀！爸，我舍不得你呀……"

她哭着跪倒了，大家随即就号啕起来，浩浩荡荡地在请来的出家和尚引领下，转街报丧去了。邻居们也自发地跟在队伍后头，边走边抹泪，路人纷纷驻足观望，打听着是谁不在世了。

老蔫媳妇说："人活一辈子还图个啥哩？还图个啥？"

旁人说："谁说不是哩。"

白老四入土为安了，郝玉兰却躺了几天不下床，她说她心里空得很，没劲了。

小东门片区改造，尚勤路这边还在动员拆迁，城墙根锦华巷、桃核儿巷那些巷子却已经开始拆了，只有少数人家还没和拆迁办谈好条件，让自家的房子兀自耸立在遍地残墙烂砖里。肖东明家的条件谈好得比较早，协议也签得很顺利，就到大闺女家去过渡。他是个性子刚强人，把过渡费硬是塞给女婿才愿意搬过去，闺女和女婿知道他的脾气，只好收下了。

拆迁办按政策给肖家偿还了两套房子和两万多块钱。

梅花和东明两口子没下岗之前带着儿子住纺织城，逢年过节和礼拜天才回来住在小二楼上的两间房里。前些年肖东明和梅花厂里效益实在是好，不光工资奖金高，各种福利厂里都会发，他俩是双职工，天然气灶、防盗门也是双份，好多吃的用的多出来，就带回来送到白老四家和肖会计家。梅花勤快，每隔一两个礼拜回来就要给公公改善生活，做些红烧肉、炖鸡腿冷藏在冰箱，擀好面条分成一个人的饭量也一份份冻着，尽量想让肖会计平时自己吃得好些。

从他俩下岗后，图着梅花早上去尚勤路卖胡辣汤方便，也能照顾肖会计，就搬回来住核桃巷的房子了。这些年肖会计的身体就一直不太好，他坚决不肯去住院治疗，但必须得长年吃着好几种药维持，儿女们犟不过他，只好随他去。后来肖会计从单位办了内退，可他没劲再去做寿衣挣加工费了。儿女们都成了家，也都过得不错，自己月月都有退休工资，肖会计在儿女们的劝说下只好同意不再做裁缝的活计了。在梅花看来，肖东明是家里的小儿子，自己对公公比几个哥姐都操心多，房子是当年结婚时特意为娶自己才盖的，小二楼的两间房又是自己一家三口住着，自己儿子小栋的户口也在这里，她以为拆迁补偿的那两套房子肯定有一套是给自己的。让她意外的是，肖会计专门召开了个家庭会议，把孩子们叫到一起，公布了他分配这两套房子的方案。他的想法是两套房面积差不多大，等拆迁后盖好新房，他住的那套以后由两个闺女平分，两个儿子平分一套房子。要是谁不要房子，想要房子的那个就按拆迁办定的最低增补面积价格，付钱把另半套房买下来，他这个当爸的再用拆迁款贴补一万块钱给没要房的这个孩子。

　　这个方案让白梅花很不满意，可她硬忍着没说话，因为她看出来，肖东明的嫂子在等自己不同意呢。当年白梅花过门时要求盖新房子又在西安饭庄请客，而一样是儿子，东高和东明在住房上并没一样对待，这一直是肖东高媳妇心里的一个梗，白梅花心里早就明白。让她生气的是，盖房子时肖东明出了力，又出的钱最多，这些年也只有她和东明最顾家，居然在他爸这儿，全都没看见！他提出四个儿女平均分虽然看着公平，可对给家付出最多的肖东明来说，实在太伤人心了！白梅花决定不受这个委屈，她和槐花平日里走得最近，便去找她，说了肖会计的方案。槐花劝她说："一套房分成两半，你们在纺织城有房住，肯定不要那半套了，东明他哥给你半套房的钱，也是多得一笔钱，何必再去和他们一家人生气，你想要把一整套房分给东明，按肖会计的脾气，那也肯定不可能，不是白白闹一场？伤了和气多不划算。"

　　白梅花觉得她说得不错，可还是觉得气不顺，郝玉兰见她阴沉着脸和槐花在厨房小声说话，便好奇了来问："你俩藏这儿说啥哩？"

　　梅花忙说："没啥！就是说说拆迁分房的事！"

　　郝玉兰说："是东明他家的房子吧？"

槐花见梅花有些慌,便笑说:"妈果然厉害,姜是老的辣!"

郝玉兰笑骂:"死闺女,你俩一藏到这儿小声说话,俺就知道想干啥!梅花,肖会计为给你俩盖房办婚事去卖血,差点把命搭上,他是个正直人,不管他咋样分都不会离谱,你就听他的。不许生事啊!"

梅花叹气说:"你总偏向着人家!像是你闺女多爱生事一样!我和我姐说说你就来下话,唉!再不公平我也只能认了!"

郝玉兰听她说了肖会计把两套房平分的方案,便说:"俺看这样分好着呢!四个孩子两碗水,不这样端平,还能咋样分?"

白梅花眼含了泪水:"十几年了,谁像我和东明这样对他好?操心吃操心喝,还要操心给他买药看病!啥好东西都往家给他拿,他那三个孩儿谁敢和我们比?现在分房就平分了!哼!"

郝玉兰见不得别人委屈,见闺女气得在自己面前流眼泪,还能忍住没在肖家的会上发脾气,便说:"好闺女,你是为了你和东明的孝心呢,咋能为了房子就后悔了?肖会计半辈子拉扯四个孩子,要是这个事上不公平分,以后那三个孩子就恨他了!唉,你瞅瞅,现在谁家都是这样,老人把儿女养活大,都落不上一个'好'字。只要分房这事上有一点儿不满意,你看吧:儿女们肯定白眼儿狼一样头一个咬你,过去的恩情全没啦!爹妈成了仇人!"

白梅花说:"我俩下岗了,我去做胡辣汤生意,他们都觉得我们不缺钱。他哥的官是越来越大,人家也根本不缺房,也不缺钱。他爸一心想公平,我们能咋样?只有忍了吧!"

郝玉兰见她这么说,便叹气说:"忍了吧!自己少生气,也别让外人看笑话!咱家房子俺也想这么平均分。咱家孩子多,只有两套住宅房和一个门面房。早上俺才让槐花去问了,人家拆迁办的人说,咱家这片是六七户的门面房拆迁后盖成个大饭店的一楼,不再是单门单户单独房产证了,拆迁没房子返还,人家把咱家的门面房直接就租了,月月付租金。俺就想,俺住一套房,剩下那房子就卖掉分七份,你们七个孩子一人一份。俺以后走了,那套房也卖掉,再平分给你们七个!"

"想想也只有这样让人没话说,我们倒没啥,只是我东京哥、西京哥别有啥不满意!"

"人家儿子们都觉得闺女们就别在娘家分家产了,我哥好说,嫂子们就不一定了!"

郝玉兰干脆地说:"咱家儿子闺女都一样!你们的嫂子要想不同意,俺有话说!"

梅花笑了说:"妈,我猜她们不敢说啥话!你做过胡辣汤生意,手里有钱,她们还盼着以后给她们多分些财产呢!为房子惹你生气了,以后的路就断了!她们又不傻,我哥也孝顺你,在咱家谁敢不同意你?我猜谁也不会生事的!"

可是白梅花却猜错了。东京西京和各自的媳妇都同意郝玉兰的分配方案,四个闺女当然也很拥护,郝玉兰以为自家的事被她一碗水端平了,谁知她在全家人的会上说了方案后,大家认为最不该有意见的二林却提出意见了。

二林有两个意见,一是他哥大林虽然多年没在白家,一直生活在北京,但他和他哥其实私下里是一直联系着的。尽管家产没多少,但按道理按法律都有白大林一份,所以分配时要给老大一份。他拿出白大林为分家产写的一个文书,上面写着尚勤路5号是当年白老四卖掉他们亲生母亲的金镯子才买的,连娶妾郝玉兰的钱也是这个钱里支付的五十个大洋,这钱给郝家买了一院房。反而让白家的两个儿子流离失所,甚至老大被扫地出门自生自灭,所以他要在白老四的遗产分配里要求额外的补偿金。

第二个意见是,签门面房的合约时,明显只考虑到房租收益的分配,而没考虑以后房产权利的分配,他和白大林提出,都不要以后的租金收入,现在就把属于他俩的那份门面房所有权折合现金给他俩。因为过十年二十年他们都老了不在世了,儿孙后代要是按月分不到房租怎么办?

大家都看出了,二林这些年的孝顺都是冲着白老四的,爸去世了,他和郝玉兰又不是亲生的,就站出来说话了,居然还加上他哥大林!这让几个弟弟妹妹一下子就生气了!原来他始终在意自己不是亲生的,郝玉兰对他再好也是白搭呀!

二林念完说:"妈,你别生气,我只是把我哥的话念一遍啊!他说不想来了生气,让我代表他,我也没办法呀!"

看他微笑着把文书放在了桌上,大家都觉得背后发寒,白牡丹冷冷说:

"我连你哥见都没见过，分家产时他就活生生冒出来了！还有脸提他亲妈的金镯子？他连他妈埋哪儿恐怕都不知道，年年清明都是我妈给你们的妈烧纸送寒衣！有良心没有？"

梅花用指头点着桌上那文书说："我才明白了，你原来是个埋伏在白家的汉奸！你哥大林这么多年一直在指使着你呢！要是想算账，那就从你上学花我妈多少钱算起！我大姐要是当时能上学，肯定能上大学，现在也在北京当干部，这八分之一的门面房全让给你们我们也愿意啊！"

莲花说："咱爸才走了不到一年，你单位不需要来家政审了，你用不上咱妈帮你说好话提干了？"

东京也气了说："当年你结婚咱妈给你那些钱，比现在你分的那八分之一房产顶钱用吧？你咋能向着你哥来气咱妈？"

二林赶紧欠身冲他们笑着说："哎呀，我只是把老大的意思传达一下呀！"

郝玉兰沉着声音一字一顿说："好！俺的话你也传达给大林：他娘死了以后俺才明媒正娶进了白家的大门，他娘的金镯子买铺子也好，买郝家的院子也好，是他爹愿意的！那铺子在他爹手里破败了，那金镯子就再也别提了！那时候俺还给你俩当着后娘管你们吃喝，他该是记得的。俺把你从一岁多拉扯到上大学，你可以当作全忘了。俺十八岁的大闺女嫁给你爹白老四，没有这聘礼俺可是不嫁的！再有，你俩算账时候可要清楚：现在的尚勤路5号是俺爹给的二百块钱加上卖锦华巷的那点钱买的，这份家产是俺和你爹一起挣的，想给你分就给你分，咋样分俺说了算，只要和俺生的六个孩子一样平均就没有不公平，随你去法院告俺！至于他，养到十六岁当兵走了几十年再没音讯，俺和他爹早以为他死了，这家产没他的份！"

二林不甘心地说："妈，你说得有理，可法律是每个孩子都有继承权的呀！"

白西京说："二哥，因为小东门这一片拆迁打官司的人多，咱爸早早就有准备，他自己要求去世前做了个公证，说老大是不孝之子，失去音讯多年，所有财产都没他的份！而且咱爸的财产按顺序是我妈继承！刚才我妈的分配方案你们不同意，那就别分了。现在我妈还在世，身体还健康，看样子活一百岁也有可能，现在提分家产还早得很呢！让老大他别打主意啦！你呢？好好保养身体，说不定你活着的时候还能见到我妈分遗产呢！我们几个反正不急！"

后来二林把白老四的遗嘱和公证书复印了给他哥大林寄去，把郝玉兰和白西京的话给他也说了，白大林的回复是，他正在住院，等身体好些就来找郝玉兰打官司。再后来，白二林收到大林闺女的电话，说他爸手术不成功，已经去世了。

长安的工厂这几年不断扩大，因为没有地方提供住宿，长安在厂子附近租下一个大院子，有十来间房，又买了几十个架子床给工人们当宿舍，原先男工人们住在木工车间的情况才缓解了些。他把外地工人辞退了不少，提出以后招工要面试，莲花不舍得，可长安并不听她的，他说必须要节约成本。听了这消息，不少秦风厂的职工也来报名。这时秦风厂已经经历了一次改制，精简机构后，上百名职工只能在家待岗。过去他们以为永远有干不完的活儿，现在却很久没拿过全工资了。

国强也来了，长安从辞职办厂后就没见过他，听他先嗫嚅说着客套话，笑了："行咧国强，你不是在加工厂负责呢？"

他怯怯地笑了，从口袋里摸出包皱巴巴的烟盒，抽出一支递给长安，说："加工厂……早没活儿干停办咧！"

长安哈哈大笑着拿出两盒红塔山甩给国强："你跟方俊翔那么紧，他孬好也该给你口饭吃呀。"

国强听出他口气中的不屑，干笑着说："唉，局里嫌他把好好一个厂带得连工资也发不下来，给他半年时间让他扭亏为盈，他现在像坐在热蜡上一样难受哩。他让我看材料库房，只开半个人的工资，眼看快让精简啦……"

国强口气里满是乞求。

"国强，我这儿不比秦风厂，没办法大锅饭大家吃。你想干啥？"

国强咬着嘴唇，想了半天说："我也这把年纪的人了，管管人还行。"

这时肖东明进来说："长安哥，咱商店增加电器经营人家没批，说私自经营要罚钱哩！你说咋办？"

"不批？你就把录像机放商店卖！明天我去请他们吃饭，刚开的商店还没个审批过程？不就是罚钱嘛！"长安不耐烦了。

国强看他财大气粗的样子，赶紧放轻了呼吸。桌上的大哥大响起来，白莲花催他去轻工业局开会，长安应了声说马上就走，让司机先在门口等他。

　　长安挂了电话站起身，国强也赶紧站起来，长安边往门口走边说："国强，你给我蹬三轮车送货吧。"

　　国强啊了一声，吃吃地说："送货啊！"

　　长安说："东大街、解放路不能停汽车，送货只能用三轮。一个月拿上六七百块钱不成问题。"

　　"让我去蹬三轮车，我的腰受过伤，出不了力咧！"国强下了半天狠心说，"长安，你是大老板，出门都有小轿车呢。咱厂的人都指望你救呢！秦风厂的老人手你安排着当管人的人咧，还让我干农村娃的活儿？唉！"

　　他说完垂着头转身而去，长安突然心里一动，冲国强说："国强，要是你愿意看库房，那你下个礼拜就过来吧！"

　　秦风厂的工人没活干，只能靠局里下拨的一点任务过日子，长安却一连谈下两笔大生意，都是过去秦风厂的老客户，也都是梁长安过去当供销科长时，跑甘肃和河南维护下来的。

　　熟悉情况的人都说，这算是把秦风厂往绝路上又挤了一步。私营皮件厂的赵厂长一再找他，想让他把订单转包给自己一点。长安嘴上应着，回来却笑着对白莲花说："老赵想让我把活儿给他，真是做梦呢。我就是少赚点，也得把这几家小工厂挤得转行不做皮箱才行，那时候价钱还不是由我定？"

　　白莲花知道他想垄断陕西皮箱市场的心是越来越盛了，劝也是白劝，便对长安说："别再揽活儿了，咱厂工人们两个月没歇过假了，这几天出了不少次品！"

　　出次品对长安来说是不允许的。

　　长安现在招工时要押身份证，又要每个月从工资里扣五十块钱做"风险金"，有些工人来得早，已在长安这里押了上千块钱。白莲花不同意他这么做，长安却说："你懂啥？不扣点啥，人家一拍屁股就走人了。不管押多少，他总要心疼的，做活儿时就不敢胡来了。我也没白扣，给他们算的利息比银行高呢！你咋老是胳膊肘朝外拐？你怕我坑人家，咋不怕人家坑我？也好，你装你的好人，我当我的恶人，你唱红脸我唱白脸，厂里工人有啥情况你可记得跟我说啊。"

　　白莲花只是叹气，她现在对长安越来越不满意了，而且无论大事还是小事，她都越来越无法说动他了。很多时候，莲花很怀念过去，那时她和长安总是一起说着笑着商量着，而现在，她觉得自己只是他的一个兵，只需要点头称是的一个部下。让莲花难受的是，她明明知道自己是憋屈的，可她却不可控制地听他的话。就说最近厂里工人们要请假回家夏收割麦的事儿吧，莲花很不同意梁长安对工人恶劣的态度。她不认为有了钱就得对工人们威胁、训斥，可她咋也说服不了他，只能眼睁睁看着他逼着工人们和他签不许请假的合同。农村招来的工人大多是不到二十岁的孩子，都是第一次进城，有的孩子病得烧到40度，如果他不许，他们就连请假去买瓶退烧药到宿舍躺一天的胆子都没有。白莲花知道，他们怕的是扣钱、开除，也怕拿不回风险押金和身份证。熟练工人不好培养，私人工厂一个萝卜一个坑，要货的人多，生产能力有限，长安的合同全是精打细算才敢签的，他怕的是违约、产品质量出问题、熟练工辞职。

她恨自己不能坚持自己的意见。可她无法改变这现状，因为长安对厂子的那么多计划都正在慢慢实现，厂里一直在挣钱，财务报表是她安排会计做，鑫鑫皮件厂每过几个月就有大进展，这说明他的决定都对呀！她说不清他哪里有问题，可她总是隐隐觉得不太对。这让白莲花苦恼极了。

小保现在当上手套车间的主任了，他要回家收麦，长安训了他一顿，说他再带头扰乱军心就让他别再来了，小保只好寄钱让他妈雇人帮着收麦。小保的哥大保来了一年多，在皮箱车间当木工组长。他活儿干得不错却没小保好说话，硬是要回去。白莲花劝他几次，他说他结婚后就和他妈分家了，和媳妇见不上几面，现在媳妇怀着孩子啥活儿也干不了，地里的麦子没人管，人家闹着要回娘家呢！

白莲花只好让长安给他放几天假，谁知长安却大发雷霆，说白莲花背着他装好人，不许她管厂里的事。

肖东明说："长安哥，想回家的工人们都没心干活了！小保手套车间的女工们还好说，皮箱车间的男工多，昨天审验出不少次品。要不你下车间说说？"

长安急了骂道："这帮子货！明明知道这批活儿急着要，我把加班费给得也不少，咋就一心只恋着农村的穷家要回？"

他又冲白莲花嚷道："不是你年年准他们回去收麦、收秋，他们能闹着非回不行？你让我给山西的合同咋办？他们晚上把琼瑶的连续剧没完地看，第二天咋有精神上班？明天把几个电视都抱到库房，等这批活儿忙完再看。"

白莲花气得说："人家是工人，又不是犯人……"

说话间他们到了皮箱车间，木工案子上收拾得整整齐齐，工人们早听到他俩怒气冲冲地叫嚷，都埋头干活不敢抬头。其他几个车间的工人们也被肖东明叫来听长安开会。

"大家停一会儿，我说几句话：从今年开始，所有人不准回家收麦！这个月每个人多加三百块钱——权当让家里找个麦客嘛。咱是私人工厂，没有大锅饭吃，你们非得回去就不能按合同交货，咋办？"

长安环视了一下，工人们大多低垂着眼皮没有表情。

"有意见的我也不拦你，你回去收完麦就不要再来了。想来的人多得很，不差你一个。听说皮箱车间次品多，等会儿几个车间主任和组长来我办公室说一说，谁拿我的产品质量捣蛋，我就让他滚蛋！"

长安坐在办公室里脸色铁青，叫了十来个男工人来，又让肖东明把几个次品箱子摆在桌上问："这种问题一看就是故意的，是谁做的？"

大家都不说话。长安又说："自己承认，我罚你点工料费就算了，让我查出来，你不光卷铺盖走人，还要把你进厂到现在的风险金全罚了！"

房子安静极了，白莲花生怕长安做出什么决定，悄悄站在人群里。长安看没人说话，啪地打开了箱子，撕开布箱里子只瞄了一眼，就冷笑说："我当是谁呢？！你把胶合板用水泡了再烘干，钉合页时又钉在边上，可不是装上录像机底儿就烂脱咧？我是这箱子的祖宗！这皮箱都是我设计的，人家模仿我，你倒敢来蒙我！录像机一台好几千块钱，箱子出次品摔坏了机子我就得给人家赔。你明知故犯砸我的锅，我就砸你的饭碗！莲花，你让会计今天就把次品、废品扣的钱算出来，明天贴到每个车间门口！"

陪着会计算完扣款，长安从厂里出来已经是晚上九点多了，他依旧回到家就靠在沙发上看带回来的合同，等着她给端饭。莲花却不声不响躺在床上想着自己的心事，她觉得全身都累得发酸发困，只想睡觉。下午回家后莲花因为生气不想吃饭，只给长安娘做了碗汤面条伺候老人吃了，这会儿她也饿了。但莲花就是要用这个办法提醒他：她很不高兴，他对工人们太严厉了，她对他意见大得很！

梁长安看完所有合同,以为可以吃饭睡觉了,这才发现厨房黑着灯,他过去翻翻,冰箱和桌子上啥也没有,莲花压根没给他做饭。再看看娘的屋子,已经关灯锁门了,长安知道刘玉纯平时睡得早,莲花一定和娘一起吃了饭,却没有管他!

这让他立刻生气了!白莲花这些天在厂里表现出来的对他的不满意,他当然都看到了,可他忍着没说,以为她慢慢就会明白,这个厂要发展必须严格管理才行。可今天为了他要罚那些故意使坏的工人,她就一直吊着脸,连饭也不给他做,这也太过分了吧!长安趿上鞋冲到卧室门口,果然见莲花正躺在床上,借着台灯的光线在看报纸。

长安压着心里的火说:"今天不吃饭就睡了?"

莲花淡淡说:"没劲做饭了。"

长安一屁股坐在床沿问:"就为罚他们钱了?"

莲花翻个身说:"你是厂长,我不过是个干活儿的,罚不罚都是你说了算……"

长安气得大声说:"你不和我一心,倒和那些捣蛋货一心气我!他们故意破坏造成的损失,罚的钱得翻十倍才够弥补呢!你不心疼咱的原材料,也不心疼我眼看就交不了合同订好的货了!倒去心疼他们罚的那几个钱?你傻了吧?!"

莲花也气了,坐起身子冲他说:"要是你让他们正常休假他们咋会故意破坏?人家比咱文文大不了几岁,都是爸妈的宝贝,出门进城做工多不容易,让他们请十天假回去割个麦子能耽误多少?不是还有秦风厂的职工和西安市的工人占大多数么?"

长安干脆地说:"你想做人情就让他们回去割!我就扣他们的钱和身份证不给了!当时找着我想来厂里当工人时,我都提前说得好好的!他们也都保证得好好的,这才签了合同。现在合同还热乎着呢,他们明知道我急着交货快急疯了,给他们一个月加三百块钱都留不住,非要走,还故意为难我,太不珍惜了!让他们去看看,西安市多少大工厂的工人都没活儿下岗了,他们走了就别来了!"

莲花一边躺下拉了被子盖上,一边流泪说:"你财大气粗你有理!我和你不说了！你太不尊重我了，我以后不去你的厂子了，下个礼拜就回我们单位上班去！"

长安怔怔看着白莲花赌气躺在被窝里哭，好半天才说："好！好！咱就都饿着，你这样就算惩罚了我，是不是就满意了？你回你厂我也不拦你，只提醒一句：你们单位形势那么差，说不定你回去也得下岗呢！"

听了这话，莲花闷在被窝里的哭声立刻大了，长安便又心疼了，叹气说："莲花，你别生气，我胡说呢！唉，你总是好心，他们咋不管咱的为难？对那些不懂规矩的农村娃，就得把他管个样子才行，要不只等他们把咱拿住了！"

莲花只是哭，长安又哀求说："莲花，后天市上要开轻工业产品交易展销会，区上一再打电话让把咱的展位弄好些，我还指望你呢！你倒耍脾气不吃饭，还要罢工回单位，那我指望谁？"

莲花赌气说："不干了！工资也没从你手里领过一分，当着工人们的面挨你的训，我没脸再去了！"

长安揭开被子拉着她的手，哄她说："都快饿晕了，就是吵架也让人吃饱了才有劲呀！快起来做饭吧！我去帮你洗菜！"

莲花被他硬拽着下了床，气消了大半，却还是嗔着脸不理他。长安便去找了把青菜洗，冲她说："随便下碗挂面吧！饿得很了！你看咱俩多可怜，那么大个厂要操心，连个饭也吃不上，还要吵架！你就别生气了吧！以后再也不在厂里说你了还不行？后天展销会的事全指望你呢！"

莲花这才过来打开煤气灶准备做饭，偏那火怎么也打不着，俩人就提了液化石油气的罐子使劲摇摇，果然很轻，已经没有煤气了。长安不甘心就这么饿着，把暖水瓶里最后半瓶热水倒到洗脚盆里，又把液化气罐泡进去使劲摇着，莲花赶紧打开灶头点火，指望能勉强下熟挂面，谁知那火苗微弱得只忽闪了几下便灭了。莲花颓然靠到案板上说："这下最后一点热水也倒洗脚盆里啦，咱连热水也喝不上了！"

长安却笑着指了指那罐子说："咱俩刚才配合得多好！天生夫妻档！我记得还有两个西瓜呢！你去冰箱找找有啥吃的没？"

长安便抱了个半大西瓜切成两半个，一人一个勺子插在上面，莲花惊喜地从冰箱里拿了个馍出来说："呀，这个馍都放好几天了，冷藏得有些硬，咱俩一人吃半个！"

馍实在是硬，掰也掰不开，莲花没了办法就递给了长安。他瞅瞅那馍，便去工具箱里摸了个小钉锤说："这么硬，看来只能砸开了！"

馍被长安砸成了大大小小的碎块，莲花还在拿碗想盛这些馍块的时候，长安已经笑眯眯地说："别动！别动！今天我给你做饭！"

只见长安用勺子把切成两半的西瓜舀了几大块，就都在西瓜里挖出了个坑，他笑着先喂给莲花吃了几口，又塞在自己嘴里大口吃着，这才把那案板上的碎馍泡在西瓜里，过了会儿，溢着的西瓜汁水便把那馍浸泡软了。莲花笑说："你就是个大吃精，只要是吃，你的办法就多得很！"

长安用勺子舀起一块被红色西瓜汁泡得又软又烂的馍递到莲花嘴边，笑着说："我愿意当个吃精！西安人嘛，只要有馍，啥不能泡着吃？"

两个人便一人捧了半个西瓜，摸黑坐在厨房门口的石桌边吃着西瓜汁泡馍。长安问："味道美吧？"

莲花点点头，吃了几口，她突然说："长安，你说咱们拼命干活、挣钱，连话都顾不上好好说，饭也顾不上好好吃，到底图了个啥？一个箱子能净挣二十多块，咱厂里天天整卡车往出拉货呢，咱们挣了那么多钱，连个可口饭也吃不上。记得过去咱小的时候，再穷我妈也要想办法给咱吃饱，现在咱一个月能吃几顿按时的饭？"

长安默默吃着西瓜泡馍，觉得她说得不对，可他找不出什么话回她。但莲花就等着，终于，长安说："我也说不好。我觉得人活着，不就是要奋斗？要不光为了吃饱、吃好，那活着也太没意思了吧？"

莲花却不满意他的话，继续问："要是忙得连吃也吃不好，为了担心合同交不了货睡都睡不着，就算是奋斗了大事业，又有啥意思呢？"

两个人默默吃着，最后莲花说："快夜里十二点了吧？明天一早山西还要来车拉货呢！快点吃了睡吧！长安哥，不管我咋想，也不管多累，你想干的事我都会帮你的！"

长安鼻子酸了，他把勺子丢在西瓜里，一把拉住莲花的手，紧紧握着，发现那手也是甜腻发黏的，他说："莲花，幸亏有你！"

白莲花果然能干，偌大的展销会场，几十个厂家才三三两两开始搭台子，鑫鑫皮件厂巨大的彩色横幅已经醒目地在会场主要位置挂好了。长安去时，白莲花正指挥几个工人钉展架呢。长安的心情一下好了，长吁口气，抱了臂有几分悠闲地在会场入口处打量快做好的展台。

区里几个头头都来了，陪区长来现场指导工作，见了鑫鑫皮件厂的展台，都说梁长安真是个干实事的人啊，别的厂家才刚开始进场，他已经把招牌稳稳当当立起来了。长安寒暄着和几位领导一一打了招呼，区上的领导想起来啥，说："不是有商家代表讲话吗？不如就定了梁长安吧，也能体现咱西北人的气势——形象好气质佳，厂子经营得也好，马上要成立公司呢，兼并几家工厂了。"

随行的一干人都连声应和着。这时，白莲花见一群人拥着冲自己厂的展台来了，知道是领导来视察，就低头和工人在纸上画草图。

"莲花，领导来指导工作，你把咱厂参展产品的种类大致介绍一下。"

莲花的脸一下红了，先冲大家笑了笑才说："还是你说吧。"

长安的皮件厂在区里颇有名气，大家对他的产品当然也很熟悉，长安讲了几点顿时得到大家的夸赞，说打虎亲兄弟，打仗父子兵——做生意还是夫妻店呀。也有人说人家这厂名起得好，"鑫鑫"，六个金呢，大家笑起来。

忙到天快黑时，长安和白莲花才一起出了展览会场，他说："一起吃个饭？"白莲花说："刚才厂里打电话说樊华去找你，双福进戒毒所了！他儿子总发高烧，想借点钱看病。"

他有点意外地哦了一声，说："樊华没吸大烟吧？……我先去她家看看孩子，再去戒毒所瞧瞧双福。"

樊华家还在她爸的公房里，房子太老了，楼道也昏暗得不行，长安在堆得满满登登的楼道里侧身上楼找到她的门。

"长安，你来了？快坐……"

樊华老了，她年轻时只有腿不好，脸还算好看，现在胖了就更显得不利索了。见长安站着不动，她赶紧腾开床上乱七八糟的东西让他坐下。

长安问："孩子哩？"

他说着打量屋里，灰黄的墙角挂着蜘蛛网，房里没什么家具，客厅只有一张没了漆皮的折叠桌子和三张木凳子，桌上有半碗方便面和一个空榨菜袋子，家里唯一值点钱的是乳白色的瓷砖地面。长安想起双福说樊华懒的话。

樊华倒了杯水递给长安："孩子在里屋睡着呢，屋里啥也没有，贼都不偷。这地是双福干装修时铺的，还像点样……我真没办法了才想起你。双福他家人从他抽上大烟就不理我们啦。唉！可怜儿子学习还好，我指望他以后上个大学，谁承想又偏偏得了病。"

长安看她伤心，就劝她说："你也别急，现在啥病都能治。孩子怎么啦？"

"血液病！天天头晕心慌，人家让住院，张嘴就得交好几千。我哪有钱呀？我不能眼睁睁看孩子活受罪不是……"她有点想哭了，长安沉沉叹了口气。这时一个细瘦的男孩从里屋出来，个子和长安一般高，脸却还稚嫩。

他冲长安叫了声："叔叔好！"

长安应了声，男孩拿起桌上的空榨菜包看看扔了，樊华说："你饿了？去楼下买碗米线。"

说着掏出零钱给他了一张。他接过钱小声说："妈，我明天就能去上课。"

樊华嗯了一声，眼圈红了："长安，你和双福一块参加工作的，你说这是个啥家呀，双福有钱时胡吃海喝养女人，现在生意赔了，亲戚见他躲着走。只有你厂的国强说他和双福过去一个宿舍，是一个师傅的师兄弟，他念旧，有时来送些钱，我知道他在秦风厂下岗到你厂里去了……去年我在厂里也内退了，一月才发三百多块。过去的房子让双福卖啦！我爸妈给我留下这套房，双福天天都惦着想卖掉抽大烟呢，我吓得把房产证到处藏，生怕连这唯一的家当都没啦。"

长安见她抹眼泪，心里很不好受，便掏出钱说："我这有三千块钱，你先拿上，抓紧给孩子看病，等几天我再送点。"

樊华感激地说："双福混了一辈子，净交了些酒肉朋友，现在谁也找不着了。我没本事，管不住他，呜……他给那个女人大把花钱，还卖了辆车给她买房。她不得好死！双福抽上大烟她拍屁股就走人了，也不知道双福给她逼里塞了多少钱啦！呜……可怜他自己儿子连病也看不起，还要给你张嘴借钱……"

长安没有接腔，等她刚停下来大哭的时候，他说："先别急，想开些！我先走了，用钱再来找我。你心里别急，双福戒了烟就好了，还一样能挣钱，他一直能吃苦哩。"

樊华抽泣着说："我看没指望了……"

出了樊华家的门，梁长安又去了趟戒毒所，双福正在治疗，没见上。回到家，莲花还没回来，他靠在沙发上点了根烟慢慢吸着。灯没开，银色的月光从白纱窗帘上透进屋里，梁长安呆呆地坐着，想起他和双福刚参加工作时的情形。那时的双福是多么朴实的一个人，厂里的年轻人都爱拿他爱玩笑，连江小小也捉弄过他……梁长安想起他们辞职后见的那几面，双福还是见了他就很亲，可他做了生意赚了些钱，就离过去的那个人越来越远啦！

　　现在双福把日子过成这怂样子，这太让人难受了，长安苦苦地想，到底是啥东西把好好的人变成了这样？

　　大院门上的铜环有了轻轻的响动，他知道莲花从厂里回来了，可他呆呆盯着烟头上暗红的亮光回不过神。

　　白莲花在门口问："又抽烟？咋不开灯？"

　　灯应声亮了，长安指指沙发让她坐，吸了口烟，才发现烟已经灭了。正找着打火机，白莲花说："双福的儿子啥情况？"

　　长安边点烟边含混地说："我给了三千块钱，让樊华领上孩子抓紧看病……我看那孩子情况不太好！"

　　白莲花不由得啊了一声，长安看她一眼说："莲花，刚才我一直在想，钱确实是个好东西，能让人吃饱，让人穿暖，也让人有房子住，有床睡。钱也能让吕方他们一家人活成那样，让双福挣了点钱，就烧包得胡来，他都不知道咋样弥补自己好了，弄成眼下这没法收拾的一个烂摊子！莲花，我突然有点害怕，我要是哪天也昏了头呢？你可得拉住我呀！"

　　莲花默默坐着，没有说话。长安催她说："啊？我说的是真心话！我很后怕，那年我和双福遇见的时候，他掏出毒品给我看，让我试试，说那东西提神得很！要是我当时狠狠劝他、骂他，说不定他就发展不到这个样子了！"

　　莲花见他说得激动，便劝说："长安哥，他天天在外边跑车，你劝他也就一次两次，哪能跟着他一直提醒着？人家都说南方到处能挣大钱，是个花花世界，他自己心里没定力，有了钱心就乱了，他犯了糊涂，这事咋能怪别人？"

　　长安叹气说："我要是当时一糊涂，也把吸毒当成有钱人的消遣，现在就和双福一样了！那就全完了！"

　　莲花轻轻靠在长安身边，小声说："放心吧！你能这样想，就不会犯糊涂……"

虽然莲花不满意,但长安发了次威风,把厂里的工人们彻底震住了,再没一个人敢说要回家的话了,眼看山西的合同能按时交活,质量也不错,他终于松了口气。这时,外贸公司许科长来了电话,说出口产品要招标了,让长安赶紧准备手续和资料。长安早就盼着把劳保手套的出口份额拿回来,隔了两年多终于听到好消息,他一下来了劲,问一起竞标的还有谁?

许科长说:"前几年我们都是订秦风厂的手套,今年竞标的都是国营厂,像秦风厂、红枫厂。只你一家私营企业。"

长安听说人家要来厂里参观,让白莲花组织工人们彻底打扫了卫生,把做样品的几个技术能手安排在各个岗位的主要位置,这样人家看到的都是熟练工在操作。他又赶着让肖东明把资料整理好,让人不断打听秦风厂和红枫厂的动静,知道虽然人家都不景气,也都在鼓着劲做样品。

他很不屑:"他们也想招标?做样品能做过我?秦风厂、红枫厂都没人啦!"

白莲花见他得意扬扬的样子,不知道该替他高兴,还是劝他别把人家逼得太狠,最后她什么也没说。

在正式招标会前,购买产品的外方和外贸公司的人员在各家工厂实地参观了一番,几家竞标的工厂负责人也陪着。梁长安到了秦风厂就坐在技术科,对大家说:"你们去参观吧,我和我的老伙计们谝一谝。"

技术员们大多是长安当年培养的,见了他还是很亲,和他开着玩笑,说他现在成了大厂长大老板了,势扎得大呢。

长安问了句:"咋样?"

大家都不说话了,一个老技术员说:"你还用问?日子不好过呢!上次局里验收,好多手套都掉线,局领导气得直骂人,给咱厂的订单又减少了!现在私人皮件厂开了一河滩,咱厂工人都回家好几拨了!唉,不知道啥时候就轮着我啦!"

有人半开玩笑说:"要是你愿意给咱厂的人一碗饭吃,我们就都跟着你干呀!现在我们天天上着班也才拿百分之七十工资!"

听了这个"咱厂",长安心里抖了一下,突然间没了开玩笑的兴趣。

从秦风厂出来,长安沉重着。他没心情再去看车间里的情况,大家去厂里各个车间参观回来说的什么,他几乎没听进去。那些老职工对着长安没有戒心地诉苦,说着羡慕的话,说自己孩子现在的情况,笑着问他记不记得那孩子了,长安都努力笑着回应着。他庆幸没人问他,要是他梁长安没有和秦风厂竞争,那他们的处境会不会比现在好得多呢?

梁长安不敢顺着这个念头想下去,坐上自己的汽车,被司机拉着往自己厂走的时候,他终于平静了些。他从车窗望着西安街头的那些商店、行人和许多骑着自行车的人们,心想,就算他梁长安不来竞争,也会有李长安、王长安来竞争的!这个社会总要发展,一个工厂自己不往前冲,不把产品做好做强,肯定是站不住脚要被淘汰的。现在他梁长安能做的,除了把自己的工厂做大做强,就是要尽可能多帮帮他们这些秦风厂的老同事,他们有的和自己一起进厂参加工作的,有的是他眼看着被招了工当了工人的,也有的是他去参加过他们结婚仪式的,可现在,他们都陷入对未来的困境里。就算他们过去站在方俊翔的后面孤立他,他梁长安都不想计较了,最重要的是,他们都是有能力的好供销员、好工人,放在自己的厂里只会促进厂里的发展。

在他梁长安的心里,凡是对工厂发展有好处的事儿,他就啥也不怕只管干!

汽车停到厂门口,梁长安下了车,冲着大门旁边挂着的"鑫鑫皮件厂"几个白底金字端详着。他暗暗提醒自己,这算是个镜子,要是放松了产品质量和市场竞争能力,总有一天,秦风厂的现在就是自己的未来!

第二天参观的厂子就是梁长安的鑫鑫皮件厂了。几家竞标的厂长见了长安的德国进口设备,脸色立刻都阴下来,不光长安和肖东明,就连白莲花也看出来,他们实在是很意外。

红枫厂的马厂长说:"长安,做个劳保手套还用得着花钱弄这么高级的机器?"

方俊翔笑着调侃道:"看来长安是势在必得咧?只是摊得本钱太大咧吧!"

长安的样品展示也很震人,老外们很喜欢,见到几个外国人围着机器看来看去,又拿着工人正做的半成品手套不住嘀咕,方俊翔笑不出来了。长安却明白,他基本上把别人都打败了,为了这个招标,他准备了那么长时间,咋能不知道凭啥挣到老外的订单和钱呢?

方俊翔说:"长安,你把厂干大咧!"

长安不卑不亢地说:"托政策的福呗!你倒是老了不少呢,人不敢太劳心咧!"

方俊翔笑了笑说:"你是私人厂子,自己说了算。秦风厂是老船难调头,情况不一样,我还有啥说的?"

长安低头一笑。

马厂长说:"长安,你小子把西安市场占得差不多咧,几个大厂让你挤得干不下去都改行咧,你还抢这点小钱?"

长安还是笑着说:"拾到篮里都是菜嘛!我不见得能竞上标,不过来玩玩。"

但是,长安的鑫鑫皮件厂没有悬念地竞标成功了,一出门马厂长就说:"长安,你做不过来的活儿,我厂给你加工些?我那工人没活,开不出工资咧!"

长安笑着说:"做不过来就找你,你的质量得下下功夫哩。"

马厂长却说:"梁厂长,一块吃个饭吧,我和赵厂长一心想请你吃饭,他说佩服你的经营能力哩!方厂长,一块儿去,梁厂长还是你们厂出来的人。"

方俊翔刚说算了,马厂长就硬拉上他,说:"坐我的车,赵厂长他们已经在唐乐宫订下座了,想跟长安谈事哩。"

长安见马厂长把他敬在头上,心里很受用:"要不老方坐我的车吧?才买的新款尼桑,手续还没办完哩!"

方俊翔使劲挣脱了,沉着脸说:"我真的有事,不去了。"

果然,赵厂长已经在唐乐宫门口等了:"长安,你把弟兄们饿日塌咧?"

长安故作不知:"那就赶紧让上菜,我请客。让给上瓶茅台。"

大家笑着把长安敬在上座,他推辞着说:"马厂长是老哥,我咋能坐上头?"

马厂长正色说:"长安,你比咱有本事,你就该坐上头。"

"就是,弟兄们还要求你办事哩!"赵厂长忙着斟酒说,"兄弟厂子真是快倒闭咧!生产的箱子库房放不下,商场又不要,只认你们厂的商标呢。你把做不出来的订单卖给我一点?让你也不少挣钱就是咧。"

长安说:"咱今儿先不说箱子。日他先人一回!天天都是箱子,把人烦成马咧。"

他俩赶紧说:"先不说,先喝酒。"

长安举起手里的茅台一饮而尽,大家也笑着把酒喝了,就开始开玩笑说,方俊翔狗日的日子不好过呢,又说起局里开会给秦风厂减了订单,大会上让他方俊翔限期转亏为盈呢。长安只做不知,捏了只大虾细细剥皮,脸上笑着并不接话。

长安看酒喝得差不多了,放下筷子说:"大家这么看得起我,马厂长前些时候又专门找我谈过,说生产的产品积压得厉害,给厂里职工没法交代——毕竟你是国营厂,不比我和赵厂长,赔了赚了都是自家的,没人骂也没人找你的责任!"

老马和赵厂长马上点头说:"就是就是。"

长安说:"让我卖给你们订单我不会答应,但我有个更好的办法——你们可以当我的加工厂,厂名是我鑫鑫皮件厂的一分厂、二分厂。对外是我的分厂,对内我给你们的活儿,咱利润分成。你们自己找的销路和我无关。也就是说,凡是贴我'鑫鑫'的商标,就给我交钱。"

饭桌上一下静了,赵厂长想了想,轻轻点点头。

马厂长说:"长安,你就不诚心帮我,我是个国营厂,几百号人给我要工资哩。光退休工人就占了一半,我的包袱重呢,我咋敢把国营厂改成一分厂?"

长安笑了:"你没诚意是真的。你不改厂名也可以,可以给你们局里报批:和我的鑫鑫皮件厂搞联营嘛。你出场地和工人,我出加工费,一个皮箱我给你一个加工费就是了。过几年兴许你们还就把厂卖给我了呢。"

他见老马还在沉吟:"你去问问老方,秦风厂多少职工在我厂里上班?差不多一百个!还不就只差我把秦风厂买了?老方现在多轻松,那么多工人我替他养着呢。你们回去考虑考虑再说,咱先吃。"

马厂长夹了菜边嚼边说:"老方只差学林冲烧你的粮草库占山为王了,你还说他轻松!不过联营倒是个办法,长安是河南人吧?"

长安不置可否地笑了笑。

"那我讲个故事,是我师傅讲的:他是西安人,一次在火车站听见火车说：我从河南往西安开，刚开始开就想，我去西安'坑谁？——坑谁？——坑谁？'这么一路响着，快到西安时，火车想好了'见谁坑谁、见谁坑谁、见谁坑谁……'"

马厂长一口秦腔，说"坑谁"和"见谁坑谁"时，模仿火车开动时的节奏惟妙惟肖。

长安跟着赵厂长笑起来，知道他想说自己是河南人爱坑人，却并不说自己其实是河北人："那我也讲一个。那年我去深圳，人家酒店给我办住宿，我说我是西安来的，服务员头也没抬说：'哦，是兵马俑！'我说我是西安人，她才抬头看看我说：'西安人？咋不在家守着老婆坐床头看孩子？'我说：'等我把人家厂的订单骗过来，就舒舒服服守着老婆坐床头呀！'"

赵厂长大笑起来，马厂长也笑着骂道："长安，我算服了你了。我就和你联营吧，我家的床头等着我哩。"

长安边笑边说："那可把丑话说前头，产品质量我可是派人去一个一个审验，贴上商标我才付加工费。出了质量问题别说我让你白做了一批货，材料和工钱你们还得白贴。"

"果然是'见谁坑谁'！"赵厂长笑着说，又把酒给大家满上。

长安知道秦风厂多年以来，主要依赖西北几个大城市的商场固定订货。他迫切想把秦风厂变成鑫鑫厂的分厂，如果在十年前，这是想也不敢想的，现在却只差一点火候了。他说他想租秦风厂的厂房，马厂长掏出手机说："我立马给方俊翔打电话。"

方俊翔却一口回绝了说："他梁长安不是招上标咧？只管好好挣他的钱，少来打我的主意。他故意和我拼着降价，把我逼得杀人的心都有咧，还想来租厂房？我下个月就不是秦风厂的厂长咧，他高兴了吧！"

长安见马厂长挂了手机，微笑道："想给他留个全尸，他还扎势！这不过是迟早的事！"

赵厂长冲马厂长说："看来局里给老方的期限到了，他下个月根本没办法转亏为盈，估计老方指望着这批劳保手套的外贸活儿能续上命呢！唉！厂里的那些工人可怜了！"

长安听出他是惋惜老方的，心里便不爽了，老马却说："老方把好好一个秦风厂干成这怂样子,对得起那些工人不?一个厂子多少工人,都要下岗了,一个工人背后就是一个家呀!哪个家不是上有老下有小?要我说,他老方先下了岗,对他和秦风厂倒是好事!当年能在大船上帮他的人,多少都让他一竿子打下海了,人家现在比他游得好,这能怪谁?"

梁长安猛然一震,这是他离开秦风厂之后听到的最让他振奋的话,他拿起酒瓶给自己和马厂长倒满酒,高高举了酒杯递给马厂长说:"老马,你这话和我想的完全一样!我敬你是个明白人,老哥!祝咱合作顺利!"

马厂长赶紧接过酒一口喝下,长安转过头对赵厂长说:"你说得对,我打算再招些秦风厂的工人……"

没等他说完,老赵对他伸出大拇指说:"长安,我敬你是个人物!你有格局!"

第十章

西安城墙根的环城公园近几年修得越发环境优美了,河水清亮河沿整齐,就连花草树木也修剪得漂漂亮亮。郝玉兰却不当它是什么"公园",就算收拾得再好看,只当还是老城墙根。公园里有不少豫剧自乐班,围一大堆老人吹拉弹唱,自娱自乐。郝玉兰没有唱的本事就爱听听戏,张俊两口子却是天天必去唱的。不做生意后,郝玉兰几乎每天都来这儿走走,小东门里有私人豫剧团,爱听河南戏的西安人也远远赶来点戏听,和大剧院一样给好唱家披红挂花给小费。

忙活了十几年的胡辣汤生意没了,槐花和梅花在纺织城的河南人堆里继续开"郝记河南肉丁胡辣汤",很快就红火了。俩闺女让她去看看,可她只去了几次,就觉得味道真不错,没啥可指导的。把过去的伙计和保姆都辞退了,郝玉兰一个人搬到小区单门独户的单元房里,很是不适应了一阵子。先是没了一推门就是马路的方便,出门得下楼梯,绕着好几幢楼走半天才见大街。吵吵嚷嚷的伙计们、顾客们、老邻居们都不见了,取代的是一台大彩电和一部小巧的电话机,想找个说话的人都难。

当年在城河里洗油线的老姐妹们还是爱和郝玉兰说说话，老宁媳妇在家待得实在无聊，便打电话给她抱怨："四嫂呀，你在这鸽子笼一样的小楼房里就不急？这个月俺一顿连一碗饭都吃不完，都是在家囚的。咱要是个鸟也是野生的，当不了家养的。咱老姐儿俩去城墙根听听戏去？"

"中呀。俺也快捂出毛了，就去听戏吧。"郝玉兰知道老宁去年不在世了，老宁媳妇一个人在家很孤独。不用说地方，两个老姐妹也知道在当年洗油线的地方见。

"老宁嫂子，俺就说咱都是穷命，要不停干活才行，这吃吃玩玩的事还让人怪不自在哩。"郝玉兰拉着老宁媳妇坐在石凳上，自乐戏班的人正在调琴理弦做准备，她和老宁媳妇就坐在一边等听戏。

老宁媳妇笑起来："你爱操心，俺是啥都不当事，天塌当被子盖。为了拆迁分房，俺家那五个孩儿都闹翻天了，俺只当没事，反正他们再说啥，俺只把房折子拿好才是真的，别的管他们哩！"

郝玉兰摇摇头说："你那大大爷的心俺比不上。"

"你当你能把心操完？活一天少一天！老宁不在了，大黑在康复路卖衣服，也不少赚钱。儿女自有儿女福，不给儿女当牛马，你傻了一辈子老了还是这个劲。俺卖了一辈子羊肉，要像你踩死个蚂蚁还后悔半天，还咋活呀。"

郝玉兰心一动："对了，俺有个事在心里搁了几十年了。当年人家派出所老张来查你投机倒把，说你和老宁在玉祥门杀了两只羊卖肉，那是咋回事？"

老宁媳妇倒笑了："还不是为了养活那几个不孝顺的货？那时不让卖羊肉，说是投机倒把犯法哩！俺们再没别的法儿啦，家里啥吃的也没有……"

她叹了口气，郝玉兰也点点头。

"不管是大跃进还是后来，其实俺跟老宁一直没断了卖羊肉哩。那次是俺跟老宁偷偷从曲江池农村的农民家买了两只半大羊——那时候没大羊，农民也是偷着喂哩。俺们把羊用麻绳捆好，装麻包里驮自行车上，他在前头推车俺在后头扶着……"

郝玉兰笑着打断她："你俩也跟古戏唱的一样，是夫走妇随哩。"

"去他娘的夫走妇随！为了找地方杀羊，俺俩次次吓得半死。那次哆嗦着两腿又到搪瓷厂俺姨家，她说这次不中，她邻居是个工宣队的头头，在门口坐着哩,可不敢让人发现了。俺俩推着车子,溜着没人地方到北门的城墙根,看看没人,把羊刚放倒,就见城门洞来了俩人,俺慌着说'来人啦'。他赶紧把羊塞麻包里推上再走,一害怕还把手给割破了。现在想想真好笑哩,人还是胆小。"

郝玉兰吓得说:"要俺可不敢,光老张来问了问,俺就吓得腿突突打抖哩。"

"你当俺不突突?那时候俺们养活孩子们多不易,那年老宁关监狱了,他们还为了分拆迁房在俺面前吵架闹事哩!俺那次和老宁走了一上午,好几次刚把羊解开放倒就有人来,过晌午了,俺俩总算到玉祥门外的小树林把羊杀了,又切成三斤、两斤的块儿,拿油布包好重放在麻包里。羊是活的就有血呀,俺俩一路走羊血一路滴,到了五路口让两个群众给揪住了,说俺俩偷偷摸摸的身上都是血,杀人了吧?老宁见人家要解麻包,骑上车就跑,俺也不知哪来的劲,硬是把拉他的人推到一边,坐在地上装疯卖傻又哭又笑,说他们是流氓,他们才没撑上老宁——那时真是连脸都不要了!过了两天不知咋的,人家还是找到俺家了,幸好老宁和俺当天趁天黑把肉在鬼市、回民坊上偷偷卖了大半,又把余下的肉放俺姨家了。贼没赃硬如钢,那天俺死也不承认,老张也没办法。过了好些年老张还在俺家的羊肉摊上买过肉哩。"

老宁媳妇说完笑起来,有些得意。玉兰不解地问:"那时候俺从没见过肉,你把肉卖给谁了?"

"嘿,把肉用油布包好放怀里,趁天黑问人'要肉不要?'。一晚上能卖半扇羊哩!有时候人家提前找咱订好,只等有肉了给送哩。俺给孩子讲这事,俺家小黑说,俺妈要是用卖羊肉的劲贩大烟早发大财了。你瞅瞅这些没良心的白眼狼!"

她想起吕方的事赶紧不说了,郝玉兰却一点也没不高兴。

自乐班的过门响起来了,唱戏的老头和老婆都穿戴好准备上场了。老宁媳妇扯扯郝玉兰的袖子说:"听戏听戏,那个时候的陈芝麻烂谷子,让谁说说都一河滩哩。"

郝玉兰经常说,人小时候是按天活的,满月呀,百天呀;往下是按年活哩,一晃就是十年八年,三十年五十年,到老了就又开始按天活了——谁知道今儿睡下明儿能不能起来哩。人死后日子就又过得快了,这才一眨眼,你爸都该过一周年啦。"

　　白莲花就问:"妈,咱咋给我爸过一周年?你说我们去办。"

　　郝玉兰叹口气说:"请个戏班子,咱唱戏给你爸听吧。"

　　白莲花低声应了:"妈,我们去办!妈,我看你脸色不好哩,眼圈都是黑的,你要注意你自己身体,可别太累呢!"

　　郝玉兰说:"本来不想和你说的,吕方妈去世了,前天才火化。俺在她床边待了整整两天两夜不敢回去睡觉,只能坐旁边打个盹,熬到她拉去殡仪馆火化了俺才回家美美睡了一天一夜!"

　　白莲花埋怨说:"妈你真是糊涂!凭啥给她守着灵堂?你多亏身体好,要是出个啥事可咋办?!"

　　郝玉兰摇头说:"吕方妈得的病重,上个月非让牡丹叫俺去医院,说有话和俺说。牡丹说她没几天活头了,俺想牡丹和小海小洋这几年都听俺的话,没去和她来往过,俺就去了。吕方妈见俺就哭,说她后悔得很,这辈子来不及了,下辈子要是还能投生个人身,一定好好当个人,把孩子管教好,绝不再偷东西。俺看她是真的后悔了,也觉得她可怜,就说让牡丹多陪陪她。她说她想求俺件事,俺以为她想见小海小洋,谁知她说求俺到她快咽气的时候能在她旁边看着,让俺一直陪到她进了火化炉,看着把她骨灰捡出来放进骨灰盒埋进土里……"

　　白莲花纳闷道:"哪有这道理?你是她亲家,又不是她儿子!"

　　郝玉兰叹气说:"是呀,俺也这么说。她哭着说,这世上她只相信俺!她小时候在河南老家听她奶奶说过,人死了啥也带不去,只有嘴里含个金货,到了阎王殿的时候能拿出来给小鬼,打她的时候就轻些……"

　　白莲花睁大眼睛说:"她脑子里相信的都是啥呀!还想给鬼行贿赂呢!我还是第一次听人这么说!"

　　郝玉兰说:"唉,俺也是第一次听说这个。人到老了才怕了,快死了才知道后悔!吕方妈说她老头和她儿子害人,她没劝过还帮他们藏毒品说假话,她也偷了很多东西,死了肯定要下地狱。她怕得很!金戒指早准备好了,她想让俺给她放嘴里,她又怕她咽气后吕林媳妇和她那两个孙子撬开她的嘴偷走戒指,就想让俺一直守着等殡仪馆的人来拉走她。她说火化后金戒指肯定是化不了，她还怕他们拾骨灰的时候做手脚，就想让俺帮她做主，亲眼看着把金戒指放进她的骨灰盒，再埋到墓地里。她说，她把墓地也买好了，火化和骨灰盒的钱都准备好了，只等俺帮着她死啦！唉！"

白莲花也叹口气："妈，那你都按她说的办了吗？"

郝玉兰点头说："办啦！牡丹帮着俺，一样样都按吕方妈想的办好了。她也是担心多了，除了吕林媳妇想着她的金戒指，吕莉像个鬼影一样瘦，坐在那儿一直打着抖。吕林那两个儿子连来都没来，不知道是把丧事没当回事，还是又犯了啥事让抓进去了！"

她看莲花只是摇头却说不出话来，便说："莲花，妈越来越觉得，俺真是老啦！这辈子就像撕月份牌上的日历纸一样，那些亲人和街坊邻居本来都在俺前面，现在他们都死完了，俺前面的日历就撕完啦，眼看轮到俺这一张啦！先是俺爷爷奶奶、那些村里大爷大娘们，一块儿从村里逃出来，路上一个一个都死了。后来俺到了西安，慢慢年纪大了，眼瞅着老梁木匠饿死了，俺爹也走了，你姥姥也走了。然后是你爸。现在你婆婆也给俺托付了丧事，梅花的公公老肖会计年前走了，吕方妈也走了……俺的长辈老人走完了，连同辈人也都走得差不多了，俺前面没人了，俺成了月份牌上的第一张了！"

白莲花怕了："妈，你身体这么好，别胡想！"

郝玉兰微笑着说："谁能不死呢？俺可不害怕死！俺没坑过人，也没害过人，这辈子没做过亏心事，也不准备金戒指给鬼塞黑钱。俺只和你说说这个事！"

戏台子搭在尚勤路的北口，戏班子开始化妆时白西京才发现，对面不远的地方也搭了个戏台，看样子也是今儿的戏。一打听，对面是给老人过三周年，也请戏班子来弄个热闹。

他给郝玉兰说："妈，人家也是今天唱哩。"

"他唱他的，咱唱咱的。戏台都搭好了，总不能不唱了吧。"郝玉兰没当事。

白牡丹说："人家是西安人，唱秦腔哩。"

郝玉兰这才明白儿子为啥找自己商量了，她想了想说："只管唱咱哩，权当咱给你爸请了两台戏。你多给人家戏班子点儿钱，可不能让人家压住了咱的风头。"

唱河南戏的人有跟郝玉兰认识的，说过去老来喝胡辣汤哩，你等俺们的好吧！果然，他们比平时早开场了一个钟头，对面唱秦腔的戏班子才开始唱，这边已经唢呐、笙、喇叭热热闹闹了好一会儿了，台下更是拥了一大群人，不住地喝着彩。

秦腔开始唱了，黑头一上来就先吼得人心里一激灵，腔调高亢嘹亮。郝玉兰这边正欢快地"抬花轿"哩，有人站不住了，说："让俺到对面听上两句秦腔，好像还不错。"

听戏的人走了好多，郝玉兰说："班主，给俺们唱上一出《秦雪梅吊孝》吧。"

过门一拉，忧伤的调子一下冲了出来：

秦雪梅见夫灵悲声大放，

哭一声商公子我那短命夫郎。

实指望结良缘妇随夫唱……

郝玉兰的眼泪滚了出来，旁边有人看她，她浑然不觉，只沉浸在如泣如诉的唱腔里："老四呀，你听俺给你请戏哩，咱们也算是妇随夫唱了四五十年啦！"

唱家的确是好唱家，只这么几句儿，听秦腔的人又回来了一大半。班主小声给长安说："今儿才有好戏看哩，对面唱秦腔的也是好唱家，你等着看热闹哩！"

长安问："不会出事吧？"

"不会！在西安，秦腔和豫剧唱对台戏的多啦，俺们只当打擂台一样，两边都拿绝活拼观众，越唱越高兴，越唱越热闹，咋会出事？你放心，在西头听戏，西安人多，听秦腔的人多咱没办法。现在是在小东门哩，这是个'小河南'，还害怕比不过他们？"班主看着台上的演员卖力地唱，台下观众一个劲叫好，心里得意起来。

他指着让长安看："你看你妈都哭啦，俺的演员唱得好吧？过世的老人原来是干啥的？俺找个对得上的戏，更有意思。"

白西京说："我爸是拉架子车的，你能对上个啥戏？"

没想到他想也没想就说："放心吧，没有俺对不上的戏！"

悲伤的《秦雪梅吊孝》刚完，人们还在演员的哭腔里没回过劲，就听欢快的过门又响起来了。郝玉兰抹抹眼睛问："这是哪一出？"

班主说："现代戏《李双双》。你听，这是人家拉着架子车唱的那一出：

'俺这走过了一洼又一洼，洼洼地里好庄稼。俺社里要把电线架，架了高压架低压……'"

郝玉兰笑了，说："难为你们能想出来，俺老头在世时听到这出戏就跟着唱哩。他爱这一出，俺也爱这一出。白莲花！你爸拉车子那时没这么高兴，他后来唱时咋就那么高兴哩？"

白莲花和白梅花这才放了心，她们一直捏着把汗，担心妈听着戏想起爸伤心。

对面秦腔却又唱起了《秦香莲》，这边的人又过去听戏，唱包公的黑头嗓子真好，唱一声得一声彩，郝玉兰说："没想到秦腔也好听哩。"

豫剧班子吹唢呐的急了，跳上方桌就对着对面戏台子吹了起来，顿时吸引了不少人跑回来，一个老太婆踮着小脚来回地跑，嘴里说着："娘那脚，听个戏把人还累的！"

小东门区域改造过后，小东门城墙里外那些多如蛛网的小巷子都没了，在大大小小的街道里形成了许多小区，几十年前逃荒来到西安小东门的这些河南人就大多住进了小区里的楼房。郝玉兰的尚勤小区算是一个大小区了，是开发商开发的拆迁房。想是为了省出地皮多盖几栋，楼和楼挨得真近，小区里几乎没啥空地，更别提绿化了，二十多栋楼的小区却只有六棵树，种在小区的正中心位置。小区里的路也是细窄的，路边总停着些自行车和三轮车，留给人们走的路就又细了一溜儿。幸好大多数人家是从锦华巷那样的地方住了一辈子搬出来的，习惯了拥挤，并没觉得紧掐。可能因为拆迁前每家的面积都不大，盖好的安置房也都很小，走在小区就觉得这些楼都比正常小区的小一号，像是鸽子笼。进了屋，谁家房子的层高都只有两米多，房子低，墙又薄，隔音尤其不好，只要耳朵不背，隔壁家打麻将还是骂孩子准能听到。许多人从自家窗户就能看到旁边楼谁家窗户里的电视演的啥。当然，这种小号楼房也有好处，每一层的楼梯都比别的楼少几个台阶，再就是老姐妹们隔着阳台大声吆喝着就能约好几个伴，晚上一块到城河边去听河南梆子戏。

比起西安高新区或者曲江豪华昂贵的小区高楼，这是另一种平民区，好比当年大多数西安人都住平房院子的时候，锦华巷是贫民区。而现在，西安南郊的高档小区里已经有了许多独栋别墅、联排别墅，这些缩了水一般的小号楼房小区，放在正飞速发展的西安市，还是和当年的锦华巷一个档次。这里住的大多是拆迁后搬回来的河南老住户，儿女们或许有下了海先富起来的生意人，但老人们还是愿意在这儿住着，他们不觉得房小楼紧，图的是小区里熟人多，出了门谁都认识谁，住着安心。除了二十多岁的孙辈儿们天天在外上学上班，小区里的路上和小商店里，河南人用西安味的河南话说着家常，仿佛谁和谁都是亲戚，就有着其他小区根本见不到的亲切。他们没怎么埋怨住了半辈子的老房子拆迁后换成这样的小楼房，过去迈腿出门就是大路的日子，变成了艰难的一层一层爬楼梯。他们的脚，在童年的时候，大多随着爹娘老人从河南一步步走到了西安，又几十年奔波在这城里的大街小路上。六七十年之后，他们出门还是回家，都得一个台阶一个台阶小心翼翼地上下，然后关上门就成了一个与世隔绝的小世界。

河南老人们都觉憋得慌。

因为拆迁，小区的上千户河南人家，差不多有一半闹过仗，有的拆房时候和拆迁办闹，分房的时候一家人和父母闹。几乎每个老人对着返还的房子和补偿费，都把一碗水掂量来掂量去，想要端稳些、端平些，却还总是被儿女们不满意，嫌不公平而吵闹起来。有的爹娘们气势弱些，那就兄弟姐妹们自己闹，从吵架到打仗，从拍桌子摔板凳，到挥着拳头打得亲兄弟们一头一脸的血。老两口只能气得哭，他们的身份证都让儿女们收走了，今天老大儿子拿来张自己替老父亲写好的遗嘱和印泥，二话不说捏了老头儿的指头按上了。明天老二儿子知道了，也写了个遗嘱，照样让老头把指印按上了，到最后，每个儿女都有一个遗嘱，能分的却只有一套房，就都骂爹妈："老东西心眼怪多哩！原来净是耍俺们，房子不给俺，等你死了看哪个龟孙子埋你！"

要么爹娘气势强些，对着白眼狼们骂一句："滚！俺还没死哩！"

儿女们一生气，都走了，互相商量着都不来了。老两口房子是保住了，孩子们全白生白养了。老人们伤心，互相说着自家的烦恼，大多没有觉得没面子。从年轻时大家就在一个巷子里生活，现在又住一个小区，谁家的情况不是公开透明的呢？

小东门附近的人们都知道，郝玉兰是个爱给人帮忙的闲不住的人儿，多年以来，老人们都叫她四嫂，中年人们都叫她四婶，而年轻孩子们都叫她四奶奶。在她还忙着卖胡辣汤的时候,几乎小半个西安市的人都知道她和她的胡辣汤,那是难得的河南美味。而现在,尚勤路5号的门面房,成了拆迁后盖起来的一个大酒楼大堂的一部分,胡辣汤生意不能再做了,当年的居委会主任郝玉兰不知不觉又成了尚勤小区的"郝区长"。人们给郝玉兰叫"区长",就是因为小区里谁家闹得厉害的时候,老人们压不住儿女们的气势,或是儿女们觉得爹妈太偏心,他们能想到可以请来评评理、劝一劝的人,只有郝玉兰了。在这些时候,老人们认"四嫂"的话,儿女们也听"四婶"的话,觉得她公道。说到底,大家想要有个能信得过又公平的明白人,帮着他们把房产这个乱账尽可能公平地分配好。

郝玉兰在这事上不落任何好处,连一口茶水也不喝谁家的,而且她的办法很公正很简单,也毫不隐瞒她的分配思路,这就让她的帮助没一点私心,人们就都认可了她。槐花和梅花怕她辛苦,又怕她看到谁家儿女和爹妈骂架惹她生气,都劝她别管闲事。郝玉兰却说她见不得这些河南老哥哥、老嫂子们在衰老得话也说不好的时候,还要承受儿女们在自己面前活生生地掰骨头撕肉。她这辈子就是见不得别人受苦,就是想帮别人。小区里因为分家产闹仗的人家不少,郝玉兰被请到这家调停,又到那家评理,简直忙得和真正的区长一样了呢。

老蔫两口子家的房子拆了给返还了三套住宅,老两口自己住了一套。他们生了六个孩子,一个小妮儿没长成,一岁多时病死了,现在四个儿子一个闺女分两套房,这可咋分呢?闺女彩娥还好说,知道他爹妈都重男轻女惯了,娘家干活能想起她,分房子却是人家四个兄弟的事。眼看他们和爹妈为了房子吵成了一锅热粥,四个儿子谁也不让谁,闺女彩娥虽然分不着一毛钱,却为了不忍心他们气爹妈,还要次次都按时参加他们分房的小会,为的就是在那四个兄弟和四个兄弟媳妇的八张利口欺负爹妈时,她能抵挡几句。后来彩娥就来请郝玉兰了:"四婶,我家的事你老人家得出面哩!要不我妈得让气死!他们逼着我爸我妈开一次会,我妈就住一次医院!你瞅瞅,新房钥匙拿我爸手里才几个月,我妈都住了四次医院啦!"

想当年,老蔫媳妇和郝玉兰在锦华巷住时就是一块下城河洗油线的老姐妹,她家的事郝玉兰咋能不知道呢?她说:"唉!你妈不是说她能放下吗?咋就中了那几个鳖孙崽子的招数了？"

彩娥知道她说的是妈常常挂在嘴上的那句话："俺这辈子来世间就是度苦的，啥都是空的，都是假的，俺都能放下！俺只求好好念佛，到时候求阿弥陀佛来接引俺呢！"

她苦笑说："我妈念佛挺用心的，他们不来闹着分房子她就不生气，身体好得很，去庙里帮着做饭、擦地、念佛，劲大得很！给庙里送粮，她一个人扛一袋面，连气也不喘！"

郝玉兰笑说："俺让她拉着去过几次，知道你妈念佛诚心大呢。俺老都说她，不光要嘴里念佛，心里念才是真的念，要是心里只有佛，啥也不当事，还能让他们几句难听话就气病了？"

彩娥说："四婶，我妈前天又住院了，你要是不忙，能不能去劝劝我妈？她最听你的了！"

郝玉兰用指头戳了她的额头说："你这么会给人'点眼药'说好话，咋就老和你爸妈呛呛？你妈拉扯你们不容易，就你一个闺女，俺知道你家活儿都是你干，本来功劳大得很，你老和他们拌嘴，惹老人生气，那功劳就折了一半！你看你多不划算？"

彩娥想想这话没错，便笑了说："多亏四婶提醒我，以后我也学乖些，少干活，少管闲事，多说好听的，把老爹老妈哄高兴就中啦！"

郝玉兰笑道："你妈要是知道俺教你这样耍滑头，还不和俺拼命？俺猜呀，你妈是想把两套房子平分四份给他们哥几个，他们自己住的那套将来给你呢！"

彩娥不敢相信地说："真的四婶？我从来没敢想过！其实我家五个就我最困难！我和你家槐花是同学，上山下乡回城晚，分的工作也不好，在街道办的小集体电机厂当工人。前几年厂里下岗第一批就轮上我！我四个兄弟好歹都有个工作，虽然老三比我下岗早一年，可他开个商店卖烟酒也挣钱呢！我要技术没技术，要本钱没本钱，老爹老妈、公公婆婆，两边老人都需要人伺候，就我没工作，我不勤跑指望谁？可现在，到了分房的时候人家都冲咱前边了，我是闺女，又不姓张，只能生闷气！"

郝玉兰说："你妈知道你孝顺，你爸只听你妈的。人都说'亲兄弟，亲不亲？打断骨头连着筋！'现在呀，要想让你家几个兄弟不闹，让你妈病好，恐怕你得吃些亏呢！"

"四婶，只要我妈身体好，就是没给我留一分钱我也不埋怨！"

"咦！好闺女！你妈没白疼你！你四婶没看错你！"

郝玉兰知道老蔫媳妇早就守了戒，不吃肉，只吃素，平时总要买好水果供佛呢，她就买了些好香蕉、苹果，让彩娥领上她去医院看老蔫媳妇。

病房里还住了两个老人，都躺在床上输液呢，老蔫媳妇却端端坐在病床上，闭着眼睛盘着腿在念佛，她的手背上也扎着吊针在输液。郝玉兰怕扰了她，就坐她床边的凳子上等着，旁边的老蔫正想叫她，被郝玉兰摆摆手止了。不多长时间，进来个护士给病人们量血压，老蔫媳妇这才睁开眼，惊喜道："阿弥陀佛！玉兰，你来了也不吭气！"

郝玉兰上下打量说："看着没病呀！就是瘦得厉害！"

老蔫媳妇确实瘦了不少，脸色也不好，她叹气说："胃里出了问题，胃出血！那几个货给气的了！"

彩娥说："前几天我妈说大便都是黑的，头晕没劲，我硬带她来看看，才知道是胃出血！人天天都流着血，还吃不下东西，一吃就胃疼，咋能不虚弱呢！"

郝玉兰说："你为了他们哥四个生气不值得！房子是你和老蔫的，咋分你俩说了算，谁听话孝顺就给他们一份，不听话不孝顺就不给了！你得先顾好你俩，把自己身体弄好才行呀！"

老蔫媳妇说："俺和你商量那么多次了，你知道俺的心思，两套房平均分四份，他们不听么！谁都觉得自己该分一整套！恨不得让俺俩赶紧死，好腾出房子。再气俺，俺就找个公证处把房子全捐给庙里！看他们白眼儿狼们再咬！"

因为手里突然有了拆迁房和补偿费，这些穷了一辈子的河南老人们突然成了阔人，又因为儿女们对房产的争抢，几乎所有老人们都知道了"公证""遗嘱""赠予"这些名词儿。郝玉兰听她这么说，知道她是真的伤了心，便轻轻叹口气。老蔫媳妇嗔恨地看了眼老蔫，他闷闷地说："你活该爱生气，要俺说，他们这么闹，咱就当没生过这四个儿子！现在咱有房，有钱，还怕啥？"

老蔫媳妇爱面子，她怕旁边病床的那两个老太婆听到，赶紧示意让他小声些，又压低了声音对郝玉兰说："他说的话都不打粮食！俺怕俺俩到死的时候，四个儿子都不管，几个媳妇孙子孙女都不来，还不让人看笑话？俺白白把他们生下来养大，又给一个个买房子娶媳妇，哪件事不累掉俺一身皮？现在为了个房子都得罪了，唉！"

郝玉兰说："人家就是知道你指望他们才敢和你斗气哩！依俺看，孩子们不懂事，你也有责任！"

听她这么说，老蔫媳妇吃惊道："俺把他们从一尺长拉扯到这么大，没有功劳还没有苦劳？"

郝玉兰说："要是你现在还住在锦华巷口那个小黑屋里，他们几个肯定不会闹，还会孝顺你呢！现在有房了，他们是想要个公平，那你就给个公平！"

老蔫说："俺们住一套，把两套给他们四个平分了，咋还不公平？"

郝玉兰说："五个孩子你分四份，这就是不公平！"

老蔫看看闺女彩娥不说话了。老蔫媳妇说："俺和老蔫住的房就是留给她的，等俺们都走了，这房就给彩娥！这些年都是她伺候孝顺俺们呢！"

彩娥眼圈红了说："妈！我错怪你了！别为了我让他们找个借口闹事！你的身体要紧！"

老蔫媳妇对郝玉兰说："四嫂，你给俺出个主意，你看咋办好？"

郝玉兰说："俺是外人都看得出来，你想把现在住的这套房给彩娥，他们兄弟几个就算平分两套也还觉得吃亏。你不如把这两套平分五份，五个孩子一人一份。然后再立个遗嘱，你们住的那套，等你们啥时候走了就卖掉，除去买墓地办丧事的钱，全都平分五份，五个孩子一人一份。这不是最公平了？"

老蔫媳妇不满地说："这……俺们还没死，这房就分好了，俺咋觉得那么晦气呢？"

郝玉兰笑说："没看电视剧里演的，过去的人，当了皇帝就开始盖墓地了，外国的有钱人都有个遗嘱哩！你要觉得晦气也可以和老宁媳妇一样呀！"

老蔫说："俺那天听老宁媳妇说了，她拿到房本儿和补偿费就把孩子们叫来开了个会，说所有的房子和钱都不分，等她死的时候再分，谁不孝顺就没谁的。俺觉得这样好！"

彩娥担心地说："那他们还不闹死了！"

郝玉兰说："这就看你爸妈咋决定了，只要你俩心里觉得舒坦，咋办都行。可有一点你要记住：心里别有疙瘩！"

老蔫媳妇看着郝玉兰的脸轻轻重复道:"心里别有疙瘩!"

郝玉兰说:"对呀!俺们当年大冷天下城河洗油线,一分一毛挣钱拉扯他们吃饱饭长大了,现在有钱了,咱还没顾上花就让他们气死了,多划不来!你要把钱拿好,活得体体面面,死也死得有尊严!"

老蔫点点头:"玉兰说得对,眼下咱让他们逼的哪有个尊严?还得看他们脸色呢!玉兰,你别看她气得住院了,心里还盼着那四个儿子来看她呢!人家都商量好了,一个也没来!"

老蔫媳妇让他揭了疮疤,委屈得眼泪在眼里打着转转:"就你能蛋!是谁过年的时候害怕他们不来,一个一个给人家打电话,巴结说'啥都准备好了,只要你们来一块吃个饭就中了?'"

老蔫无奈说:"那还不是怕你大过年又哭一夜?俺才怂管他们来不来哩!"

顾不上怕病房的人看笑话了,老蔫媳妇终于哭起来,彩娥给她递了卫生纸,她便响亮地擤鼻涕:"阿弥陀佛……俺这心里一下亮堂了,俺打定主意啦。就和老宁媳妇学,不跟他们生气,谁不孝顺就不给谁分!到底是俺生了他们,还是他们生了俺?玉兰,俺还有个事求你哩!趁彩娥和老蔫在,你给俺做个主!"

听她说得郑重,郝玉兰便说:"你都打定主意了,还要俺给你做啥主?"

老蔫媳妇说:"玉兰,你说要活得体面,死得有尊严,俺是信佛的,一心想按佛教仪式办丧事,他们都不同意。娘那脚!到底是俺死还是他们死?!活着不让俺做主,死了还不让俺满意!到时候你可要帮俺啊!俺那四个儿子到了俺办丧事的时候,一定不会听俺的话!俺找人帮忙给写了个遗嘱,都交给彩娥了,就怕她到时候镇不住他们!"

她说着,情不自禁就双手合掌在心口,仰脸恳切地望着郝玉兰。

郝玉兰说:"俺一定想办法帮你,让你满愿!"

老蔫媳妇念了声"阿弥陀佛"说:"玉兰,俺觉得你就是个菩萨呢!你要记得:俺咽气十二个小时以后再让人挪动俺的身子换衣服,要请庙里的师父和俺的佛友来给俺助念,俺要火葬,死后四十九天里每天让人帮俺念《地藏菩萨本愿经》,每个'七'都要让庙里师父给俺放一台'瑜伽焰口',这些彩娥都知道。玉兰,你只要答应了,俺就放心了!"

后来老蔫媳妇出了院，让儿子们一块来开会，她说了两个方案，大家都说顾不上考虑未来房子升值的事，先把钱装兜兜里是真的。他们同意先把两套房子平均五份分给每个人，以后两个老人去世了再把第三套房平均分五份分给每个人。儿子们隔了一个来月就把两套房卖了，五个孩子一人分了十多万，他们还是不常来看望老两口，彩娥还是和过去一样孝顺。这事解决了，老蔫媳妇的身体却一时没什么起色。郝玉兰看出来，好像经了这场事，老蔫媳妇念佛的心更诚了，平时很少和人说闲话，也再没有来和她商量啥事，想是真的把儿子们都"放下了"。偶尔的，太阳特别好的时候，彩娥会一手拎着个小折叠椅子，一手扶着她妈，到小区中心六棵树的地方去晒晒太阳。每次看着老蔫媳妇蹒跚的步子，老人们都叹息她实在是可惜，房子全给了孩子们，也没落个"好"字。可大家知道她爱面子，都不敢当面劝她。

尚勤小区楼多，又盖得密，好多楼的房子一年都见不上太阳，有的一天只有早上一个来钟头有阳光，有的却是下午能晒到半个钟头太阳。只有二十多栋楼的中心位置，种了六棵树的地方是一小片花圃，围着水泥砌的护栏。这里不论四季都没有楼房遮挡，小区的老人们大多聚在这里晒太阳，打瞌睡，说闲话。

郝玉兰也爱晒太阳，却不喜欢这里，她爱出了小区到小东门城墙根的环城公园去走走，她觉得那里全是绿树绿草，心里敞快，空气又好，一眼能看到大东门的城门楼子。可是梅花担心出了小区，路上人多车多不安全，郝玉兰却说："小区里的老人们在六棵树那地方扎了堆，只要不下雨，俺看见那儿永远坐着一堆穿得又灰又旧衣裳的老东西们，头发乱蓬蓬的，一个个没精打采的样儿真让人难过。俺看他们围着花圃坐一大圈，灰土土地东倒西歪坐着打瞌睡，说着车轱辘话，俺就想起小时候还在河南乡下的时候，村里那些风吹日晒得灰塌塌的麦秸堆！俺可不想和他们坐到一堆怄着，趁腿脚好俺就走远些，等啥时候走不动了再去吧！"

逃荒到西安的大多数河南人的儿女们，很少有像二林那样靠着读书上大学的，也少有白西京那样在银行当着干部的。他们觉得能有个工厂的正式工作已经非常好了。国营的工作他们也不敢想，大集体就不错了，实在不行，街道办的小厂也能凑合。他们大半儿在河南本身就是农民，来到西安两眼一抹黑，所有的田地都是人家老西安人祖辈儿在种的,他们连容身儿的一米宽两米长的地方都弄不到,哪有什么土地可种?这些河南人没多少文化,又没恒产恒业,只有靠着小手艺出苦力养家糊口。他们不识多少字,这辈子也没见过几个有文化人,只恨不得让儿女们早些挣钱养家,咋有闲钱供儿女花时间去读书?

想想吧,没完没了供每个孩子上十来年学,只是纯花钱,这真是最最不打粮食的事儿!

只有那些在河南有些家业的人家,要么自己有文化,要么有着几个文化人的亲戚朋友,他们的孩子才会被爹妈鼓励着好好念书,以后上大学,当个人上人。

郝玉兰当年对自己的孩子们没啥要求,但她希望孙子孙女们能有出息考上大学。莲花的文文在北京上大学,毕业后就分在北京的一家报社工作了,郝玉兰很骄傲,逢人就夸她的外孙女,不长时间和小东门里外的所有熟人都说了,莲花的闺女现在是个记者!隔了两年,东京的儿子白方钢大学毕业了,居然申请上去美国读硕士,东京两口子便带着儿子来给郝玉兰报喜,她才第一次知道,世上还有去美国上学的事儿。见奶奶虽然很高兴,却根本不明白出国是什么意思,孙子白方钢就给她解释,这个学比文文在北京上大学更难,而且学好这个"硕士",将来有可能留在美国工作。

郝玉兰听明白了,她点点头。可她就更不懂了,便问:"为啥要留在美国工作?"

白方钢说:"美国搞科研的条件好呀!"

"以后你就不回来了?"

白方钢笑说:"有时间肯定回来看奶奶和我爸我妈呢!"

"你是不是就成美国人了?"

"奶奶……想要当美国人得有绿卡呢,很难很难呢!"

"俺听你的意思,想待在美国当个美国人呢?!"

白方钢听出奶奶的声音并没有多高兴,不知道咋回答,便看看他妈。育红便说:"妈,多少人都想留美国呢,机会少得很!方钢要是将来学得好,肯定是巴不得拿到绿卡呢!"

"明白了!俺也不懂你们说的,看你们一家三口都这么高兴,俺也替你们高兴吧!"

她说着高兴，可脸上却没有笑模样，东京便笑问："妈，你是不是不舍得你孙子去美国？你放心，他要真能留在那儿，也会隔几年回来探亲的！"

"你们都太太平平的，俺没啥不放心的。俺是替国家可惜呢！培养个大学生多不容易——去外国了！你们培养个好儿子——成美国人了！抗美援朝的时候，咱的志愿军就是和美国兵打仗呢！现在方钢倒盼着能当个美国人？！俺老了，也没文化，怕是俺不懂年轻人的事儿？"

"奶奶！美国教育和各方面都比中国先进！你就不希望我去学得更多更好？当个更有本事的人？"

郝玉兰笑了："奶奶希望你学得更好！可俺盼着你学好了还回来，咱国家不容易，等着用人哩！要是你有了本事成了美国人，万一和中国又打仗了，你是打不打呢？"

"不打！"

"那你干的有本事的事儿还在给美国帮忙打咱中国人哩！唉，过去这样的人就叫汉奸！"

这话太重了，东京还好说，育红的脸一下就不好看了，方钢闷闷地说："我不是汉奸！"

育红激动地说："妈，过去家里穷都上不起学，那时候国家在哪儿？谁管咱了？还不是自己挣死巴活儿地自己顾自己？现在谁不盼着供孩子到美国上学！人家福利待遇多好，方钢要是上班了挣的就是美元呀！一块钱顶咱的六七块！你孙子多争气，谁不夸他？我单位的人都说给老白家挣了面子！他又没干啥坏事，咋就是汉奸了？"

她气得快哭了，方钢也把脸憋得通红。郝玉兰也气了："原来是美国钱糊住了你们的眼？那时候国家多困难？可谁家上不起学，国家还给助学金呢！莲花、东京和长安都评上过！你问谁管了？俺说国家管了！没有国家，俺们早死过了，哪有你们这两辈儿人？那时日本人到处扔炸弹，咱国家连个飞机都没有，国家照样和他们打仗哩！俺小时候亲眼见过逃荒路上打了败仗的中国兵。他们穿的烂军装真可怜，一个个全身是伤，有的没了胳膊，有的没了手，俺们这些小孩儿们不懂事儿，跟着他们跑着要饭吃，他们有的还掏出干粮和红票子给俺们分呢……他们为了谁？就为了让咱们的孩子有饭吃有学上的时候，争着去美国图享受就不回来啦？那他们不是白死了？要是他们也是谁家好就跑谁家，他们不会跑到日本去当汉奸，倒去打仗送命？那中国早完了！"

她见育红气得发抖，可她不管，只管继续说："东新街口老姜的孙女，长得多漂亮！上次老姜媳妇得意扬扬和俺说，孙女去日本和个日本男人结婚了。俺就问她说，听说你奶奶和你爹是让日本人炸死在火车里的，你没和你孙女说过？她说过去的事就过去吧！打仗是老一辈儿的事！孩子们说日本先进得很，现在的日本人其实都很有礼貌很友好，和打仗的日本人不是一回事！俺就说，她和她孙女都是汉奸！她祖先要是知道了能从坟里气得跳出来！"

看东京的脸色很难看了，郝玉兰还是没客气："要是觉得国家没人家的好，那就把咱国家弄好嘛！过去咱们穷的时候人家美国咋不要咱们去哩？俺老啦，你们听听觉得俺在说胡话，那就别当回事好啦！东京，你们小时候在学校听老红军说革命，忆苦思甜哩，你回来哭着给俺说要上前线保卫祖国！俺就说现在哪有啥前线呀！你倒好，给孩子们教的全是美国好，一块钱顶咱六七块！你咋不说说毛主席说的话：美帝国主义全是纸老虎？！"

这次争吵算是郝玉兰少有的对着孙子辈的孩儿们说难听话，育红哭着和方钢赌气走了，东京不敢走，但他也耷拉着脸不说话了。他想不明白，他妈居然这么爱国，一家人兴冲冲来报喜，咋就把好好的事弄成了这样？而且，他也没想到，他妈当了二十多年的居委会主任，除了会背语录，竟然还能这样严厉地批评人。

做了两年多准备，梁长安期盼已久的劳保手套外贸合同签下来了，他不光是能大赚一笔，还可以为了这个长期的大订单，把秦风厂的老工人再招过来一些了。果然，方俊翔被局里又调回去了，厂里换了个厂长，是个学经济的硕士研究生，厂里的情况却一时间没什么起色。

梁长安觉得自己太春风得意了，白莲花看他兴冲冲的劲儿，猜也猜得出来他是拿上合同了，便问他："长安哥，你和赵厂长、马厂长合作的事咋样？"

"咋是合作？明明是我兼并了他们，把咱场地、人员的问题都解决啦，我还倒省得租厂房、管工人。莲花，我这几天想想，幸亏方俊翔那年来秦风厂当厂长，要不我咋能舍得辞职自己办厂？也多亏他没能力，这次招标帮咱弄了这么大一个订单！你也知道，多少年的外贸活儿都是秦风厂的！"

莲花看他的脸，是真心真意的，并没有说反话，便叹气说："他也可怜，把厂子管成那样，回局里日子也不好过吧！"

长安前些天给了赵厂长一批活儿，刚才让人去验收，回来说质量还不错，他心里很为自己的好主意高兴，就对莲花说："他可怜啥？多少有本事的老职工都让他给使绊子绊倒了，咱是现在开工厂爬起来了，有多少人连爬的机会也没有。这世道不就是闷人给聪明人当牛做马嘛。那天老马吃饭时还说：人要成功得有高人指点、贵人相助、小人监督、个人奋斗，我呀，把他方俊翔当成小人监督罢了！"

莲花想想倒也有理。长安拉了她的手说："莲花，你和咱妈就是我的贵人相助！你看今天有个这么好的消息，咱俩是不是该找个好地方吃他一顿庆祝一下！"

莲花意外地说："好些天没出去专门吃饭了，突然就要去庆祝？"

长安笑说："谢你呀！你只说你想吃啥？"

"我不稀罕大酒楼大饭店，我只想吃咱妈家旁边那个东新街夜市上的小吃！"

看看天渐黑了，正是可以去吃夜市的时间，长安便抓起桌上的汽车钥匙说："走！你可别怪我省钱请吃夜市。咱把娘也请上吧！"

刘玉纯却说晚上她不想吃嘛了，让他们自己去吧。莲花赶紧洗了脸，淡淡涂了点口红，又把长安给她买的一件新皮衣穿上，这才跟他出了门。长安开车先去接郝玉兰，她也说吃过了，不想大晚上出门了。他俩陪着郝玉兰坐着说了几句话，又说了些厂里的事，郝玉兰便说难得他们能挤出点时间，赶紧去夜市吃饭吧！

出了门，梁长安很有兴致地又说起他给下一单招标准备样品的打算，莲花看出，他是势在必得呢！顺着尚勤路走，就有几个熟人给他俩打招呼，莲花见长安穿着驼色的长风衣，在冷风里神采奕奕地边走边说，便骄傲地想，这样精干又一表人才的男人是自己的丈夫呢！她不由得往他身边贴近，拉住他的手，心想他俩十来岁就在这路上走，上学、放学，现在他们成了一家人，多好！

她听他终于说完了宏大的发展计划，没有说好，也没有说不好，她把头靠在他肩上，小声说："长安哥，我觉得真幸福！小时候，咱害怕大人不供咱上学了，害怕没饭吃，现在呢？我和你天天在一起，累是累了些，可心里有劲也有地方使呢！"

长安被她的话感染着，用力握了握她的手，发现有些凉，便轻轻握着那手放在自己风衣的兜里暖着。他说："我知道你累得很，可咱还再坚持一下，等厂子稳定了就好了！没办法，你别怪我，我谁也不相信，只相信你！"

莲花点头说："趁着国家现在放开政策让咱开工厂挣钱呢，趁着咱都年轻，就把厂好好干大，要是以后没好时机了，想干也干不成了！"

两人说话间走到了东新街，这条街连着小东门和解放路，小东门附近不少住户在这儿干起了小吃夜市生意，坊上回民也有在这儿摆摊做生意的。

空气里弥漫着各种香味，让人顿觉垂涎三尺。长长的街道两边灯火通明，不同招牌的小吃摊紧紧连着，大大小小的桌椅拥满了正在吃饭的人。陕西热辣的羊血饸饹、羊肉泡馍，雪白的凉皮，金色的油糕，透明的浆水鱼鱼；河南的羊肉丁胡辣汤、花生豆沫、焦酥的鸡蛋饼……

秦豫两地的著名小吃就被这些河南人和土生土长的陕西乡党融合在了一起，这边一嗓子秦腔"吃咧坐！荞面饸饹、辣子蒜羊血——"；那边一声地道的河南长腔在吆喝"来啦——又香又烂的炖羊蹄——！八珍烩菜百年老汤啊"；戴小白帽的回民兄弟站在自家大锅前起劲地吆喝着"八宝甜饭、炸蛋包"。更有小贩们捧了煮好的五香花生、串起来的卤蛋，手拿亮晶晶红灿灿的冰糖葫芦、金黄剔透沾满芝麻的芝麻糖，穿梭在人群里。马路已经被停放的自行车、汽车占满，人们并不急，手里拿着好吃的，悠然随了边走边吃的人们慢慢往前走，脚下满是油腻，踩上去黏黏的。

白莲花欢喜地冲梁长安说："长安哥，这就是我想要的好日子，想吃啥有啥，兜里有钱，嘴里有牙！看着这些好吃的，我就觉得美得很，别说随便吃几样，光是看看也很满足呢！"

第二天一早，长安就去了厂里。他很久没这么早出门了，平时都是白莲花第一个到，厂里有一个守夜的看门师傅姓黑，工人们叫他黑伯。

"厂长今儿来得这么早。"

长安笑了笑，黑伯拿大竹扫把起劲地扫地，有一句没一句和长安搭讪：

"天咋这么热！陕北就凉得很。夜个黑天，有人翻墙进厂呢，我喊了一声那人就跑了。"

长安一下子警觉了："你咋不给我打电话？"

黑伯小声说："打了，你的电话关着呢……"

他边上楼边说："黑伯，等会儿工人上班来了，让几个小伙子把这两桶胶挪到库房里，这胶是汽油泡的，日头底下晒着怕着火哩！男工们有抽烟的还要提醒，不许在厂里点明火。我给肖东明说说昨晚的事，咱要当心点！"

黑伯的院子还没扫完，白莲花也来了。她知道长安早上空着肚子，就特意在路口买了煎饼果子和一袋热豆浆交给工人，叮咛他看着长安吃下去："等他吃完你告诉他，说我出去办事了。"

长安在办公室坐着写个材料，到了下午才完。天很热，他打算今天不出去了，得把那个昨晚翻墙的事再弄弄清楚。

突然，他听见黑伯的陕北腔在楼下叫起来："快来人呀！着火了！有人给汽油桶里扔火棍！"

顿时工人们从各自的车间拥出来，长安赶紧站起来冲下楼。这时院子里大火冲天，大汽油桶里冒出十来米的火柱，铁桶烧得哔哔叭叭直响。桶底裂开的地方，黏黏的胶蜿蜒着在院里顺着地势向门口流去。

"大家别动，待在车间！院是空的，等胶着完了，火也就灭了！"

长安从二楼的外廊看到大家慌乱地拥在楼梯口，有几个胆大的男工人还要下楼灭火，忙不迭地叫住了他们。说话间突然火光一闪，那条长长的胶就着了起来。黑伯用扫帚去拍打火苗，手里的竹扫把立即燃了起来，他慌地骂道："操他娘的！哎呀！"

他又伸脚想去踏灭扫帚上的火，肥大的黑绵绸裤子也被点着了。工人们吓得大声乱叫："黑伯！快跑！"

"黑伯！在地上打滚！"只有一个小伙子抓起二楼的干粉灭火器，凌空冲着黑伯的头顶喷去，顿时黑伯头上一片雪白，脚底下的火却依然在燃着。搬皮革的小伙子也上前拉扯他的裤子，想帮他灭火。黑伯三两下就扯掉绵绸裤子，大家哄然大笑起来，原来黑伯里面穿了条大红花的内裤，屁股上还有一个很大的蓝色粗布补丁。长安看了也跟着大家笑了，但只一瞬他就瞪大双眼定在那里，地面上那条胶越着越旺，高大的火苗把库房的木门点着了，门背后就是全厂的电表和成品库房！

长安突然发现，库房门口的地面湿漉漉的，刚浇了水一样。

"汽油！有人放火！"长安心里骂了一句，推开还在哈哈大笑的工人们，发疯一般往楼下冲去。电闸关掉的同时，他觉得麻麻的水流一样的东西一下袭中了他，他不由自主后退了好几步，立刻被脚下燃烧的胶粘住了。顿时，钻心的疼痛像狗一样咬住了他的脚和腿。长安啊地喊出声，脚下更站不稳了，挣扎中，他看到自己仿佛置身火海，已是一个活生生的火人了！

工人们尖叫着用皮革扑打着长安身上的火苗，他趁机把脚从牢牢粘在地上的鞋里拔了出来。厂里一片浓浓的黑烟，他咬牙让大家去灭火，自己跌坐在台阶上，看着库房越来越高的火苗，长安大喊："快！成品库房！成品库房……昨晚上来的人是放火的！"

天真闷热，一丝风也没有，路边的树影动也不动。天黑透了，太阳晒了一天的热气还是退不下去，郝玉兰摇着蒲扇在门口乘凉，汗却不停，便打开电风扇上了床。她正要睡觉，却接到白莲花的电话："妈！你快来吧！长安怕是……活不成了！"

郝玉兰心里一惊，强撑着穿好鞋下了地，心才稳了些。等她赶到医院时，梁长安还是昏迷着不省人事，她抖着嘴问莲花："大夫咋说？"

莲花头发披散着哭："人家大夫说，要抓紧给输血做手术，要不烧伤皮肤容易感染……长安他……他……命就难保了！"

郝玉兰瞪眼说："哭顶啥用！那就赶紧让给输血做手术，你还在这儿暮囊啥哩？"

莲花突然哭出来了："妈！人家医院让交现金才给做手术！让现在就交！两万！倒霉的是，厂里的现金本来在保险柜里，长安听说昨天晚上厂里有贼，就让会计今天全交到银行了。我把能凑的钱和梅花他们凑的加一块才七千多！"

这时西京接了信儿也急火火跑来医院，见郝玉兰和白莲花在走廊里，赶紧过来问："长安哥咋样了？"

郝玉兰抓住他的袖子说："你在银行，现在到哪儿能拿着存折取到钱？"

385

西京一怔："取不到，都下班了。明天一早银行开门都能取，这个医院门口就有俩银行！"

　　白莲花哭起来："哎呀，来不及啦！长安等不到天亮！"

　　郝玉兰骂："把钱存到银行就取不出来了，这是个啥银行？"

　　西京就劝："妈！银行到晚上就得把钱都交到大库保管。长安哥等钱用？"

　　梅花急得说："不交钱不给做手术！没见咱妈咱姐急成啥了？长安哥从送来就一直没醒！"

　　黑乎乎的走道里，两盏小灯发出黄惨惨的光，几个病人和家属都木然坐在长条椅上，像一群泥塑。他们茫然看着郝玉兰和她的儿女们着急，这时，一个穿白大褂的医生从大门外进来，对身后的护士问："那个烧伤病人光吸氧不行，他已经深度昏迷了。让家属赶紧交钱，得上手术呢。要不过不去今儿晚上。"

　　白莲花不由自主站起身，旁边坐着的病人家属中有个妇女说："你快去求求他，他是主任！"

　　白莲花跳起来追上主任说："大夫！求您救救他吧！他支撑不了多长时间了！你看他的血——"

　　长安的血水浸透了身下的棉被，地上一摊暗红色。

　　烧伤主任说："我也想救人，可是规定必须先交一部分手术费。上手术打一针上千块，清洗全身的药水也上千块，再加上输血，没七八千根本下不来！不少人也是千求万求，结果病人抢救着死了，家属赶紧溜了，上万块钱没人结账，现在停尸房还冻了好几具尸体呢……"

　　他还没说完，被他嘴里的"死了""停尸房"弄得心惊肉跳的白莲花已经疯狂起来，她死死揪住大夫的袖子："你不能见死不救哇……"

　　大夫抽着袖子边走边说："不是已经吸氧了吗？"

　　她眼看这一线生机也没了，突然两腿一软跪在他面前，涕泪交流道："求求您！他在世上除了我，连一个能指望的亲人也没有了……我凑了七千多块钱！我弟弟妹妹都去借钱了，只怕他等不及了呀！"

　　她从兜里摸出放钱的塑料袋，抖抖地举过头，像一个鸣冤告状的民女。

　　主任慌了，使劲拉她说："快起来！我一个小主任只会做手术，做不了钱的主呀……"

郝玉兰也上前哭着把几个存折塞在主任手上说:"主任,这上边的钱加起来有四五万块,只要明儿银行开门一准取来给你,俺求你救救俺孩子吧!"

说话间,郝玉兰也颤巍巍扑通跪在主任面前,几个儿女慌得拉不起她,就都跪在地上。主任不知如何是好,只说马上找领导请示。

按着医院的要求,必须要交现金才能收病人做手术,但梁长安的情况确实危急。郝玉兰和莲花虽然没办法大晚上到银行取钱交手术费,但她俩愿意把存折和现金押上,主任向领导汇报后,说可以马上手术!

这台手术硬是做了整整一夜。

第二天一早,长安是疼醒过来的。他缓缓睁开眼睛,意识一下回到他的脑中,白莲花、文文的脸一下子浮在眼前。只一瞬,长安被剧烈的疼痛笼罩了,很快就回忆起发生的一切了。

他默默地叹息着:"完了!工厂烧完了!一切都完了!"

强烈的悲痛使他一时气闷,在升降机还没完全把他吊到铁轱辘床上时,他就又一次昏迷过去。

从此每天他都要放在铁丝网上,由升降机下到褐色的药水里去。他的头浮在水面上,鼻孔里插了氧气管。第一次被放下时,水面立刻浮起碎末一样的灰白色东西,护士小声说:"这么多腐烂皮肤!"

医生翻着病历告诉她:"幸好火是从脚下烧起来的,身上的伤口还不太重,这人两条腿上的皮都得重新植了。"

长安真正醒来还是在泡药水时,他已经浸好了,被升降机往上升,像一只网里捞到的鱼。

鑫鑫皮件厂除了成品库房和材料库房被烧得一干二净,车间倒没什么损失,人员上也只有长安严重烧伤。派出所接了报案,分析这明显是一起纵火案,肖东明一直配合着调查,人家让他提了几个平时和长安有过节的嫌疑人,说调查出眉目了再来找他。派出所又把黑伯细细问了一遍,他却说那天只见到有个人影闯进厂门,往汽油桶里扔了根着火的木棍就跑了。火一烧起来,他没看见是谁就救火了。派出所的人第二次来问他时,他害怕地问:"那我能不能不干了？我害怕哩！"

没了原材料又没了厂长，白莲花也没在厂里出现过，工人们慌成一团，有的收拾东西说要回老家了，看情况工资肯定没人给了；有人坐在车间看着墙壁发呆；有的工人干脆躺在宿舍里看小说；只有几个老职工还在把手里不多的活儿做完。肖东明安抚大家，说不管怎么样，工资是不会拖欠的，让大家等几天看看。

郝玉兰安排槐花先放下生意，当天晚上就住在了莲花的家里，照顾长安娘给她做饭。刘玉纯还完全不知道长安出事的消息，她也不认识槐花，只觉得儿子媳妇突然都不见人了，她的世界就塌了一般，从早到晚总是惊慌失措的，念念叨叨着"承儿、承儿"的名字。她在心里琢磨着猜了好多个原因，槐花安慰她说长安哥和莲花姐厂里没原材料了，两个人就一起到外地进货去了。刘玉纯当然不相信，她来西安好几年了，一直没有停止治疗，已经好几个月没犯过病了。她心里清楚，出差进货一直是儿子长安的事，他次次出门都要专门和自己说一声的，这次却连莲花也不打招呼就出了远门，肯定是出了啥事！

刘玉纯在忐忑不安里只坚持了三四天就犯病了，一早醒来哭着冲槐花要儿子和莲花，认为是槐花把他们害了，现在又要杀她了！刘玉纯把自己锁在屋里，要么在里面默不作声，要么突然大声哭闹，槐花吓坏了，她不敢和莲花姐说，也不敢和郝玉兰说，只敢悄悄给梅花打电话问她咋办。两个人在电话里商量了好一会儿，决定还是不能给郝玉兰说，妈已经把心快操碎了，刘玉纯又犯了病，那就带她再去看看大夫吃吃药，不能把妈也累病了。可是老人怕得很，根本不给她俩开门，只是关着门在里面哭闹。

郝玉兰听说了厂里的事和长安娘的事，立刻急起来，她知道莲花等着长安醒过来，天天睡在医院的长凳上，根本顾不上厂里这两三百号工人，也顾不上长安娘了。郝玉兰去了莲花家，刘玉纯依旧不给开门，也不吃饭。郝玉兰见她连自己也不认识了，心里就吃了劲，让槐花去打听了大夫，回来说让随时关注着病人的情况，一旦发作有自残和伤人倾向就送去精神病院治疗吧。过去她听长安、莲花说过，精神病院的病人大多没有家人照顾得细心，有的犯了病会伤人，就会像犯人一样被捆起来打一针安定剂，但病是治不了根的。郝玉兰才不愿意让刘玉纯受那样的罪，也不相信刘玉纯能伤害谁，便托人到劳务市场给刘玉纯找个保姆。人家却说，长安他妈是精神病，保姆只会做饭洗衣服，她要是发病了肯定抓瞎！

听人家说得有理，郝玉兰就让梅花去医院问问，这样的病人咋找人护理。梅花便去问，愿意高价请一个会护理精神病人的护工。很快就有朋友给介绍了个护工，说是专门会陪护精神不正常的病人，叫作麻姐。

郝玉兰听说麻姐的妹妹得过精神病，也陪护过好几个这种病人，便把她请到莲花家见了刘玉纯，问她这样的病能陪护不？

麻姐是个利索人，说一口西安话，她说她过去在农村当过赤脚医生。她趴在窗户和刘玉纯没话找话说了一会儿，又听了听过去的情况，就让槐花拿钥匙把门打开，她说她要进屋和刘玉纯说说话。

槐花吓得直摆手说："不敢开门，她会打人的！拿起啥扔啥！"

麻姐却很有把握地说："不怕！挨打是我的事，不怪你们！我看我能照顾好这个老人！"

郝玉兰见麻姐有经验，便让槐花拿钥匙开开门，却见刘玉纯缩在床板底下打着抖，正哀哀地哭。郝玉兰见不得她可怜，也流了泪，说："长安娘！你不是都好了么？让长安看见你这样不知道多伤心呀！快出来吧！"

麻姐却蹲着冲床下说："大妈！你寻这地方好呀！我也进来坐一会行不行！"

见她低头就往床下钻，刘玉纯拼命尖叫道："不！不！你快出去！杀人啦！"

她比麻姐瘦，不等麻姐钻进去，刘玉纯两手着地从床下爬了出来，郝玉兰赶紧抱住她说："老姐姐！你不认识俺了？俺是莲花的妈呀！你定定神吧！"

刘玉纯剧烈挣扎着，来来回回叫着："不要打俺呀！不要打俺呀！"

她缩着颈，使劲摇晃着郝玉兰，瞪着双眼睛却不认人，槐花担心她伤了郝玉兰，赶紧来拉，刘玉纯更加害怕，松开手就往外冲。麻姐却早就守在门口了，她一把抓紧刘玉纯的两只手，用很轻松很温和的声音说："你看你咋不认识我了？你儿子让我来给你做伴的呀！"

刘玉纯疑惑地看看她，摇摇头。麻姐却说："你忘了？你儿子让我照顾好你，等他出差回来呢！"

刘玉纯歪着头，仔细端详着她，麻姐就笑着说："你儿子都和我说了，说你现在都不知道自己是谁，也不知道自己叫啥！我看你情况这么好，我想你肯定知道你是谁！是不是？"

被她这样一问，刘玉纯便蹙了眉头怔了，她喃喃地说了句什么，却没有声音，麻姐拉着她的手让她在床边坐下，又冲郝玉兰使了个眼色，槐花赶紧扶着妈出去了。郝玉兰不放心，就站在门外静静地听。

麻姐说："你是谁？"

郝玉兰听到刘玉纯迟疑了好一会儿，轻轻问："俺……俺是谁？"

把长安娘交代给麻姐，郝玉兰就让肖东明把她接到厂里，说："俺就是佘老太君，俺替长安管一管这个厂！"

长安工厂出事的消息却早传开了，几家商场催着让上货，郝玉兰连一个皮箱也拿不出来。肖东明赶紧联系赵厂长，他却连电话也不接。郝玉兰气得骂长安交了些什么朋友，让肖东明去赵厂长的厂子找，肖东明苦笑着说："妈，你不知道，我长安哥把人家的生意挤得做不下去了，人家才答应给他加工产品。现在咱厂没货供给商场，人家巴不得从此咱别干这一行呢。"

郝玉兰这才明白，长安这些年早把人得罪完了。

马厂长倒是一听说立刻坐车来了，他看看郝玉兰，又看看让烟熏得黑乎乎的厂房，坐在沙发上抽着烟半天不说话。郝玉兰只当他来要账的，也一语不发。

"姨，你是长安他妈？"马厂长问。

郝玉兰点点头说："俺是长安的丈母娘。"

马厂长说："长安真是个能干人，他咋能出了这么个祸事？他现在住哪个医院？我过会去看看他，咋说我俩朋友一场呢！"

郝玉兰叹口气没说话。

马厂长说："长安的厂子听说有麻烦咧？要是真把合同加工不出来，我不是也有个厂子吗？就让我给他帮着加工些，把他的合同完成咧，省得违约。再有，要是需要钱你就给我说，我厂是国营的，我私人倒也有点钱能给长安应急！"

肖东明赶紧给他点烟："马厂长，你真是给我长安哥帮大忙了！别人都不给我们加工，一大堆合同让人愁死了！你看加工费按多少给？"

马厂长吸口烟说："你当我是来趁火打劫的？我看长安是个人物，不想他一手办的工厂倒咧！如今有那号势利眼，我却见不得那种人！我说来给他帮忙就是帮忙，你长安不是和我签的有合同吗？我还是按合同给你要加工费，等长安啥时好咧再说别的。只是我厂也不景气，工人工资好说，原材料我厂却是没钱给你垫付。"

肖东明一连声地说："这已经足够好了！"

郝玉兰听他说长安啥时好的话，心里一疼说："你帮长安俺先谢谢你，他伤得重，你这时候伸手拉俺们一把，俺们的加工费一定按时给你付。"

送走了马厂长，郝玉兰一下有了劲，催着肖东明说："赶紧进材料呀，厂里账上没钱俺给他出。"

她隐隐听说过，长安买进口设备花了不少钱，怕是账上没啥钱能用了。肖东明说："这当然好，可是这些材料天南海北都有，打过去款等货到还得十来天，做成产品还得十来天。而且长安哥怕进材料质量不过关，全是他自己经手的，我都不知道他从哪儿进货！"

郝玉兰呆呆地坐着，几天工夫她的头发已经全白了。

白西京也来了，便劝道："妈，这个厂让我和肖东明想想办法，你还是回去歇歇吧！快七十岁的人经不起劳累了。再说，咱得问问莲花姐的意思，看她还想不想再办厂了！长安哥现在还没醒过来哩，不行就赶紧变卖了算了。我猜那个姓马的厂长恐怕就是来摸底的，不行找他问问，把厂子盘给他？"

"胡说！厂是长安的命，咋能不办了？就算是长安他出啥事，还有你姐哩！没听肖东明说，长安的合同交不了货，光这一堆罚款都能把你姐你哥弄得倾家荡产。"她强打精神，"不管咋样，你就是从来料单上查，也得赶紧把材料买回来开始生产。商店咱去找人家说说，过两个星期就给送货。现在最可怕的就是你长安哥外贸的合同，天爷呀！俺可是两眼一抹黑，啥手套见也没见过哩。"

白西京忙劝她："我想咱现在就不要再管什么商店、皮箱了，那些又没合同又没违约罚款，咱只想办法把外贸手套合同做好，把工厂维持了，也不会让人家罚咱了。"

郝玉兰立刻点头说："还是你脑子灵！俺看只有这办法了。你待会去趟医院，问问你莲花姐，看这样行不行。让你媳妇去陪陪她吧。"

肖东明忙说："槐花她们几个一直陪着莲花姐呢，我姐死活也不回来歇歇，只守着急救病房，怕是人都受不住了。妈，我想干脆把厂里的皮箱车间解散算了，技术好的充到手套车间，其余的先让回家。这样男工人就走了一大半，少一百多个工人也少付些工资。"

郝玉兰长叹口气："这个你和你姐商量了再办。唉，长安出这么大个事，俺咋和长安他爷交代？"

白西京小声说："现在谁还顾得了长安他爷？我得给派出所打个电话再催一声，让他们把狗日的放火犯快点逮住！这事最急！"

长安还在医院没有脱离危险，秦风厂和其他厂的产品却立刻占领了西安的各大商场，来催账的人多，赵厂长也派人来结算加工费，郝玉兰让肖东明都结给他们。他附在她耳边说："妈，我长安哥和他们有合同哩，一季度一结账。现在才一个多月，不该给哩。"

郝玉兰是个爽快人，嚷道："这号小肚鸡肠的人再不跟他们来往了，赶紧结了让他们走。"

肖东明一听忍不住笑了说："妈，你这个老板当得比我长安哥势还大。"

郝玉兰按着白西京的打算，把全厂职工辞退了一半，又让白牡丹领着两个技术好的工人到河南出差，把做劳保手套的好猪皮进了回来，弥补被烧掉的那些投入生产。白西京说，没想到她这么能干，可是郝玉兰还是唉声叹气吃不下饭："长安的库房烧了，值几十万哩！上门要债的不停来找，长安账上早没钱了。现在的人，在钱跟前就啥善心都没啦？"

长安住的烧伤科是无菌危护病房，不能有家属入内，所以格外清静。长安昏迷了三天四夜，一醒来就开始嫌吵了，特护病房的病人在止疼针的作用过去后，都发出瘆人的呻吟，钻透人的耳膜，直入人的骨缝，让人不寒而栗。长安后来知道，每当有病人死去，就被护士用哗哗作响的铁辘轳病床推出去。

他在昏迷时就总在反反复复做一个梦：铁辘轳的哗哗声中，他坐在爷爷担的筐子里，晃呀晃呀让人头昏……小东门的城门洞黑得看不见人，爷爷丢下扁担一声不出就走，他吓得怎么也出不了那个柳条筐……白莲花从身边走过，也对他不理不睬……长安忍不住大叫："莲花！莲花！"

死人几乎每天都有，哭声就连绵不绝，烧伤危护病房的窗外是一片绿莹莹的草地，失去亲人的人们总坐这儿哭。在这片死神笼罩的地盘，到处是死亡的味道。长安偶尔醒来也以为自己早离开了人世。有一次他从昏迷中醒来，耳边嘤嘤绕着细细的哭声,他在心里问:"我是在地狱里吧?"

之后,在昏迷和清醒之间晃晃荡荡的长安开始长久地清醒,他立刻想起了白莲花。

漫长的一个星期,白莲花得不到长安清醒过来或是脱离危险的通知,倒是被医院叫去签了两张病危通知书。

"考虑好,签了才能上手术,签了也不等于能医活。"老大夫眯着细细的眼睛对白莲花说。

白莲花努力想从他的脸上找出一丝肯定,却什么也看不出来,拿笔的手就有些软。白莲花捏着笔发呆,门外嘈杂起来,远远有人哭起来,近了,又远了。她知道又有人死了。白莲花神经质地抓起病危通知,想也不想就写上"白莲花"。丢下笔,老大夫还想说点啥,她已经拉开办公室的门出去了,哭闹声一下钻了进来。

长安又上手术了。

黑透了的天空,终于给白莲花了一线光明。这台手术做完的第三天,主任告诉她,长安算是捡回一条命,脱离危险了。听了这话,白莲花一路哭着从主任办公室到了长安的窗外,坐在草地上放声大哭了一场。

当天晚上白莲花回了家,这是她从长安出事之后第一次不是在医院过的夜。谁知刘玉纯见莲花进了家门却只怔怔站着,不说也不动,眼巴巴瞅着她身后,莲花知道她在张望长安,便装作高兴的样子把包包丢在沙发上,笑说:"娘!我出差回来了!长安还得过几天才能到家!你想他了吧?"

刘玉纯没了希望,急冲冲地问:"你们把俺儿弄哪儿了?你想害了他再来害俺吧?"

她又冲麻姐说:"你还说俺儿快回来了,俺儿呢?"

莲花已经听梅花她们说了婆婆这些天不太好,她还不信,现在看到婆婆直愣愣的眼睛,她心一沉,坏了!娘的病加重了,和在包头时的样子差不多了。莲花不敢回婆婆的话,接过麻姐递来的毛巾,低下头慢慢在脸盆里洗脸,心里沉重极了。想想长安刚脱离危险,今天晚上在医院还不知道是啥情况;主任给发的缴费单在包里放着,明天一早就得去银行取钱交费了,厂里的账户却没多少钱了；厂里那一摊子烂事虽然有妈在支撑着，可随便哪一个困难都能把人压垮，都不是轻易能解决的；眼前的婆婆又开始犯病了……唉，难死了！

白莲花努力平静着，慢慢拧毛巾擦干脸，冲婆婆笑道："娘，你说我是那样的坏人吗？"

刘玉纯慢慢坐在小板凳上，仔细琢磨她的话。

麻姐已经和刘玉纯一起吃过饭了，莲花知道她这几天一直和梅花轮流照顾婆婆，肯定很累了，就催她赶紧回房间休息。本来麻姐和刘玉纯睡在一个屋，可莲花心里不踏实，便强打了精神，坐在婆婆的床边想和她说说话。见婆婆的几件衣裳叠得整整齐齐放在枕边，莲花问："娘，衣裳咋不搁柜子？"

她正要帮婆婆收拾，刘玉纯却使劲用手按住说："你说，俺儿在哪儿？俺现在就去找他！"

白莲花心里暗暗叫苦，耐了性子说："他在广州呢！光坐火车得三天三夜，你别去，不等你到他就回来啦！"

刘玉纯仔细打量着她的脸，拿不准她是不是在说假话，莲花肯定地点点头说："我猜他五天就能回来了！"

刘玉纯却大声说："你骗人！他每次出远门都会给俺说的，那天一早他出门，还说下午回家给俺做鸡腿吃呢！俺把鸡腿从冰箱拿出来都放臭了，俺儿子也没回来！你说，你为嘛骗俺？"

白莲花记得长安出事那天一大早，确实和婆婆说过，让她下午早早把冷冻的鸡腿取出来用水泡上化冻，他下班回来给娘做红烧鸡腿吃。想到长安当时说话的样子，她心一疼，觉得眼睛酸得想流泪，赶紧背过脸去说："娘，长安心里想孝顺你，可厂里那么多人等着干活，没有原材料就都停工了！长安急着挣钱呢，怕耽误了，就叫上我一块去广州进货！你还不知道你儿子？"

刘玉纯可怜巴巴地说："你别糊弄俺呀！俺没多少日子了，承儿是俺的命，你就让俺去找他吧！要不，你给他打个电话？你妹妹不实在，她也哄俺，说承儿的手机丢了。你说他的手机咋能丢？"

白莲花说："娘，是我不好，我把他手机弄丢了，他生气了，才撵我先回西安的！娘，快睡吧！我忙一天，快要累死了！"

刘玉纯拉住她的手说："莲花，那你和娘睡一个床吧？俺怕……怕明天一早你又不见了,俺怕你们不要俺了!"

莲花见她说着要哭,赶紧哄她说:"中呀!我给你烧水洗洗脚,咱俩就睡你的床!"

刘玉纯这才有了些高兴的模样,不等莲花催她,自己哼着河北小调,把枕边那摞子衣裳收拾到柜子里,又在床边铺被子。莲花让麻姐到文文屋里的空床去睡,自己帮着婆婆洗过脚,刘玉纯脱衣裳上了床,灯都关了,她睡在被窝里还在继续小声唱,声音又轻又悲伤:

　　小白菜呀,地里黄呀;两三岁呀,没了娘呀。亲娘呀,亲娘呀!
　　跟着爹爹,还好过呀;只怕爹爹,娶后娘呀。亲娘呀,亲娘呀!
　　娶了后娘,三年半呀;生个弟弟,比我强呀。亲娘呀,亲娘呀!
　　弟弟吃面,我喝汤呀;端起碗来,泪汪汪呀。亲娘呀,亲娘呀!
　　亲娘想我,谁知道呀;我思亲娘,在梦中呀。亲娘呀,亲娘呀!
　　桃花开花,杏花落呀;想起亲娘,一阵风呀。亲娘呀,亲娘呀!

莲花垂着头坐在床沿,听着老人的声音,默默流着眼泪。这个小调婆婆唱了好多次,她都没听清楚唱的是什么,也没想过婆婆为什么爱唱这个听着就很伤心的歌。今夜她在黑暗里静静地听了一遍,想想和长安从小长大数不清的日子,突然就强烈地心疼着婆婆和长安,这娘儿俩太可怜了!

她不知道婆婆啥时候唱完睡着的,自己却呆呆躺着没一点睡意。前些天,她在医院煎熬着生怕失去长安的时候,一夜一夜睡在长椅上,她也是睡不着的,只有偶尔几次,她困极了,失忆一般睡过去几次,也不过个把钟头就惊醒了。可她坚持要死死守着他,他在抢救室,她就睡抢救室门外,他在重症室,那她就睡重症室门外。白莲花隐隐地认为,只要她不松劲,不放弃,长安就能坚持住,不会离开她。要是她放松了,没信心了,那他就再也没指望了。白莲花以为自己昨天得到长安脱离生命危险的通知,又累了这么多天,今晚回到家里会睡得很香,没想到还是睡不着了。

刘玉纯屋里的窗帘是浅棕色的,有些薄,月亮光就透进来了。白莲花翻了个身,却见婆婆和自己脸对脸睡得正沉。她借着月光仔细看了婆婆的脸,眼睛和嘴角都比白天柔和得多,雪白的头发平时是齐耳的,现在略微有些凌乱,她闭着眼睛,微张了嘴,均匀地呼吸着,一切都很平静。但她鼻梁上的那道伤痕却很醒目，幸好婆婆再也不用受欺负了！莲花正想着，却见婆婆翻了身，仰脸醒了。她在床沿睡着，正想问婆婆是不是要起夜，就见刘玉纯伸了左腿，仿佛看不到自己一样，眼看着要跨在自己身上下床了，莲花赶紧跳下了床，没等她站稳，婆婆一阵风似的从她旁边冲到门口，扭开门锁就出去了！

　　白莲花只觉得嗓子一紧，两腿发麻，她自己和婆婆都只穿着内衣和内裤，尤其是婆婆，仅穿着个裤衩就光着两腿出门了！睡觉的房子在二层楼上，要是婆婆下楼梯没看清踩空了可怎么办？她抓起裤子来不及往腿上套，急地叫："娘！你快回来！"

　　没有声音理她。

　　莲花抓着裤子光着腿撺到院里，却见院门大开着，人已经出去了，她急了，大声喊："娘！娘！"

　　院门外黑乎乎的，没有人影，莲花忘了害怕，靠在院门上胡乱穿上裤子，她刚要追出去，却见婆婆又从外面跑回来了，嘴里念念有词道："承儿！娘给你报仇！谁敢欺负你给娘说！"

　　她的眼睛直怔怔地，根本没有看见白莲花一样，从她旁边径自进了院子，又蹒跚着一步步上了楼梯进了屋，啪地关了门。

　　白莲花看傻了一般就呆在了院里。过去长安在的时候，她怕黑，怕有小偷，连院门都是由他来锁的。文文小的时候，遇上他出差，她硬着头皮承担了锁门关灯的事儿。现在，她站在大敞着院门的院子里，却不再害怕小偷了，她只怕她的婆婆又发了病，自己的心已经脆弱得连一根头发的事儿也经不住了。

　　白莲花摸索着把院门上了锁，从楼梯上到二层，推推婆婆的门，果然是锁着的，自己的房门钥匙也锁在里面了。她敲敲门，小声叫："娘！娘！开开门！"

　　好一会儿，刘玉纯警惕地在里面问："谁？"

　　莲花说："娘，我！莲花！"

　　门打开了，刘玉纯惊讶道："莲花，你大晚上不睡跑哪儿去了？"

　　白莲花说："我上了茅房！"

　　刘玉纯责怪地说："这里不是有尿盆么？你忘啦？"

　　白莲花转身锁门，顺手插上了暗插销，一边上床躺下一边说："我忘啦！娘！咱睡吧！"

刘玉纯说:"睡!你说承儿五天回来,昨天算第一天吧?"

白莲花说:"明天起床才算第一天。"

刘玉纯不甘心地轻轻说:"就算你占个便宜!到第四天俺就要去给他买鸡腿,他肯定是自己想吃鸡腿啦!"

不知怎的,折腾了这一遍,白莲花有了瞌睡,她迷迷糊糊睡着了,刘玉纯却瞪着眼睛在黑暗里想着心事,一心一意的。

莲花第二天一早看婆婆没啥大异常,就给麻姐交代了赶紧去医院,看到长安的情况比较平稳,这才松了口气。依她的想法,不如把工厂停掉,但长安在医院里简直像烧钱一样,最多的一天光手术就花了快两万块钱,每天洗澡的药水一千多块。眼看十万块钱快花完了,长安还从头到脚一片纱布,她终于意识到要不是有皮件厂,他早就完了。她问大夫:"长安这样情况啥时候能出院,估计得花多少钱?"大夫斟词酌句地说:"有的病人十几万花了还在医院住着,有的几万花完就出院了——没钱了,浑身的溃疡长不住,抬回家了,死是死不了,反正也活不好。烧伤的溃疡最难好。"

他说完转身要走,见白莲花两眼发直扶着桌子正呆呆站着。他劝道:"你们不是有生意吗?至少还能交起钱呀,他才治了一个来月,就已经恢复这么好了,一年内出院没问题。"

白莲花吃吃地说:"那……那不是把我榨干也……也住不起这医院了?"

白莲花从没觉得这样作难过。长安在广交会上订出去的羊皮包全在库房,只等着交货却一把火烧没了,不光材料赔了十几万块钱,违约金还交了三万多。这时许多订单陆续到期,马厂长只能帮着加工劳保手套,皮包却是一只也做不了。郝玉兰和白莲花根本拿不出产品交工,就好说歹说把长安的情况告诉大家,说违约愿认罚。好说话的认了倒霉撕了合同也就算了;不好说话的又吵又闹,拿着合同要打官司。肖东明劝莲花说,不行让他把长安哥的尼桑汽车和货车都开走算啦——咱哪儿有精力跟人家打官司呀。

好几个工人也都不同程度烧伤了,所幸没啥大碍,家属跑来又是医疗费又是住院费地讨要。白莲花自知理亏,把银行账上的钱取回来支付了。家属们又提出营养费、误工费和陪护费,有两个伤势略重的脸上落下了疤痕,人家说孩子还没对象呢，这样的疤癞脸谁要呀，将来要大把地花彩礼呢！白莲花索性咬牙把剩下的原材料和长安当作宝贝的样品都卖成钱，一人五千、八千地支付了。

白莲花不知道世上的难事这么快就劈头盖脸砸来了，她来不及想该干啥，数不清的人和数不清的事就拥上来了，医院、工厂、商场天天都得跑一遍，哪天都得后半夜才能腰酸背疼地爬上床，却又睡不着，想东想西，人迅速地干瘦了下去，眼看要失了人形了。

郝玉兰心疼得不行，就搬过去，要陪她一起住。郝玉兰先去看看刘玉纯，虽然还是颠倒反复地说话，不断说她要走呀，但也只是絮絮地自己说，比上次见时好了许多。她便悄悄夸了麻姐，说她有本事，能把老人安抚住，等月底发工资时多给她三百，算是这些天的辛苦费。

麻姐笑了谢她说："谢谢姨！你老人家多慈祥！这是我的工作呀，还加啥钱！"

郝玉兰问她，那天咋就知道长安娘不知道自己是谁了呢？麻姐止了笑容，隔着竹门帘，看着院里石桌边择着豆角的刘玉纯说："我妹妹也是她这样的病，医院的医生教我们在妹妹发病的时候问她的，果然他们发疯的时候都不知道自己是谁，别人是谁。只要她愿意想这个问题，脾气就软下去了，慢慢精神就正常了。"

她看郝玉兰边听边点头，便说："我妹妹可怜，二十多岁谈恋爱的时候让人给骗了，就气疯了。我们家姊妹三个，她是老三，我是老大，后来我和我另一个妹妹都结婚嫁人离家了，她在家犯病就没人管了。只要我妹妹犯病，就会在大街上乱跑乱叫，有时见了年轻男的还会脱光衣裳去抱人家。我爸爱面子，嫌丢人，就往死里打她！有一次拿着扎煤的铁通条冲我妹丢过去，把大腿穿了个窟窿！他就把妹妹一直锁在家，我回去看她，满身糊得都是屎！我爸说宁肯把她打死也不让她再丢人现眼了！"

郝玉兰听得大惊，麻姐叹口气说："可她就是不死，越打病越重，我妈在世的时候还能护着她些，我妈那年去世了，我们怕我爸打我妹妹，就想把她送到精神病院去治好。我们跑了好几个精神病院，没想到竟然都没床位，而且每个月上千块！我们才知道，这病很难全好，都是看着治好了，随时就又发作了！我们这样的家庭咋住得起医院？我就问医生，他们医院为啥有这么多精神病人？你猜医生怎么说？"

郝玉兰叹气说："坏人哪会得精神病？唉！都是可怜人！"

麻姐说："医生说，要是人的道德心太强，得精神病的可能性就比没心没肺的人大得多！我妹妹和咱家这个刘姨是一种人，做事太纠结，自尊心太强，太怕人家看笑话，心理压力太大。唉！医生说，大半精神病人都是让道德感压制了，他让我把妹妹引导着接受自己，把注意力不要放在自己那点事上，不管过去发生过啥，一切往前看！我觉得他说得对，就想，花那么多钱，还要排队才能有病床，不如我回家学着陪护她！"

郝玉兰问："对呀！你妹妹现在好了没？"

麻姐笑了说："好了呀！她都结婚有孩子了！要不我咋能出来当护工呢？"

郝玉兰冲她伸出大拇指说："你厉害！看来这病能好的！你看长安娘的病多长时间能好？"

麻姐摇头说："刘姨她受的刺激太大，时间太长！而且……她身体亏损太厉害了，有很多慢性病，可能她习惯了浑身老毛病没人管，不舒服了也很能忍，说句实话，她……身体和精神都很差！我护理过很多老年病人，不管有钱没钱，到最后的日子都想体面地活着，有尊严地离世！"

从来没有人和郝玉兰说过，老人们最后的日子都想要体面地活着。她便立刻想到自己现在住的小区，许多老人和自己一样是从河南逃荒来到西安的，按说现在不愁吃喝了，可他们要么和儿女为了拆迁分房吵架分家了，要么儿女不争气，还要艰难地拾破烂挣些小钱贴补生活。还有那么几个老人，完全被儿女遗弃了，又哪有体面可说？

麻姐见郝玉兰脸色凝重，便接着说："像刘姨这样的病人，幸亏遇上你们这一家人了！大多数精神病人要是家里条件过得去，要么会在精神病院一直住下去。一般都是家里人不愿意接回去，他们也完全适应不了社会了，随时会自残，要么伤害别人。唉，都是可怜人！"

一想到长安还在医院躺着，他娘又是这样的情况，郝玉兰沉重地握着她的手说："好闺女，你心真善！俺记下你说的话了！俺想办法也要让长安娘'有体面'地多活几年！你可要多帮帮俺呀！"

到了晚上，累了一天的白莲花骑着自行车回来了，胡乱吃了点饭，郝玉兰便催她去睡吧。她躺在床上却还是睡不着，就靠在郝玉兰怀里喃喃地说："妈，我现在怕得要命！你说长安会不会死？天天医院都有人死，我一闭上眼就是长安死了，要么就是鬼在拉我的手。我都不敢和文文说他爸出了这么大的事，她在北京忙得很，回来也是白着急，我不想耽误了孩子！"

她闭上眼睛，泪水流出来。

莲花哭着说："妈，我撑不住啦！"

郝玉兰任她软软地躺在自己身边，女儿已经瘦得像根羽毛一样轻了："莲花，你可不敢这样想，你要提起劲呢！你不管长安谁管他？快睡吧！"

她说着抹去莲花的眼泪，莲花说："妈，我睡不着！我害怕长安随时就没了！文文就没爸了。妈，我想死……那就轻松了！"

"胡说！长安不会死！你也不能死！"郝玉兰放大了声音，"厂是长安的命哩，只要有厂他就牵着心呢。你敢死？你死了就没人管长安了，你咋敢死？睡吧，睡起来就好了……只要你和长安还活着，比啥都强，不过是赔了钱，还能赚回来呢……"

莲花默默流着泪，神情黯淡得让人心碎。

"人呀，谁这辈子能顺顺当当没个坎？要是让逼急了，你啥事儿都能干呢！河南发大水那年俺才六七岁！大人们都说往西安逃吧，就没有日本人打仗了，有人说西安满城都是白面蒸馍！俺爹就担着挑儿，领着俺和你姥姥从早到晚都往西安逃。天上有日本人的飞机扔炸弹，吓死人！你姥爷说：'妮儿！别害怕，他们只有那么些飞机，炸不完这么多人，你只要好好走，就轮不上炸你！到了西安你就饿不死了！'俺就走！走呀！走呀！一只鞋底烂掉了，脚都磨烂了，俺也不敢哭——俺害怕你姥姥正怀着孩子，听得心烦了不要俺了可咋办？俺在路上见过卖小孩儿的！一路走着，路上躺着不少死人，俺爹给俺指指一个死人，是个比俺大些的小闺女，俺心里害怕，可是俺也不想冻死，俺就哭着去扒她的烂棉袄和她的棉鞋。俺不敢看她的脸，就哭着说：'对不起！俺对不起你！俺冷得很，脚都冻烂了！把你的鞋借给俺吧？谢谢你！谢谢你！'俺哭着把她的棉鞋穿上，和你姥爷把她抬到路边，给她脸上盖上半领烂席。俺记得她已经都冻硬了……俺临走给她磕了三个头。俺往西安走时就一直想，俺一定不能死！俺不能像那些死人一样，让野狗拉着半条腿就拖走吃了！俺以后还要过好日子呢！莲花，人的命有时候薄得和纸一样，说烂就烂了；有时候又结实得很，只要你心不死！你小的时候，俺要拉扯六七个孩子，再困难俺都咬着牙不松劲，不是就挺过来了？你也一样，你不是还当过红卫兵去串联过？三次哩！让俺想想怕死了，你不是就敢？你过去没想过能给长安当厂长吧？现在不是敢去商场和人家谈生意，在厂里发脾气，把那两百多号人管得服服帖帖？你一天不管了，大家就慌手脚了；你前些天在医院陪长安，俺和东明、西京就忙乱得顾不过来。现在长安脱离危险，你回来管厂，俺的心一下轻松了。莲花，妈看了，你能行！"郝玉兰抚摸着白莲花的头发，喃喃自语一样对女儿说。

白莲花抓着郝玉兰的手，把头埋在她的怀里。长安住院后她第一次沉沉地睡着了。

白莲花现在成了鑫鑫皮件厂的厂长。

长安还隔离在危护病房，白槐花、白梅花和白牡丹排着班去医院看护他。白莲花现在当上了梁长安，一下子惊讶自己居然能这么泼辣，原以为怕见人，怕和人争执是注定一生不变的，当红卫兵去北京串联时的豪情已经恍若隔世。现在这突如其来的火灾把她从幕后推到了台上，她才发现自己的变化能这么没痕迹。在快五十岁的时候，白莲花从一个最害羞的人变成了最泼辣的人。她一反原先的腼腆，跑完医院就去商场，为几块钱和商场讨价还价，为了一个劳保手套轧线不直，就把长安订的质量制度丢在案子上让工人返工。

同行们见她的生意出奇得好，知道她拼命压低了价钱挤对别人，觉得气不过，就在商场门口截住她骂："你男人都死了，你当了寡妇还在这儿卖命挣钱？你把价钱砸这么低，挤得我们都干不成了！缺德不缺德？"

白莲花开始一言不发，铁青了脸装没听见，后来索性也对骂起来。她心里清楚，人家说得没错啊，自己把价格降到利润很薄的地步，只为了能多卖些产品。长安不在了，没有新产品的优势；工人辞工很严重，厂里只剩不到八十个工人，大多是秦风厂的老职工。因为没了产量的优势，再不把价降下来咋赚钱？长安每天都离不开钱呀！只要哪天生意差些，她总要胆战心惊算好半天，看剩下的钱够他用几天。

可她把这些都闷在心里,一个字也不说,从他们面前仰着脸就走了。听那些人骂她挣钱不要脸,白莲花忍着眼泪装作没听见。

郭师来了,他听村上回家的工人说了立刻就来了西安。眼前的白莲花变化太大了,有了白头发,眼窝也深深陷了下去,眼神也是空洞的,细瘦的身子在风里瑟瑟地抖。他瞅着她呆了一下,才心酸地说:"女子……长安呢?让我看看吧!"

她说:"医院不让,隔离着呢,怕伤口感染。"

"那,我到他门口绕一绕(看一看)?"他见她只摇头,就说,"女子,我知道你把难作扎咧!我也攒咧几万块钱,用得着你就说话。听说要债的人多?日他先人!这伙子人不知是啥做下的,见你好时蚂蟥一样缠上你,你刚出点事他跑得比谁都快!你要不到我农村躲一躲?"

白莲花见他好意,就勉强笑了说:"钱还得差不多啦,欠的不过是些材料款。郭师,长安他现在脱离危险了,等他好些你来看他……"

郭师想不出话劝她,看她愁得脸像纸一样白,心里难受得声音哽住了:"女子,你先不愁。我见长安时他才十五六岁,就敢背着锯揽活儿呢。现在一晃三十多年咧,他也经过磨炼有心劲呢——现在医院只要有钱,啥病治不了?"

她知道他在给自己宽心,强笑着点点头。

难事也确实太多了,肖东明就和郝玉兰说起了白莲花在厂里的艰难,郝玉兰说:"你和长安都是俺的女婿,他落难了你要帮帮他。厂里再赔本,你也要坚持给他干着。"

肖东明赶紧说:"那是当然。只是厂里没钱了,西京哥银行的贷款也到期了,人家催着要哩。那十万块钱是拿莲花姐家的一院房做的抵押。"

"把西京给俺叫回来!娘那脚!他都当副行长了,连十万块钱也逼着要?还想逼他姐的房?让鳖孙儿冲俺要!"

郝玉兰生气了。

白西京回来了,郝玉兰丢个杯子砸他,白西京赶紧赔着笑脸说:"妈,我比窦娥还冤哩!"

白槐花拦她说:"妈,你老糊涂啦!那是银行的钱,也不是西京哥的。我和东明、梅花商量，我们一家拿出几万先把公家钱还了。"

她说："你们一家都拿了两万块钱给你长安哥交住院费了，咋能再拿？槐花还每天亲手给他做饭哩。还是西京想办法。"

白西京说："妈，我作难哩。银行的事你不知道……"

郝玉兰骂："作你娘那×的难！"

她又哭起来："长安可怜呀，谁都来逼账！莲花没过一天好日子，一辈子光还了账啦！"

白西京哄她说："人家都当你是郝主任哩！你一骂人，人家才知道你是个没文化老婆儿。"

郝玉兰忍不住笑了，打他说："撕你的嘴哩敢说妈？你快给你长安哥想个法儿嘛！"

"妈，你要不想让他还也行，我等着让人家收拾了吧。你不知道，这个贷款本来就不能贷——我和长安哥做了手脚的。不信你问东明。"

肖东明点点头说："是我去办的。"

郝玉兰吓得说："你们这些货呀，一天到晚偷鸡摸狗！你偷毛主席信的时候，你爸还是打你太轻！俺答应长安他爷管他哩，俺也不能让莲花住马路上。算啦算啦，俺把这十万块钱给你还了，你们谁也不许给你大姐说。"

因为烧伤病房要求无菌，不能随意探视，白莲花忙完生意就成了梁长安病房外的固定景物，她总是站在玻璃窗外他能看得到的地方，可他不想说话。郝玉兰说他是没心劲了，让莲花一定得好好劝他呢！于是，下雨天和大太阳天她就打把伞，天气好时她就坐在自己带的小马扎上，守着他。她想让他不孤单。但是，梁长安孤零零躺在铁架床上，安静得像死去一样，这让白莲花很害怕。莲花怕他担心，从他醒来就一直瞒着他，说厂里还好，工人也听话。她猜他不知道库房全烧了，皮包都毁了，就说皮包按合同交了货，人家很满意，还要订货呢！可长安却都不在意，总是提不起劲一样，连饭也吃得很少。

大夫说，这样的病人没有求生欲望，最难恢复了，他急需营养恢复伤口，而且他还需要植皮呢！可他连饭也不想吃。

这些话让白莲花又气又急，但她不敢对长安说大夫的话，只能装作平静地劝他，可全然没有用处。梁长安住院之后，总是在发着呆的，仿佛他从一个最奋斗的人，变成一个最没心劲儿的人了。这天莲花隔着窗户看他，长安的眼神却一直散在天花板上，一个钟头过去了，他几乎没有眨几次眼睛，莲花的心碎了。突然她敲敲窗户玻璃。

长安转头看到了窗外的莲花，凝视着，突然说："莲花，别再给我治了，浪费钱！"

莲花说："胡说！挣钱为了啥？不就是为了一家人过好日子？没你了还有啥意思？"

长安说："我不想拖累你们……听大夫说我全身一大半都要植皮了，我这样子，活得没意思……"

莲花急道："所以你得好好吃饭！听护士说，咱妈让人送的饭，你只动几口？这咋行？你要坚持住！你不吃饭只能打营养液！"

长安叹息道："我现在只能糟蹋饭！莲花，我猜是方俊翔找人放的火！他太恨我了！我真想杀了他！"

白莲花明白长安报仇的心思，便大声说："梁长安，你真是不省油的灯！咱报了案，警察正在找放火的人呢！真要是他，国家肯定要法办他！你白手起家，厂长当过，劳模当过，大把的钱也挣上过！可你现在就这点出息：不治了！浪费钱！要杀人！你不为自己也不为厂子想想？和你说实话吧，你以为你的厂还好好的？大半都烧没了！过了年连房租也交不起，只剩下关门倒闭啦！原材料要么烧了！要么卖了！又没处赊账，厂里只有八十多个工人干活，工资还欠着呢，天天闹着要辞工！你一天花两千块钱，我现在欠了医院两万多了，外边的亲戚都借遍了！也欠了三万多块钱，你死就死了，这一屁股的债让我咋还？我也不活了，让他们爱找谁要债就找谁！"

梁长安震惊地说："欠账！那我的厂子不就死了？"

只沉吟了一下，他就急冲冲地埋怨说："你真是个外行！咋能卖原材料？咱有订单，只管生产呀！哪怕晚交货缴些罚金也还是赚钱的呀！"

白莲花一怔，更生气地骂他："你个货！现在才说这办法！我们谁懂这些？都让人家欺负得到处赔钱交罚款！你快好起来吧！厂里等你回去收拾摊子呢！"

晚上莲花和郝玉兰打电话说:"长安听说厂里欠了一河滩的账,人家都要来拉设备顶账,他一下子就急了,说千万不能停生产。妈!他现在急着要出院呢!"

郝玉兰便埋怨她:"咋能给长安说这些?他刚刚捡了条命,还没缓过来,这不是让他白白着急么?"

白莲花却兴奋地笑说:"我看他没精打采饭也不想吃的样子,都替他着急,再这么下去他的营养跟不上,天天在医院住着和烧钱一样,他啥时候能出院呀?我就豁出去了!我和长安说,咱欠医院两万多块钱,结不了这些治疗费,人家就不给安排手术——他不是还有腿部的两个植皮手术要做吗?那就一直住着吧!他不吃饭,那就花钱打营养液,反正卖了设备还够维持几个月!哈哈哈……长安和我说,他明天想吃个烧鸡!"

郝玉兰也笑了:"真的呀!你个鬼主意!只要他愿意吃!俺让人天天给他送好吃的!"

莲花只顾说得高兴,没看到刘玉纯就在门口的小板凳上坐着看书,莲花拉开门,刘玉纯抬头看看她,下了很大决心一样说:"莲花,娘求你一件事……你就让俺看看承儿吧!!莲花,俺想死他了!"

显然她听到了所有的话,她的眼睛充满哀求,这让莲花没法子说不。在莲花还犹豫的时候,刘玉纯说:"哪怕只看一眼,俺保证不哭不闹!"

白莲花第二天一早就让司机开车把婆婆和麻姐送到了长安病床旁边的窗外,莲花怕她猛然见到长安裹着白纱布的样子害怕,在路上就特地告诉婆婆,医生不许没消毒的人进去,怕感染伤口。麻姐也说,要是长安看到他娘哭,心里肯定很难受,那他的病就好得慢了!

刘玉纯赶紧点头说,她不哭。

不巧得很,她们去的时候,大夫才到长安的病房查过房离开,长安吃过早饭刚刚睡着。这是莲花特意选的时间,不管麻姐说婆婆现在情况怎样好,她还是不敢冒险,生怕她见长安就发疯了,那可咋办?刘玉纯见到长安在病床上趴着,脸冲着窗户,却闭着双眼在睡觉,她立刻就笑了,用手在窗户玻璃上指指儿子,冲莲花示意着。莲花搂了她的肩膀,却感觉到婆婆在发着抖,知道她在努力地克制着自己啊!她感动着,小声在婆婆耳边说:"娘,你看长安睡得多好!"

刘玉纯抹了把眼泪，仔细看着长安，她问："承儿的腿咋了？"

莲花从心里佩服婆婆的细心，她说："烧伤了！等着手术呢！"

刘玉纯问："你没有钱交给医院了？厂里也欠账了？"

莲花使劲板了板婆婆的肩膀说："厂里每天都赚钱呢！你放心吧！交了钱就能做手术了，长安很快就能好了回家啦！"

去医院看了次长安，刘玉纯果然没有哭闹，她安安静静和莲花、麻姐坐在车上回了家，莲花没想到婆婆在麻姐护理后情况这么好，把她俩放在家门口就直接去了厂里。长安急需要手术，她得想办法赶出一批产品换成钱。

白莲花忙到下午才回家，麻姐正满头大汗在厨房忙活，她蒸了几笼白菜豆腐粉条素包子，又熬了苞谷糁稀饭，见莲花回来了，就摆在院里准备吃饭了。白莲花今天心情好，不等开饭就先拿了个包子咬了一口。她边吃边上楼去叫婆婆吃饭，门是掩着的，她叫着："娘，吃饭啦！"

推开门，屋里却是空着的。她以为婆婆在茅房，便边下楼梯边叫："娘！吃饭啦！"

还是没人应声，麻姐停了手说："刘姨下午说她要睡一会儿，我一直没见她下楼呀！"

回想了婆婆上午在医院反常的平静，莲花隐隐有了不安的感觉，赶紧和麻姐在楼上楼下每个房子找，却没见她的人，只在床头看到刘玉纯留下的一封信。

飞快看了一遍信，白莲花想，稳住！稳住！可别慌！她坐在刘玉纯的床头，给郝玉兰打了电话，说："长安娘可能回包头了！"

郝玉兰急问："她回去不是要被打死么？你们咋不拦她！"

莲花说："麻姐当她在睡觉，谁也不知道她趁麻姐做饭的工夫就走了。看情况走了两三个钟头了！"

郝玉兰说："那你咋知道她回包头了？"

莲花叹气说："她留了封信，说她生了儿子，可没尽到当母亲的责任，感谢梁家老父亲和你帮她儿子长大成家立业，现在长安重病，她恨自己啥也给儿子做不了。她说她一辈子也不敢和命抗争，被人欺负，反倒是长安救了她，让她重新活得像人一样了。她说她现在心里是明白的，趁着还能走动，她要回去把他们欠她和长安的东西要回来……妈，她说要回去找他们呢！我怕她要惹事！"

听她这么说，郝玉兰便沉吟了说："你问问你麻姐，她这几天说过啥话没有？"

这话提醒了莲花："对！我现在就问她！妈，我猜长安他娘可能坐火车回包头了，我和麻姐去火车站找找，要是今晚上都没消息，那她就是坐上车走了。我想和麻姐一块去趟包头，把她接回来！"

麻姐一直在旁边听她打电话，便回忆了说："唉，都怪我没当心！刘姨前几天就问我长安厂里欠了多少账，我说我咋能知道？我劝她别担心。今天上午从医院回来，我看出她心里一直在想事呢，我就故意和她开玩笑说，这下放心了吧。她当时点点头说，要是长安有钱就能做手术了！那时还都好好的。后来她说中午想吃葱花烙饼，我还说下午包素包子，面都发上了。我看她没说话，想着她难得说想吃啥，就专门给她用开水烫面烙了五张葱花饼——刚才我在厨房看了，她把所有的饼都拿走了！好大一包呢！还有药，郝姨让我给她买的药，她全拿走了！我看她是清清楚楚出的门！"

白莲花反倒有点放心了："就盼她一直这么清楚，千万别犯糊涂啊！"

两个人赶紧锁门往火车站去，还没出门，郝玉兰的电话来了："俺记得她偷偷给俺看过，她存了几百块钱在她枕头套里放着呢，你看看还在不在？要是没在，那她真是出远门买火车票了！"

莲花赶紧去翻，那里果然是空的，便说："妈！她让麻姐给她烙了一大包烙饼，又拿了钱，肯定是回包头了！我们现在就去找！"

其实刘玉纯是回了河北沧州老家，她二十六岁离开就再也没回去的地方。

麻姐说得对，刘玉纯这些年身体亏损得太厉害，身上好几个慢性病都很严重，她比谁都知道自己的病啥情况。心里清楚的时候，她就很急，生怕命不长了，或是又犯了疯病，脑子又糊涂了，她不甘心，她还有两个心愿没完成呢。刘玉纯一直想知道，她的男人李清文还活着没？从四十多年前被逼着到了包头，刘玉纯的心就碎了，她从此没敢想和男人活着再见面了。谁知儿子却找了来，把她救到了西安，又过了这几年好日子，那她的心早就知足了。长安没出事的时候，刘玉纯提过一次要回河北，长安太忙没回成，本来她就想算了。可她知道长安厂里欠了账，还欠着医院的钱，连手术也做不成，她心里的念头就又活了。她决定，无论如何她要回一趟河北了，长安等着救命钱呢，那她这辈子总得给儿子做件大事情吧！

刘玉纯当年从李家逃出来的时候，是先回县城的娘家住了两天的，她被嫂子撵出来之后才遇上了梁明发。所以要说恨，她第一个恨姓梁的，第二个就是她的嫂子，第三个才是逼她和李清文划清界限的工作组李同志。

从长安家偷偷溜出来时，她专门带上麻姐给她的药按时吃，因为刘玉纯怕自己激动、怕自己紧张、怕自己犯病。所以坐上火车的刘玉纯，尽最大能力想要保持清醒，仔细谋划着她想要完成的第二个愿望：她要把当年存放在她哥刘宽义家里的李家地契、一匣子大洋和六根大黄鱼都要回来，那是老李家的财产，是长安的家业。

这笔财富是当时李家被抄前就被李清文包了小包袱交给刘玉纯让藏好的，要是她没被工作组逼着离婚，那她绝不会把李家的东西往娘家拿。可是李清文的父亲都让五花大绑抓走了，他自己也想要往关外逃命去了，谁还敢不快些做个打算？抱着儿子的女人，能指望的只有娘家，可是被嫂子骂着"害人精、扫把星、吃里爬外的祸坏精"从娘家大院里撵出来的时候，刘玉纯就已经后悔把李家的财产托付错了人家，但她来不及要回来了。后来的半辈子时间，她几乎每天都在想，要是没把这笔财产先放在了娘家，说不定嫂子会看在老娘和哥哥的面上，收留了自己和儿子，她就不会被梁明发骗到农村。

那一切就都变了。

这些让刘玉纯想了就会发狂、就会号啕、就想诉说给人听的话，四十年里没一个人听懂，也没一个人相信。谁都笑她是个疯子，谁都当她说的那些金条和大洋是疯话，可她不管，她知道这是真的。现在，她就要自己去找她的哥哥把这些要回来了。刘玉纯早就想好了，要是他和嫂子赖账不给，那她就去告他，要么和他们拼命，哪怕吊死在他们家门口也在所不惜！

在刘玉纯的包包里有两封她的亲笔信，一封给李清文的，一封给哥哥刘宽义的，都是她防着自己犯了病说不清楚情况早就写好的。关于李家的地契，她不知道这么多年过去，当时的李家现在还剩下啥，还有谁在？可她得从刘家要回来，还给李家去！刘玉纯想得很清楚，要是李清文还在，那就还给他一半，另一半给长安带回西安。要是他不在世了，那李清文是李家的独子，长安是长子长孙，所有的财产就全是他的了。

就在莲花和麻姐去火车站找了大半夜，第二天傍晚坐上去往包头的火车时，刘玉纯的火车到了山东德州火车站。她记得她结婚前，李清文带她到这里游玩过，买过绸缎衣料，打过最时新样式金银首饰，照过相片，这里离老家县城很近了。然后她坐着汽车回到了县城。

东明县城比记忆里还小，还是那么长长的一个长街道，虽然路边的房子都盖得又高又多，可刘玉纯没费什么劲就找到了娘家的大院子。原来黑色的木头院门不见了，院门外的一对石狮子也不见了，可门外那棵老榆树还在。刘玉纯凝视着那个漆成了暗红色的大铁门，心里怦怦跳得简直要从嗓子眼蹦出来了！她觉得熟悉的愤怒和激昂正渐渐冲上头脑，就劝说着自己坐在榆树底下，掏出药片和药丸吞下去。定了定神，刘玉纯这才去敲了大门。

开门的是个小闺女，她不认识刘玉纯，就冲院里喊："妈！有人找！"

从屋里出来个三十来岁的女人，她也不认识刘玉纯，便问："做嘛呀？"

刘玉纯抑制着激动说："刘宽义在不？"

门帘撩起，刘宽义被小闺女扶着到了大门口，刘玉纯眯缝着眼睛细细打量着哥哥，他也老得不成样了！头发也是雪白的，这是老爹爹的遗传。他左腿不方便，挂了根拐棍，一摇一晃到了面前。她也不说话，仰脸对着他轻轻笑着，刘宽义浑浊的双眼渐渐有了些泪水，抖着嘴唇激动得说不出话来，中年女人叫他："爸！你咋了？"

刘宽义猛地拉住刘玉纯的手："天爷哎！俺的那个小妹妹！赶紧和俺家去！"

他冲女儿欢喜地说："淑琴，这是你姑呀！"

淑琴惊喜地扶住她说："玉纯姑？俺爸爸经常念叨你。"

刘玉纯挣开他俩的手，眼泪扑簌簌流下来，她伤心地摇头说："俺不是你姑姑！俺也不是你小妹妹！你小妹妹让你们推进火坑死过啦！"

听她这么说，刘宽义伤心地说："好妹妹，你哥对不起你，俺后悔死了！"

刘玉纯跳着脚号啕起来:"俺不管!俺不管!后悔来不及了!你妹妹让人都打死过了!"

刘宽义哀求地说:"你受了多大罪?快和俺家去!给哥说说吧!哥看你这样子心疼呀……"

两个老人被扶到了屋里,淑琴忙着给刘玉纯倒水喝,又洗了个鸭梨放她手里,刘玉纯悲从心起:"娘,还在不?"

刘宽义看到她脸上的伤痕,艰难地问:"你走了,娘想你想得可怜,病倒了,小半年就走了!咱娘让俺到处找你,老李家的人都说不知道……"

刘玉纯急切地问:"娘走时给俺留下什么话没有?"

刘宽义痛苦地说:"娘恨你嫂子把你撵出门,不吃她做的饭,不喝她煎的药……娘让俺和她离婚!"

"娘啊!"

"咱娘临走时拉着俺的手说:'你去!去找俺的玉纯姑娘,活要见人,死要见尸,要是找不见她,你永远别给俺上坟烧纸!'"

刘玉纯崩溃一般叫道:"俺的亲娘呀……"

"好妹妹,你回来了,咱明天给娘上坟去!娘让俺发誓,找到你就让你回咱家住,家产有你一半——娘记得工作组逼你离了婚没处去!娘恨你嫂子,狠狠瞪着她,全身不停地抽,就是咽不下气,俺看娘太受罪了,就让你嫂子跪下给娘回话!"

刘玉纯只是哭,淑琴也哭着问:"她怎么说?"

刘宽义说:"她说,'娘,俺错了,俺不该撵玉纯走,老李家的人都逃跑了,俺害怕她连累咱家,你别记恨俺了!'俺娘当时气也喘不上来了,光流眼泪说不出话,俺就跪下给娘说,'娘,你放心,俺和她离婚!找到玉纯就去给你上坟!'娘眼睛一直看着俺,这才咽气了——俺永远也忘不了,娘咽气的时候,脸上眼睛里都是笑的!后来,俺们就离了。淑琴的妈是你的第二个嫂子。"

"娘呀!亲娘!你姑娘没脸见你了!俺这身子让人骗了,还给那个死老头儿生了四个孩子呀!"刘玉纯再也忍不住了,捶着胸口从沙发上跳起来,气得直跺脚。

刘宽义惊呆了:"玉纯!你说啥?!天爷呀!"

刘玉纯放声大哭起来,她把准备在包里的那封信掏出来丢在桌上:"你看看吧!"

听到娘咽气前说的话,刘玉纯使劲撕扯着自己的头发,捶着自己的胸口,刘宽义和淑琴被吓住了,旁边的小闺女紧紧拉住淑琴的胳膊不敢动。刘玉纯念念叨叨地说着,越说越快,谁也听不清她说的什么,接着她又咯咯惨笑着说:"嫂子,这么大的家,你就容不下俺娘儿俩?不给俺个活路!"

她又气又痛,仰脸冲着天高声呼喊着:"娘呀!娘呀!"

她一头撞在墙上,淑琴扑上去抱住她,刘玉纯已经眼睛翻了白,软绵绵瘫倒在地上了。刘宽义和淑琴慌着把她弄到床上去,见她的额头磕出好大一块红肿,人却半闭着眼睛,只是喘着气流眼泪,淑琴小声说:"爸!俺姑像是受了刺激,脑子有病呢!"

刘宽义重重叹口气。

淑琴问:"要不给俺两个哥打个电话,把姑送去医院看看?"

刘宽义没有说话,摆手止了她的话,用手试试她还有微弱的鼻息。他一屁股坐在床边,用手轻轻摸着刘玉纯的白发,又摸着她脸上的几道伤疤,痛心地说:"你受了大罪了!这事怪俺!俺当时太怕事,要是俺强硬些,谁敢从俺家里把你撵出去?你要恨就恨俺吧!"

淑琴劝说:"大妈她这辈子过得也不好,她肯定也后悔了!"

刘宽义哼了一声:"她那后悔,是黄鼠狼给鸡拜年,没安好心!"

刘玉纯昏昏沉沉睡了过去,呼吸渐渐平稳了。小闺女和淑琴去厨房忙活,刘宽义就默默在旁边坐着,一动也不动。

天快黑了的时候,刘玉纯才醒过来,床头的小灯开着,刘宽义手握着她的信正坐在床边发着怔。

过了一会儿,刘玉纯小声问:"李清文……他还活着没?"

刘宽义一时回不过来神,妹妹这四十来年的经历太惨了,他不敢想象,也不敢面对。

刘玉纯见他不说话,又问:"他死了?"

他借着灯光看着她的眼睛,是清醒冷静的,这才说:"俺去找你的时候,老李家的人都跑了!俺以为你和他一块走了,后来工作组来家里调查,俺才知道你从咱家走了以后压根没回去!俺悄悄托人打听,听说李清文一开始就把两坛子大洋和十几根大黄鱼(金条)都上交了,人家说他认罪态度好,给他和他爹划了个地主成分。可他在天津还有产业,算是资本家,罪更大!他肯定是听说了这个才慌着要逃的。俺听人家说,他和他爹分开关着,他半夜趁着下大雨逃跑了,人家第二天撵到河边看见他的一只鞋!"

"他水性好得很!你们一块上过学,你知道他游得多好!"

"所以俺猜他是逃掉了,故意丢下一只鞋!他们后来也没找到他,俺听老李家的人说,他好像是当年逃到了关外,可是谁也没再见过他了。"

刘玉纯呆呆坐在床头,他安慰她说:"俺想他八成还活着。俺那时候到处找你,他要是活着,肯定知道俺们没你的下落了,所以他后来就不会再回东明县了。玉纯,你看要不要找找老李家的人,问问他的下落?"

"不问……他当俺死了,俺也当他死了,这最好了!"她的声音没有一丝感情,像是在说别人的事,可是刘宽义看到,她的眼泪又流了下来。

"玉纯,俺都不敢问,你一个人……回来,那……承儿呢?他该有四十多岁了吧?"

"他……在医院住着,等钱做手术呢。你还记得吧?俺让俺嫂子撵出去的前一天,俺当着咱娘的面,把那个包袱打开,一样样把李家的东西交给你替俺管着:李家的那些地契、六个大黄鱼、一匣子大洋。俺这次就是来要钱的!李清文死了,这全是俺儿子的!"

"记得,俺记得……"刘宽义站起身,脸上挂着极大的愧疚,他冲着刘玉纯跪了下去,"玉纯,你哥对不起你!那些钱,都让那个该死的媳妇拿去上交了!她怕人家找不到李清文,找不到你和承儿会来抄咱家,就瞒着俺把那一包袱东西全上交了!好妹妹!俺可咋办?"

"俺不是来认亲的,俺是来讨债的!"

"因为李家那些个地契,她立了功……她害死娘又害了你,俺铁了心和她离婚的!"

"俺不信!俺只要俺儿子的救命钱!"

"玉纯，咱爹留下的房和田地，一大半都让分了，当时只留给咱三间房，你难道不知道？现在你看这院子还是三进的气派，和咱们小时候住的差不多，可这都是十几年来俺又想办法买回来重盖的呀！"他说着紧紧握住刘玉纯的手，大声说着。

刘玉纯却摇头说："俺知道你会这么说……你们两口子合伙欺负俺，昧俺的钱！你松开，俺走呀！"

她推开他，转身就走，刘宽义便跪着撵上她，抓紧她双手说："你冤枉俺啦！你哥再混账也不敢这样亏良心！真想昧你的钱，俺就不承认有这事，可俺承认你把钱交给俺了，俺承认怪俺没看好，俺想办法赔你好不好？"

"咋么赔？"

"李家的财产让那死娘们上交了，刘家的财产俺给你！"

"有多少？"

"娘走的时候也留了几根大黄鱼，说有你一半。俺没让任何人知道，就自己偷偷藏着。1985年俺老大儿子辞职下海去深圳做生意，俺给他了一根，卖了两万多块钱。后来买回咱刘家老宅子的时候，俺又卖了一根。现在俺手里还剩下三根，俺家的孩子都不知道。玉纯，哥对不起你，没啥能弥补你的，哥把这三根金条都给你，按现在的价格能换十几万块钱，你给承儿拿去看病！"

当白莲花和麻姐到包头扑了个空，心急如焚地坐着火车刚回到西安的时候，刘玉纯被她的小外甥刘庆中从沧州送回来了。谁也没想到她居然一个人跑到了老家找到了她的哥哥，又能平安无事地回到了西安。

刘庆中是被他爸刘宽义安排送他姑回来的，白莲花陪着他去医院看了长安。刘庆中和长安说，本来他爸想让他姑留在老家，由他爸来照料她后半辈子的生活。可他姑不同意，她说这辈子对她最好的人都不在河北了，她只想快点去西安。她说西安好，她儿子承儿、媳妇莲花、莲花的妈都对她好，都在西安。她估计自己活不长了，她想死在西安。

刘庆中走了。刘玉纯以为白莲花会怪她，没想到莲花只说："谢天谢地，幸亏娘你这次还知道带着药！要不你出个啥事我咋给长安交代？娘，你再也不能这样不打招呼就走了！你看我们去找你跑得可怜不？"

她是脸色黄瘦、眼圈青黑的，刘玉纯便心疼了说："好媳妇！俺知道这世上再没你这样的好媳妇！俺承儿遇上你是上辈子烧了高香啦！俺以后都听你的话！"

"那你得按时吃药！出门就得和我说！"

刘玉纯带着些讨好说："好！按时吃！你看俺这不是刚刚吃完药？莲花，俺想明天去看看承儿！"

莲花纳闷婆婆这次回来像变了个人，特别好说话："昨天表弟去的时候你不是才看了长安么？"

"他们在说话，俺都没看清！"

莲花忍不住笑了："大夫不让进门，说要消毒呢！娘，那可麻烦得很，人家大夫如果嫌咱家人多就烦了，对长安治疗就不好了！"

"莲花，你和大夫说，承儿的娘快要死了，要给儿子交代后事呢！"

"娘！我明天陪你去就是了！别说吓人的话！"

"嘿嘿！好媳妇，娘和你开玩笑呢！俺想你妈也能去，让她当个见证！"

"我妈本来明天要来看你呢！她也有几天没见长安了，那就一起到医院见吧！"

谁也没有想到，刘玉纯会在病床前，当着郝玉兰、白莲花的面，郑重地把三块赤黄的大金条放在儿子长安的手里。

她说："承儿，拿着，这是你爹你娘欠你的……"

老人哽着说不下去了，双手使劲握住儿子的手，三块金条就被紧紧握在两个人的手心里。

打把金条从哥哥手里要回来，又亲手交给儿子长安，刘玉纯心里就彻底放了松，她觉得自己终于完成了这辈子最大的一件事。刘玉纯很满意自己，她给李家了一个交代，给长安了一个交代，也给自己了一个交代。

离开东明县的时候，刘玉纯就知道，这辈子她再也不可能回来了，娘死了，李清文不在了，儿子也不在这里，那这里就不是她的家了，她觉得她的最后归宿是西安。所以她在娘的坟前哭着磕了许多个头，说她和娘以后在地下再见了，她的意思就是诀别和死后再见的意思。她不知道哥哥和他的儿女们听懂她的意思没有，但她根本不在意，刘玉纯和他哥早就说得清楚：她不是来认亲的，她是来讨债的！这话多少有些赌气的味道，但也正是她的心里话。他们把她托他们保管的财物上交了，暂且不管那些地契给李家后来带来多少罪名和麻烦，只是他们冷酷地在她最困难无助的时候把她攆出去，她刘玉纯就不再当他们是什么亲人了。

从医院回到长安家，刘玉纯就病倒了。麻姐照顾了她一两天便观察了她的情况和莲花说，这次老太太的病和过去都不一样，她的头脑很清楚，很平静。但她的身子却虚弱得很，连下个床走走路的劲儿也没了，怕是要住院好好检查一下了。

郝玉兰便猜出来，刘玉纯过去精神病严重的时候，是病在撑着她，去哭去闹去喊，像是浑身都有劲一样。吃了麻姐介绍的药以后，她的精神是平静了，心劲也还提着，因为她一心想给儿子要回救命的钱。现在呢，她想做的事儿都做完了，人便彻底松了劲，各种过去没有感觉到的病就都现在了眼前。

郝玉兰对莲花说："人活着总得有个啥东西支撑着的，长安娘的念想都实现了，她就没活的劲头了！"

莲花觉得妈说得对，她说："妈，看婆婆这样躺着，有气无力的，也太可怜了，我想给她送医院好好检查一下，有啥病就抓紧给她治疗！"

可是去了西安最好的医院检查了好几天，拿到一大摞子检查结果化验单，莲花看到，刘玉纯的所有指数全都离健康数值有很大差距。莲花拿了这些结果找大夫们看，都说体质太差了！病人长期营养不良，体重才七十多斤，心脏、胃、肝、肾都有问题，血压也低，低压还不到五十。而且她还是严重贫血，血红蛋白才5克，考虑病人年龄这么大，只能边养边慢慢治。刘玉纯依旧不愿意住院花钱治病，但是这次莲花没再听她的，她硬是给刘玉纯办了住院，让麻姐陪着她。治疗没几天，她的身体就有了很明显的好转，尤其是脸色，因为输了血，红润润的，这是连她自己都多年没见过的。白莲花见婆婆高兴，便也鼓励她说："长安这次植皮手术也很成功！主要是他多吃饭，心情好！娘，你要争取比长安恢复得更快更好呢！"

刘玉纯说："娘已经活够了！能安安稳稳、体体面面死在床上，死了有你们抬埋，俺闭上眼也是笑着走的！"

白莲花不许她说这话，刘玉纯就摆摆手说："俺听你的，好好吃饭。"

她对一切都很满意，总是很满足的样子。唯一让刘玉纯觉得遗憾的是，她见不到长安。

秋天还没过完，就下了几天连阴雨，温度骤然掉了十多度，人人都觉出冷来。冬天提前来了，老人们日子就不好过了，因为小区是安置房，盖楼的时候没有供暖设施，在西安漫长的四个来月的冬季里，这样的平民社区取暖靠的只有烧煤炉子。家里条件好些的，儿女给装上长烟囱的土暖气，房子就暖融融的。小区里每家电表容量有限，根本带不动电暖气，突然而至的寒流，让生病的老人一下子多起来。

郝玉兰惦记着老蔫媳妇身子弱，想着她才做了大手术切了两处肿瘤，又住了一个来月医院才回家，不知道情况咋样，就去她家看看。果然老蔫媳妇受了寒，已经发烧感冒开始咳嗽了。彩娥怕她妈肺上的老毛病发作，正想着送她妈再去医院住着呢，老蔫媳妇却说她不想折腾了，郝玉兰便劝她说："你去医院住着有暖气，暖暖和和的，就不受冻受罪了！病还是要治的！医院有大夫，老蔫他们就放心啦！"

可她就是不听，老蔫也劝不住她，只好拉个小板凳坐到取暖的炉子旁边生闷气。炉子上坐着个大铝壶，水早就烧开了，呼哧呼哧冒着热气，屋里的空气便湿润温暖的，这算是老蔫给媳妇想的空气加湿办法。

老蔫媳妇虽是瘦弱，精神倒还不错，她让郝玉兰坐她床边，自己依旧靠着被窝卷坐着："玉兰，人活多少是个够？俺在这世上是活够了，光这几年住院、做手术、出院、再住院、做手术……受的罪次次和死一样难受。俺想自己决定自己一次！"

郝玉兰心酸，强笑说："哦！原来你找着想死哩！"

老蔫媳妇却不笑，正色说："咱俩姐妹一场，俺有话和你说说。这辈子你比俺强，能'拿住'白老四和你那些儿女们，能'拿住'你的身体，啥你都能做主。俺想问你，到了'死'这个事儿上，你能做主不？"

郝玉兰不加思索地说："能！"

老蔫媳妇说："俺问的是，你能不能知道你啥时候死？能不能想咋死就咋死？"

"咦！你说的啥呀！过去的皇帝也不敢说这话！谁能做死的主？！"

"玉兰，师父说，学佛的高僧们都能预知啥时候死，到了那个时候果真就坐着站着走了！走的时候他们见到佛来接引，也不疼也不害怕，脸上都是笑着的。"

"你说的是好，你亲眼见过没？"

"亲眼见过啊！都是大修行人！老蔫他娘虽然走的时候没有那么好，可也是坐着念佛就走了，多自在！所以俺才老老实实念佛呢。劝你也早早给自己打算吧！俺自己身体啥情况俺知道，就像住了八十年的老房子，修是修不好啦！只是受罪。想想又要住院，检查身体做手术，俺怕得汗毛都竖起来了！俺只想安安静静地死！"

郝玉兰看看她深陷的眼窝，两颊也塌陷了下去，整个人几乎都是皮包骨头了，可她的两只眼睛却炯炯地盯着自己，热切而充满期待。这么多年来，郝玉兰不记得老蔫媳妇啥时候有过这样一双眼睛，冷静静的，过去的她，总是忍耐地、埋怨地、熬磨着日子罢了。

彩娥哀求道："妈，你说的我和四婶都明白你，可你的儿子们肯定不愿意！他们会来闹，嫌我不送你去医院呢！邻居们也会说闲话呀！"

老蔫媳妇摇摇头轻声说："随别人咋说。他们是想孝顺给别人看哩！俺小时候受爹娘摆布，逃荒到西安又受你奶奶摆布，买俺的两碗苞谷豆，她硬是念叨了一辈子！好容易他们都死了，只当要舒心了，又有这几个儿子生不完的气……唉！在'死'这个事上了，俺说啥也要自己做个主！俺不住院做手术，就想在家念着佛慢慢死！"

郝玉兰说："你想得这么清楚了！那你和孩子们好好商量一下！"

老蔫媳妇这话说了之后，让老蔫把儿子们都叫回家，她给他们说了自己的打算，不知是她的话真的打动了儿子们，还是她一辈子都没这么坚决过，儿子们居然都同意了。她当时就哭了，已经很虚弱了，靠着被窝卷勉强坐着，不断对着儿子们说："谢谢！谢谢！妈谢谢你们！"

孩子们便都红了眼圈，老蔫媳妇又说，她想按佛教仪式办丧事，手术她是不想再做了。最小的儿子刚想说什么，老蔫突然大声说："俺都同意！你们啥都别说了！你妈一辈子就这一个心愿，不管你们信不信，冲着她这么诚心你们都要成全她！"

老蔫媳妇感激地冲老蔫看了一眼，对儿子们说："俺的后事……都交代给彩娥和你四婶了，你们可别在俺死后哭啊！俺想去西方极乐世界，要是……你们哭，俺心一乱就去不成了！错过了阿弥陀佛来接俺，那俺可就全完了！"

小儿子忍不住了："妈，一天全世界死多少人哩，阿弥陀佛只操心着你心乱了没，来不来接你？不信大夫只信佛！唉！没文化真可怕！"

老鹰媳妇却说："阿弥陀佛是有无数化身来接引的呀！"

老二儿子看着他妈坚定的脸，埋怨说："妈，你太迷信了！让别人看着像个啥样子？有病不去治！去世不让哭！还说得有鼻子有眼儿的——有个佛来接你！那你是坐车呀还是走路去呀？！"

彩娥忍不住说："只要咱妈信，咱就按她说的办吧！"

大儿子冲兄弟们摆摆手说："妈，放心吧，我听你的！几个兄弟都会听话！你好好养病好好念佛吧！"

老鹰媳妇不敢相信地睁大眼睛瞅着大儿子，他过去可是最犟最反对的呀！

大儿子说："昨天四婶去找我，给我一本书，叫《临终关怀》。她说她识字不多，让我给她讲讲。我给她念了两三个钟头，心里就明白了，原来她是想让我明白我妈念佛的事呢。我昨天一夜都没睡好，一直在想，为啥外国人有信仰就那么高级？妈有信仰就是迷信？妈有这个愿望，咱为啥要挡着？要是让她高高兴兴走，不就是临终关怀了她？反正我想通了，都按妈的心愿办！要是真有佛那不正好嘛！"

隔了一个多月，老鹰媳妇终于按她的心愿念着佛离开了这个世界。

走前几天的时候彩娥来找郝玉兰，说她妈让请四婶去一趟。郝玉兰猜着她要走了，谁知去了她刚请出家师父给剃了头发皈依过三宝，正在床上靠着被窝卷坐着，精神还挺好，可她瘦得很，见了玉兰便微笑着说："玉兰，俺昨天梦见佛了！"

郝玉兰笑说："你真是有福呢！"

她从手腕取下一串菩提子的念珠送给郝玉兰，已经被捻得油光溜滑成了深褐色了。郝玉兰知道这是最后的礼物，便双手接过来，老鹰媳妇费力地帮她戴在手脖上，小声说："玉兰呀！你以后也要念佛呢！谢谢你劝说俺老大儿子！谢谢你！"

然后她仿佛累了，闭了眼睛不再说话，嘴唇却在小声蠕动着念佛。彩娥把郝玉兰拉到一边小声说："也是奇了，我妈梦见好几次佛了！人家肿瘤都疼得很，她却一直没感觉！给她准备的止疼针一个也没用！四婶，你说是不是真的有佛保佑着我妈呢？"

郝玉兰说："俺也不懂！可俺觉着，你妈要是没有这个念想，怕是没可能从容过这最后一关！俺这辈子见过多少人离世，有几个这样自在的？你别哭！你妈这才是善终呢！"

老蔫媳妇果然是含着笑容走的，而且脸上的皱纹全都光洁地展开了。彩娥早就请了她妈的莲友们坐在床边给助念，老蔫和几个儿子忙着搭灵棚，又在楼下忙着联系殡仪馆安排车，只等着老蔫媳妇说过的十二个钟头过去就送走了。老蔫媳妇托付的事儿都很顺利，完全按她的愿望进行了，郝玉兰想不出再做些啥好，便也坐在沙发上跟着大家念佛，她也想帮帮老蔫媳妇。

殡仪馆的车拉走老蔫媳妇的时候，已经是第二天早上了。才从老蔫家出来，她还沉浸在灵堂前灯火通明佛号唱了一夜的恍惚里，老蔫媳妇平静如同睡去的面容时时在眼前晃着。郝玉兰捻着老蔫媳妇送她的念珠，缓缓顺着自家楼梯上了楼回到家。

两室一厅的楼房装修得简单舒适，屋里的东西都是儿女们给她买来放好的。因为老蔫媳妇去世的事儿，她没心思收拾，家里已经很久没打扫了，就有点凌乱。阳台上摆放的几盆花草忘了浇水，叶子蔫蔫地垂着。虽然一夜没睡，她却没一点瞌睡，待着没事，就给花浇水，拿着抹布到处擦擦抹抹。大彩电旁边搁着两个夹相片的旧镜框，看着里头一张张发黄发脆的老黑白相片，她放不下手了，拿着抹布在郝仁义、白老四的脸上来来回回擦着。另一个彩色相片的框子里，白莲花、白东京他们的结婚照和孙子孙女们的满月照都在这里了，挤得一张张摞着压着，现在孙子孙女们长大了，有的上班了，有的上大学了，他们的新相片多得搁不进去了。

郝玉兰却一张也舍不得取出来，白牡丹说换个框子她也没让。她突然想，这两个镜框子里面都是她的亲人，一个个送走了老的，又一个个生下来了孩子们，孩子们又生下孩子们……眼看着她活成了这个家族里最老的那个，这就是她郝玉兰来到西安的大半辈子呀！

郝玉兰觉得有许多东西要想一想，却一时没了头绪，便索性出门了。她漫无目的，刚一出小区看见了城墙垛，心里一下子踏实了，慢慢往小东门城门洞走去。想到爹娘、白老四，郝玉兰就想念着他们。想到一个个过世的老姐妹们，她就想，人活一辈子难道就只为了活着？想到老蔫媳妇和老蔫娘，她心里就有了些安定。一想起孩子们，她的心就要揪一揪……把他们想一遍，她就出了好一会儿神儿。

　　路上还有人在散步，有人认出她："四婶，您也出来走走？"

　　她笑着应了声。郝玉兰缓缓出了城门洞，恍然不见了旧石桥。她定定神，才踩着柏油路走到城墙根，城河水在早晨的阳光下清亮亮的，城河坡是整齐的大石块砌出来的，河沿上铺着方方的地砖。城墙根早就改成环城公园了，还是郁郁葱葱种着槐树、松柏树，却没有了早些年的杂树丛和乱草地。

　　她找了河沿边的石凳坐下，眼睛在水面上找着当年洗油线的地方。

　　"没了，没了。当年的大石头没了，长安是从那儿掉到河里的吧……当年洗油线的姐妹们没剩下谁了……老蔫媳妇居然笑着就走了，看来这世上真是有佛的！"郝玉兰闭了闭眼，又想起白老四拉着她的手让她别去拉坡了，他那时还真是心疼自己哩。"几十年一晃眼就过去啦……"

　　早晨的阳光在城河上荡漾，金闪闪的，白莲花、白东京们小时候缠在腿前嚷着饿的样子浮现到眼前，她待仔细看看，过去的事儿却模糊得拢不到一起了。

　　郝玉兰眼望着城河，静静地坐着……

从西安城到黄金城

西安城是我的故乡。

《叶落长安》《叶落大地》《黄金城》这三本书都是写西安平民生存故事的,虽然时代不同、人群不同,但有一点是相同的:我所写的主人公,无论是男是女,无论是河南人还是山东人,都是在生命最痛苦无助的时候投奔西安城而来,他们在这城里城外处于绝地而重生,咬牙奋斗,都活出了尊严、活出了光彩。而且,不同于许多文学作品里人物对故乡和根的回归向往,我的三部长篇小说里的主要人物,都是在特殊年代来到西安,在他们人生最后的时刻,都把包容宽厚的西安城视为故乡,觉得一生中最美好的时光都是在这里度过的。所以,他们并不想要叶落归根,而是更愿意"叶落长安"或"叶落大地"。

我总认为,一个家庭、一个小院子里的悲欢离合有时便是一个城的缩影,一个中国城市的荣辱兴衰往往便是整个中国的缩影。无疑,西安是最宽厚包容又最能代表中国的城市之一。于是,我站在这西安城里,书写着西安平民的生老病死、喜怒哀乐,回视中国平民的百年生存史,瞭望未来。

二十多年前,我开始写第一部长篇小说《叶落长安》,那时我心心念念想关照的就是"长安"这座城,再就是叶落不能归根而只能落在长安的那一群河南难民。他们在这城里活生生走来走去,又为了吃饭要辛苦奔忙,为了活得更好而奋斗。他们是我的祖辈:我的外公外婆站在他们中间,我认识的许多老人都站在这段历史的边缘。从1938年黄河花园口决堤失了家园,他们惊慌失措逃到这西安城,慢慢地在呼啸而过的八十多年时光里融入这城里,渐无痕迹。

我的外婆是一位善良伟大的河南女性。

在我二十多岁的时候,外婆曾和我诉说了整整一天又大半个晚上,我永远无法忘记自己面对真相时的震惊和悲痛,使命感至今依旧如影随形并令我痛彻骨髓。一心想当个杰出画家的我，从那天决定，我须得用文字去记载河南难民们逃到这城的传奇，把他们平常细碎的日子留在西安城的历史里。

我向许多河南老人问起过去的事，"过去那日子，老可怜！"他们第一句大多是这样说，有的要抹抹泪才能絮絮说起往事，没吃、没穿、没住也没文化，拉扯孩儿们的不易。"老可怜！"他们还是用这三个字总结了所有的艰难。我问起这辈子有过好生活没，他们眯着浑浊的眼笑了，露几颗残牙，操着依然浓郁的河南乡音："现在好！"

在失却了青春、失却了健康、失却了体力，甚至失却了行动能力的时候，他们却认为现在是一生中最好的时光，并且，他们都想离世之后埋在这里——他们想要叶落长安。

这些散落在西安城街街巷巷、缝缝隙隙的河南人，他们平凡而卑微，却有本事用自己的河南乡音融合软化了干帮硬正的秦腔，几十年间，硬是在西安城形成了特有风味的西安河南话。他们也爱西安，不同于文人们对古老文化的向往，也不是当省城人的荣耀，那爱是极其现实的，却也极其深沉。即便当时同样贫穷的西安城并没可能多给他们一口温热的吃食，但在这座城里，他们拉坡、背菜、拉架子车送货，挣了一分一毛的钱搭起自家的屋檐。能让一家老小安身立命，这前半世便是受了西安城莫大的恩，善良的河南人无法不把这里当成自己的故乡。河南老家，只是户口本上那几个汉字，是梦里的故乡，也是令人伤心的、不得不离别的家园。

我热爱着他们又心疼着他们，庆幸他们终是从战乱、饥饿、黄河大水里逃到了西安城，这个所有难民都认为没有饥饿、没有战争、没有死亡的理想家园——"长安之城"。他们差不多都是战争和饥饿的见证者，他们每个人也都是幸存者。不仅是外公外婆，我的公公婆婆也站在他们中间，我的父亲、母亲、舅舅姨姨们土生土长在这城里，同样站在他们中间。我和丈夫、女儿一样，是他们的后裔，从小也生于此长于此，这就是生生不息繁衍不止吧！我知道了河南老人们活着的顽强，就不可避免要去了解那时的历史，然后泪流满面。有一个时期，我在那些图片资料面前永远是悲愤难忍的，抗战时期日本人侵略祸害了中原，河南人死尸遍野，可是他们的死却轻如草芥。直至今日，花园口惨案的死亡人数在各种历史资料里也是语焉不详的，大略是上百万人在黄河决堤后葬身大水、两千多万人流离失所成了难民。有日本兵在回忆录里说，他亲眼看到一个村庄被咆哮的黄河水一下子吞没了——这些亡故的人连一个名字和一个坟头也没可能留下，更别说一座碑了。

他们被黄河淹没的时候，也被历史长河永远湮没了。

自古长安帝王都，我们熟知的周秦汉唐在这城里的任何一个时代，都有《史记》和《旧唐书》《新唐书》之类的史书去记载。在我少年时第一次读那些书就看出来了，大多写的是帝王将相、后宫嫔妃、名士高人。它们里面没有平民的地方，也没有河南难民、山东移民的地方。

这个世上幸好还有文学。

我行走在西安城里的街巷和城外的乡村里，徜徉在历史的大片文字里仔细辨认，我和许多老人聊天，就觉得这些幸存者的活着果然都是伟大的生命奇迹。从河南省到西安城，从八十年前到现在，他们每个人本来都有一百个死法的，可他们愣是从死人堆儿里走了出来！居然都微笑着活下来了！

于是我写了《叶落长安》。

多少年来，我默默关注着西安城，和这城里城外的土地，也关注着这城里城外的人们，我愿意当这城忠心耿耿的书写者。我关心这城的建筑和街道，关心这城的绿化和空气，关心地铁的线路，关心唐代的文物又出土了多少，关心那些古时就有的大庙渐渐消逝在尘埃里。我关心西郊那些老厂子的改制和工人们的去向，他们大多是20世纪50年代建厂时来到西安的工人，也有当年随张学良来陕的东北军后裔，他们对西安的工业发展有着巨大贡献；我关心逃荒来西安的河南老人们晚年生活得是不是如意，因为河南人大量融入西安的城北和东郊，在几十年后的今天已经扎根在这个城市，他们对西安的城市气质形成有着怎么样的影响；我关心着农业大县周至为什么从过去的"金周至"成了扶贫攻坚的重点贫困县；我关心着渭北农村的肥沃土地，在十九大之后能不能如国家和农民的心愿顺利进行土地流转；我关心城镇化进程中，十四亿的中国人口里，会种地愿意种地的农民越来越少，我们的土地上要进行怎样的优化耕种，才能打下够养活这么多人口的粮食；我关心这城里的房价和物价能不能让城东城北那些居民们满意……我的关心让我常常欢喜，也常常沉重。我无可奈何，又无法释怀。

我没有别的本事，于是又写出长篇小说《叶落大地》和《黄金城》。

在我心里，这些书的气息是一脉的，从来没有离开过西安这座城，也从未离开过这城里城外无数人一百多年间的生存，更没离开对中国这片土地上平民生存故事的关照。2006年《叶落长安》出版后，改编为同名电视剧在全国播出，有许多观众读者和我谈郝玉兰、白莲花和梁长安们，谈那个贫穷而充满亲情的时代，谈他们感受到的温暖和力量。他们的关注给了我莫大鼓励和认可。欣慰之余，我却在思考：我的书名是"叶落"长安，写作之初我就是想要还原河南难民在西安大半个世纪的生存故事和生命故事。我的主人公郝玉兰们是战争和灾难的幸存者，如果小说没有写透他们在"生"与"死"问题上的态度，那就太遗憾了。

这个遗憾放在心里十三年，其间《叶落长安》也有再版，我都全文未改动一字，那时小说的后记标题是："我用我的方式热爱我的西安"。2019年年初我决定出版"西安城"系列小说。重新细读了三本小说，我强烈觉得必须给我的小说原型人物们一个交代——他们是上百万在黄河大水里丧生、在逃荒中丧命、在西安城里生存了大半辈子最后埋骨于此、叶落不能归根而"叶落长安"的河南老乡们。我也必须给我的小说一个交代，因为当年出版时只节取了中间部分，我想表达的主题并没有呈现出来，郝玉兰、白老四和他们的亲家们、儿女们、街坊们的生存故事虽然有所表现，生命故事却还未能完整，需要一个正式的后传。

我决定进行《叶落长安》增订本的创作。

2006年出版的《叶落长安》写作了八年之久，二十七万字。2019年的增订版创作却进行得非常顺利，我重新写了二十万字的长篇小说《西安城》，加进之前的《叶落长安》里，修改增订之后形成了这本新书《叶落长安》（增订本）。所以这本书其实有两个长篇小说，但是连接并无痕迹，因为小说的人物命运、时代背景和想要表达的主题是一致的。经过十几年的沉淀，我的思考更为深入广阔，这使郝玉兰们"叶落"的生命主题表达得更为完整了。

有时便觉得，我注定是为西安城的书写而来到这座城的。

不同于河南难民，在许多商人眼里，西安城是一个耀目的"黄金城"。

对于《黄金城》里毕成功这样的文学形象，我一开始打算写他，就想要他绝不雷同于任何一个文学作品里的中国商人。

我在2005年完成《叶落长安》初稿的时候，小说全文有六十多万字，我从1938年花园口被炸决堤写起，一路沿着主人公的逃难经历和生活故事写到了他们六七十岁时的2000年。后来，我把中间那部分修改之后以《叶落长安》的名字出版了，后半部分则重新写成了两个长篇小说。一个是《黄金城》，2019年2月在《当代·长篇小说选刊》发表后，现在单独出版。而另一个《西安城》2020年2月在《中国作家》发表后，则加进之前的《叶落长安》，修订之后形成了新书《叶落长安》（增订本）。

1978年之后的西安人和所有中国人一样，都强烈盼望着摆脱饥饿贫穷过上富裕的日子，有一个时期几乎到了全民皆商的状态，我就给这个时期的西安城叫作"黄金城"。

《黄金城》是《叶落长安》后半部分没有展开细说的"财富"故事，也是这座城在改革开放过程中发生巨大变化的四十年。

书里众多的商人毕成功、毕成才、老高们，是我们熟知而不陌生的，他们可能是我们的父辈，可能是我们的兄弟姐妹，也可能是我们的同学或邻居。在这座城里，他们为了温饱而下海，为了财富而奋斗，为了爱情而疯狂，终于在这残酷的商业战场上或成了烈士，或成了富翁。

小说中毕成功这个人物，在现实中是不存在的，但他却是无数商人的汇集重叠。我所写的毕成功童年被遣返、少年时又逃离的那个村子在现实中是没有的，但是这一类的村庄，在中国的河南、陕西或其他地方却有许许多多。1977年毕成功逃到了西安城，进了西安城门就知道这城是他的家了，他发誓要在这城里过上好日子，再接他的娘一起来。然后毕成功就在这里赚了四十年的钱，他的财富积累过程是有象征意义的，和改革开放四十年完全融合，他的个人成长和中国改革开放后的商业发展算是同龄。毕成功对财富的天生的敏锐嗅觉和狂热劲头，是我特别想要写出来的。改革开放使商人在中国几千年来的历史上，突然有了从未有过的地位，而毕成功站在中国历史从未有过的全民崇尚赚钱的高点上，得意扬扬地炫耀他的成功。

那么我们看到，毕成功们和我们千百年来的价值观、社会价值认知，是全然不同的！

这是一个特殊的时代，是一个充满机会和认可成功的时代，人们终于解决了温饱开始富有,并不关心毕成功、老高们的成功是怎么来的。但是这成功会把我们的人性和社会带到什么地方呢?财富的积累是个幸福的过程,也是个痛苦的过程,这一群人在得到幸福的同时失去了什么呢?

这些问题,书里的毕成功在想,我们社会发展过程中的很大一群人也在想。

我知道,在许多人的成长过程中,对自己的故乡是有很大关照的,而小说里的毕成功几乎没有。他从来没有认可沙村的土地是他的故乡,因为他从来没有在土地中收获过什么,他只认为他就是西安城的主人。他只对赚钱这事有滋有味,就从做买卖中获得了他最喜欢的钱,又因为钱获得了他最想要的爱情,顺带收获了世人对他财富的羡慕认可。毕家的四个儿子有三个后来都离开农村进了城,成了商人、厂长和建筑公司的科长,仅有的还留在土地上耕种一个,却也在后来被征了土地得到住房和补偿金成了城市居民。从这个层面,我们看到的是中国改革开放四十年以来,中国土地上的人们如何从几千年农耕的传统,渐渐城市化的过程。

在西安城里,毕成功们积累财富的故事和他们的情感故事一样,有着特别的时代烙印。1978年之后中国商人亲历的创业史,和中国这四十年来发生的巨大发展变化是息息相关的。我想通过文字营造一座如水中明月般能映照现实的"城":它充满黄金,吸引着渴望财富的人们,直至他们的价值观里只有财富。为了成功,他们勤勉、奋斗、充满激情,但又可以为此而放弃亲情、道德、诺言和底线,不惜代价不顾一切。

最终,它或许只剩下黄金。而这个时代的我们,都生存在这样虚妄而耀目的黄金城里。

《叶落长安》《叶落大地》和《黄金城》这三本书所描写的时代相连接,恰好是中国城市一百二十年左右的变迁。对我,这是我二十多年来的一些思考。我经常感慨,我生存在中国历史上一个最独特的时期,也生长于一座中国历史上最辉煌的城。我一心想要用我的方式热爱我的西安城。

西安城,是大城。无论是汉唐帝国诸多帝王在这里一统天下几百年,使这城以政治经济文化的中心成了中国及至世界的中心,以繁华巍峨形成了高贵而质朴的气质精神;还是宋以后这城依旧雍容沉稳,以故都古城的形象在世人面前屹立;还是在民国时期遭遇惨烈的"西安围城",西安城都一概宠辱不惊地默然而立。她,能包容一切。

西安城，是方城。无论是唐长安城，还是明长安城，那城都四四方方棱棱正正。城墙的样子和城墙砖的颜色，就是这城的样子和这城的颜色，方阔而沉稳，朴实而有华。古人说，天圆则生运动变化，一切才会进步，地方则收敛静止，人们才能安逸而和平和谐。所以，这城是天圆地方的方正，是这城里的人们世代秉承的方正。

西安城，是广城。大唐时期，印度、日本、韩国与中国长安的文化交流达到了顶峰，大量遣唐使、留学生、留学僧来到长安学习，这一切，在两千多年之后，深刻影响到了当下世界文化的大格局。中国历史上没有哪个城有着这样的广阔，长安城的璀璨与没落，是两千多年来所有中国文人眼里的荣耀与落寞。而儒家文化、佛教文化、道教文化都在这里深植而广博，形成中国传统文化的博大精深。

曾有朋友问我，作家总在自己的笔下不知不觉地记录下了时代，对你来说是这些人物的命运经历吸引了你，还是作家的使命感使然？

当时我说二者都有。只有被独特的人物命运所吸引，我才会更加关注这个人物身后的历史，或想要了解更多那个时期的更多人的命运。而社会现象和历史事件是一直公开在那里的，许多人都可以接触到，但每个作家的关注点并不一样。我希望我有对时代脉搏的准确把握，能敏锐地从人们熟视无睹的众多现象中发现本质。

最终，我写的是人物，是他们背后的时代。

对众生的使命感，促使我对这些人物命运背后的东西进行不断思考：为什么这个人是这样的命运，而那个人是那样的命运？他们的生存又是怎样嵌在历史的夹缝里而绵延不绝的呢……

在写作中越是深入探究，我越是能感受到文学的力量。如果我的作品能够温暖寒冷、照亮黑暗，那将是我写作的最大意义！

有位朋友曾说，长安是中国的乡愁。我很希望我的文字能给这乡愁注入一些温暖和力量。

吴文莉于逸品莲堂
2019年9月17日